KARANLIĞIN ELLİ TONU

İngilizceden Çeviren:
SEVİNÇ SEYLA TEZCAN

PEGASUS YAYINLARI

UYARI:

Kitabın içeriği yetişkin okurlara uygundur. Cinsel sahneler barındırır.

KARANLIĞIN ELLİ TONU

Pegasus Yayınları: 575
Bestseller Roman: 237

KARANLIĞIN ELLİ TONU
E L James
Özgün Adı: FIFTY SHADES DARKER

Yayın Koordinatörü: Yusuf Tan
Editör: Aycan Ak
Düzelti: Kemal Küçükgedik
Sayfa Tasarımı: Cansu Gümüş
Kapak Baskı: Zirve Ofset
Film-Grafik: Mat Grafik

Baskı-Cilt: Alioğlu Matbaacılık
Orta Mah. Fatin Rüştü Sok. No: 1/3-A
Bayrampaşa/İstanbul
Tel: 0212 612 95 59

1. Baskı: Kasım 2012

ISBN: 978-605-343-001-8

Yazar, bu hikâyedeki olay örgüsünü, farklı karakter isimleri ve Snowqueen's Icedragon mahlasıyla "Benliğimin Hâkimi" adı altında tefrikalar halinde yayımlamıştır.

Yayıncı Sertifika No: 12177
Pegasus Yayıncılık San. Tic. Ltd. Şti.
Gümüşsuyu Mah. Osmanlı Sk. Alara Han
No: 27/9 Taksim / İSTANBUL
Tel: 0212 244 23 50 (pbx) Faks: 0212 244 23 46
www.pegasusyayinlari.com / info@pegasusyayinlari.com

Z ile J'ye...

Sizi her zaman ve her durumda seveceğim.

TEŞEKKÜR

Sarah, Kay ve Jada'ya büyük bir şükran borcum var. Benim için yaptıklarınız için teşekkür ederim.

Ayrıca, benim yetersiz kaldığım yerde devreye girdikleri ve işleri yoluna koydukları için Kathleen ve Kristi'ye KOCAMAN teşekkürler.

Sana da teşekkür ederim Niall, eşim, sevgilim ve (çoğunlukla) en yakın arkadaşımsın.

Bu işe giriştikten sonra tanıştığım ve artık arkadaşım olarak gördüğüm, dünyanın dört bir yanındaki tüm o mükemmel kadınlara değinmeden geçmek istemiyorum: Ale, Alex, Amy, Andrea, Angela, Azucena, Babs, Bee, Belinda, Betsy, Brandy, Britt, Caroline, Catherine, Dawn, Gwen, Hannah, Janet, Jen, Jenn, Jill, Kathy, Katie, Kellie, Kelly, Liz, Mandy, Margaret, Natalia, Nicole, Nora, Olga, Pam, Pauline, Raina, Raizie, Rajka, Rhian, Ruth, Steph, Susi, Tasha, Taylor ve Una. Ayrıca internette tanıştığım yetenekli, komik ve sıcakkanlı kadınlara (ve erkeklere) de teşekkür ederim. Kim olduğunuzu biliyorsunuz.

Morgan ve Jenn'e, Heathman konusundaki her şey için teşekkürler.

Ve son olarak editörüm Janine'e teşekkür ederim. Süpersin. Hepsi bu.

GİRİŞ

Geri gelmişti. Annem ya uyuyordu ya da yine hastaydı.

Mutfaktaki masanın altına saklanıp kıvrıldım. Parmaklarımın arasından annemi görebiliyordum. Kanepede uyuyordu. Eli yapış yapış yeşil halıya düşmüştü. Adamın ayağında parlak tokalı kocaman çizmeler vardı ve annemin tepesine dikilmiş bağırıyordu.

Anneme bir kemerle vurdu. *Kalk! Kalk dedim! Rezil kaltak. Rezil kaltak. Rezil kaltak. Rezil kaltak. Rezil kaltak.*

Annem hıçkırığa benzer bir ses çıkardı. *Dur. Lütfen dur.* Annem çığlık atmıyordu. Kıvrılıp tortop oldu, küçücük kaldı.

Parmaklarım kulaklarımda, gözlerimi yumdum. Ses kesildi.

Adam döndü ve mutfağın içinde gümbürdeyen çizmelerini gördüm. Kemer hâlâ elindeydi. Beni bulmaya çalışıyordu.

Tepeme dikilip sırıttı. Pis kokuyordu. Sigara ve içki.

Demek buradasın, seni küçük bok.

Ürpertici bir feryatla uyandı. *Tanrım!* Ter içinde kalmıştı ve kalbi deli gibi çarpıyordu. Bu da neydi böyle? Yattığı yerden hızla doğruldu ve başını ellerinin arasına aldı. *Siktir. Geri geldiler. Ses bendim.* Sakinleşmek için derin nefesler alarak ucuz burbon ve Camel sigaralarının kokusunu zihninden ve burun deliklerinden atmaya çalıştı.

BÖLÜM BİR

Christian'sız Üçüncü Gün'ü ve işteki ilk günümü atlatmayı başarmıştım. İş, hoş bir avuntu olmuştu. Zaman, yeni yüzler, yapılacak işler ve Bay Hyde karmaşasında akıp gitmişti. Bay Jack Hyde... Masama yaslanırken, bana gözlerinde ışıltılarla gülümseyerek bakıyordu.

"Kusursuz bir iş çıkarmışsın, Ana. Harika bir takım olacağımızı düşünüyorum."

Nasıl olduysa, dudaklarıma gülümseme benzeri bir biçim vermeyi başardım.

"Sizin için de uygunsa çıkıyorum," diye mırıldandım.

"Elbette, beş buçuk oldu. Yarın görüşürüz."

"İyi akşamlar, Jack."

"İyi akşamlar, Ana."

Çantamı aldım, ceketimi üzerime geçirdim ve kapıya yöneldim. Seattle'ın akşamüstü havasından derin bir nefes aldım. Nefes, göğsümde cumartesi sabahı açılan, kaybımın acı verici anımsatıcısı boşluğu doldurmanın yakından bile geçmedi. Otobüs durağına başım önde, gözlerim ayaklarımda, aklım sevgili, yaşlı Kaplumbağam Wanda'da ve Audi'de yürüdüm.

Hemen bu düşünceyi kafamdan attım. Hayır. Bunu düşünme. Elbette yeni bir arabaya gücüm yeterdi; güzel, yeni bir arabaya. Yaptığı ödemede aşırı cömert davranmış olmasından şüpheleniyordum ve bu şüphe ağzımda buruk bir tat kalmasına neden oluyordu. Derhal bu düşünceyi zihnimden attım ve beynimi olabildiğince uyuşuk ve boş kıvama getirmeye çalıştım. Onu düşünemezdim. Tekrar ağlamaya başlamak istemiyordum... Hele de sokağın ortasında.

Ev boştu. Kate'i özlemiştim; onu Barbados'ta bir kumsalda, soğuk bir kokteyl yudumlarken hayal ettim. Boşluğu doldursun ve yalnız olmadığım hissi uyandırsın diye düz ekran televizyonu açtım, ama ne dinliyor ne de izliyordum. Boş gözlerimi tuğla duvara sabitledim. Uyuşmuştum. Acıdan başka hiçbir şey hissetmiyordum. Buna daha ne kadar katlanmam gerekecekti?

Kapı zili beni sıkıntımdan uyandırdı. Yüreğim tekledi. Kim olabilirdi ki? Diafonun düğmesine bastım.

"Bayan Steele için teslimat." Sıkkın, metalik sesin cevabı, bütün bedenimin hayal kırıklığıyla sarsılmasına neden oldu. Umursamaz adımlarla alt kata indim ve karşımda sakızını ses çıkararak çiğneyen, kucağında büyük bir karton kutuyla ön kapıya yaslanmış, genç bir adam buldum. İmza karşılığı teslim aldığım paketle yukarı çıktım. Kutu büyük ve şaşırtıcı derecede hafifti. İçinde bir düzine uzun saplı, beyaz gül ve bir kart vardı.

İşteki ilk günün için tebrikler. Umarım iyi gitmiştir.
Ve planör için de teşekkür ederim. İnce bir düşünceydi.
Çalışma masamın en güzel köşesinde yer buldu.
Christian

Bilgisayarda yazılmış karta bakarken, göğsümdeki boşluk daha da genişledi. Asistanının gönderdiğine hiç şüphe yoktu. Büyük olasılıkla Christian'ın bu çiçeklerle pek alakası olmamıştı. Düşüncesi bile acı vericiydi. Gülleri inceledim, çok güzeldiler; çöpe atmaya kıyamadım. Görev bilinciyle, vazo bulmak için mutfağa yürüdüm.

Böylece bir döngü gelişti: uyanma, iş, ağlama, uyku. Daha doğrusu, uyumaya çalışmak. Ondan rüyalarımda bile kaçamıyordum. Gri yakıcı gözleri, kaybolmuş görüntüsü, parlak bakır rengi saçları, hiçbiri bana rahat vermiyordu. Ve müzik... çok fazla müzik... Artık müzik dinlemeye tahammülüm yoktu. Ne pahasına olursa olsun müzikten kaçınmaya özen gösteriyordum. Reklamlardaki *jingle*'lar bile, içimi ürpertiyordu.

Annem ve Ray de dâhil olmak üzere, hiç kimseyle konuşmamıştım; şu aralar havadan sudan sohbet edecek halde değildim. Hayır, konuşmak bile istemiyordum. Kendi içime kapanmıştım. Hiçbir şeyin yetişmediği, ufkun bile kasvetli olduğu, harap, savaşla yakılıp yıkılmış ülkeye. Evet, ben buydum. İşyerinde profesyonel iletişim kurmayı başarabiliyordum, ama hepsi o kadardı. Annemle konuşursam daha da fazla kırılacağımı biliyordum ve benden geriye kırılacak hiçbir şey kalmamıştı.

Yemek yemekte zorluk çekiyordum. Çarşamba günü öğle saatinde bir kâse yoğurt yemeyi başardım ve cuma gününden beri yediğim ilk şey bu oldu. Önceden çok hoşlanmadığım *latte* ve kola sayesinde sağ kalmıştım. Ayakta kalmamı sağlayan kafeindi, ama beni geriyordu.

Jack tepeme dikilmeye, canımı sıkmaya, özel sorular sormaya başlamıştı. Ne istiyordu ki? Nezaketimi koruyordum, ama onu kendimden uzakta tutmam gerekiyordu.

Oturdum ve ona gönderilmiş bir yazışma yığınını taramaya başladım. Basit angaryaların kafa dağıtıcılığı hoşuma gidiyordu. E-postamın uyarı sinyali öttü, hemen kimden geldiğini kontrol ettim.

Lanet olsun. Christian'dan bir e-posta. *Ah, hayır, burada olmaz... İş yerinde olmaz.*

Kimden: Christian Grey

Konu: Yarın

Tarih: 8 Haziran 2011 14:05

Kime: Anastasia Steele

Sevgili Anastasia,

İşyerinde rahatsız ettiğim için beni affet. Umarım iyi gidiyordur. Çiçeklerimi aldın mı?

Yarın arkadaşının sergi açılışının olduğun farkındayım ve bir araba alacak zamanının olmadığından eminim. Yol uzun. Arzu edersen, seni götürmekten büyük memnuniyet duyarım.

Haber verirsin.

Christian Grey
CEO, Grey Şirketler Topluluğu

Gözlerim yaşardı. Telaşla masamdan kalktım ve kendimi kabinlerden birine atmak için yıldırım hızıyla tuvaletlere gittim. José'nin sergisi. Tamamen unutmuştum ve gideceğime söz vermiştim. Lanet olsun. Christian haklıydı. Oraya nasıl gidecektim?

Elimi alnıma götürdüm. José neden aramamıştı ki? Şöyle bir düşününce, neden hiç kimse aramamıştı? O kadar dalgındım ki, cep telefonumun sessizliğinin farkına bile varmamıştım.

Siktir! Kelimenin tam anlamıyla aptalın tekiydim. Çağrıları BlackBerry'ye yönlendirmiştim. Lanet olsun. Çağrılarımı Christian alıyordu, tabii eğer BlackBerry'yi fırlatıp atmadıysa. E-posta adresimi nereden bulmuştu acaba?

Ayakkabı numaramı bile bildiğine göre e-posta adresimin ona sorun çıkaracağını pek sanmıyordum.

Onu yine görebilir miydim? Buna dayanabilir miydim? Onu görmek istiyor muydum? Gözlerimi yumdum, keder ve özlem içimi yakarken başımı arkaya attım. Elbette istiyordum.

Belki de... Belki de ona fikrimi değiştirdiğimi söyleyebilirdim... Hayır, hayır, hayır. Bana acı vermekten zevk alan ve beni sevemeyen biriyle birlikte olamazdım.

Acı veren anılar zihnimde belirmeye başlamıştı. Planör, el ele tutuşmalarımız, öpüşmemiz, küvet, nezaketi, esprileri ve karanlık, düşünceli, seksi bakışı. Onu özlüyordum. Beş gün olmuştu. Bana sonsuzluk kadar uzun gelen acı ve sıkıntı dolu beş gün. Geceleri ağlamaktan bitap düşerek; çekip gitmemiş olmayı, onun farklı olabilmesini ve birlikte olmamızı dileyerek uyuyakalıyordum. Beni allak bullak eden bu korkunç duygu daha ne kadar sürecekti? Bu Araf'ta kalma halim daha ne kadar sürecekti?

Dağılmamak için, kollarımla kendimi sıkıca sardım. Onu özlüyordum. Onu gerçekten özlüyordum... Onu seviyordum. Bu kadar basitti.

Anastasia Steele! İştesin. Güçlü olmalıydım, ama José'nin sergisine gitmek istiyordum ve içimdeki mazoşist için için Christian'ı görmek istiyordu. Derin bir nefes alıp tekrar masamın başına döndüm.

Kimden: Anastasia Steele

Konu: Yarın

Tarih: 8 Haziran 2011 14:25

Kime: Christian Grey

Merhaba Christian,

Çiçekler için teşekkürler. Çok hoşlar. Evet, beni götürürsen sevinirim.

Teşekkürler.

Anastasia Steele

Editör, Jack Hyde'ın Asistanı, SBY

Telefonumu kontrol edince, çağrıların hâlâ BlackBerry'ye yönlendirilmiş durumda olduklarını gördüm. Jack toplantıdaydı; kısa bir konuşma için José'yi aradım.

"Merhaba, José, benim, Ana."

"Merhaba, yabancı." Sesi o kadar sıcak ve hoştu ki beni tekrar uçurumun kıyısına getirmesi an meselesiydi.

"Çok konuşamam. Yarın sergin için kaçta orada olmalıyım?"

"Geliyorsun yani?" Heyecanlanmışa benziyordu.

"Evet, tabii ki." José'nin yayvan sırıtışını düşününce, yüzüm beş gündür ilk defa samimi bir gülümsemeyle kaplandı.

"Yedi otuz."

"Görüşürüz, o zaman. Hoşça kal, José."

"Hoşça kal, Ana."

Kimden: Christian Grey

Konu: Yarın

Tarih: 8 Haziran 2011 14:27

Kime: Anastasia Steele

Sevgili Anastasia,

Seni saat kaçta alayım?

Christian Grey

CEO, Grey Şirketler Topluluğu

Kimden: Anastasia Steele

Konu: Yarın

Tarih: 8 Haziran 2011 14:32

Kime: Christian Grey

José'nin sergisi 19:30'da başlıyor. Saat kaçta almayı öneriyorsun?

Anastasia Steele
Editör, Jack Hyde'ın Asistanı, SBY

Kimden: Christian Grey
Konu: Yarın
Tarih: 8 Haziran 2011 14:34
Kime: Anastasia Steele

Sevgili Anastasia,
Portland bayağı uzak. Seni 17:45'te alayım.

Seni görmek için sabırsızlanıyorum.

Christian Grey
CEO, Grey Şirketler Topluluğu

Kimden: Anastasia Steele
Konu: Yarın
Tarih: 8 Haziran 2011 14:38
Kime: Christian Grey

O zaman görüşürüz.

Anastasia Steele
Editör, Jack Hyde'ın Asistanı, SBY

Ah, Tanrım. Christian'ı görecektim. Keyfim beş gündür ilk kez bir gıdım da olsa arttı ve kendime onun ne durumda olduğunu düşünme izni verdim.

Beni özlemiş miydi? Büyük olasılıkla benim onu özlediğim kadar özlememiştir. Yeni bir itaatkâr bulmuş muydu acaba? Düşünce o kadar acı vericiydi ki aklımdan derhal attım. Jack için ayıklamam gereken yazışma yığınına baktım ve Christian'ı aklımdan bir kez daha uzaklaştırmaya çalışarak işe koyuldum.

O gece yatakta bir sağa bir sola dönüp durarak uyumaya çalıştım ve ilk kez, uykuya ağlamaktan yorgun düşerek dalmadım.

Zihnimde Christian'ın yüzünü, evden ayrılırken gördüğüm son haliyle canlandırdım. Acı çeken ifadesi aklımdan bir türlü çıkmıyordu. Gitmemi istemediğini hatırlıyordum; tuhaftı. Olaylar böyle bir çıkmaza girmişken, neden kalacaktım ki? İkimiz de kendi sorunlarımızdan kaçıyorduk: Ben, cezalandırılma korkumdan, o ise... Onunki ne korkusuydu? Sevme korkusu mu?

Yan dönüp yastığıma sarılırken güçlü bir hüzünle dolmuştum. O sevilmeyi hak etmediğini düşünüyordu. Neden böyle hissediyordu ki? Yetiştirilme tarzıyla bir alakası olabilir miydi? Biyolojik annesiyle, şu uyuşturucu bağımlısı fahişeyle? Düşüncelerim, bana sonunda kesintili ve bitkin bir uykuya daldığım sabahın erken saatlerine kadar bir an rahat vermedi.

Gün bitmek bilmiyordu ve Jack her zamankinden daha kibardı. Nedeninin Kate'in mürdüm eriği rengi elbisesi ve dolabından çaldığım yüksek topuklu siyah pabuçları olmasından şüphelensem de, fazla kafa yormadım. İlk maaş çekimle kıyafet alışverişine çıkmaya karar vermiştim. Elbise üzerime bol geliyordu, ama farkında değilmişim gibi davranıyordum.

Sonunda saat beş otuz oldu ve sinirlerimi yatıştırmaya çalışarak ceketimi ve çantamı aldım. *Onu göreceğim!*

Jack ofisten çıkmak için masamın yanından geçerken, "Bu akşam randevun mu var?" diye sordu.

"Evet. Hayır. Pek sayılmaz."

Tek kaşını kaldırdı; belli ki ilgisini çekmişti. "Erkek arkadaşınla mı?"

Kızardım. "Erkek arkadaş değil. Eski erkek arkadaş."

"Belki yarın iş çıkışı bir içki içmek istersin. Kusursuz bir ilk hafta çıkardın, Ana. Kutlamalıyız." Yüzüne yayılan bilinmeyen, rahatsız edici gülümseme beni tedirgin etmişti.

Ellerini ceplerine sokarak çift kanatlı kapılardan dışarı yürüdü. Uzaklaşırken arkasından çatık kaşlarla baktım. Patronla içki iyi bir fikir miydi?

Başımı salladım. Önce sağ salim atlatmam gereken bir Christian Grey akşamı vardı. Bunu nasıl yapacaktım? Son dakika düzenlemeleri için, telaşla tuvalete gittim.

Duvardaki geniş aynada kendime uzun, sert bir bakış attım. Her zamanki gibi solgundum ve fazla iri gözlerimin etrafına koyu renk halkalar oturmuştu. Sıska ve cin çarpmış gibi görünüyordum. Keşke nasıl doğru düzgün makyaj yapılacağını bilseydim. Azıcık renklenme umuduyla biraz rimel ve göz kalemi uygulayıp yanaklarımı çimdikledim. Saçlarımı sırtımdan aşağı dökülecek şekilde düzelttim ve derin bir nefes aldım. İdare etmesi gerekecekti.

Gergin olmama rağmen, giriş holünü gülümseyerek geçtim ve resepsiyondaki Claire'e el salladım. Onunla arkadaş olabileceğimizi düşünüyordum. Ben kapılara yönelirken, Jack, Elizabeth'le konuşuyordu. Yüzünde geniş bir gülümsemeyle, bana kapıyı açmak için koşturdu.

"Önden buyur, Ana," diye mırıldandı.

"Teşekkürler." Mahcup bir şekilde gülümsedim.

Dışarıda, kaldırımda Taylor beni bekliyordu. Arabanın arka kapısını açtım. Peşim sıra dışarı çıkan Jack'e tereddütlü bir bakış attım. Audi SUV'ye hoşnutsuz bir ifadeyle bakıyordu.

Dönüp, onun –Christian Grey'in– kravatsız gri takım elbisesi ve yaka düğmesi açık gömleğiyle oturduğu arka koltuğa oturdum. Gri gözleri parlıyordu.

Ağzım kurudu. Bana surat asıyor olması dışında muhteşem görünüyordu. *Neden?*

Taylor kapıyı arkamdan kapatırken, Christian, "En son ne zaman yemek yedin?" diye çıkıştı.

Lanet olsun. "Merhaba, Christian. Seni de tekrar görmek çok güzel."

"Şu anda ukalalık yapmanı istemiyorum. Bana cevap ver." Gözleri çakmak çakmaktı.

Lanet olası. "Hmmm... Öğle yemeğinde yoğurt yedim. Ah, bir de muz."

İğneleyici bir sesle, "En son ne zaman gerçek bir öğün yedin?" diye sordu.

Taylor şoför koltuğuna yerleşti, arabayı çalıştırıp trafiğe daldı.

Başımı kaldırdığımda Jack bana el sallıyordu. Koyu renk camlardan beni nasıl görebildiğini anlamasam da karşılık verdim.

Christian, "O da kim?" diye çıkıştı.

"Patronum." Yanımdaki güzel adama bir bakış attım; ağzı düz bir çizgi halini almıştı.

"Evet? Son öğünün?"

Sıra dışı bir cesaret hissederek, "Christian, bu gerçekten de seni ilgilendirmez," diye mırıldandım.

"Yaptığın her şey beni ilgilendirir. Söyle."

Hayır, ilgilendirmez. Sıkıntıyla inledim ve havaya bakarak gözlerimi devirdim. Christian gözlerini kıstı ve uzun zamandır ilk kez gülmek istedim. Yüzeye çıkmak üzere olan kıkırtımı bastırmaya çalıştım. Ben gülmemek için debelenirken, Christian'ın yüzü yumuşadı ve biçimli dudaklarında bir gülümseme belirdi.

"Eee?" diye tekrarlarken, sesi daha yumuşaktı.

"*Pasta alla vongole*, geçen cuma," diye fısıldadım.

Yüzünden öfke ve büyük olasılıkla pişmanlık geçerken, gözlerini kapattı. "Anlıyorum," derken sesi ifadesizdi. "O zamandan bu yana iki üç kilo ya da daha fazlasını kaybetmiş gibi görünüyorsun. Lütfen bir şeyler ye, Anastasia," diye azarladı.

Kucağımda birbirine kenetli halde duran parmaklarıma bakıyordum. Neden her zaman kendimi asi bir çocuk gibi hissetmeme neden oluyordu?

Kıpırdandı ve bana döndü. "Nasılsın?" diye sorarken sesi hâlâ yumuşaktı.

Şey, doğrusu bok gibiyim... Yutkundum. "İyiyim dersem, yalan söylemiş olurum."

Derin bir iç çekti. "Ben de," diye mırıldandı ve uzanıp elimi sıkıca tuttu. "Seni özlüyorum," diye ekledi.

Ah, hayır. Teni tenimdeydi.

"Christian, ben..."

"Ana, lütfen. Konuşmamız gerek."

Ağlayacağım. Hayır. "Christian, ben... Lütfen... Çok ağladım." Duygularımı kontrol altında tutmaya çalışarak fısıldadım.

"Ah, bebeğim, hayır." Elimi çekti ve ne olduğunu anlamadan, kucağındaydım. Kolları beni sarmış, burnu saçlarımın arasına gömülmüştü. "Seni o kadar çok özledim ki, Ana," diye soludu.

Araya mesafe koymak ve kollarından çıkmak istiyordum, ama bana çok sıkı sarılmıştı. Beni göğsüne bastırıyordu. Eridim. Ah, olmak istediğim yer burasıydı.

Başımı ona yasladım ve beni tekrar tekrar öptü. Benim yuvam burasıydı. Keten, çamaşır yumuşatıcısı, vücut şampuanı ve en sevdiğim koku –Christian– karışımı bir kokusu vardı. Bir an için kendime her şeyin yoluna gireceği yanılsamasına düşme izni verdim ve bu, yaralı ruhumu yatıştırdı.

Birkaç dakika sonra, hâlâ şehrin içinde olmamıza rağmen, Taylor bir kaldırım girintisinde durdu.

"Gel." Christian beni kucağından indirdi. "Geldik."

Ne?

"Helikopter pisti... bu binanın tepesinde." Christian izah etmek ister gibi binaya doğru bakıyordu.

Tabii ya. *Charlie Tango.* Taylor kapıyı açtı, indim. Bana kendimi güvende hissetmemi sağlayan sıcak ve babacan bir gülümsemeyle bakıyordu.

"Mendilini sana iade etmeliyim."

"Sizde kalsın, Bayan Steele, en iyi dileklerimle birlikte."

Christian arabanın etrafını dolaşıp elimi tutarken kızardım. Taylor'a attığı meraklı bakışın karşılığı, hiçbir şeyi ele vermeyen, duygusuz bir ifade oldu.

Christian ona, "Dokuz?" dedi.

"Evet, efendim."

Christian dönerken Taylor'ı başıyla selamladı ve beni çift kanatlı kapıdan gösterişli bir hole soktu. Bense benimkilerin üzerine örtülen uzun, becerikli parmaklarını ve elini hissetmenin tadını çıkarmakla meşguldüm. O aşina çekim yine devredeydi. İkarus misali güneşine çekiliyordum. Çoktan yanmış olmama rağmen, işte yine aynı yerdeydim.

Asansörlere varınca çağırma düğmesine bastı. Ona kaçamak bir bakış attım; yüzünde gizemli gülümsemesi dans ediyordu. Kapılar açılırken elimi bıraktı ve beni içeri itti.

Kapılar kapanırken ikinci bir kaçamak bakış riskini aldım. Bana yukarıdan baktı ve işte, aynı elektrik aramızdaki havayı bir anda kaplayıvermişti. Elle tutulur bir elektrik. Neredeyse tadını alıyordum; aramızda âdeta bir nabız gibi atarak bizi birbirimize çekiyordu.

İç organlarıma kadar yayılan bu ilkel çekimin yoğunluğuyla anlık bir zevk duyarak iç geçirdim. "Ah, Tanrım."

"Ben de hissediyorum," derken, Christian'ın gözleri bulutlu ve yoğundu.

Arzu bütün karanlığı ve ölümcüllüğüyle kasıklarımda birikiyordu. Elimi sıkıca kavradı ve başparmağını parmaklarımın boğumlarına sürtünce, içimde, en derinlerdeki bütün kaslarımın enfes bir şekilde gerildiğini hissettim.

Bunu bana hâlâ nasıl yapabiliyor?

"Lütfen dudağını ısırma, Anastasia," diye fısıldadı.

Kafamı kaldırıp ona bakarken, dudağımı dişlerimin arasından çektim. Onu istiyordum. Burada, şimdi, asansörde. Nasıl istemezdim ki?

"Bunun beni nasıl etkilediğini çok iyi biliyorsun," diye mırıldandı.

Ah, onu hâlâ etkiliyordum demek. Beş gündür suratını asan içimdeki tanrıça, kendine gelir gibi oldu.

Kapılar birdenbire açılarak büyüyü bir anda bozdular; çatıya varmıştık. Hava rüzgârlıydı ve siyah ceketime rağmen üşüdüm. Christian kolunu bana dolayıp beni yanına çekti ve hızlı adımlarla helikopter pistinin ortasına, *Charlie Tango*'nun, pervaneleri ağır ağır dönerken beklediği yere yürüdük.

Üzerinde koyu renk bir takım elbise olan, uzun boylu, köşeli çeneli, sarışın bir adam aşağı atladı ve başını eğerek bize doğru koştu. Christian'la el sıkışırken, motorun sesini bastırmak için bağırdı.

"Gitmeye hazır, efendim. Sizindir!"

"Bütün kontroller yapıldı mı?"

"Evet, efendim."

"Sekiz otuz civarı gelirsiniz, değil mi?"

"Evet, efendim."

"Taylor seni ön tarafta, dışarıda bekliyor."

"Teşekkürler, Bay Grey. Portland'a güvenli bir uçuş dilerim. Hanımefendi." Beni selamladı. Christian elimi bırakmadan onu başıyla selamladı ve iyice eğilerek beni helikopterin kapısına götürdü.

İçeri girince, beni kayışlarını sıkıca çektiği emniyet kemeriyle iyice bağladı. Bana ne yaptığını bilen bir bakış ve gizemli gülümsemesini gönderdi.

"Bu seni yerinde tutar," diye mırıldandı. "Bu kemeri sana çok yakıştırdığımı söylemem gerek. Hiçbir şeye dokunma."

Ben koyu kırmızıya çalarken, Christian işaret parmağını yanağımda dolaştırdı ve kulaklıkları uzattı. *Ben de sana dokunmak isterdim, ama sen bana izin vermiyorsun.* Yüzümü buruşturdum. Ayrıca kayışları öylesine sıkmıştı ki kıpırdayamıyordum bile.

Kendi koltuğuna oturdu, kemerini bağladı ve uçuş öncesi kontrollere girişti. O kadar becerikliydi ki. Baştan çıkarıcıydı. Kulaklıklarını taktı, bir şalteri kaldırdı ve pervaneler hızlanarak beni duyamaz hale getirdiler.

Döndü, bana bakarak, "Hazır mısın, bebek?" diye sordu. Sesi kulaklılarda yankılanıyordu.

"Evet."

Çocuksu gülümsemesiyle sırıtıyordu. Vay canına, bu gülümsemeyi görmeyeli o kadar uzun zaman olmuştu ki.

"Sea Tac kule, burası *Charlie Tango* Golf, Golf Echo Otel, PDX üzerinden Portland uçuşu için kalkışa hazırız. Lütfen onay verin, tamam."

Hava trafik kontrolörünün metalik sesi talimatlarla karşılık verdi.

"Anlaşıldı, kule, *Charlie Tango* harekete geçiyor." Christian iki şalteri kaldırdı, direksiyonu sıkıca tuttu ve helikopter ağır ve yumuşak bir hareketle akşam göğüne yükseldi.

Seattle ve midem geride kalırken, görülecek o kadar çok şey vardı ki.

"Gün doğumunun peşine düşmüştük, Anastasia, şimdi sıra gün batımında." Sesi kulaklıklardan geliyordu. Döndüm ve ona şaşkın gözlerle baktım.

Bu da ne demekti? Nasıl oluyor da söylenebilecek en romantik sözleri sarf edebiliyordu? Christian gülümseyince, ben de utangaç gülümsememe mani olamadım.

"Akşam güneşinin güzelliği bir yana, bu kez görecek daha çok şey var," dedi.

Seattle'a son uçuşumuzda hava karanlıktı, ama bu akşam manzara görülmeye değer ve kelimenin tam anlamıyla başka bir dünyaya ait gibiydi. En yüksek binaların arasında, yukarıdaydık ve gittikçe daha da yükseliyorduk.

"Escala şu tarafta." Binayı işaret etti. "Boeing şurada ve Space Needle'ı[1] da görebilirsin."

Kafamı çevirdim. "Hiç gitmedim."

"Seni götürürüm. Orada yemek yiyebiliriz."

"Christian, biz ayrıldık."

"Biliyorum, yine de seni oraya götürüp karnını doyurabilirim." Bana dik dik bakıyordu.

Kafamı salladım ve ona zıt gitmemeye karar verdim. "Burası, yukarısı, gerçekten çok güzel, teşekkürler."

"Etkileyici, değil mi?"

"Bunu yapabiliyor olman etkileyici."

---

1 (Uzay İğnesi) Seattle'ın neredeyse tamamını kuş bakışı gören kulenin adı. (ç. n.)

"Sizden kompliman duymak ha, Bayan Steele? Ben sayısız becerisi olan bir adamım."

"Bunun fazlasıyla farkındayım, Bay Grey."

Dönüp bana sırıttı ve beş gündür ilk kez biraz olsun gevşedim. Belki de o kadar da kötü olmayacaktı.

"Yeni işin nasıl?"

"İyi, teşekkürler. İlginç."

"Patronun nasıl biri?"

"Ah, iyi biri." Christian'a, Jack'in beni tedirgin ettiğini nasıl söyleyebilirdim? Christian bana bakıyordu.

"Sorun ne?" diye sordu.

"Bariz olanın dışında, hiçbir şey."

"Bariz olan mı?"

"Ah, Christian, bazen gerçekten de kalın kafalı oluyorsun."

"Kalın kafalı mı? Ben mi? Bana hitap şeklinizi beğendiğim söylenemez, Bayan Steele."

"Kalın kafalı olma o zaman."

Dudakları bir gülümsemeyle kıvrıldı. "Ukalalıklarını özlemişim, Anastasia."

İç geçirdim ve avaz avaz bağırmak istedim. *Ben de seni özledim –her şeyini– sadece ukalalıklarını değil!* Ama güneye doğru yol alırken, sessizliğimi korudum ve *Charlie Tango*'nun cam bir fanusu andıran ön camından dışarıya baktım. Gün batımı sağımızda kalmış, iri, turuncu alevler saçan güneş ufukta hayli alçalmıştı ve ben bir kez daha İkarus olmuş, güneşe fazla yakın uçuyordum.

Gün batımı Seattle'la beraber ardımızda kalırken gökyüzü sadece Tabiat Ana'nın elinden çıkacak bir mükemmellikle birbirine karışmış opaller, pembeler ve camgöbeği mavilerle kaplıydı. Bulutsuz, serin bir akşamdı ve Christian helikopteri piste indirirken, Portland'ın ışıkları bizi göz kırparak karşıladılar. Üç haftadan kısa bir süre önce, Portland'dan ayrılırken bulunduğumuz tuhaf, kahverengi tuğla binanın tepesindeydik.

Hiç uzun bir zaman sayılmazdı, ama Christian'ı bir ömür boyu tanıyormuş gibi hissediyordum. *Charlie Tango*'nun motorunu kapattı, pervaneleri durdurmak için birkaç şalteri indirdi ve bir süre sonra duyabildiğim tek şey, kulaklıklardan gelen kendi nefesim oldu. Hımm... Bana bir an için Thomas Tallis tecrübesini anımsatmıştı. Benzim attı. Şu anda o konuya girmeyi hiç istemiyordum.

Christian kendi kemerini çözdükten sonra benimkini çözmek için uzandı.

"Yolculuk iyi geçti mi, Bayan Steele?" diye sorarken sesi yumuşacık, gözleri ışıl ışıldı.

Kibarca, "Evet, teşekkürler, Bay Grey," diye yanıtladım.

"Pekâlâ, haydi gidip oğlanın fotoğraflarını görelim." Bana uzattığı eli tutup *Charlie Tango*'dan indim.

Gri saçlı ve bıyıklı bir adam, suratında yayvan bir sırıtışla bizi karşılamaya geldi. Bir önceki seferde bizi uğurlayan emektar olduğunu anımsadım.

"Joe." Christian gülümsedi ve Joe'nun elini sıkmak için benimkini bıraktı.

"Stephan gelene kadar ona göz kulak ol. Sekiz dokuz gibi burada olur."

"Olurum, Bay Grey. Hanımefendi," diye ekleyerek beni selamladı. "Arabanız aşağıda bekliyor, efendim. Ah, bu arada asansör bozuk olduğu için merdivenleri kullanmanız gerekecek."

"Teşekkürler, Joe."

Christian elimi tuttu ve acil çıkış merdivenlerine yürüdük.

Onaylamayan bir tavırla, "Neyse ki sadece üç kat inmen gerekecek," diye mırıldandı.

Doğruydu.

"Çizmeleri beğenmedin mi?"

"Çok beğendim, Anastasia." Bakışları karardı ve bir şey daha söyleyeceğini sandım, ama durdu. "Gel. Acele etmeyeceğiz. Düşüp boynunu kırmanı istemem."

Şoförümüz bizi galeriye götürürken sessizce oturduk. Kaygılı halim tam güç geri dönmüştü ve *Charlie Tango*'da geçirdiğimiz zamanın fırtınanın ortasındaki sükûnet bölgesi olduğunu fark ettim. Christian sessiz ve düşünceli... hatta kaygılıydı. Biraz önceki rahat ruh halimiz kaybolmuştu sanki. Söylemek istediğim çok şey vardı, ama yolculuk fazla kısaydı. Christian düşünceli gözlerle pencereden dışarı bakıyordu.

"José sadece bir arkadaş," diye mırıldandım.

Christian döndü, bana baktı. Koyulmuş, mesafeli bakışları düşüncelerini ele vermiyordu. Ağzı, ah o ağzı, dikkat dağıtıcı ve seksiydi. Üzerimde gezdiği, her yerimde olduğu anları hatırlıyordum. Tenim ısındı. Christian çatık kaşlarla, koltuğunda kıpırdandı.

"O güzel gözler, yüzünde fazla büyük duruyor, Anastasia. Lütfen bana yemek yiyeceğini söyle."

Otomatik olarak, yavan bir sesle, "Evet, Christian, yiyeceğim," dedim.

"Ben ciddiyim."

"Öyle mi?" Sesimdeki küçümsemeye engel olamamıştım. Gerçekten, son birkaç günde bana cehennemi yaşatan adamdaki cürete bak... Hayır, yanlıştı. Cehennemi kendime ben yaşatmıştım. Hayır. O yaşatmıştı. İyice karışan kafamı salladım.

"Seninle kavga etmek istemiyorum, Anastasia. Seni geri istiyorum. Ve sağlıklı olarak," dedi.

"Ama değişen bir şey yok." *Sende hâlâ bomboklüğun elli tonu var.*

"Dönüş yolunda konuşalım. Geldik."

Araba galerinin önünde durdu ve Christian beni nutkum tutulmuş halde bırakarak arabadan indi. Benim için açık tuttuğu kapıdan çıktım.

"Bunu neden yapıyorsun?" Sesim beklediğimden yüksek çıkmıştı.

"Neyi neden yapıyorum?" Christian şaşırmıştı.

"Neden böyle bir şey söyleyip sonra birden duruyorsun?"

"Anastasia, geldik. Olmak istediğin yere. Bu işi bitirelim, öyle konuşuruz. Sokakta bir olay çıksın istemiyorum."

Etrafıma baktım. Haklıydı. Fazla göz önündeydik. Christian bana tepeden bakarken dudaklarımı birbirine bastırdım.

Asık bir suratla, "Tamam," diye mırıldandım. Elimi sıkıca tutarak beni binaya soktu.

Depodan bozma bir binadaydık. Tuğla duvarlar, koyu ahşap parkeler, beyaz tavanlar ve beyaz borular. Havadar ve moderndi; galeri katında şaraplarını yudumlayarak ve José'nin eserlerini hayranlıkla inceleyerek dolaşan bir sürü insan vardı. Bir an, José'nin hayalini gerçekleştirmiş olduğunu kavrayınca, sıkıntılarım eriyip kayboldu. *Tebrikler, José!*

"İyi akşamlar. José Rodriguez'in sergisine hoş geldiniz." Bizi kısacık kahverengi saçlı, parlak kırmızı rujlu ve kocaman halka küpeleri olan, siyahlar içindeki genç bir kadın karşıladı. Bana kısa bir bakışın ardından, Christian'ı gereğinden uzun süre süzdü ve yanakları kızardı; gözlerini kırpıştırarak tekrar bana döndü.

Alnımı kırıştırdım. *O benim*, ya da eskiden öyleydi. Kıza surat asmamak için kendimi zor tutuyordum. Bakışları tekrar odaklanırken, gözlerini bir kez daha kırpıştırdı.

"Ah, siz Ana'sınız. Sergiyle ilgili fikrinizi duymak isterim." Bana sırıtarak bir broşür uzattı ve üzeri içkiler ve atıştırmalıklarla dolu bir masaya götürdü.

"Onu tanıyor musun?" Christian'ın kaşları çatıktı.

En az onun kadar şaşkın bir ifadeyle başımı salladım.

Omuz silkerken dalgın görünüyordu. "Ne içmek istersin?"

"Bir kadeh beyaz şarap alırım, teşekkürler."

Alnı kırışsa da çenesini tutup açık bara yürüdü.

"Ana!"

José, bir insan kalabalığını yararak bana doğru geliyordu.

Tanrı aşkına! Takım elbise giymişti. İyi görünüyor ve bana ışık saçan bir gülümsemeyle bakıyordu. Beni kollarının arasına alıp sımsıkı kucakladı. Elimden sadece gözyaşlarına boğulmamak için çaba harcamak geliyordu. Kate uzaklardayken tek dostum José'ydi. Yaşlar gözlerimde birikti.

Kulağıma, "Ana, gelebilmene çok sevindim," diye fısıldadı. Birden, biraz geri çekilip beni süzmeye başladı.

"Ne?"

"Hey, sen iyi misin? Biraz şey... tuhaf görünüyorsun. *Dios mío*, sen kilo mu verdin?"

Gözyaşlarıma engel olmak için gözlerimi kırpıştırdım; *Tanrım o da mı?* "José, ben iyiyim. Senin adına çok mutluyum o kadar. Sergi için tebrikler." O çok tanıdık suratına yerleşen endişeyi görünce sesim titredi ama kendimi toplamaya mecburdum.

"Buraya nasıl geldin?" diye sordu

Birden kaygılanarak, "Beni Christian getirdi," dedim.

"Ah." Beni bırakırken José'nin suratı düştü. "Nerede o?" İfadesi kararmıştı.

"Şu tarafta. İçki getiriyor." Başımla Christian'ın olduğu tarafı işaret ettim ve sırada bekleyen biriyle şakalaştığını gördüm. Christian kafasını kaldırınca bakışlarımız kilitlendi. Ve o kısacık anda, bana anlaşılmaz bir duyguyla bakan inanılmaz derecede yakışıklı adama, elim ayağım tutmaz halde bakakaldım. Yakıcı bakışları beni delip geçiyordu ve bir an için birbirimizin gözlerinde kaybolduk.

Tanrım... Bu güzel adam beni geri istiyordu ve içimde, derinlerde bir yerde, şafağın erken saatlerinde yaşanan bir sabah mutluluğunu andıran tatlı bir neşe usulca kendini göstermeye başladı.

"Ana!" Dikkatim José'nin sesiyle dağılırken buraya ve şimdiki zamana sürüklendim. "Gelmene çok sevindim. Dinle, seni uyarmalıyım ki..."

Bayan Çok Kısa Saç ve Kırmızı Ruj, José'nin sözünü yarıda kesiverdi. "José, *Portland Printz*'den bir gazeteci seni görmeye gelmiş. Haydi." Bana nazik bir gülümsemeyle baktı.

"Ne kadar havalı değil mi? Şu şöhret yok mu?" Sırıttı ve ben de kendimi tutamayarak sırıttım. O kadar mutluydu ki. "Sonra görüşürüz, Ana." Yanağımı öptü ve uzun boylu, sıska bir fotoğrafçının yanında duran genç kadına doğru yürüdü.

José'nin fotoğrafları her yerdeydi; bazıları büyütülerek kocaman tuvallere basılmışlardı. Siyah beyaz ve renkli, bir sürü fotoğraf vardı. Manzaraların çoğuna ruhani bir güzellik hâkimdi. Vancouver'daki gölün yakınında çekilmiş bir tanesinde, sabahın erken saatlerinin pembe bulutları suyun hareketsizliğine yansıyordu. Bir an için sükûnet ve huzur beni bambaşka yerlere taşıdı. Göz alıcıydı.

Christian yanıma geldi ve bana şarap kadehimi uzattı.

"Beklentilerine uygun mu?" Sesim daha normal çıkmıştı.

Bana soran gözlerle baktı.

"Şarap."

"Hayır. Bu tür ortamlarda genelde olmaz. Çocuk bayağı yetenekli, öyle değil mi?" Christian göl fotoğrafını inceliyordu.

"Portreni çekmesini neden istedim sanıyorsun?" Sesimdeki gurur belirgindi. Duygusuz bakışları fotoğraftan bana kaydı.

"Christian Grey?" *Portland Printz*'in fotoğrafçısı Christian'a yaklaştı. "Bir fotoğraf alabilir miyim, efendim?"

"Elbette." Christian asık suratını gizledi. Ben bir adım geri çekildim, ama beni elimden tutup yanına çekti. Fotoğrafçı ikimize bakarken şaşkınlığını gizleyemedi.

"Bay Grey, teşekkürler." Birkaç poz çekti. "Bayan?.." diye sordu.

"Ana Steele," diye yanıtladım.

"Teşekkürler, Bayan Steele." Hızlı adımlarla uzaklaştı.

"İnternette yanında kız arkadaşlarınla fotoğraflarını aradım. Hiç yoktu. Kate'in senin gey olduğunu sanması bu yüzdendi."

Christian'ın dudakları bir gülümsemeyle kıvrıldı. "Bu, münasebetsiz sorunu açıklıyor. Hayır, ben kimseyle çıkmam, Anastasia. Senden başka. Ama bunu zaten biliyorsun." Sesi samimi ve sakindi.

"Yani hiçbir zaman..." bizi kimsenin duyamayacağından emin olmak için etrafımı kontrol ettim, "itaatkârlarınla dışarı çıkmadın, öyle mi?"

"Zaman zaman çıktım. Ama randevu amaçlı değil. Alışveriş, bilirsin." Omuz silkerken gözleri gözlerimden bir an bile ayrılmadı.

Ah, demek sadece oyun odasında –Kırmızı Acı Odası'nda– ve dairesinde görüşüyorlardı. Bu konuda ne hissetmem gerektiğini bilemiyordum.

"Sadece seninle dışarı çıktım Anastasia," diye fısıldadı.

Kızararak parmaklarıma baktım. Kendince beni önemsiyordu.

"Şu arkadaşın portreden çok manzara adamı gibi görünüyor. Haydi, etrafa bakınalım." Uzattığı elini tuttum.

Birkaç fotoğrafın daha önünden geçtik ve gözüme, beni tanır gibi, kocaman gülümsemelerle selam veren bir çift takıldı. Christian'ın yanında olduğum için olsa gerekti, ama genç bir adam gözlerini bana dikmişti. *Tuhaf.*

Köşeyi döndük ve neden tuhaf bakışlar aldığımı anladım. Uzak bir duvarda, tam yedi portre asılıydı. Benim portrelerim.

Portrelere afallamış gözlerle boş boş bakarken, yüzümdeki kanın tamamı çekildi. Surat asan, gülen, yüzünü buruşturan, ciddi, eğlenen ben. Hepsi çok yakından çekilmişti ve hepsi siyah beyazdı.

Lanet olsun! Birkaç defa ziyarete geldiğinde, şoför ya da fotoğrafçı asistanı olarak onunla dışarı çıktığım zamanlarda, kamerasıyla uğraştığını hatırlıyordum. Enstantaneler çekerdi; ya da ben öyle sanmıştım. Bu fotoğrafları çektiğinin farkına varmamıştım.

Christian, transa geçmiş gibi sırayla fotoğraflara bakıyordu.

Esrarlı bir sesle, "Görünüşe bakılırsa yalnız değilim," diye mırıldanırken, ağzı düz bir çizgi halini aldı.

Öfkelendiğini düşündüm.

Beni parlak bakışlarıyla delip geçerek, "İzninle," dedi. Resepsiyon bankosuna yürüdü.

Şimdi derdi neydi? Bayan Çok Kısa Saç ve Kırmızı Ruj'la hararetli konuşmasını büyülenmiş gözlerle izledim. Cüzdanını çıkarıp kredi kartını uzattı.

Lanet olsun. Portrelerden birini almış olmalıydı.

"Hey. Demek ilham perisi sensin. Bu fotoğraflar müthiş." Parlak sarı saç perçemi önüne düşen genç bir adam irkilmeme neden oldu. Dirseğimde bir el hissettim; Christian geri gelmişti.

"Şanslı adamsın." Sarı Perçem, ona soğuk bir bakış atan Christian'a hitap etmişti.

Christian esrarengiz bir sesle, "Öyleyim," diye mırıldandı ve beni bir kenara çekti.

"Yoksa bunlardan birini satın mı aldın?"

Gözlerini fotoğraflardan ayırmadan homurdandı. "Birini mi?"

"Birden fazla mı aldın?"

Gözlerini kaçırdı. "Hepsini satın aldım, Anastasia. Yabancının tekinin, evinin mahremiyetinde seni arzuyla süzmesini istemem."

İlk tepkim gülmek oldu. "O kişinin sen olmasını tercih ediyorsun yani?" diye alay ettim.

Küstahlığım karşısında hazırlıksız yakalanarak bana dik dik baktı, ama ne kadar eğlendiğini saklamaya çalışıyordu.

"Doğrusu, evet."

Sadece dudaklarımı hareket ettirerek, "Sapık," dedim ve gülümsememe mani olmak için alt dudağımı ısırdım.

Ağzı açık kaldı, ama eğlendiği her halinden belliydi. Düşünceli bir tavırla çenesini okşadı.

"Bu değerlendirmeye itiraz edemem, Anastasia." Kafasını salladı, ama bakışları yumuşamıştı.

"Tartışmayı daha ileri götürebilirdim, ama bir gizlilik anlaşması imzaladım."

Beni süzerek iç geçirdi, ama sonra bakışları koyuldu. "O ukala ağzına neler yapmak isterdim bir bilsen."

Ne demek istediğini çok iyi bilerek iç geçirdim. "Çok kabasın." Şaşırmış görünmeye çalıştım ve başardım. Hiç mi sınırı yoktu?

Eğlenir gibi pis pis sırıttı ve sonra kaşlarını çattı.

"Bu fotoğraflarda çok rahat görünüyorsun, Anastasia. Ben seni çok sık böyle görmüyorum."

Vay vay vay! Şakalaşırken nasıl da birden ciddileşti!

Kızararak bakışlarımı parmaklarıma çevirdim. Başımı kaldırdı ve parmaklarının temasıyla derin bir iç geçirdim.

"Benim yanımda da bu kadar rahat olmanı istiyorum," diye fısıldadı. Mizahtan eser kalmamıştı sesinde.

İçimde bir yerde yine aynı sevinç kıpırdandı. *Ama bu nasıl olabilir?* Bizim sorunlarımız vardı.

"Bunu istiyorsan sinirlerimi bozmaktan vazgeçmen gerek," diye cevabı yapıştırdım.

Ateş saçan gözlerle, "Senin de iletişim kurmayı öğrenmen ve ne hissettiğini bana söylemen gerek," diye karşılık verdi.

Derin bir nefes aldım. "Christian, beni itaatkâr olarak istiyorsun. Sorun burada. İtaatkârın tanımında. Bir ara bana e-postayla göndermiştin." Kelimeleri hatırlamaya çalışarak duraksadım. "Sanırım eş anlamlıları şunlardı, alıntı yapıyorum: 'Uyumlu, pasif, uysal, yumuşak başlı, boyun eğen, teslim olmuş, sabırlı, evcilleştirilmiş, itaat eden.' Sana bakmamam gerekiyordu. Sen bana izin vermediğin sürece seninle konuşmamam. Ne bekliyorsun ki?" diye tısladım.

Ben sözlerime devam ederken, Christian'ın kaşları daha da çatıldı.

"Seninle olmak insanın aklını karıştırıyor. Sana kafa tutmamı istemiyorsun, ama ukalalığımı seviyorsun. İtaat istiyorsun, ama beni cezalandırabilmek için itaat etmemem gereken zamanlar da var. Seninleyken ne yapmam gerektiğini bilemiyorum."

Gözlerini kıstı. "Her zamanki gibi iyi bir noktaya doğru şekilde parmak bastınız, Bayan Steele." Sesi soğuktu. "Haydi, bir şeyler yemeye gidelim."

"Geleli sadece yarım saat oldu."

"Fotoğrafları gördün, oğlanla konuştun."

"Onun adı José."

"José'yle, son karşılaşmamızda sen sarhoş halde kusarken, dilini ağzından içeri itmeye çalışan adamla konuştun," diye hırladı.

"O bana hiç vurmadı," diye cevabı yapıştırdım.

Suratını buruştururken, her bir hücresinden öfke yayılıyordu. Tehditkâr bir sesle, "İşte bu belden aşağı vurmak oldu, Anastasia," diye fısıldadı.

Benzim atarken, Christian güçlükle bastırdığı öfkeyle ellerini saçlarının arasından geçirdi. Gözlerimi ondan ayırmıyordum.

"Seni bir şeyler yemeye götürüyorum. Gözümün önünde solup gidiyorsun. Çocuğu bul, vedalaş."

"Lütfen, biraz daha kalamaz mıyız?"

"Hayır. Git. Vedalaş."

Ona ters ters baktım. Bay Lanet Olası Kontrol Manyağı. Öfkeli olmak iyiydi. Öfkeli olmak, ağlamaklı olmaktan iyiydi.

Bakışlarımı ondan güçlükle ayırıp odada José'yi aradım. Bir grup genç kadınla konuşuyordu. Elli Ton'dan uzaklaşıp ona doğru yürüdüm. Sırf beni buraya o getirdi diye, isteklerini yerine getirmem mi gerekiyordu? Kim olduğunu sanıyordu ki?

Kızlar José'nin ağzının içine düşecek gibiydiler. Ben yaklaşırken içlerinden biri, hiç şüphesiz beni portrelerden tanıyarak iç geçirdi.

"José."

"Ana. İzninizle, kızlar." José onlara sırıttı ve kolunu belime koydu. José'nin rahat ve kadınları etkileyen hali, bir şekilde komiğime gitmişti.

"Kızmış gibisin," dedi.

"Gitmem gerek," dedim.

"Daha yeni geldin."

"Biliyorum, ama Christian'ın dönmesi gerek. Fotoğraflar muhteşem, José. Çok yeteneklisin."

Sırıttı. "Seni görmek harikaydı."

Beni kucaklayıp etrafında döndürürken, galerinin karşı tarafında duran Christian'ı gördüm. Suratı asılmıştı; José'nin kolları arasında olduğum içindi sanırım. Bu yüzden, çok hesaplı bir hareketle, kollarımı José'nin boynuna doladım. Christian'ın son nefesini vermek üzere olduğunu düşündüm. Bakışları iyice uğursuz bir hal alırken, ağır adımlarla bize yaklaşmaya başladı.

"Beni portreler konusunda uyardığın için sağ ol."

"Lanet olsun. Özür dilerim, Ana. Söylemem gerekirdi. Beğendin mi?"

Sorusu karşısında bir an afallayarak, dürüstçe, "Hmm... Bilmiyorum," dedim.

"Neyse, hepsi onları çok beğenen birine satıldı. Ne harika değil mi? Artık bir poster kızısın." Christian, José'nin neyse ki görmediği asık bir suratla yanımıza ulaşırken, José bana daha sıkı sarıldı.

Daha sonra beni bırakıp, "Arayı açmayalım, Ana. Ah, Bay Grey, iyi akşamlar."

"Bay Rodriguez, çok etkileyici." Christian'ın sesinde dondurucu bir nezaket gizliydi. "Daha fazla kalamayacağımız için üzgünüm, ama Seattle'a dönmemiz gerek. Anastasia?" "Miz" kısmını biraz bastırdı ve bunu yaparken elimi tuttu.

"Hoşça kal, José. Tekrar tebrikler." Yanağına hızlı bir öpücük kondurdum ve ben ne olduğunu anlamadan, Christian beni binadan dışarı sürüklüyordu. Sessizliğinin altında öfkeden köpürdüğüne emindim, ama ben de farklı durumda değildim.

Sokakta aceleyle bir aşağı bir yukarı baktıktan sonra sola saptı ve birden beni bir sokak aralığına çekip bir duvara yasladı. Yüzümü ellerinin arasına alıp coşkulu ve kararlı gözlerine bakmaya zorladı.

İç geçirdim. Dudakları aşağı uzandı. Beni vahşice öpüyordu. Bir an için dişlerimiz çarpıştı, sonra dili ağzımın içine kaydı.

Arzu bedenimin dört bir yanında, binlerce havai fişek misali patlarken, coşkusuna ayak uydurdum ve ellerimi saçlarının arasına daldırıp sertçe çekerek öpüşüne karşılık vermeye başladım. Gırtlağının gerisinden, içimde yankılanan alçak bir ses yükselirken, elleri bedenimden aşağı, kalçalarımın üst kısmına indi ve parmakları mürdüm eriği rengi elbisenin üzerinden etime gömüldü.

Onu son birkaç günün bütün pişmanlık ve kırgınlığını öpüşüme akıtarak kendime çektim. Bu kör edici tutku anında, onun da aynı şeyi yaptığı ve aynı hislere sahip olduğu kafama dank etti.

Nefes nefese geri çekilerek öpüşmemize son verdi. Gözleri arzuyla parlıyor ve vücudumda pompalanan, çoktan ısınmış kanımı iyice alevlendiriyordu. Ciğerlerime biraz hava çekmek için uğraşırken, ağzım yarı aralıktı.

Kelimelerin üstüne basa basa, "Sen. Benimsin," diye hırladı. Beni kendinden uzaklaştırdı ve maraton koşmuş gibi, eğilip ellerini dizlerine yasladı. "Tanrı aşkına, Ana."

Ben de nefes nefese, vücudumdaki isyankâr tepkiyi kontrol altına almaya ve dengemi geri kazanmaya çalışarak duvara yaslandım.

Nefesimi bulur bulmaz, "Üzgünüm," dedim.

"Olmalısın. Ne yaptığını biliyorum. Fotoğrafçıyı istiyor musun, Anastasia? Sana karşı bir şeyler hissetiği çok belli."

Suçlu bir tavırla başımı salladım. "Hayır. O sadece bir arkadaş."

"Yetişkinlik hayatımın tamamını her tür uç duygudan kaçınmaya çalışarak geçirdim. Ama sen... İçimdeki bana tamamen yabancı duyguları açığa çıkarıyorsun. Bu çok..." Doğru kelimeyi ararken, kaşlarını çattı. "Rahatsız edici. Kontrolü seviyorum, Ana ve senin yakınındayken bu..." –doğruldu, bakışları keskindi– "... buhar olup uçuyor." Elini saçlarının arasından geçirirken derin bir nefes aldı. Sonra elimi sıkıca tuttu.

"Gel, konuşmamız ve senin bir şeyler yemen gerek."

BÖLÜM İKİ

Beni küçük, samimi bir restorana soktu.

"Burasıyla idare etmemiz gerekecek," diye homurdandı. "Fazla zamanımız yok."

Restoran bana fena görünmemişti. Ahşap sandalyeler, keten masa örtüleri ve yaldızlı aynaların rastgele serpiştirildiği, Christian'ın oyun odasıyla aynı renkte –koyu kan kırmızı– duvarlar, beyaz mumlar ve beyaz güllerin süslediği küçük vazolar. Ella Fitzgerald fonda, adına aşk denen şey üzerine bir şarkı mırıldanıyordu. Çok romantikti.

Garson bizi küçük bir cumbadaki iki kişilik masaya buyur etti. Ne diyeceğini merak ederek, kaygılı bir halde oturdum.

Christian garsona, "Çok fazla vaktimiz yok," dedi. "Bu yüzden orta pişmiş sığır fileto, varsa *bernaise* sos, kızarmış patates ve yeşil sebze istiyoruz. Ve lütfen bana şarap listesini getirin."

"Elbette, efendim." Christian'ın serinkanlı ve sakin etkinliği karşısında şaşıran garson hızla uzaklaştı. Christian, BlackBerry'sini masaya yerleştirdi. Tanrım, benim seçme şansım yok muydu?

"Ya biftek sevmiyorsam?"

İç geçirdi. "Başlama, Anastasia."

"Ben çocuk değilim, Christian."

"O zaman çocuk gibi davranmaktan vazgeç."

Suratıma bir tokat yemiş gibi oldum. Demek böyle olacaktı. Romantik ortama rağmen, kalplerden ve çiçeklerden arınmış, tedirgin, endişe verici bir konuşma.

Kırgınlığımı gizlemeye çalışarak, "Biftek sevmediğim için mi çocuk oldum?" diye mırıldandım.

"Beni kasten kıskandırdığın için. Çocukça bir hareket. Arkadaşının duygularına hiç saygın yok mu ki onu böyle kışkırtıyorsun?" Garson şarap listesiyle geri geldiğinde, Christian dudaklarını birbirine bastırarak yüzünü asmıştı.

Kızardım. Aklıma gelmemişti. Zavallı José; onu cesaretlendirmeyi kesinlikle istemezdim. Birden utançtan yerin dibine geçtim. Christian'ın haklılık payı vardı; düşüncesizce davranmıştım. Şarap listesine bakıyordu.

Bana kaşlarını kaldırarak beklentiyle bakarken, küstahlığın canlı temsili gibiydi. "Şarabı sen seçmek ister misin?" Şarap hakkında hiçbir şey bilmediğimi iyi bilirdi.

"Sen seç," derken asık suratlı, ama daha uysaldım.

"İki kadeh Barossa Valley Şiraz, lütfen."

"Şey... Biz o şarabı sadece şişe olarak satıyoruz, efendim."

Christian, "O zaman şişe olsun," diye çıkıştı.

"Efendim." Garson sinerek masadan uzaklaştı. Onu suçlayamazdım. Elli Ton'a çatık kaşlarla baktım. Onu yiyip bitiren neydi? Ah, büyük olasılıkla bendim ve ruhumun derinliklerinde bir yerde içimdeki tanrıça uyku mahmuru bir halde doğruldu, gerindi ve gülümsedi. Bir süredir derin uykudaydı.

"Çok huysuzsun."

Bana duygusuz bir ifadeyle baktı. "Neden acaba?"

"Pekâlâ, geleceğe dair samimi ve dürüst bir tartışma için doğru tonu yakalamak iyi olur, sence de öyle değil mi?" Ona tatlı tatlı gülümsedim.

Ağzı dümdüz bir çizgiye döndü, ama sonra, neredeyse istemsizce, dudaklarının uçları kıvrıldı. Gülümsemesini bastırmaya çalıştığını anladım.

"Özür dilerim," dedi.

"Özrün kabul edildi ve birlikte son yemeğimizden bu yana vejetaryen olmaya karar vermediğimi bildirmekten mutluluk duyarım."

"Son yemek yiyişin o zaman olduğuna göre, sanırım biraz tartışmalı bir nokta."

"İşte yine aynı kelime. Tartışmalı."

"Tartışmalı." Dudaklarını oynatırken gözleri keyifle yumuşamıştı. Elini saçlarının arasından geçirdi ve tekrar ciddileşti. "Ana, son konuşmamızda beni terk ettin. Biraz gerginim. Sana seni geri istediğimi söyledim ve sen... Hiçbir şey söylemedin." Açık kalpliliği beni tamamen etkisiz hale getirirken, bakışları yoğun ve beklenti doluydu. Buna ne cevap vermem gerekiyordu?

"Seni özledim... Gerçekten özledim, Christian. Son birkaç gün... zordu." Yutkundum ve onu terk etmemden bu yana hissettiğim umutsuz ıstırabı hatırlayınca boğazımdaki yumru iyice büyüdü.

Bu son bir hafta hayatımın en kötü haftası olmuştu. Acı neredeyse tarifsizdi. Hiçbir şey bunun yakınından bile geçmemişti. Ancak gerçek beni tekrar can evimden vurdu.

"Değişen bir şey yok. Benden olmamı istediğin şey olamam." Kelimeleri gırtlağımdaki yumrunun yanından güçlükle sıkıştırıp çıkardım.

"Sen olmanı istediğim şeysin," dedi tumturaklı bir şekilde.

"Hayır, Christian, değilim."

"Son görüşmemizde olanlar yüzünden üzgünsün. Aptalca davrandım ve sen... sen de öyle. Neden güvenli kelimeyi kullanmadın, Anastasia?" Ses tonu değişmiş, suçlayıcı bir hal almıştı.

Ne? Vay canına... Konuyu nasıl saptırdığına bakın.

"Cevap ver."

"Bilmiyorum. Kendimi kaptırdım. Benden olmamı istediğin kişi olmaya çalışıyordum, acıyla baş etmeye ve aklımdan çıkıverdi. Bilirsin... Unuttum," diye fısıldadım utanarak ve özür diler gibi omuz silktim.

Belki de bütün bu acıları hiç yaşamayabilirdik.

Masanın iki yanını kavrayarak ve gözlerini bana dikerek, dehşete kapılmış gibi, "Unuttun!" diye inledi. Bakışları altında eziliyordum.

Lanet olsun! Yine öfkelenmişti. İçimdeki tanrıça da gözlerini bana dikmişti. *Gördün mü bak, bütün bunları başına açan sensin!*

"Sana nasıl güvenebilirim?" Sesi alçaktı. "Nasıl?"

Garson şarabımızla geldiğinde, gözlerimizi –maviye karşı gri– birbirimize dikmiş oturuyorduk. Garson mantarı gereksiz bir gösterişle açıp Christian'ın kadehine bir miktar şarap doldururken, ikimiz de içten içe birbirimizi suçluyorduk. Christian mekanik hareketlerle şarabından bir yudum almaya uzandı.

"İyi," derken sesi sertti.

Garson büyük bir dikkatle kadehlerimizi doldurdu ve aceleyle uzaklaşmadan önce şişeyi masaya bıraktı. Bütün bu süre zarfında, Christian gözlerini benden bir an olsun ayırmamıştı. İlk vazgeçen, göz temasını kesen ve kadehine uzanıp büyük bir yudum içen ben oldum. Tadını alamadım bile.

Birden kendimi aptal gibi hissederek, "Üzgünüm," diye fısıldadım. Birbirimize uygun olmadığımızı düşündüğüm için gitmiştim, ama onu durdurabileceğimi söylüyordu, öyle mi?

Telaşlı bir sesle, "Ne için üzgünsün?" diye sordu.

"Güvenli kelimeyi kullanmadığım için."

Rahatlamış gibi gözlerini yumdu.

"Bütün bu eziyetleri hiç yaşamayabilirdik," diye mırıldandı.

"Sen gayet iyi görünüyorsun." İyiden de öte. Kendin gibi görünüyorsun.

"Dış görünüş aldatıcı olabilir," dedi usulca. "İyi olmakla uzaktan bile alakam yok. Beş gündür güneş batmış ve bir daha doğmamış gibi hissediyorum, Ana. Burada daimi bir gecenin içindeyim."

İtirafı beni sarsmıştı. *Ah, Tanrım, benim gibi.*

"Hiç gitmeyeceğini söyledin, ama işler zorlaştığı anda kapıdan çıkıp gittin."

"Hiç gitmeyeceğimi ne zaman söyledim?"

"Uykunda. Uzun süredir duyduğum en rahatlatıcı şeydi, Anastasia. Gevşememi sağlamıştı."

Kalbim sıkıştı. Şarabıma uzandım.

"Beni sevdiğini söyledin," diye fısıldadı. "Artık sevmiyor musun?" Sesi kısık ve kaygı doluydu.

"Hayır, Christian, seviyorum."

Nefesini bırakırken o kadar kırılgan bir hali vardı ki. "İyi," diye mırıldandı.

İtirafı beni şoke etmişti. O da değişmişti. Daha önce onu sevdiğimi söylediğimde dehşete kapılmıştı. Garson geri geldi. Tabaklarımızı hızlı hareketlerle önümüze bıraktı ve uzaklaştı.

Lanet olsun. Yemek.

Christian, "Ye," diye emretti.

Aslında açtım, ama şu anda midem düğüm düğümdü. Hayatım boyunca âşık olduğum ilk ve tek erkeğin karşısında oturup belirsiz geleceğimizi tartışmak insanda iştah bırakmıyordu. Yemeğime şüpheyle baktım.

"Tanrı yardımcım olsun, Anastasia; eğer yemezsen seni burada, restoranda dizlerime yatırırım ve bunun cinsel hazla en ufak bir alakası olmaz. Ye!"

Sinirlerine hâkim ol, Grey. Bilinçaltım bana yarım ay şeklindeki gözlüklerinin üstünden, dik dik bakıyordu. Bütün içtenliğiyle Elli Ton'la hemfikirdi.

"Tamam, yiyeceğim. Kaşınan avucunu indir, lütfen."

Gülümsemediyse de bana dik dik bakmayı sürdürdü. İstemeye istemeye bıçak ve çatalımı elime alıp etimi dilimledim. Ah, ağız sulandıracak kadar iyiydi. Açtım, gerçekten aç. Ben çiğnemeye başlayınca, Christian gözle görülür biçimde gevşedi.

Yemeğimizi sessizlik içinde yedik. Müzik değişmişti. Fonda, yumuşacık sesli bir kadın, düşüncelerimi yankılandıran bir şarkı söylüyordu. O hayatıma girdikten sonra, bir daha asla eskisi gibi olmayacaktım.

Elli'ye baktım. Bir yandan yemeğini yiyor, bir yandan beni izliyordu. Açlık, özlem ve kaygı, tek bir ateşli bakışta bir araya gelmişti.

"Şarkıyı kimin söylediğini biliyor musun?" Normal bir sohbet başlatmayı denedim.

Christian durup dinledi. "Hayır, ama her kimse iyi."

"Ben de sevdim."

Nihayet kendine özel gizemli gülümsemesini gösterdi. Ne planlıyordu acaba?

"Ne?" dedim.

Kafasını salladı. Yumuşak bir sesle, "Yemeğini bitir," dedi.

Tabağımdaki yemeğin yarısını yemiştim. Daha fazlasını yiyemezdim. Bunun pazarlığını nasıl yapabilirdim ki?

"Daha fazlasını yiyemem. Yediklerim Efendim için kâfi midir?"

Bana ifadesiz gözlerle, cevap vermeden dik dik baktıktan sonra, gözlerini saatine çevirdi.

Leziz şaraptan bir yudum alırken, "Gerçekten doydum," diye ekledim.

"Kısa süre içinde gitmemiz gerekecek. Taylor burada ve sabah iş için erken kalkman gerek."

"Senin de."

"Ben sana göre çok daha az uykuyla idare edebiliyorum, Anastasia. En azından bir şeyler yedin."

"*Charlie Tango*'yla dönmeyecek miyiz?"

"Hayır, içki içerim diye düşündüm. Bizi Taylor alacak. Ayrıca böylece arabada en azından birkaç saat için yalnız benim olacaksın. Konuşmaktan başka ne yapabiliriz ki?"

Ah, demek planı buydu.

Christian hesabı istemek için garsona işaret etti, ardından BlackBerry'sini alıp birini aradı.

"Le Picotin'deyiz. Güneybatı Üçüncü Cadde." Telefonu kapattı. Hâlâ telefonda kısa ve net konuşuyordu.

"Taylor'a karşı fazla kabasın. Aslında insanların çoğuna karşı öylesin."

"Tek yaptığım hemen sadede gelmek, Anastasia."

"Bu akşam sadede gelemedin ama. Değişen bir şey yok, Christian."

"Sana bir teklifim var."

"Her şey bir teklifle başladı zaten."

"Farklı bir teklif."

Garson geri geldi, Christian hesabı kontrol etmeden kredi kartını uzattı. Bir kez çalan telefonuna baktı.

Bir teklifi mi vardı? Bu defaki neydi? Zihnimden bir dizi senaryo geçiverdi: adam kaçırma, yanında çalışma. Hayır, hiçbiri mantıklı gelmiyordu. Christian ödeme işini tamamladı.

"Gel. Taylor dışarıda."

Ayağa kalktık, elimi tuttu.

"Seni kaybetmek istemiyorum, Anastasia." Parmak boğumlarımı şefkatle öptü. Dudaklarının teması bütün bedenimde yankı buldu.

Dışarı çıktığımızda Audi'nin bizi beklediğini gördüm. Christian kapımı açtı. Arabaya binip rahat deri koltuğa gömüldüm. Christian şoför tarafına yöneldi, Taylor arabadan indi. Kısaca konuştular. Bu normalde yaptıkları bir şey değildi. Meraklanmıştım. Neden bahsediyorlardı? Saniyeler sonra, ikisi de arabaya döndüler ve gözlerini karşıya dikerken duygusuz bir ifade takınan Christian'a baktım.

Kendime bir an için profilini inceleme izni verdim. Düz bir burun, biçimli, dolgun dudaklar, enfes bir şekilde alnına dökülen saçlar. Bu ilahi adam kesinlikle benim için yaratılmamıştı.

Benim de bildiğim bir orkestra parçası, bütün yumuşaklığıyla arabanın içini dolduruyordu. Taylor açık trafiğe karışıp I-5 ve Seattle istikametine yöneldi.

Christian yüzünü bana çevirmek için olduğu yerde kıpırdandı. "Dediğim gibi, Anastasia, sana bir teklifim var."

Taylor'a gergin bir bakış attım.

Christian, "Taylor seni duyamaz," diye güvence verdi.

"Nasıl?"

"Taylor?" diye seslendi. Taylor tepki vermedi. Bir kez daha seslendi, yine cevap yoktu. Christian uzanıp omzuna dokununca, Taylor daha önce fark etmediğim bir kulak tıkacını çıkardı.

"Evet, efendim?"

"Teşekkürler, Taylor. Bir şey yok, dinlemene devam et."

"Efendim."

"Mutlu musun? iPod'unu dinliyor. Puccini. Burada olduğunu unut. Ben öyle yapıyorum."

"Ondan bunu yapmasını özellikle mi istedin?"

"Evet."

Ah. "Pekâlâ, teklifin nedir?"

Christian birden kararlı ve resmî bir havaya büründü. *Lanet olsun.* Bir anlaşma için pazarlık yapacaktık. Dikkatle dinledim.

"Önce sana bir şey sorayım. Sapkın düzüşmelerden eser taşımayan vanilya bir ilişki mi istiyorsun?"

Ağzım açık kalmıştı. "Sapkın düzüşme mi?" diye ciyakladım.

"Sapkın düzüşme."

"Bunu söylediğine inanamıyorum."

"Pekâlâ, söyledim. Cevap ver," dedi sakince.

Kıpkırmızı kesildim. İçimdeki tanrıça, dizlerinin üstüne çökmüş, dua eder gibi kavuşturduğu elleriyle bana yalvarıyordu.

"Sapkın düzüşmeleri seviyorum," diye fısıldadım.

"Ben de öyle düşünmüştüm. Sevmediğin nedir?"

Sana dokunamamak. Senin benim acımdan keyif alman, kemerin can yakışı...

"Acımasız ve sıra dışı ceza tehdidi."

"Ne demek bu?"

"Şey, oyun odanda bir yığın baston, kamçı ve ıvır zıvırın var. Beni acayip korkutuyorlar. Onları benim üstümde kullanmanı istemiyorum."

"Tamam, kamçı ya da baston yok." Alaycı bir sesle, "Ve de kemer," diye ekledi.

Ona şaşkın gözlerle baktım. "Sınırlar'ı yeniden belirlemeye mi kalkışıyorsun?"

"Tam olarak değil. Ben sadece seni anlamaya ve neden hoşlandığın, neden hoşlanmadığın konusunda daha net bir bilgi edinmeye çalışıyorum."

"Temel olarak, kaldırmakta zorluk çektiğim asıl şey, bana acı vermekten aldığın haz, Christian. Ve bunu keyfî bir çizgiyi geçtiğim için yapacak olman düşüncesi."

"Ama keyfî değil, kurallar yazılı."

"Ben bir dizi kural istemiyorum."

"Hiç mi?"

"Hiç." Kafamı salladım, ama yüreğim ağzımdaydı. Bununla nereye varmaya çalışıyordu?

"Ama sana şaplak atmamın sakıncası yok?"

"Neyle şaplak atmanın?"

"Bununla." Elini kaldırdı.

Rahatsızlıkla kıpırdandım. "Hayır, pek sayılmaz. Hele o gümüş toplar da olursa..." Çok şükür karanlıktı, yüzüm yanıyordu ve o geceyi hatırlayınca cümlem yarıda kesildi. *Evet... Bunu yine yapabilirim.*

Pis pis sırıttı. "Evet, eğlenceliydi."

"Eğlenceliden de öte," diye mırıldandım.

"Yani bir miktar acıyla baş edebilirsin."

Omuz silktim. "Evet, sanırım." Ah, bununla nereye varmaya çalışıyordu? Kaygı düzeyim Richter ölçeğinde birkaç basamak artmıştı.

Derin düşüncelere dalmış gibi çenesini sıvazladı. "Anastasia, yeniden başlamak istiyorum. Şu vanilya ilişkiyi deneyelim ve sonra belki sen bana güvendiğinde, ben de senin dürüst olabileceğine, benimle iletişim kurabileceğine güvendiğimde yola devam edebilir ve yapmaktan hoşlandığım şeylerin bazılarını yapabiliriz."

Çökmüş bir bilgisayar gibi, kafamda en ufak bir düşünce olmaksızın ona bakakalmıştım. Sanırım endişeliydi, ama Oregon'un karanlığıyla sarmalandığımız için onu açıkça göremiyordum. Sonunda olmuştu.

Işığı istiyordu, ama benim için bunu yapmasını isteyebilir miydim? Ya ben karanlıktan hoşlanmıyor muydum? Bazen, biraz karanlıktan hoşlanıyordum. Thomas Tallis gecesinin anıları, davetkâr bir şekilde zihnime süzüldüler.

"Ya cezalar?"

"Ceza yok." Kafasını salladı. "Hiç."

"Kurallar?"

"Kural da yok."

"Hiç mi? Ama senin ihtiyaçların var."

"Sana daha fazla ihtiyacım var, Anastasia. Bu son birkaç gün cehennemden farksızdı. Bütün içgüdülerim gitmene izin vermemi, seni hak etmediğimi söylüyor.

Çocuğun çektiği o fotoğraflar. Seni nasıl gördüğünü görebiliyorum. Kaygısız ve güzel görünüyorsun; şimdi güzel olmadığını söylemeye çalışmıyorum. Ama burada otururken, acını görüyorum. Böyle hissetmene neden olan kişinin ben olduğumu bilmek çok zor.

Ama ben bencil bir adamım. Seni ofisimde yere kapaklandığın andan beri istiyordum. Sen benzersizsin, dürüst, sıcak, güçlü, kıvrak zekâlı ve insanı büyüleyecek kadar masumsun. Listenin sonu yok. Sana hayranım. Seni istiyorum ve bir başkasının sana sahip olacağını düşünmek karanlık ruhuma saplanan bir bıçaktan farksız."

Dilim damağım kurumuştu. *Lanet olsun.* Eğer bu bir ilan-ı aşk değilse, neydi bilmiyordum. Ve kelimeler ağzımdan dökülüverdi; bir set aşılmıştı.

"Christian, neden karanlık bir ruhunun olduğunu düşünüyorsun? Ben asla böyle demezdim. Belki hüzünlü olabilir, ama sen iyi bir adamsın. Senin... cömert, nazik olduğunu görebiliyorum ve bana hiç yalan söylemedin. Ve ben de çok çaba harcamış değilim.

Geçen cumartesi benim için bir şok oldu. Beni uyandırdı. Beni zaten çok zorlamadığını ve olmamı istediğin insan olamayacağımı fark ettim. Sonra evden ayrılınca, bana yaşattığın bedensel acının seni kaybetme acısı kadar kötü olmadığı kafama dank etti. Sana zevk vermeyi ben de istiyorum, ama çok zor."

"Sen bana her zaman zevk veriyorsun," diye fısıldadı. "Bunu sana daha ne kadar sık söylemem gerek?"

"Ne düşündüğünü asla bilemiyorum. Bazen kendini o kadar kapatıyorsun ki... Beni tedirgin ediyorsun. Sessiz kalmam bu yüzden. Ruh halinin hangi yöne gittiğini anlamıyorum. Kuzeyden güneye gitmesi ve tekrar geri savrulması bir nanosaniyeyi bulmuyor. Bu kafa karıştırıcı bir şey. Üstelik sana dokunmama izin vermiyorsun ve ben seni ne kadar sevdiğimi göstermeyi çok istiyorum."

Karanlıkta, bana göre temkinle, gözlerini kırpıştırdı ve ona daha fazla karşı koyamadım. Emniyet kemerimi çözüp kucağına çıkarak onu şaşırttım ve başını ellerimin arasına aldım.

"Seni seviyorum, Christian Grey. Ve sen bütün bunları benim için yapmaya hazırsın. Bir şeyleri hak etmeyen benim ve senin için bütün bunları yapamadığım için üzgünüm, hepsi bu. Belki zamanla... Bilmiyorum... ama evet, teklifini kabul ediyorum. Nereyi imzalıyorum?"

Beni kollarıyla sarıp kendine çekti.

Burnunu saçlarımın arasına gömerken, "Ah, Ana," diye soludu.

Kollarımız birbirine dolanmış halde oturup arabadaki hisleri ve fırtına sonrasının tatlı sükûnetini yansıtan müziği –sakinleştirici piyano parçasını– dinledik. Kollarının arasına kıvrılıp başımı omzuna yasladım. Usul usul sırtımı okşuyordu.

"Dokunmak benim sınırlarımdan biri, Anastasia," diye fısıldadı.

"Biliyorum. Keşke nedenini anlayabilseydim."

Bir süre sonra, iç geçirdi ve yumuşak bir sesle, "Dehşet bir çocukluk geçirdim," dedi. "Uyuşturucu bağımlısı fahişenin pezevenklerinden biri..." Cümlesi yarıda kesildi ve bedeni tahayyül edilmez bir dehşetin anısıyla gerildi. Sarsılarak, "Bunu hatırlayabiliyorum," diye fısıldadı.

Tenindeki yanık izlerini hatırlayınca, birden kalbim sıkıştı. *Ah, Christian.* Kollarımı boynuna daha sıkı doladım.

"Sana vuruyor muydu? Annen?" Sesim dökülmeyen gözyaşlarının etkisiyle alçak ve yumuşaktı.

"Hatırladığım kadarıyla, hayır. İhmalkârdı. Beni pezevenginden korumazdı." Bir homurtu çıkardı. "Sanırım ona göz kulak olan bendim. Sonunda kendini öldürdüğünde, birinin telaşa kapılıp bizi bulması dört gün sürdü... Bunu hatırlıyorum."

Dehşetli iç çekişimi tutamadım. Lanet olsun. Gırtlağımın gerisinden yükselen safrayı hissedebiliyordum.

"Bayağı bombok bir durum," diye fısıldadım.

"Hem de bomboklüğun elli tonu," diye mırıldandı.

Annesinin cesedinin başında, kafası karışmış ve yapayalnız bir halde bekleyen, ufak tefek, kir pas içinde, gri gözlü çocuğu zihnimde canlandırırken, teselli bulmak ve vermek için dudaklarımı boynuna bastırdım.

Ah, Christian. Kokusunu soludum. Cennetten çıkma kokusu koca dünyada en sevdiğim kokuydu. Kollarını bana daha sıkı sararak saçlarımı öptü ve Taylor gecenin karanlığında son hızla yol alırken, kucağında sarmaş dolaş halde oturdum.

Uyandığımda, Seattle'ın içinde yol alıyorduk.

Christian yavaşça, "Hey," dedi.

Gözlerimi kırpıştırarak doğrulurken gerindim ve, "Üzgünüm," diye mırıldandım. Hâlâ kollarının arasında, kucağındaydım.

"Seni uyurken sonsuza dek izleyebilirdim, Ana."

"Bir şey söyledim mi?"

"Hayır. Evine vardık sayılır."

Ah? "Seninkine gitmiyor muyuz?"

"Hayır."

Sırtımı dikleştirdim ve ona bakarak, "Neden?" diye sordum.

"Çünkü yarın işin var."

"Ah." Suratımı astım.

"Neden, yoksa aklında bir şey mi vardı?"

Kıpırdandım. "Şey, belki."

Kıkırdadı. "Anastasia, sana bir daha elimi sürmeyeceğim. Ta ki sen bana yalvarana kadar."

"Ne!"

"Benimle iletişim kurmaya başlaman için. Bir dahaki sevişmemizde, ne istediğini en ince detayına kadar söylemen gerekecek."

"Ah." Taylor arabayı evimin önüne çekerken, Christian beni kucağından koltuğa indirdi. Sonra indi ve arabanın kapısını benim için açtı.

"Sana bir süprizim var." Arabanın arka tarafına yürüdü. Bagajı açtı ve büyük bir hediye paketi çıkardı. Bu da neyin nesiydi?

"İçeri girince aç."

"Sen gelmiyor musun?"

"Hayır, Anastasia."

"Peki, seni ne zaman göreceğim?"

"Yarın."

"Patronum yarın onunla bir şeyler içmeye gitmemi istiyor."

Christian'ın yüzü sertleşti. "Demek öyle." Sesi üzeri örtülü bir tehdit barındırıyordu.

Hızla, "İlk haftamı kutlamak için," diye ekledim.

"Nerede?"

"Bilmiyorum."

"Seni oradan alabilirim."

"Tamam. Sana e-posta ya da kısa mesaj atarım."

"İyi."

Beni kapıya kadar götürdü ve anahtarlarımı çantamın derinliklerinden çıkarırken bekledi. Kapının kilidini açarken, öne eğildi, çenemi tutup başımı arkaya yatırdı. Ağzı bir süre benimkinin üstünde asılı kaldı ve gözlerini yumarak gözümün ucundan, ağzımın köşesine dek bir dizi öpücük kondurdu.

İçim erirken, ağzımdan küçük bir inilti kaçıverdi.

"Yarın görüşürüz," diye soludu.

"İyi geceler, Christian." Sesimdeki arzuyu ben bile duyabiliyordum.

Gülümsedi.

"İçeri gir," diye emretti ve ben gizemli paketimi taşıyarak lobiden içeri yürüdüm.

"Kaçtım, bebek," diye seslendi, sonra döndü ve doğal zarafetiyle, arabaya geri yürüdü.

Daireye girince hediye paketini açtım ve MacBook Pro dizüstü bilgisayarımı, BlackBerry'mi ve dikdörtgen biçiminde bir kutu buldum. Neydi acaba? Parlak kâğıdı açtım. İçinde siyah, ince bir deri kutu vardı.

Kutunun içinde bir iPad buldum. Tanrı aşkına... bir iPad. Ekranın üstünde Christian'ın el yazısıyla yazdığı mesajı taşıyan beyaz bir kart duruyordu.

Anastasia, bu senin için.

Ne duymak istediğini biliyorum.

Buradaki müzik benim yerime söylüyor.

Christian.

Christian Grey son teknoloji iPad kılığında bir karışık kaset hazırlamıştı bana. Böyle bir harcama yapmış olmasını onaylamayarak başımı salladım, ama aslında bayılmıştım. Jack'in ofiste bir iPad'i vardı; bu yüzden nasıl çalıştığını biliyordum.

Aleti açtım ve ekranda beliren duvar kâğıdı karşısında nefesim kesildi: bir planör maketi fotoğrafı. *Ah Tanrım.* Bu, ona verdiğim Blanik L-23'ün cam bir kaide üzerine yerleştirilmiş ve Christian'ın iş yerindeki masası olduğunu tahmin ettiğim bir şeyin üstünde duran haliydi. Ağzım açık bakakalmıştım.

Maketi yapmıştı. Gerçekten yapmıştı. Çiçeklerin yanına iliştirilen notta maketten bahsettiğini hatırlıyordum. Başım dönüyordu ve o anda bu hediyeye bol miktarda kafa yorduğunu anladım.

Tuş kilidini açmak için ekranın altındaki oku kaydırdım ve bir kez daha soluğum kesildi. Arka plan fotoğrafı, Christian ile mezuniyetimde, çekildiğimiz fotoğraftı. *Seattle Times*'da da çıkan. Christian öylesine yakışıklı görünüyordu ki. Ve ben yüzümü neredeyse ikiye ayıran gülümsememe mani olamamıştım. *Evet, o benim!*

Parmağımın hareketiyle ikonlar yer değiştirdiler ve bir sonraki ekranda yenileri belirdi. Bir Kindle uygulaması, iBook'lar, Word... artık her neyse.

İngiliz Kütüphanesi mi? İkona dokunmamla bir mönü açıldı. TARİH KOLEKSİYONU. Aşağı kayarak 18. ve 19. YÜZYIL ROMANLARI'nı seçtim. Bir menü daha. Başlığa dokundum: HENRY JAMES'in *Amerikalı*'sı. Yeni bir pencere açıldı; bu, 1879'da yayınlanmış ilk baskılardan biriydi ve benim iPad'imde yüklüydü. Bana bir düğmeye dokunarak ulaşabileceğim bir İngiliz Kütüphanesi satın almıştı.

Bu uygulamada kendimi sonsuza dek kaybedebileceğimi çok iyi bildiğim için derhal çıktım. Aynı anda hem gözlerimi devirip hem de gülümsememe neden olan "iyi beslenme" uygulamasını fark ettim. Haber uygulaması, hava durumu uygulaması da vardı, ama Christian notunda müzikten bahsetmişti. Ana ekrana geri döndüm, iPod ikonuna dokundum ve bir çalma listesi belirdi. Listeden aşağı doğru inerken şarkılar gülümsememe neden oldu. Thomas Tallis'i, kolay kolay unutacak değildim. Christian beni kamçılayıp düzerken iki defa dinlemiştim.

Witchcraft. Gülümsemem iyice genişleyip odanın içinde dans etmeye başladı. Bach Marcello parçası – *Ah, hayır, şu andaki ruh halim için fazla hüzünlü. Hımm.* Jeff Buckley, *evet, adını duydum.* Snow Patrol, en sevdiğim grup ve Enigma'dan *The Principles of Lust*[2] adında bir şarkı. Tam Christian'lıktı. Ve yine Enigma'dan *Posession*[3]... *Ah, evet, Elli Ton'a fazlasıyla uygun.* Ve hiç duymadığım birkaç şarkı daha.

Gözüme takılan bir şarkıyı seçip oynat düğmesine bastım. Nelly Furtado'nun *Try*[4] adlı şarkısıydı. Kadının sesi beni sarmalayan ipek bir şaldan farksızdı. Yatağıma uzandım.

Bu, Christian'ın deneyeceği anlamına mı geliyordu? Bu yeni ilişkiyi deneyecek miydi? Gözlerimi tavana dikerek sözleri âdeta yutarken bu değişimi anlamaya çalışıyordum. Beni özlemişti. Ben de onu. Bana karşı bir şeyler hissediyor olmalıydı. Olmalıydı. Bu iPad, bu şarkılar, bu uygulamalar. Önemsiyordu. Gerçekten önemsiyordu. Kalbim umutla doldu.

Şarkı biterken gözlerim yaşarmıştı. Hızla yeni bir şarkıya geçtim: Coldplay'in *The Scientist*'i[5]. Kate'in en sevdiği gruplardan biriydi. Şarkıyı biliyordum, ama daha önce sözlerine hiç kulak vermemiştim. Gözlerimi yumdum ve sözlerin içimde çağlamasına izin verdim.

Gözyaşlarım akmaya başlamıştı. Durduramıyordum. Eğer bu bir özür değilse neydi? *Ah, Christian.*

Yoksa bu bir davet miydi? Sorularımı yanıtlayacak mıydı? *Gereğinden fazla anlam mı yüklüyorum? Büyük ihtimalle, gereğinden fazla anlam yüklüyorum.*

Gözyaşlarımı telaşla sildim. Teşekkür etmek için e-posta yazmalıydım. Yatağımdan fırlayıp bilgisayarı aldım.

Yatağımın üstünde bağdaş kurup otururken, Coldplay çalmaya devam ediyordu. Mac açıldı; e-posta adresime giriş yaptım.

---

2 (İng.) Şehvetin Prensipleri. (ç. n.)
3 (İng.) Sahiplenme. (ç. n.)
4 (İng.) Dene. (ç. n.)
5 (İng.) Bilim insanı. (ç. n.)

Kimden: Anastasia Steele

Konu: iPad

Tarih: 9 Haziran 2011 23:56

Kime: Christian Grey

Beni yine ağlattın.

iPad'e bayıldım.

Şarkılara da.

İngiliz Kütüphanesi uygulamasına da.

Seni seviyorum.

Teşekkürler.

İyi geceler.

Ana xx

Kimden: Christian Grey

Konu: iPad

Tarih: 10 Haziran 2011 00:03

Kime: Anastasia Steele

Beğenmene sevindim. Kendime de bir tane aldım.

Şimdi orada olsaydım, gözyaşlarını öpücüklerle silerdim.

Ama değilim. Bu yüzden artık uyu.

Christian Grey

CEO, Grey Şirketler Topluluğu

Cevabı beni gülümsetmişti; çok üstünlük taslayıcı, hâlâ çok Christian'a özgüydü. Bu da değişecek miydi? Ve o anda, öyle olmamasını dilediğimi fark ettim. Onu bu haliyle, emrediciliğiyle seviyordum. Tabii cezalandırma korkusu olmadan karşısına dikilebildiğim sürece.

Kimden: Anastasia Steele

Konu: Bay Huysuz

Tarih: 10 Haziran 2011 00:07

Kime: Christian Grey

Her zamanki patronluk taslayan, muhtemelen gergin ve muhtemelen huysuz halinizdesiniz, Bay Grey.

Bunu giderebilecek bir şey biliyorum. Ama burada değilsiniz. Kalmama izin vermediniz ve yalvarmamı bekliyorsunuz.

Hayal etmeye devam, Efendim.

Ana

Not: Her Sapık Takipçi'nin marşı *Every Breath You Take*'i[6] de dâhil etmiş olmanız dikkatimden kaçmadı. Espri anlayışınız çok hoşuma gidiyor, ama Dr. Flynn'in haberi var mı acaba?

Kimden: Christian Grey

Konu: Zen Üstadı Misali Sakin

Tarih: 10 Haziran 2011 00:10

Kime: Anastasia Steele

---

6 (İng.) Aldığın Her Nefes. (ç. n.)

Sevgili Bayan Steele,

Şaplak, vanilya ilişkilerde de olur, bilirsiniz. Genelde rızayla ve cinsel bağlamda gerçekleşir… Ama bir istisna yaratmak beni mutlu edecektir.

Dr. Flynn'in de espri anlayışımdan keyif aldığını bilmek sizi rahatlatacaktır.

Şimdi lütfen uyuyun, çünkü yarın çok fazla uyuyamayacaksınız.

Yeri gelmişken, bana yalvaracaksınız, bana güvenin. Sabırsızlıkla bekliyorum.

Christian Grey

Gergin CEO, Grey Şirketler Topluluğu

Kimden: Anastasia Steele

Konu: İyi Geceler, Tatlı Rüyalar

Tarih: 10 Haziran 2011 00:12

Kime: Christian Grey

Pekâlâ, böyle hoş bir şekilde sorduğunuz ve enfes tehdidinize bayıldığım için, bana büyük bir incelikle verdiğiniz iPad'ime sarılıp yatağıma kıvrılayım ve İngiliz Kütüphanesi'ni tararken sizin adınıza duygularınızı anlatan müziği dinleyerek uyuyakalayım bari.

A xxx

Kimden: Christian Grey

Konu: Bir Talep Daha

Tarih: 10 Haziran 2011 00:15

Kime: Anastasia Steele

Rüyanda beni gör.

x

Christian Grey

CEO, Grey Şirketler Topluluğu

Rüyamda sizi görmek mi, Christian Grey? Her zaman.

Üstümü değiştirip çabucak pijamalarımı giydim, dişlerimi fırçaladım ve yatağa girdim. Kulaklıklarımı taktım, sönmüş *Charlie Tango* balonumu yastığımın altından çıkarıp kucakladım.

Suratımdaki aptal ve geniş sırıtışla neşe saçıyordum. Bir günde ne çok şey değişebiliyordu. Nasıl uyuyabilirdim ki?

José Gonzalez hipnotize edici bir gitar solonun eşlik ettiği sakinleştirici bir melodiyi seslendirmeye başlarken, ben dünyanın bir gecede nasıl böyle düzelebildiğine hayret ederek ve tembel tembel, acaba ben de Christian için bir şarkı listesi hazırlamalı mıyım, diye düşünerek uykuya daldım.

BÖLÜM ÜÇ

Arabasız olmanın tek iyi yanı, işe giderken otobüste kulaklıklarımı çantamda güvenli bir yerde duran iPad'e takıp Christian'ın bana verdiği bütün o harika melodileri dinleyebilmekti. Ofise vardığımda, dünyanın en aptal sırıtışını suratımda taşıyordum.

Jack kafasını kaldırdı, bana baktı ve sonra ikinci bir kez daha bakma ihtiyacı duydu.

"Günaydın, Ana. Işık saçıyorsun." Yorumu kızarmama neden olmuştu. *Ne uygunsuz bir söz bu böyle!*

"İyi uyudum; teşekkürler, Jack. Günaydın."

Alnı kırıştı.

"Bunları benim için okuyup raporlarını öğlene kadar hazır edebilir misin, lütfen?" Dört taslağı elime tutuşturdu. Dehşete düşmüş ifademi görünce, ekledi. "Sadece ilk bölümleri."

Büyük bir rahatlamayla, "Tabii," dedim. O da karşılık olarak kocaman bir gülümsemeyle baktı.

Latte'mi bitirip muzumu yerken, işe başlamak için bilgisayarımı açtım. Christian'dan bir e-posta gelmişti.

Kimden: Christian Grey

Konu: Yoksa

Tarih: 10 Haziran 2011 08:05

Kime: Anastasia Steele

Umarım kahvaltı etmişsindir.

Dün gece seni özledim.

Christian Grey

CEO, Grey Şirketler Topluluğu

Kimden: Anastasia Steele

Konu: Eski Kitaplar...

Tarih: 10 Haziran 2011 08:33

Kime: Christian Grey

Sana bir yandan muz yiyerek yazıyorum. Günlerdir kahvaltı etmedim; bu yüzden ileri doğru bir adım atıyor sayılırım. İngiliz Kütüphanesi uygulamasına bayıldım. *Robinson Crusoe*'yu tekrar okumaya başladım... ve elbette, seni seviyorum.

Şimdi beni rahat bırak, çalışmaya çalışıyorum.

Anastasia Steele

Editör, Jack Hyde'ın Asistanı, SBY

Kimden: Christian Grey

Konu: Sadece Bunu Mu Yiyorsun?

Tarih: 10 Haziran 2011 08:36

Kime: Anastasia Steele

Daha iyisini yapabilirsin. Yalvarmak için enerjiye ihtiyacın olacak.

Christian Grey

CEO, Grey Şirketler Topluluğu

Kimden: Anastasia Steele

Konu: Asalak

Tarih: 10 Haziran 2011 08:39

Kime: Christian Grey

Bay Grey, hayatımı kazanmak için çalışmaya çalışıyorum ve asıl yalvaran siz olacaksınız.

Anastasia Steele

Editör, Jack Hyde'ın Asistanı, SBY

Kimden: Christian Grey

Konu: Hodri Meydan!

Tarih: 10 Haziran 2011 08:46

Kime: Anastasia Steele

Bakın şu işe, Bayan Steele; meydan okumaları severim…

Christian Grey

CEO, Grey Şirketler Topluluğu

Yüzümde aptal bir sırıtışla ekrana bakarak oturdum. Ama Jack için bu bölümleri okumam ve hepsi hakkında rapor yazmam gerekiyordu. Taslakları masama yerleştirip işe koyuldum.

Öğle yemeğinde bir *pastrami*[7] sandviç almak için şarküteriye doğru yol alırken, iPad'imdeki şarkıları dinliyordum. İlk sırada *Homelands*[8] adındaki dünya müziği türünde bir parçayla Nitin Sawhney vardı; iyiydi. Bay Grey'in müzik zevki çok eklektik ve çeşitliydi. Geri dönüş

---

7 (İng.) Bir tür pastırma (ç. n.)

8 (İng.) Memleket, vatan. (ç. n.)

yolunda, Ralph Vaughn Williams'dan Thomas Tallis'in *Fantasia on a Theme* adlı klasik parçasını dinledim. Ah, Elli'nin iyi bir espri anlayışı vardı ve onu bunun için seviyordum. Şu aptal sırıtış suratımı hiç terk edecek miydi acaba?

Öğleden sonra bitmek bilmedi. Savunmasız bir anımda, Christian'a e-posta göndermeye karar verdim.

Kimden: Anastasia Steele

Konu: Sıkıldım...

Tarih: 10 Haziran 2011 16:05

Kime: Christian Grey

Ellerimi kavuşturdum başparmaklarımı çeviriyorum.

Sen nasılsın?

Ne yapıyorsun?

Anastasia Steele
Editör, Jack Hyde'ın Asistanı, SBY

Kimden: Christian Grey

Konu: Başparmakların

Tarih: 10 Haziran 2011 16:15

Kime: Anastasia Steele

Benimle çalışmalıydın.

O zaman parmaklarını çeviriyor olmazdın.

Onları daha iyi bir alanda kullanabileceğimden eminim.

Aslında aklıma birkaç seçenek geliyor.

Ben de her zamanki tekdüze şirket birleşmeleri ve alımlarıyla uğraşıyorum.

Pek yavan.

SBY'deki e-postaların izleniyor.

Christian Grey
Dikkati dağılmış CEO, Grey Şirketler Topluluğu

Ah, lanet olsun. Hiç aklıma gelmemişti. Nereden biliyordu ki? Ekrana yüzümü buruşturarak baktım ve gönderdiğimiz e-postaları hızla tarayarak sildim.

Saat tam beş otuzda Jack masamdaydı. Gündelik kıyafetlerle işe gidilen cuma gününde olduğumuz için kot pantolon ve siyah bir gömlek giymişti.

"İçki, Ana? Genelde yolun karşısındaki barda hızlı bir içki içeriz."

Umutla, "Biz derken?" dedim.

"Evet, çoğumuz gidiyoruz... Geliyor musun?"

Çok dikkatli incelemek istemediğim bilinmeyen bir nedenden, içim rahatlamıştı.

"İsterim. Barın adı ne?"

"Elli'nin Yeri."

"Şaka yapıyorsun."

Bana tuhaf bir ifadeyle baktı. "Hayır. Senin için bir anlamı mı var yoksa?"

"Hayır, özür dilerim. Sizi orada bulurum."

"Ne içmek istersin?"

"Bir bira, lütfen."

"Harika."

Tuvalete yürüdüm ve BlackBerry'den Christian'a bir e-posta yazdım.

Kimden: Anastasia Steele

Konu: Tam Senlik

Tarih: 10 Haziran 2011 17:36

Kime: Christian Grey

Elli'nin Yeri diye bir bara gidiyoruz.

Bu zengin mizah damarından kazıp çıkaracağım malzemenin sonu yok.

Sizi orada görmek için sabırsızlanıyorum, Bay Grey.

A x

Kimden: Christian Grey

Konu: Tehlikeler

Tarih: 10 Haziran 2011 17:38

Kime: Anastasia Steele

Madencilik çok ama çok tehlikeli bir uğraştır.

Christian Grey

CEO, Grey Şirketler Topluluğu

Kimden: Anastasia Steele

Konu: Tehlikeler?

Tarih: 10 Haziran 2011 17:40

Kime: Christian Grey

Ne söylemeye çalışıyorsun?

Kimden: Christian Grey

Konu: Sadece...

Tarih: 10 Haziran 2011 17:42

Kime: Anastasia Steele

Gözlem yapıyordum, Bayan Steele.

Birazdan görüşürüz.

En kısa zamanda, bebek.

Christian Grey

CEO, Grey Şirketler Topluluğu

Aynada kendime baktım. Bir gün ne büyük bir fark yaratmıştı. Yanaklarımda daha fazla renk vardı ve gözlerim parlıyordu. Christian Grey etkisiydi. Onunla küçük bir e-posta atışmasının bir genç kıza yapacağı buydu. Aynaya bakıp sırıttım ve açık mavi bluzumu –Taylor'ın benim için aldığı bluz– düzelttim. Bugün en sevdiğim kot pantolonumu giymiştim. Ofisteki kadınların çoğu ya kot pantolon ya da dökümlü etekler giyiyordu. Bir iki dökümlü eteğe yatırım yapmam icap edecekti. Belki bu hafta sonu, Christian'ın Wanda için verdiği çeki bozdurup bu işi hallederdim.

Binadan çıkarken bana seslenildiğini duydum.

"Bayan Steele?"

Heyecanla döndüğümde teni kül rengi genç bir kadın, büyük bir temkinle bana yaklaşıyordu. Hayalete benziyordu; solgun yüzü tuhaf şekilde ifadesizdi.

"Bayan Anastasia Steele?" diye tekrarlarken, konuşuyor olmasına rağmen, yüzü sabit kalmıştı.

"Evet?"

Durdu ve kaldırımda yaklaşık bir metre mesafeden bana bakmayı sürdürdü. Ben de donakalmış halde ona baktım. Kimdi bu kadın? Ne istiyordu?

"Yardımcı olabilir miyim?" diye sordum. Adımı nereden biliyordu?

"Hayır... Sadece sizi görmek istedim." Sesi insanı ürkütecek kadar yumuşaktı. Benim gibi, onun da açık teniyle keskin bir tezat oluşturan koyu renk saçları vardı. Gözleri burbon tonunda kahverengi ama ifadesizdi. O gözlerde hayat yoktu. Güzel yüzü solgun ve hüzünlüydü.

Omurgamdan tırmanan ürpertiyi yok saymaya çalışarak, "Üzgünüm, beni hazırlıksız bir anımda yakaladınız," dedim. Daha dikkatli bakınca, tuhaf, pejmürde ve bakımsız bir hali vardı. Tasarımcı işi trençkotu da dâhil kıyafetleri üzerine iki beden büyüktü.

Endişemi beslemekten başka bir işe yaramayan tuhaf, ahenksiz bir sesle güldü.

Üzgün bir sesle, "Sende bende olmayan ne var?" diye sordu.

Endişem korkuya döndü. "Özür dilerim; siz kimsiniz?"

"Ben mi? Hiç kimse." Kolunu, omuz hizasındaki saçlarından geçirmek üzere kaldırdı ve bunu yaparken, trençkotunun kolu sıyrılıp bileğini saran kirli bandajı açığa çıkardı.

Lanet olsun.

"İyi günler, Bayan Steele." Döndü ve ben olduğum yere çivilenmiş halde dururken, sokaktan yukarı doğru yürümeye başladı. Onu cılız karaltısı görüş alanımdan çıkana, çeşitli ofislerden akın eden çalışanların arasında kaybolana dek izledim.

Bu da neydi böyle?

Kafam allak bullak halde caddeyi geçip az önce olanları sindirmeye çalışarak bara girerken, bilinçaltım çirkin kafasını kaldırarak tısladı: *Christian'la ilgisi var.*

Elli'nin Yeri'nin duvarlarında beyzbol flamaları ve posterler asılıydı. Jack, Elizabeth, diğer editör Courtney, finanstan iki adam ve resepsiyondaki Claire'le birlikte bardaydı. Claire'in alamet-i farikası gümüş halka küpeleri yine kulağındaydı.

"Merhaba, Ana!" Jack bana bir şişe Bud uzattı.

Hayalet kızla karşılaşmamın etkisini üzerimden atamamış halde, "Şerefe... teşekkürler," diye mırıldandım.

"Şerefe." Şişelerimizi tokuşturduk ve Jack, Elizabeth'le sohbetine döndü. Claire bana tatlı tatlı gülümsedi.

"Eee, ilk haftan nasıldı?" diye sordu.

"İyi, teşekkürler. Herkes çok dost canlısı görünüyor."

"Bugün çok daha mutlu görünüyorsun."

Çabucak, "Cuma," diye geveledim. "Eee, hafta sonu için planın var mı?"

Patentli dikkat dağıtma tekniğim işe yaramış, kurtulmuştum. Claire yedi çocuklu bir aileden gelmeydi ve Tacoma'da büyük bir aile toplantısına gidiyordu. Hayli heyecanlıydı. Onunla konuşurken, Kate'in Barbados'a gitmesinden bu yana kendi yaşımda bir kadınla sohbet etmediğimi fark etmiştim.

Uzaklara dalarak Kate'in nasıl olduğunu merak ettim; ve tabii Elliot'ın. Christian'a ondan haber alıp almadığını sormayı akıl etsem iyi olacaktı. Ah, ayrıca, Kate'in ağabeyi Ethan önümüzdeki salı dönüyordu ve bizim dairede kalacaktı. Christian'ın bundan memnun olacağını hiç sanmıyordum. Tuhaf Hayalet Kız'la karşılaşmam aklımdan çıkmıştı bile.

Claire'le sohbetim sırasında, Elizabeth bana bir bira daha uzattı.

"Teşekkürler." Gülümsedim.

Claire konuşulması kolay biriydi. Konuşmayı seviyordu ve ne olduğunu anlamadan, finanstaki adamlardan birinin nazik bir şekilde ikram ettiği üçüncü birama geçmiştim.

Elizabeth ve Courtney gidince, Jack, Claire ve bana katıldı. Christian nerelerdeydi? Finanstakilerden biri Claire'i lafa tutmaya başladı.

"Ana, buraya gelmekle doğru kararı aldığını düşünüyor musun?" Jack'in sesi yumuşacıktı ve fazla yakınımda duruyordu. Ama ofiste bile herkese böyle davranmak gibi bir eğilimi olduğunu çoktan fark etmiştim.

"Bu hafta çok keyif aldım, teşekkürler, Jack. Evet, sanırım doğru kararı verdim."

"Sen çok zeki bir kızsın, Ana. Çok ilerleyeceksin."

Kızardım. "Teşekkürler," diye mırıldandım; çünkü başka ne diyeceğimi bilemiyordum.

"Buraya çok uzakta mı oturuyorsun?"

"Pike Market bölgesi."

"Bana uzak değil." Gülümseyerek iyice yaklaştı ve bara yaslanarak beni köşeye kıstırdı. "Bu hafta sonu planın var mı?"

"Şey... hmm."

Onu daha görmeden hissettim. Sanki bütün bedenim varlığına ayarlanmıştı. Aynı anda hem gevşemiş hem tutuşmuştum. Acayip bir içsel ikilem yaşıyor ve vücudumda elektriklenmeler hissediyordum.

Christian görünüşte sıradan bir şefkat gösterisiyle kolunu omzuma doladı, ama ben öyle olmadığını biliyordum. Sahibim olduğunu ifade eder gibiydi ve bu durumda fazlasıyla kabulümdü. Usulca saçımı öptü.

"Merhaba, bebek," diye mırıldandı.

Kolu beni sararken kendimi rahatlamış, güvende ve heyecanlı hissediyordum. Beni yanına çekti ve o duygusuz bir ifadeyle Jack'e bakarken, kafamı kaldırıp ona baktım. Dikkatini bana çevirdi ve hemen arkasından hızlı bir öpücüğün geldiği anlık, çarpık bir gülümsemeyle gözlerime baktı. Kot pantolonu ve yaka düğmeleri açık beyaz gömleğinin üstüne lacivert, ince çizgili bir ceket giymişti. Tam yemelik görünüyordu.

Jack rahatsız bir tavırla geri kaydı.

Özür diler gibi, "Jack, bu Christian," diye mırıldandım. Neden özür diliyordum ki? "Christian, Jack."

Christian, Jack'in elini sıkarken gözlerine ulaşmayan küçük, serinkanlı bir gülümsemeyle, "Ben, şu erkek arkadaşım," dedi. Kafamı kaldırıp zihninde karşısındakini değerlendiren Jack'e baktım.

"Ben de patronum," dedi küstah bir tavırla. "Ana eski bir erkek arkadaştan bahsetmişti."

Ah, lanet olsun. Elli'yle bu oyunu oynamak istemezsin.

Christian sükûnetle, "Eh, artık eski değil," diye cevapladı. "Haydi, bebeğim, gitme vakti."

"Lütfen kalın ve bizimle bir içki için," dedi Jack rahat bir tavırla.

Bunun iyi bir fikir olduğunu sanmıyordum. Neden bu kadar rahatsız olmuştum sanki? Tabii ki ağzı bir karış açık ve katıksız bir cinsel hayranlıkla Christian'ı süzmekte olan Claire'e baktım. Başka kadınlar üzerinde bıraktığı etkiye aldırmaktan ne zaman vazgeçecektim acaba?

Christian gizemli gülümsemesiyle, "Planlarımız var," dedi.

Var mıydı? Ve bedenimden bir beklenti ürpertisi geçip gitti.

"Belki bir başka sefere," diye ekledi. Elimi tutarken, "Gel," dedi.

"Pazartesi görüşürüz." Jack'in hiç de hoşnut görünmeyen ifadesini yok saymaya çalışarak, Jack, Claire ve finanstaki adamlara gülümsedim ve Christian'ın peşi sıra kapıdan çıktım.

Kaldırım kenarında bekleyen Audi'nin direksiyonunda Taylor vardı.

Bana kapıyı açarken, Christian'a, "Acaba bana neden sidik yarışı yaptınız gibi geldi?" diye sordum.

"Çünkü yaptık," diye mırıldandı ve kapımı kapatırken bana yine gizemli gülümsemesiyle baktı.

"Merhaba, Taylor," dedim. Gözlerimiz dikiz aynasında buluştu.

"Bayan Steele." Taylor selamımı samimi bir gülümsemeyle aldı.

Christian yanıma oturdu, elimi sıkıca tuttu ve parmak boğumlarımı usulca öptü. Yumuşacık bir sesle, "Merhaba," dedi.

Taylor bizi duyabileceği için yanaklarım pespembe olmuştu, ama Christian'ın bana gönderdiği kavurucu, külot yakıcı bakışı göremediği için minnettardım. Tam burada, arabanın arka koltuğunda üzerine atılmamak için var gücümü kullanıyordum.

Ah, arabanın arka koltuğu... hımm...

Ağzım kupkuru, "Merhaba," diye soludum.

"Bu akşam ne yapmak istersin?"

"Planlarımız olduğunu söyleyen sensin."

"Ah, ben ne yapmak istediğimi biliyorum, Anastasia. Sana ne yapmak istediğini soruyorum."

Sırıttım.

Ahlaksızca şehvetli bir gülümsemeyle, "Anlıyorum," dedi. "Demek yalvarmaya hazırsın ha? Benim evimde mi yalvarmak istersin, seninkinde mi?" Başını yana yatırdı ve bana o ah-çok-seksi gülümsemesiyle baktı.

"Bence fazla kibirli davranıyorsunuz, Bay Grey. Ama değişiklik olsun diye, benim daireme gidebiliriz." Kasten dudağımı ısırınca, ifadesi karardı.

"Taylor, Bayan Steele'nin evi, lütfen."

Taylor, "Evet, efendim," diyerek talimatı aldı ve trafiğe karıştı.

Christian, "Günün nasıl geçti?" diye sordu.

"İyi. Seninki."

"İyi, teşekkürler."

Saçmalık derecesinde geniş sırıtışı benimkini yansıtıyordu; elimi bir kez daha öptü.

"Çok hoş görünüyorsun," dedi.

"Sen de öyle," dedim.

"Patronun, Jack Hyde, işinde iyi midir?"

Vay canına! Ani yön değiştirme diye buna denirdi. Kaşlarımı çattım. "Neden? Sidik yarışıyla bir alakası yok, değil mi?"

Christian pis pis sırıttı. "Adam külotunun içine girmeye çalışıyor, Anastasia," dedi kuru bir sesle.

Ağzım açık kalmış âdeta bordoya çalmıştım ve Taylor'a gergin bir bakış attım.

"Şey, istediği kadar çalışsın... Neden bu konuşmayı yapıyoruz ki? Ona en ufak bir ilgim olmadığını biliyorsun. O sadece patronum."

"Mesele de bu ya. Benim olanı istiyor. İşinde iyi olup olmadığını bilmem gerek."

Omuz silktim. "Sanırım." Konu nereye gidiyordu?

"Pekâlâ, seni rahat bıraksa iyi eder; yoksa onu kovdururum."

"Ah, Christian, sen neden bahsediyorsun? O yanlış bir şey yapmadı ki..." *Henüz.* Sadece fazla yakın duruyordu, o kadar.

"Hamle yaparsa bana söyleyeceksin. Buna sarkıntılık denir, ya da cinsel taciz."

"İş çıkışı bir içkiydi, o kadar."

"Ben ciddiyim. Tek bir hamle ve işinden olur."

"Böyle bir gücün yok." Tanrım! Ve gözlerimi devirmeden önce, son hızla gelen bir nakliye kamyonunun çarpmasına benzer bir etkiyle bir şey fark ettim. "Var mı, Christian?"

Christian bana gizemli gülümsemesini gönderdi.

Dehşet içinde, "Şirketi satın alıyorsun," diye fısıldadım.

Sesimdeki paniğe tepki olarak gülümsemesi kayboldu. "Tam olarak değil," dedi.

"Satın aldın bile. SBY'yi. Çoktan satın aldın."

Temkinli bir tavırla göz kırptı. "Olası."

"Aldın mı, almadın mı?"

"Aldım."

Bu da neyin nesi? Afallayarak, "Neden?" diye inledim. Ah, bu kadarı çok fazlaydı.

"Çünkü alabilirim, Anastasia. Güvende olman gerek."

"Ama kariyerime müdahale etmeyeceğini söylemiştin!"

"Ve etmeyeceğim."

Elimi elinden hızla çektim. "Christian..." Ne diyeceğimi bilmiyordum.

"Bana kızdın mı?"

"Evet. Elbette kızdım." Köpürmüştüm. "Demek istediğim, hangi sorumluluk sahibi üst düzey yönetici o anda kimi becerdiğine dayanan kararlar alır?" Betim benzim atmıştı ve bir kez daha soğukkanlılıkla bizi yok sayan Taylor'a gergin bir bakış attım.

Lanet olsun. Beynimle ağzım arasındaki filtrenin bozulması için ne uygun bir zamandı ama.

Christian ağzını açtı, tekrar kapattı ve suratını buruşturdu. Ona dik dik baktım. Arabadaki hava, birbirimize dik dik bakarken dile getirmediğimiz kelimeler ve potansiyel karşılıklı suçlamalarla, kavuşmanın tatlı sıcaklığından buza dönmüştü.

Neyse ki rahatsız araba yolculuğumuz fazla uzun sürmedi ve Taylor bizim evin önünde durdu.

Kapıyı kimsenin açmasını beklemeden, hızla arabadan indim.

Christian'ın Taylor'a, "Sanırım burada beklesen iyi olacak," diye mırıldandığını duydum.

Çantamda ön kapının anahtarlarını bulmak için debelenirken, arkamda, çok yakınımda durduğunu hissediyordum.

Köşeye sıkıştırılmış vahşi bir hayvanmışım gibi, sakin bir sesle, "Anastasia," dedi.

İç geçirerek yüzümü ona çevirdim. Ona o kadar kızgındım ki. Öfkem, beni boğmakla tehdit eden karanlık bir varlıktan farksızdı.

"Öncelikle, seni bir süredir becermiyorum. Bana çok uzun gelen bir süredir... İkincisi, yayıncılık işine girmek istiyordum. Seattle'daki dört firma arasından, SBY en kârlı olanıydı ama yakında ekonomik bir çöküş yaşayacaktı. Yayılmaya ihtiyacı vardı."

Ona buz gibi bir bakış attım. Gözleri yoğun, hatta tehditkâr ama acayip seksiydi. O gözlerin soğuk derinliğinde kaybolabilirdim.

"Demek artık patronum sensin," diye çıkıştım.

"Teknik olarak, patronunun patronunun patronuyum."

"Ve teknik olarak, patronumun patronunun patronuyla düzüşmem ahlaki düşkünlüğe girer."

"Şu anda onunla tartışıyorsun." Christian'ın yüzü asıktı.

"Nedeni götün teki olması," diye tısladım.

Christian afallayarak bir adım geri çekildi. *Ah, lanet olsun.* Çok mu ileri gitmiştim?

Yüzü keyifli bir ifade alırken, "Göt mü?" diye mırıldandı.

Lanet olsun! Sana çok kızgınım. Beni sakın güldürme!

"Evet." Sert ifademi korumak için mücadele veriyordum.

Christian tekrar etti. "Göt ha?" Bu kez dudakları engellemeye çalıştığı bir gülümsemeyle büküldü.

"Sana sinirlendiğim zaman beni güldürme!" diye bağırdım.

Ve gülümsedi, göz alıcı, otuz iki dişini gösteren, tam bir Amerikalı gülümsemesi. Kendimi tutamadım. Ben de sırıtıyor ve gülüyordum. Gülümsemesinde gördüğüm sevinçten nasıl etkilenmezdim ki?

Nefes nefese, "Suratımda lanet olası aptalca bir sırıtış olması, sana acayip kızgın olmadığım anlamına gelmez," diye mırıldanırken, liseli amigo kız kıkırtımı bastırmaya çalışıyordum. *Gerçi ben hiç amigo kız olmadım.* Buruk düşünce aklıma süzülüvermişti.

Öne eğildi ve beni öpecek sandım, ama öpmedi. Burnunu saçlarıma sürtüp derin bir nefes çekti.

"Her zamanki gibi, Bayan Steele, beni şaşırtmaya devam ediyorsunuz. Gözlerini benden ayırmadan geri çekilirken, gözlerinde muzip bir ifade parlıyordu. "Beni içeri davet edecek misin yoksa bir Amerikan vatandaşı, girişimci ve tüketici olarak demokratik hakkımı kullanmam ve canım ne halt çekerse satın almam için sepetleyecek misin?"

"Bu konuyu Dr. Flynn'le konuştun mu?"

Güldü. "Beni içeri alacak mısın, almayacak mısın, Anastasia?"

Kindar bir bakış atmayı denedim –dudaklarımı ısırmanın faydası oluyordu– ama kapıyı açarken gülümsüyordum. Christian dönüp Taylor'a el salladı ve Audi uzaklaştı.

Christian Grey'in dairede olması tuhaftı. Ev ona fazla küçük geliyordu sanki.

Ona hâlâ öfkeliydim. Takipçiliği sınır tanımıyordu ve SBY'deki e-postaların izlendiğini bu sayede bildiği kafama dank etmişti. Büyük olasılıkla, SBY hakkında benden daha fazla bilgi sahibiydi. Bu tatsız bir düşünceydi.

Ne yapabilirdim? Neden beni güvende tutma ihtiyacı duyuyordu ki? Ben bir yetişkindim. Sayılırdım, Tanrı aşkına. Onu buna inandırmak için ne yapabilirdim ki?

Odanın içinde, kafese kapatılmış yırtıcı bir hayvan gibi bir ileri bir geri gidip gelirken yüzüne baktım ve öfkem yatışıverdi. Aramızdaki her şeyin bittiğini sanırken, onu burada, kendi alanımda görmek içimi ısıtmıştı. İçimi ısıtmaktan öteye geçmişti; onu seviyordum ve kalbim baş döndürücü bir sevinçle kabarıyordu. Çevresini süzerek etrafına bakınıyordu.

"Güzel yer," dedi.

"Kate'in ailesi onun için satın aldı."

Dalgın bir tavırla başını salladı ve sonra gri bakışları benimkilere takılıp orada kaldı.

"Şey... Bir içki ister misin?" diye mırıldanırken kızarmıştım.

"Hayır; teşekkürler, Anastasia." Gözleri karardı.

Neden bu kadar gergindim ki?

Öldürücü ve seksi bir tavırla bana doğru yürürken, yumuşacık bir sesle, "Ne yapmak istiyorsun, Anastasia?" diye sordu. Alçak sesle, "Ben ne yapmak istediğimi biliyorum," diye ekledi.

Ortadaki beton mutfak tezgâhına çarpana dek geri çekildim.

"Sana hâlâ kızgınım."

"Biliyorum." Özür dileyen çarpık gülümsemesi karşısında eridim. Şey, belki de o kadar kızgın değildim.

"Bir şeyler yemek ister misin?" diye sordum.

Başını ağır ağır salladı. "Evet, seni," diye mırıldandı. Bel hizamın altında kalan her şey kasılmıştı. Sesi bile baştan çıkmam için yeterliydi, ama o bakış; o aç, seni şimdi istiyorum bakışı... Ah, Tanrım.

Bana hiç dokunmadan ve gözlerimin içine bakarak karşımda duruyor ve vücudundan yayılan ısıyla beni âdeta yıkıyordu. Nefes alamayacak kadar ısınmış, sıcaklamıştım ve karanlık arzu içime akarken, bacaklarım tutmuyordu. Onu istiyordum.

"Bugün yemek yedin mi?" diye mırıldandı.

"Öğle yemeğinde bir sandviç yedim," diye fısıldadım. Yemekten bahsetmek istemiyordum.

Gözlerini kıstı. "Yemen gerek."

"Şu anda gerçekten aç değilim... yemeğe değil."

"Neye açsınız, Bayan Steele?"

"Bence biliyorsunuz, Bay Grey."

Eğildi ve bir kez daha beni öpeceğini sandım ama öpmedi.

Kulağıma usulca, "Seni öpmemi istiyor musun, Anastasia?" diye fısıldadı.

"Evet," diye soludum.

"Nereni?"

"Her yerimi."

"Daha net olman gerekecek. Sana, bana yalvarana ve ne yapacağımı söyleyene kadar dokunmayacağımı söylemiştim."

Kafam karışmıştı, Christian hiç adil oynamıyordu.

"Lütfen," diye fısıldadım.

"Lütfen ne?"

"Bana dokun."

"Nerene bebeğim?"

O kadar tahrik edici bir yakınlıktaydı ve kokusu öylesine sarhoş ediciydi ki. Elimi uzattım, derhal geri çekildi.

Birden irileşen telaşlı gözlerle, "Hayır, hayır," diye çıkıştı.

"Ne?" *Hayır... geri gel.*

"Hayır." Kafasını salladı.

"Hiç mi?" Arzumun sesime yansımasına mani olamıyordum.

Bana kafası karışıkmış gibi baktı. Tereddüdü beni cesaretlendirdi. Ona doğru bir adım attım, ellerini savunmaya geçer gibi havaya kaldırarak, ama bir yandan da gülümseyerek, geri çekildi.

"Bak, Ana." Bu bir uyarıydı. Öfkeli bir tavırla elini saçlarının arasından geçirdi.

"Bazen izin veriyorsun," dedim yakınır gibi. "Belki de bir keçeli kalem bulmalıyım ve girilmeyecek bölgeleri işaretlemeliyiz."

Tek kaşını kaldırdı. "Fena fikir değil. Yatak odan nerede?"

Odamın olduğu tarafı başımla işaret ettim. Konuyu özellikle mi değiştiriyordu?

"Hapını alıyor musun?"

Ah, lanet olsun. Hapım.

İfadem karşısında yüzü düştü.

"Hayır," diye fısıldadım.

"Anladım," dedi ve dudakları ince bir çizgi halini aldı. "Haydi, bir şeyler yiyelim."

"Yatağa gidiyoruz sanıyordum. Ben seninle yatağa gitmek istiyorum."

"Biliyorum, bebeğim." Gülümsedi ve aniden bana doğru bir hamle yapıp bileklerimi kavrayarak beni kendine çekti ve bedenimi bedenine iyice bastırdı.

"Bir şeyler yemen gerek. Benim de," diye mırıldanırken, bakışları âdeta yakıyordu. "Ayrıca, beklenti, baştan çıkarılmanın anahtarıdır ve şu anda, hazzı erteleme havamdayım."

Hah, ne zamandan beri?

"Ben baştan çıktım bile ve hazzımı şimdi istiyorum. Yalvarırım, lütfen." Sesim ağlamaklıydı.

Bana şefkatle gülümsedi. "Ye. Fazla zayıfsın." Alnımı öptü ve beni bıraktı.

Bu bir oyun, şeytani bir planın parçasıydı. Yüzümü buruşturdum.

"SBY'yi almış olmana hâlâ öfkeliyim ve şimdi de beni beklettiğin için öfkelendim." Surat astım.

"Sen küçük, öfkeli bir bayansın; öyle değil mi? İyi bir yemekten sonra kendini daha iyi hissedeceksin."

"Neden sonra daha iyi hissedeceğimi ben biliyorum."

"Anastasia Steele, şoka uğradım." Sesine nazik bir alaycılık hâkimdi.

"Benimle dalga geçmeyi bırak. Hiç adil dövüşmüyorsun."

Sırıtışını alt dudağını ısırarak bastırdı. Kelimenin tam anlamıyla muhteşem görünüyordu. Libidomu oyuncak eden oyuncu Christian. Keşke baştan çıkarma becerilerim daha iyi olsaydı. O zaman ne yapacağımı bilirdim. Ona dokunamamak elimi kolumu bağlıyordu.

İçimdeki tanrıça gözlerini kıstı ve düşünceli bir ifade takındı. Bu konunun üstünde çalışmamız gerekecekti.

Christian ve ben birbirimize bakarken –ben ateşli, sıkkın ve arzu dolu; o gevşemiş ve halimle eğlenir halde– evde yiyecek bir şey olmadığını hatırladım.

"Bir şeyler pişirebilirim, ama önce alışverişe gitmemiz gerek."

"Alışverişe mi?"

"Yiyecek alışverişi."

"Burada yiyecek bir şey yok mu?" İfadesi sertleşmişti.

Kafamı salladım. Kahretsin, biraz kızmış gibiydi.

Hızla dönüp kapıya yönelirken, "O zaman alışverişe gidelim," dedi ve kapıyı geçmem için açık tuttu.

"En son ne zaman bir süpermarkete gittin?"

Christian ne yapacağını bilmez görünüyor, ama elinde alışveriş sepetiyle beni itaatkâr bir tavırla takip ediyordu.

"Hatırlayamıyorum."

"Bütün alışverişi Bayan Jones mu yapıyor?"

"Sanırım Taylor da yardım ediyor. Emin değilim."

"Tavada bir şeyler sana uyar mı? Çabuk olur."

"Kulağa iyi geliyor." Christian, hızlı hazırlanacak bir öğünün altında yatan niyetimi hiç şüphesiz çözdüğü için sırıttı.

"Uzun süredir mi senin için çalışıyorlar?"

"Taylor dört yıldır, sanırım. Bayan Jones da hemen hemen öyle. Evde neden hiç yiyecek yoktu?"

"Nedenini biliyorsun," diye mırıldanırken kızardım.

Onaylamayan bir tavırla, "Beni terk eden sensin," diye geveledi.

Cılız bir sesle, "Biliyorum," diye yanıtladım.

Kasaya ulaştık ve sırada sessizce durduk.

Dalgın dalgın, *Terk etmeseydim bana vanilya alternatifini yine önerir miydi acaba,* diye düşündüm.

"İçecek bir şeyin var mı?" Beni tekrar şimdiki zamana çekti.

"Bira... sanırım."

"Biraz şarap alayım."

Ah, Tanrım. Ernie'nin Süpermarketi'nde ne tür şarapların bulunabildiğinden emin değildim. Christian tiksintiyle yüzünü buruşturarak, eli boş geri döndü.

"Bitişikte iyi bir içki dükkânı var," dedim çabucak.

"Neler olduğuna bir bakarım."

Belki de en iyisi onun evine gitmemiz olurdu; o zaman bunca tantanaya gerek kalmazdı. Kararlı adımlar ve zarafetle kapıdan çıkışını izledim. İçeri giren iki kadın durup ona baktılar. Umutsuzluk içinde, *Ah, evet, benim Elli Ton'umu süzün tabii,* diye düşündüm.

Yatağımda anısını bıraksın istiyordum, ama zoru oynuyordu. Belki ben de zoru oynamalıydım. İçimdeki tanrıça hemfikir olduğunu göstermek için çılgın gibi kafasını sallıyordu. Sırada dururken bir plan yaptık. Hımm...

Christian alışveriş torbalarını daireye taşıdı. Dükkândan eve kadar da o taşımıştı zaten. Tuhaf görünüyordu. Her zamanki CEO duruşundan eser yoktu.

"Çok... evcimen görünüyorsun."

"Daha önce hiç kimse beni bununla suçlamamıştı," dedi kuru bir sesle. Torbaları mutfağın ortasındaki ada tezgâha bıraktı. Ben onları boşaltırken, bir şişe beyaz şarap çıkardı ve tirbuşonu aramaya koyuldu.

"Burası bana hâlâ yabancı. Sanırım tirbuşon şuradaki çekmecede," diyerek çenemle işaret ettim.

Çok... normaldik. Birbirini tanımaya çalışan ve birlikte yemek yiyen iki insandık. Diğer yandan çok da tuhaftı. Varlığında her zaman hissettiğim korku gitmişti. Birlikte, düşününce bile kıpkırmızı kesildiğim çok şey yapmıştık, ama onu neredeyse tanımıyordum bile.

"Ne düşünüyorsun?" Christian üzerinden çıkardığı ince çizgili ceketi kanepenin üstüne bırakırken hayallerimi yarıda kesti.

"Seni ne kadar az tanıdığımı."

Bakışları yumuşadı. "Beni herkesten iyi tanıyorsun."

"Bunun doğru olduğunu hiç sanmıyorum." Bayan Robinson davetsiz ve istenmeyen bir misafir olarak zihnime süzülüvermişti.

"Doğru, Anastasia. Ben mahremiyetine çok fazla düşkün bir insanım."

Bana bir kadeh beyaz şarap uzattı.

"Şerefe," dedi.

Ben, "Şerefe," diyerek şarabımdan bir yudum alırken, Christian şişeyi buzdolabına kaldırdı.

"Sana yardım edebilir miyim?" diye sordu.

"Hayır, sorun yok... otur."

"Yardım etmek isterim." İfadesi samimiydi.

"Sebzeleri doğrayabilirsin."

Ona verdiğim bıçağa şüpheyle bakarak, "Ben pek yemek yapmam," dedi.

"Buna gerek olmadığını tahmin ediyorum." Önüne bir kesme tahtası ve birkaç kırmızı biber koydum. Biberlere ne yapacağını bilemeyerek baktı.

"Hiç sebze doğramadın mı?"

"Hayır."

Pis pis sırıttım.

"Sen bana gülüyor musun?"

"Benim yapabildiğim, senin yapamadığın bir şey varmış meğer. Kabul edelim, Christian, bence bu bir ilk. Gel, sana göstereyim."

Ona sürtünerek geçtiğimde bir adım geri çekildi. İçimdeki tanrıça sırtını dikleştirdi ve dikkat kesildi.

"İşte böyle." Çekirdekleri çıkarmaya özen göstererek, biberi dilimledim.

"Basit görünüyor."

Alaycı bir tavırla, "Senin için sorun olmasa gerek," diye mırıldandım.

Bana duygusuz bir bakış attıktan sonra, ben küp küp kesilmiş tavukları hazırlamaya devam ederken o da işine koyuldu. Dikkatle, yavaş yavaş doğramaya başladı. *Ah, Tanrım, bütün gece burada olacağız.*

Ellerimi yıkadım ve ona sürekli sürtünerek –kalçamı, kolumu, sırtımı, ellerimi– tavayı, yağı ve ihtiyacım olan diğer malzemeleri aramaya koyuldum. Küçük, görünüşte masum dokunuşlar. Bunu her yapışımda duruyordu.

Hâlâ ilk biberi doğramakla meşgulken, esrarlı bir sesle, "Ne yaptığını biliyorum, Anastasia," diye mırıldandı.

Kirpiklerimi kırpıştırarak, "Sanırım buna yemek yapmak deniyor," dedim. Bir bıçak kapıp kesme tahtasının başına gittim ve ona hafifçe çarpmayı sürdürerek sarımsakları, arpacık soğanları, Fransız fasulyelerini soymaya ve doğramaya başladım.

İkinci kırmızıbiberine başlarken, "Bu işte bayağı iyisin," diye mırıldandı.

"Doğramada mı?" Kirpiklerimi kırpıştırdım. "Uzun senelerin pratiğinin sonucu." Ona bir kez daha, bu kez popomla sürtündüm. Yine durdu.

"Bunu bir kez daha yaparsan, Anastasia, sana burada, mutfak zemininde sahip olacağım."

Ah, vay canına. İşe yarıyordu. "Önce yalvarman gerekecek."

"Bu bir meydan okuma mı?"

"Belki."

Bıçağını bıraktı ve gözlerinden ateşler saçarak, ağır ağır yanıma sokuldu. Üzerimden uzanıp gazı kapattı. Tavadaki yağ neredeyse hemen yatıştı.

"Sanırım yemeği daha sonra yiyeceğiz," dedi. "Tavuğu buzdolabına koy."

Bu, Christian Grey'den duymayı bekleyeceğim bir cümle değildi ve sadece o, kulağa seksi, çok seksi gelmesini sağlayabilirdi. Küp küp doğranmış tavuk kâsesini aldım ve biraz titrek hareketlerle üzerine bir tabak örtüp buzdolabına tıktım. Arkamı döndüğümde, Christian yanımdaydı.

Gittikçe koyulaşan gözlerine cesaretle bakarak, "Demek yalvaracaksın," diye fısıldadım.

"Hayır, Anastasia." Kafasını salladı. "Yalvarmak yok." Sesi yumuşak ve baştan çıkarıcıydı.

Her ikimiz de tek söz etmeden, sadece bakarak ve birbirimizi âdeta içerek dururken, aramızdaki hava elektrik yükleniyor ve sanki çıtırdıyordu. Bu adama duyduğum arzu beni tamamen sarıp kanımı tutuştururken, nefesimi sığlaştırıp belimin altında birikirken, dudağımı ısırdım. Tepkilerimin onun duruşuna ve gözlerine de yansıdığını gördüm.

Tek bir hareketle beni kalçalarımdan tutup kendine çekerken ellerim saçlarına uzandı ve ağzı ağzımı buldu. Beni buzdolabına itti; dili dilimi bulduğunda dolabın içindeki şişe ve kavanozların belli belirsiz şıngırtılarını duydum. Ağzının içine doğru inledim ve ellerinden birini saçlarıma götürüp beni hoyratça öperken başımı arkaya çekti.

"Ne istiyorsun, Anastasia," diye soludu.

"Seni," diye inledim.

"Nerede?"

"Yatakta."

Uzaklaştı, beni kucakladı, çabucak ve görünüşe göre hiç zorlanmadan, yatak odama taşıdı. Yatağımın yanında ayaklarımın üstüne indirdikten sonra, eğilip başucu lambamı yaktı. Odada etrafına bakındı ve açık kremrengi perdeleri kapattı.

"Şimdi ne olacak?" dedi usulca.

"Seviş benimle."

"Nasıl?"

Tanrım.

"Bana söylemen gerek, bebek."

Lanet olsun. "Soy beni." Daha şimdiden nefes nefeseydim.

Gülümsedi ve işaret parmağını üst düğmeleri açık gömleğime takıp beni kendine çekti.

"Uslu kız," diye mırıldandı ve yakıcı gözlerini benimkilerden ayırmadan, gömleğimin düğmelerini çözmeye koyuldu.

Dengemi sağlamak için, ellerimi çekinerek kollarına koydum. İtiraz etmedi. Kolları güvenli bölgeydi. Düğmelerle işi bitince, gömleği omuzlarımdan aşağı kaydırdı. Gömleğin yere düşmesine izin vermek için onu bıraktım. Kot pantolonumun beline uzandı, düğmeyi açıp fermuarı indirdi.

"Bana ne istediğini söyle, Anastasia." Gözleri âdeta tütüyordu; hızlı ve sık nefesler alırken, dudakları aralıktı.

"Beni şuradan şuraya kadar öp." Parmağımı kulağımın kenarından, boynuma doğru kaydırarak fısıldadım. Saçlarımı ateş hattından çekti, eğilip parmağımın izlediği yoldan aşağı tatlı öpücükler bırakarak indi ve sonra aynı yoldan geri döndü.

"Kot pantolonum ve külotum," diye mırıldandım. Önümde dizlerinin üstüne inmeden önce, bir kez daha gülümsedi. Ah, kendimi öylesine güçlü hissediyordum ki. Başparmaklarını kot pantolonuma geçirerek külotumla birlikte yavaşça aşağı çekti. Babetlerimin ve kıyafetlerimin içinden çıktığımda, üzerimde sütyenimden başka bir şey kalmamıştı. Durdu ve bana beklenti dolu gözlerle baktıysa da ayağa kalkmadı.

"Ya şimdi, Anastasia?"

"Öp beni," diye fısıldadım.

"Nerenden?"

"Neremden olduğunu biliyorsun."

"Nerenden?"

Ah, hiç taviz vermiyordu. Utanarak bacaklarımın arasını işaret ettim; dudakları ahlaksız bir gülümsemeyle kıvrıldı. Utanç içinde gözlerimi yumdum, ama aynı anda aşırı derecede tahrik olmuştum.

"Ah, zevkle," diye kıkırdadı. Beni öptü, dilini, insanda sevinç uyandıran usta dilini serbest bıraktı. İnledim ve elimi saçlarının arasına gömdüm. Durmadı. Dili klitorisimin etrafında dönüyor, beni delirtiyor, durmak nedir bilmiyordu. *Ah... ne kadar olmuştu? Sadece... Ah...*

"Christian, lütfen," diye yalvardım. Ayakta boşalmak istemiyordum. Gücüm yoktu.

"Lütfen ne Anastasia?"

"Seviş benimle."

Usulca üfleyerek, "Sevişiyorum," dedi.

"Hayır, seni içimde istiyorum."

"Emin misin?"

"Lütfen."

Tatlı, enfes işkencesine son vermedi. Yüksek sesle inledim.

"Christian, lütfen..."

Ayağa kalktı ve bana yukarıdan baktı. Dudakları tahrik oluşumun kanıtıyla parlıyordu.

O kadar seksi ki...

"Eee?" diye sordu.

Ona delice bir ihtiyaçla bakarak nefes nefese sordum. "Eee ne?"

"Ben hâlâ giyiniğim."

Ona aklım karmakarışık baktım.

Onu soymak mı? Evet, bunu yapabilirdim. Gömleğine uzanınca, bir adım geri çekildi.

"Ah, hayır," diye azarladı. Kahretsin, kot pantolonunu kastetmişti.

Ve böylece aklıma bir fikir geldi. İçimdeki tanrıça sevinç çığlıkları atarken, önünde diz çöktüm. Biraz sarsak hareketler ve titrek parmaklarla kot pantolonunun düğmesini ve fermuarını açtım, pantolonunu ve iç çamaşırını aşağı çektim. Özgürlüğünü ilan etti. *Vay canına.*

Ona kirpiklerimi kırpıştırarak baktım. O da bana baktı... Bakışlarında ne vardı? Heyecan? Hayranlık? Şaşkınlık?

Kot pantolonunu çıkardı, çoraplarını da. Penisini avucumun içine alıp sıktım ve bana daha önce gösterdiği gibi, elimi arkaya doğru ittim. İnledi, gerildi ve nefesi sıktığı dişlerinin arasında tısladı. Büyük bir dikkatle, onu ağzımın içine aldım ve iyice emdim. Mımm... Tadı enfesti.

"Ahh. Ana... Ah... yavaş."

Başımı tuttu ve penisini ağzımın içine iyice iterken, dudaklarımı birbirine elimden geldiğince bastırarak dişlerimi örttüm ve iyice emdim.

"Siktir," diye tısladı.

Ah, bu güzel, ilham verici ve seksi bir sesti. Bu yüzden tekrar yaptım ve penisini daha derine kadar çekerek dilimi uç kısmının etrafında gezdirdim. *Hımm...* Kendimi Afrodit gibi hissediyordum.

"Ana. Bu kadarı yeter. Dur."

Bir kez daha *–yalvar, Grey, yalvar–* ve bir kez daha aynı şeyi yaptım.

Sıktığı dişlerinin arasından, "Ana, mesajını yeterince verdin," dedi. "Ağzına boşalmak istemiyorum."

Ben bir kez daha yapınca eğildi, beni omuzlarımdan tutup ayağa kaldırdı ve yatağa attı. Gömleğini çekip çıkardıktan sonra, kenara attığı kot pantolonuna uzandı ve uslu bir çocuk gibi, folyolu bir paket çıkardı. Benim gibi o da nefes nefeseydi.

"Sütyenini çıkar," diye emretti.

Doğruldum ve söyleneni yaptım.

"Uzan. Sana bakmak istiyorum." Uzanırken, prezervatifi yavaşça kaydırışını seyrettim. Onu fena halde istiyordum. Bana yukarıdan bakıyor ve dudaklarını yalıyordu.

"Müthiş görünüyorsun, Anastasia Steele." Yatağa eğildi ve ağır hareketlerle, beni öperek üzerime çıktı. Memelerimi tek tek öpüp meme uçlarımı uyarırken altında inleyerek kıvranıyordum, ama durmak bilmiyordu.

Hayır... Dur. Seni istiyorum.

"Christian, lütfen."

Memelerimin arasından, "Lütfen ne?" diye mırıldandı.

"Seni içimde istiyorum."

"Demek öyle."

"Lütfen."

Bana bakarak bacağıyla benimkileri araladı ve dudakları benimkilerin üstünde olacak şekilde yukarı kaydı. Gözlerini gözlerimden ayırmadan, enfes bir yavaşlıkla içime gömüldü.

Gözlerimi yumup doluluğun, bana sahip oluşunun verdiği eşsiz duygunun tadını çıkarırken, onunla buluşmak, ona katılmak için içgüdüsel olarak kalçamı yukarı kaldırdım ve yüksek sesle inledim. Geri çekildi ve çok yavaşça, beni tekrar doldurdu. Parmaklarım ipeksi, dağınık saçlarına uzandı ve ah-çok-yavaşça gidip gelmeye başladı.

"Daha hızlı, Christian... lütfen."

Bana zafer kazanmışçasına bakıp hoyratça öptü ve sonra gerçekten *–cezalandırıcı, insafsız bir... ah... siktir–* hareket etmeye başladı ve uzun sürmeyeceğini anladım. İçimde bir şeyler canlanmaya başladı; bacaklarım gerilmişti.

"Haydi, bebeğim," diye soludu. "Benimle gel."

Sözleri beni çözdü ve muhteşem, akıl uçuracak şekilde, milyonlarca parçaya bölündüm. O da adımı haykırarak arkamdan geldi.

"Ana! Ah, siktir, Ana!" üzerime yığıldı ve başını boynuma gömdü.

BÖLÜM DÖRT

Aklım yeniden başıma geldiğinde gözlerimi açtım ve sevdiğim adamın yüzüne baktım. Christian'ın ifadesi yumuşacık ve şefkatliydi. Ağırlığını dirseklerine vererek ve ellerimi başımın iki yanında tutarak burnunu burnuma sürttü. Üzüntüyle, bunu ona dokunmamam için yaptığından şüphelendim. İçimden çıkarken, dudaklarıma nazik bir öpücük kondurdu.

"Bunu özlemişim," diye soludu.

"Ben de öyle," diye fısıldadım.

Çenemi tuttu ve beni var gücüyle öptü. Tutkuyla, yalvarır ve bir şey ister gibi. İstediği neydi? Bilmiyordum. Beni nefessiz bırakmıştı.

Ciddi bir yüzle, gözlerimin içine bakarak, "Beni bir daha sakın bırakma," diye yakardı.

"Tamam," diye fısıldadım ve gülümsedim. Cevabım üzerine göz alıcı bir gülümseme kapladı yüzünü: Rahatlama, haz ve çocuksu bir sevinç, en soğuk kalpleri bile eritecek büyüleyici bir ifadede bir araya gelmişti. "iPad için teşekkürler."

"Rica ederim, Anastasia."

"Oradaki en sevdiğin şarkı hangisi?"

"Bana kalsın." Sırıttı. "Haydi, bana yemek yap, eksik etek. Açlıktan ölüyorum," diye ekleyerek bir anda doğruldu ve beni da yanına çekti.

"Eksik etek mi?" Kıkırdadım.

"Eksik etek. Yemek, şimdi, lütfen."

"Böyle nazik bir şekilde istediğiniz için, derhal hazır ederim, efendim."

Yataktan kalkarken, yastığımın yerinden oynamasına ve altındaki sönmüş helikopter balonun ortaya çıkmasına neden oldum. Christian balona uzandı ve şaşkın gözlerini bana çevirdi.

Sabahlığıma uzanıp üzerime geçirirken sahiplenici bir tavırla, "Benim balonum," dedim. *Ah, Tanrım. Balonu bulması şart mıydı sanki?*

"Yatağında?" diye mırıldandı.

"Evet." Kızardım. "Bana arkadaşlık ediyordu."

Şaşkınlık içinde, "Şanslı *Charlie Tango*," dedi.

Evet, duygusalım, çünkü seni seviyorum, Grey.

Bir kez daha, "Benim balonum," dedim ve dönüp mutfağa doğru ilerlerken onu bir kulağından diğerine uzanan bir sırıtışla geride bıraktım.

Christian'la birlikte, Kate'in İran halısına oturmuş, beyaz porselen kâseler içindeki tavuklu Çin eriştelerimizi çubuklarla yiyor ve soğutulmuş Pinot Grigio'muzu yudumluyorduk. Christian az-önce-düzüştüm saçlarıyla kanepeye yaslanmış, uzun bacaklarını öne uzatmıştı. Üzerinde kot pantolonu ve gömleği vardı, o kadar. Fonda, Christian'ın iPod'undan Buena Vista Social Club çalıyordu.

Yemeğine gömülürken, beğeniyle, "Bu çok iyi," dedi.

Bağdaş kurmuş halde yanında oturuyor, açlık ötesi bir oburlukla yemeğimi yerken, hayran hayran çıplak ayaklarına bakıyordum.

"Genelde bütün yemek işini ben yaparım. Kate çok iyi bir aşçı sayılmaz."

"Annen mi öğretti?"

"Sayılmaz." Dudak büktüm. "Nasıl yemek pişirileceğine ilgi duymaya başladığımda, annem Üç Numaralı Koca'yla birlikte, Mansfield, Teksas'ta yaşamaya başladı. Ve Ray, ben olmasam, kızarmış ekmek ve hazır yemekle yaşardı."

Christian beni süzdü.

"Neden annenle Teksas'ta kalmadın?"

"Kocası Steve ve ben... anlaşamadık. Ve Ray'i özlüyordum. Steve'le evliliği uzun sürmedi. Sanırım aklı başına geldi. Ondan hiç bahsetmez," diye ekledim usulca. Sanırım bu, annemin hayatının hiç bahsini açmadığımız karanlık kısmıydı.

"Sen de üvey babanla Washington'da kaldın."

"Çok kısa bir süre Teksas'ta yaşadım. Sonra Ray'e döndüm."

"Kulağa ona sen göz kulak olmuşsun gibi geliyor," dedi yavaşça.

"Sanırım." Omuz silktim.

"İnsanlara göz kulak olmaya alışıksın."

Sesindeki gerginlik dikkatimi çekmişti. Kafamı kaldırıp ona baktım. Temkinli ifadesi karşısında şaşırarak, "Ne?" diye sordum.

"Ben de sana göz kulak olmak istiyorum." Gözleri, adı konmamış bir duyguyla parlıyordu.

Kalp atışım hızlandı.

"Fark ettim," diye fısıldadım. "Sadece bunu biraz tuhaf bir yoldan yapıyorsun."

Alnı kırıştı. "Bildiğim tek yol bu."

"SBY'yi aldığın için hâlâ kızgınım."

Gülümsedi. "Biliyorum, ama kızgın olman beni durdurmaz, bebek."

"İş arkadaşlarıma, Jack'e ne diyeceğim?"

Gözlerini kıstı. "O herif kendine dikkat etse iyi olur."

"Christian!" diye çıkıştım. "O benim patronum."

Christian'ın ağzı düz bir çizgi halini aldı. Laftan anlamayan bir okul çocuğuna benziyordu.

"Onlara söyleme," dedi.

"Onlara neyi söylemeyeyim?"

"Yayınevinin sahibinin ben olduğumu. Satış sözleşmesi dün imzalandı. SBY'deki yönetim birtakım değişiklikler yapacağı için, haber birkaç hafta boyunca gizli tutulacak."

Telaşlanarak, "Ah... İşimden mi olacağım?" diye sordum.

Christian gülümsemesini bastırmaya çalışarak, alaycı bir tavırla, "Bundan samimiyetle şüphe ederim," dedi.

Yüzümü buruşturdum. "Gidip başka bir iş bulursam o şirketi de mi alacaksın?"

"Ayrılmayı düşünmüyorsun, değil mi?" İfadesi değişti; bir kez daha temkinli haline bürünmüştü.

"Düşünebilirim. Bana fazla seçenek bıraktığından emin değilim."

"Evet, o şirketi de alacağım." Dediğim dedikti.

Bir kez daha yüzümü buruşturdum. Asla galip çıkamayacağım bir durumdaydım.

"Biraz fazla korumacı olduğunu düşünmüyor musun?"

"Evet, nasıl göründüğünün tamamen farkındayım."

"Dr. Flynn'i arıyorum," diye mırıldandım.

Boş kâsesini yere bıraktı ve bana ifadesiz gözlerle baktı. İç geçirdim. Kavga etmek istemiyordum. Ayağa kalkıp kâsesine uzandım.

"Tatlı ister misin?"

Bana şehvetli bir sırıtışla bakarak, "İşte şimdi konuştun!" dedi.

"Kendimden bahsetmiyorum." *Neden bahsetmeyecektim?* İçimdeki tanrıça, şekerlemesinden uyandı ve kulak kesilerek doğruldu. "Dondurma var. Vanilyalı," diye takıldım.

"Gerçekten mi?" Christian'ın sırıtışı büyüdü. "Sanırım onunla bir şeyler yapabiliriz."

Ne? Zarafetle ayağa kalkarken, ona sersem sersem baktım.

"Kalabilir miyim?" diye sordu.

"Ne demek istiyorsun?"

"Gece."

"Zaten kalacağını varsaymıştım."

"İyi. Dondurma nerede?"

"Fırında." Tatlı tatlı gülümsedim.

Başını yana yatırdı, iç geçirdi ve kafasını salladı. "Alaycılık, kıvrak zekânın en alçak biçimidir, Bayan Steele." Gözleri parlıyordu.

Ah, lanet olsun. Ne planlıyor acaba?

"Seni hâlâ dizime yatırabilirim."

Kâseleri lavaboya bıraktım. "O gümüş toplar yanında mı?"

Ellerini göğüs ve pantolon ceplerinde dolaştırdı. "Komik olan şu ki, yanımda yedek bir set taşımıyorum. Ofiste pek gerek olmuyor."

"Bunu duyduğuma sevindim, Bay Grey; yanılmıyorsam alaycılığın kıvrak zekânın en alçak biçimi olduğunu söylemiştiniz.

"Yeni parolam: 'Alt edemiyorsanız, aynı safa geçin.'"[9]

Ona ağzım açık bakakaldım. *Bunu söylediğine inanamıyordum.* Üstelik kendinden mide bulandıracak kadar hoşnut görünerek sırıtıyordu. Döndü. Dondurucuyu açtı ve Ben&Jerry'nin en iyi vanilyalı dondurmasından bir kutu çıkardı.

"Bu gayet uygun." Koyu gözlerle bana baktı. "Ben & Jerry & Ana." Her kelimeyi tek tek, bütün heceleri net bir şekilde vurgulayarak söylemişti.

---

9 "Alt etmek" sözcüğü metnin orjinalindeki, "pataklamak, dövmek" anlamlarına da gelen, "beat" kelimesinin karşılığıdır. (yay. n.)

Ah, siktir. Sanırım alt çenem yere kadar inmişti. Çatal bıçak çekmecesini açıp bir kaşık kaptı. Bana baktığında, gözleri yarı kapalıydı ve dili dişlerinin üzerinde dolaşıyordu. Ah, o dil.

Başımın döndüğünü hissetim. Karanlık, yoğun ve hafif ayartıcı arzu damarlarımda dolaşıyordu. Eğlenecektik, hem de yiyecekle.

"Umarım sıcaklamışsındır," diye fısıldadı. "Seni bununla serinleteceğim. Gel." Elimi bana doğru uzattığı avucuna bıraktım.

Odama girince, dondurmayı başucu komodinime koydu, yatağın örtüsünü açtı, yastıkların ikisini de kaldırıp üst üste yere koydu.

"Yedek çarşafın var, değil mi?"

Onu büyülenmiş gibi izlerken, başımı salladım. *Charlie Tango*'yu kaldırdı.

"Balonumla uğraşma," diye uyardım.

Dudakları yarım bir gülümsemeyle kıvrıldı. "Aklımdan bile geçirmem, bebeğim, ama seninle ve bu çarşaflarla uğraşmak istiyorum."

Bedenim neredeyse kıvranıyordu.

"Seni bağlamak istiyorum."

Ah. "Tamam," diye fısıldadım.

"Sadece ellerini. Yatağa. Hareketsiz durman gerek."

Bana doğru yürürken gözlerini gözlerimden ayırmadı.

"Bunu kullanacağız." Sabahlığımın kuşağını tuttu, enfes ve insanın içini gıdıklayan bir yavaşlıkla fiyongu çözüp kemeri çıkardı.

Ben yakıcı bakışları altında felç olmuş gibi dururken, bornozumun önü açıldı. Bir an sonra bornozu da omuzlarımdan aşağı kaydırdı. Kumaş ayaklarımın dibine düştüğünde karşısında çırılçıplak kalmıştım. Yüzümü parmaklarıyla okşadı; dokunuşu kasıklarımın derinliklerinde yankılandı. Eğildi ve dudaklarıma küçük bir öpücük kondurdu.

"Yatağa sırt üstü uzan." Gözlerimi yakıp geçen gözleri iyice koyulaşmıştı.

Bana söyleneni yaptım. Odam lambamın yumuşak ve soluk ışığı dışında, karanlığa gömülmüştü.

Normalde enerji tasarrufu ampullerinden nefret ederdim –çok loştular– ama burada, Christian'ın karşısında çıplak durduğum şu anda, kısık ışığa minnettardım. Yatağın yanında durup bana tepeden baktı.

"Sana sabahtan akşama kadar bakabilirim, Anastasia," dedi ve ardından yatağın üstüne çıkıp at biner gibi üzerime yerleşti.

"Kollarını başının üstüne kaldır," diye emretti.

İtaat ettim. Bornozun kuşağını sol bileğime dolayıp, ucunu başucumdaki metal parmaklıkların arasından geçirdi. Kuşağı sol kolum başımın üzerinde gergin kalacak şekilde, iyice çekti. Sonra sağ elimi de bağlayıp kuşağa sıkı bir düğüm attı.

Ellerim bağlı halde gözlerimi ona çevirdiğimde, gözle görülür şekilde gevşemişti. Bağlı olmam hoşuna gidiyordu. Bu şekilde ona dokunamazdım. İtaatkârların hiçbirinin ona dokunamamış olduğunu fark ettim; hiçbirinin bunu yapma imkânı olamazdı. Christian her zaman kontrolü elinde tutar, mesafeyi korurdu. Kurallarını bu yüzden seviyordu.

Üzerimden indi ve dudaklarıma küçük bir öpücük kondurmak için eğildi. Sonra doğrulup gömleğini başından çekip çıkardı. Kot pantolonunun önünü açıp yere indirdi.

Çıplaktı ve muhteşem görünüyordu. İçimdeki tanrıça asimetrik paralelden üçlü burguyla indi ve bir anda dilim damağım kuruyuverdi. Klasik hatlarla çizilmiş bir fiziğe sahipti. Kaslı, geniş omuzlar, dar kalçalar; ters üçgen bir vücut. Egzersiz yaptığı belliydi. Ona sabahtan akşama dek bakabilirdim. Yatağın ayakucuna geçti, bileklerimi kavradı ve beni sert ve keskin bir hareketle aşağı çekip kollarımın hareket edemeyeceğim şekilde iki yana açılmasını sağladı.

"Böyle daha iyi," diye mırıldandı.

Dondurma kutusunu aldı, kolay hareketlerle yatağa çıkıp bir kez daha binici pozisyonunda üzerime çıktı. Kapağı hiç acele etmeden açıp kaşığını daldırdı.

"Hımm... Hâlâ bayağı sert," dedi, tek kaşını kaldırarak. Vanilyadan bir kaşık dolusu alıp ağzına attı. "Enfes," diye mırıldanarak dudaklarını yaladı. "Bildiğin sade vanilyanın bu kadar lezzetli olması inanılmaz." Bana baktı. "Biraz ister misin?"

Üzerimde oturup dondurma yerken, parlak gözleri ve ışıltılı yüzüyle, akıl uçuracak kadar seksi, genç ve umarsız görünüyordu. Ah, bana ne yapacaktı acaba? Sanki bilmiyordum. Utangaç bir tavırla başımı salladım.

Bir kaşık dondurma daha alıp bana uzatınca ağzımı açtım, ama dondurmayı hızla kendi ağzına attı.

Hınzır bir gülümsemeyle, "Paylaşılamayacak kadar iyi," dedi.

"Hey," diye itiraz ettim.

"Neden, Bayan Steele, vanilyayı seviyor musunuz yoksa?"

Niyet ettiğimden daha güçlü bir sesle, "Evet," dedim ve boş yere onu üstümden atmayı denedim.

Güldü. "Sinirleniyoruz, ha? Yerinde olsam bunu yapmazdım."

"Dondurma," diye yalvardım.

"Şey, bugün bana çok zevk verdiğiniz için, Bayan Steele." Pes etti ve bana bir kaşık daha uzattı. Bu defa yememe izin verdi.

Kıkırdamak istedim. Gerçekten keyif alıyordu ve neşesi bulaşıcıydı. Bir kaşık daha doldurdu ve bana biraz daha dondurma verdi. Sonra biraz daha. *Pekâlâ, yeter.*

"Hımm, yediğinden emin olmanın bir yolu da seni zorla beslemek. Buna alışabilirim." Bir kaşık daha doldurup bana biraz daha uzattı. Bu kez, ağzımı kapalı tutup başımı iki yana salladım. Dondurmanın kaşıkta ağır ağır erimesine ve erimiş dondurmanın boynuma ve göğsüme damlamasına izin verdi. Başını eğdi ve damlaları ağır ağır yaladı. Bedenim arzuyla uyanmıştı.

"Mımm... Sizin teninizden yenildiğinde daha da lezzetli, Bayan Steele."

Kollarımı kıpırdatınca yatak uğursuz bir sesle gıcırdadı. Ama umurumda değildi. Arzuyla yanıyordum; beni tüketiyordu. Bir kaşık daha aldı ve dondurmanın göğüslerime damlamasını sağladı. Sonra dondurmayı kaşığın arkasıyla, iki mememin ve meme uçlarımın üstüne yaydı.

Ah... soğuktu. Her iki meme ucum da vanilyanın soğuğu altında sivrilip sertleşti.

Christian usulca, "Üşüdün mü?" diye sordu ve sıcak ağzıyla, dondurmayı üzerimden emmek ve yalamak üzere bir kez daha eğildi.

İşkenceden farksızdı. Dondurma erimeye başlayınca, üzerimden yol yol yatağa akıyordu. Christian'ın dudakları ağır işkencelerini sürdürüyor, sertçe emip yumuşacık bir dokunuşla tenimi okşuyorlardı. *Ah, lütfen...* Nefes nefeseydim.

"Daha ister misin?" Ve teklifini onaylama ya da inkâr etme fırsatı bulamadan, dili ağzımın içindeydi. Soğuk, becerikli, Christian ve vanilya karışımı bir lezzette. Enfes.

Ve tam ben bu hisse alışmaya başlarken, bir kez daha sırtını dikleştirdi ve dondurma dolu kaşığı göğüslerimin arasından göbeğime doğru kaydırıp tam göbek deliğime koca bir dondurma yığını bıraktı. *Ah, bu öncekilerden daha soğuk, ama tuhaf bir şekilde yakıyor.*

"Bunu daha önce yaptın." Christian'ın gözleri parlıyordu. "Kıpırdamaman gerekecek, yoksa yatağın her tarafı dondurma içinde kalır." Memelerimi tek tek öptü, uçlarını sertçe emdi, sonra vücudumdaki dondurma izlerini takip ederek, emerek, yalayarak aşağı doğru kaydı.

Ve denedim. Soğuğun ve Christian'ın insanı alevlendiren dokunuşunun baş döndüren karışımına rağmen kıpırdamadan durmaya çalıştım. Ama kalçalarım bu soğuk vanilya sihrine kapılarak kendi ritimlerine ayak uydurup istem dışı kıpırdamaya başladılar. Christian daha aşağı kaydı ve göbeğimden dondurma yemeye, dilini göbek deliğimin içinde ve etrafında döndürmeye başladı.

İnledim. *Ah, Tanrı aşkına.* Soğuktu, sıcaktı, baştan çıkarıcıydı ama Christian durmadı. Dondurmayı vücudumun daha aşağısına doğru, kasık tüylerimin arasına, klitorisime doğru kaydırdı. Yüksek sesle, inledim.

Sihirli dili vanilyayı yalayıp yutmaya koyulurken, Christian yumuşacık bir sesle, "Şişşt," dedi; artık sessizce sızlanıyordum. "Ah... lütfen... Christian."

"Biliyorum, bebeğim; biliyorum." Dili sihrini konuştururken, soluk soluğaydı. Durmadı. Durmadı ve bedenim tırmanışa geçti. Yukarı, daha yukarı. Önce bir parmağını, sonra da diğerini içime kaydırdı ve işkenceden farksız bir yavaşlıkla içeri dışarı hareket ettirmeye başladı.

"Tam şurası," diye mırıldandı ve ritmik hareketlerle vajinamın ön duvarını okşamayı sürdürürken, eşsiz ve insafsızca yalamaya ve emmeye devam etti.

Beklenmedik bir şekilde, bütün duyularımı afallatan ve ben kıvranıp inlerken bedenimin dışında olup biten her şeyi silen akıl uçurucu bir orgazmla patladım. *Ah, Tanrı aşkına.* Çok hızlı olmuştu.

Özel ihtimamına son verdiğinin belli belirsiz farkına vardım. Üzerime eğilmiş, prezervatifini yerleştiriyordu, sonra sert ve hızlı bir şekilde içime kaydı.

Kendini bana çarparken, "Ah, evet!" diye inledi. Yapış yapıştı. Erimiş dondurmadan geriye kalanlar aramıza yayılıyordu. Bu, tuhaf şekilde dikkat dağıtan bir histi, ama Christian birden içimden çıkıp beni ters çevirince, bunun üzerine düşünmem birkaç saniyeden uzun sürmedi.

"Böyle," diye mırıldandı ve birden yine içimdeydi. Ama her zamanki cezalandırıcı ritmine hemen başlamadı. Öne eğildi, ellerimi çözdü ve beni neredeyse üzerine oturacağım şekilde yukarı çekti. Elleri memelerime kaydı; her ikisini de avuçlayıp meme uçlarımı usulca çekiştirmeye başladı. Başımı geriye, omzuna atarak inledim. Burnunu boynuma sürtüp beni ısırdı ve kalçalarını enfes bir yavaşlıkla kasarak beni tekrar tekrar doldurdu.

Kulağıma doğru, "Benim için ne büyük bir anlam taşıdığını biliyor musun?" diye soludu.

"Hayır," diye inledim.

Gülümsedi. Parmakları çenemin ve boynumun etrafında kıvrılıp beni bir an olduğum yere sabitledi.

"Evet. Biliyorsun. Gitmene izin vermeyeceğim."

Christian hız kazanırken inledim.

"Sen benimsin, Anastasia."

"Evet, seninim," diye soludum.

"Benim olana sahip çıkarım," diye tısladı ve kulağımı ısırdı.

Haykırdım.

"Aynen öyle, bebek, seni duymak istiyorum." Bir elini belimin etrafına sararken diğeriyle kalçamı kavradı ve kendini içime iyice iterek bir kez daha haykırmama neden oldu. Ve cezalandırıcı ritmi başladı. Nefesi gittikçe boğuklaştı, boğuklaştı ve aynı benimki gibi, iniltiye benzer bir hal aldı. İçimde, derinlerde, o tanıdık canlanmayı hissettim. *Yine!*

Sadece histen ibarettim. Bana yaptığı buydu. Bedenimi alıyor ve ondan başka hiçbir şey düşünemeyecek hale getirip bana tamamen sahip oluyordu. Sihri güçlü, sarhoş ediciydi. Ağına yakalanmış, kaçmaktan aciz, kaçmaya gönülsüz bir kelebektim. *Onunum... tamamen onun.*

Sıkılı dişlerinin arasından, "Haydi bebeğim," diye tısladı ve büyücünün çırağı olarak işareti aldım, kendimi bıraktım ve zevkin doruğuna birlikte tırmandık.

Yapış yapış çarşaflar üstünde, kollarının arasına kıvrılmış halde yatıyordum. Christian'ın göğsü sırtıma yapışık, burnu saçlarımın arasındaydı.

"Senin için hissettiklerim beni korkutuyor," diye fısıldadım.

Hareketsizleşti. "Beni de," dedi usulca.

"Ya beni bırakırsan?" Dehşet verici bir düşünceydi.

"Hiçbir yere gitmiyorum. Sana doyabileceğimi hiç sanmıyorum, Anastasia."

Dönüp ona baktım. İfadesi ciddi ve samimiydi. Eğildim ve onu usulca öptüm. Gülümseyerek saçımı kulağımın arkasına atmak için uzandı.

"Hayatımda hiç sen gittiğin zamanki gibi hissetmemiştim, Anastasia. Bir daha öyle hissetmemek için yeri göğü yerinden oynatabilirim." Çok hüzünlü, hatta sersemlemiş gibi bir hali vardı.

Onu tekrar öptüm. Bir şekilde havamızı dağıtmak istiyordum, ama Christian benden önce davrandı.

"Yarın benimle babamın yaz partisine gelir misin? Senede bir düzenlenen bir yardım etkinliği. Gideceğimi söyledim."

Birden utanarak gülümsedim.

"Tabii ki gelirim." Ah, lanet olsun. Giyecek hiçbir şeyim yoktu.

"Ne oldu?"

"Hiç."

"Söyle bana," diye ısrar etti.

"Giyecek bir şeyim yok."

Christian bir an rahatsız göründü.

"Bana kızma, ama evdeki kıyafetlerin hâlâ duruyor. Orada birkaç elbise olduğundan eminim."

Dudaklarımı büzdüm. "Öyle mi?" Alaycı bir sesle mırıldanmıştım. Bu gece onunla kavga etmek istemiyordum. Bir duşa ihtiyacım vardı.

Bana benzeyen kız SBY'nin önünde duruyordu. Bir dakika, bu bendim. Solgun ve yıkanmamıştım, bütün kıyafetlerim fazla büyüktü. Ona dik dik bakıyordum; üzerinde benim kıyafetlerim vardı; mutlu ve sağlıklıydı.

"Sende bende olmayan ne var?" diye sordum.

"Sen de kimsin?"

"Hiç kimseyim... Sen kimsin? Sen de mi hiç kimsesin?"

"Demek iki kişiyiz. Söyleme, bizi uzaklaştırırlar, biliyorsun..." Bütün suratına ağır, kötücül bir gülümseme yayıldı. O kadar dondurucuydu ki çığlık atmaya başladım.

"Tanrı aşkına! Ana!" Christian beni sarsarak uyandırdı.

Nerede olduğumu anlayamamıştım. *Evdeyim... Karanlıkta... Christian'la birlikte yatakta.* Zihnimi arındırmaya çalışarak kafamı salladım.

"Bebeğim, iyi misin? Kötü bir rüya görüyordun."

"Ah."

Lambanın düğmesine basınca, loş ışıkla yıkandık. Bana tepeden bakarken yüzü endişeyle kaplıydı.

"Kız," diye fısıldadım.

Yatıştırıcı bir sesle, "Ne oldu? Ne kızı?" diye sordu.

"Bu akşam ben çıkarken, SBY'nin dışında bir kız vardı. Bana benziyordu. Ama tam olarak değil."

Christian durdu ve başucu lambasından gelen ışıkta renginin küle döndüğünü gördüm.

Hoşnutsuz bir sesle, "Ne zaman oldu bu?" diye sordu. Bana baktığı sırada doğrulup oturdu.

"Bu akşam işten çıkarken," diye tekrar ettim. "Kim olduğunu biliyor musun?"

"Evet." Elini saçlarının arasından geçirdi.

"Kim?"

Ağzı düz bir çizgi halini aldı, ama hiçbir şey söylemedi.

"Kim?" diye bastırdım.

"Leila."

Yutkundum. Eski itaatkâr. Planörle uçmaya gitmeden önce Christian'ın ondan bahsettiğini hatırlıyordum. Birden gerildiğimi hissettim. Bir şeyler oluyordu.

"iPod'una *Toxic*'i koyan kız mı?"

Bana kaygıyla baktı.

"Evet," dedi. "Bir şey söyledi mi?"

"'Sende bende olmayan ne var?' dedi ve kim olduğunu sorunca, 'Hiç kimse,' dedi."

Christian acı çeker gibi yüzünü buruşturdu. Ne olmuştu? Kızın onun için anlamı neydi?

Vücudumdaki adrenalin miktarı hızla artarken kafa derim karıncalanıyordu. *Ya kız onun için çok şey ifade ediyorsa? Belki de onu özlüyor. Geçmiş... ımm... ilişkilerine dair o kadar az şey biliyorum ki.* Kızın bir kontratı olmalıydı ve Christian'ın isteklerini yerine getirmiş, ihtiyacını memnuniyetle karşılamış olması gerekiyordu.

Ah, hayır... oysa ben karşılayamıyorum. Düşüncesi bile canımı sıkmıştı.

Yataktan çıkan Christian kot pantolonunu üzerine geçirip oturma odasına yürüdü. Çalar saatim sabahın beşini gösteriyordu. Yataktan yuvarlandım, beyaz gömleğini üstüme geçirip peşinden gittim.

Lanet olsun, telefondaydı.

"Evet, SBY'nin dışında, dün... akşamın erken saatlerinde," dedi usulca. Ben mutfağa doğru yürürken bana döndü ve doğrudan, "Tam olarak kaçta?" diye sordu.

"Altıya on kala gibi," diye mırıldandım. Bu saatte kimi arıyordu ki? Leila ne yapmıştı? Bilgiyi hattın diğer ucundaki her kimse ona aktarırken gözlerini benden bir an ayırmıyordu. Bakışları karanlık ve samimiydi.

"Nasıl olduğunu öğrenin... Evet... Sanmıyorum, gerçi bunu yapabileceğini de sanmazdım." Acı çeker gibi, gözlerini yumdu. "Nasıl yatışacağını bilmiyorum... Evet, onunla konuşurum. Evet... Biliyorum... Takip et ve bana haber ver. Onu bul, Welch, başı belada. Onu bul." Telefonu kapattı.

"Çay ister misin?" diye sordum. Çay, Ray'in her krize cevabı ve mutfakta yaptığı tek iyi şeydi. Çaydanlığı suyla doldurdum.

"Aslında yatağa dönmek isterim." Bakışı bunu uyuma amacıyla istemediğini anlatıyordu.

"Pekâlâ, benim biraz çaya ihtiyacım var. Bir fincan çayla bana eşlik etmek ister misin?" Neler olduğunu öğrenmek istiyordum. Seksle geçiştirmesine izin vermeyecektim.

Öfkeli bir tavırla elini saçlarının arasından geçirdi. "Evet, lütfen," dedi ama sinirli olduğunu görebiliyordum.

Çaydanlığı ocağa koyarak kendimi fincanları ve demliği hazırlamakla oyaladım. Kaygı düzeyim Kırmızı Alarm durumundaydı. Bana sorunun ne olduğunu anlatacak mıydı? Yoksa kurcalamam mı gerekecekti?

Bakışlarını üzerimde hissediyordum. Kararsızlığını da. Öfkesi âdeta elle tutulur kıvamdaydı. Başımı kaldırdığımda, gözleri endişeyle parlıyordu.

"Ne oldu?" diye sordum usulca.

Kafasını salladı.

"Bana anlatmayacak mısın?"

İç geçirdi ve gözlerini yumdu. "Hayır."

"Neden?"

"Çünkü seni kaygılandırmaması gerek. Bu işe karışmanı istemiyorum."

"Beni kaygılandırmamalı, ama kaygılandırıyor. Beni buldu ve ofisimin önünde benimle konuştu. Beni nereden tanıyor? Ve nerede çalıştığımı nasıl biliyor? Sanırım neler olduğunu bilmeye hakkım var."

Elini bir kez daha saçlarının arasından geçirirken, içsel bir savaş verir gibi sıkıntılıydı.

Yumuşak bir sesle, "Lütfen?" dedim.

Ağzı düz bir çizgiye dönüşürken gözlerini devirdi.

Pes ederek, "Tamam," dedi. "Seni nasıl bulduğu konusunda en ufak bir fikrim yok. Belki de Portland'daki fotoğrafımız sayesindedir, bilmiyorum." Bir kez daha iç geçirince öfkesinin kendisine yönelik olduğunu hissettim.

O, bir ileri bir geri gidip gelirken sabırla bekledim ve demliğe sıcak su doldurdum.

"Georgia'da seninle birlikteyken, Leila habersiz bir şekilde daireme gelmiş ve Gail'in önünde olay yaratmış."

"Gail?"

"Bayan Jones."

"Olay yaratmış da ne demek?"

Düşüncesini kafasında tartarak bana bakıyordu.

"Anlat. Bir şey saklıyorsun." Sesim istediğimden daha ısrarcı çıkmıştı.

Şaşkınlık içinde gözlerini kırpıştırdı. "Ana, ben..." Durdu.

"Lütfen."

Yenilgiyi kabul ederek iç geçirdi. "Bir damarını kesme girişiminde bulunmuş."

"Ah, hayır!" Bu, bileğindeki bandajı açıklıyordu.

"Gail onu hastaneye götürmüş, ama Leila ben oraya ulaşmadan kendini taburcu ettirmiş."

Lanet olsun. Ne demek oluyordu bu? İntihara meyilli biri. Ama neden?

"Onunla görüşen psikiyatr bunun tipik bir yardım çağrısı olduğunu söyledi. Gerçek anlamda risk altında olduğunu düşünmüyordu; intihara meyilli olmaya bir adım mesafede olarak nitelendirdi. Ama ben ikna olmadım. O zamandan bu yana ona yardım sağlayabilmek için izini sürüyordum."

"Bayan Jones'a bir şey söylemiş mi?"

Bana baktı. Gerçekten rahatsız görünüyordu.

"Pek değil," dedi sonunda, ama her şeyi söylemediğini anladım.

Kendimi fincanlara çay koyarak oyaladım. Demek Leila, Christian'ın hayatına dönmek istiyor ve dikkatini çekmek için intihara teşebbüsü seçiyordu, öyle mi? *Vay canına, korkutucu.* Ama etkiliydi de. Christian, Georgia'dan onun yanında olmak için ayrılmıştı ve kız o yanına ulaşamadan ortadan kaybolmuştu. Ne acayip.

"Onu bulamıyor musun? Ya ailesi?"

"Nerede olduğunu bilmiyorlar. Kocası da öyle."

"Kocası mı?"

"Evet," dedi dalgın bir tavırla. "Neredeyse iki yıldır evli."

Ne? "Yani seninle, evliyken mi birlikte oldu?" *Lanet olsun.* Christian gerçekten sınır nedir bilmiyordu.

"Hayır! Tanrım, hayır! Benimle neredeyse üç yıl önce birlikteydi. Sonra gitti ve kısa süre sonra da o adamla evlendi."

Ah. "O zaman şimdi neden senin dikkatini çekmeye çalışıyor?"

Hüzünlü bir tavırla kafasını salladı. "Bilmiyorum. Tek öğrenebildiğimiz, dört ay kadar önce kocasını terk edip kaçtığı oldu."

"Doğru anlamış mıyım? Üç yıldır senin itaatkârın değildi, öyle mi?"

"Yaklaşık iki buçuk yıldır."

"Ve daha fazlasını istiyordu."

"Evet."

"Ama sen istemedin?"

"Bunu biliyorsun."

"Bu yüzden seni terk etti."

"Evet."

"O zaman neden şimdi peşine düştü?"

"Bilmiyorum." Ve ses tonu bana en azından bir teorisi olduğunu hissettirdi.

"Ama bir tahminin var..."

Gözleri öfkeyle, gözle görünür bir şekilde kısıldı. "Seninle bir alakası olmasından şüpheleniyorum."

Benimle mi? Benden ne isteyebilirdi ki? *"Sende bende olmayan ne var?"*

Belden yukarısı muhteşem bir çıplaklıkta olan Elli'ye baktım. O buradaydı. Benimdi. Sahip olduğum şey oydu ve Leila bana benziyordu: aynı koyu saçlar ve açık ten. Bu düşünce kaşlarımın çatılmasına neden olmuştu. *Evet... Bende onda olmayan ne var?*

Yavaşça, "Bana neden dün söylemedin?" diye sordu.

"Unuttum." Özür diler gibi omuz silktim. "Bilirsin işte, iş sonrası içkiler, işteki ilk haftamın sonuna gelmiş olman. Senin bara gelişin, Jack'le testesteron savaşınız. Aklımdan çıkıvermiş. Bana her şeyi unutturmak gibi bir alışkanlığın var."

"Testesteron savaşı mı?" Dudakları çarpıldı.

"Evet, sidik yarışı."

"Sana testesteron savaşı neymiş göstereceğim."

"Bir fincan çay daha istemez misin?"

"Hayır, Anastasia, istemem."

Gözleri beni delip geçiyor, beni seni-istiyorum-seni-hemen-şimdi-istiyorum bakışıyla âdeta yakıyordu. Siktir... *O kadar seksiydi ki.*

"Unut onu. Gel." Bana elini uzattı.

Elini tutarken, içimdeki tanrıça jimnastik minderinde üçlü ters parende attı.

Sıcak basmış bir halde uyandığımda, kendimi çıplak bir Christian Grey'e sarılmış buldum. Derin uykuda olmasına rağmen bana sarılıyordu. Perdelerin arasından sabahın yumuşacık ışığı süzülüyordu. Başım göğsünde, bacağım bacağına dolanmış, kolum karnının üstündeydi.

Onu uyandırmaktan korkarak başımı kaldırdım. Uyurken çok genç ve gevşemiş görünüyordu ve benimdi.

Hımm... Uzandım ve çekine çekine, parmak uçlarımı tüy öbeklerinin arasında dolaştırarak göğsünü okşadım; kıpırdamadı. İnanamıyordum. Kıymetli birkaç dakika boyunca daha, gerçekten benimdi. Uzanıp yara izlerinden birini şefkatle öptüm. Usulca inledi ama uyanmadı. Gülümsedim. Bir yara izini daha öptüm ve gözleri açıldı.

Suçlu suçlu sırıttım. "Merhaba."

Temkinle, "Merhaba," dedi. "Ne yapıyorsun?"

"Sana bakıyorum." Parmaklarımı göbek deliğinden, kasığına kadar inen kıl çizgisinin üstünde kaydırdım. Elimi yakaladı, gözlerini kıstı, ama hemen sonra aydınlık ve keyifli-Christian gülümsemesiyle bakınca gevşedim. Gizli dokunuşum sır olarak kalmıştı.

Ah... sana dokunmama neden izin vermiyorsun?

Birden üzerime çıktı ve beni yatağa bastırdı. Burnunu burnuma sürttü.

"Bence bir iş çeviriyorsunuz, Bayan Steele," diye suçladı, ama gülümsemesi yerli yerindeydi.

"Senin yakınındayken iş çevirmeyi seviyorum."

"Öyle mi?" diye sordu ve dudaklarıma yumuşacık bir öpücük kondurdu. "Seks mi, kahvaltı mı?" diye sorarken, bakışları karanlık, ama keyifliydi. Ereksiyonunu hissediyordum ve onunla buluşmak için kalçamı kaldırdım.

Boynuma doğru, "İyi seçim," diye mırıldandı ve öpücüklerden bir yol çizerek göğüslerime indi.

Şifonyerimin önünde durmuş aynama bakıyor ve saçlarımı şekle sokmaya çalışıyordum. Gerçekten çok uzamışlardı. Üzerimde bir kot pantolon ile tişört vardı ve duştan yeni çıkan Christian arkamda giyiniyordu. Bedenine açlıkla baktım.

"Hangi sıklıkla egzersiz yapıyorsun?" diye sordum.

Pantolonunun düğmelerini ilikleyerek, "Her iş günü," dedi.

"Ne yapıyorsun?"

"Koşu, ağırlık, kickboks." Omuz silkti.

"Kickboks mu?"

"Evet. Özel antrenörüm var. Eski bir olimpiyat sporcusu bana ders veriyor. Adı Claude. Çok iyidir. Onu seversin."

Ona döndüğümde, beyaz gömleğinin düğmelerini iliklemeye başlamıştı.

"Ne demek bu?"

"Çok iyi bir antrenör."

"Neden bir antrenöre ihtiyacım olsun ki. Beni formda tutmak için sen varsın ya."

Yanıma geldi ve kollarını etrafıma sardı. Koyulaşan gözleri aynada benimkilerle buluştu.

"Ama aklımdan geçenler için formda olmanı istiyorum, bebeğim. Bana ayak uydurman gerekecek."

Oyun odasının anıları aklıma dolarken kızardım. Evet... Kırmızı Acı Odası yorucuydu. Beni oraya yine götürecek miydi? Ben gitmek istiyor muydum?

Tabii ki istiyorsun! İçimdeki tanrıça çığlık çığlığaydı.

Anlaşılmaz ve büyüleyici gri gözlerine baktım.

Dudaklarını, "İstediğini sen de biliyorsun," diye oynattı.

Kızardım ve Leila'nın büyük olasılıkla ona ayak uydurabildiğine dair istenmeyen bir düşünce, sinsi ve davetsizce zihnime süzülüverdi. Dudaklarımı sıkınca Christian'ın kaşları çatıldı.

"Ne?" diye sorarken endişeliydi.

"Hiç." Kafamı salladım. "Pekâlâ, Claude'la tanışacağım."

"Tanışacak mısın?" Christian'ın yüzü şaşkınlıkla aydınlanmıştı. İfadesi beni gülümsetti. Piyango kazanmış gibi görünüyordu. Gerçi Christian büyük olasılıkla hiç bilet almamıştı; ihtiyacı yoktu.

"Evet, Tanrım... Eğer seni mutlu edecekse," diye takıldım.

Beni saran kollarını iyice sıkarak yanağımı öptü. "Bilemezsin," diye fısıldadı. "Eee, bugün ne yapmak istersin?" Burnunu bana sürterek vücuduma enfes ürpertiler gönderdi.

"Saçlarımı kestirmek istiyorum ve şey... çek bozdurup bir araba almam gerek."

Bilmiş bir tavırla, "Ah," dedi ve dudağını ısırdı. Tek elini üzerimden çekip kot pantolonunun cebine uzandı ve küçük Audi'min anahtarlarını salladı.

"İşte burada," dedi usulca.

"Ne demek burada?" Tanrım. Sesim sinirli çıkmıştı. Lanet olsun. Sinirlenmiştim zaten. *Hangi cüretle?*

"Taylor dün geri getirdi."

Ağzımı açtım, yeniden kapattım ve aynı hareketi iki kez tekrarladım; nutkum tutulmuştu. Arabayı bana geri veriyordu. Lanet olsun. Bunu neden düşünememiştim ki? Pekâlâ, bu oyunu ben de oynayabilirdim. Kot pantolonumun arka cebine uzandım ve içinde çekinin durduğu zarfı çıkardım.

"Al, bu senin."

Christian bana şaşkın bir ifadeyle baktı ve sonra zarfı tanıyınca iki elini havaya kaldırıp geri çekildi.

"Ah, hayır, o senin paran."

"Hayır, değil. Arabayı senden satın almak istiyorum."

Yüz ifadesi tamamen değişti. Öfke –evet, öfke– bütün yüzünü kapladı.

"Hayır, Anastasia. Senin paran, senin araban," diye çıkıştı.

"Hayır, Christian. Benim param, senin araban. Onu senden satın alacağım."

"O arabayı sana mezuniyet hediyesi olarak verdim."

"Bana bir kalem vermiş olsaydın uygun bir mezuniyet hediyesi olurdu. Ama sen bana bir Audi verdin."

"Bu konuda tartışmayı gerçekten istiyor musun?

"Hayır."

"İyi, işte anahtarlar." Anahtarları şifonyerin üstüne bıraktı.

"Kastettiğim bu değildi!"

"Tartışma bitti, Anastasia. Beni zorlama."

Yüzümü buruşturdum, ama sonra ilham geliverdi. Zarfı aldım ve önce ortadan ikiye, sonra tekrar ikiye yırttım ve çöp kutusuna attım. Ah, çok iyi gelmişti.

Christian bana duygusuz bir ifadeyle bakıyordu, ama fitili tutuşturduğumu ve geri çekilmem gerektiğini biliyordum. Elini çenesine götürdü.

"Her zamanki gibi meydan okuyorsunuz, Bayan Steele," dedi kuru bir sesle. Dönüp diğer odaya yürüdü. Beklediğim tepki bu değildi. Ben kıyameti koparmasını bekliyordum. Aynada kendime baktım ve omuz silkerek atkuyruğunda karar kıldım.

Merak ediyordum. Elli ne yapıyordu acaba? Peşinden oturma odasına gittiğimde telefondaydı.

"Evet, yirmi dört bin dolar. Doğrudan."

Kafasını kaldırıp bana bakarken, yüzü hâlâ ifadesizdi.

"İyi... Pazartesi mi? Mükemmel. Hayır, hepsi bu kadar, Andrea."

Telefonu kapattı.

"Pazartesi günü banka hesabında olacak. Benimle oyun oynama." Köpürmeye başlamıştı, ama umurumda değildi.

"Yirmi dört bin dolar mı?" Neredeyse çığlık atmıştım. "Ve hesap numaramı nereden biliyorsun?"

Öfkem Christian'ı şaşırttı.

"Senin hakkında her şeyi biliyorum, Anastasia," dedi yavaşça.

"Arabamın yirmi dört bin dolar etmesi imkânsız."

"Sana katılıyorum, ama satın alırken de satarken de mesele piyasayı bilmek. Çılgının teki o ölüm kapanını istedi ve o parayı ödemeye razı oldu. Görünüşe bakılırsa bir klasikmiş. Bana inanmıyorsan Taylor'a sor."

Birbirimize dik dik baktık. İki öfkeli inatçı aptal, birbirimizi süzüyorduk.

Ve hissettim. Çekim –aramızdaki elektrik– elle tutulacak cinstendi ve bizi birbirimize çekiyordu. Birden beni tuttu ve itip kapıya yasladı; ağzı büyük bir açlıkla ağzımın üstüne kapanırken, kalçamdaki eli beni kasıklarına bastırıyor, diğer eliyse saçlarımı ense kökümden kavrayarak başımı geriye çekiyordu. Parmaklarım saçlarının arasına dolanmış, gitmesine izin vermiyorlardı. Vücudunu benimkine sürterek beni esir alırken, nefesi kesik kesikti. Onu hissediyordum.

Beni istiyordu; sersemlemiştim, bana olan ihtiyacını hissediyordum ve başım heyecandan dönüyordu.

Hararetli öpüşlerinin arasında, "Neden, neden bana kafa tutuyorsun?" diye mırıldandı.

Kanım damarlarımda çağlıyordu. Üzerimde her zaman bu etkiye sahip olacak mıydı? Ya ben onun üzerinde?

"Çünkü tutabiliyorum." Nefessizdim. Gülümsediğini hissettim; alnını alnıma bastırdı.

"Tanrım, sana şu anda sahip olmak istiyorum, ama prezervatifim bitti. Sana asla doyamıyorum. Sen delirtici, delirtici bir kadınsın."

"Ve sen de beni delirtiyorsun," diye fısıldadım. "Her açıdan."

Kafasını salladı. "Haydi. Kahvaltıya gidelim. Ve saçlarını kestirebileceğin bir yer biliyorum."

"Tamam," diye uysallıkla kabul ettim ve böylece, kavgamız son buldu.

"Bunu ben halledeceğim." Kahvaltı hesabını ondan önce kaptım.

Yüzünü buruşturdu.

"Buralarda elini çabuk tutman gerek, Grey."

Her ne kadar alay ediyor olsa da yüzünü ekşiterek, "Haklısın, öyle," dedi.

"Böyle surat asma. Bu sabah uyandığımda olduğumdan yirmi dört bin dolar daha zenginim. Ödeyebilirim." Hesaba baktım. "Yirmi iki dolar ve altmış yedi sent."

"Teşekkürler," dedi gönülsüzce. Ah, asık suratlı okul çocuğu geri gelmişti.

"Şimdi nereye?"

"Saçlarını kestirmeyi gerçekten istiyor musun?"

"Evet, baksana hallerine."

"Bana çok hoş görünüyorsun. Her zaman."

Kızardım ve kucağımda kenetlediğim parmaklarıma baktım. "Ve bu akşam babanın daveti var."

"Hatırlıyorum, hem de gece kıyafeti giymen gerekiyor."

"Nerede olacak?"

"Annemlerin evinde. Bir çardakları var. Bilirsin, hayır işleri."

"Ne yararına?"

Christian ellerini bacaklarının üst kısmına sürterken rahatsız görünüyordu.

"Küçük çocuklu ebeveynler için bir uyuşturucu rehabilitasyon programı. Adı, Birlikte Baş Etmek."

"Kulağa iyi bir amaç gibi geliyor," dedim, yumuşak bir sesle.

"Haydi, gidelim." Ayağa kalktı ve sohbeti belirgin bir biçimde yarıda keserek elini uzattı. Elini tutunca beni parmaklarıyla sıkıca sardı.

Tuhaftı. Bazen duygularını çok açık bir şekilde ifade ediyor, bazense tamamen içe dönük oluyordu. Beni restorandan çıkardı, cadde boyunca yürüdük. Hoş, ılık bir sabahtı. Güneş parlıyordu ve hava, kahve ve fırından yeni çıkmış hamur işi kokuyordu.

"Nereye gidiyoruz?"

"Sürpriz."

Ah, tamam. Sürprizleri gerçekten sevmiyordum.

İki blok yürüdük ve mağazalar belirgin biçimde seçkinleşmeye başladı. Henüz keşfetme imkânım olmamıştı, ama burası gerçekten oturduğum evin köşesini dönünce ulaşılan yerdi. Kate buna bayılacaktı. Moda tutkusunu besleyecek bir yığın küçük butik vardı. Aslında iş için etek de almam gerekiyordu.

Christian büyük, hoş görünümlü bir güzellik salonunun önünde durdu ve bana kapıyı açtı. Salonun adı Esclava'ydı. İçerisi baştan aşağı beyazdı ve tüm eşyalar deri kaplıydı. Bembeyaz resepsiyon masasında, jilet gibi beyaz bir üniforma içinde genç, sarışın bir kadın oturuyordu. Biz içeri girince kafasını kaldırdı.

"Günaydın, Bay Grey," dedi neşeyle. Ona gözlerini kırpıştırırken yanakları renklenmişti. Bu tipik Grey etkisiydi, ama kız onu tanıyordu. Nasıl?

"Merhaba, Greta."

Ve Christian da onu tanıyordu. Neydi bu?

Greta kibarca, "Her zamankinden mi, efendim?" diye sordu. Çok pembe bir ruj sürmüştü.

Christian benden yana gergin bir bakış atarak aceleyle, "Hayır," dedi.

Her zamankinden mi? Bu da ne demekti?

Lanet olsun. Lanet olası güzellik salonu kontrattaki 6. maddeydi. Bütün o ağda saçmalığı. Kahretsin!

Bütün itaatkârlarını getirdiği yer burası mıydı? Belki Leila da gelmişti? Bundan nasıl bir sonuç çıkarmam gerekiyordu?

"Bayan Steele sana ne istediğini söyleyecek."

Ona dik dik baktım. Kuralları el altından dayatıyordu. Özel antrenörü kabul etmiştim, şimdi de bu mu çıkmıştı?

"Neden burası?" diye tısladım.

"Burası benim. Ve bunun gibi üç yer daha."

"Burası senin mi?" Şaşkınlıkla iç geçirdim. İşte bunu beklemiyordum.

"Evet, bir yan iş. Her neyse. Ne istiyorsan burada yaptırabilirsin, şirketten. Her tür masaj, İsveç usulü, sıcak taşlar, refleksoloji, yosun banyoları, yüz bakımları ve kadınların hoşuna giden her şey. Hepsi burada yapılıyor." Uzun parmaklı elini kibirli bir tavırla salladı.

"Ağda?"

Güldü. "Evet, ağda da." Bir sırrı paylaşır gibi, "Her yere," diye fısıldarken, rahatsızlığımdan keyif alıyordu.

Kızardım ve heyecanla bana bakan Greta'ya bir bakış attım.

"Saçımı kestirmek istiyorum, lütfen."

"Elbette, Bayan Steele."

Greta pembe rujdan ibaretti ve bilgisayar ekranını kontrol ederken Almanlara özgü bir disiplin sergiliyordu.

"Franco beş dakika içinde müsait olacak."

Christian güven veren bir sesle bana, "Franco iyidir," dedi. Bu bilgiyi sindirmeye çalışıyordum. CEO Christian Grey bir güzellik salonu zincirinin sahibiydi.

Ona kaçamak bir bakış attım. Bir anda benzi attı. Bir şey ya da biri gözüne takılmıştı. Nereye baktığını görmek için döndüğüm anda, salonun arka tarafında platin sarısı saçlı havalı bir kadın belirdi ve saç stilistlerinden biriyle konuşurken kapıyı arkasından kapattı.

Platin Sarışın uzun boylu, yanık tenli ve hoştu. Otuzlu yaşlarının sonunda ya da kırklarının başındaydı; yaşını tahmin etmek güçtü. Üzerinde Greta'nın üniformasının siyahı vardı. Göz alıcıydı. Önü kâküllü, küt kesimli saçları sağlıkla parlıyordu. Dönünce, Christian'ı gördü ve yüzünde tanımanın getirdiği göz alıcı bir gülümseme belirdi.

Christian telaşla, "İzninle," dedi.

Hızlı adımlarla salonu ve hepsi beyazlar içindeki saç stilistlerini, lavabo başındaki çırakları geçip kadının yanına, duyamayacağım kadar uzağa gitti. Platin Sarışın onu bariz bir şefkatle, iki yanağını birden öperek selamdı ve elleri Christian'ın kollarında, hararetli bir konuşmaya daldılar.

"Bayan Steele?"

Resepsiyon görevlisi Greta dikkatimi çekmeye çalışıyordu.

"Bir dakika, lütfen." Büyülenmiş halde Christian'ı izliyordum.

Platin Sarısı döndü, bana baktı ve beni tanıyormuş gibi, biraz önceki göz alıcı gülümsemenin aynısını gönderdi. Ben de kibarca gülümseyerek karşılık verdim.

Christian bir şeye sıkılmışa benziyordu. Kadınla tartışıyordu ve kadın ellerini havaya kaldırıp gülümseyerek pes etti. Christian da ona gülümsüyordu. Belli ki birbirlerini iyi tanıyorlardı. Belki de uzunca bir süredir birlikte çalışıyorlardı. Belki de burayı kadın işletiyordu; sonuçta otorite sahibi bir hali vardı.

Ve birden, kafama dank etti. İçimde, derinlerde bir yerde, ilkel bir içgüdüyle, kadının kim olduğunu anladım. Bu oydu. *Göz alıcı, yaşça büyük, güzel.*

Bu, Bayan Robinson'du.

BÖLÜM BEŞ

"Greta, Bay Grey'in konuştuğu kim?" Kafamdan aşağı kaynar sular dökülüyordu Bilinçaltım orayı terk etmem için haykırıyordu. Ama sesim yeterince umursamaz çıktı.

"Ah, Bayan Lincoln. Bay Grey'le birlikte buranın sahibidir." Greta bu bilgiyi paylaşmaktan son derece hoşnut görünüyordu.

"Bayan Lincoln?" Ben Bayan Robinson'un boşanmış olduğunu sanıyordum. Belki de zavallı enayiyle tekrar evlenmişti.

"Evet, genelde burada olmaz, ama teknisyenlerimizden biri hasta olduğu için bugünlük yerini dolduruyor."

"Bayan Lincoln'ün ön adını biliyor musun?"

Greta bana çatık kaşlarla baktı ve pembe dudaklarını büzerek merakımı sorguladı. Lanet olsun, belki de fazla ileri gitmiştim.

Neredeyse istemeyerek, "Elena," dedi.

Sezgilerimin beni hayal kırıklığına uğratmaması karşısında tuhaf bir rahatlama hissiyle doldum.

Sezgilerin mi? Bilinçaltım homurdandı. Şuna *radarın* desene?

Hâlâ derin bir tartışma içindeydiler. Christian, Elena'ya hızlı hızlı bir şeyler anlatıyor, kadın başıyla onaylayıp yüzünü buruştururken ve kafasını sallarken endişeli görünüyordu. Uzandı ve rahatlatmak ister gibi Christian'ın kolunu sıvazladı. Bir kez daha başıyla onayladı ve sonra bana bakarak küçük, güven verici bir gülümseme gönderdi.

Benimse tek yapabildiğim taş kesilmiş bir suratla ona bakmaktı. Sanırım şoktaydım. Christian beni buraya nasıl getirebilmişti?

Kadın, Christian'a bir şey mırıldandı; Christian benden tarafa baktıktan sonra ona dönüp cevap verdi. Bayan Robinson başını eğdi, sanırım ona iyi şans diliyordu, ama dudak okuma becerim çok gelişmiş sayılmazdı.

Elli, yüzüne kazınan endişeyle, uzun adımlarla bana doğru yürüdü. Bayan Robinson arka odaya geri döndü ve kapıyı arkasından kapattı.

Christian kaşlarını çattı. "Sen iyi misin?" diye sorarken, sesi sıkıntılı ve temkinliydi.

"Pek sayılmaz. Beni tanıştırmak istemedin?" Sesim soğuk ve sert çıkmıştı.

Christian'ın ağzı, halıyı ayaklarının altından çekmişim gibi açık kalmıştı.

"Ben sandım ki..."

"Zeki bir adam için, bazen..." Ne diyeceğimi bilemiyordum. "Gitmek istiyorum, lütfen."

"Neden?"

"Nedenini biliyorsun." Gözlerimi çevirdim.

Bana bakarken gözleri çakmak çakmaktı.

"Üzgünüm, Ana, burada olacağını bilmiyordum. Hiç gelmez. Bravern Center'da yeni bir şube açtı ve normalde oradadır. Bugün biri hastaymış."

Dönüp kapıya yöneldim.

Ben kapıdan hızla çıkarken Christian, "Franco'ya ihtiyacımız olmayacak, Greta," diye seslendi. Koşma dürtümü bastırmam gerekiyordu. Hızla koşmak ve kaçmak istiyordum. İçimden ağlamak geliyordu. Bütün bu saçmalıktan bir an önce uzaklaşmaya ihtiyacım vardı.

Ben bütün bunlara kafa yormaya çalışırken, Christian tek kelime etmeden yanımda yürüdü. Kendimi korumak ister gibi kollarımı kavuşturmuş, İkinci Cadde'nin ağaçlarından korunmak için başımı önüme eğmiştim. Christian akıllılık ederek bana dokunmak için hamle yapmıyordu. Zihnimde sorulmamış sorular kaynıyordu. Bay Kaçamak itirafta bulunacak mıydı?

"Eskiden itaatkârlarını buraya mı getirirdin?" diye çıkıştım.

Kesik kesik kelimelerle, usulca, "Bazılarını evet," dedi.

"Leila'yı?"

"Evet."

"Bayağı yeni bir mekâna benziyor."

"Yakın zamanda tadilattan geçti."

"Anlıyorum. Demek Bayan Robinson bütün itaatkârlarınla tanıştı."

"Evet."

"Onların Bayan Robinson'dan haberleri var mıydı?"

"Hayır. Hiçbirinin yoktu. Sadece senin var."

"Ama ben senin itaatkârın değilim."

"Hayır, kesinlikle değilsin."

Durdum ve yüzümü ona çevirdi. Gözleri iri iri, korku doluydu. Dudakları sert bir çizgi halini almıştı.

"Ne kadar boktan bir durum olduğunu görebiliyor musun?" Ona dik dik bakarken sesimi alçalttım.

"Evet, özür dilerim." Pişman görünme nezaketini göstermişti.

"Saçlarımı, tercihen personeli ya da müşterileri becermediğin bir yerde kestirmek istiyorum."

İrkildi.

"Şimdi, izninle."

"Kaçmıyorsun. Değil mi?" diye sordu.

"Hayır. Sadece lanet olası saçlarımı kestirmek istiyorum. Gözlerimi kapatabileceğim, birinin saçlarımı yıkayacağı ve seninle birlikte gelen bu yüklere dair her şeyi unutabileceğim bir yerde."

Elini saçlarının arasından geçirdi. "Franco'nun daireye ya da senin evine gelmesini sağlayabilirim," dedi usulca.

"Çok çekici."

Gözlerini kırpıştırdı. "Evet, öyle."

"Hâlâ evli mi?"

"Hayır, beş yıl kadar önce boşandı."

"Neden onunla değilsin?"

"Çünkü aramızdaki şey bitti. Bunu sana anlattım." Alnı birden kırıştı. Parmağını havaya kaldırdı ve ceketinin cebinden BlackBerry'sini çıkardı. Titreşimde olsa gerekti, çünkü çaldığını duymamıştım.

"Welch," dedi ve dinledi. İkinci Cadde'de duruyorduk ve ben bakışlarımı önümdeki karaçam fidesine çevirdim. Yaprakları yemyeşildi.

İnsanlar, kendilerini cumartesi sabahı angaryalarına kaptırmış, hiç şüphesiz kendi dramlarına kafa yorarak yanımızdan geçip gidiyorlardı. Onların dramları da takipçi eski itaatkârları, göz alıcı eski-hâkimleri ve Birleşik Devletler yasalarına göre mahremiyet kavramı nedir bilmeyen bir adamı içeriyor muydu acaba?

"Araba kazasında ölmüş mü? Ne zaman?" Christian beni daldığım düşüncelerden sıyırıvermişti.

Ah, hayır. Kim? Daha dikkatli dinledim.

"Bu, o piçin ikinci hatası. Biliyor olmalıydı! Ona karşı hiç mi bir şey hissetmiyor?" Christian kafasını tiksintiyle salladı. "Evet, anlıyorum… Hayır… Nedenini izah ediyor, nerede olduğunu değil." Christian bir şey aranır gibi etrafına bakınınca kendimi hareketlerini tekrarlarken buldum. Gözüme takılan bir şey olmadı. Sadece alışveriş yapan insanlar, trafik ve ağaçlar vardı.

Christian, "Burada," diye devam etti. "Bizi izliyor. Evet... Hayır. İki ya da dört, yedi gün, yirmi dört saat... Henüz o konuyu açmadım." Christian doğrudan bana bakıyordu.

Hangi konuyu açmamıştı? Kaşlarımı çattım; bana endişeyle baktı.

"Ne..." diye fısıldarken, benzi atmış, gözleri irileşmişti. "Anlıyorum. Ne zaman?.. O kadar yakında mı? Ama nasıl?.. Geçmiş kontrolü yok mu?.. Anlıyorum. İsmini, adresini ve elindeyse fotoğraflarını e-postayla gönder. Yedi gün yirmi dört saat, bu öğleden sonradan itibaren. Taylor'la bağlantı kur." Telefonu kapattı.

Kızgınlıkla, "Eee?" dedim. Bana anlatacak mıydı?

"Welch'ti."

"Welch de kim?"

"Güvenlik danışmanım."

"Tamam. Ne olmuş?"

"Leila üç ay kadar önce kocasını terk etmiş ve dört hafta önce trafik kazasında ölen bir adamla kaçmış."

"Ah."

Öfkeyle, "O gerzek psikiyatrın bunu çözmüş olması gerekirdi," dedi. "Nedeni keder. Gel." Bana elini uzattı ve otomatik olarak uzattığım elimi derhal geri çektim.

"Bir dakika. 'Bizimle ilgili' bir tartışmanın tam ortasındaydık. Onunla, senin şu Bayan Robinson'la ilgili."

Christian'ın yüzü sertleşti. "O benim Bayan Robinson'um değil. Bunu bende konuşabiliriz."

"Sana gitmek istemiyorum. Ben saçımı kestirmek istiyorum!" diye bağırdım. Bir tek buna odaklanmayı başarabilseydim...

BlackBerry'sini cebinden çıkarıp bir numara tuşladı. "Greta, Christian Grey. Bir saat sonra, Franco'yu benim eve göndermeni istiyorum. Bayan Lincoln'e sor... İyi." Telefonu cebine koydu. "Saat birde geliyor."

Öfkeyle, "Christian!" diye püskürdüm.

"Anastasia. Belli ki Leila psikotik bir nöbet geçiriyor. Peşinde olduğu sen misin yoksa ben miyim, bilmiyorum. Ya da işi ne kadar ileri götürmeye hazır olduğunu. Senin evine gideceğiz, eşyalarını toplayacağız; izini bulana kadar benimle kalabilirsin."

"Bunu yapmayı neden isteyeyim?"

"Güvenliğini sağlayabilmem için."

"Ama..."

Bana dik dik baktı. "Seni saçından sürüklemem gerekse bile daireme geliyorsun."

Ona ağzım açık bakakaldım. İnanılır gibi değildi.

"Bence aşırı tepki gösteriyorsun."

"Ben öyle düşünmüyorum. Tartışmamıza bende devam edebiliriz. Gel."

Kollarımı göğsümde kavuşturup ona dik dik baktım. Bu iş fazla ileri gitmişti.

"Hayır," dedim inatçı bir tavırla. Direnecektim.

"Ya yürürsün ya da ben seni taşırım. İkisinin de benim için sakıncası yok, Anastasia."

"Buna cüret edemezsin." Yüzümü buruşturdum. Herhalde İkinci Cadde'de olay yaratacak değildi.

Bana hafifçe gülümsedi, ama gülümsemesi, gözlerine ulaşan cinsten değildi.

"Ah, bebeğim, ikimiz de çok iyi biliyoruz ki bana meydan okursan sana karşılık vermek zorunda kalırım."

Birbirimize baktık, birden eğildi, beni kalçalarımdan yakalayıp havaya kaldırdı. Ve daha ne olduğunu anlamadan omzundaydım.

"İndir beni!" diye çığlık attım. Ah, çığlık atmak iyi gelmişti.

Beni duymazdan gelerek, İkinci Cadde boyunca uzun adımlarla yürümeye başladı. Kolunu bacaklarımın üst kısmına sıkıca sarmıştı; boştaki eliyle popoma vurdu.

"Christian!" diye bağırdım. İnsanlar bize bakıyorlardı. Bu iş daha küçültücü bir hal alabilir miydi acaba? "Yürüyeceğim! Yürüyeceğim."

Beni indirdi ve daha o doğrulmadan, öfkeden köpürerek, onu yok sayarak ve ayaklarımı yere vurarak dairemin olduğu istikamete doğru yürümeye başladım. Elbette bana yetişmesi sadece birkaç saniyesini aldı, ama onu yok saymayı sürdürdüm. Ne yapacaktım? Çok kızgındım, ama neye kızdığımdan bile emin değildim. Ortada o kadar çok şey vardı ki.

Eve doğru yürürken, aklımdan bir liste yaptım:

1. Omuzda taşınmak; altı yaş üstü kimse için kabul edilemez.
2. Beni eski sevgilisiyle ortak olduğu salona götürmesi; daha ne kadar aptal olabilirdi acaba?
3. Hem de itaatkârlarını götürdüğü yere; aynı aptallık burada da geçerli.
4. Bunun kötü bir fikir olduğunun farkında bile olmaması; bir de zeki bir adam olacaktı.
5. Deli eski kız arkadaşlarının olması. Onu bunun için suçlayabilir miydim? O kadar öfkeliydim ki, evet, suçlayabilirdim.
6. Banka hesap numaramı bilmesi; yarısı bile birine sapık takipçi demek için yeterliydi.
7. SBY'yi satın alması; sağduyusundan daha çok parası vardı.
8. Onunla kalmamda ısrar etmesi; Leila tehdidi korktuğundan beter olsa gerekti... Bundan dün bahsetmemişti.

Bir anda kafama dank etti. Bir şeyler değişmişti. Ne olabilirdi ki? Durdum, Christian da benimle durdu. "Ne oldu?" diye sordum.

Alnını kırıştırdı. "Ne demek istiyorsun?"

"Leila'yla."

"Sana anlattım."

"Hayır, anlatmadın. Başka bir şey var. Dün sana gelmem için ısrar etmemiştin. Şimdi ne oldu?"

Huzursuzca kıpırdandı.

"Christian! Anlat bana!" diye çıkıştım.

"Dün silah taşıma ruhsatı almış."

Ah, lanet olsun. Ona gözlerimi kırpıştırarak bakarken ve haberi hazmederken, yüzümdeki kanın çekildiğini hissettim. Bayılabilirdim. Ya onu öldürmek istiyorsa? *Hayır!*

"Yani bu, kendine bir tabanca alabilir demek," diye fısıldadım.

"Ana," derken sesi endişeyle doluydu. Ellerini omuzlarıma koyup beni kendine çekti. "Aptalca bir şey yapacağını sanmam, ama sen söz konusuyken risk almak istemiyorum."

"Ben mi? Ya sen?" diye fısıldadım.

Bana çatık kaşlarla baktı; kollarımı ona doladım, yüzümü göğsüne bastırıp sımsıkı sarıldım. Rahatsız olmuşa benzemiyordu.

"Haydi, dönelim," diye mırıldanarak saçlarımı öptü. Hepsi o kadar. Bütün öfkem kaybolmuştu. Christian'a yönelmiş bir tehdit karşısında dağılmıştı. Ona bir şey olması düşüncesi dayanılmazdı.

Büyük bir ciddiyetle küçük bir çanta hazırladım ve Mac'imi, BlackBerry'mi, iPad'imi ve *Charlie Tango* balonunu sırt çantama yerleştirdim.

Christian, "*Charlie Tango* da mı geliyor?" diye sordu.

Başımı evet der gibi sallayınca, bana küçük, anlayışlı bir gülümsemeyle baktı.

"Ethan salı günü dönüyor," dedim.

"Ethan?"

"Kate'in ağabeyi. Seattle'da bir yer bulana kadar burada kalacak."

Christian bana boş boş baktı, bakışlarının sertleştiğini fark etmiştim.

"Bu durumda benimle kalıyor olman iyi. Ona daha çok yer kalır," dedi usulca.

"Anahtarı var mı bilmiyorum. O zamana kadar dönmem gerekecek."

Christian hiçbir şey demedi.

"Hepsi bu kadar."

Çantamı aldı, kapıya yöneldik. Binanın arka tarafındaki park alanına yürürken, omzumun üstünden arkaya baktığımın farkındaydım. Paranoyam mı devreye girmişti, yoksa biri beni gerçekten izliyor muydu, bilmiyordum. Christian, Audi'nin yolcu kapısını açtı ve beklentiyle bana baktı.

"Biniyor musun?" diye sordu.

"Ben kullanırım sanmıştım."

"Hayır, ben kullanacağım."

"Benim kullanmamda bir sorun mu var? Sakın bana ehliyet sınavımda kaç puan aldığımı bildiğini söyleme. Bu takipçilik eğilimlerinle hiç şaşırmam gerçi." Belki de yazılı sınavı ucu ucuna geçtiğimi de biliyordu.

Sinirle, "Arabaya bin, Anastasia," diye çıkıştı.

"Tamam." Hemen bindim. *Tanrım, biraz gevşesen diyorum.*

Belki de o da aynı derecede huzursuzdu. Bizi karanlık bir gözün izlediğini düşünüyordu. Şey, belki de bana garip bir benzerliği olan ve muhtemelen bir silah taşıyan, açık tenli, kahverengi gözlü, esmer biri bizi gerçekten izliyordu.

Christian trafiğe karıştı.

"Bütün itaatkârların esmer miydi?"

Kaşlarını çattı. "Evet," diye mırıldandı. Pek emin değil gibiydi. İçinden, *Bununla nereye varmaya çalışıyor,* diye geçirdiğini anladım.

"Sadece merak ettim."

"Sana söyledim. Esmerleri tercih ederim."

"Bayan Robinson esmer değil."

"Belki de bu yüzdendir," diye mırıldandı. "Beni sarışınlardan sonsuza dek soğutmuştur."

"Şaka yapıyorsun," diye iç geçirdim.

"Evet, şaka yapıyorum," diye cevaplarken öfkeliydi.

Duygusuz gözlerle pencereden dışarı baktım. Dört bir yandaki esmerleri gözlüyordum, ama hiçbiri Leila değildi.

Yani, sadece esmerleri beğeniyordu. Nedenini merak ettim. Bayan Yaşlı Olmasına Rağmen Olağanüstü Muhteşem Robinson onu sarışınlardan gerçekten soğutmuş olabilir miydi? Kafamı salladım. Christian KafaBeceren Grey.

"Bana ondan bahset."

"Ne bilmek istiyorsun?" Christian'ın alnı kırışmıştı ve ses tonuyla beni caydırmaya çalışmıştı.

"Bana işinizi anlat."

Gözle görülür biçimde gevşedi. İşten bahsetmekten hoşnuttu. "Ben sessiz ortağım. Güzellik işine özel bir ilgim yok, ama işi başarılı bir girişime dönüştürdü. Ben sadece yatırım yaptım ve başlamasına yardımcı oldum."

"Neden?"

"Bunu ona borçluydum."

"Neden?"

"Harvard'ı bırakınca, kendi işimi başlatmam için bana yüz bin dolar borç vermişti.

Lanet olsun... bir de zengindi.

"Harvard'ı bırakınca mı?"

"Bana göre değildi. İki sene gittim. Ne yazık ki annem ve babam o kadar anlayışlı değillerdi."

Kaşlarım çatıldı. Bay Grey ve Dr. Grace Trevelyan'ın onaylamayan tavrını gözümde canlandıramıyordum.

"Okuldan ayrılmakla kötü etmiş gibi görünmüyorsun. Bölümün neydi?"

"Politika ve Ekonomi."

Hımmm... Anlaşıldı.

"Yani, Bayan Robinson zengin, öyle mi?" diye mırıldandım.

"Sıkılmış bir zengin karısı, Anastasia. Kocası varlıklı bir adamdı. Kereste işinde önde gelenlerden." Bana kurnaz bir sırıtışla baktı. "Çalışmasına izin vermiyordu. Bilirsin. Kontrolcü biriydi. Bazı erkekler öyledirler." Bana çarpık bir gülümse gönderdi.

"Gerçekten mi? Kontrolcü bir erkek, efsanevi bir yaratık olsa gerek." Sanırım cevabıma daha fazla alaycılık sıkıştıramazdım.

Christian'ın sırıtışı iyice büyüdü.

"Yani sana kocasının parasından mı borç verdi?"

Başını evet der gibi sallarken dudaklarında muzip bir gülümseme vardı.

"Bu korkunç bir şey."

Christian arabayı Escala'nın altındaki garaja sokarken, "Adam parasını geri aldı," dedi.

Öyle mi?

"Nasıl?"

Christian özellikle tatsız bir anıyı hatırlar gibi başını salladı ve Audi Quattro SUV'nin yanına park etti. "Gel. Franco, birazdan burada olur."

Asansörde Christian bana bakıyordu. Rahat bir tavırla, "Bana hâlâ kızgın mısın?" diye sordu.

"Çok."

Başımı salladım. "Tamam," dedi ve dümdüz karşıya baktı.

Hole vardığımızda Taylor bizi bekliyordu. Her defasında geldiğimizden nasıl haberdar oluyordu? Çantamı aldı.

Christian, "Welch irtibata geçti mi?" diye sordu.

"Evet, efendim."

"Ve?"

"Her şey ayarlandı."

"Mükemmel. Kızın nasıl?"

"İyi; teşekkürler, efendim."

"İyi. Saat birde bir kuaför geliyor. Franco De Luca."

"Bayan Steele." Taylor beni başıyla selamladı.

"Merhaba, Taylor. Bir kızın mı var?"

"Evet, efendim."

"Kaç yaşında?"

"Yedi."

Christian bana sabırsızlıkla bakıyordu.

Taylor, "Annesiyle yaşıyor," diye izah etti.

"Ah, anladım."

Taylor gülümsedi. Beklenmedik bir şeydi. Taylor baba mıydı? Christian'ın peşinden geniş salona girerken, bu bilgi karşısında şaşkındım.

Etrafıma bakındım. Çekip gittiğimden bu yana bu eve gelmemiştim.

"Aç mısın?"

Kafamı salladım. Christian bana kısa bir bakış attı ve tartışmamaya karar verdi.

"Birkaç görüşme yapmam gerek. Sen keyfine bak."

"Tamam."

Christian çalışma odasında gözden kayboldu ve beni "ev" diye adlandırdığı geniş sanat galerisinde tek başıma ve ne yapacağımı bilemez bir halde bıraktı.

Kıyafetler! Sırt çantamı alıp üst kata, odama çıktım ve giyinme odasına göz attım. Fiyat etiketleri hâlâ üzerlerinde olan, yepyeni kıyafetlerle doluydu. Üç uzun gece elbisesi, üç kokteyl elbisesi ve günlük giyim için üç elbise daha. Hepsi bir servete mal olmuş olmalıydı.

Gece elbiselerinden birinin fiyat etiketine göz attım. 2.998$. *Hasiktir.* Yere çöktüm.

Bu ben değildim. Başımı ellerimin arasına aldım ve son birkaç saati değerlendirmeye çalıştım. Bunaltıcıydı. Neden, ah neden, düpedüz deli –güzel, seksi, Karun'dan zengin ve büyük D'yle deli– bir adama âşık olmuştum ki?

Sırt çantamdan BlackBerry'mi bulup çıkardım ve annemi aradım.

"Ana, tatlım! Çok uzun zaman oldu. Nasılsın, tatlım?"

"Ah, bilirsin..."

"Sorun ne? Christian'la sorununuz hâlâ çözülemedi mi?"

"Anne, karmaşık bir durum. Onun kaçık olduğunu düşünüyorum. Sorun bu."

"Bana mı diyorsun? Bazen erkekleri anlamak mümkün değil. Bob, Georgia'ya taşınmamızın iyi bir karar olup olmadığını sorguluyor."

"Ne?"

"Evet. Vegas'a dönmekten bahsediyor."

Ah, başka birilerinin daha sorunu vardı. Tek dertli ben değildim.

Christian kapıda belirdi. "Demek buradasın. Kaçtığını sandım." Gözle görülür biçimde rahatlatmıştı.

Telefonda olduğumu işaret etmek için elimi kaldırdım. "Üzgünüm, anne. Kapatmam gerek. Yakında seni yine ararım."

"Tamam, tatlım. Kendine dikkat et. Seni seviyorum!"

"Ben de seni seviyorum, anne."

Telefonu kapatıp Elli'ye baktım. Kaşlarını çattı; acayip görünüyordu.

"Neden burada saklanıyorsun?" diye sordu.

"Saklanmıyorum. Dehşete düştüm."

"Dehşete mi düştün?"

"Bütün bunlar, Christian." Elimle genel olarak kıyafetleri işaret ettim.

"İçeri gelebilir miyim?"

"Senin evin, senin odan."

Kaşlarını yine çattı, yüzü bana dönük halde, bağdaş kurarak yanıma oturdu.

"Bunlar sadece kıyafet. Hoşuna gitmedilerse geri gönderirim."

"Seni taşımak çok zor; biliyorsun, değil mi?"

Çenesini kaşıdı… sakalları belirmeye başlamıştı. Ona dokunmak için can atıyordum.

"Biliyorum, deniyorum," diye mırıldandı.

"Çok zahmetlisin."

"Sizin gibi, Bayan Steele."

"Bunu neden yapıyorsun?"

Gözleri irileşti; ihtiyatlı hali geri dönmüştü. "Sen gerçekten zorlayıcı bir dişisin."

"Her zıpla dediğinde, 'Ne kadar yükseğe?' diye soran, tabii eğer konuşma izni olursa, hoş, esmer bir itaatkârın olabilirdi. Neden ben, Christian? Anlamıyorum."

Bana bir an baktı. Ne düşündüğü konusunda en ufak bir fikrim yoktu.

"Dünyaya farklı bakmamı sağlıyorsun, Anastasia. Beni param için istemiyorsun. Bana... umut veriyorsun," dedi usulca.

Ne? Bay Şifre geri dönmüştü. "Ne için umut?"

Omuz silkti. "Daha fazlası." Sesi alçak ve sakindi. "Ve haklısın da. Kadınların söylediklerimi, söylediğim anda, tam istediğim şekilde yerine getirmelerine alışığım. Bu çabucak insanı sıkan bir şey. Sende bir şey var, Anastasia. Bana anlamadığım, derin bir yerden etki eden bir şey. Bir Siren'in çağrısı gibi. Sana karşı koyamıyorum ve seni kaybetmek istemiyorum." Öne uzanıp elimi tuttu. "Lütfen kaçma. Bana biraz olsun güven ve biraz sabret. Lütfen."

O kadar savunmasız bir hali vardı ki... Sinir bozucuydu. Dizlerimin üstünde doğrulup öne eğildim ve onu usulca, dudaklarından öptüm.

"Tamam. İnanç ve sabır. Bununla yaşayabilirim."

"İyi. Çünkü Franco geldi."

Franco ufak tefek, esmer ve geydi. Onu sevmiştim.

"Ne güzel saçlar!" Coşkulu ve büyük olasılıkla sahte bir İtalyan aksanıyla haykırmıştı. Baltimore ya da onun gibi bir yerden olduğuna iddiaya girebilirdim, ama heyecanı bulaşıcıydı. Christian bizi kendi banyosuna götürüp aceleyle çıktı ve odasından taşıdığı bir sandalyeyle geri geldi.

"İkinizi baş başa bırakayım," diye mırıldandı.

"*Grazie*, Bay Grey." Franco bana döndü. "*Bene*, Anastasia, seninle ne yapsak?"

Christian kanepesinde oturmuş, muhasebe kaydına benzeyen bir şeyle uğraşıyordu. Büyük salona yumuşak, boğuk bir klasik müzik yayılıyordu. Bir kadın tutkuyla, ruhunu şarkıya akıtarak şarkı söylüyordu.

Nefes kesiciydi. Christian kafasını kaldırıp baktı ve gülümsemesiyle dikkatimi müzikten uzaklaştırdı.

Franco coşkuyla, "Gördün mü! Sana beğeneceğini söylemiştim!" dedi.

Christian hayranlıkla, "Çok hoş görünüyorsun, Ana," dedi.

Franco, "Burada işim bitti," dedi.

Christian kalkıp bize doğru yürüdü. "Teşekkürler, Franco."

Franco döndü, beni sımsıkı kucaklayıp iki yanağımdan öptü. "Sakın başka birinin saçlarını kesmesine izin verme, *bellissima* Ana!"

Samimiyetinden utanarak güldüm. Christian onu holün kapısına kadar geçirdi ve birkaç saniye içinde geri geldi.

Gözleri ışıl ışıl parlayarak bana doğru yürürken, "Uzun bırakmana memnun oldum," dedi. Tutamlardan birini parmaklarının arasına aldı.

"O kadar yumuşak ki," dedi bana bakarak. "Bana hâlâ kızgın mısın?"

Başımı evet der gibi sallayınca gülümsedi.

"Bana tam olarak ne için kızgınsın?"

Gözlerimi devirdim. "Listeyi ister misin?"

"Bir liste mi var?"

"Uzun bir liste."

"Yatakta tartışabilir miyiz?"

"Hayır." Çocuk gibi dudaklarımı büzdüm.

"O zaman öğle yemeğinde. Acıktım ve açlığım sadece yemekle sınırlı değil." Bana şehvetli bir gülümseme gönderdi.

"Seks konusundaki becerinle gözümü boyamana izin vermeyeceğim."

Gülümsemesini bastırmaya çalışarak, "Sizi özellikle rahatsız eden nedir, Bayan Steele?" dedi. "Ağzınızdaki baklayı çıkarın."

Tamam.

"Beni rahatsız eden mi? Pekâlâ, mahremiyetimi fena halde istila edişin var. Beni eski metresinin çalıştığı ve eski sevgililerini ağda yaptırmaları için götürdüğün yere götürmen. Bana sokakta, altı yaşında bir çocukmuşum gibi kaba kuvvet uygulaman. Ve üstüne üstlük, Bayan Robinson'unun sana dokunmasına izin vermen!" Sesim kreşendo seviyesine çıkmıştı.

Kaşlarını kaldırdı. Keyfi kaçmıştı.

"Epey uzun bir listeymiş. Ama bir kez daha netleştirmek için söylüyorum, o benim Bayan Robinson'um değil."

"Sana dokunabiliyor," diye tekrar ettim.

Dudaklarını büzdü. "Nereye dokunacağını biliyor."

"Bu da ne demek?"

Ellerini saçlarının arasından geçirdi, gözlerini bir tür ilahi rehberlik arar gibi, kısa bir an için yumdu. Yutkundu.

"Senin ve benim kurallarımız yok. Ben kuralsız bir ilişki hiç yaşamadım. Ve nereme dokunacağını hiçbir zaman bilmiyorum. Bu beni geriyor. Senin dokunuşun tamamen..." Kelime aramak ister gibi, durdu. "Daha fazlasını ifade ediyor. Çok daha fazlasını."

Daha fazlasını mı? Beklenmedik cevabı beni afallatmıştı ve büyük anlam taşıyan o küçük kelime yine aramızda asılıydı işte.

Dokunuşum... daha fazlasını ifade ediyordu. Böyle şeyler söylediği zaman nasıl direnebilirdim ki? Gri gözleri benimkileri tarıyor, endişeyle beni izliyordu.

Çekingen bir tavırla elimi uzattım ve endişe yerini telaşa bıraktı. Christian geri adım attı. Ben de elimi indirdim.

Yüzünde acılı, endişeli bir ifadeyle, "Bu benim sınırım," diye fısıldadı.

Ezici bir hayal kırıklığı hissetmemek elimde değildi. "Bana dokunamıyor olsaydın sen ne hissederdin?"

"Yıkılır, mahvolurdum," dedi hemen.

Ah, benim Elli Ton'um. Kafamı sallayarak ona küçük, güven veren bir gülümseme sundum. Gevşedi.

"Bir gün bunun neden sınır olduğunu bana tam olarak söylemen gerekecek, lütfen."

"Bir gün," diye mırıldandı ve bir nanosaniye içinde kırılganlığını üzerinden atıverdi.

Nasıl bu kadar hızlı geçiş yapabiliyordu? Tanıdığım en değişken insandı.

"Ve listenin geri kalanı. Mahremiyetini istila etmem konusu." Bunu düşünürken ağzını büktü. "Banka hesap numaranı bildiğim için mi?

"Evet, çok çirkin."

"Bütün itaatkârlarımın geçmişini araştırırım. Sana göstereyim." Dönüp çalışma odasına yöneldi.

Sersemleyerek, itaatkâr bir tavırla peşinden gittim. Kilitli bir dosya dolabından bir dosya çekti. Üzerindeki etikette: ANASTASIA ROSE STEELE yazıyordu.

Lanet olsun. Ona dik dik baktım.

Özür diler gibi omuz silkti. "Sende kalabilir," dedi usulca.

"Şey, çok teşekkür ederim," diye çıkıştım. Dosyayı karıştırdım. Doğum sertifikamın bir kopyası vardı, Tanrı aşkına, sınırlarım, gizlilik anlaşması, kontrat –*Tanrım*–, sosyal güvenlik numaram, özgeçmişim, iş kayıtlarım.

"Yani Clayton's'ta çalıştığımı biliyordun."

"Evet."

"Tesadüf değildi. Geçerken uğramamıştın."

"Hayır."

Kızsam mı gururlansam mı bilemiyordum.

"Bu boktan bir şey. Biliyorsun değil mi?"

"Ben öyle görmüyorum. Her ne yaparsam, dikkatli olmak zorundayım."

"Ama bu özel bir şey."

"Bilgileri kötüye kullanmıyorum. Bunları, kafaya koyan herkes bulabilir, Anastasia. Kontrol sahibi olmak için bilgiye ihtiyacım var. Ben her zaman böyle hareket ettim." Bana bakarken ifadesi belirsizdi.

"Bilgiyi kötüye kullanmıyorsun. Hesabıma istemediğim bir yirmi dört bin dolar yatırdın."

Ağzı yine düz bir çizgiye dönüştü. "Sana söyledim. Taylor'ın arabana karşılık almayı başardığı tutar oydu. İnanılmaz olduğunu biliyorum, ama öyle..."

"Ama Audi..."

"Anastasia, ne kadar kazandığım konusunda bir fikrin var mı?"

Kızardım. "Neden olsun? Banka hesabında ne kadar olduğunu bilmeme gerek yok, Christian."

Bakışları yumuşadı. "Biliyorum. Sende sevdiğim şeylerden biri de bu."

Şoke olmuş bir halde ona baktım. *Bende sevdiği mi?*

"Anastasia, ben saatte kabaca yüz bin dolar kazanıyorum."

Ağzım açık kaldı. Bu dudak uçuklatan bir miktardı.

"Yirmi dört bin dolar hiçbir şey değil. Araba, *Tess* kitapları, kıyafetler, hiçbir şey değil." Sesi yumuşacıktı.

Ona bakakalmıştım. Gerçekten hiçbir fikri yoktu. Olağanüstü.

"Benim yerimde olsan bu konuda ne hissederdin? Böyle bir cömertlik karşısında yani?" diye sordum. Bana boş boş baktı ve işte sorunun özeti buydu: empati ya da daha doğrusu empati yokluğu. Aramızdaki sessizlik uzadıkça uzuyordu.

Nihayet omuz silkti. "Bilmiyorum," derken, gerçekten şaşkın görünüyordu.

Kalbim burkuldu. Buydu işte, Elli Ton'un sorunu buydu. Kendini benim yerime koyamıyordu. Pekâlâ, artık biliyordum.

"Harika bir duygu değil. Demek istediğim, çok cömertsin, ama bu beni rahatsız ediyor. Bunu sana defalarca söyledim."

İç geçirdi. "Sana dünyayı vermek istiyorum, Anastasia."

"Ben sadece seni istiyorum, Christian. Yanında gelen diğer şeyleri değil."

"Onlar da anlaşmanın parçası. Benim bir parçam."

Ah, bu konuşmanın bir yere gideceği yoktu.

"Bir şeyler yiyelim mi?" diye sordum. Aramızdaki gerilim tüketiciydi.

Kaşlarını çattı. "Elbette."

"Ben pişiririm."

"İyi. Pişirmek istemezsen dolapta yemek var."

"Bayan Jones hafta sonları izinli mi? Hafta sonu kalan yemekleri mi yiyorsun?"

"Hayır."

"Ne yiyorsun peki?"

İç geçirdi. "İtaatkârlarım yemek yaparlar, Anastasia."

"Tabii ya." Kızardım. Nasıl bu kadar aptal olabilmiştim? Ona tatlı tatlı gülümsedim. "Efendim ne yemek ister?"

Esrarlı bir havayla, "Hanımefendi ne bulabilirse," dedi.

Buzdolabının etkileyici muhteviyatını gözden geçirirken İspanyol omletinde karar kıldım. Haşlanmış patates bile vardı. Mükemmel. Hızlı ve basitti. Christian hâlâ çalışma odasındaydı. Muhtemelen, hiçbir şeyden şüphe duymayan bir aptalın mahremiyetini istila ediyor ve bilgi topluyordu. Bu nahoş bir düşünceydi ve ağzımda buruk bir tat bırakmıştı. Başım dönüyordu. Christian sınır nedir bilmiyordu.

Yemek pişireceksem müziğe ihtiyacım olacaktı ve yemeği bir itaatkâr gibi pişirmeyecektim! Şömineye doğru yöneldim ve Christian'ın iPod'unu aldım. Orada Leila'nın seçtiği başka şarkıların da olduğuna iddiaya girebilirdim. Bu düşünce canımı sıkmıştı.

Nerede acaba, diye düşündüm. *Ne istiyor?*

Ürperdim. Ne geçmiş ama. Aklım bir türlü almıyordu.

Geniş kapsamlı listeyi taradım. Neşeli bir şeyler istiyordum. Hmm, Beyoncé, Christian'ın zevki gibi görünmüyordu. *Crazy in Love*[10]. Ah, *evet!* Ne kadar uygundu. "Tekrar" düğmesine basıp sesi açtım.

Salınarak mutfağa döndüm, bir kâse buldum, buzdolabını açıp yumurtaları çıkardım. Bir yandan hiç durmadan dans ederken onları kırıp çırpmaya başladım.

Buzdolabına bir çıkarma daha yaparak patates, jambon ve *evet,* buzluktan bezelye aldım. Hepsi omlete yakışırdı. Bir tava bulup ocağın üstüne yerleştirdim, biraz zeytinyağı koydum ve yeniden çırpma işine döndüm.

Sıfır empati, diye düşündüm. Bu Christian'a özgü bir şey miydi? Belki de kadınlar karşısında şaşkına dönen bütün erkekler böyleydi. Sadece ben bilmiyordum. Belki de bu yeni bir bilgi değildi.

Keşke Kate burada olsaydı, o bilirdi. Barbados'ta fazla uzun kalmıştı. Elliot'la tatilinin ardından, hafta sonu dönmesi gerekiyordu. Durum onlar için hâlâ ilk görüşte şehvet tadında mıydı, merak ediyordum.

Sende sevdiğim şeylerden biri.

Çırpmayı bıraktım. Bunu o söylemişti. Bu, başka şeylerin de olduğu anlamına mı geliyordu? Bayan Robinson'u görüşümden bu yana ilk kez gülümsüyordum. Samimi, içten, insanın suratını ortadan ikiye ayıran bir gülümseme.

Christian kollarını etrafıma sarıp beni yerimden sıçrattı.

---

10 (İng.) Çılgınca âşık. (ç. n.)

Kulağımın altını öperken, "İlginç müzik seçimi," diye mırladı. "Saçların çok güzel kokuyor." Burnunu saçlarıma sürttü ve derin bir nefes aldı.

Karnımın alt kısmında arzunun kıpırdandığını hissettim. Hayır. Silkinerek kollarından sıyrıldım.

"Sana hâlâ kızgınım."

Kaşlarını çattı. Tek elini saçlarının arasından geçirerek, "Bunu daha ne kadar sürdüreceksin?" diye sordu.

Omuz silktim. "En azından yemeğimi yiyene kadar."

Dudakları keyifle kıvrıldı. Döndü, uzaktan kumandayı alıp müziği susturdu.

"Bunu iPod'a sen mi koydun?" diye sordum.

Kafasını salladı. İfadesi tatsızlaşmıştı. O olduğunu anladım. Hayalet Kız.

"Sence o zamanlar sana bir şeyler anlatmaya çalışmıyor muymuş?"

"Şey, geriye dönüp bakınca, öyle görünüyor," dedi yavaşça.

İşte cevap. Sıfır empati. Bilinçaltım kollarını göğsünde kavuşturdu ve tiksintiyle dudak büktü.

"Neden hâlâ duruyor?"

"Şarkı hoşuma gidiyor. Ama canını sıkıyorsa, kaldırabilirim."

"Hayır, sorun değil. Müzik eşliğinde yemek pişirmeyi severim."

"Ne dinlemek istersin?"

"Şaşırt beni."

Ben çırpma işime kaldığım yerden devam ederken, Christian iPod'un durduğu yere yöneldi.

Birkaç saniye sonra, odayı Nina Simone'un cennetten çıkma tatlılıktaki, insanın ruhuna işleyen sesi kapladı. Ray'in en sevdiklerinden biriydi: *I Put a Spell on You.*[11]

11 (İng.) Sana Büyü Yaptım. (ç. n.)

Christian'a bakmak için döndüğümde, yanaklarım kızarmıştı. Bana ne anlatmaya çalışıyordu? Beni uzun zaman önce büyülemişti. Ah Tanrım... Bakışı değişmiş, lakayıtlığı yerini, daha koyu ve yoğun bir şeye terk etmişti.

Yırtıcı hayvan zarafetiyle müziğin şehvetli ritmine ayak uydurarak bana yaklaşırken âdeta büyülenmiştim. Ayakları çıplaktı, beyaz gömleği kot pantolonunun üstüne sarkıyordu ve gözlerinde kıvılcımlar çakıyordu.

Christian gayet açık bir niyetle bana dokunduğunda, Nina "sen benimsin" kısmını söylüyordu.

Elimde çırpma teliyle, "Christian, lütfen," diye fısıldadım.

"Lütfen ne?"

"Bunu yapma."

"Neyi yapmayayım?"

"Bunu."

Karşımda durmuş, bana tepeden bakıyordu.

"Emin misin?" diye soluyarak uzandı, teli elimden alıp yumurtaların durduğu kâseye bıraktı. Yüreğim ağzımdaydı. Bunu istemiyordum. *Bunu istiyordum.* Hem de çok fena. O kadar yoğundu ki. O kadar seksi ve arzu uyandırıcı... Bakışlarımı insanı büyüleyen bakışlarından güçlükle ayırdım.

"Seni istiyorum, Anastasia," diye mırıldandı. "Seninle tartışmayı seviyorum ve bazen de nefret ediyorum. Her şey, çok yeni. İyi olduğumuzu bilmeye ihtiyacım var. Ve bildiğim tek yol bu."

"Sana olan hislerim değişmedi," diye fısıldadım.

Yakınlığı baş döndürücü ve mutluluk vericiydi. O tanıdık çekim yine oradaydı ve bütün hücrelerim beni ona doğru itiyordu. İçimdeki tanrıçaysa şehvet düşkünlüğünün doruklarındaydı. Tişörtünün V yakasından görünen tüy tutamına bakarken, arzunun etkisinde çaresiz, dudağımı ısırdım. Tam oradan tadına bakmak istiyordum.

Çok yakındı, ama bana dokunmuyordu. Sıcaklığı tenimi ısıtıyordu.

"Evet diyene kadar sana dokunmayacağım," dedi. "Ama şu anda, gerçekten boktan bir sabahın ardından kendimi sana bırakmak ve bizden başka ne varsa unutmak istiyorum.

Ah, Tanrım... Biz. Her şeyi çözen sihirli bir sözcük, küçük, güçlü bir zamir. Bu güzel ancak ciddi surata bakmak için yüzümü kaldırdım.

"Yüzüne dokunacağım," diye soludum ve onayından önce kısa bir süre gözlerine yansıyan şaşkınlığını gördüm.

Elimi kaldırdım, yanağını okşadım ve parmak uçlarımı yeni çıkan sakallarının üstünde gezdirdim. Gözlerini yumdu, nefesini bıraktı ve yüzünü avucuma yasladı.

O usulca öne eğilirken, dudaklarım dudaklarıyla buluşmak için otomatik olarak yukarı uzandı. Bana yukarıdan bakıyordu.

"Evet mi hayır mı, Anastasia?" diye fısıldadı.

"Evet."

Ağzı ağzımın üstüne yavaşça kapandı. Kollarıyla beni sarıp kendine çekerken, dudakları dudaklarımı aralanmaya ikna ediyordu sanki. Bir eli sırtımdan yukarı tırmanarak saçlarıma dolandı ve onları yavaşça çekti, diğeri sırtımdaydı ve beni ona bastırıyordu. İnledim.

Taylor, "Bay Grey," diye öksürünce, Christian beni derhal bıraktı.

"Taylor," derken, sesi buz gibiydi.

Hızla dönünce, geniş salonun eşiğinde duran rahatsız bir Taylor gördüm. Christian ve Taylor birbirlerine bakarlarken, aralarında söze dökülmeyen bir iletişim yaşanıyordu.

Christian sertçe, "Çalışma odam," dedi ve Taylor hızlı adımlarla odaya yürüdü.

Christian onun peşinden gitmeden önce bana, "Hakkımı sonraya saklıyorum," diye fısıldadı.

Derin, sakinleştirici bir nefes aldım. Ona karşı koyabildiğim bir dakika bile olmayacak mıydı? Kendimden tiksinerek ve Taylor'ın araya girmesine, her ne kadar utanç verici olsa da, minnet duyarak kafamı salladım.

Acaba Taylor'ın geçmişte de araya girmesi gerekmiş miydi? Ne görmüştü? Bunu düşünmek istemiyordum. Öğle yemeği. Öğle yemeğini hazırlayacaktım. Kendimi patates dilimlemeye verdim. Taylor ne istiyordu acaba? Zihnim son sürat işliyordu. Leila'yla mı ilgiliydi?

On dakika sonra, tam omletin hazır olduğu anda, odadan çıktılar. Christian bana bakarken endişeli görünüyordu.

Taylor'a, "Onlara saat onda bilgi vereceğim," dedi.

Taylor, "Hazır olacağız," cevabının ardından salondan ayrıldı.

Isıtılmış iki tabak çıkarıp tezgâha yerleştirdim.

"Öğle yemeği?"

Christian, "Lütfen," diyerek bar taburelerinden birine oturdu. Şimdi büyük bir dikkatle beni izliyordu.

"Sorun mu var?"

"Hayır."

Yüzümü buruşturdum. Yemeği tabaklara paylaştırdım ve yanıtsız kalmayı kabullenerek yanına oturdum.

Christian bir lokma aldı ve, "Bu çok iyi," dedi. "Bir kadeh şarap ister misin?"

"Hayır, teşekkürler." *Senin yakınındayken zihnimi berrak tutmam gerek, Grey.*

O kadar aç değildim ve omlet gerçekten lezzetliydi. Christian'ın dırdır edeceğini bildiğim için yedim. Bir süre sonra, Christian sessizliğimizi bozdu ve daha önce duyduğum klasik parçayı açtı.

"Bu da ne?" diye sordum.

"Canteloube, *Auvergne Şarkıları*. Bunun adı *Bailero*."

"Çok hoş. Hangi dil?"

"Eski Fransızca. Aslına bakarsan, Oksitanca."

"Fransızca biliyorsun, sözleri anlıyor musun?" Annesi ile babasının akşam yemeği davetinde konuştuğu akıcı Fransızcanın anısı zihnime süzüldü.

"Bazı kelimeleri anlıyorum." Christian gözle görülür bir gevşemeyle gülümsedi. "Annemin bir parolası vardı, 'müzik enstrümanı, yabancı dil, dövüş sanatı'. Elliot, İspanyolca konuşur. Mia ve ben Fransızca. Elliot gitar çalar. Ben piyano, Mia ise çello."

"Vay canına. Ya dövüş sanatları?"

"Elliot judo yapıyor. Mia on iki yaşında yumruğunu masaya vurdu ve reddetti." Hatırlayıp güldü.

"Keşke benim annem de o kadar organize olsaydı."

"Dr. Grace çocuklarının başarısı konusunda çok hırslıdır."

"Sizinle çok gurur duyuyor olmalı. Ben duyardım."

Christian'ın yüzünden karanlık bir düşünce geçip gitti ve bir an için rahatsız göründü. Bana henüz keşfedilmemiş bir topraktaymış gibi, temkinle bakıyordu.

"Bu akşam ne giyeceğine karar verdin mi? Yoksa gelip senin için bir şey seçmem gerekecek mi?" Ses tonu birden kabalaşmıştı.

Vay canına! Sesi kızgın gibiydi. *Neden? Ne demiştim ki?*

"Şey... henüz değil. Bütün o kıyafetleri sen mi seçtin?"

"Hayır, Anastasia, ben seçmedim. Neiman Marcus'ta özel bir alışveriş görevlisine bir liste ve senin ölçülerini verdim. Üzerine uymaları gerek. Bilesin diye söylüyorum, bu akşam ve önümüzdeki birkaç gün için ek güvenlik kiraladım. Leila, Seattle sokaklarında ne yapacağı bilinmez bir şekilde dolaşırken akıllıca bir önlem olduğunu düşünüyorum. Dışarı tek başına çıkmanı istemiyorum. Tamam mı?"

Gözümü kırpıştırdım. "Tamam." Sana-şu-anda-sahip-olmalıyım-Grey'e ne olmuştu böyle?

"İyi."

"Onları bilgilendireceğim. Uzun sürmez."

"Buradalar mı?"

"Evet."

Nerede?

Christian tabağını aldı, lavaboya koydu ve salondan çıkıp kayboldu. Bu da neyin nesiydi böyle? Aynı bedende sayısız insan taşıyordu sanki. Bu bir şizofreni belirtisi değil miydi? Bunu Google'da aratmalıydım.

Tabağımı kaldırdım, bulaşıkları çabucak yıkadım ve elimde ANASTASIA ROSE STEELE dosyasıyla yatak odama döndüm. Giyinme odamdaki üç uzun gece elbisesini çıkardım. Hangisini giyecektim?

Yatağa uzandım, Mac'ime, iPad'ime ve BlackBerry'me baktım. Teknoloji beni aşıyordu. Christian'ın çalma listesini iPad'den Mac'e aktarmaya koyuldum. Ardından internette dolaşmak için Google'ı açtım.

Christian içeri girdiğinde yatağıma uzanmış Mac'ime bakıyordum.

Yavaşça, "Ne yapıyorsun?" diye sordu.

Açık olan web sayfasını görmesine izin verip vermemek konusunda kararsız kalarak kısa bir panik yaşadım. Çoklu Kişilik Bozukluğu-Semptomları.

Yanıma uzandı ve web sayfasına eğlenerek baktı.

Umursamazca, "Bu sayfada olmanın bir nedeni var mı?" diye sordu.

Kaba Christian gitmiş, oyuncu Christian geri gelmişti. Buna nasıl ayak uydurmamı bekliyordu ki?

"Araştırma. Zor bir kişilik hakkında." Ona en ruhsuz bakışımı gönderdim.

Dudakları bastırılmış bir gülümsemeyle kıvrıldı. "Zor bir kişilik demek?"

"Üzerinde çalıştığım bir proje."

"Şimdi bir de kişiye özel proje mi oldum? Bir ek iş. Belki bilimsel bir deney. Ben her şey olduğumu sanırken. Bayan Steele, beni incitiyorsunuz."

"Sen olduğunu nereden çıkarıyorsun?"

"Kaba bir tahmin."

"Yakından tanıdığım tek boktan, değişken ve kontrol manyağı kişi olduğun doğru."

"Oysa ben yakından tanıdığın tek kişi olduğumu sanıyordum." Tek kaşını kaldırdı.

Kızardım. "Evet. Tabii o da var."

"Herhangi bir sonuca varabildin mi?"

Dönüp ona baktım. Yanıma, başı dirseğine yaslı halde uzanmıştı. Yüzünde yumuşak ve keyifli bir ifade vardı.

"Bence senin yoğun bir terapiye ihtiyacın var."

Uzandı ve saçımı kulağımın arkasına itti.

"Sanırım benim sana ihtiyacım var. Al." Bana bir ruj uzattı.

Kafam karışmıştı. Kaşlarımı çatarak baktım. Ruj parlak kırmızıydı; hiç benim rengim değildi.

Neredeyse cırtlak bir sesle, "Bunu sürmemi mi istiyorsun?" dedim.

Güldü. "Hayır, Anastasia, tabii eğer istiyorsan, ayrı." Kuru bir sesle devam etti, "Senin rengin olduğunu sanmıyorum."

Kalktı, bağdaş kurarak oturup tişörtünü başından çekip çıkardı. *Ah, Tanrım.* "Yol haritası fikrin hoşuma gitti."

Ona boş gözlerle baktım. Yol haritası mı?

Açıklamak için, "Girilmeyecek bölgeler," dedi.

"Ah, ben şaka yapıyordum."

"Ben yapmıyorum."

"Rujla seni işaretlememi mi istiyorsun?"

"Yıkanınca çıkıyor. Zamanla."

Bu ona özgürce dokunabilmem anlamına geliyordu. Dudaklarımda küçük bir hayret gülümsemesi belirdi.

"Sharpie[12] gibi daha kalıcı bir şeye ne dersin?"

"Dövme de yaptırabilirim." Gözlerinde muzip bir ışıltı vardı.

Dövmeli Christian Grey? Zaten sayısız iz taşıyan güzel bedenine daha fazla işaret eklemek mi? Asla!

"Dövme olmaz!" Dehşetimi saklamak için güldüm.

"Ruj o zaman." Sırıttı.

Mac'i kapatıp kenara ittim. Eğlenceli olabilirdi.

"Gel." Bana ellerini uzattı. "Üzerime otur."

Babetlerimi ayağımdan çıkarıp oturdum. Sonra da üzerine doğru emekledim. Yatağa uzanmıştı, ama bacaklarını bükülü tutuyordu.

"Bacaklarıma yaslan."

Üzerine tırmandım ve söylediği şekilde, at biner gibi oturdum. Gözleri iri ve temkinliydi. Ama eğleniyordu da.

Alaycı bir sesle, "Bu işe hevesli görünüyorsun," dedi.

"Bilgiye her zaman hevesliyim, Bay Grey. Ayrıca bu senin gevşeyebileceğin anlamına geliyor, çünkü sınırlarını biliyor olacağım."

Bedenini işaretlememe izin vermek üzere olduğuna inanamıyormuş gibi başını salladı.

"Ruju aç," diye emretti.

Yine aşırı patronluk taslama modundaydı, ama umurumda değildi.

"Bana elini ver."

Ona elimi uzattım.

---

12 Bir keçeli kalem markası. (ç. n.)

"Ruju tutan elini." Gözlerini devirdi.

"Sen bana gözlerini mi deviriyorsun?"

"Evet."

"Büyük kabalık, Bay Grey. Göz devirme söz konusu olunca kelimenin tam anlamıyla çıldıran insanlar tanıyorum."

"Öyle mi?" Sesi alaycıydı.

Ona ruju tutan elimi uzattım ve birden doğrulup burun buruna geleceğimiz şekilde oturdu.

İçimdeki her şeyin kasılıp gerilmesine neden olan alçak ve yumuşak bir mırıltıyla, "Hazır mısın?" dedi. *Vay canına.*

"Evet," diye fısıldadım. Yakınlığı cezbedici, yanık teni fazla yakındı. Christian'ın kokusu, vücut şampuanımınkine karışmıştı. Elimi omzuna yönlendirdi.

"Bastır," diye soludu ve elimi omzundan başlayarak koltuk altına ve oradan da göğsünün yan tarafına, aşağı doğru yönlendirirken ağzım kurudu. Ruj arkasında geniş, canlı bir kırmızı yol bırakıyordu. Göğüs kafesinin bittiği yerde durdu ve beni midesinin üstünden diğer yanına yönlendirdi. Gerildi ve görünüşte duygusuz gözlerle gözlerimin içine baktı. Ancak bu özenli boş bakışların altında kendini dizginlediğini görebiliyordum.

Hoşnutsuzluğunu kontrol altında tutuyordu. Çenesi gergindi ve gözlerini de kısmıştı. Karnının ortalarına geldiğimde, "Ve oradan da yukarı," diye mırıldanarak elimi bıraktı.

Sol tarafına çizdiğim çizginin aynısını çizdim. Bana güveni baş döndürücüydü, ama acısını anlayabileceğim gerçeğiyle gölgelenmişti. Göğsünde yedi adet küçük, yuvarlak iz vardı; güzel bedeni maruz kaldığı korkunç zulmün anısıyla kirlenmişti. Bir çocuğa bunu kim yapabilirdi ki?

Hissettiklerimi saklayarak, "İşte, bitti," diye fısıldadım.

"Hayır, bitmedi," diye yanıtladı ve uzun işaret parmağıyla boynunun alt kısmına bir çizgi çekti. Parmağının gittiği yolu kırmızı rujla takip ettim. İşim bitince gözlerinin gri derinliklerine baktım.

"Şimdi sırtım," diye mırıldandı. Üstünden kalkmam için kıpırdandı, sonra yatakta döndü ve sırtı bana dönük halde, bağdaş kurarak oturdu.

"Göğsümden gelen çizgiyi diğer tarafta da devam ettir." Sesi alçak ve boğuktu.

Sırtının tam ortasında kırmızı bir çizgi oluşana dek devam ettim ve bunu yaparken, güzel bedenini lekeleyen yeni yara izleri gördüm. Toplamda dokuz taneydi.

Lanet olsun. Her birini tek tek öpme duygusuyla savaşmam ve gözlerimde biriken yaşlara engel olmam gerekiyordu. Ne tür bir hayvan böyle bir şey yapabilirdi? Ben sırtındaki çizgiyi tamamlarken, Christian'ın başı öne eğik, vücudu gergindi.

"Boynuna da mı?" diye fısıldadım.

Başını evet der gibi salladı ve ense köküne, saçlarının altına, öndekiyle birleşen bir çizgi daha çizdim.

"Bitti," diye mırıldandım. Parlak kırmızı biyeli, ten rengi bir yelek giymiş gibi görünüyordu.

Kendini salınca omuzları düştü ve yüzünü yavaşça bana çevirdi.

Usulca, "Sınırlar bunlar," derken, gözleri koyulaşmış, göz bebekleri irileşmişti. Nedeni korku muydu? Yoksa şehvet mi? Boynuna atılmak istiyordum, ama kendimi tuttum ve ona hayretle baktım.

"Bunlarla yaşayabilirim. Ve şu anda üzerine atlamak istiyorum," diye fısıldadım.

Bana ahlaksız bir gülümsemeyle baktı ve sessiz bir itaat jesti olarak ellerini uzattı.

"Pekâlâ, Bayan Steele, tamamen sizinim."

Çocuksu bir sevinçle çığlık attım ve kollarına atılarak onu devirdim. Bu can sıkıcı işin bitmesinin getirdiği rahatlamayla çocuksu bir kahkaha koyuverdi. Kendimi bir şekilde yatakta onun altında buldum.

"Şimdi, sonraya bıraktığım hakkıma gelirsek..." diye soludu ve dudakları bir kez daha dudaklarımı buldu.

BÖLÜM ALTI

Onu âdeta yiyip bitiren ve dilinin dilime temasının tadını çıkaran ağzım, Christian'ın ağzının altında hararetle yanarken, ellerim saçlarının arasında kaybolmuştu. Ve o da aynı durumdaydı, beni neredeyse yiyordu. Muhteşem bir histi.

Birden beni yukarı çekti ve tişörtümü tuttuğu gibi çekip çıkararak yere attı.

Elleri sütyenimi çözmek için arkama uzanırken, ağzını ağzımdan ayırmadan, açlıkla, "Seni hissetmek istiyorum," dedi. Tek bir hareketle sütyeni çıkarıp kenara attı.

Beni yatağa itti. Yatmamla ağzının ve ellerinin memelerime uzanması bir oldu. Meme uçlarımdan birini dudaklarının arasına alıp sertçe çekerken, parmaklarım saçlarının arasına gerildi.

His bütün vücuduma artarak yayılırken ve kasık bölgemdeki bütün kasları gererken, bir çığlık koyuverdim.

Dudakları aşırı ısınan tenime değecek mesafede, "Evet, bebeğim, seni duymama izin ver," diye mırıldandı.

Tanrım, onu hemen şimdi içimde istiyordum. Ağzıyla meme ucumla oynuyor, çekiştirerek yüzümü buruşturmama, kıvranmama ve onu daha çok arzulamama neden oluyordu. Bana duyduğu arzuyu hissediyordum... Âdeta bana tapar gibiydi.

Parmaklarıyla beni okşadıkça, meme ucum hünerli dokunuşu altında sertleşiyor ve uzuyordu. Eli kot pantolonuma kaydı, düğmeyi ustalıkla açtı, fermuarı indirdi ve elini külotumun içine sokup cinsel organıma doğru kaydırdı.

Parmağı içime kaydığı sırada nefesinin hırıltısını duyuyordum. Kalçamı elinin ayasına doğru kaldırdım. O da elini bana sürterek karşılık verdi.

Üzerime eğilip gözlerimin içine dikkatle baktı ve, "Ah, bebeğim," dedi. "O kadar ıslaksın ki." Sesi hayret yüklüydü.

"Seni istiyorum," diye mırıldandım.

Ağzı benimkini bir kez daha buldu ve açlığını, bana ihtiyacını hissettim.

Bu yeniydi. Belki de Georgia'dan ilk döndüğüm zaman dışında hiç böyle olmamıştı... Daha önce sarf ettiği sözler zihnime süzülüverdi. *İyi olduğumuzu bilmeye ihtiyacım var. Ve bildiğim tek yol bu.*

Bu düşünce beni dağıtmaya yetti. Üzerinde böyle bir etki bıraktığımı, bunu yaparak ona teselli sunabildiğimi bilmek... Oturdu, kot pantolonumu belinden kavrayıp aşağı çekti. Ardından sıra külotuma geldi.

Gözlerini gözlerime sabitleyerek ayağa kalktı, cebinden folyo bir paket çıkarıp bana attı. Sonra seri bir hareketle, kot pantolon ve iç çamaşırından sıyrıldı.

Paketi büyük bir açlıkla yırtıp açtım ve Christian tekrar yanıma uzanınca, prezervatifi aletine geçirdim. İki elimi birden kavrayarak sırt üstü uzandı.

"Üstüme çık," diye emrederek beni üzerine oturttu. "Seni görmek istiyorum."

Ah.

Bana yol gösterdi ve tereddütle üzerine oturdum. Gözlerini yumdu ve benimle buluşmak için kalçalarını kastı, içimi doldurarak beni iyice esnetti. Nefesini bırakırken ağzı kusursuz bir "O" biçimini almıştı.

Ah, bu harika bir histi. Ona sahip olmak. Bana sahip olması.

Ellerimi tuttu. Amacı bana destek vermek miydi yoksa sınırları çizmiş olmama rağmen ona dokunmamı engellemek istemesi miydi bilmiyorum.

"O kadar iyi geliyorsun ki," diye mırıldandı.

Üzerindeki gücümden sersemlemiş halde hafifçe kalkarken, Christian Grey'in altımda dağılmasını izledim. Ellerimi bırakıp kalçalarımı kavrayınca, ben de ellerimi kollarına yerleştirdim. Sert bir şekilde içime gömülerek haykırmama neden oldu.

"İşte böyle, bebeğim, hisset beni," derken sesi boğuktu.

Başımı arkaya attım ve tam olarak söylediğini yaptım. Bu işte çok iyiydi.

Ritmine kusursuz bir simetriyle karşılık vererek ve her tür düşünce ve sağduyuyu uyuşturarak hareket ediyordum. Artık hazdan başka hiçbir şey yoktu o an. Yukarı ve aşağı... tekrar tekrar... Ah, evet. Gözlerimi açtım ve kesik kesik nefes alıp vererek ona baktım. O da ateş saçan gözleriyle bana bakıyordu.

Neredeyse hiç ses çıkarmadan, dudak hareketleriyle, "Benim Ana'm," dedi.

"Evet," diye inledim. "Her zaman."

Yüksek sesle, gözlerini tekrar yumarak ve başını arkaya atarak inledi. Christian'ın çözüldüğünü görmek aynı kaderi paylaşmam için yeterliydi. İşitilebilir ve sonu gelmez bir boşalmayla dönerek düştüm ve Christian'ın üzerine yığıldım.

Başım, göğsünün üstündeki girilmeyecek alanda, yanağım göğüs kafesinden fışkıran tüylerin arasındaydı. Nefes nefese ve ışıl ışıldım, dudaklarımı uzatıp onu öpme dürtüme karşı koyuyordum.

Nefesimi düzene sokmaya çalışarak üzerinde yattım. Nefesi durulurken saçlarımı düzeltti, elini sırtımdan aşağı kaydırıp beni okşadı.

"O kadar güzelsin ki."

Ona bakmak için başımı kaldırdığımda şüpheli gözlerle bakıyordum. Karşılık olarak kaşlarını çattı ve beni olduğum yerde tutmak için kolunu etrafıma sararak derhal doğruldu. Şaşırmıştım. Burun buruna dururken kollarının üst kısmını sıkıca tuttum.

Israrcı bir tonlamayla, "Sen. Güzelsin," dedi bir kez daha.

"Ve sen de bazen müthiş tatlı oluyorsun." Onu usulca öptüm.

Beni kaldırdı ve içimden çıktı. Bunu yapınca yüzümü buruşturdum. Öne eğildi ve beni öptü.

"Ne kadar çekici olduğun konusunda hiçbir fikrin yok, değil mi?"

Kızardım. Bunu neden uzatıyordu ki?

"Peşindeki bütün o oğlanlar yeterli ipucu değil mi?"

"Oğlanlar mı? Hangi oğlanlar?"

"Listeyi ister misin?" Kaşlarını çattı. "Fotoğrafçı senin için deli oluyor. Yapı malzemeleri dükkânındaki çocuk, oda arkadaşının ağabeyi. Patronun," diye eklerken sesi tatsızdı.

"Ah, Christian, bu doğru değil."

"Güven bana. Seni istiyorlar. Benim olanı istiyorlar." Beni kendine çekti. Kollarım omuzlarında, ellerim saçlarının arasında, ona keyifle baktım.

"Benim," diye tekrarlarken gözleri sahiplenme duygusuyla parlıyordu.

Gülümseyerek, "Evet, seninim," dedim. Yatışmış görünüyordu ve ben de cumartesi öğleden sonrasının aydınlığında kucağında çırılçıplak halde otururken kendimi son derece rahat hissediyordum. Kimin aklına gelirdi. Ruj izleri muhteşem vücudunda duruyordu. Yatak örtüsüne bulaşan izleri fark ettim ve bir an için Bayan Jones ne düşünecek acaba diye merak ettim.

"Çizgi bozulmamış," diye mırıldandım ve bütün cesaretimle işaret parmağımı omzundaki izin üstünde dolaştırdım. Gerildi ve aniden gözlerini kırpıştırdı. "Keşfe çıkmak istiyorum."

Bana şüpheyle baktı.

"Dairede mi?"

"Hayır. Sana çizdiğimiz haritada." Parmaklarım ona dokunmak için sabırsızlanıyordu.

Kaşları şaşkınlıkla kalktı ve emin olamıyormuş gibi gözlerini kırpıştırdı. Burnumu burnuna sürttüm.

"Ve bu tam olarak ne gerektiriyor, Bayan Steele?"

Elimi omzundan kaldırdım ve parmak uçlarımı yüzünden aşağı kaydırdım.

"Tek istediğim, iznim olan her yerine dokunmak."

Christian işaret parmağımı dişlerinin arasına kıstırıp yavaşça ısırdı.

"Ay," diye çığlık attım. Sırıttı. Gırtlağından cılız bir inilti yükseldi.

Parmağımı serbest bırakarak, "Tamam," dedi, ama sesi endişeliydi. "Bekle." Arkama uzandı, beni tekrar kaldırıp prezervatifini çıkardı ve yatağın yanına, yere attı.

"Bu şeylerden nefret ediyorum. Aklımdan Dr. Greene'i çağırıp sana iğne yaptırmak geçiyor."

"Ve Seattle'ın en iyi jinekoloğunun koşarak geleceğini düşünüyorsun, öyle mi?"

"Çok ikna edici olabilirim," diye mırıldanırken, saçımı kulağımın arkasına kıstırdı. "Franco saçını çok güzel yapmış. Bu katları sevdim."

Ne?

"Konuyu değiştirmeyi bırak."

Beni tekrar eski yerime kaydırdı. Ayaklarım kalçalarının iki yanında, sırtım dizlerine yaslı oturuyordum. Arkaya, kollarına yaslandı.

Keyifsiz bir sesle, "Dokun bakalım," dedi. Gergin görünüyor, ama saklamaya çalışıyordu.

Gözlerimi gözlerinden ayırmadan uzandım ve parmağımı ruj çizgisinin hemen altına, belirgin karın kaslarına değdirdim. İrkilince durdum.

"Yapmak zorunda değilim," diye fısıldadım.

"Hayır, sorun değil... Sadece... uyum sağlamak biraz zaman alıyor. Uzun süredir hiç kimse bana dokunmadı," diye mırıldandı.

"Bayan Robinson da mı?" Kelimeler ağzımdan dökülüvermişti; işin ilginç yanı, memnuniyetsizliğimi ve hıncımı sesimden uzak tutabilmiştim.

Başını evet dercesine sallarken rahatsızlığı belirgindi. "Onun hakkında konuşmak istemiyorum. Tadını kaçıracak."

"Kaldırabilirim."

"Hayır, kaldıramazsın, Anastasia. Ondan ne zaman bahsetsem sinirleniyorsun. Geçmişim geçmişte kaldı. Bu bir gerçek. Değiştiremem. Senin bir geçmişin olmadığı için şanslıyım, çünkü olsaydı beni deli ederdi."

Kaşlarımı çattım, ama kavga etmek istemiyordum. "Seni deli mi ederdi? Olduğundan daha fazla mı?" Aramızdaki havayı biraz olsun dağıtmayı umarak gülümsedim.

Dudakları kıvrıldı. "Sana deli oluyorum," diye fısıldadı.

Kalbim neşeyle doldu.

"Dr. Flynn'i arayayım mı?"

"Buna gerek olacağını sanmıyorum," dedi.

Dizlerini indirmesi için geri kayarak parmaklarımı tekrar karnına koydum ve teninin üstünde gezdirmeye başladım. Bir kez daha taş kesildi.

"Sana dokunmayı seviyorum." Parmaklarım göbek deliğine, oradan da aşağıya doğru inen kıllı çizgiye uzandı. Nefes alıp verişi değişirken dudakları aralandı, gözleri koyulaştı ve altımda penisinin hareketlendiğini, sertleştiğini hissettim. *Tanrı aşkına. İkinci raund.*

"Yine mi?" diye mırıldandım.

Gülümsedi. "Ah, evet, Bayan Steele, yine."

Cumartesi öğleden sonrasını geçirmenin enfes bir yoluydu. Duşun altında durmuş, arkada topladığım saçlarımı ıslatmamaya çalışarak yıkanırken son birkaç saati düşünüyordum. Christian ve vanilya ilişkimiz gayet iyi gidiyor gibiydi.

Bugün çok şey açığa çıkmıştı. Bütün bu bilgileri sindirmeye çalışmak ve öğrendiklerimi düşünmek biraz sersemleticiydi: maaş detayları –vay canına, pis zengin, bu onun gibi genç biri için olağanüstüydü–, ben ve bütün esmer itaatkârları hakkındaki dosyalar. Acaba hepsi o dosya dolabında mı duruyordu?

Bilinçaltım dudaklarını büzerek başını salladı. Sakın o konuya gireyim deme. Kaşlarımı çattım. *Hızlı bir şekilde göz atsam?*

Ve bir de Leila vardı. Silahlı olma potansiyeli yüksek Leila dışarıda bir yerde, berbat müzik zevkiyse hâlâ iPod'daydı. Ama daha kötüsü, Bayan Pedofil Robinson. Onu aklım bir türlü almıyordu ve alsın da istemiyordum. Christian haklıydı, onu düşününce kendimi kaybediyordum; bu yüzden belki de en iyisi düşünmemekti.

Duştan çıktım, kurulanırken bir anda beklenmedik bir öfkeye kapılıverdim.

Kim kendini kaybetmezdi ki? Hangi normal, aklı başında insan on beş yaşında bir oğlana bunları yapabilirdi? Christian'ın bombok haline ne kadar katkıda bulunmuştu acaba? Onu anlamıyordum. Ve daha kötüsü, Christian ona yardım ettiğini söylüyordu. Nasıl?

Dehşet verici çocukluğunun kanıtı olan ve taşıdığı zihinsel yaraları hasta edici bir şekilde hatırlatan yara izlerini düşündüm. Benim tatlı, hüzünlü Elli Ton'um. Bugün o kadar sevgi dolu sözler söylemişti ki. *Benim için deli oluyor.*

Aynadaki yansımama bakarken, sözlerini anımsayıp gülümsedim. Kalbim yeniden kıpırdanmaya başlamış ve yüzüm saçma sapan bir gülümsemeyle biçim değiştirmişti. Belki de bunu sürdürebilirdik. İyi de, sırf keyfî bir çizgiyi aştım diye beni pataklamak istediğinde ne olacaktı?

Gülümseme kayboldu. Bilmediğim buydu. Üzerimizde asılı duran koyu gölge. Sapkın düzüşme kısmını yapabilirdim, ama ya daha fazlası?

Bilinçaltım bana, ilk kez sinsi bilgelik sözleri etmeden, boş gözlerle bakıyordu. Giyinmek için odama döndüm.

Christian alt katta hazırlandığı ya da her ne yapıyorsa onu yaptığı için, yatak odası bana kalmıştı. Dolaptaki kıyafetlerin yanı sıra çekmeceler dolusu yeni iç çamaşırım vardı. 540$'lık bir etiket taşıyan siyah büstiyeri seçtim. Gümüş biyeliydi ve takım olarak minicik bir külotu vardı. Ve saf ipekten, ten rengi, incecik, diz üstü çoraplar. *Vay canına, vücuda öylesine yapışıyorlar ve öyle seksi bir his uyandırıyorlar ki.*

Christian haber vermeden içeri girdiğinde elbiseye uzanıyordum. *Hey, kapıyı çalabilirdin.* Taş kesilmiş gibi olduğu yerde durdu ve açlıkla parlayan gözlerle bana bakı. Her yerimin kıpkırmızı kesildiğini hissettim. Beyaz bir gömlek ve siyah kumaş pantolon giymişti ve gömleğin yakası açıktı. Kırmızı ruj izlerini hâlâ görebiliyordum ve o, gözlerini ayırmadan bana bakmayı sürdürüyordu.

"Size yardım edebilir miyim, Bay Grey? Ziyaretinizin bana akılsızca bakmanın ötesinde bir amacı olduğunu tahmin ediyorum."

Odanın içinde birkaç adım atarak beni süzmeyi sürdürürken, gizemli bir sesle, "Aslında ben size akılsızca bakmaktan büyük keyif alıyorum, teşekkürler, Bayan Steele," diye mırıldandı. "Caroline Acton'a özel bir teşekkür notu göndermemi hatırlatır mısınız?"

Kaşlarımı çattım. *O da kim?*

Dile getirmediğim sorumu ürkütücü bir şekilde yanıtlayarak, "Neiman'daki özel alışveriş görevlisi," dedi.

"Ah."

"Dikkatim hayli dağıldı."

"Bunu görebiliyorum. Ne istiyorsun, Christian?" Ona saçmalığa-gerek-yok bakışımı gönderdim.

Çarpık bir gülümsemeyle karşılık verdi ve gümüş topları cebinden çıkararak beni afallattı. *Lanet olsun.* Beni pataklamak mı istiyordu? Şimdi mi? Neden?"

"Düşündüğün gibi değil," dedi çabucak.

"Beni aydınlat," diye fısıldadım.

"Bu akşam bunları takarsın diye düşündüm."

Ne demek istediğini idrak edene kadar, cümlenin yarattığı ima bir süre aramızda asılı kaldı.

"Davette mi?" Şoke olmuştum.

Başını ağır ağır sallarken, gözleri gittikçe koyulaşıyordu.

"Ah, Tanrım."

"Beni daha sonra mı pataklayacaksın?"

"Hayır."

Bir an minicik bir hayal kırıklığı hissettim.

Kıkırdadı. "İster miydin?"

Yutkundum. Bilmiyordum.

"Pekâlâ, bana yalvarsan bile sana o şekilde dokunmayacağım konusunda için rahat olsun."

Ah, işte bu yeni bir haber.

Topları havaya kaldırdı ve, "Bu oyunu oynamak istiyor musun?" diye devam etti. "Çok fazla gelirse, istediğin anda çıkarabilirsin."

Ona baktım. Öyle ahlaksızca bir baştan çıkarıcılığa sahipti ki. Düzeltilmemiş, az önce düzüştüm diye bağıran saçlar, erotik düşüncelerin dans ettiği karanlık gözler, seksi, keyifli bir gülümsemeyle bükülen dudaklar.

Usulca, "Tamam," dedim. *Lanet olsun, evet!* İçimdeki tanrıça sesini nihayet bulmuş, çığlıklar atıyordu.

"Aferin kızıma." Christian sırıttı. "Gel buraya, ayakkabılarını giyince, bunları yerleştireyim."

Ayakkabılarım mı? Giymek için seçtiğim elbiseyi tamamlayan gelincik grisi, süet, açık ayakkabılara baktım.

Dediği gibi olsun!

3.295$ ederindeki Christian Louboutin ayakkabıları giyerken bana destek olmak için elini uzattı. Boyum en az on santim uzamış olmalıydı.

Beni yatağın yanına götürdü, ama oturmak yerine odadaki tek sandalyeye yürüdü. Sandalyeyi aldı ve taşıyıp tam önüme bıraktı.

"Başımla işaret verdiğimde eğilecek ve sandalyeye tutunacaksın. Anlaşıldı mı?" Sesi boğuktu.

"Evet."

"İyi. Şimdi ağzını aç," diye emrederken, sesi hâlâ kısıktı.

Topları kayganlaştırmak için ağzıma sokacağını düşünerek isteğini yerine getirdim. Hayır, işaret parmağını ağzımın içine kaydırdı.

Ah...

"Em," dedi. Uzanıp eline yapıştım ve hareketsiz durmasını sağladıktan sonra, söylediğini yaptım. İşte, istediğim zaman ben de itaatkâr olabiliyordum.

Sabun tadı vardı... hımm... İyice emdim ve karşılığında gözlerinin irileşmesi ve nefes alırken, dudaklarının aralanmasıyla ödüllendirildim. Bu durumda herhangi bir kayganlaştırıcıya ihtiyacım kalmamıştı. Ben dilimi etrafında döndürerek parmağını emerken, topları ağzına yerleştirdi. Parmağını geri çekmeye kalkışınca dişlerimi sıktım.

Önce sırıttı, kafasını sallayarak beni azarlayınca, bıraktım. Başıyla işaret verince, eğilip sandalyenin iki yanını tuttum. Külotumu yana sıyırdı ve çok yavaşça parmağını içime kaydırıp aheste aheste döndürdü. Onu her yerimde hissediyordum. Dudaklarımdan firar eden inlemeye mani olamadım.

Parmağını geri çekti ve büyük bir dikkatle, topları tek tek içime sokup derinlere doğru itti. Toplar yerleşince, külotumu düzeltti ve popomu öptü. Ellerini bileklerimden yukarı doğru kaydırdıktan sonra, bacaklarımın popomla birleştiği iki noktaya birer öpücük kondurdu.

"Çok ama çok güzel bacaklarınız var, Bayan Steele," diye mırıldandı.

Ayağa kalkıp kalçalarımı kavradı ve ereksiyonunu hissetmem için beni kendine bastırdı.

"Belki eve dönünce sana böyle sahip olurum, Anastasia. Artık kalkabilirsin."

Topların ağırlığıyla kendimi biraz sersemlemiş ve tahrik olmuş hissediyordum. Christian arkamdan eğilerek omzumu öptü.

"Bunları geçen cumartesi günü galada takman için almıştım." Kolunu bana dolayarak elini uzattı. Avucunda, kapağında Cartier logosu olan küçük kırmızı bir kutu duruyordu. "Ama beni terk ettiğin için sana bunları verecek fırsatım olmadı."

Ah!

"Bu benim ikinci şansım," diye mırıldanırken, sesi adsız bir duygu yüzünden kaskatıydı. Gerilmişti.

Çekinerek kutuya uzandım ve açtım. İçinde bir çift damla biçiminde küpe vardı. Her birinin üzerinde dörder pırlanta göze çarpıyordu.

Taşlardan biri ortadaydı, sonra bir boşluk, sonra peş peşe sıralanmış, kusursuzca konumlandırılmış üç pırlanta daha. Çok güzellerdi; sade ve klasik. Cartier'den alışveriş etme imkânım olsa ben de bunları seçerdim.

"Çok güzeller," diye fısıldadım; ikinci şans küpeleri oldukları için onları sevmiştim. "Teşekkürler."

Gerilimi vücudunu terk etti, gevşedi ve omzuma bir öpücük daha kondurdu.

"Gümüş rengi saten elbiseyi mi giyiyorsun?" diye sordu.

"Evet. Uygun mu?"

"Elbette. Hazırlanman için seni yalnız bırakayım." Arkasına bakmadan kapıdan çıktı.

Farklı bir evrene girmiştim. Aynadan bana bakan kadın kırmızı halıya layıktı. Askısız, yere kadar inen, gümüş rengi saten elbisesi kelimenin tam anlamıyla göz alıcıydı. Belki de Caroline Acton'a ben de teşekkür etmeliydim. Tuvalet tam üzerime göreydi ve dikkati az sayıdaki kıvrımıma çekiyordu.

Saçlarım yumuşacık dalgalar halinde, yüzümün iki yanından önce omuzlarıma, sonra göğüslerime dökülüyordu. Tek tarafını kulağımın arkasına itip ikinci şans küpelerimi ortaya çıkarmıştım. Makyajımı minimum seviyede tutarak doğal bir görünümle yetinmiştim. Göz kalemi, rimel, biraz pembe allık ve uçuk pembe bir ruj.

Allığa gerçekten ihtiyacım yoktu. Gümüş topların daimi hareketi yüzünden yanaklarım pembeleşmişti. Evet, bu akşam yanaklarımda biraz renk olmasını garantileyeceklerdi. Christian'ın erotik fikirlerinin cüreti karşısında kafamı sallayarak, saten şalımı ve gümüş rengi el çantamı almak üzere eğildim ve Elli Ton'umu aramaya çıktım.

Holde, sırtı bana dönük halde, Taylor ve diğer üç adamla konuşuyordu. Şaşkın ve hayranlık dolu bakışları Christian'ın varlığımı hissetmesine neden oldu. Dönüp baktığında, biraz sakil bir duruşla bekliyordum.

Ağzım kurudu. Göz alıcı görünüyordu... Siyah smokin giymiş, siyah papyon takmıştı ve bana bakarken yüzünde hayranlıkla karışık bir şaşkınlık vardı. Yanıma geldi ve saçımı öptü.

"Anastasia. Nefes kesicisin."

Taylor ve diğerlerinin önünde sarf ettiği iltifat karşısında kıpkırmızı oldum.

"Gitmeden önce bir kadeh şampanya?"

Biraz fazla hızlı, "Lütfen," dedim.

Christian'ın işaretiyle, Taylor ve üç eşlikçisi girişe yöneldiler.

Christian buzdolabından bir şişe şampanya çıkardı.

"Güvenlik ekibi miydi?" dedim.

"Yakın koruma. Taylor'ın kontrolü altındalar. Taylor o konuda da eğitimli." Christian bana bir şampanya kadehi uzattı.

"Elinden her iş geliyor."

"Evet, öyledir." Christian gülümsedi. "Çok hoş görünüyorsun, Anastasia. Şerefe." Kadehini kaldırdı, benimkini yavaşça değdirdim. Şampanya açık pembe renkteydi. Enfes bir ısıda ve hafifti.

"Kendini nasıl hissediyorsun?" diye sorarken, gözleri ateşliydi.

Gümüş toplardan bahsettiğini çok iyi bilmeme rağmen, kendimi ele vermeden tatlı tatlı gülümsedim. "İyiyim, teşekkürler."

Sırıttı.

"Al, buna ihtiyacın olacak." Mutfak tezgâhının üstünde duran büyük kadife keseyi bana uzattı. Şampanyasını yudumlarken, "Aç bakalım," dedi. Merak içinde, kesenin içine uzandım ve üst kısmı kobalt mavisi kuş tüyleriyle kaplı, oymalı, gümüş maskeyi çıkardım.

Rahat bir tavırla, "Bir maskeli balo," dedi.

"Anlıyorum." Maske güzeldi. Kenarlarında gümüş rengi bir kurdele vardı ve göz deliklerinin etrafı enfes bir gümüş işlemeyle süslüydü.

Utangaç bir ifadeyle güldüm.

"Sen de takacak mısın?"

"Elbette." Tek kaşını kaldırarak, "Bir açıdan, insanı özgürleştiriyorlar," diye ekledi.

Ah, çok eğlenceli olacak.

"Gel. Sana göstermek istediğim bir şey var." Elini uzattı ve beni hole, merdivenlerin yanındaki kapıya götürdü. Kapıyı açınca, tam üstümüzde kaldığını tahmin ettiğim oyun odasıyla hemen hemen aynı büyüklükte, geniş bir odayla karşılaştım. Bu oda kitaplarla doluydu. Vay canına, her duvarı yerden tavana kadar kitaplarla kaplı bir kütüphane. Ortada uzun, üçgen prizma biçiminde bir Tiffany lambanın aydınlattığı, tam boy bir bilardo masası duruyordu.

Heyecandan başım dönerek, şaşkınlıkla karışık bir hayranlıkla, "Bir kütüphanen var!" diye haykırdım.

"Evet, Elliot'ın deyişiyle, toplar odası. Daire bayağı geniş. Bugün sen keşfetmekten bahsedince, seni gezdirmediğimi fark ettim. Şu anda vaktimiz yok, ama sana bu odayı gösterip çok uzak sayılmayan bir gelecekte bir bilardo karşılaşmasına davet etmek istedim."

Sırıttım.

"Hodri meydan." İçimden deli gibi sevindim. José ve ben bilardoda kaynaşmıştık. Son üç senedir oynuyorduk. İsteka kullanmakta ustaydım. José iyi bir öğretmendi.

Christian keyifle, "Ne?" diye sordu.

Kendi kendimi, *Ah, hissettiğim her duyguyu, hissettiğim anda belli etmekten vazgeçsem iyi olacak,* diye azarladım.

"Hiç," dedim çabucak.

Christian gözlerini kıstı.

"Pekâlâ, belki Dr. Flynn sırlarını açığa çıkarabilir. Onunla bu akşam tanışacaksın."

"Şu pahalı şarlatanla mı?" *Lanet olsun.*

"Ta kendisi. Seninle tanışmak için ölüyor."

Audi'nin arka koltuğunda kuzeye doğru yol alırken, Christian elimi tuttu ve başparmağını usulca parmak boğumlarımın üstünde dolaştırdı. Yarattığı hissi ta kasıklarımda duyarak, kıpırdandım. Taylor, adının Sawyer olduğunu sandığım güvenlikçilerden biriyle birlikte ön koltukta olduğu ve iPod'unu takmadığı için inleme isteğime karşı koydum.

Karnımın alt kısmında, topların neden olduğu, kesintisiz ve haz verici bir sızı duymaya başlamıştım. Bir... ımmm... boşalma yaşamadan ne kadar idare edebileceğimi merak ediyordum. Bacağımı diğerinin üstüne attım. Bunu yaparken, zihnimin arka tarafını kemirmekte olan bir şey ansızın su yüzüne çıktı.

Christian'a usulca, "Ruju nereden buldun?" diye sordum

Pis pis sırıttı ve ön tarafı işaret ederek dudaklarını kıpırdattı. "Taylor."

Bir kahkaha koyuverdim. "Ah." Ve hemen durdum. Toplar.

Dudağımı ısırdım. Christian bana, gözlerinde ahlaksız bir ışıltıyla gülümsedi. Seksi bir yaratık olarak, ne yaptığını çok iyi biliyordu.

"Gevşe," diye soludu. "Çok geliyorsa..." Cümlesi havada kaldı ve parmak boğumlarımı sırayla tek tek öptükten sonra, küçük parmağımın ucunu emdi.

Şimdi bunu kasten yaptığını biliyordum. Karanlık arzu bütün vücuduma yayılırken, gözlerimi yumdum. İçimdeki kaslar gerilirken, kısa bir süre bu hisse teslim oldum.

Gözlerimi yeniden açtığımda, Christian, karanlık bir prens gibi, dikkatle bana bakıyordu. Smokin ve papyonla da ilgisi olsa gerekti, ama olduğundan daha yaşlı görünüyordu. Şehvetli niyetleri olan, yıkıcı yakışıklılıkta bir hovarda gibi. Nefesimi kesiyordu, o kadar. Onun cinsel esaretine kapılmıştım ve ona inanacak olursam o da benim. Bu düşünceyle, yüzüme bir gülümseme yerleşti. Karşılık veren sırıtışı kör ediciydi.

"Bu akşamki organizasyondan ne bekleyebiliriz?"

Christian rahat bir tavırla, "Ah, her zamanki şeyler," dedi.

"Benim için değil," diye hatırlattım.

Sevgiyle gülümsedi ve elimi tekrar öptü. "Pek çok insan parasıyla caka satacak. Açık arttırma, piyango, akşam yemeği, dans. Annem nasıl parti yapacağını iyi bilir." Gülümsedi ve sabahtan beri ilk kez, kendime bu parti için heyecanlanma izni verdim.

Grey malikânesinin araç yoluna bir dizi pahalı araba sıralanmıştı. Araç yolunun üstü, uzun, uçuk pembe kâğıt fenerlerle kaplıydı ve Audi'yle yaklaştıkça, fenerleri her yerde görür oldum. Akşamın erken saatlerinde, büyülü bir krallığa adım atmak üzereymişiz gibi sihirli görünüyorlardı. Christian'a baktım. Prensim için ne kadar uygundu. Birden çocuksu heyecanım, diğer duyguları gölgede bırakarak çiçeklendi.

"Maskeler yüze." Christian sırıttı ve prensim sade, siyah maskesini takınca daha karanlık ve şehvetli bir şeye dönüştü.

Yüzüne dair görebildiğim tek şey güzel ağzı ve güçlü çenesiydi. Görüntüsü kalbimin teklemesine neden olmuştu. Maskemi taktım ve bedenimin derinliklerindeki açlığı duymazdan geldim.

Taylor araç yolunda durunca, bir vale Christian'ın kapısını açtı. Sawyer benim kapımı açmak için dışarı atladı.

Christian, "Hazır mısın?" diye sordu.

"Daha hazır olamam."

"Çok güzel görünüyorsun, Anastasia," Elimi öptü ve arabadan çıktı.

Koyu yeşil bir halı, çimenlerin üstünden, evin yan tarafından, arka taraftaki etkileyici araziye uzanıyordu. En şık kıyafetleri ve çeşit çeşit maskeleri içindeki Seattle elitlerinin arasında, fenerlerin aydınlattığı yolda yeşil halıyı takip ederken, Christian kolunu koruyucu bir tavırla bana uzatmış, elini belime yerleştirmişti. İki fotoğrafçı misafirleri sarmaşıkla kaplı bir çardağın oluşturduğu fonda poz vermeye yönlendiriyordu.

Fotoğrafçılardan biri, "Bay Grey!" diye seslendi. Christian başıyla onayladı ve birlikte hızlı bir poz verirken, beni iyice kendine çekti. O olduğunu nereden biliyorlardı? Hiç şüphesiz alamet-i farikası asi bakır saçları yüzündendi.

"İki fotoğrafçı, ha?" dedim.

"Biri *Seattle Times*'tan, diğeri de anı için. Daha sonra bir kopyasını alabileceğiz."

Ah, fotoğrafım bir kez daha basında yer alacaktı. Bir an aklımdan Leila geçti. Beni bu şekilde bulmuştu. Christian'la birlikte verdiğimiz poz sayesinde. Düşünce rahatsız edici, maskenin altında tanınmayacak olmam rahatlatıcıydı.

Sıranın sonunda, beyaz takım elbiseli garsonlar şampanya yüklü tepsilerle bekliyorlardı. Christian'ın bana bir kadeh uzatarak karanlık düşüncelerimi dağıtmasına minnet duydum.

Kâğıt fenerlerin daha küçük versiyonlarının asılı olduğu geniş, beyaz bir pergolaya girdik. Üç taraftan girişi olan, çevresi alçak bir çitle çevrili, siyah-beyaz kareli bir dans pisti göze çarpıyordu. Her girişte, buzdan oyulmuş gösterişli kuğu heykelleri vardı. Pergolanın dördüncü kenarı, yumuşak, insanın aklında yer eden, göksel bir parça çalan bir yaylı sazlar dörtlüsünün yer aldığı bir sahneye ayrılmıştı. Sahne büyük bir orkestra için kurulmuşa benziyordu, ama ortada müzisyenlere dair bir iz olmadığı için, daha sonrası için olduğunu düşündüm. Christian elimi tuttu ve beni kuğuların arasından, başka misafirlerin bir araya toplandıkları ve ellerinde şampanya kadehleriyle sohbet ettikleri dans pistine çekti.

Kıyı tarafında, bize yakın olan kısmı resmî bir şekilde düzenlenmiş masaları ve sandalyeleri görebileceğim şekilde açık duran devasa bir çadır duruyordu. *O kadar çok masa var ki!*

Çadırın ölçeği karşısında afallayarak Christian'a, "Kaç kişi geliyor?" diye sordum.

"Sanırım üç yüz kadar. Anneme sorman gerekecek." Bana gülümsedi.

"Christian!"

Genç bir kadın kalabalığın arasından sıyrılarak kollarını Christian'ın boynuna doladı ve daha o anda Mia olduğunu anladım. Şık, uçuk pembe şifon tuvaletini, göz alıcı, detaylı bir Venedik maskesiyle tamamlamıştı. Müthiş görünüyordu. Ve bir an, Christian'ın bana verdiği elbise için, hiç duymadığım kadar büyük bir minnet duydum.

"Ana! Ah, hayatım, muhteşem görünüyorsun!" Beni hızla kucakladı. "Gelip arkadaşlarımla tanışmalısın. Hiçbiri Christian'ın nihayet bir kız arkadaş bulduğuna inanamıyor."

Christian'a hızlı, panik dolu bir bakış attım. İmkânsız-biri-olduğunu-biliyorum-ben-senelerce-onunla-birlikte-yaşamak-zorunda-kaldım tadında bir omuz silkmeyle karşılık verdi ve Mia'nın beni her biri birbirinden pahalı tuvaletler içindeki, son derece bakımlı dört genç bayandan oluşan bir grubun arasına sürüklemesine izin verdi.

Mia bizi heyecanla tanıştırdı. Üçü tatlı ve nazikti, ama Lily –sanırım adı buydu– kırmızı maskesinin altından bana tatsız bir bakış gönderdi.

Lily garezini kocaman, sahte bir gülümsemenin ardına saklayarak, küçümser bir tavırla, "Elbette, hepimiz Christian'ın gey olduğunu düşündük," dedi.

Mia ona dudak büktü.

"Lily, kendine gel. Kadınlar konusunda kusursuz bir zevke sahip olduğu ortada. Doğru kadının gelmesini bekliyordu ve o kadın sen değildin!"

Lily de tıpkı benim gibi kızararak maskesiyle aynı renge döndü. Durum daha rahatsız edici olabilir miydi acaba?

"Bayanlar, kız arkadaşımı geri alabilir miyim, lütfen?" Christian kolunu belime sararak beni yanına çekti. Kadınların dördü birden kızardılar, sırıttılar ve huzursuzca kıpırdandılar. Christian'ın göz alıcı gülümsemesi her zamanki etkisini göstermişti. Mia benden tarafa bakarak gözlerini devirince kahkahamı tutamadım.

Christian beni sürükleyerek uzaklaştırırken, "Sizinle tanışmak güzeldi," dedim.

Biraz uzaklaşınca Christian'a dudaklarımı kıpırdatarak sessiz bir teşekkür ettim.

"Lily'nin Mia'nın yanında olduğunu gördüm. Korkunç bir tiptir."

Kuru bir sesle, "Senden hoşlanıyor," diye mırıldandım.

Silkindi. "Pekâlâ, duygu karşılıklı değil. Haydi, gel seni bazı insanlarla tanıştırayım."

Sonraki yarım saati bir tanışma girdabında geçirdim. İki Hollywood aktörü, iki CEO ve sayısız önemli doktorla tanıştım. *Herkesin adını hatırlamama imkân yok.*

Christian beni yanından ayırmadığı için minnettardım. Samimi olmam gerekirse, zenginlik, ihtişam ve davetin katıksız müsriflik ölçeği beni rahatsız etmişti. Hayatım boyunca böyle bir ortamda bulunmamıştım.

Beyaz takım elbiseli garsonlar gittikçe artan davetli kalabalığının arasında şampanya şişeleriyle dolaşıyor ve kadehimi endişe verici bir sıklıkla dolduruyorlardı. Çok fazla içmemeliyim, çok fazla içmemeliyim, diye tekrar edip dursam da başım dönmeye başlamıştı ve nedeni şampanya mı, maskelerin yarattığı gizem mi, yoksa gizli gümüş toplar mıydı emin değildim. Belimden aşağıda hissettiğim kör sızıyı yok saymak imkânsız bir hal alıyordu.

Yarım ayı –yoksa köpek miydi– maskeli, kelleşmeye başlamış bir adam, "Demek SBY'de çalışıyorsunuz?" dedi. "Saldırgan bir yönetim değişimi yaşandığına dair bazı dedikodular duydum."

Kızardım. Sağduyudan daha çok paraya sahip ve aynı zamanda kusursuz bir sapık takipçi olan bir adamın neden olduğu bir yönetim değişimi.

"Ben sadece alt kademede bir asistanım, Bay Eccles. Bunları bilemem."

Christian hiçbir şey demeden, Bay Eccles'a gülümsüyordu.

"Bayanlar, baylar!" Siyah beyaz bir soytarı maskesi takmış bir teşrifatçı, sohbetimizi yarıda kesti. "Lütfen yerlerinizi alın. Yemek servisi başlamak üzere."

Christian elimi tuttu ve gevezeliği sürdüren kalabalığın peşinde, çadıra yürüdük.

İçerisi göz alıcıydı. Üç devasa avize, tavan ve duvarların fildişi astarına gökkuşağı tonlarında ışıltılar saçıyordu. En az otuz kadar masa, bana Heathman Oteli'ndeki özel yemek salonunu hatırlatmıştı. Kristal kadehler, masa ve sandalyelerin bembeyaz keten örtüleri ve masaların tam ortasında duran, gümüş şamdanların etrafına toplanmış uçuk pembe şakayık aranjmanları. Hemen yanlarında incecik ipeğe sarılı sepetler duruyordu.

Christian oturma planına baktı ve beni ortadaki masaya yönlendirdi. Mia ile Grace Trevelyan Grey çoktan yerlerini almışlar ve tanımadığım genç bir adamla sohbete koyulmuşlardı. Grace ışıltılı, nane yeşili bir tuvalet ve ona uyumlu bir Venedik maskesi içindeydi. Işık saçıyordu. Hiç stresli görünmüyordu ve beni sevecenlikle selamladı.

"Ana, seni tekrar görmek ne güzel! Ayrıca çok da güzelsin!"

"Anne," Christian onu kaskatı bir tavırla selamlayarak iki yanağından öptü.

Annesi onu şaka yollu azarladı. "Ah, Christian, çok resmîsin."

Grace'in anne ve babası, Bay ve Bayan Trevelyan da masada bize katıldılar. Her ne kadar birbirinin eşi bronz maskelerinin altında ayırt etmek güç olsa da, coşkulu ve genç ruhlu görünüyorlardı. Christian'ı gördüklerine çok sevinmişlerdi.

"Büyükanne, büyükbaba, sizi Anastasia Steele'le tanıştırabilir miyim?"

Bayan Trevelyan neredeyse üzerime atılacaktı. Elimi sıkarken bir çırpıda, "Ah, nihayet birini buldu demek. Ne kadar harika ve ne hoş! Umarım onu dürüst bir adama dönüştürürsün," dedi.

Lanet olsun. Maskem için Tanrı'ya şükrettim.

"Anne, Ana'yı utandırma." Grace imdadıma yetişmişti.

"Bu saçma yaşlı kadını duymazdan gel, hayatım." Bay Trevelyan elimi sıktı. "Çok yaşlı olduğu için, o karışık aklına ne eserse söylemesinin Tanrı vergisi bir hak olduğunu sanıyor."

"Ana, kavalyem Sean." Mia utangaç bir tavırla masadaki genç adamı takdim etti. Sean beni muzip bir gülümsemeyle selamladı ve el sıkışırken, gözleri keyifle parlıyordu

"Tanıştığımıza memnun oldum, Sean."

Christian, Sean'ın elini, onu hırçın bir tavırla süzerek sıktı. Sakın bana zavallı Mia'nın da hükmedici ağabeyinden çektiğini söylemeyin! Mia'ya sempatiyle gülümsedim.

Grace'in arkadaşları Lance ve Janine masamızdaki son çiftti, ama Bay Carrick Grey hâlâ ortalıkta görünmüyordu.

Birdenbire bir mikrofon hışırtısı duyuldu ve hoperlörden Bay Grey'in sesi yükselerek, sohbet uğultusuna son verdi. Carrick altın rengi, etkileyici Punchinello maskesiyle, çadırın ucundaki küçük sahnedeydi.

"Bayanlar, baylar, geleneksel yardım balomuza hoş geldiniz. Umarım bu akşam sizin için hazırladıklarımızdan hoşnut kalır ve ekibimizin Birlikte Baş Etmek'te çıkardığı harikulâde işi desteklemek için ellerinizi ceplerinize atarsınız. Bildiğiniz gibi bu, eşimin ve benim kalpten desteklediğimiz bir amaç."

Christian'a gergin bir bakış attım. Sahneyi ifadesiz bir yüzle izliyordu, *sanırım*. Bana bakıp sırıttı.

Carrick sözlerini, "Şimdi sözü merasim yöneticimize devrediyorum. Lütfen yerlerinizi alıp keyfinize bakın," diye tamamladı.

Konuşmasını nazik alkışlar izledi ve hemen ardından çadırdaki uğultu yeniden başladı. Christian ile büyükbabasının arasında oturuyordum. Bir garson, uzun bir çakmakla şamdandaki mumları tutuştururken, üzerinde gümüş rengi ince harflerle ve el yazısıyla yazılmış adımı taşıyan beyaz yer kartına hayranlıkla baktım. Carrick de bize katıldı ve beni iki yanağımdan öperek şaşırttı.

"Seni tekrar görmek çok güzel, Ana," diye mırıldandı. Sıra dışı altın maskesi içinde gerçekten çarpıcı görünüyordu.

Tören sunucusu, "Bayanlar, Baylar, lütfen bir masa lideri belirleyin," diye seslendi.

Mia sandalyesinde hevesle zıplayarak hemen, "Ah, ben, ben!" dedi.

Sunucu sözlerini, "Masanızın ortasında bir zarf bulacaksınız," diye sürdürdü. "Herkes altından kalkabileceği en yüksek değerdeki banknotu bulabilir, ödünç alabilir, çalabilir ya da ele geçirmek için yalvarabilir mi, lütfen? Sonra üzerine adınızı yazıp zarfın içine koymanızı rica ediyorum. Masa liderleri, lütfen bu zarfları dikkatle muhafaza edin. Onlara daha sonra ihtiyacımız olacak."

Lanet olsun. Yanımda hiç para getirmemiştim. *Ne aptallık ama! Bu bir yardım davetiydi!*

Christian cüzdanını çıkarıp yüz dolarlık iki banknot çekti.

"Al," dedi.

Ne?

"Sana geri ödeyeceğim," diye fısıldadım.

Ağzı çarpıldı ve mutlu olmadığını anladım, ama yorum yapmadı. Onun dolma kalemiyle –siyah, kapağında beyaz bir çiçek motifi olan kalemiyle– adımı yazdım. Mia zarfı masada dolaştırdı.

Önümde, gümüş el yazısı harfleriyle yazılmış bir kart daha buldum. Menümüzdü.

BİRLİKTE BAŞ ETMEK'İN YARARINA BİR MASKELİ BALO

MENÜ

TAZE KREMALI SOMON TARTAR VE SALATALIK, KIZARMIŞ BRIOCHE ÜSTÜNDE

ALBAN ESTATE ROUSSANE 2006

FIRINLANMIŞ MUSKOVİ ÖRDEK GÖĞSÜ

KREMALI KUDÜS ENGİNAR PÜRE,

KEKİKLE FIRINLANMIŞ BİNG KİRAZLARI, KAZ CİĞERİ

CHÂTEANEUF -DU-PAPE VIELLES VIGNES 2006

DOMAINE DE LA JANASSE

ŞEKERLE KAPLANMIŞ CEVİZLİ KEK

İNCİR ŞEKERLEME, SABAYON, AKÇAAĞAÇ DONDURMA

DE COSNTANCE 2004 KLEIN CONSTANTIA

YEREL PEYNİR VE EKMEKLERDEN SEÇMELER

ALBAN ESTATE GRENACHE 2006

KAHVE VE PÖTİFURLAR

Pekâlâ, bu masada bana ayrılan servis alanını işgal eden kristal kadeh sayısını açıklıyordu. Garsonumuz geri gelmiş, şarap ve su servisi yapıyordu. Arkamda, çadırın giriş yaptığımız duvarı kapatılırken, ön tarafta iki garson çadır bezini kaldırarak Seattle ve Meydenbauer Körfezi üzerinde batmakta olan güneşi ayaklarımızın altına seriyorlardı.

Seattle'ın uzakta göz kırpan ışıkları ve opal göğü yansıtan körfezin turuncu gün batımı gerçekten nefes kesici bir manzaraydı. Vay canına. O kadar sakin ve huzurluydu ki.

Her biri birer tabak taşıyan on garson, gelip aramızda durdular. Sessiz bir işaretle, giriş tabaklarımızı tam bir uyum içinde servis edip tekrar kayboldular. Somon enfes görünüyordu ve açlıktan öldüğümü fark ettim.

"Aç mısın?" Christian sadece benim duyabileceğim bir sesle mırıldanmıştı. Yemeği kastetmediğini biliyordum; karnımın derinliklerindeki kaslar derhal tepki verdiler.

Bakışlarına cesaretle karşılık vererek, "Çok," diye fısıldadım. Derin bir nefes alırken, Christian'ın dudakları aralandı.

Ha! Gördün mü bak? Bu oyunu iki kişi de oynayabiliyormuş.

Christian'ın büyükbabası benimle derhal sohbete girişti. Kızıyla ve üç torunuyla çok gurur duyan, harika bir yaşlı adamdı.

Christian'ı çocuk olarak düşünmek çok acayipti. Yanık izlerinin anısı davetsizce zihnime süzüldü, ama derhal bastırdım. Her ne kadar bu partinin arkasındaki neden o olsa da, şu anda bunu düşünmek istemiyordum.

Keşke Kate de Elliot'la birlikte burada olsaydı. Çok iyi uyum sağlardı. Önüne serilen bir yığın çatal ve bıçak Kate'in gözünü yıldırmazdı ve masaya hükmederdi. Onu masanın liderinin kim olacağı konusunda Mia'yla çekişirken hayal edebiliyordum. Düşünce beni gülümsetmişti.

Masadaki sohbet bir hararetlenip bir yavaşlıyordu. Mia her zamanki gibi herkesi eğlendiriyor ve benim gibi genelde sessiz kalan Sean'ı oldukça gölgede bırakıyordu. Christian'ın büyükannesi masanın sesi en çok çıkan ismiydi. Onun da, genelde kocasını harcayan, saldırgan bir espri anlayışı vardı. Bay Trevelyan için üzülmeye başlamıştım.

Christian ve Lance, hararetle, Christian'ın şirketinin, E.F. Schumacher'ın Küçük Güzeldir prensibinden ilham alarak geliştirdiği bir aygıt hakkında konuşuyorlardı. Ayak uydurması güçtü. Christian dünyanın dört bir yanındaki yoksulluk çeken toplumları kol kuvvetiyle işleyen teknolojiyle, elektrik ya da pile ihtiyaç duymayan ve çok az bakım gerektiren aygıtlarla güçlendirmek konusunda kararlı görünüyordu.

Onu kendini tamamen kaptırmış haliyle görmek şaşırtıcıydı. Daha az şanslı toplumların hayatlarını iyileştirmek konusunda tutkulu ve istekliydi. Telekomünikasyon firması üzerinden ilk kurmalı cep telefonunu piyasaya sunmak niyetindeydi.

Vay canına. Hiç bilmiyordum. Demek istediğim, dünyayı doyurma tutkusundan haberdardım, ama bu...

Lance, Christian'ın teknolojiyi patent altına almadan kullanıma sunma planını anlayamıyor gibiydi. Her şeyi paylaşmaya bu kadar istekliyken, bunca parayı nasıl kazandığını merak etmiştim doğrusu.

Masamıza uğrayıp Christian'la tanışmak için can atan, el sıkışıp şakalaşan, şık smokinli ve koyu renk maskeli erkek akını yemek boyunca devam etti. Beni bazılarıyla tanıştırdı, bazılarınaysa takdim etmedi. Bu ayrımı neden ve nasıl yaptığını merak etmiştim.

Yine benzer bir sohbet sırasında, Mia karşıdan bana doğru eğilip gülümsedi.

"Ana, açık arttırmada yardım eder misin?"

Gereğinden fazla istekli bir sesle, "Elbette," dedim.

Tatlı servisi yapıldığı sırada gece çökmüştü ve gerçekten rahatsızdım. Toplardan kurtulmam gerekiyordu. Ben izin isteme fırsatı bulamadan, sunucu yanında –yanılmıyorsam– Bayan Avrupalı Saç Örgüsü'yle birlikte masamızda belirdi.

Adı neydi? *Hansel, Gretel... Gretchen.*

Elbette maskeliydi, ama bakışları Christian'a takılıp kalınca, o olduğunu anladım. Kızarmıştı ve Christian'ın onu dikkate almaması karşısında, çok mutlu oldum.

Sunucu zarfımızı istedi ve iyi çalışılmış, şık ve abartılı bir hareketle, Grace'ten kazanan banknotu çekmesini istedi. Sean'ınkiydi, ipeğe sarılı sepet onun oldu.

Kibarca alkışladım, ama gelişmelere konsantre olmayı artık tamamen imkânsız bulmaya başlamıştım.

Christian'a, "İzninle," diye mırıldandım.

Bana dikkatle baktı.

"Tuvalete mi gitmen gerekiyor?"

Başımla onayladım.

"Ben göstereyim," dedi.

Ben ayağa kalkınca, masadaki diğer erkekler de benimle birlikte kalktılar. *Ah, ne nezaket.*

"Hayır, Christian. Ana'yı sen değil ben götüreceğim."

Mia, daha Christian itiraz edemeden ayaktaydı. Christian'ın çenesi gerildi; hoşnut olmadığını biliyordum. Dürüst olmam gerekirse, ben de olmamıştım. İhtiyaçlarım vardı. Christian'a bakıp özür dilercesine omuz silktim, yenilgiyi kabul ederek oturdu.

Geri geldiğimizde, her ne kadar topları çıkarmanın verdiği rahatlama tahmin ettiğim kadar çabuk gelmese de kendimi biraz daha iyi hissediyordum. Toplar artık küçük el çantamda, güven içindeydiler.

Bütün gece dayanabileceğimi neden düşünmüştüm? Hâlâ arzu doluydum; belki daha sonra Christian'ı beni kayıkhaneye götürmeye ikna edebilirdim. Bu düşünce karşısında kızardım ve yerine otururken ona baktım. O da bana baktı ve dudaklarından belli belirsiz bir gülümseme geçti.

Fiyuvv... artık kaçırılmış bir fırsat yüzünden öfkeli değil, gerçi belki de ben öyleyim. Kendimi bunalmış, hatta sinirlenmeye hazır hissediyordum. Christian elimi sıktı ve ikimiz de sahnedeki yerini alıp Birlikte Baş Etmek hakkındaki konuşmasına başlayan Carrick'i dikkatle dinlemeye koyulduk. Christian bana bir kart daha uzattı. Açık arttırmaya çıkarılan ödüllerin bir listesi. Hızlı bir şekilde taradım.

AÇIK ARTTIRMA HEDİYELERİ VE BİRLİKTE BAŞ ETMENİN CÖMERT BAĞIŞÇILARI

MARINERS'TAN İMZALI BEYZBOL SOPASI – DR. EMILY MAINWARING

GUCCI ÇANTA, CÜZDAN & ANAHTARLIK – ANDREA WASHINGTON

ESCLAVA, BRAVERN MERKEZ'DE İKİ KİŞİ İÇİN BİR GÜNLÜK BAKIM – ELENA LINCOLN

MANZARA VE BAHÇE TASARIMI – GIA MATTEO

COCO DE MER, KOFRE VE PARFÜM GÜZELLİK ÜRÜNLERİ – ELIZABETH AUSTIN

VENEDİK AYNASI – BAY VE BAYAN J. BAILEY

ALBAN ESTATES'TEN SEÇECEĞİNİZ İKİ KASA ŞARAP – ALBAN ESTATES

XTY KONSERİ İÇİN İKİ VIP BİLET – BAYAN L. YESYOV

DAYTONA'DA YARIŞ GÜNÜ – EMC BRITT Ş.T.

GURUR VE ÖNYARGI, JANE AUSTEN, İLK BASKI – DR. A. F. M LACE-FIELD

BİR GÜNLÜK ASTON MARTIN DB7 KULLANIMI –
BAY & BAYAN L. W. NORA

YAĞLI BOYA TABLO, *MAVİYE DOĞRU* – J. TROUTON ve KELLY TROUTON

PLANÖR DERSİ – SEATTLE BÖLGESİ UÇUŞ TOPLULUĞU

HEATHMAN OTELİ'NDE İKİ KİŞİLİK HAFTA SONU MOLASI –
HEATHMAN HOTEL

ASPEN, COLORADO'DA BİR HAFTA SONU (ALTI KİŞİ KALABİLİR) –
BAY C. GREY

ST. LUCIA'DA DEMİRLİ SUSIECUE YAT'TA (ALTI KUŞETLİ) BİR HAFTALIK GEZİ
– DR. & BAYAN LARIN

ADRIANA GÖLÜ, MONTANA'DA BİR HAFTA (SEKİZ KİŞİ KALABİLİR)
BAY & DR. GREY

Tanrı aşkına. Christian'a gözlerimi kırpıştırarak baktım.

"Senin Aspen'de mülkün mü var?" diye tısladım. Açık arttırma başlamak üzere olduğu için sesimi alçak tutmak zorunda kalmıştım.

Çıkışıma şaşırarak ve sanırım sinirlenerek başıyla onayladı. Beni susturmak için parmağını ağzına götürdü.

"Başka yerde mülkün var mı?" diye sordum.

Başını tekrar salladı ve uyarı olarak kafasını yana eğdi.

Bütün salon, tezahürat ve alkış sesleriyle çınladı. Ödüllerden biri 12.000$'a alıcı bulmuştu.

Christian yavaşça, "Sonra anlatırım," dedi. Ve ardından biraz asık bir suratla, "Seninle gelmek istemiştim," dedi.

Ama gelmedin. Ben de suratımı astım ve aksiliğimin hâlâ üstümde olduğunu ve bunun hiç şüphesiz, topların bunaltıcı etkisinden kaynaklandığını fark ettim. Bağışçı listesinde Bayan Robinson'un adını gördükten sonra ruhum iyice daralmıştı.

Onu görebilecek miyim diye merak ederek çadırda etrafıma bakındım, ama nerede olsa göze çarpacak saçlarını göremedim. Herhalde, bu akşam davetli olsaydı Christian beni uyarırdı. Her madde şaşırtıcı miktarlara alıcı bulurken, gerektiği zamanlarda alkışlayarak oturdum.

Sıra Christian'ın Aspen'deki evine geldi ve açık arttırma tutarı 20.000$'a çıktı.

Sunucu, "Satıyorum, satıyorum," diye seslendi.

Bana ne olduğunu anlamadım; ama birden kendi sesimin kalabalığın üstünde yankılandığını duydum.

"Yirmi dört bin dolar!"

Masadaki bütün maskeler, şoka uğramış halde bana döndü. Tepkilerin en büyüğü hemen yanımdan geldi. Christian'ın keskin nefes alışını duydum ve gazabının beni bir med-cezir dalgası gibi içine çektiğini hissettim.

"Yirmi dört bin dolara, gümüş rengi tuvaletli güzel bayana... Satıyorum, satıyorum... Sattım!"

BÖLÜM YEDİ

Lanet olsun, bunu gerçekten yapmış mıydım? Alkol yüzünden olmalıydı. Şampanyanın üzerine dört farklı şaraptan dört kadeh içmiştim. Alkışlamakla meşgul olan Christian'a baktım. Kahretsin, çok öfkelenecekti; oysa ne kadar iyi anlaşıyorduk. Bilinçaltım nihayet kendini göstermeye karar vermişti. Hem de Edvard Munch'ın *Çığlık* tablosundaki suratla.

Christian suratına yapıştırdığı kocaman ve sahte gülümsemeyle bana eğildi. Yanağımı öptükten sonra soğuk ve kontrollü bir sesle kulağıma fısıldamak için iyice yaklaştı.

"Ayaklarına kapanıp tapınsam mı yoksa şaplaklarla canını mı çıkarsam, karar veremiyorum."

Ah, bense tam şu anda ne istediğimi çok iyi biliyordum. Ona maskenin altından gözlerimi kırpıştırarak baktım. Keşke gözlerinden geçenleri okuyabilseydim.

Alkışlar yatışırken, telaşla, "Seçenek ikiyi alayım, lütfen," diye fısıldadım. Derin bir nefes alırken, dudakları aralandı. Ah, o çizgi ağız. O ağzı tam şu anda üzerimde istiyordum. Onun için yanıyordum. Bana nefesimi kesen, ışık saçan bir gülümsemeyle baktı.

Parmağını çenemde dolaştırırken, "Acı mı çekiyorsun yoksa? Bu konuda ne yapabileceğimize bir bakmamız gerekecek," diye mırıldandı.

Dokunuşu, çok derinlerde, o acının doğup büyüdüğü yerde yankı buldu. Orada, hemen şimdi üzerine atlamak istiyordum, ama açık arttırmadaki bir sonraki maddeyi izlemek üzere arkamıza yaslandık.

Kıpırdamadan oturamıyordum. Christian kolunu omzuma attı, başparmağı sırtımı ritmik olarak okşuyor, bel kemiğimden aşağı enfes ürpertiler gönderiyordu. Boştaki eliyle benimkini sıkıca kavrayıp dudaklarına götürdükten sonra kucağına indirdi.

Yavaşça ve gizlice. Oyunu fark ettiğimde artık çok geçti. Elimi bacağından yukarı, ereksiyonuna kaydırdı. İç geçirdim, gözlerim panik halinde masanın etrafını dolaştı, ama bütün gözler sahneye sabitlenmişti. *Maskem için Tanrı'ya şükürler olsun.*

Durumdan istifade parmaklarımın keşfe çıkmasına izin vererek onu usul usul okşamaya başladım. Başparmağı usulca ense kökümde dolaşırken, Christian benimkinin üstünden çekmediği eliyle cesur parmaklarımı gizliyordu. Yavaşça inlerken ağzı aralandı. Tecrübesiz dokunuşuma alabildiğim tek tepki bu olmuştu. Ama anlamı büyüktü. Beni istiyordu. Göbek deliğimin aşağısında kalan her yer kasıldı. Bu iş dayanılmaz bir hal alıyordu.

Montana'da Adriana Gölü'nde bir hafta, açık arttırmadaki son ödüldü. Bay ve Bayan Grey'in elbette Montana'da bir evleri vardı. Bahis hızla yükseliyordu, ama ben neredeyse farkında bile değildim. Christian'ın parmaklarımın altında büyüdüğünü hissediyordum ve bu, kendimi çok güçlü hissetmeme neden oluyordu.

Sunucu, zafer kazanmış gibi, "Yüz on bin dolara satıldı!" diye ilan etti. Salonun tamamından bir alkış yükseldi ve ben de, tıpkı Christian gibi, eğlencemizi bozmak pahasına, gönülsüz, alkışlara katıldım.

Bana döndüğünde dudakları kıvrılmıştı. Coşkulu tezahüratların arasında, dudaklarını kıpırdattı. "Hazır mısın?"

Ben de, "Evet," diye karşılık verdim.

Mia, "Ana!" diye seslendi. "Vakit tamam."

Ne? Hayır. Yine mi? "Ne için?"

"İlk dans açık arttırması. Haydi!" Ayağa kalkıp elini uzattı.

Christian'ın Mia'ya neredeyse suratını asarak baktığını görünce gülsem mi ağlaşam mı bilemedim, ama galip gelen kahkaha oldu. Bir kez daha Mia Grey adıyla bilinen, uzun boylu, pembe güç trafosu tarafından engellenirken, kendimi içimi âdeta boşaltan bir liseli kız kıkırtısına bırakıverdim. Christian bana bir bakış attı ve bir an sonra, dudaklarında bir gülümseme belirir gibi oldu.

Kulağıma şehvetle, "İlk dansın benimle olacak, tamam mı? Üstelik dans pistinde de olmayacak," diye fısıldadı. Beklenti, arzumu körüklerken kıkırtım kayboldu. Ah, evet! İçimdeki tanrıça, buz patenlerinin üstünde kusursuz bir üçlü Salchow gerçekleştirdi.

"Sabırsızlıkla bekliyorum." Eğildim ve ağzına yumuşak, masum bir öpücük kondurdum. Etrafıma bakınınca, masadaki diğer misafirlerin şaşırdıklarını fark ettim. Elbette, daha önce Christian'ı yanında bir kadınla görmemişlerdi.

Christian'ın yüzünde kocaman bir gülümseme vardı. Ve... mutlu görünüyordu.

Mia, "Haydi, Ana," diye üsteledi. Uzattığı eli tutup peşinden on genç kadının daha toplandığı sahneye yürüdüm ve bir miktar huzursuzlukla, Lily'nin de aralarında olduğunu gördüm.

"Beyler, işte gecenin en önemli anı!" Sunucunun sesi sohbet uğultularını bastırmıştı. "Hepinizin beklediği o an! Bu on iki güzel hanımefendi ilk danslarını açık arttırmada en yüksek rakamı veren kişiyle yapmayı kabul ettiler."

Ah, hayır. Başımdan ayak parmaklarıma kadar kızardım. Bunun ne anlama geldiğini fark etmemiştim. Ne kadar aşağılayıcıydı!

Mia rahatsızlığımı hissederek, "İyi bir amaç için," diye tısladı. "Üstelik Christian kazanacak." Gözlerini çevirdi. "Birinin ondan daha büyük bir rakam telaffuz etmesine izin vereceğini hayal bile edemem. Bütün akşam gözünü senden ayırmadı."

Evet, iyi amaca odaklanmalıydım ve kazanan Christian olacaktı. Doğrusu bu adam üç beş kuruşun hesabını yapacak biri değildi.

Bilinçaltım, *Ama bu sana daha çok para harcayacağı anlamına geliyor,* diye hırladı. Ama ben başkasıyla dans etmek istemiyordum... Başkasıyla dans edemezdim. Hem parayı bana harcamıyordu ki, hayır kurumuna bağış yapıyordu. *Çoktan harcadığı 24.000$ gibi mi?* Bilinçaltımın gözleri kısılmıştı.

Lanet olsun. Düşünmeden girdiğim açık arttırmada kendimi biraz kaybetmiştim sanki. Neden kendimle tartışıyordum ki?

"Şimdi, beyler, lütfen toplanın ve ilk dansta sizin olabilecek olana yakından bakın. On iki alımlı ve uysal genç bayan."

T*anrım!* Kendimi et pazarında gibi hissettim. Masaların arasından zarafetle ve yol üstünde birkaç kişiyle merhabalaşarak ilerleyen Christian'ın da aralarında olduğu en az yirmi erkeğin sahneye doğru harekete geçmesini dehşet içinde izledim. Bahisçiler bir araya toplanınca, sunucu tekrar söz aldı.

"Bayanlar ve baylar, maskeli balo geleneğine uygun olarak, maskelerin arkasındaki gizeme sadık kalacak ve ilk isimlerle yetineceğiz. İlk sırada tatlı Jada var."

Jada da liseli bir kız gibi kıkırdıyordu. Belki çok aykırı kalmazdım. Jada baştan ayağa lacivert taftalar ve aynı renk bir maske içindeydi. İki genç adam heyecanla öne çıktı. Şanslı Jada.

"Jada kusursuz Japonca konuşuyor, kendisi kalifiye bir savaş pilotu ve Olimpik jimnastikçi... hımmm..." Sunucu göz kırptı. "Beyler, açık arttırmayı ne kadarla açmalıyım?"

Jada ağzı bir karış açık halde sunucuya bakıyordu. Belli ki adam tamamen saçmalamıştı. Jada iki katılımcıya mahcup bir gülümsemeyle baktı.

Biri, "Bin papel!" diye seslendi

Bahis hızla 5.000$'a tırmandı.

Sunucu yüksek sesle, "Maskeli beyefendiye... Satıyorum... satıyorum... sattım!" diye ilan etti. Elbette bütün erkekler maskeli olduğu için bir kahkaha, alkış ve tezahürat tufanı koptu. Jada alıcısına gülümsedi ve sahneyi hızla terk etti.

Mia, "Gördün mü? Çok eğlenceli," diye fısıldadı. "Gerçi umarım Christian seni kazanır. Kavga çıksın istemeyiz."

Dehşet içinde, "Kavga mı?" diye sordum.

"Ah, evet, Christian gençken de çok kolay hiddetlenirdi." Ürperdi.

Christian ve kavga etmek? Rafine, sofistike, Tudor koro müziklerini seven Christian mı? Sunucu, bir sonraki takdimiyle dikkatimi dağıttı. Sıradaki aday, kırmızı tuvaletli, uzun, simsiyah saçlı genç bir kadındı.

"Beyler, size muhteşem Mariah'yı takdim edebilir miyim? Mariah konusunda ne yapacağız? O tecrübeli bir matador, konser verebilecek kadar iyi çello çalıyor ve şampiyon bir sırıkla atlama atleti... Ne dersiniz, baylar? Güzeller güzeli Mariah'yla bir dans için bahsi kaçtan açmalıyım?"

Mariah sunucuya dik dik bakarken, biri, çok yüksek sesle, "Üç bin dolar!" diye seslendi. Sarışın ve sakallı, maskeli bir adamdı.

Tek bir karşı teklif geldi ve Mariah 4.000$'a satıldı.

Christian atmaca gibi izliyordu. Kavgacı Trevelyan Grey, kimin aklına gelirdi ki?

Mia'ya, "Ne zaman?" diye sordum.

Bana anlamamış gibi baktı.

"Christian ne zaman dövüşürdü?"

"Ergenliğinin ilk yıllarında. Annemle babamı delirtir, eve yarık dudaklar ve mor gözlerle gelirdi. İki okuldan atıldı. Rakiplerine ciddi zararlar vermiş."

Ona ağzım açık bakakalmıştım.

"Sana bahsetmedi mi?" Mia iç geçirdi. "Arkadaşlarımın arasında bayağı kötü bir ünü vardır. Birkaç yıl boyunca kelimenin tam anlamıyla istenmeyen kişiydi. Ama on beş on altı yaşlarındayken hepsi sona erdi." Omzunu silkti.

Lanet olsun. Yapbozun parçalarından biri daha yerini bulmuştu.

"Muhteşem Jill için bahsi kaçla açmalıyım?"

Sol taraftan boğuk bir ses, "Dört bin," diye seslendi. Jill sevinçten çığlık attı.

Dikkatimi açık arttırmaya veremez olmuştum. Demek Christian okulda başını belaya sokuyordu. Nedenini merak etmiştim. Ona baktım. Lily bizi dikkatle izliyordu.

"Ve şimdi, güzel Ana'yı takdim etmeme izin verin."

Ah, kahretsin, bu bendim. Mia'ya gergin bir bakış attım. Beni sahnenin ortasına doğru itekledi. Neyse ki yere kapaklanmadım, ama herkese sergilenirken, müthiş bir mahcubiyet içindeydim. Christian'a baktığımda pis pis sırıtıyordu. *Piç.*

"Güzel Ana altı müzik enstrümanı çalıyor. Kusursuz Mandarince konuşuyor ve yogaya meraklı... Pekâlâ, beyler." Daha adam cümlesini tamamlayamadan, Christian araya girdi ve gözlerini maskesinin altından tören takdimcisine dikti.

"On bin dolar." Arkamdan, Lily'nin hayret dolu iç çekişini duydum.

Ah, siktir.

"On beş."

Ne? Hepimiz sahnenin sol tarafında duran, uzun boylu, kusursuz giyimli adama döndük. Elli'ye gözlerimi kırpıştırdım. Kahretsin, buna ne tepki verecekti? Ama çenesini kaşırken yabancıya alaycı bir gülümsemeyle bakıyordu. Christian'ın adamı tanıdığı ortadaydı. Yabancı, Christian'ı kibarca selamladı.

"Pekâlâ, baylar; bu akşam aramızda yüksek bahisçiler var." Christian'a dönüp gülümserken, tören takdimcisinin heyecanı soytarı maskesinden buram buram yayılıyordu. Bu harika bir gösteriydi, ama harcanan bendim. Ağlamak istiyordum.

Christian sükûnetle karşılık verdi. "Yirmi."

Kalabalığın uğultusu dinmişti. Herkes bana, Christian'a ve sahnenin yakınındaki Bay Gizemli'ye bakıyordu.

Yabancı, "Yirmi beş," dedi.

Olayın daha utanç verici bir hal alması mümkün müydü acaba?

Christian adama duygusuz gözlerle baktı, ama keyfi yerindeydi. Bütün gözler Christian'ın üstündeydi. Ne yapacaktı? Yüreğim ağzımdaydı. Midemin bulandığını hissettim.

Çadırın içinde net ve güçlü yankılanan sesiyle, "Yüz bin dolar," dedi.

"Bu da neyin nesi?.." Lily arkamda duyulur şekilde tıslamıştı. Kalabalığın arasında genel bir hoşnutsuzluk ve keyif homurtusu dalgalandı. Yabancı yenilgiyi kabul eder gibi gülerek ellerini kaldırırken Christian ona pis pis sırıttı. Gözümün ucuyla sevinçten yerinde duramayan Mia'yı görebiliyordum.

"Güzel Ana için yüz bin dolar. Satıyorum... satıyorum..." Tören takdimcisi yapmacık bir üzüntüyle başını sallayan ve nezaketle eğilen yabancıya baktı.

Zafer kazanmış gibi, "Sattım!" diye haykırdı.

Christian kulakları sağır edici bir alkış ve tezahürat eşliğinde öne çıkarak elimi tutup sahneden inmeme yardım etti. İnerken bana muzip bir sırıtış gönderdi ve öptüğü elimi koluna yerleştirerek beni çadırın çıkışına yönlendirdi.

"Kimdi o?" diye sordum.

Bana baktı. "Daha sonra tanışabileceğin birisi. Şimdi sana bir şey göstermek istiyorum. İlk Dans Açık Arttırması bitene kadar yarım saatlik zamanımız var. Sonra parasını ödediğim dansın tadını çıkarmam için, dans pistinde olmamız gerekiyor."

Onaylamadığımı belli eden bir sesle, "Çok pahalı bir dans," dedim.

"Her kuruşuna değeceğinden eminim." Bana ahlaksız bir gülümsemeyle baktı. Ah, muhteşem bir gülümsemesi vardı ve işte o sızı geri dönmüş, vücudumda yeniden çiçeklenmeye başlamıştı.

Dışarıda çimlerin üstündeydik. Kayıkhaneye gideriz sanmıştım, ama ne yazık ki büyük orkestranın kurulmakta olduğu dans pistine doğru yürüyorduk. Ortalıkta en az yirmi müzisyen ve gizlice sigara içmek için dışarıya kaçmış birkaç davetli vardı, ama hareketliliğin büyük kısmı çadırın içinde kaldığı için, çok fazla dikkat çekmedik.

Christian beni evin arka tarafına götürdü ve daha önce görmediğim, geniş ve rahat bir oturma odasına açılan Fransız tarzı kapıdan geçirdi. Boş holden, zarif, cilalı bir tırabzanın tamamladığı geniş merdivenlere yürüdük. Elimi kolundan kurtarıp avucuna alarak önce ikinci, ardından üçüncü kata çıkardı. Beyaz bir kapıyı açıp yatak odalarından birine soktu.

Önünde durduğu kapıyı kilitlerken, alçak sesle, "Burası benim odamdı," dedi.

Geniş, sade ve çok az sayıda mobilyası olan bir odaydı. Duvarlar da mobilyalar gibi beyazdı. Çift kişilik bir karyola, bir çalışma masası ve bir sandalye, kitaplarla ve görünüşlerine bakılırsa kickboksta kazanılmış kupalarla dolu raflar. Duvarlarda film afişleri asılıydı: *Matrix*, *Dövüş Kulübü*, *Truman Şov*. Çerçevelenmiş iki kickboksçu posteri. Birinin adı Guiseppe DeNatale'ydi. Bu adı daha önce hiç duymamıştım.

Ama asıl gözüme takılan masanın üstündeki, sayısız fotoğrafın, Mariners flamalarının ve biletlerin koçan kısımlarının iğnelendiği ilan tahtası oldu. Genç Christian'dan bir parça. Gözlerim şimdi odanın ortasında duran muhteşem erkeğe döndü. Bana karanlık, derin düşünceli ve seksi gözlerle bakıyordu.

"Daha önce buraya hiç kız getirmedim," diye mırıldandı.

"Hiç mi?" diye fısıldadım.

Kafasını salladı.

Âdeta sarsılarak yutkundum. Son birkaç saattir canımı sıkan sızı artık arzu dolu bir halde kükrüyordu. Onu burada gece mavisi halının üzerinde, o maskenin içinde görmek... çok erotikti. Onu istiyordum. Şimdi. Onu her ne şekilde alabilirsem. Üzerine atılma ve kıyafetlerini parçalama arzuma karşı koymam gerekiyordu. Ağır adımlarla bana yaklaştı.

"Çok fazla vaktimiz yok, Anastasia ve şu anda hissettiklerimle çok fazla vakte ihtiyacımız da yok. Arkanı dön. Seni o elbiseden kurtarayım."

Döndüm ve kilitlemiş olmasına minnet duyarak kapıya baktım. Eğildi, kulağıma usulca fısıldadı. "Maske kalsın."

Bedenim kasılarak tepki verirken inledim. Henüz bana elini bile sürmemişti.

Elbisemin üst kısmını kavradı, parmakları tenime sürtünüyordu ve dokunuşu, bütün bedenimde yankı buldu. Tek bir hareketle fermuarı indirdi. Elbisemi tutarak içinden çıkmama yardım etti, sonra döndü ve becerikli hareketlerle elbiseyi bir sandalyenin sırtına yerleştirdi. Ceketini çıkarıp elbisemin üstüne koydu. Duraksadı, bana bir an âdeta içer gibi baktı. Üzerimde büstiyer ve külottan başka bir şey yoktu ve şehvetli bakışlarıyla mest olmuştum.

Papyonunu çözüp boynunun iki yanından aşağı sarkıtarak ve gömleğinin üstten üç düğmesini çözerek ağır adımlarla yanıma dönerken, "Biliyorsun, Anastasia," dedi. "Açık arttırmadaki bağışımı satın almana çok kızmıştım. Aklımdan her tür düşünce geçti. Kendi kendime seni artık cezalandıramayacağımı anımsatmak zorunda kaldım. Ama sonra sen gönüllü oldun." Maskesinin arasından bana baktı, "Bunu neden yaptın?" diye fısıldadı.

Uysal bir sesle, "Neden mi gönüllü oldum? Bilmiyorum. Baskı... çok fazla alkol... değecek bir amaç," diye mırıldanarak omuz silktim. Belki de dikkatini çekmek içindi?

O anda onu arzuluyordum. Ve şimdi daha fazla arzuluyordum. Sızı daha beter bir hal almıştı ve onu Christian'ın giderebileceğini, salyalarını saçarak kükreyen canavarı onun yatıştırabileceğini biliyordum. Ağzı düz bir çizgiye dönüştü ve üst dudağını yavaşça yaladı. O dili üzerimde istiyordum.

"Kendi kendime, yalvarsan bile sana bir daha asla şaplak atmayacağıma dair yemin ettim."

"Lütfen," diye yalvardım.

"Ama sonra şu anda çok rahatsız olabileceğini ve bunun alışık olduğun bir şey olmadığını fark ettim." Küstah piç, bana bilmiş bir sırıtışla bakıyordu, ama umurumda değildi, çünkü kesinlikle haklıydı.

"Evet," diye soludum.

"Bu yüzden... bir miktar esneklik olabilir. Bunu yapacaksam bana bir şey için söz vermelisin."

"Ne olursa."

"İhtiyaç duyarsan güvenli kelimeyi kullanacaksın ve seninle sadece sevişeceğim, tamam mı?"

"Evet." Nefes nefeseydim. Ellerini üzerimde istiyordum.

Yutkundu, sonra elimi tutup beni yavaşça yatağa doğru götürdü. Örtüyü bir kenara atarak oturdu, aldığı bir yastığı yanına yerleştirdi. Yanında ayakta duran bana baktı ve birden elimi tutup beni kucağına düşürecek bir sertlikle çekti. Vücudum yatağın, göğsüm yastığın üzerinde ve yüzüm yan dönük kalacak şekilde kaydım. Uzanıp saçlarımı omzumun üstüne attı ve parmaklarımı maskemdeki kuş tüylerinin üstünde dolaştırdı.

"Ellerini arkana koy," diye mırıldandı.

Ah! Papyonunu çıkardı ve bileklerimi hızla bağlayıp ellerimi arkama sabitlemek için kullandı.

"Bunu gerçekten istiyor musun, Anastasia?"

Gözlerimi yumdum. Onunla tanışmamdan beri ilk kez, bunu gerçekten istiyordum. Buna ihtiyaç duyuyordum.

"Evet," diye fısıldadım.

Avuç içiyle popomu okşarken, usulca, "Neden?" diye sordu.

Eli tenime değdiği anda inledim. *Nedenini bilmiyorum... Bana gereğinden fazla düşünmememi söyleyen sendin. Bugün gibi bir günün üstüne, para tartışması, Leila, Bayan Robinson, hakkımdaki dosya, vücudundaki dokunulabilecek yerler haritası, gösterişli parti, maskeler, alkol, gümüş toplar, açık arttırma... Bunu istiyorum.*

"Bir nedene ihtiyacım var mı?"

"Hayır, bebeğim yok," dedi. "Ben sadece seni anlamaya çalışıyorum." Sol eli belimin etrafına kıvrılıp beni olduğum yerde tutarken, avucu kalçamdan kalktı ve sertçe, bacaklarımın popomla birleştiği yere indi. Acı doğrudan karnımdaki sızıyla bağlantı kurdu.

Ah, Tanrım... Yüksek sesle inledim. Bir kez daha, tam aynı noktaya vurdu. Tekrar inledim.

"İki," diye mırıldandı. "On ikiye kadar gideceğiz."

Ah,Tanrım! Bu seferki geçen seferkinden farklı geliyordu; çok bedensel, çok... gerekli. Uzun parmaklı elleriyle popomu okşadı. Bağlanmış ve yatağa bastırılmış, çaresiz ve insafına kalmış haldeydim. Üstelik kendi özgür irademle. Bana bir kez daha, bu kez biraz yana vurdu. Tekrar... Bu kez diğer yana. Sonra duraksadı ve külotumu aşağı kaydırıp çıkardı. Şaplaklara devam etmeden önce, avucunu yavaşça arkamda gezdirdi. Can yakan her şamar ihtiyacımı yatıştırıyor ya da körüklüyordu; bilemiyordum. Her birini sindirerek ve tek tek tadını çıkararak, kendimi darbelerin ritmine teslim ettim.

"On iki," diye mırıldanırken, sesi alçak ve haşindi. Popomu bir kez daha okşadıktan sonra cinsel organıma doğru sürüklediği parmaklarının ikisini yavaşça içime kaydırıp peş peşe daireler çizerek, döndürerek, tekrar döndürerek bana âdeta işkence etmeye başladı.

Vücudum hâkimiyeti ele geçirip parmaklarının etrafında sarsılarak boşalırken inledim. O kadar yoğun, beklenmedik ve çabuktu ki.

"İşte böyle, bebek," dedi takdirle. Ben nefesim ve takatim kesilmiş halde üzerinde yatarken, parmaklarını içimden çıkarmadan bileklerimi çözdü.

"Henüz seninle işim bitmedi, Anastasia," dedi ve parmaklarını çıkarmadan kıpırdadı. Dizlerimi yere indirip yatağa yaslanmamı sağladı. Kendisi de arkamda dizlerinin üstüne indi ve fermuarını indirdi. Parmaklarını içimden çekmesinin hemen ardından folyolu paketin tanıdık sesini duydum. "Bacaklarını aç," diye homurdandı. İtaat ettim. Popomu okşayarak kendini içime itti.

"Hızlı olacak, bebek," diye mırıldandı ve kalçalarımı kavrayarak geri çekildikten sonra, kendini tekrar içime itti.

"Ah!" diye haykırdım, ama bu doluluk hissi ilahi bir histi. Karnımdaki sızıya doğrudan vuruyor, keskin ve tatlı her girişiyle onu kökünden kurutuyordu. Bu aklımı başımdan alan bir his, tam ihtiyaç duyduğum şeydi. İtişine karşılık vermek için ben de kendimi geri ittim.

Beni hareketsizleştirmeye çalışarak, "Ana, hayır," diye homurdandı. Ama onu o kadar çok istiyordum ki kıvrandım ve her darbeye karşılık verdim.

Boşalırken, "Ana, lanet olsun," diye inledi. Bu eziyet dolu sesi beni bir kez daha harekete geçirdi ve bitmek bilmeyen, şifa verici bir orgazma sürükleyerek tükenmiş ve nefessiz bıraktı.

Christian eğilip omzumu öptükten sonra içimden çıktı. Kollarını etrafıma sararak başını sırtımın ortasına yasladı ve ikimiz de yatağa abanmış halde, öylece durduk. Ne kadar sürdü? Saniyeler? Hatta nefesimiz normale dönerken, dakikalar. Karnımdaki sızı kaybolmuştu ve tek hissettiğim, gevşetici ve tatmin edici bir dinginlikti.

Christian kıpırdanarak sırtımı öptü. "Sanırım bana bir dans borcunuz var, Bayan Steele," diye mırıldandı.

Sızının yokluğunun tadını çıkararak ve birleşme sonrasının hazzını yaşayarak, "Hımm," diye karşılık verdim.

Geri çekilip oturdu ve beni kucağına doğru çekti. "Çok fazla vaktimiz yok. Haydi." Saçlarımı öptü ve beni ayağa kalkmaya zorladı.

Homurdansam da yatağın kenarına oturdum ve külotumu yerden alıp üzerime geçirdim. Hiç acele etmeden sandalyeye, elbisemi almaya gittim. Serinkanlı bir ilgiyle, kaçamak buluşmamız sırasında ayakkabılarımı çıkarmamış olduğumu fark ettim. Christian üstünü başını ve saçlarını düzeltmiş, papyonunu bağlamaya çalışıyordu.

Elbisemi üzerime geçirirken, ilan panosundaki fotoğraflara göz attım. Christian o zaman bile muhteşem olan asık suratlı bir ergendi. Elliot ve Mia'yla birlikte kayak pistinde, nerede olduğuna dair bir ipucu görevi üstlenen Arc de Triomphe'la tek başına Paris'te, Londra'da, New York'ta, Grand Canyon'da, Sidney Opera Binası'nda, hatta Çin Seddi'nde... Efendi Grey çok genç yaşta çok yer gezmişti.

Sayısız konser biletinin koçanları da duruyordu: U2, Metallica, Verve, Sheryl Crow, Prokofiev'in *Romeo ve Jülyet*'ini sahneleyen New York Filarmoni Orkestrası. Ne karışım! Ve bir köşede genç bir kadının, pasaport ölçülerinde fotoğrafı duruyordu. Siyah-beyaz fotoğraftaki yüz tanıdık geliyordu, ama kim olduğunu bir türlü çıkaramıyordum. Tanrı'ya şükürler olsun, Bayan Robinson değildi.

"Bu kim?" diye sordum.

Ceketini üzerine geçirip papyonunu düzeltirken, "Önemli biri değil," dedi. "Fermuarını kapatayım mı?"

"Lütfen. O zaman panonda ne işi var?"

"Dikkatimden kaçmış. Papyonum nasıl?" Küçük bir oğlan çocuğu gibi çenesini kaldırdı, sırıtarak papyonunu düzelttim.

"Şimdi mükemmel."

"Senin gibi," diye mırıldandı ve beni kendine çekip tutkuyla öptü. "Kendini daha iyi hissediyor musun?"

"Hem de çok, teşekkürler, Bay Grey."

"O zevk bana ait, Bayan Steele."

Davetliler dans pistinde toplanıyorlardı. Christian sırıtarak –tam zamanında gelmiştik– beni damalı zemine çekti.

"Ve şimdi, bayanlar ve baylar, ilk dans zamanı. Bay ve Bayan Grey, hazır mısınız?" Carrick, eli Grace'in belinde, başıyla onayladı.

"İlk dans açık arttırmasının bay ve bayanları, hazır mısınız?" Hepimiz başımızla onay verdik. Mia tanımadığım biriyle birlikteydi. Sean'a ne olmuştu acaba?

"O zaman başlayalım. Söz sende, Sam!"

Genç bir adam sıcak alkışlar arasında sahneye yürüdü, arkasındaki orkestraya dönüp parmaklarını şaklattı. *I've Got You Under My Skin*'in[13] tanıdık ezgisi havayı kapladı.

Christian beni gülümseyerek kollarının arasına çekti ve hareket etmeye başladı. Ah, o kadar iyi dans ediyordu ki onu takip etmek çok kolaydı. Beni dans pistinde çevirirken, birbirimize iki aptal gibi sırıtıyorduk.

Christian bana yukarıdan bakarken, "Bu şarkıyı severim," diye mırıldandı. "Duruma çok uygun görünüyor." Artık sırıtmıyordu, ciddileşmişti.

"Sen de benim içimdesin," diye yanıtladım. "Ya da yatak odanda öyleydin."

---

13 (İng.) İçime İşledin (ç. n.)

Dudaklarını büzdü, ama keyiflendiğini gizleyemiyordu.

Beni alay eder gibi azarladı. "Bayan Steele, bu kadar kaba olabileceğinizi hiç bilmiyordum."

"Bay Grey, ben de öyle. Sanırım sebebi yakın zamandaki tecrübelerim olmalı. Ciddi bir eğitimdi."

"İkimiz için de." Christian yine ciddileşmişti. Sanki pistte sadece ikimiz ve orkestra kalmıştık. Kendi özel baloncuğumuzun içinde gibiydik.

Şarkı sona ererken ikimiz de alkışladık. Şarkıcı Sam zarif bir selam verdikten sonra orkestrasını takdim etti.

"Araya girebilir miyim?"

Açık arttırmada bahsi arttıran adamı tanımıştım. Christian beni gönülsüzce bıraktı, ama aynı zamanda eğlenir gibiydi.

"Keyfine bak. Ana, seni John Flynn'le tanıştırayım. John, Anastasia."

Siktir!

Christian sırıttı ve dans pistinin kenarına doğru uzaklaştı.

Dr. Flynn pürüzsüz bir sesle, "Nasılsınız, Anastasia?" deyince İngiliz olduğunu fark ettim.

"Merhaba," diye kekeledim.

Orkestra yeni bir şarkıya giriş yaparken, Dr. Flynn beni kollarının arasına çekti. Yüzünü göremesem de hayal ettiğimden çok daha gençti. Christian'ınkine çok benzeyen bir maske takmıştı. Christian kadar olmasa da uzun boyluydu. Ve hareketlerinde Christian'ın akıcı zarafeti yoktu.

Ona ne demeliydim? Christian neden böyle bombok mu? Açık arttırmada neden bana oynamıştı? Bu ona sormak istediğim tek şeydi, ama bu kabalık olurdu.

"Sonunda tanıştığımıza çok memnunum, Anastasia. İyi vakit geçiriyor musunuz?" diye sordu.

"Geçiriyordum," diye fısıldadım.

"Ah. Umarım ruh halinizin değişmesinden ben sorumlu değilimdir." Beni biraz rahatlatan kısa ve sıcak bir gülümsemeyle baktı.

"Dr. Flynn, psikiyatr olan sizsiniz; siz söyleyin."

Sırıttı. "Sorun bu, öyle değil mi? Psikiyatr kısmı."

Kıkırdadım. "Ele verebileceklerim için endişe ediyorum, bu yüzden biraz sıkılgan ve rahatsızım. Ve size sadece Christian hakkında sorular sormak istiyorum."

Gülümsedi. Beni bir sırra ortak eder gibi, "Öncelikle bu bir parti, yani görevde değilim," diye fısıldadı. "İkinci olarak, sizinle Christian hakkında konuşamam. Ayrıca," diye takıldı, "anlatması Noel'e kadar sürer."

Şaşkınlıkla iç geçirdim.

"Doktorlara özgü bir espri, Anastasia."

Utançtan kızardım, ama sonra biraz kızdığımı hissettim. Christian'la alay eden bir espri yapmıştı. "Christian'a söylediklerimi doğruladınız... Sizin pahalı bir şarlatan olduğunuzu söylemiştim," diye çıkıştım.

Dr. Flynn bir homurtu çıkararak güldü. "Doğru bir noktaya değinmiş olabilirsiniz."

"İngiliz misiniz?"

"Evet. Londra kökenliyim."

"Kendinizi nasıl burada buldunuz?"

"Mutlu bir tesadüf."

"Renginizi pek belli etmiyorsunuz, değil mi?"

"Anlatacak pek bir şey yok. Gerçekten çok sıkıcı bir insanımdır."

"Kendinizi küçümseyen bir yorum."

"İngilizlere has bir özellik. Milli karakterimizin bir parçası."

"Ah."

"Ayrıca ben de sizi aynı şeyle itham edebilirim, Anastasia."

"Yani ben de sıkıcı bir insan mıyım, Dr. Flynn?"

Bir homurtu çıkardı. "Hayır, Anastasia. Siz de kendinizi pek ele vermiyorsunuz."

"Ele verecek pek bir şey yok." Gülümsedim.

"Buna gerçekten katılmıyorum." Beklenmedik bir şekilde, kaşlarını çattı.

Kızardım, ama müzik sona ermişti ve Christian yeniden yanımdaydı. Dr. Flynn beni bıraktı.

"Sizinle tanışmak zevkti, Anastasia." Dr. Flynn bana sıcak gülümsemesini son bir kez daha gönderirken, kendimi gizli bir testten geçirilmiş gibi hissettim.

"John." Christian onu selamladı.

"Christian." Dr. Flynn de selamına karşılık verdi, sonra dönüp kalabalığın arasında kayboldu.

Christian bir sonraki dans için beni yeniden kollarının arasına çekti.

"Beklediğimden çok daha gençmiş," diye mırıldandım. "Ve korkunç patavatsız."

Christian başını yana eğdi. "Patavatsız mı?"

"Ah, evet, bana her şeyi anlattı," diye alay ettim.

Christian gerilmişti. "Pekâlâ, bu durumda çantanı alayım. Artık benimle hiçbir alakan olsun istemiyorsundur," dedi usulca.

Durdum. "Bana hiçbir şey anlatmadı!" Sesim telaşlıydı.

Yüzü rahatlamayla dolmadan önce, Christian gözlerini kırpıştırdı. Beni tekrar kollarının arasına çekti. "O zaman dansın tadını çıkaralım." Beni güven veren bir gülümsemeyle etrafında çevirdi.

Gitmek isteyebileceğimi neden düşünmüştü ki? Hiç mantıklı değildi.

İki şarkı boyunca daha dans ettikten sonra tuvalete gitmem gerektiğini fark ettim.

"Fazla uzun sürmez."

Tuvalete doğru yürürken çantamı masanın üstünde bıraktığımı hatırlayıp çadıra yöneldim. İçerisi hâlâ aydınlıktı, ama diğer uçta kalan bir çift dışında –ki kendilerine bir oda bulsalar gerçekten iyi olurdu– neredeyse tamamen boştu. Çantama uzandım.

"Anastasia?"

Yumuşacık sesle irkildim ve arkama dönünce, siyah kadifeden, uzun, dar bir tuvalet giymiş bir kadın gördüm. Maskesi eşsizdi. Yüzünü burnuna kadar örttüğü yetmezmiş gibi, saçlarını da kapatıyordu. Detaylı altın süslemeleriyle göz alıcıydı.

Yumuşak bir sesle, "Tek başına olmana sevindim," dedi. "Akşamın başından beri seninle konuşmak istiyordum."

"Özür dilerim, kim olduğunuzu bilmiyorum."

Maskeyi yüzünden çekip saçlarını saldı.

Siktir! Bayan Robinson'du.

"Özür dilerim. Seni korkuttum."

Ağzım açık bakakalmıştım. *Lanet olsun. Bu kadın benden ne istiyor?*

Çocuk tacizcileriyle tanışırken geçerli olan sosyal adetleri bilmiyordum. Tatlı bir gülümsemeyle masaya oturmamı işaret ediyordu. Ne yapacağımı bilemediğim için, sersem bir nezaketle ve maskemin yüzümde olmasına minnet duyarak söylediğini yaptım.

"Kısa tutacağım, Anastasia. Hakkımda ne düşündüğünü biliyorum. Christian anlattı."

Ona hiçbir şey belli etmeden duygusuz gözlerle baktım, ama biliyor olmasına sevinmiştim. Böylece kendim söylemekten kurtulmuştum ve hemen sadede gelecekti. Bir yanım bana söyleyecek neyinin olabileceği konusunda deli gibi meraklanıyordu.

Duraksadı ve omzumun üstünden arkama bakarak, "Taylor bizi izliyor," dedi.

Arkama dönünce, Taylor'ı girişin yanında, gözleriyle çadırı tararken buldum. Sawyer da yanındaydı. Bizden başka her yere bakıyorlardı.

"Bak, çok fazla vaktimiz yok," dedi aceleyle. "Christian'ın sana âşık olduğu sence de aşikar olmalı. Onu hiç böyle görmemiştim. Hiç." Son kelimeyi vurgulamıştı.

Ne? Bana âşık mı? Hayır. Bu kadın bunu bana neden söylüyordu? Beni rahatlatmak için mi? Anlamıyordum.

"Bunu sana söylemez, çünkü büyük olasılıkla, benim ona söylediklerime rağmen, kendisi de farkında değil. Ama Christian işte. Sahip olabileceği olumlu duygu ya da hislere pek alışkın değildir. Olumsuza gereğinden fazla kafa yorar. Ama herhalde bunu sen de çözmüşsündür. Layık olmadığını düşünür."

Başım dönüyordu. *Christian beni seviyor mu?* Bunu bana söylememişti; üstelik ne hissettiğini ona bu kadın mı söylemişti? Çok tuhaftı!

Zihnimde yüzlerce görüntü dans ediyordu: iPad, planör, beni görmek için uçağa atlayıp gelişi, bütün davranışları, sahiplenmesi, bir dans için 100.000$ ödemesi. Bu aşk mıydı?

Ve bunu bu kadından duymak, bu bilgiyi bana onun doğruluyor olması, dürüst olmam gerekirse, hoş değildi. Christian'ın kendisinden duymayı tercih ederdim.

Yüreğim sıkıştı. Kendini layık hissetmiyor muydu? Neden?

"Onu hiç bu kadar mutlu görmedim ve senin de ona karşı duyguların olduğu çok belli." Dudakları geçici bir gülümsemeyle kıvrıldı. "Bu harika. İkinize her şeyin en iyisini diliyorum. Ancak benim söylemek istediğim, onu bir kez daha incitecek olursan, genç bayan, seni bulurum ve bu hiç hoş olmaz."

Bana kafatasımın derinliklerine kadar işleyen, maskemin altına süzülmeye çalışan buz gibi bir bakışla baktı. Tehdidi o kadar şaşırtıcı, o kadar alışılmışın dışındaydı ki, istem dışı, hayret dolu bir kıkırtı koyuverdim. Bana söyleyebileceği onca şey arasında, bu en az beklediğimdi.

Hoşnutsuz bir sesle, "Bunu komik mi buluyorsun, Anastasia?" diye kekeledi. "Onu geçen cumartesi görmedin."

Yüzüm düştü ve karardı. Mutsuz bir Christian düşüncesi hiç hoş değildi ve geçen cumartesi onu terk etmiştim. Ona gitmiş olmalıydı. Bu düşünce içimi bulandırmıştı. Neden burada oturmuş, bunca insan arasında bu kadının saçmalıklarını dinliyordum ki? Ona dikkatle bakarak yavaşça ayağa kalktım.

"Cüretinize gülüyorum, Bayan Lincoln. Christian ve benim sizinle hiçbir işimiz yok. Ve eğer onu terk edersem ve siz peşime düşerseniz sizi bekliyor olacağımdan şüpheniz olmasın. Belki de, taciz ettiğiniz ve büyük olasılıkla eskisinden daha bombok bir duruma soktuğunuz on beş yaşındaki çocuk için, size kendi acı ilacınızı tattırabilirim."

Ağzı açık kalmıştı.

"Şimdi izin verirseniz, vaktimi sizinle harcamaktansa yapacak daha iyi şeylerim var." Adrenalin ve öfke vücudumun dört bir yanına hücum ederken döndüm ve Taylor'ın durduğu girişe, telaşlı ve endişeli görünen Christian'la aynı anda vardım.

"Demek buradasın," diye mırıldandı ve Elena'yı görünce kaşları çatıldı.

Hiçbir şey söylemeden, ona ikimizden birini seçme şansı sunarak, yanından geçtim. Doğru tercihi yaptı.

"Ana," diye seslendi. Durdum ve tam bana yetiştiği anda ona döndüm. "Sorun ne?" Bana yüzüne kazınmış endişeyle bakıyordu.

"Neden eski sevgiline sormuyorsun?" diye tısladım.

Ağzı çarpılırken, bakışları buz kesti. "Sana soruyorum," derken sesi yumuşaktı, ancak çok daha tehditkâr bir şeyin tınısını taşıyordu.

Birbirimize dik dik baktık.

Pekâlâ, ona anlatmazsam bu işin sonunun kavga olacağını görebiliyordum. "Beni, senin canını bir kez daha yakacak olursam peşime düşmekle tehdit etti. Büyük olasılıkla elinde bir kamçıyla," diye patladım.

Yüzüne büyük bir rahatlama yayılırken, dudakları keyifle kıvrıldı. "Demek hâlâ durumun ironisini görebiliyorsun." Ne kadar eğlendiğini belli etmemeye çalıştığını görebiliyordum.

"Hiç komik değil, Christian!"

"Hayır, haklısın. Onunla konuşurum." Aldığı keyfi saklamaya çalışıyordu, ciddi ifadesini takınmıştı.

"Bunu yapmayacaksın." Kollarımı göğsümde kavuştururken, öfkem bir kez daha parlamıştı.

Çıkışım karşısında afallayarak gözlerini kırpıştırdı.

"Bak, finansal olarak ona *bağlı* olduğunu anlıyorum, kelime oyununu hoş gör, ama..." durdum. Ondan ne yapmasını istiyordum? Kadından vazgeçmesini mi? Onu görmeye son vermesini mi? Bunu yapabilir miydim? "Tuvalete gitmem gerek." Gergin bir çizgi halini alan ağzımla ona dik dik baktım.

İç geçirerek başını yana eğdi. Daha seksi görünebilir miydi acaba? Sebebi maske miydi acaba?

"Lütfen kızma. Burada olduğunu bilmiyordum. Gelmeyeceğini söylemişti." Ses tonu, bir çocukla konuşurcasına sakinleştiriciydi. Elini uzatıp başparmağını sarkıttığım alt dudağımın üstünde dolaştırdı. "Elena'nın akşamımızı mahvetmesine izin verme lütfen, Anastasia. O eski bir hikâye artık."

Christian çenemi kaldırıp dudaklarını dudaklarıma değdirirken, büyük bir merhametsizlikle, *yaşlı daha doğru bir kelime olurdu*, diye düşündüm. Gözlerimi kırpıştırarak iç geçirdim. Doğruldu ve dirseğimi tuttu.

"Yoluna yeni bir engel çıkmaması için, sana tuvalete kadar eşlik edeceğim."

Beni çimlerin üstünden lüks mobil tuvaletlere götürdü. Mia tuvaletlerin bu davet için getirildiğini söylemişti ama bu kabinlerin böyle lüks ötesi versiyonlarının olduğunu bilmezdim.

"Seni burada bekleyeceğim, bebek," diye mırıldandı.

Tuvaletten çıktığımda yumuşamıştım. Bayan Robinson'un akşamımı mahvetmesine izin vermeyecektim; çünkü büyük olasılıkla istediği buydu. Christian yakınlarda gülüşerek sohbet eden birkaç misafirin duyamayacağı bir mesafede telefondaydı. Yaklaşınca onu duyabildim. Ses tonu çok sertti.

"Fikrini neden değiştirdin? Anlaştığımızı sanıyordum: Pekâlâ, onu rahat bırak. Bu sahip olduğum ilk düzgün ilişki ve senin yersiz bir korkuyla riske atmanı istemiyorum. Onu rahat bırak. Ciddiyim, Elena." Durup, dinledi. "Hayır, elbette hayır." Bunu söylerken kaşları çatılmıştı. Kafasını kaldırınca, beni ona bakarken buldu. "Gitmeliyim. İyi geceler." Kapatma düğmesine bastı.

Başımı yana yatırdım ve tek kaşımı kaldırdım. Neden ona telefon etmişti?

"Eski hikâye nasılmış?"

Küçümser bir tavırla, "Huysuz," dedi. "Biraz daha dans etmek ister misin? Yoksa gitmeyi mi tercih edersin?" Saatine baktı. "Havai fişekler beş dakika içinde başlayacak."

"Havai fişeklere bayılırım."

"O zaman kalıp seyredelim." Beni koluyla sarıp kendine çekti. "Lütfen aramıza girmesine izin verme."

"Seni önemsiyor," diye mırıldandım.

"Evet, ben de onu... arkadaş olarak."

"Bence onun için arkadaşlıktan daha fazlası var."

Alnı kırıştı. "Anastasia, Elena ve ben... Bu karmaşık bir durum. Bizim ortak bir geçmişimiz var. Ama hepsi bu, geçmiş. Sana tekrar tekrar söylediğim gibi, o iyi bir dost. Hepsi bu. Lütfen onu unut." Saçlarımı öptü ve geceyi mahvetmemek için vazgeçtim. Sadece anlamaya çalışıyordum

El ele dans pistine döndük. Orkestra hâlâ tam gaz devam ediyordu.

"Anastasia."

Arkama dönünce, Carrick'i gördüm.

"Bir sonraki dansı bana lütfeder misin diye soracaktım." Carrick elini bana uzatınca Christian omuz silkti, gülümseyerek elimi bıraktı ve ben de Carrick'in beni dans pistine çekmesine izin verdim. Orkestranın lideri Sam, *Come Fly With Me*'ye[14] giriş yapmıştı. Carrick kolunu belime atıp beni kalabalığın arasında, nazik hareketlerle döndürmeye başladı.

"Hayır kurumumuza yaptığın cömert katkı için teşekkür etmek istedim, Anastasia."

Ses tonundan, o paranın altından kalkıp kalkamayacağımı öğrenmeye çalıştığını anlamıştım.

"Bay Grey."

"Lütfen bana Carrick de, Ana."

"Katkıda bulunabilmekten çok mutluyum. Elime beklenmedik bir para geçti. İhtiyacım yok. Ve bu çok değerli bir amaç."

Bana gülümsedi. Masum birkaç soru için elime fırsat geçmişti. Bilinçaltım, *günü yakala*, diye tısladı.

Bunun, Carrick'i gizemli oğluna dair küçük bir bilgi vermeye teşvik edeceğini umarak, "Christian bana geçmişinden biraz bahsetti. Bu yüzden çalışmanızı desteklemenin uygun olduğunu düşünüyorum," diye ekledim.

---

14 (İng.) Gel benimle uç. (ç. n.)

Carrick şaşırmıştı. "Öyle mi? Alışılmamış bir şey. Üzerinde gerçekten olumlu bir etki yaratmışsın, Anastasia. Onu daha önce bu kadar rahat gördüğümü sanmıyorum."

Kızardım.

"Özür dilerim, niyetim seni utandırmak değildi."

"Şey, sınırlı tecrübeme dayanarak, onun çok sıra dışı bir adam olduğunu söyleyebilirim," diye mırıldandım.

Carrick usulca, "Öyledir," dedi.

"Bana anlattıklarına göre, Christian'ın çocukluk dönemi çok travmatikmiş."

Carrick çizgiyi aştığımı belirtircesine kaşlarını çattı.

"Polis onu getirdiğinde karım görevdeydi. Bir deri bir kemikti ve fena halde su kaybı yaşıyordu. Konuşmuyordu." Carrick, etrafımızı saran tempolu müziğe rağmen, feci anıda kaybolmuşa benziyordu. "Aslında, neredeyse iki yıl boyunca konuşmadı. Zaman içinde kabuğundan çıkmasını sağlayan piyano çalmak oldu. Ah, ve tabii Mia'nın gelişi." Bana sevgiyle gülümsedi.

"Çok güzel çalıyor. O kadar çok şey başarmış ki onunla gurur duyuyor olmalısınız." Sesim dalgın çıkmıştı. *Tanrı aşkına. Demek iki sene boyunca konuşmamış.*

"Fazlasıyla. Çok kararlı, çok becerikli, parlak bir genç adam. Ama aramızda kalsın, Anastasia, annesi ve benim için asıl mutluluk onu bu akşamki gibi kaygısız, yaşına uygun davranırken görmek. Bugün ikimiz de aynı şeyi konuştuk. Sanırım bunun için sana teşekkür etmemiz gerek."

Sanırım saç diplerime kadar kızarmıştım. Buna nasıl cevap vermem gerekirdi?

"Her zaman o kadar yalnız ki. Onu biriyle göreceğimizi hiç düşünmemiştik. Her ne yapıyorsan, lütfen devam et. Onu mutlu görmek istiyoruz." Çizgiyi aşmış gibi birden durdu. "Özür dilerim. Niyetim seni rahatsız etmek değildi."

Başka ne diyeceğimi bilemeyerek başımı salladım. "Ben de onu mutlu görmek isterim."

"Pekâlâ, bu akşam gelmene gerçekten çok memnun oldum. İkinizi bir arada görmek gerçek bir keyifti."

Come Fly With Me'nin son notaları duyulurken, Carrick beni bırakıp önümde eğildi. Ben de onun kibarlığına yakışan bir reveransla karşılık verdim.

"Yaşlı adamlarla bu kadar dans yeter." Christian yine yanımdaydı. Carrick güldü.

"'Yaşlı' kısmını abartmayalım, oğlum. Benim de iyi zamanlarım oldu." Carrick bana muzip bir tavırla göz kırptı ve ağır adımlarla kalabalığa doğru yürüdü.

Christian babasının kalabalığın arasında kaybolmasını izlerken, "Sanırım babam senden hoşlanıyor," diye mırıldandı.

Kirpiklerimin arasından cilveli bir bakış atarak, "Hoşlanılmayacak gibi miyim?" dedim.

"İyi bir noktaya parmak bastınız, Bayan Steele." Orkestra *It Had to Be You*'yu[15] çalmaya başlarken, beni kollarının arasına aldı.

Baştan çıkarıcı bir sesle, "Dans et benimle," diye fısıldadı.

"Zevkle, Bay Grey." Ona gülümseyerek karşılık verdim ve bir kez daha beni dans pistinde döndürmeye başladı.

Gece yarısı, diğer misafirlerin havai fişekleri izlemek için toplandıkları, çadır ve kayıkhane arasında kalan kıyıya yürüdük. Yeniden mikrofona geçen tören sunucusu, gösterinin daha iyi görülebilmesi için maskelerin çıkarılmasına izin vermişti. Christian'ın kolu beni sarıyordu, ama artık kalabalığın içinde olduğumuz için Taylor ve

15 (İng.) Sen olmalıydın. (ç. n.)

Sawyer'ın da yakınlarda olduklarından emindim. Simsiyah giyimli iki görevlinin son hazırlıkları yapmakta oldukları rıhtımın dışında kalan her yeri gözleriyle tarıyorlardı. Taylor'ı görmek bana Leila'yı anımsatmıştı. Belki o da buradaydı. Kahretsin. Bu düşünce içimi ürpertince Christian'a iyice sokuldum. Beni kendine doğru çekerken, eğilip yüzüme baktı.

"İyi misin, bebeğim? Üşüdün mü?"

"İyiyim." Arkama bakınca isimlerini unuttuğum diğer iki güvenlik görevlisinin de yakınımızda olduklarını gördüm. Christian beni önüne geçirdi ve kollarını omuzlarıma atıp bana sıkıca sarıldı.

İki fişek rıhtımın üstünden, klasik bir film müziği eşliğinde bir anda göğe fırladı ve körfezin üstünde kulakları sağır eden bir gürültüyle patlayarak, alanı, sükûnetini koruyan sulara ışıltılı bir sağanakla yansıyan ışıl ışıl, turuncu beyaz bir sayvanla aydınlattı. Daha sonra çok sayıda fişek havaya fırlayıp bir kaleydoskobu andıran görüntüler oluşturarak patlarken ağzım açık kalmıştı.

Hiç bu kadar etkileyici bir havai fişek gösterisi izlediğimi hatırlamıyordum. Belki televizyonda, ama ekranda hiç bu kadar iyi görünmezdi. Her şey müzikle uyumluydu. Kalabalık, iç çekişler, ohlar ve ahlarla karşılık veriyordu. Başka bir dünyadan gelme bir şeydi bu.

Gümüş rengi kıvılcımlar maviden, kırmızıya, turuncuya ve yeniden gümüş rengine dönüşerek altı metre yüksekten şelale gibi körfeze dökülürken kreşendoya erişen müzik eşliğinde yeni fişekler patlıyordu.

Yüzüm, üzerine yapışan hayranlık sırıtışı yüzünden acımaya başlamıştı. Elli'ye baktım; o da bu etkileyici gösteriyi bir çocuk hayranlığıyla izlerken benden farklı durumda değildi. Finalde, altı fişek karanlığın içine fırlayıp aynı anda infilak ederek bizi altın rengi muhteşem bir ışıkla yıkayınca kalabalıktan çılgın ve heyecanlı bir alkış koptu.

Tezahürat ve ıslıklar yatışırken, sunucu, "Bayanlar ve baylar," diye seslendi. "Bu harika akşamın sonunda son bir not eklemek istiyorum: Cömertliğiniz sayesinde bir milyon sekiz yüz elli üç bin dolar toplandı!"

Bir alkış daha koptu ve uzakta, şamandırada, gümüş rengi kıvılcımların oluşturduğu "Birlikte Baş Ettiğiniz İçin Teşekkürler" mesajı aydınlanarak suyun üstünde dans etmeye başladı.

"Ah, Christian, bu harikaydı." Ona sırıtarak bakınca beni öpmek için üzerime eğildi.

Güzel yüzünde kocaman bir gülümsemeyle, "Gitme zamanı," diye mırıldandı. Sözleri o kadar çok vaadi içinde barındırıyordu ki.

Birden kendimi çok yorgun hissettim.

Kafasını kaldırıp baktı ve kalabalık dağılırken, Taylor hemen yanı başımızda belirdi. Konuşmadılar, ama aralarında sessiz bir iletişim oldu.

"Biraz yanımda kal. Taylor kalabalık dağılırken beklememizi istiyor."

Ah.

"Sanırım havai fişek gösterisi onu yüz yaş yaşlandırdı," diye ekledi.

"Havai fişekleri sevmez mi?"

Christian bana sevecenlikle bakarak kafasını salladıysa da konuyu daha fazla uzatmadı.

"Bu durumda, Aspen'e gidiyoruz," dedi ve dikkatimi dağıtmaya çalıştığını anladım. İşe yaramıştı.

"Ah... Parasını ödemedim," diye iç çektim.

"Çek gönderebilirsin. Bende adresleri var."

"Gerçekten kızdın mı?"

"Evet, kızdım."

Sırıttım. "Suçu sana ve toplarına atıyorum."

"Bayağı etkilenmiş durumdaydınız, Bayan Steele. Yanlış hatırlamıyorsam sonucu hayli tatmin edici oldu." Şehvetli bir gülümsemeyle, "Bu arada, neredeler?" diye sordu.

"Gümüş toplar mı? Çantamda."

"Geri almak isterim. Masum ellerine bırakılmayacak kadar güçlü bir aygıt."

"Onları belki de bir başkasıyla tekrar kullanmamdan mı korkuyorsun yoksa?"

Serinkanlı bir tavır ve gözlerinde tehlikeli bir ışıltıyla, "Böyle bir şeyin olmayacağını sanıyorum," dedi. "Ama bütün hazzını kendime istiyorum."

Vay canına. "Bana güvenmiyor musun?"

"Elbette güveniyorum. Şimdi geri alabilir miyim, lütfen?"

"Bir düşüneyim."

Bana gözlerini kısarak baktı.

Dans pistinde müzik tekrar başlamıştı, ama bu kez bir DJ dans parçaları çalıyor, bas insafsız bir ritimle zonkluyordu.

"Dans etmek ister misin?"

"Gerçekten yorgunum, Christian. Sakıncası yoksa gitmek istiyorum."

Christian, Taylor'a baktı. Taylor başıyla onaylayınca bir dizi sarhoş misafirin peşinden eve doğru yürüdük. Christian'ın elimi tutmasına minnettardım, ayaklarım yüksek topuklar ve ayakkabıların sıkı bantları yüzünden acıyordu.

Mia zıplayarak yanımıza geldi. "Gitmiyorsunuz, değil mi? Gerçek müzik daha yeni başlıyor. Haydi, Ana." Elime yapıştı.

Christian onu, "Mia," diye azarladı. "Anastasia yorgun. Eve gidiyoruz. Ayrıca yarın büyük bir gün olacak."

Öyle mi olacak?

Mia surat astıysa da şaşırtıcı bir şekilde, Christian'ı zorlamadı.

"Haftaya bir ara yine gelmelisiniz. Belki birlikte alışverişe gideriz."

Zihnimin gerisinde, *Hayatımı kazanmak için çalışmak zorundayken, bu nasıl olacak,* diye düşünsem de, "Elbette, Mia," diye sırıttım.

Beni hızlı bir şekilde öptükten sonra Christian'ı hararetle kucaklayarak ikimizi de şaşırttı. Daha da hayret verici olan, ellerini doğrudan ceketinin yakalarına yerleştirmesi ve Christian'ın ona anlayışla bakmasıydı.

Mia bütün tatlılığıyla, "Seni böyle mutlu görmek hoşuma gidiyor," dedi ve ağabeyini yanağından öptü. "Güle güle. İyi eğlenin." Hızlı adımlarla, maskesi yokken çok daha asık suratlı görünen Lily'nin de aralarında olduğu arkadaşlarına doğru yürüdü.

Sean nerede acaba diye merak ettim.

"Gitmeden annemlere iyi geceler dileyelim. Gel." Christian beni bir davetli gurubunun arasından, Grace ve Carrick'e götürdü. Bize sevgi ve samimiyetle veda ettiler.

Grace nazik bir tavırla, "Lütfen yine gel, Anastasia," dedi. "Burada olman çok güzeldi."

Onun ve Garrick'in tepkisi beni biraz sarsmıştı. Neyse ki Grace'in anne ve babası çoktan gittikleri için, en azından onların coşkularından kurtulmuştum.

Christian'la huzurlu bir sessizlik içinde, el ele, sayısız aracın misafirleri almak üzere sıralandığı evin ön tarafına yürüdük. Elli'ye baktım. Mutlu görünüyordu. Her ne kadar böyle olaylı bir günden sonra bunun garip olduğunu düşünsem de, onu böyle görmek gerçek bir zevkti.

"Isındın mı?" diye sordu.

"Evet, teşekkürler." Saten şalıma sıkı sıkı sarındım.

"Bu akşamdan gerçekten keyif aldım, Anastasia. Teşekkürler."

"Ben de öyle. Bazı kısımlarından daha da çok." Sırıttım.

O da sırıtarak başını salladı. Sonra alnı kırıştı. Kanımı kaynatan bir sesle, "Dudağını ısırma," diye uyardı.

Dikkatimi dağıtmak için, "Yarının büyük bir gün olacağını söylerken neyi kastettin?" diye sordum.

"Dr. Greene meseleyi halletmeye geliyor. Sana bir sürprizim var."

"Dr. Greene!" Kalakaldım.

"Evet."

"Neden?"

"Çünkü prezervatiflerden nefret ediyorum," dedi yavaşça. Tepkimi anlamaya çalışırken, kâğıt fenerlerin ışığında gözleri parlıyordu.

Bana sormamasına canım sıkılarak, "Bu benim bedenim," diye mırıldandım.

"Aynı zamanda benim de," diye fısıldadı.

Sayısız misafir bizi görmezden gelerek yanımızdan geçerken, ona baktım. O kadar heyecanlı görünüyordu ki. Evet, vücudum onundu... ve o bunu benden daha iyi biliyordu.

Elimi uzattım ve hafifçe irkilse de kıpırdamadı. Ucunu tutup çekince papyonu çözüldü ve gömleğinin en üst düğmesini açığa çıkardı. Düğmeyi yavaşça açtım.

"Böyle seksi görünüyorsun," dedim. Aslında her zaman seksi görünüyordu, ama böyleyken gerçekten daha seksiydi.

Gülümsedi. "Seni eve götürmem gerek. Gel."

Sawyer arabada Christian'a bir zarf verdi. Christian zarfa çatık kaşlarla baktıktan sonra gözlerini bana çevirdi. Arabaya binmeme yardım eden Taylor nedense rahat görünüyordu. Christian da arabaya bindi ve zarfı açmadan bana uzattı. Taylor ve Sawyer öndeki yerlerini aldılar.

"Senin adın yazıyor. Personelden biri Sawyer'a vermiş. Çekimine yakalanmış yeni bir âşık olduğuna hiç şüphe yok." Christian'ın çenesi gerilmişti. Bunun onun için nahoş bir durum olduğu her halinden belliydi.

Nota bakakaldım. Kimdendi acaba? Zarfı yırtıp açtım ve loş ışıkta çabucak okudum. Lanet olsun, ondandı! Neden beni rahat bırakmıyordu?

Seni yanlış değerlendirmiş olabilirim. Ve sen beni kesinlikle yanlış değerlendirmişsin. Sormak istediğin bir şey olursa beni ara; birlikte öğle yemeği yiyebiliriz. Christian seninle konuşmamı istemiyor, ama ben yardımcı olmaktan memnuniyet duyarım. Beni yanlış anlama. İnan bana sizin için mutluyum. Bu yüzden bana yardım et. Onu incitirsen... Zaten yeterince incindi. Beni ara. (206) 279- 6261

Bayan Robinson.

Siktir, imzasını Bayan Robinson diye atmıştı. Christian ona söylemişti demek. *Piç.*

"Ona söyledin mi?"

"Kime neyi söyledim mi?"

"Ona Bayan Robinson dediğimi?" diye çıkıştım.

"Not Elena'dan mı?" Christian şoke olmuştu. "Çok saçma," diye homurdanarak elini saçlarının arasından geçirdi. Sinirlendiğini görebiliyordum. Tatsız bir sesle, "Yarın icabına bakarım. Ya da pazartesi," diye mırıldandı.

Ve her ne kadar itiraf etmeye utansam da memnun olmuştum. Bilinçaltım bilmiş bir tavırla kafasını salladı. Elena onu kızdırıyordu ve bu, tabii ki, sadece iyi olabilirdi. Şimdilik bir şey söylememeye karar vererek notu çantama tıktım ve keyfini yerine getirmesi garanti bir jestle, topları ona iade ettim.

"Bir dahaki sefere kadar," diye mırıldandım.

Bana bakarken, karanlıkta yüzünü görmek zordu, ama sanırım sırıtıyordu. Elime uzanıp sıktı.

Gözlerimi pencereden dışarı çevirdim ve bu uzun günü düşündüm. Christian hakkında çok şey öğrenmiş, eksik pek çok parçayı birleştirmiştim. Güzellik salonları, temas haritaları, çocukluğu. Ama hâlâ keşfedilecek pek çok şey vardı. Ya Bayan R.? Evet, Christian'ı önemsiyordu, görünüşe bakılırsa çok. Bunu görebiliyordum. Christian da onu önemsiyordu, ama aynı şekilde değil. Artık ne düşüneceğimi bilemiyordum. Bütün bu bilgiler başımı ağrıtıyordu.

Christian beni tam Escala'nın önüne yanaşırken uyandırdı. Usulca, "Seni taşımama gerek var mı?" diye sordu.

Uyku mahmurluğuyla başımı salladım. *Asla.*

Asansörde başımı omzuna dayayıp ona yaslanarak durdum. Sawyer önümüzde duruyor, huzursuzluk içinde kıpırdanıyordu.

"Uzun bir gün oldu, değil mi, Anastasia?"

Başımla onayladım.

"Yorgun musun?"

Başımı tekrar salladım.

"Çok konuşkan değilsin.

Başımı yine sallayınca sırıttı.

"Gel. Seni yatırayım." Asansörden çıkarken elimi tuttu, ama Sawyer elini kaldırınca girişte durduk. Bir anda, tamamen uyanmıştım. Sawyer koluna doğru eğilip bir şeyler söyledi. Üzerinde telsiz taşıdığının farkında bile değildim.

"Tamamdır, T," dedi ve yüzünü bize çevirdi. "Bay Grey, Bayan Steele'nin Audi'sinin lastikleri parçalanmış ve üzerine boya atılmış."

Lanet olsun. Arabam! Bunu kim yapardı ki? Ve cevabı, daha soru zihnimde biçimlenirken buldum. Leila. Christian'a baktım. Rengi atmıştı.

"Taylor saldırganın daireye de girdiğinden ve hâlâ içeride olabileceğinden şüpheleniyor. Emin olmak istiyor."

Christian, "Anlıyorum," diye fısıldadı. "Taylor'ın planı nedir?"

"Servis asansörüyle, Ryan ve Reynolds'la birlikte yukarı çıkıyor. Bize arama yaptıktan sonra giriş izni verecekler. Ben sizinle bekleyeceğim, efendim."

"Teşekkürler, Sawyer." Christian kolunu bana iyice sardı. Burnunu saçlarıma sürterken, tatsız bir sesle, "Gün gittikçe güzelleşiyor," dedi. "Dinle, burada durup bekleyemem, Sawyer. Sen Bayan Steele'e göz kulak ol. Giriş izni olmadan içeri alma. Taylor'ın aşırı tepki verdiğinden eminim. Buraya girmiş olamaz."

Ne? "Hayır, Christian, sen de benimle kalmalısın," diye yalvardım.

Christian beni bıraktı. "Sana söylediğimi yap, Anastasia. Burada bekle."

Hayır!

"Sawyer?" dedi Christian.

Sawyer hol kapısını açıp Christian'ın daireye girmesine izin verdikten sonra kapının önüne dikildi ve ifadesiz gözlerini bana dikti.

Lanet olsun. Christian! Aklımdan her tür dehşet verici durum geçerken, tek yapabildiğim orada beklemekti.

BÖLÜM SEKİZ

Sawyer bir kez daha kolundaki vericiye konuşuyordu. "Taylor, Bay Grey daireye girdi." Yüzünü buruşturarak kulaklığını tuttu ve tahminen Taylor'dan güçlü bir sövgü işiterek kulağından çekti.

Ah, hayır... eğer Taylor endişeliyse...

"Lütfen içeri girmeme izin ver," diye yalvardım.

"Üzgünüm, Bayan Steele. Uzun sürmeyecek." Sawyer savunmaya geçer gibi, iki elini birden havaya kaldırdı. "Taylor ve çocuklar tam şu anda daireye çıkmak üzereler."

Ah, kendimi o kadar güçsüz hissediyordum ki. Kıpırtısız halde duruyor, en ufak sese kulak kesiliyordum, ama tek duyabildiğim hızlanan nefesimdi. Gürültülü ve sığdı. Kafa derim karıncalanıyordu, ağzım kurumuştu ve kendimi tuhaf hissediyordum. *Lütfen Christian'a bir şey olmasın,* diye yalvardım.

Ne kadar zaman geçtiğine dair hiçbir fikrim yoktu, ama hâlâ hiç ses duymamıştık. Elbette hiç ses olmaması iyiydi, silah sesi yoktu. Girişteki masanın etrafında gidip gelmeye, dikkatimi dağıtmak için duvarlardaki tabloları incelemeye başladım.

Bu tablolara daha önce hiç gerçekten bakmamıştım. Hepsi simgesel ve dinî tablolardı. On altısında da Meryem ve bebek İsa vardı. Ne garip.

Christian dindar değildi, öyle değil mi? Salondaki tabloların tamamı soyuttu; buradakiler onlardan o kadar farklıydı ki. Ama beni uzun süre oyalayamadılar. *Christian nerede?*

Sawyer'a baktım. Duygusuz bir ifadeyle beni izliyordu.

"Ne oluyor?"

"Haber yok, Bayan Steele."

Birden, kapı tokmağı hareket etti. Sawyer son hızla dönerken, omuz askısından bir tabanca çekti.

Donakalmıştım. Christian kapıda belirdi.

Sawyer'a çatık kaşlarla, "Temiz," deyince, koruma, silahını derhal kaldırdı ve beni içeri almak için geri çekildi.

Christian bana elini uzatırken, "Taylor büyütüyor," diye homurdandı. Kıpırdamaktan aciz, ağzım açık ona bakıyor, bütün detayları –dağınık saçlarını, gözlerindeki gerilimi, gergin çenesini, gömleğinin açık duran iki düğmesini– zihnime kaydediyordum. Sanırım on yıl yaşlanmış olmalıydım. Christian karanlık gözler ve endişeyle kaşlarını çattı.

"Her şey yolunda, bebeğim." Bana doğru yaklaştı ve sarılarak saçlarımı öptü. "Gel, yorgunsun. Yatağa."

Başım göğsüne yaslı, kollarının arasında olmanın keyfini çıkararak tatlı tatlı kokusunu içime çekerken, "O kadar endişelendim ki," diye mırıldandım.

"Biliyorum. Hepimiz diken üstündeyiz."

Sawyer muhtemelen dairenin içinde gözden kaybolmuştu.

Alaycı bir tavırla, "Dürüst olmam gerekirse, eski sevgilileriniz zorlu kadınlar çıktı, Bay Grey," diye mırıldandım. Christian biraz gevşedi.

"Evet. Öyleler."

Kollarını çözdü ve elimi tutup beni koridordan salona soktu.

"Taylor ve ekibi bütün dolapları kontrol ediyorlar. Burada olduğunu sanmıyorum."

"Neden burada olsun ki?" Hiç mantıklı gelmiyordu.

"Aynen."

"İçeri girebilir miydi?"

"Ben nasıl girebileceğini anlayamıyorum. Ama Taylor bazen aşırı temkinli olabiliyor."

"Oyun odanı aradın mı?" diye fısıldadım.

Christian bana hızlı bir bakış attı. Alnı kırışmıştı. "Evet, kilitli ama Taylor ve ben kontrol ettik."

Derin bir nefes aldım.

Christian, "İçecek bir şey ister misin?" diye sordu.

"Hayır." Yorgunluk üzerimden akıyordu. Tek istediğim, yatağa gitmekti.

"Gel. Seni yatırayım. Bitkin görünüyorsun." Christian'ın ifadesi yumuşadı.

Kaşlarımı çattım. O da gelmiyor muydu? Yoksa yalnız uyumak mı istiyordu?

Beni kendi yatak odasına yönlendirince rahatladım. El çantamı şifonyerin üstüne koyup içindekileri boşaltmak için açtım. Bayan Robinson'un notuna göz attım.

"Al." Notu Christian'a uzattım. "Okumak ister misin bilmem. Ben görmezden gelmek istiyorum."

Christian notu hızlıca taradı. Çenesi gerilmişti.

Umursamaz bir tavırla, "Sorularını cevaplayabileceğinden emin değilim," dedi. "Taylor'la konuşmalıyım." Bana baktı. "Elbisenin fermuarını indireyim."

Arkamı dönerken, "Araba için polisi arayacak mısınız?" diye sordum.

Saçlarımı çekti ve parmaklarını sırtımda dolaştırdıktan sonra fermuarımı indirdi.

"Hayır. Polisi işin içine katmak istemiyorum. Leila'nın yardıma ihtiyacı var, polis müdahalesine değil. Ve onları burada istemiyorum. Leila'yı bulma çabalarımızı ikiye katlamamız gerekecek." Eğildi ve omzuma nazik bir öpücük kondurdu.

"Yatağa," diye emretti. Hemen sonra gitmişti.

Gözlerimi tavana dikip gelmesini bekleyerek yattım. Bugün o kadar çok şey olmuştu ki. Üzerine düşünülecek o kadar çok şey vardı ki. Nereden başlamalıydı?

Sıçrayarak ve nerede olduğumu bir an için unutarak uyandım. Uyumuş muydum? Holün, hafif aralık duran kapıdan içeri süzülen loş ışığında gözlerimi kırpıştırırken, Christian'ın yanımda olmadığını fark ettim. Neredeydi? Etrafıma bakındım. Yatağın ayakucunda bir gölge duruyordu. Bir kadın? Siyahlar giymişti sanki? Ayırt etmek güçtü.

Allak bullak bir halde uzanıp başucumdaki ışığı yaktım. Dönüp baktığımda odada kimse yoktu. Başımı salladım. Hayal mi görmüştüm? Rüya mıydı?

Üzerimde belli belirsiz, sinsi bir huzursuzlukla doğrulup oturdum ve odada etrafıma bakındım. Ama yalnızdım.

Yüzümü ovaladım. Saat kaçtı acaba? Christian neredeydi? Çalar saat sabahın iki on beşini gösteriyordu. Şimdi etrafı görebiliyordum. Gecenin dramatik olaylarına verdiğim bir tepki olmalıydı.

Salon boştu. Tek ışık, kahvaltı barının üstündeki üç sarkaç lambadan yayılıyordu. Ama Christian'ın çalışma odasının kapısı aralıktı ve telefondaki sesini duyuyordum.

"Bu saatte neden aradığını bilmiyorum. Sana söyleyecek hiçbir şeyim yok... Tamam, şimdi söyleyebilirsin, mesaj bırakmana gerek yok."

Suçluluk içinde kulak kabartarak hiç kıpırdamadan kapının yanında durdum. Kiminle konuşuyordu?

"Hayır, sen dinle. Senden rica ettim ve şimdi yine söylüyorum. Onu rahat bırak. Seninle hiçbir alakası yok. Anlıyor musun?"

Sesi kavgacı ve öfkeliydi. Kapıyı tıklatmakta tereddüt ettim.

"Öyle olduğunu biliyorum. Ama ciddiyim, Elena. Onu rahat bırak. Kaç kez tekrarlamam gerek? Beni duyuyor musun? İyi. İyi geceler." Telefonu masasına çarparak bıraktı.

Ah, lanet olsun. Çekinerek kapısını tıklattım.

"Ne?" diye hırlayınca neredeyse kaçıp saklanmak istedim.

Başı ellerinin arasında masasında oturuyordu. Kafasını kaldırdığında yüzünde sert bir ifade vardı, ama beni gördüğü anda yumuşayıverdi. Gözleri iri ve temkinliydi. Birden gözüme o kadar yorgun göründü ki, kalbim sancıdı.

Gözlerini kırpıştırdı ve gözleri bacaklarımda bir aşağı bir yukarı gidip geldi. Üzerimde onun tişörtlerinden biri vardı.

"Sen saten ya da ipekler içinde olmalısın, Anastasia," diye soludu. "Ama benim tişörtümün içinde bile güzel görünüyorsun.

Ah, beklenmedik bir iltifat. "Seni özledim. Yatağa gel."

Ağır hareketlerle sandalyesinden kalktı. Üzerinde hâlâ beyaz gömleği ve siyah pantolonu vardı. Gözleri artık parlıyordu ve vaat doluydu. Ama yüzünde biraz da hüzün vardı. Karşımda, bana dikkatle bakarak, ama dokunmadan durdu.

"Benim için ne anlam ifade ettiğini biliyor musun?" diye mırıldandı. "Sana benim yüzümden bir şey olursa..." Cümlesi yarıda kesilirken alnı kırıştı. Yüzüne yansıyan acı neredeyse elle tutulacak gibiydi. O kadar savunmasız görünüyordu ki. Korkusu fazlasıyla belli oluyordu.

Onu, "Bana hiçbir şey olmayacak," diye temin ederken, sesim rahatlatıcıydı. Uzanıp yüzüne dokundum, parmaklarımı çıkmaya başlayan sakallarında dolaştırdım. Şaşırtıcı derecede yumuşaktı.

Bu güzel ama hapı yutmuş adama, hayretimin sesime yansımasına mani olamayarak, "Sakalın çok çabuk uzuyor," diye fısıldadım.

Parmağımı alt dudağının çizgisinde dolaştırdıktan sonra, boynundan aşağı, boynunun bittiği yerde başlayan belli belirsiz ruj lekesine indirdim. Bana hâlâ elini sürmeden, aralık dudaklarla bakıyordu. İşaret parmağımı çizginin üstünde dolaştırdım. Gözlerini yumdu. Yumuşak nefesi hızlandı. Gömleğinin kenarına ulaşan parmağımı bir sonraki ilikli düğmeye indirdim.

"Sana dokunmayacağım. Sadece gömleğinin düğmelerini açmak istiyorum," diye fısıldadım.

İrileşen gözlerinde telaş vardı. Ama kıpırdamadı, beni durdurmadı da. Çok yavaşça, kumaşı teninden uzak tutarak ilk düğmeyi çözdüm ve çekinerek bir sonraki düğmeye geçtim. Aynı işlemi, çok yavaşça ve yaptığım şeye iyice konsantre olarak tekrar ettim.

Ona dokunmak istemiyordum. Şey, istiyordum tabii ama dokunmayacaktım. Dördüncü düğmede, kırmızı çizgi tekrar açığa çıkınca utanarak gülümsedim.

"Kendi topraklarıma döndüm." Son düğmeyi de açmadan önce parmağımı çizginin üstünde dolaştırdım. Gömleğini çekip açtıktan sonra bileklerine yöneldim ve siyah cilalı taştan yapılma kol düğmelerini tek tek çıkardım.

Alçak sesle, "Gömleğini çıkarabilir miyim?" diye sordum.

Gözleri hâlâ iri iriydi; başıyla onay verince uzanıp gömleği omuzlarından aşağı çektim. Ellerini kurtardı ve karşımda belden yukarısı çıplak bir halde kaldı. Gömleği çıkınca dengesini geri kazanmıştı sanki. Bana sırıtarak baktı.

Tek kaşını kaldırarak, "Ya pantolonum, Bayan Steele?" diye sordu.

"Yatak odasında. Seni yatağında istiyorum."

"Öyle mi? Bayan Steele, doymak nedir bilmiyorsunuz."

"Neden acaba?" Elini tutup onu çalışma odasından çıkardım ve yatak odasına sürükledim. Oda serindi.

İçeri girince bana kaşlarını çatarak, "Balkon kapısını mı açtın?" diye sordu.

"Hayır." Açtığımı hatırlamıyordum. Uyandığımda odaya göz gezdirmiştim. Kapı kesinlikle kapalıydı.

Ah, kahretsin... Yüzümdeki kan çekildi ve Christian'a ağzım açık baktım.

Gözlerini bana dikerek, "Ne?" diye çıkıştı.

"Uyandığımda burada biri vardı," diye fısıldadım. "Hayal gördüğümü sandım."

"Ne?" Dehşete kapılmış gibiydi. Hızla balkon kapısına gitti, dışarı baktı, sonra odaya dönüp kapıyı arkasından kilitledi. Gergin bir sesle, "Emin misin? Kimdi?" diye sordu.

"Bir kadındı, sanırım. Karanlıktı. Daha yeni uyanmıştım."

Odaya geri dönerken, "Giyin!" diye homurdandı. "Hemen!"

"Kıyafetlerim yukarıda," diye sızlandım.

Şifonyer çekmecelerinden birini açtı ve bir eşofman altı çekti.

"Bunu giy." Fazla büyüktü, ama Christian tartışılacak durumda değildi.

Bir de tişört çekti ve hızla kafasından geçirdi. Başucu telefonunu kapıp iki düğmeye bastı.

Telefona, "Hâlâ buralarda dolanıyor," diye tısladı.

Yaklaşık üç saniye sonra, Taylor ve diğer güvenlik görevlilerinden biri Christian'ın odasına daldılar. Christian her şeyi olduğu gibi aktardı.

"Ne kadar oldu?" Taylor bana ciddi ve işine tamamen konsantre olmuş bir ifadeyle bakıyordu. Ceketi hâlâ sırtındaydı. Bu adam hiç uyumuyor muydu?

"On dakika kadar," diye mırıldanırken nedense kendimi suçlu hissediyordum.

"Daireyi avucunun içi gibi biliyor," dedi Christian. "Anastasia'yı buradan hemen uzaklaştırıyorum. Burada bir yerde saklanıyor. Onu bulun. Gail ne zaman dönecek?"

"Yarın akşam, efendim."

Christian, "Burası tamamen güvenli olana kadar gelmesin. Anlaşıldı mı?" diye kükredi.

"Evet, efendim. Bellevue'ye mi gidiyorsunuz?"

"Bu sorunu aileme taşımayacağım. Bana bir yer ayırt."

"Tamam. Sizi ararım."

"Hepimiz biraz aşırı tepki göstermiyor muyuz?"

Christian bana ters ters baktı. "Silahı olabilir," diye homurdandı.

"Christian. Yatağın ayakucunda duruyordu. İstediği bu olsaydı, beni o zaman vurabilirdi."

Christian sanırım öfkesini dizginlemek için bir an duraksadı. Ürkütecek kadar sakin bir sesle, "Risk almak istemiyorum. Taylor, Anastasia'nın ayakkabıya ihtiyacı var."

Güvenlik görevlisi beni izlerken, Christian giyinme odasında gözden kayboldu. Görevlinin adını hatırlayamıyordum, belki de Ryan'dı. Bir hole, bir balkon pencerelerine bakıyordu. Christian birkaç dakika içinde, üzerinde bir kot pantolon ve ince çizgili blazer ceket ve elinde deri bir postacı çantasıyla geri geldi. Omzuma bir kot ceket yerleştirdi.

"Gel." Elimi sıkıca kavradı ve salonda uzun adımlarına ayak uydurabilmek için neredeyse koşmak zorunda kaldım.

Balkon kapılarına doğru bakarak, "Burada bir yere saklanmış olduğuna inanamıyorum," diye mırıldandım.

"Burası büyük bir yer. Henüz tamamını görmedin."

"Neden seslenmiyorsun? Onunla konuşmak istediğini söylesen?"

Biraz sinirli bir tavırla, "Anastasia, Leila'nın dengesi altüst halde, üstelik silahlı da olabilir," dedi.

"Bu yüzden kaçıyoruz, öyle mi?"

"Şimdilik evet."

"Ya Taylor'ı vurmaya yeltenirse?"

"Taylor bir uzman," dedi tatsız bir sesle. "Silah konusunda ondan daha hızlı olacaktır."

"Ray ordudaydı. Bana ateş etmeyi öğretti."

Christian kaşlarını kaldırdı ve bir an için gerçekten şaşırmış göründü. Hayretle, "Sen ve bir silah?" dedi.

"Evet." Alınmıştım. "Ateş edebilirim, Bay Grey; bu yüzden, kendinize dikkat etseniz iyi olur. Endişelenmenizi gerektiren yalnızca deli eski itaatkârlarınız değil."

Kuru bir sesle ve eğlenerek, "Bunu aklımda tutarım, Bayan Steele," diye cevap verdi. Bu saçma sapan gergin durumda bile onu gülümsetebildiğimi bilmek iyi gelmişti.

Taylor bizimle girişte buluştu ve bana küçük çantamı ve siyah Converse'lerimi verdi. Kıyafetlerimin bazılarını toplamış olmasına şaşırmıştım. Ona minnet ve mahcubiyetle gülümsedim. Cevap yerine geçen gülümsemesi hızlı ve güven vericiydi. Kendimi tutamayarak onu kucakladım, sıkıca. Şaşırmıştı, geri çekildiğimde iki yanağım da pespembeydi.

"Dikkatli ol," diye mırıldandım.

Mahcup bir tavırla, "Evet, Bayan Steele," dedi.

Christian bana kaşlarını çattı ve Taylor'a soran gözlerle baktı. Taylor hafifçe gülümseyerek kravatını düzeltiyordu.

"Nereye gideceğimi haber verirsin," dedi Christian.

Taylor ceketinin iç cebinden cüzdanını çıkardı ve Christian'a bir kart uzattı.

"Oraya vardığınızda bunu kullanmak isteyebilirsiniz."

Christian başıyla onayladı. "İyi düşünmüşsün."

Ryan da bize katıldı. "Sawyer ve Reynolds hiçbir şey bulamamışlar," dedi Taylor'a.

Taylor, "Bay Grey ve Bayan Steele'e garaja kadar eşlik et," diye emretti.

Garaj bomboştu. Pekâlâ, saat sabahın üçüydü. Christian beni R8'in yolcu koltuğuna bindirdi, valizimi ve çantasını arabanın ön tarafındaki bagaja yerleştirdi. Yan tarafımızdaki Audi berbat durumdaydı. Lastiklerin tamamı delik deşik edilmiş, arabanın her tarafına beyaz boya atılmıştı. Ürperticiydi ve Christian'ın beni başka bir yere götürüyor olmasına şükretmeme neden oldu.

Christian yanımdaki yerini alırken, kasvetli bir sesle, "Pazartesi günü yenisi gelecek," dedi.

"Benim arabam olduğunu nasıl bilebildi acaba?"

Christian bana kaygıyla baktı ve iç geçirdi. "Onun da bir Audi A3'ü vardı. Bütün itaatkârlarıma bu arabadan alırım. Sınıfının en güvenli arabalarından biridir."

Ah. "Demek mezuniyet hediyesi değilmiş."

"Anastasia, beklentimin aksine, sen hiçbir zaman itaatkârım olmadın, bu nedenle teknik olarak bir mezuniyet hediyesi." Park alanından çıktı ve hızla çıkışa yöneldi.

Beklentimin aksine. Ah, hayır... Bilinçaltım hüzünle başını salladı. Dönüp dolaşıp hep aynı şeye geliyorduk.

"Hâlâ böyle bir beklentin var mı?" diye mırıldandım.

Araba telefonu çaldı. Christian sertçe, "Grey," dedi.

"Fairmont Olympic. Benim adıma."

"Teşekkürler, Taylor. Ve Taylor, dikkatli ol."

Taylor duraksadı. Yavaşça, "Evet, efendim," dedi ve Christian telefonu kapattı.

Christian ıssız Seattle sokaklarında, Beşinci Cadde'den I-5'e doğru âdeta son hızla ilerledi. Eyaletler arası otoyola çıkınca, gaz pedalını kökleyerek kuzeye saptı. O kadar çabuk hızlanmıştı ki bir an koltuğuma yapıştım.

Ona yan gözle baktım. Derin düşüncelere dalmıştı ve ölümcül bir sessizliğe gömülmüştü. Sorumu cevaplamamıştı. Sık sık dikiz aynasına bakıyordu; takip edilip edilmediğimizi kontrol ettiğini anladım. Belki de I-5'e bu yüzden çıkmıştık. Fairmont'un Seattle'da olduğunu sanıyordum.

Pencereden dışarıya bakarak bitkin ve aşırı aktif zihnimi yatıştırmaya çalıştım. İstediği bana zarar vermek olsa yatak odasında yeterli fırsatı yakalamıştı.

"Hayır. Beklentim o değil, artık değil. Bunu bildiğini sanıyordum." Christian yumuşak sesiyle beni daldığım düşüncelerden uyandırdı.

"Endişe ediyorum... Bilirsin işte... yeterli olmadığımdan."

"Yeterlinin çok üstündesin. Tanrı aşkına, Anastasia, daha ne yapmalıyım?"

Bana kendini anlat. Bana beni sevdiğini söyle.

"Dr. Flynn'in senin hakkındaki her şeyi anlattığını söylediğimde neden seni terk edeceğimi sandın?"

Derin bir iç geçirerek gözlerini yumdu ve uzunca bir süre cevap vermedi. "Ne kadar günahkâr olduğumu hayal bile edemezsin, Anastasia. Ve bu seninle paylaşmak istediğim bir şey değil."

"Ve eğer öğrenirsem seni bırakacağımı gerçekten düşünüyor musun?" Sesim yüksek ve hayret doluydu. Onu sevdiğimi anlamıyor muydu? "Benim bu kadar sığ olduğumu mu sanıyorsun?"

Üzgün bir sesle, "Gideceğini biliyorum," dedi.

"Christian... Bence bu pek olası değil. Sensiz olabileceğimi hayal bile edemiyorum." *Asla.*

"Beni bir kez terk ettin. Bunu bir daha yaşamak istemiyorum."

"Elena seni geçen cumartesi gördüğünü söyledi," diye fısıldadım.

"Görmedi." Kaşları çatıldı.

"Ben çıktıktan sonra onu görmeye gitmedin mi?"

Sinirlenerek, "Hayır," dedi. "Sana gitmediğimi söyledim ve benden şüphe duyulmasından hoşlanmam. Geçen hafta sonu hiçbir yere gitmedim. Oturup bana verdiğin planörü yaptım. Bütün zamanımı o iş aldı," diye ekledi.

Kalbim bir kez daha sıkıştı. Bayan Robinson onu gördüğünü söylemişti.

Görmüş müydü, görmemiş miydi? Yalan söylüyordu. Ama neden?

"Elena'nın sandığının aksine, her sorunum olduğunda ona koşmam, Anastasia. Ben kimseye koşmam. Belki fark etmişsindir, konuşkan biri değilim." Direksiyonu daha sıkı kavradı.

"Carrrick iki sene boyunca hiç konuşmadığını anlattı."

"Öyle mi?" Christian'ın çenesi gerilmişti.

"Bilgi almak için onu bir anlamda kandırmış olabilirim." Utanarak parmaklarıma baktım.

"Babacığım başka ne dedi?"

"Hastaneye getirildiğinde seni Dr. Grey'in muayene ettiğini söyledi. Dairenizde bulunmandan sonra."

Christian'ın yüzü ifadesizliğini korudu... Dikkatliydi.

"Piyano öğrenmenin faydası olduğunu anlattı. Ve Mia'nın."

Mia'nın adı geçince dudakları sevecen bir gülümsemeyle kıvrıldı. Birkaç saniye sonra, "Geldiğinde altı aylık falandı," dedi. "Büyülenmiştim. Elliot benim kadar etkilenmedi. Zaten benim gelişimle başetmek zorunda kalmıştı. Mia mükemmeldi." Sesine yansıyan tatlı ve hüzünlü hayranlık etkileyiciydi. "Gerçi şimdi o kadar değil," diye mırıldanınca, Mia'nın baloda müstehcen planlarımıza köstek oluşunu hatırlayarak kıkırdadım.

Christian bana yan gözle baktı. "Bunu çok mu eğlenceli buldunuz, Bayan Steele?"

"Bizi birbirimizden ayrı tutmayı kafaya koymuş gibiydi."

Neşesiz bir kahkaha attı ."Evet, hayli başarılıdır." Uzanıp dizimi sıktı. "Ama sonunda başardık." Gülümsedi ve dikiz aynasına bir bakış daha attı. "İzlendiğimizi sanmıyorum." I-5'ten çıkıp yeniden Seattle merkezine saptı.

"Sana Elena konusunda bir şey sorabilir miyim?" Trafik ışıklarında durmuştuk.

Bana temkinle baktı. Asık bir suratla, "Mutlaka sorman gerekiyorsa," diye mırıldandı, ama hoşnutsuzluğunun beni caydırmasına izin vermedim.

"Çok uzun zaman önce bana seni kabul edilebilir bulduğun bir şekilde sevdiğini söylemiştin. Ne demekti bu?"

"Çok açık değil mi?"

"Bana göre değil."

"Kontrolden çıkmıştım. Bana dokunulmasına tahammülüm yoktu. Şimdi de dayanamıyorum. On dört on beş yaşındaki, hormonları coşmuş bir ergen için zor bir dönemdi. Bana rahatlamanın yollarını öğretti."

Ah. "Mia kavgacı olduğundan bahsetti."

"Tanrı aşkına, boş boğaz ailemin derdi ne? Aslında, sebep sensin." Bir ışıkta daha durmuştuk. Bana gözlerini kısarak baktı. "Bu bilgileri insanları kandırarak alıyorsun." Sahte bir tiksintiyle başını salladı.

"Mia bu bilgiyi gönüllü verdi. Aslında konuşmaya çok istekliydi. Açık arttırmada beni kazanamaman durumunda çadırda kavga koparmandan endişeliydi," dedim gücenmiş gibi.

"Ah, bebeğim, böyle bir tehlike hiç yoktu. Başkasının seninle dans etmesine hayatta izin vermezdim."

"Dr. Flynn'e verdin ama."

"O her zaman bir istisnadır."

Christian, Fairmont Olympic'in gösterişli, yeşillikli araç yoluna saptı ve ön kapının yakınına, eski bir taş çeşmenin yanına park etti.

"Gel." Arabadan inip çantalarımızı aldı. Hiç şüphesiz, o saatte gelmiş olmamıza şaşıran bir vale, bize doğru koşturdu. Christian anahtarları ona attı.

"Taylor adına," dedi. Vale onu başıyla selamladı ve sevincini gizleyemeyerek R8'in direksiyonuna atlayıp uzaklaştı. Christian beni elimden tutup lobiye soktu.

Resepsiyon masasının yanında dururken, kendimi fena halde gülünç hissediyordum. Seattle'ın en prestijli otellerinden birinde, üzerime büyük gelen bir kot ceket, üstümden dökülen bir eşofman altı ve eski bir tişörtle, bu zarif Yunan tanrısının yanında duruyordum. Resepsiyon görevlisinin, bu denklem kafasına yatmamış gibi, bir ona bir bana bakmasına şaşmamak gerekirdi. Elbette, Christian'a hayran kalmıştı. Kız kıpkırmızı kesilip kekelerken, gözlerimi devirdim. Elleri bile titriyordu.

Yine kızararak, "Çantalarınız için… yardıma ihtiyacınız var mı… Bay Taylor?" diye sordu.

"Hayır, Bayan Taylor ve ben halledebiliriz."

Bayan Taylor! Ama yüzüğüm yoktu. Ellerimi arkama sakladım.

"Şelale Dairesi'ndesiniz, Bay Taylor. On birinci kat. *Bellboy* çantalarınıza yardım edecek."

"Böyle iyiyiz," dedi Christian kibarca. "Asansörler nerede?"

Bayan Kıpkırmızı Surat tarif ederken, Christian tekrar elimi tuttu. Kabarık kanepelerle dolu etkileyici ve abartılı lobide etrafıma bakındım. Rahat bir kanepede Westie cinsi köpeğini ıvır zıvırla beslemekle meşgul olan, koyu renk saçlı bir kadın dışında bomboştu. Biz asansörlere doğru yürürken, kadın kafasını kaldırıp gülümsedi. Otel evcil hayvana izin veriyor muydu yani? Bu kadar heybetli bir yer için tuhaftı.

Suitte iki yatak odası, resmî bir yemek odası ve bir kuyruklu piyano vardı. Geniş oturma odasında şömine yanıyordu. Suit benim dairemden büyüktü.

Christian kapıyı sıkı sıkı kilitlerken, "Pekâlâ, Bayan Taylor, sizi bilmem ama ben gerçekten bir içki istiyorum," diye mırıldandı.

Yatak odasına girince, valizimi ve kendi çantasını büyük boy dört direkli karyolanın ayakucundaki pufun üzerine bıraktı ve beni ateşin hararetle yandığı salona çıkardı. Hoş bir manzaraydı. Christian ikimize de birer içki hazırlarken ateşin karşısında durup ellerimi ısıttım.

"Armagnac?"

"Lütfen."

Birkaç saniye sonra ateşin yanında bana katıldı ve kristal bir brendi kadehi uzattı.

"Ne gündü ama!"

Başımı salladım. Bakışları bir şeyler arar gibi endişeliydi.

Güven vermek ister gibi, "Ben iyiyim," dedim. "Ya sen?"

"Pekâlâ, şu anda buna içmek istiyorum ve sonra, eğer çok yorgun değilsen, seni yatağa götürmek ve kendimi sende kaybetmek istiyorum."

"Bu konuda bir şeyler yapılabilir, Bay Taylor." Ayakkabılarından kurtulup çoraplarını sıyırırken ona utangaç bir ifadeyle gülümsedim.

"Bayan Taylor, dudağınızı ısırmaya bir son verin."

Kadehim dudaklarımda, kızardım. Gırtlağımdan ipeksi bir hisle kayıp arkasında yakıcı bir sıcaklık bırakan Armagnac enfesti. Christian da brendisini beni karanlık ve aç gözlerle izleyerek yudumluyordu.

"Beni hayrete düşürmekten hiç vazgeçmiyorsun, Anastasia. Bugün –daha doğrusu dün– gibi bir günden sonra sızlanmıyor ya da arkana bakmadan kaçmıyorsun. Sana hayranım. Çok güçlüsün."

"Kalmak için çok iyi bir nedensin," diye mırıldandım. "Sana söyledim, Christian. Ne yapmış olursan ol, hiçbir yere gitmiyorum. Senin için ne hissettiğimi biliyorsun."

Ağzı, sözlerimden yana şüphesi varmış gibi büküldü ve alnı, söylediklerimi duymak ona acı veriyormuş gibi kırıştı. *Ah, Christian. Ne hissettiğimi anlaman için ne yapmam gerek?*

Bilinçaltım, *Seni dövmesine izin ver,* diyerek sırıttı. Onu azarladım.

"José'nin çektiği portrelerimi nereye asacaksın?" Havayı dağıtmaya çalışıyordum.

"Değişir." Dudakları büküldü. Belli ki bu onun damak zevkine daha uygun bir konuydu.

"Neye göre?"

"Şartlara," dedi gizemle. "Sergi henüz bitmediğine göre, hemen karar vermem gerekmiyor."

Başımı yana yatırırken gözlerimi kıstım.

"İstediğiniz kadar sert bakabilirsiniz, Bayan Taylor. Tek söz etmeyeceğim."

"Gerçeği senden işkence yoluyla öğrenebilirim."

Tek kaşını kaldırdı. "Gerçekten, Anastasia. Bence tutamayacağın sözler vermemelisin."

Ah, Tanrım, böyle mi düşünüyordu? Kadehimi şöminenin üstüne bıraktım ve Christian'ı fazlasıyla şaşırtarak onun kadehini de alıp benimkinin yanına koydum.

"Bu konuyla ilgilenmemiz gerekecek," diye mırıldandım. Cesurca, hiç şüphesiz brendiden aldığım cesaretle, Christian'ın elini tuttum ve onu yatak odasına doğru çektim. Yatağın ayakucunda durdum. Christian ne kadar eğlendiğini saklamaya çalışır gibiydi.

"Artık elinin altında olduğuma göre, bana ne yapacaksın, Anastasia?" diye takılırken sesi alçaktı.

"İşe seni soyarak başlayacağım. Evde başladığımı bitirmek istiyorum." Ona dokunmamaya özen göstererek ceketinin yakalarına uzandım. Christian yüzünü buruşturmadıysa da nefesini tutmuştu.

Nazik bir hareketle ceketi omuzlarından sıyırdım. Gittikçe irileşip beni âdeta yakar gibi bakan, temkinli ve... arzu dolu gözlerinde mizahtan eser kalmamıştı. Bakışının sayısız yorumu olabilirdi. *Ne düşünüyordu?* Ceketini pufun üstüne bıraktım.

"Şimdi de tişörtün," diye fısıldadım ve tişörtü etek uçlarından tuttum. Kollarını kaldırıp geri çekilerek destek verdi ve tişörtü kafasından geçirmemi kolaylaştırdı. Tişört çıkınca bana dikkatle baktı. Üzerinde, kalçasını çok baştan çıkarıcı bir şekilde saran kot pantolonundan başka bir şey kalmamıştı. İç çamaşırının bel lastiği görünüyordu.

Gözlerim, gergin karnından ruj çizgisinin solmuş izlerine, oradan da göğsüne kaydı. Tadını almak için dilimi göğsündeki kıllar arasında dolaştırmaktan daha fazla istediğim bir şey yoktu.

Gözleri alev alev, "Şimdi ne olacak?" diye fısıldadı.

"Seni şurandan öpmek istiyorum." Parmağımı göbeğinin üstünden geçirerek bir kalça kemiğinden diğerine götürdüm.

Keskin bir nefes alırken dudakları aralandı. "Seni durdurmuyorum," diye soludu.

Elini tuttum. "O zaman yatsan iyi olacak," diye mırıldanarak onu dört direkli karyolaya götürdüm. Şaşırmış gibiydi. Aklıma belki de hiç kimsenin onunla birlikteyken idareyi ele almadığı geldi... Tabii o kadından sonra. *Hayır, sakın o konuya girme.*

Örtüleri kaldırıp yatağın kenarına ilişti ve bana temkinli ve ciddi bir ifadeyle bakarak bekledi. Tam karşısında durdum, kot ceketi omuzlarımdan kaydırıp yere düşmesine izin verdim. Sonra da eşofmanın içinden çıktım.

"Sen Afrodit'sin, Anastasia," diye mırıldandı.

Yüzünü ellerimin arasına alıp başını yukarı kaldırdım ve onu öpmek için eğildim. Gırtlağının derinliklerinden bir inilti yükseldi.

Ağzımı ağzına örterken kalçalarımı kavradı ve ben daha ne olduğunu anlamadan kendimi altına çivilenmiş halde, bacaklarım onunkiler tarafından iki yana itilirken buldum. Ve böylece, bacaklarımın arasına yerleşip vücudunu vücuduma bastırdı. Beni âdeta hırpalayarak öperken, dillerimiz birbirine dolandı. Eli bacağımdan yukarı, kalçamın üstüne kaydı, oradan karnıma ve göğüslerime uzanarak meme ucumu sıkıp yoğurmaya ve baştan çıkarıcı bir şekilde çekiştirmeye başladı.

İnledim ve kalçalarımı istem dışı bir şekilde ona doğru kaldırınca, fermuarının dikişine ve büyüyen ereksiyonuna sürtündüm. Beni öpmeyi bıraktı ve şaşkın ve nefes nefese aşağı doğru baktı. Kalçalarını ereksiyonunu bana bastıracak şekilde kastı. *Evet, işte tam orası.*

Gözlerimi yumarak inledim. Hareketi tekrarladı, ama bu kez geri çekildim ve beni tekrar öperken çıkardığı iniltinin tadını çıkardım. Yavaş ve enfes işkencesini –bana sürtünmeyi– sürdürdü. Ve haklıydı... Onda kaybolmak, diğer her şeyi unutturan bir sarhoşluk gibiydi. Bütün endişelerim yok olmuştu. Bu anda ve onunlaydım, kanım damarlarımda çağlıyor, hızlanan soluklarımıza karışarak kulaklarımda gürültüyle zonkluyordu. Dudaklarımız birbirine kenetliydi, en az onunki kadar hırslı dilimle onu âdeta tüketirken ellerimi saçlarının arasına gömdüm. Parmaklarımı kolundan ve sırtının alt kısmından aşağı, kot pantolonunun beline kaydırdım ve bizim dışımızda kalan her şeyi unutarak, korkusuz, açgözlü ellerimi pantolonuna soktum.

Birden, "Bana ne yapıyorsun, Ana?" diye fısıldayarak uzaklaştı ve dizlerinin üstünde doğruldu. Kot pantolonunu hızla aşağı indirdi ve bana folyolu bir paket uzattı.

"Beni istiyorsun, bebek ve ben de seni deli gibi istiyorum. Ne yapacağını biliyorsun."

Kaygılı, hünerli parmaklarla folyoyu yırtıp açtım ve prezervatifi organına geçirdim. Bana ağzı açık, puslu gri gözleri bedensel vaatlerle dolu bakarak sırıttı. Üzerime eğildi, burnunu benimkine sürttü ve gözlerini yumarak ağır ağır ve enfes bir şekilde içime girdi.

Kollarını sıkıca tuttum, çenemi havaya kaldırdım ve bana sahip oluşunun hissettirdiği enfes dolgunluk hissinin tadına vardım. Dişlerini çenemde dolaştırdı, geri çekildi ve sonra dirsekleri ve elleri yüzümün iki yanında, tekrar içime kayarak –o kadar yavaş, tatlı ve şefkatliydi ki– bedenini üzerime bastırdı.

Nerdeyse acı veren bir ahestelikle hareket ederek ve her santimimin tadına vararak, "Bana her şeyi unutturuyorsun. Sen olabilecek en iyi terapisin," diye soludu.

Daha fazlasını hemen şimdi isteyerek, "Lütfen, Christian, daha hızlı," diye mırıldandım.

"Ah, hayır, bebek. Yavaş olacağız." Beni alt dudağımı yavaşça ısırarak ve yumuşak iniltilerimi bastırarak tatlı tatlı öptü.

Ellerimi saçlarının arasına kaydırdım ve kendimi ritmine teslim ettim. Vücudum ağır ve emin adımlarla yükseklere, daha yükseklere, platolara tırmandı ve sonra, erkekliğinin etrafında boşalarak, son hızla ve sertçe düştüm.

Kendini bırakırken, "Ah, Ana," diye soludu. Zevkin doruklarına çıkarken, adım dudaklarında bir kutsamaya dönüştü.

Başı karnımın üstünde yatıyor, kolları bedenimi sıkıca sarıyordu. Parmaklarım dağınık saçlarının arasındaydı. Bu halde ne kadar yattık bilmiyordum. Çok geç olmuştu, çok yorgundum, ama Christian Grey'le sevişme sonrasının sakin ve dingin hazzının tadını çıkarmak istiyordum. Çünkü yaptığımız buydu, nazik ve tatlı bir sevişme.

O da benim gibi kısa sürede çok yol kat etmişti. Bu, büyük bir gelişmeydi. Bütün o boktan olaylar yüzünden, benimle çıktığı basit ve dürüst yolculuğu doğru algılayamıyordum.

"Sana asla doyamayacağım. Beni bırakma," diye mırıldanarak göbeğimi öptü.

Uykulu bir sesle, "Hiçbir yere gitmiyorum, Christian ve göbeğini öpmek istediğimi hatırlar gibiyim," diye mırıldandım.

Sırıtışını tenimde hissettim. "Şu anda seni durduran hiçbir şey yok, bebek."

"Kıpırdayabileceğimi sanmıyorum. O kadar yorgunum ki."

Christian iç geçirdi ve istemeyerek kayıp yanıma uzandı. Başını dirseğine yaslarken örtüleri üzerimize çekti. Bana ışık saçan, sıcacık, sevgi dolu gözlerle baktı.

"Artık uyu, bebeğim." Saçlarımı öptü, beni koluyla sardı ve uykuya daldım.

Gözlerimi açtığımda, oda ışıkla doluydu. Gözlerimi kırpıştırdım. Uykusuzluktan, başım kazan gibiydi. *Neredeyim? Ah, otel...*

Christian sevecen bir gülümsemeyle, "Merhaba," diye mırıldandı. Tamamen giyinik halde yanımda yatıyordu. Ne kadar zamandır oradaydı? Beni mi inceliyordu? Birden, yüzüm sabit bakışı altında kızarırken, kendimi inanılmaz utangaç hissettim.

Yüz üstü yatıyor olduğuma şükrederek, "Merhaba," diye mırıldandım. "Ne zamandır beni izliyorsun?"

"Seni uyurken saatlerce izleyebilirim, Anastasia. Ama sadece beş dakikadır buradayım." Üzerime eğilip beni usulca öptü. "Dr. Greene birazdan burada olacak."

"Ah..." Christian'ın yakışıksız müdahalesini tamamen unutmuştum.

"İyi uyudun mu?" diye sordu. "Horlamalarından öyle olduğu anlaşılıyor."

Ah, oyuncu, alaycı Elli.

"Ben horlamam." Çocuk gibi yüzümü astım.

"Hayır, horlamazsın." Sırıttı. Boynunun etrafındaki silik kırmızı ruj çizgisi hâlâ görünüyordu.

"Duş aldın mı?"

"Hayır, seni bekliyordum."

"Ah... tamam."

"Saat kaç?"

"Onu çeyrek geçiyor. Seni daha erken uyandırmaya kıyamadım."

"Bana bir kalbinin olmadığını söylemiştin."

Hüzünle gülümsediyse de cevap vermedi. "Kahvaltı geldi. Sana krep ve jambon siparişi verdim. Haydi, kalk, kendimi yalnız hissetmeye başlıyorum." Sırtıma sertçe vurup beni yerimden sıçrattıktan sonra yataktan kalktı.

Hımm... Christian usulü sıcacık şefkat.

Gerinirken, her yanımın sızladığını fark ettim... Onca seks, dans ve yüksek topuklu pabuçların üstünde sendelemenin sonucu olduğuna hiç şüphe yoktu. Yataktan sallanarak kalktım, önceki günün olaylarını aklımdan geçirerek gösterişli banyoya yürüdüm. Çıkınca, banyodaki pirinç askılıkta bekleyen kabarık bornozlardan birini üzerime geçirdim.

Leila –bana benzeyen kız– beynimin su yüzüne çıkardığı görüntüler arasında en ürpertici olandı. Ve tabii Christian'ın yatak odasındaki ürkütücü varlığı. Ne istiyordu? Beni mi? Christian'ı mı? Ne yapmak için? Ve ne halt etmeye arabamı enkaza çevirmişti?

Christian yeni bir Audi'min olacağını söylemişti. Bütün itaatkârları gibi. Hiç hoş bir düşünce değildi. Bana verdiği parayı cömertçe tükettiğim için, elimden pek bir şey gelmiyordu.

Suitin salonuna çıktığımda Christian ortalıkta yoktu. Sonunda onu yemek odasında buldum. Önüme serilmiş etkileyici kahvaltıya minnet duyarak oturdum. Christian pazar gazetelerini okuyarak kahve içiyordu; kahvaltısını bitirmişti. Bana gülümsedi.

"Kahvaltını et. Bugün güçlü olman gerekecek," diye takıldı.

"Nedenmiş? Beni yatak odasına mı kilitleyeceksin?" İçimdeki tanrıça, az önce becerildim görüntüsüyle, darmadağın halde, sıçrayarak uyanıvermişti.

"Ne kadar çekici bir fikir olsa da, bugün dışarı çıkarız diye düşündüm. Temiz hava alırız."

Masum bir tavırla, alaycılığımı sesimden uzak tutmaya çalışarak, ama başaramayarak, "Güvenli mi?" diye sordum.

Christian'ın yüzü düştü; ağzı gerildi. "Gideceğimiz yer güvenli." Sert bir sesle, gözlerini kısarak, "Ve bu üzerine şaka yapılacak bir mevzu değil," diye ekledi.

Kızararak önümdeki kahvaltıya baktım. Onca drama ve uykusuzluk üstüne azarlanacak havamda değildim. Kahvaltımı sessizlik içinde ve aksi bir halde ettim.

Bilinçaltım bana kafasını sallıyordu. Elli, güvenliğim konusunda şaka yapmazdı; bunu şimdiye kadar öğrenmiş olmam gerekirdi. Ona gözlerimi devirmek istediysem de kendimi tuttum.

Pekâlâ, yorgun ve hırçındım. Dün uzun bir gün geçirmiştim ve yeterince uyuyamamıştım. Ah, Christian nasıl böyle papatya gibi taptaze görünebiliyordu? Hayat hiç adil değildi.

Kapı vuruldu.

Christian, az önceki alaycılığım yüzünden surat asmayı sürdürerek, "İyi doktorumuz olsa gerek," diye homurdandı. Masadan kalktı

Sakin, normal bir sabah geçiremez miydik, sanki? Derin bir iç çektim. Kahvaltımı yarıda bırakarak, Dr. Depo Provera'yı[16] karşılamak için kalktım.

Yatak odasındaydık ve Dr. Greene ağzı açık bir halde bana bakıyordu. Geçen seferkinden daha rahat bir kılık içindeydi. Açık pembe kaşmir bir kazak ve ceketinin altına siyah bir pantolon giymişti ve güzel sarı saçları açıktı.

"Ve siz de hapları almayı bıraktınız ha? Öylece."

Kendimi tam bir aptal gibi hissederek kızardım.

"Evet." Sesim daha cılız çıkabilir miydi?

Aldırmaz bir tavırla, "Hamile olabilirsiniz," dedi.

Ne! Dünya başıma yıkıldı. Bilinçaltım öğürerek yere yığıldı. Sanırım ben de kusacaktım. Hayır!

"Alın, buna idrarınızı yapın." Bugün çok resmîydi.

Bana uzattığı küçük plastik kabı hiç sesimi çıkarmadan aldım ve sersem bir halde banyoya gittim. Hayır. Hayır. Hayır. İmkânsız... İmkânsız. Lütfen, hayır. Hayır.

Elli ne diyecek? Benzim attı. Kafayı yiyecekti.

Hayır, lütfen, diye sessizce dua ettim.

Dr. Greene'e numunemi verdim. Beyaz bir çubuğu büyük bir dikkatle kabın içine yerleştirdi.

"Âdetiniz ne zaman başladı?"

Tek yapabildiğim beyaz çubuğa kaygıyla bakmakken, böyle önemsiz bir ayrıntıyı düşünmem nasıl beklenebilirdi?

"Şey... çarşamba sanırım. Bir önceki çarşamba. 1 Haziran."

"Ve hapı almayı ne zaman kestiniz?"

"Pazar... geçen pazar."

---

16 Üç aylık doğum kontrol iğnesi markası. (ç. n.)

Dudaklarını büzdü.

"Sorun olmaması gerek," dedi sert bir sesle. "Yüz ifadenizden planlanmamış bir gebeliğin hoş bir haber olmayacağı sonucunu çıkarıyorum. Bu durumda, eğer hapınızı her gün almayı hatırlayamıyorsanız, medroxyprogesterone iyi bir fikir." Bana ters bir bakış attı. Otoriter bakışı karşısında bütün cesaretim uçup gitti. Beyaz çubuğu çıkarıp baktı.

"Temizsiniz. Henüz yumurtlamamışsınız, gerekli önlemleri aldığınız düşünülürse, hamile olmamalısınız. Şimdi size bu iğne hakkında bilgi vereyim. Geçen sefer yan etkilerinden ötürü bertaraf etmiştik, ancak samimi olmam gerekirse, bir çocuğun yan etkileri çok daha geniş kapsamlı oluyor ve seneler boyunca sürüyor." Kendinden ve küçük esprişinden hoşnut, gülümsedi, ama ben tepki vermeyi beceremiyordum. Fazlasıyla afallamıştım.

Dr. Greene yan etkileri açıklamaya başladı ve ben yaşadığım rahatlamayla felç olmuş halde, tek kelimesini bile dinlemeden öylece oturdum. Sanırım Christian'a hamile olduğumu itiraf etmektense, bir sürü tuhaf kadının yatağımın ayakucunda dikilmesini tercih ederdim.

Dr. Grene, "Ana!" diye sesini yükseltti. "Şu işi halledelim." Beni daldığım düşüncelerden uyandırdı ve ben büyük bir gönüllükle, kolumu sıvadım.

Christian doktorun arkasından kapıyı kapattı ve bana endişeyle baktı. "Her şey yolunda mı?"

Ses çıkarmadan kafamı salladım. Başını yana yatırdı. Yüzü endişeden gerilmişti.

"Anastasia, sorun ne? Dr. Greene ne dedi?"

Kafamı salladım. "Yedi gün sonra serbestsin."

"Yedi gün mü?"

"Evet."

"Ana, sorun ne?"

Yutkundum. "Endişelenecek bir şey değil. Lütfen, Christian, unut gitsin."

Christian karşıma dikildi. Çenemi tuttu, başımı arkaya yatırdı ve paniğimin nedenini anlamaya çalışarak gözlerimin içine baktı.

"Anlat bana," diye çıkıştı.

"Söyleyecek bir şey yok. Giyinmek istiyorum."

İç geçirdi ve kaşlarını çatarak elini saçlarının arasından geçirdi. Sonunda, "Haydi duş alalım," dedi.

Dalgın bir tavırla, "Elbette," dedim. Dudakları büzüldü.

Asık bir suratla elimi sıkıca tutarak, "Gel," dedi. Beni de peşinden sürükleyerek banyoya yürüdü. Görünüşe bakılırsa, keyfi kaçan yalnız ben değildim. Duşu açtı ve bana dönmeden önce hızla soyundu.

Bornozumu çözerken, "Tadını ne kaçırdı bilmiyorum. Belki de yeterince uyumadığın için keyifsizsin," dedi. "Ama bana anlatmanı istiyorum. Hayal gücüm hızlı çalışıyor ve bu hiç hoşuma gitmiyor."

Ona gözlerimi devirdim. Bana gözlerini kısarak dik dik baktı. Kahretsin. Tamam... İşte başlıyorduk.

"Dr. Greene hapı atladığım için beni azarladı. Hamile olabileceğimi söyledi."

"Ne?" Rengi attı ve birden küle dönen yüzüyle bana bakarken, elleri donakaldı.

"Ama değilim. Test yaptı. Şok yaşadım, hepsi bu. Bu kadar aptal olabildiğime inanamıyorum."

Gözle görülür biçimde gevşedi. "Olmadığından emin misin?"

"Evet."

Derin bir nefes verdi. "İyi. Evet, böyle bir haber can sıkıcı olabilir, anlıyorum."

Kaşlarımı çattım... *Can sıkıcı mı*? "Ben daha çok senin tepkinden endişelendim."

Şaşkın bir ifadeyle, kaşlarını çattı. "Benim tepkim mi? Pekâlâ, doğal olarak rahatladım. Seni hamile bırakmak temkinsizliğin zirvesi olurdu."

"Bu durumda belki de birbirimizden uzak durmalıyız," diye tısladım.

Bana bir an bir tür fizik deneyine bakar gibi, şaşkınlıkla baktı. "Bu sabah hiç tadın yok."

Aksi bir tavırla tekrarladım: "Sadece şoktayım, hepsi bu."

Bornozumun yakalarına yapıştı ve beni sıcacık kollarına çekti. Başımı göğsüne yaslayıp saçlarımı öptü. Yanağımı gıdıklayan göğüs kılları dikkatimi dağıtmıştı. Ah, ona burnumu bir sürtebilseydim!

"Ana, ben buna alışık değilim," diye mırıldandı. "Doğal eğilimim seni pataklamak olurdu ama bunu istemediğini biliyorum."

Lanet olsun. "Hayır, istemiyorum. Bu işe yarıyor." Christian'a daha da sıkı sarıldım ve uzun bir süre, Christian çıplak, ben bornozlu bir halde kucaklaşmaya devam ettik. Dürüstlüğü beni bir kez daha yerle bir etmişti. İlişkiler konusunda hiçbir şey bilmiyordu. Ondan öğrendiklerim dışında ben de bilmiyordum. Pekâlâ, benden inanç ve sabır istemişti. Belki de ben de aynısını yapmalıydım.

Bir süre sonra, beni saran kollarını çözerek, "Haydi duş alalım," dedi.

Bir adım geri çekildi, bornozumu üstümden sıyırdı ve ben de peşi sıra çağlayan suyun altına girip yüzümü akıntıya tuttum. Devasa duş başlığının altında ikimize de yetecek yer vardı. Christian şampuana uzandı ve saçlarını yıkamaya başladı. Sonra şişeyi bana uzattı ve ben de aynısını yaptım.

Ah, bu iyi geldi. Gözlerimi yumarak arındırıcı, ısıtıcı suya teslim oldum. Şampuanı durularken, vücudumu sabunlayan ellerini üstümde hissettim: omuzlarımı, kollarımı, koltukaltlarımı, göğüslerimi, sırtımı... Beni yavaşça çevirip kendine doğru çekti ve vücudumun alt kısmına doğru devam etti. Karnım ve karnımın alt kısmından geçen becerikli parmakları bacak aramda –hımmm– ve arkamdaydı. Ah, bu çok güzel ve mahrem bir duyguydu. Beni tekrar kendine çevirdi.

"Al," diyerek vücut şampuanını bana uzattı. "Rujdan geriye kalanları yıkamanı istiyorum."

Gözlerim hızla açıldı ve onunkilerle buluştu. Suyun altında ıslanırken, muhteşem parlak gözleriyle, hiçbir duygusunu ele vermeden, dikkatle bana bakıyordu

Gergin bir sesle, "Lütfen çizgiden fazla uzaklaşma," dedi.

"Tamam," diye mırıldanırken benden istediği şeyin büyüklüğünü sindirmeye çalışıyordum. Yasak bölgenin kıyısında dolaşmamı, ona dokunmamı istiyordu.

Avucuma az miktarda şampuan döktüm ve köpürtmek için birbirine sürttüğüm ellerimi omuzlarına yerleştirip her iki taraftaki ruj izlerini yıkadım. Hareketsiz, gözleri kapalı, yüzü ifadesiz dursa da, hızlı hızlı soluyordu ve nedeninin şehvet değil korku olduğunu biliyordum. Bu canımı yakmıştı.

Titreyen parmaklarla çizgiyi sabunlayarak ve usulca ovarak dikkatle göğsünden aşağı kaydım. Sanki dişleri birbirine geçmiş gibi gergin çenesiyle yutkundu. Ah! Yüreğim sıkıştı, gırtlağım tıkandı. *Ah, hayır, ağlayacağım.*

Elime biraz daha şampuan dökmek için durdum ve karşımda gevşediğini hissettim. Ona bakamıyordum. Acısını görmeye dayanamıyordum. Çok fazlaydı. Yutkunma sırası bendeydi.

"Hazır mısın?" diye mırıldanırken, sesimdeki gerilim yüksek ve netti.

Boğuk ve korku dolu bir sesle, "Evet," diye fısıldadı.

Ellerimi yavaşça göğsünün iki yanına yerleştirdim ve tekrar dondu.

Bu kadarı fazlaydı. Bana olan güveni beni sarsmıştı. Korkusu, bu güzel ve hasarlı adama verilen ceza beni sarsmıştı.

Yaşlar gözlerimde birikti ve yanaklarımdan dökülerek suyla karışıp kayboldular. *Ah, Christian. Bunu sana kim yaptı?*

Göğsü hızla hareket ederken, bedeni kaskatıydı ve ellerim çizgiyi silmek için üstünde dolaşırken, gerilimi dalga dalga yayılıyordu. Ah, acısını da silebilseydim keşke –bunun için her şeyi yapardım– ve gördüğüm her yara izini öpmekten, korkunç yıllarını öpücüklerimle silmekten daha fazla isteyeceğim hiçbir şey yoktu. Ama bunu yapamayacağımı biliyordum ve davetsiz gözyaşlarım yanaklarımdan aşağı döküldüler.

Beni kollarıyla sıkı sıkı sarıp, "Hayır. Lütfen, ağlama," diye mırıldanırken sesi sıkıntılıydı. "Lütfen benim için ağlama." Yüzümü boynuna gömdüm ve bir korku ve acı denizinde kaybolan, korkmuş, ihmal ve taciz edilmiş, kimsenin katlanamayacağı şekilde incitilmiş o küçük oğlanı düşünürken hıçkırmaya başladım.

Geri çekildi, başımı iki eliyle birden tutup arkaya attı ve beni öpmek için eğildi.

Dudakları dudaklarımda, "Ağlama, Ana, lütfen," diye mırıldandı. "Uzun zaman önceydi. Bana dokunman için can atıyorum, ama dayanamıyorum işte. Bu benim için çok fazla. Lütfen, lütfen ağlama."

"Ben de sana dokunmak istiyorum. Hiç bilemeyeceğin kadar. Seni böyle incinmiş ve korkarken görmek, Christian… beni derinden yaralıyor. Seni o kadar çok seviyorum ki."

Başparmağını dudağımda gezdirdi. "Biliyorum. Biliyorum," diye fısıldadı.

"Sen sevilmesi çok kolay birisin. Bunu görmüyor musun?"

"Hayır, bebeğim, görmüyorum."

"Öylesin. Ve ben seni seviyorum. Ailen de. Elena ve Leila da. Bunu gösterme biçimleri tuhaf ama seviyorlar. Sen buna layıksın."

"Dur." Parmağını dudaklarımın üstüne koydu ve yüzünde acı çeken bir ifadeyle kafasını salladı. "Bunu dinleyemem. Ben bir hiçim, Anastasia. Ben bir insan müsveddesiyim. Kalbim yok benim."

"Evet, var. Ve ben o kalbi istiyorum. Hepsini. Sen iyi bir adamsın, Christian, gerçekten iyi bir adamsın. Bundan sakın şüphen olmasın. Ne yaptığına bir bak... Başardıklarına." Hıçkırdım. "Benim için yaptıklarına bak. Benim için neye sırt çevirdiğine," diye fısıldadım. "Biliyorum. Benim için ne hissettiğini biliyorum."

Bana iri ve paniklemiş gözlerle bakıyordu; tek duyabildiğimiz duşta üzerimizden çağlayan suyun sürekli akışıydı.

"Beni seviyorsun," diye fısıldadım.

Gözleri daha da irileşti ve ağzı aralandı. Soluksuz kalmış gibi, derin bir nefes aldı. Eziyet çeker gibi savunmasız bir hali vardı.

"Evet," diye fısıldadı. "Seviyorum."

BÖLÜM DOKUZ

Coşkun sevincimi frenleyemiyordum. Bilinçaltım bana afallamış bir halde, bense Christian'ın acı çeken gözlerine özlemle bakarken, suratımda yüzümü ortadan ikiye ayıran bir sırıtış vardı.

Christian'ın sanki günah çıkarıyormuş gibi yumuşacık ve tatlı itirafı, beni sarsmıştı. Bu iki küçük kelime cennetten çıkmaydı. Yaşlar bir kez daha gözlerime batıyordu. *Evet, seviyorsun. Sevdiğini biliyorum.*

Bu, öylesine özgürleştirici bir aydınlanma anıydı ki. Başta romantik kahramanım olarak düşündüğüm, bu güzel, mahvolmuş adam bütün bu özelliklere sahipti, ama aynı zamanda kırılgan, yabancılaşmış ve kendine karşı nefretle doluydu. Kalbim neşeyle dolarken, bir yandan da çektiği eziyet karşısında acı duyuyordum. Ve şu anda kalbimin ikimize de yetecek kadar büyük olduğunu biliyordum. İkimize de yetecek kadar büyük olduğunu *umuyordum.*

Hissettiğim bütün sevgiyi bu tek dokunuşa akıtarak o sevgili, yakışıklı yüzünü tutmak ve onu usulca öpmek için uzandım. Üzerimizden çağlayan sıcak suyun altında, tadını çıkarmak istiyordum. Christian inleyerek beni kollarıyla sardı ve nefes almak için ihtiyaç duyduğu havaymışım gibi, sıkıca sardı.

Boğuk bir sesle, "Ah, Ana," diye fısıldadı. "Seni istiyorum, ama burada değil."

Ağzım ağzında, hararetle, "Evet," diye mırıldandım.

Duşu kapattı, elimi tutu ve beni dışarı çekip bornozla sardı. Bir havlu kapıp belime doladıktan sonra daha küçük bir tane daha aldı ve saçlarımı kurulamaya başladı. Tatmin olunca, havluyu başıma doladı. Lavabonun üstündeki aynada kendime baktığımda, başıma rahibelerinkini andıran bir örtü takmış gibi görünüyordum. Yanımda duruyordu ve dumanlı gri ve parlak mavi gözlerimiz aynada buluşunca, aklımda bir düşünce belirdi.

"Ben de seni kurulayabilir miyim?"

Her ne kadar alnı kırışsa da başıyla onay verdi. Tuvalet masasının yanında üst üste istiflenmiş havlu yığınından yeni bir havluya uzandım. Önünde parmaklarımın üstünde yükselerek saçlarını kurulamaya koyuldum. İşlemi kolaylaştırmak için öne eğildi. Arada, havlunun arasından yüzünün anlık bir görüntüsünü yakalıyordum ve küçük bir oğlan çocuğu gibi sırıtıyordu.

"Biri bana bu yapmayalı uzun zaman oldu. Çok uzun zaman," diye mırıldandı. Sonra kaşları çatıldı. "Aslında kimsenin saçlarımı kuruladığını sanmıyorum."

"Grace yapmıştır, herhalde. Küçükken saçlarını kurulamıştır yani."

Kafasını sallayarak işimi aksattı.

"Hayır. Onun için acı verici olmasına rağmen, daha ilk günden itibaren sınırlarıma saygılıydı. Ben kendine fazlasıyla yeten bir çocuktum."

Başka kimse önemsemediği için kendi kendine bakan, bakır rengi saçlı küçük çocuğu düşününce, karnıma bir yumruk yemiş gibi hissettim. Bu, insanı hasta edecek kadar hüzünlü bir düşünceydi. Ama melankolimin bu yakınlığı bozmasına izin vermeyecektim.

"Pekâlâ, onur duydum," diye kibarca takıldım.

"Duymalısınız, Bayan Steele. Ya da belki de onur duyması gereken benim."

Bilmiş bir sesle cevap verdim "Rica ederim, Bay Grey."

Saçlarıyla işim bitince yeni bir havluya uzandım ve bu kez arkasına geçtim. Gözlerimiz aynada buluştu. Dikkatli ve soran bakışları beni konuşmaya sevk etti.

"Bir şey deneyebilir miyim?"

Bir an sonra başını eğdi. Büyük bir temkinle ve çok yavaş bir şekilde yumuşacık kumaşı sol kolundan aşağı kaydırarak, teninde boncuk boncuk parlayan suyu kuruladım. Başımı kaldırıp aynadaki ifadesini kontrol ettim. Gözlerini kırpıştırdı; bakışları benimkileri delip geçiyordu.

Öne eğilip kolunun üst kısmını öpünce dudakları hafifçe aralandı. Aynı şekilde diğer kolunu da kurulayarak kolunun etrafına öpücükler kondurmayı sürdürdüm ve dudaklarında küçük bir gülümseme belirdi. Dikkatle, sırtının hâlâ görülebilen, silik ruj çizgisinin altında kalan kısmını kuruladım. Sırtını yıkamaya sıra gelmemişti.

"Bütün sırtımı," dedi yavaşça. "Havluyla." Ben onu hızlı hızlı ve sadece havluyla dokunmaya özen göstererek kurularken, keskin bir nefes alarak, gözlerini sıkıca kapattı.

O kadar çekici bir sırtı vardı ki. Geniş, biçimli ve en ufak kasların bile net bir şekilde belli olduğu omuzlar. Kendine gerçekten iyi bakıyordu. Bu güzel görüntüyü bozan tek şey yanık izleriydi.

Onları güçlükle yok saydım ve her birini tek tek öpme arzumu bastırdım. İşim bitince nefesini verdi. Ben de eğildim ve onu omzuna kondurduğum bir öpücükle ödüllendirdim. Kollarımla onu sarıp karnını kuruladım. Gözlerimiz aynada bir kez daha buluştu; yüzünde hem keyifli hem temkinli bir ifade vardı.

"Tut şunu." Ona küçük bir el havlusu uzatınca, bana şaşkın gözlerle baktı. "Georgia'yı hatırlıyor musun? Senin ellerini kullanarak kendime dokunmamı sağlamıştın," diye ekledim.

Yüzünün kararmasını görmezden geldim ve kollarımı etrafına doladım. Aynadaki görüntümüz –onun güzelliği, çıplaklığı, benim örtülü saçlarım– *İncil*'den çıkmış gibiydi. Sanki bir *Eski Ahit* tablosuyduk.

İsteyerek teslim ettiği eline uzandım ve kurulamak üzere göğsüne doğru kaldırdım. Havluyu yavaş ve tuhaf hareketlerle bedenine sürttüm. Önce bir kez, sonra iki kez, sonra yeniden. Elini saran elimi takip eden gözleri dışında, tamamen hareketsiz ve gergindi.

Bilinçaltım onaylayarak izliyordu. Normalde hep büzdüğü dudakları gülümsüyordu; ben muhteşem bir kukla ustasıydım. Kaygısı, sırtından dalga dalga yayılıyordu, ama göz temasını koruyordu. O gözler her zamankinden daha koyu ve ölümcüldü... Belki de sırlarını ortaya seriyordu.

Bu, gerçekten girmek istediğim bir yer miydi? İblisleriyle yüzleşmek istiyor muydum?

Elimi indirirken, aynadan gözlerinin derinliklerine bakarak, "Bence artık kurudun," diye fısıldadım. Nefesi hızlanmış, dudakları aralanmıştı.

"Sana ihtiyacım var, Anastasia," diye fısıldadı.

"Benim de sana ihtiyacım var." Sözcükler ağzımdan dökülürken, ne kadar doğru olduklarını fark edip sarsıldım. Christian'sız kalmayı hayal edemiyordum. Asla.

"İzin ver seni seveyim," dedi boğuk bir sesle.

"Evet," deyince, beni kollarına aldı ve dudakları dudaklarımı buldu. Yakarır gibi, tapar gibi, üzerime titrer gibi... Beni sever gibi.

Birleşme sonrası mutluluğumuzun tadını çıkararak birbirimize bakarken, parmaklarını bel kemiğimde bir aşağı bir yukarı gezdiriyordu. Ben yüz üstü yatıp bir yastığa sarılmış, o yana dönük halde yatıyorduk ve ben şefkatli dokunuşunun keyfini sürüyordum. Şu anda bana dokunmaya ihtiyaç duyduğunu biliyordum. Onun için bir merhem, bir teselli kaynağıydım; bunu ondan nasıl esirgeyebilirdim ki? Ben de onun için aynı şeyi hissediyordum.

"Demek nazik olabiliyormuşsun," diye mırıldandım.

"Hımm... Öyle görünüyor, Bayan Steele."

Sırıttım. "İlk defa... şey... bunu ilk yaptığımızda özellikle nazik değildin."

"Öyle mi?" Sırıttı. "Bekâretini zorla aldığımda."

"Zorla aldığını sanmıyorum," dedim mağrur bir tavırla. *Ben çaresiz bir bakire değilim.* "Sanırım bekâretim özgürce ve isteyerek sunuldu. Ben de seni istedim ve yanlış hatırlamıyorsam, bayağı keyif almıştım." Dudağımı ısırarak utangaç bir tavırla gülümsedim.

"Yanlış hatırlamıyorsam ben de öyle, Bayan Steele. Amacımız size haz vermek," diye mırıldandı. Yüzü yumuşamış, ciddileşmişti. "Ve bu tamamen benim olduğun anlamına geliyor." Bana bakarken, yüzündeki bütün muziplik silinmişti.

"Evet, öyleyim," diye karşılık verdim. "Sana bir şey sormak istiyordum."

"Söyle."

"Biyolojik baban... Kim olduğunu biliyor musun?" Bu düşünce aklımı kurcalıyordu.

Alnı kırıştı. Kafasını salladı. "Hiçbir fikrim yok. Pezevenkliğini yapan vahşi değildi, ki bu iyi bir şey."

"Nereden biliyorsun?"

"Babamın... Carrick'in söylediği bir şey."

Elli'me heyecanla bakarak bekledim.

"Bilgiye ne kadar açsın, Anastasia," diye iç geçirerek başını salladı. "Uyuşturucu bağımlısı fahişenin cesedini bulup yetkilileri arayan pezevenkti. Ama bu dört gününü almış. Giderken kapıyı kapatıp... beni onunla... cesediyle baş başa bırakmıştı." Bu anı gözlerinin bulutlanmasına neden olmuştu.

Derin bir nefes aldım. Zavallı bebeğim. Bu dehşet üzerinde düşünülemeyecek kadar korkunçtu.

"Polis onu daha sonra sorgulamış. Benimle hiçbir ilgisi olmadığını söylemiş ve Carrick de benimle en ufak bir benzerliği olmadığını söyledi."

"Nasıl biri olduğunu hatırlıyor musun?"

"Anastasia, bu hayatımın sık sık hatırlamak istediğim bir bölümü değil. Evet, neye benzediğini hatırlıyorum. Onu asla unutmayacağım." Christian'ın yüzü kararıp sertleşti, daha köşeli bir hal aldı. Gözleri öfkeyle soğudu. "Başka bir şeyden bahsedebilir miyiz?"

"Üzgünüm, tadını kaçırmak istemedim."

Kafasını salladı. "Bu eski bir hikâye, Ana. Üzerinde düşünmek istediğim bir konu değil."

"O zaman şu sürpriz ne?" Tamamen Elli Ton'a dönüşmeden önce konuyu değiştirmem gerekiyordu. İfadesi derhal gevşedi.

"Biraz temiz hava almak için dışarı çıkmak ister misin? Sana bir şey göstermek istiyorum."

"Elbette."

Bu kadar hızlı yön değiştirmesi beni hayrete düşürüyordu. Her zamanki kadar değişkendi. Bana çocuksu, umursamaz, ben-sadece-yirmi-yedi-yaşındayım gülümsemesiyle baktı ve yüreğim ağzıma geldi. Demek bu onun değer verdiği bir şeydi, öyle görünüyordu.

"Giyin. Kot pantolon olur. Umarım Taylor valizine kot koymuştur."

Ayağa kalktı ve iç çamaşırını üzerine geçirdi. Ah... Bütün gün burada oturup odanın içinde dolaşmasını izleyebilirdim.

"Kalk," diye azarlarken her zamanki gibi patronluk taslıyordu. Ona sırıtarak baktım.

"Sadece manzaranın tadını çıkarıyordum."

Bana gözlerini devirdi.

Giyinirken, birbirini çok iyi tanıyan iki insanın senkronizasyonuyla hareket ediyorduk. İkimiz de dikkatli ve birbirimizin hareketlerinin farkındaydık. Zaman zaman birbirimize mahcup mahcup gülümsüyor ve hafifçe dokunuyorduk. Ve o zaman, bunun onun için de en az benim için olduğu kadar yeni olduğunu fark ettim.

Giyinme işi bitince, Christian, "Saçlarını kurut," diye emretti.

"Her zamanki gibi hükmedicisin," diye sırıttım ve saçlarımı öpmek üzere eğildi.

"Bu asla değişmeyecek, bebek. Hastalanmanı istemiyorum."

Gözlerimi devirince ağzı keyifle çarpıldı.

"Avuçlarım kaşınıyor biliyorsunuz, Bayan Steele."

"Bunu duyduğuma sevindim, Bay Grey. Ben de sert taraflarınızı kaybettiğinizi düşünmeye başlamıştım."

"Arzu ederseniz, size durumun bu olmadığını kolayca gösterebilirim." Christian çantasından büyük, krem rengi, kalın örgülü bir kazak çıkardı ve omzuna attı. Beyaz tişört ve kot pantolonu, ustalıkla dağıtılmış saçları ve bu kazakla, kaliteli bir magazin dergisinin sayfalarından fırlamış gibi görünüyordu.

Kimse bu denli iyi görünmemeliydi. Ve sebebi kusursuz görüntüsünün ya da beni sevdiği bilgisinin anlık dikkat dağınıklığı mıydı bilmiyorum, ama avuçlarının kaşınması artık içimi korkuyla doldurmuyordu. Bu benim Elli Ton'umdu. O böyleydi.

Saç kurutma makinesine vardığımda, içimde bir umut çiçeklenmişti. Bir orta yol bulacaktık. Sadece birbirimizin ihtiyaçlarını tanımamız ve uyum sağlamamız gerekiyordu. *Bunu yapabilirim, değil mi?*

Şifonyerin aynasında kendime baktım. Taylor'ın aldığı ve benim için çantama koyduğu açık mavi gömleği giymiştim. Saçlarım berbat durumda, suratım kıpkırmızı, dudaklarım şişti. Onlara, Christian'ın yakıcı öpüşlerini hatırlayarak dokunurken küçük gülümsememe mani olamadım. *Evet, yapabilirim,* dedim.

Lobide valeyi beklerken sordum: "Tam olarak nereye gidiyoruz?"

Christian burnunun yanına dokundu ve bana bir sır verir gibi göz kırptı. Neşesini bastırmaya çalışır gibi bir hali vardı. Dürüst olmak gerekirse, Elli'ye aykırı bir durumdu.

Planöre gittiğimizde de böyle olmuştu. Belki de yine planörle uçacaktık. Çarpık gülümsemesiyle bana üstünlük taslayan, tepeden bakışını takındı. Eğilip beni usulca öptü.

"Beni ne kadar mutlu ettiğin konusunda bir fikrin var mı?" diye mırıldandı.

"Evet. Tam olarak biliyorum. Çünkü sen de beni mutlu ediyorsun."

Vale, suratında kocaman bir sırıtışla Christian'ın arabasını getirdi. Tanrım, bugün herkes çok mutluydu.

Vale anahtarları teslim ederken, "Harika araba, efendim," dedi. Christian göz kırptı ve ona hatırı sayılır bir bahşiş verdi.

Kaşlarımı çattım. Haydi ama.

Trafikte ilerlerken, Christian derin düşüncelere dalmıştı. Hoparlörden genç bir kadının güzel, zengin, yumuşak sesi yükseliyordu; bu hüzünlü ve insanın ruhuna işleyen seste kaybolmuştum

Dalgın bir sesle, "Bir yere uğramam gerek. Fazla uzun sürmez," diyerek dikkatimi şarkıdan uzaklaştırdı.

Ah, neden ki? Sürprizi öğrenmek için can atıyordum. İçimdeki tanrıça beş yaşında bir çocuk gibi zıp zıp zıplıyordu.

"Elbette," diye mırıldandım. Yolunda gitmeyen bir şey vardı. Christian aniden ciddi ve kararlı bir ifadeye bürünmüştü.

Büyük bir araba galerisinin park alanına girdi, arabayı durdurdu ve yüzünde ihtiyatlı bir ifadeyle bana döndü.

"Sana yeni bir araba almamız gerek." Ağzım açık bakakaldım.

Şimdi mi? Pazar günü? Bu da neyin nesiydi böyle? Üstelik burası bir Saab bayisiydi.

Aptallaşarak, "Audi değil mi?" dedim. Aklıma gelen tek şey buydu ve Tanrı onu kutsasın, gerçekten kızardı.

Mahcup bir Christian. Bu bir ilkti!

"Başka bir şey istersin diye düşündüm," diye mırıldandı. Âdeta kıvranıyordu.

Ah, lütfen. Onunla alay edemeyeceğim kadar kıymetli bir fırsattı bu. Sırıttım. "Bir Saab mı?"

"Evet. Bir 9-3. Gel."

"Yabancı arabalara merakının sebebi ne?"

"Almanlar ve İsveçliler dünyanın en güvenli arabalarını üretiyorlar, Anastasia."

Öyle miydi? "Benim için yeni bir Audi A3 ısmarladığını sanıyordum."

Bana karanlık bir bakış attı. "İptal edebilirim. Gel." Arabadan indi, benim tarafıma geçip kapımı açtı.

"Sana bir mezuniyet hediyesi borçluyum," diyerek elini uzattı.

"Christian, bunu yapmana gerçekten gerek yok."

"Evet, var. Lütfen. Gel." Sesi onunla oynanmaması gerektiğini söylüyordu.

Kaderime boyun eğdim. Bir Saab? Saab istiyor muydum? Audi İtaatkâr Özel'i bayağı sevmiştim. Çok havalıydı.

Elbette şu anda üzerinde bir ton beyaz boya vardı... Ürperdim. Ve Leila hâlâ dışarıda bir yerdeydi.

Christian'ın elini tuttum. Telaşsız adımlarla sergi salonuna girdik.

Satış temsilcisi Troy Turniansky, ucuz bir takım elbise gibi, Elli'ye yapışıvermişti. Satışın kokusunu almıştı. Aksanı tuhaf biçimde Orta Atlantik'i hatta belki de İngilizleri andırıyordu. Ayırt etmesi güçtü.

"Bir Saab mı efendim? İkinci el mi?" Sevinçle ellerini ovuşturuyordu.

"Yeni." Christian'ın ağzı gerilmişti.

Yeni!

"Aklınızda bir model var mıydı, efendim." Üstelik sırnaşıktı da.

"9-3 2.0 T Sport Sedan."

"Mükemmel bir seçim, efendim."

"Ne renk olsun, Anastasia?" Christian kafasını eğdi.

"Şey... siyah?" Omuz silktim. "Bunu yapmana gerçekten gerek yok."

Kaşları çatıldı. "Siyah, geceleri kolay görülmez."

Ah, Tanrı aşkına. Gözlerimi devirmenin cazibesine karşı koydum. "Senin araban siyah."

Bana ters ters baktı.

"O zaman kanarya sarısı." Omuz silktim.

Christian yüzünü buruşturdu. Belli ki kanarya sarısı ona göre değildi.

"Ne renk almamı istiyorsun?" Bunu küçük bir çocuğa sorar gibi sormuştum; zaten pek çok açıdan öyleydi. Bu tatsız bir düşünceydi. Hüzünlü ve insanı kendine getiren bir düşünce.

"Gümüş ya da beyaz."

"O zaman gümüş olsun. Bilirsin, ben Audi'yi tercih ederim." Düşüncelerim beni yumuşatmıştı.

Bir satış kaybetmek üzere olduğunu hisseden Troy'un rengi soldu. Ellerini hevesle çırparak, "Belki üstü açılabilen modeli tercih edersiniz, hanımefendi?" diye sordu.

Bütün bu araba olayı yüzünden utançtan yerin dibine geçen bilinçaltım tiksintiyle yüzünü buruşturdu. Ama içimdeki tanrıça onu yere serdi. *Üstü açılabilen mi? Ağzımın suyu aktı!*

Christian bana çatık kaşlarla baktı. Tek kaşını kaldırarak, "Üstü açılabilen mi istiyorsun?" diye sordu.

Kızardım. İçimdeki tanrıçayla aralarında direkt bir hat var gibiydi. Ve bu zaman zaman pek uygunsuz kaçıyordu. Ellerime baktım.

Christian, Troy'a döndü. "Üstü açılan modelin güvenlik istatistikleri nasıl?"

Christian'ın hassas noktasını sezen Troy, avının üstüne saldırarak her tür istatistik bilgisini ortaya döktü.

Christian doğal olarak güvende olmamı istiyordu. Bu onun için bir din gibiydi ve fanatik bir dindar olarak, Troy'un ustalıklı vaazını dikkatle dinledi. Elli gerçekten önemsiyordu.

Evet, seviyorum. Bu sabahtan kalan fısıltılı, boğuk sözlerini hatırlayınca, eritici bir parlaklık damarlarımda ılık bal gibi akmaya başladı. Tanrı'nın insanlara armağanı olan bu adam beni seviyordu.

Kendimi ona şapşal şapşal sırıtırken buldum. Bana bakınca yüzünde muzip ama şaşkın bir ifade belirdi. O kadar mutluydum ki.

Troy bilgisayar başına geçerken, Christian bana, "Her ne içtiyseniz, ben de istiyorum, Bayan Steele," diye mırıldandı.

"Beni sarhoş eden sizsiniz, Bay Grey."

"Öyle mi? Gerçekten sarhoş gibi görünüyorsunuz." Hızlı bir öpücük kondurdu. "Ve arabayı kabul ettiğin için teşekkürler. Geçen seferden daha kolay oldu."

"Şey, bir Audi A3 değil."

Sırıttı. "O sana uygun bir araba değildi."

"Ben sevmiştim."

"Efendim, 9-3. Beverly Hills'teki bayiimizde bir tane tespit ettim. Birkaç gün içinde getirtebiliriz." Troy zafer ışıkları saçıyordu.

"Sınıfının en üst modeli mi?"

"Evet, efendim."

"Mükemmel." Christian kredi kartını uzattı. Yoksa Taylor'ınki miydi? Sinir bozucu bir düşünceydi. Acaba Taylor nasıldı ve dairede Leila'yı bulabilmiş miydi? Alnımı ovuşturdum. Evet, Christian'ın peşinde sürüklediği ciddi yükleri vardı.

"Böyle gelebilirseniz, Bay..." Troy kartın üstündeki isme baktı. "Grey."

Christian kapımı açtı ve yeniden yolcu koltuğuna tırmandım.

O da yerini alınca, "Teşekkürler," dedim

Gülümsedi.

"Rica ederim, Anastasia." Christian motoru çalıştırınca, müzik tekrar başladı.

"Bu kim?" diye sordum.

"Eva Cassidy."

"Çok hoş bir sesi var."

"Öyledir, öyleydi."

"Ah."

"Genç yaşta öldü."

"Ah."

"Acıktın mı? Kahvaltını bitirmedin." Bana yüzünü kaplayan bir memnuniyetsizlikle hızlı bir bakış attı.

Ah-ha. "Evet."

"Bu durumda, önce öğle yemeği."

Christian önce sahil şeridine oradan Alaska Yolu Viyadüğü'ne doğru, kuzeye saptı. Seattle'da yine güzel bir gündü. Hava son birkaç haftadır alışılmadık ölçüde iyiydi.

Eva Cassidy'nin tatlı ve insanın içine işleyen müziği eşliğinde otoyolda ilerlerken, Christian mutlu ve gevşemiş görünüyordu. Onun yanında kendimi hiç bu kadar rahat hissettiğim olmuş muydu? Bilmiyordum.

Ruh hali konusunda daha az gergindim ve beni cezalandırmayacağından emindim. O da benim yanımda daha rahat görünüyordu.

Sola döndü ve bir süre sahil yolunu takip ettikten sonra geniş bir marinanın karşısındaki park alanına girdi.

"Burada yiyeceğiz. Dur, kapını açayım." Bunu kıpırdamamamın akıllıca olacağını anlayacağım bir tavırla söylemişti. Arabanın arkasını dolaşmasını izledim. Bundan bir gün bıkacak mıydı acaba?

Önümüzde uzanan marinaya bakarak suyun kıyısında kol kola yürüdük.

Hayretle mırıldandım. "Ne çok tekne var." Marinanın sakin ve durağan sularında, her biçim ve boyutta, yüzlerce tekne vardı. Puget Sound'da rüzgâra açılmış düzinelerce yelkenli mekik dokuyordu. Bu kusursuz bir manzaraydı. Biraz rüzgâr esmeye başladığı için ceketimi omuzlarıma çektim.

Christian, "Üşüdün mü?" diyerek beni kendine çekti.

"Hayır, sadece manzaranın tadını çıkarıyorum."

"Sabahtan akşama kadar bakabilirim. Gel, bu taraftan."

Christian beni denize cephesi olan bir bara soktu ve doğrudan tezgâha yaklaştı. Dekor Batı Sahili'nden çok New England havasındaydı. Beyaz kireç taşı duvarlar, açık mavi mobilyalar ve her yandan sarkan tekne öteberileri. Parlak ve neşeli bir yerdi.

Barmen, Christian'ı sevecenlikle karşıladı. "Bay Grey! Bu öğleden sonra size ne ikram edebilirim?"

"Dante, iyi günler." İkimiz de birer bar taburesine otururken, Christian sırıttı. "Bu güzel bayan Anastasia Steele."

"SP'nin yerine hoş geldiniz." Dante bana dostça bir gülümseme gönderdi. Siyahi ve güzel bir adamdı. Beni süzen koyu renk gözleri bir noksan bulamamışa benziyordu. Kulağındaki tek taş küpe bana göz kırptı. Ondan hemen hoşlanmıştım.

"Ne içmek istersiniz, Anastasia?"

Bana heyecanla bakan Christian'a baktım. Ah evet, seçmeme izin verecekti.

"Lütfen bana Ana de, Christian ne içiyorsa ondan istiyorum." Dante'ye mahcubiyetle gülümsedim. Elli, şarap konusunda benden kat kat iyiydi.

"Ben bira içeceğim. Burası Seattle'da Adnams Explorer bulabileceğin tek bar."

"Bira mı?"

"Evet." Bana sırıttı. "İki Explorer lütfen, Dante."

Dante başıyla onayladı ve biraları barın üstüne yerleştirdi.

"Burada enfes bir deniz mahsulleri çorbası yapıyorlar," dedi Christian.

Bana soruyordu.

"Balık çorbası ve bira kulağa harika geliyor."

Dante, "İki balık çorbası mı?" diye sordu.

"Lütfen." Christian ona sırıttı.

Yemek boyunca daha önce konuşmadığımız kadar konuştuk. Christian gevşemiş ve sakindi. Dün yaşanan her şeye rağmen, genç, mutlu ve canlı görünüyordu. Grey Şirketler Topluluğu'nun tarihini anlatıyordu. O açıldıkça, sorunlu şirketleri yoluna koyma tutkusunu, geliştirdiği teknolojiyle ilgili umutlarını ve üçüncü dünya ülkelerinin topraklarını daha üretken kılma hayallerini daha iyi anlıyordum. Büyülenmiş halde dinliyordum. Eğlenceli, zeki, iyiliksever ve güzeldi; ve beni seviyordu.

Karşılık olarak beni Ray ve annem hakkında, Montesano'nun sık ormanlarında büyümem ve Teksas ve Vegas'taki kısa hayatım konusunda soru yağmuruna tuttu. En sevdiğim kitap ve filmleri öğrenmek istiyordu. Ne kadar çok ortak noktamız olduğunu görmek beni şaşırtmıştı.

Konuşurken, onun Hardy'nin Alec'inden Angel'a dönüştüğünü fark ettim. Bu kadar kısa bir sürede aşağılamadan, yüksek ideale geçiş yapmıştı.

Yemeğimizi bitirdiğimizde saat ikiyi geçiyordu. Christian hesabı hallederken, Dante bizi sevecenlikle uğurladı.

Christian elimi tuttu ve bardan çıkarken ona, "Burası harika bir yer. Öğle yemeği için teşekkürler," dedim.

"Yine geleceğiz," dedi ve kıyı boyunca yürümeye başladık. "Sana göstermek istediğim bir şey var."

"Biliyorum... Her neyse... Görmek için sabırsızlanıyorum."

El ele marina boyunca ilerledik. O kadar hoş bir öğleden sonraydı ki. İnsanlar dışarıda pazar gününün keyfini çıkarıyorlardı Köpeklerini gezdiriyor, tekneleri hayranlıkla süzerek yürüyüş parkurunda koşturan çocuklarını seyrediyorlardı.

Marinada ilerledikçe, tekneler büyümeye başladı. Christian beni rıhtıma yönlendirdi ve kocaman bir katamaranın önünde durdu.

"Bu öğleden sonra yelken yaparız diye düşündüm. Bu benim teknem."

Tanrı aşkına. En az on iki, belki on beş metreydi. Gösterişli beyaz gövde, bir güverte, geniş bir kabin ve tepede heybetle yükselen bir direk. Tekneler hakkında hiçbir bilgim yoktu, ama bunun özel olduğunu anlamıştım.

Hayranlıkla, "Vay canına," diye mırıldandım.

Gururla, "Benim şirketim tarafından inşa edildi," deyince göğsüm kabardı. "İskeletinden itibaren dünyanın en iyi denizcilik mimarları tarafından tasarlandı ve burada, Seattle'da, benim avlumda inşa edildi. Hibrid elektrikli düzenekleri, asimetrik omurgası, kare tepeli bir ana yelkeni..."

"Tamam... Beni çoktan kaybettin, Christian."

Sırıttı. "Harika bir teknedir."

"Bayağı iyi görünüyor, Bay Grey."

"Aynen öyle, Bayan Steele."

"Adı ne?"

Beni ismini görebilmem için kenara çekti. *Grace*[17]. Şaşırmıştım. "Annenin adını mı verdin?"

"Evet." Başını soru sorar gibi yana yatırdı. "Bunu neden tuhaf buldun?"

Omzumu silktim. Şaşırmıştım. Annesinden bahsederken her zaman değişken oluyordu.

"Anneme hayranım, Anastasia. Neden bir tekneye onun adını vermeyeyim?"

Kıpkırmızı oldum. "Hayır, ondan değil... Sadece..." *Lanet olsun, bunu söze nasıl dökebilirdim ki?"*

"Anastasia, Grace Trevelyan-Grey benim hayatımı kurtardı. Her şeyimi ona borçluyum."

Yumuşacık bir sesle dile getirdiği itirafındaki saygının beni içine çekmesine izin vererek baktım. Annesini sevdiğini ilk kez böyle açıkça görüyordum. O zaman, ona karşı bu tuhaf çekimserliği nedendi?

Parlak ve heyecanlı gözlerle, "Binmek ister misin?" diye sordu.

"Evet, lütfen." Gülümsedim.

Sevinmiş gibiydi. Elimi sıkıca tutarak küçük iskele tahtasının üzerinden tekneye çıkardı. Sert bir sayvanın altında, güvertede durduk.

Bir yanda bir masa ve en az sekiz kişiyi alabilecek büyüklükte, uçuk mavi deriyle kaplı U biçiminde bir banket vardı. Sürgülü kapılardan kabinin içine baktım ve orada birini fark edince, irkilerek yerimden sıçradım. Uzun boylu sarışın adam sürgülü kapıyı açıp dışarı çıktı. Yanık tenli, kıvırcık saçlı, kahverengi gözlüydü ve üzerinde kısa kollu, polo yakalı, uçuk pembe bir tişört, şort ve güverte ayakkabıları vardı. Otuzlarının başında olmalıydı.

---

17 (İng.) Zarafet. (ç. n.)

Christian gülümsedi. "Mac."

"Bay Grey! Hoş geldiniz." El sıkıştılar.

"Anastasia. Seni Liam McConnell'la tanıştırayım. Liam, kız arkadaşım Anastasia Steele."

Kız arkadaş! İçimdeki tanrıça hızlı bir dans gösterisi sundu. Üstü açılan Saab yüzünden sırıtmaya devam ediyordu. Buna alışmam gerekecekti. Christian bunu ilk kez söylemiyordu, ama onun ağzından duymak büyük heyecandı.

"Nasılsınız?" Liam'la el sıkıştık.

Sevecen bir tavırla, "Bana Mac, deyin," dedi. Aksanını çıkaramamıştım. "Tekneye hoş geldiniz, Bayan Steele."

Kızararak, "Ana, lütfen," dedim. Derin kahverengi gözleri vardı.

"Nasıl sence, Mac?" Christian hemen araya girdi ve bir an benden bahsediyor sandım.

"Ortalığı kasıp kavurmaya hazır, efendim." Mac sırıtıyordu. Ah, tekneden bahsediyordu. *Grace*'ten. Ne aptaldım.

"O zaman yelken açalım."

"Onu denize mi çıkaracaksınız?"

"Evet." Christian, Mac'e muzip bir sırıtış gönderdi. "Hızlı bir tur, Anastasia?"

"Evet, lütfen."

Christian'ın peşinden kabine girdim. Tam karşımızda L biçiminde krem rengi deri bir kanepe vardı ve hemen üstündeki geniş, kavisli pencere görülmeye değer bir marina manzarasını ayaklar altına seriyordu. Sol tarafta mutfak bölümü vardı. Tamamı açık renk ahşaptan, mükemmel donanımlı bir mutfaktı.

"Burası ana salon," dedi Christian. Eliyle yan tarafı işaret ederek, "Yanda da teknenin mutfağı var," diye ekledi.

Beni elimden tuttu ve ana kabini gezdirmeye başladı. Şaşırtıcı derecede genişti. Zemin, aynı açık renk ahşapla kaplıydı. Modern ve gösterişli görünse de hafif, havadar bir his uyandırıyordu ve Christian'ın burada geçirecek çok fazla vakti yokmuş gibi, her şey son derece kullanışlıydı.

"Banyolar her iki tarafta." Christian iki kapıyı işaret etti ve sonra tam karşımızdaki küçük, tuhaf biçimli kapıyı açıp içeri girdi. Konforlu bir yatak odasındaydık. *Ah...*

Odada büyük boy bir kabin yatağı vardı ve her şey, tıpkı Escala'daki yatak odası gibi, uçuk mavi örtüler ve açık renk ahşaptan ibaretti. Görünüşe bakılırsa, Christian kendine bir tema seçiyor ve ona sadık kalıyordu.

"Bu ana kabin." Bana gözleri parlayarak baktı. "Ailem dışında, buraya gelen ilk kız sensin," dedi. "Onlar sayılmaz."

Sıcak bakışları altında kızardım ve nabzım hızlandı. *Gerçekten mi? Bir ilk daha.* Beni kollarının arasına çekti, parmaklarını saçlarımın arasına daldırıp uzun uzun öptü. Geri çekildiğinde ikimiz de nefes nefeseydik.

Ağzını ağzımdan çekmeden, "Bu yatağı vaftiz etmemiz gerekebilir," diye fısıldadı.

Ah, denizde!

"Ama hemen şimdi değil. Gel. Mac denize açılıyor olmalı." Elimi tutup beni yeniden salona çıkarırken, içimdeki hayal kırıklığını yok saydım. Başka bir kapıyı işaret etti.

"İçeride ofisim var. Ve burada, ön tarafta, iki kabin daha var."

"Yani teknede kaç kişi uyuyabilir?"

"Altı yavruluk kapasitesi olan bir kedi. Gerçi sadece ailem kaldı. Denize yalnız açılmayı severim. Ama bu sen yokken böyleydi. Gözümü üstünden ayırmamam gerek."

Bir sandık açtı ve parlak kırmızı bir can yeleği çıkardı.

"Al, bakalım." Dudaklarında belli belirsiz bir gülümsemeyle, yeleği başımdan geçirip bütün kayışlarını sıkılaştırdı.

"Beni kemerlerle bağlamaya bayılıyorsun, değil mi?"

"Her zaman," derken dudaklarında şehvetli bir gülümseme dans ediyordu.

"Sapığın tekisin."

"Biliyorum." Kaşlarını kaldırdı ve gülümsemesi bütün yüzüne yayıldı.

"Benim sapığım," diye fısıldadım.

Beni güvenceye aldığından emin olunca, yeleği iki yanından tutup beni öptü. "Her zaman," diye soludu ve sonra karşılık verme fırsatı tanımadan geri çekildi.

Her zaman! Lanet olsun!

"Gel." Elimden tutup dışarı yönlendirdi. Birkaç basamak tırmandık ve yüksek bir güverteden, içinde büyük bir dümen ve yükseltilmiş bir koltuk olan küçük güverteye girdik. Teknenin pruvasında Mac halatlarla bir şeyler yapıyordu.

Christian'a bütün masumiyetimle, "Halat numaralarının hepsini burada mı öğrendin?" diye sordum.

Beni süzerek, "Kazık bağları faydalı oldu," dedi. "Bayan Steele, meraklanmışa benziyorsunuz. Meraklı halinizi sevdim. Bir halatla ne yapabileceğimi göstermekten mutluluk duyarım." Bana sırıtarak bakıyordu. Bense beni üzmüş gibi, duygusuz gözlerle karşılık verdim. Yüzü düştü.

"Kandırdım." Sırıttım.

Dudakları kıvrıldı, gözlerini kıstı. "Seninle daha sonra uğraşacağım, ama şu anda teknemi kullanmam lazım." Kontrol panelinin başına geçti, bir düğmeye bastı ve motor çalıştı.

Mac teknenin yan tarafından hızlı adımlarla, bana sırıtarak geldi ve aşağıdaki güverteye atlayıp bir halatı çözmeye koyuldu. Belki o da bir takım halat numaraları biliyordu. Bu düşünce, hiç davetsiz zihnime süzülünce, kızardım.

Bilinçaltım bana dik dik bakıyordu. Ona içimden omuz silktim ve Christian'a baktım. Elli'nin suçuydu. Mac seslenerek hazır olduğumuzu haber verince, Christian telsiz alıcısını kaldırdı ve sahil güvenlikle bağlantı kurdu.

Bir kez daha Christian'ın uzmanlığı konusunda afallamıştım. Bu adamın yapamayacağı bir şey yok muydu? Sonra cuma günü dairemde, bir biberi dilimlemek ve doğramak için harcadığı samimi çabayı hatırladım. Bu düşünce beni gülümsetmişti.

Christian, *Grace*'i marinadaki yerinden yavaşça çıkardı ve marina girişine doğru yönlendirdi. Arkamızda, iskelede gidişimizi izlemek üzere küçük bir kalabalık toplanmıştı. Küçük çocuklar el sallıyorlardı. Ben de karşılık verdim.

Christian omzunun üstünden arkaya baktıktan sonra, beni kollarının arasına çekip kokpitteki çeşitli kadran ve aygıtları gösterdi. Her zamanki patronvari tavrıyla, "Dümeni tut," diye emretti; söyleneni yaptım.

"Hay, hay, Kaptan!" kıkırdadım.

Ellerini benimkilerin üstüne yerleştirerek, tekneyi marinanın çıkışına doğru yönlendirdi ve birkaç dakika içinde, açık denizde, Puget Sound'un soğuk mavi sularındaydık. Marina'nın koruyucu duvarlarının korunaklılığından uzaktayken rüzgâr daha kuvvetliydi ve deniz altımızda kabarıp alçalıyordu.

Christian'ın heyecanı karşısında sırıtmamak elimde değildi. Bu o kadar eğlenceliydi ki. Arkamızda rüzgârla, batıya, Olympic Yarımadası'na doğru sapmak için geniş bir kavis çizdik.

Christian, "Yelken zamanı," derken heyecanlıydı. "Al, kızım sana emanet. Onu rotasında tut."

Ne? Yüzüme yansıyan dehşete sırıtarak karşılık verdi.

"Bebeğim. Gerçekten kolay. Dümeni tut ve gözünü pruvanın üstünden, ufuktan ayırma. Harika bir iş çıkaracaksın, her zaman çıkarıyorsun. Yelkenler açılınca çekimi hissedeceksin. Tek yapman gereken onu sabit tutmak. Böyle işaret verdiğimde..." Gırtlağını keser gibi bir hareket yaptı. "Motoru kapatabilirsin. Şuradaki düğme." Büyük siyah bir düğmeyi işaret etti. "Anladın mı?"

Paniğe kapıldığımı hissederek başımı deli gibi salladım. "Evet." *Lanet olsun, ben hiçbir şey yapmayı beklemiyordum ki.*

Beni çabucak öptükten sonra kaptan koltuğundan kalktı ve Mac'in yanına, teknenin ön tarafına atladı. Orada yelkenleri açmaya, ipleri çözmeye ve vinç ile makaraları devreye sokmaya koyuldu. Birbirlerine değişik denizcilik terimleriyle bir şeyler söyleyerek takım halinde çalışıyorlardı. Elli'yi bir başkasıyla böyle kaygısız bir tavırla iletişim kurarken görmek insanın içini ısıtıyordu.

Belki de Mac, Elli'nin arkadaşıydı. Görebildiğim kadarıyla pek fazla arkadaşı yoktu ama zaten benim de çok arkadaşım olduğu söylenemezdi. En azından burada, Seattle'da. Sahip olduğum tek arkadaş, tatilde, Barbados'un batı kıyısında, Saint James'te güneşlenmekle meşguldü.

Kate'e ani bir özlem duydum. Ev arkadaşımı tahmin ettiğimden daha çok özlemiştim. Christian'ın kardeşi Elliot'la tatilini uzatmak yerine, ağabeyi Ethan'la birlikte eve dönmesini umuyordum.

Christian ve Mac ana yelkeni açtılar. Rüzgâr açlıkla, yelkeni doldurup şişirdi ve tekne birden silkinerek öne atıldı. Dümenden hissetmiştim. *Vay canına.*

Ana yelken üzerinde çalışmaya başladılar ve yelkenin seren direğinden yukarı uçmasını büyülenmiş gibi izledim. Rüzgâr o yelkeni de yakaladı ve iyice gerdi.

Christian motoru kapatma işareti verirken, rüzgârın üstünden seslendi. "Dümeni sabit tut bebek ve motoru kapat." Sadece sesini duyabilmiştim, ama yine de sevdiğim adamın rüzgâra kapılmış, coşkulu haline bakarak, hevesle başımı salladım.

Düğmeye basınca motorların kükremesi durdu ve *Grace*, Olympic Yarımadası'na doğru, suyun üstünde uçarcasına süzülmeye başladı. Haykırmak, çığlıklar ve sevinç nidaları atmak istiyordum; bu –belki planör ve belki de Kırmızı Acı Odası dışında– hayatımın en coşku verici tecrübelerinden biri olsa gerekti.

Vay canına. Bu tekne hareket edebiliyordu. Dönmesini engellemeye çalışarak dümene sıkıca tutunup ayaklarımı yere sıkı sıkı bastım. Christian yeniden arkamdaydı ve elleri ellerimin üstündeydi.

Rüzgârın ve denizin sesini bastırmak için, "Ne düşünüyorsun?" diye bağırdı.

"Christian! Bu harika!"

Yüzünü boydan boya kaplayan bir sırıtışla gülümsedi. "Bir de balon yelken açılınca gör." Çenesiyle balon yelkeni –koyu ve parlak kırmızı bir yelken– açmakla meşgul olan Mac'i işaret etti. Bana oyun odasının duvarlarını anımsatmıştı.

"İlginç bir renk!" diye bağırdım.

Bana kurnaz bir gülümsemeyle göz kırptı. Ah, kasten seçilmişti.

Balon yelken –kocaman, tuhaf, elipsi andıran bir şeydi– şişerek *Grace*'i hızlandırdı. Tekne yönünü buldu ve Sound'a doğru son hızla ilerlemeye başladı.

Christian dile getirmediğim soruyu benim için yanıtladı. "Asimetrik yelken. Hız için."

"Müthiş." Aklıma söyleyecek daha iyi bir şey gelmiyordu. Suyu yararak Olympic Dağları'na ve Bainbridge Adası'na doğru ilerlerken, suratımda dünyanın en saçma sırıtışı vardı. Arkaya bakınca, Seattle'ın gittikçe küçüldüğünü gördüm. Mount Rainier çok uzakta kalmıştı.

Seattle'ın çevresinin bu kadar güzel ve dağlık olduğunu gerçekten hiç fark edememiştim. Yemyeşil, gür, yapraklarını yaz kış dökmeyen yüksek ağaçlar ve oradan buradan sivrilen uçurumlar. Bu muhteşem güneşli öğleden sonrada, nefesimi kesen, vahşi ama dingin bir güzellik vardı. Suyu yararak ilerleme hızımızla karşılaştırılınca, bu dinginlik sersemleticiydi.

"Ne kadar hızlı gidiyoruz?"

"On beş knot yapıyor."

"Ne demek olduğu konusunda hiçbir fikrim yok."

"Yaklaşık olarak saatte otuz kilometre demek."

"O kadarcık mı? Çok daha hızlı gibi geliyor."

Gülümseyerek elimi sıktı. "Çok güzel görünüyorsun, Anastasia. Yanaklarının renklendiğini görmek çok güzel. Üstelik kızardığın için değil. José'nin fotoğraflarındaki haline benziyorsun."

Döndüm ve onu öptüm.

"Bir kıza nasıl iyi vakit geçirteceğinizi biliyorsunuz, Bay Grey."

"Amacımız zevk vermek, Bayan Steele." Saçlarımı aradan çekip ensemi öperek bel kemiğimden aşağı enfes bir karıncalanma hissi gönderdi. "Seni mutlu görmeyi seviyorum," diye mırıldandı ve kolunu bana daha sıkı sardı.

Engin mavi suya bakarak, talihin bana gülümsemesi ve bu adamı bana getirmesi için geçmişte ne yapmış olabileceğimi düşündüm

Bilinçaltım, *Evet, sen şanslı kaltağın tekisin*, diye yapıştırdı. *Ama onunla işin zor. Bu vanilya saçmalığını sonsuza dek istemeyecek... Ödün vermek zorunda kalacaksın.* Sinsi, saygısız yüzüne test ters baktım ve başımı Christian'ın göğsüne yasladım. İçin için, bilinçaltımın haklı olduğunu biliyordum, ama bu düşüncelere kapılarımı kapattım. Günümü mahvetmek istemiyordum.

Bir saat sonra, Bainbridge Adası'nın küçük, korunaklı bir koyuna demir atmıştık. Mac şişme bir sürat motoruyla kıyıya çıkmıştı. Nedenini bilmiyordum, ama kendime göre şüphelerim vardı, çünkü Mac motoru çalıştırır çalıştırmaz, Christian elimi tuttu ve beni kamarasına neredeyse sürükledi.

Şimdi karşımda duruyordu ve hünerli parmakları can yeleğimin kemerlerini hızla çözerken, baş döndürücü şehvetini buram buram yayıyordu. Yeleği kenara attı ve gözbebekleri irileşmiş koyu gözleriyle bana baktı.

Neredeyse kaybolmuştum ve henüz bana elini sürmemişti bile. Eliyle yüzüme dokundu, parmakları beni dokunuşuyla dağlayarak çenemden aşağı, boynuma, oradan göğüslerime ve mavi bluzumun ilk düğmesine kaydı.

"Seni görmek istiyorum," diye soludu ve düğmeyi kolayca çözdü. Eğilip aralık dudaklarıma yumuşak bir öpücük kondurdu. Kamaranın duvarları ve teknenin usul usul sallanışı ile insanı esir eden güzelliği ve seksiliği karşısında tahrik olmuş, nefes nefese kalmıştım. Geri çekildi.

"Benim için soyun," diye fısıldarken, gözleri kıvılcımlar saçıyordu.

Ah, Tanrım. İtaat etmek beni fazlasıyla mutlu edecekti. Gözlerimi onunkilerden ayırmadan, her düğmeyi tek tek ve yakıcı bakışlarının tadını çıkararak çözdüm. Ah, bu baş döndürücü bir şeydi. Arzusunu gözle görebiliyordum; yüzünden... ve her yerinden belliydi.

Gömleğimin yere düşmesine izin verdim ve kot pantolonumun düğmesine uzandım.

"Dur," diye emretti. "Otur."

Yatağın kenarına iliştim ve tek bir hareketle, önümde dizlerinin üstüne çöktü. Önce bir ayakkabımın, sonra diğerinin bağcıklarını çözdü ve çoraplarımla birlikte çıkardı. Sol ayağımı tuttu ve yukarı kaldırıp başparmağımın altına bir öpücük kondurduktan sonra bu kez dişlerini sürttü.

Etkiyi kasıklarımda hissederek, "Ah," diye inledim. Tek bir hareketle ayağa kalktı, bana elini uzattı ve yataktan kaldırdı.

"Devam et," dedi ve beni izlemek üzere geri çekildi.

Kot pantolonumun fermuarını indirdim ve kalçalarımı iki yana sallayıp pantolonu bacaklarımdan kaydırmadan önce, parmaklarımı bel kısmına taktım. Dudaklarında yumuşacık bir gülümseme belirmiş, ama gözleri karanlık kalmıştı.

Nedeni benimle bu sabah sevişmiş olması mıydı –demek istediğim gerçekten nazikçe ve tatlılıkla sevişmiş olması mıydı– yoksa coşkulu ilan-ı aşkı mı *–evet, seviyorum–* bilmiyorum ama hiç mi hiç utanmıyordum. Bu adam için seksi olmak istiyordum. Seksiliği hak ediyor ve seksi hissetmeme neden oluyordu. Tamam, bu benim için yeni bir şeydi, ama onun uzmanlığının yardımıyla öğreniyordum. Hem bu onun için de yeniydi. Sanırım aramızdaki dengeyi biraz olsun sağlıyordu.

Bayağı pahalı tasarım markası iç çamaşırlarımdan birini, beyaz dantel külot ve sütyen takımımı giymiştim. Kot pantolonumun içinden çıktım ve parasını onun ödediği iç çamaşırları içinde karşısına dikildim. Artık kendimi ucuz hissetmiyordum. Onun hissediyordum.

Arkama uzanıp sütyenin kopçasını açtım ve askıları kollarımdan kaydırıp yere bluzumun üstüne attım. Ağır hareketlerle külotumu da indirdim ve bileklerime düşmesine izin verdim. Sonra kendi zarafetime şaşırarak içinden çıktım.

Karşısında çıplak ve hiç utanmadan dikilirken nedeninin beni sevmesi olduğunu biliyordum. Artık saklanmama gerek yoktu. Tek söz etmeden bana bakıyordu. Tek görebildiğim arzusu, hatta hayranlığıydı, bir de ihtiyacının ve bana duyduğu sevginin derinliği.

Ellerini aşağı uzatıp krem rengi kazağının etek ucunu tuttu ve başından çekip çıkardı. Ardından gri gözlerini benden bir an ayırmadan, tişörtünü de çıkarıp göğsünü gözler önüne serdi. Pantolonunun düğmesine uzanmadan önce, sırada ayakkabı ve çorapları vardı.

Elimi uzatırken, "Bana bırak," diye fısıldadım.

Ah, derken dudakları kıvrıldı ve gülümsedi. "Keyfine bak."

Ona doğru bir adım attım ve korkusuz parmaklarımı kotunun belinden içeri kaydırıp sertçe çekerek, Christian'ı bana bir adım yaklaşmaya zorladım. Beklenmedik cüretim karşısında istem dışı iç geçirdi ve sonra bana gülümseyerek baktı. Düğmeyi çözdüm ve fermuarını indirmeden önce, parmaklarımın aylak aylak dolaşıp yumuşak kumaşın üstünden ereksiyonunu okşamasına izin verdim. Avuçlarımın altındaki kalçalarını kastı ve gözlerini kısa bir an için yumarak dokunuşumun tadını çıkardı.

"Cesaretleniyorsun, Ana, cesurlaşıyorsun," diye fısıldadı ve yüzümü iki elinin arasına alıp beni öpmek üzere eğildi.

Ellerimi, yarısı serin tenine, yarısı da kot pantolonunun düşük beline denk gelecek şekilde, kalçalarına yerleştirdim. Parmaklarımı teninde usul usul gezdirirken, "Sen de öyle," diye mırıldandım. Gülümsedim.

"Yavaş yavaş."

Ellerimi kot pantolonunun önüne götürdüm ve fermuarını indirdim. Cesur parmaklarım kasık tüylerinden ereksiyonuna kaydı ve onu sıkıca kavradım.

Gırtlağından alçak bir ses yükseldi, tatlı nefesi her yanımı yıkıyordu ve beni tekrar, sevgiyle öptü. Elim üzerine kapanıp onu okşarken ve sıkarken, kolunu omzuma attı ve sağ elini, parmaklarını iyice açarak sırtımın ortasına yerleştirdi. Sol eli saçlarımın arasındaydı ve beni ağzına bastırıyordu.

"Ah, seni o kadar çok istiyorum, bebeğim," diye soludu ve aniden geri çekilip kot pantolonu ve çamaşırından tek ve çevik bir hareketle kurtuldu. Giyinik ya da çıplak, her santimiyle bakılmaya değer bir manzaraydı.

Kusursuzdu. *Güzelliği sadece yara izleriyle bozuluyor*, diye düşündüm üzüntüyle. Ve teninden çok daha derinlere kadar iniyorlardı.

"Sorun ne, Ana?" diye mırıldandı ve parmak boğumlarını yanağımda gezdirdi.

"Hiç. Seviş benimle, hemen."

Beni kollarının arasına çekti ve öperken, ellerini saçlarıma doladı. Dillerimiz birbirine dolanırken beni geri geri yatağa doğru yürüttü ve yavaşça yatırdı. Kendisi de yanıma uzandı.

Elim saçlarının arasına kayarken, burnunu çene çizgimde dolaştırdı.

"Kokunun ne kadar muhteşem olduğu konusunda bir fikrin var mı, Ana? Dayanılmaz bir kokun var."

Sözleri her zamanki gibi kanımı alevlendirip nabzımı hızlandırdı. Burnunu sürterek boynumdan aşağı memelerime inerken, bir yandan da beni usulca öpüyordu.

Meme uçlarımdan birini ağzına alıp yavaşça emerken, "Çok güzelsin," diye mırıldandı.

Bedenim yatakta yay gibi gerilirken inledim.

"Bırak sesini duyayım, bebeğim."

Eli belime kayarken dokunuşunun verdiği his içimi mutlulukla doldurdu. Ten teneydik, aç ağzı memelerimdeydi ve becerikli uzun parmakları beni okşuyor, seviyor, âdeta üzerime titriyordu. Kalçalarımın üstünden, sırtımın üstünden bacağıma ve dizime kayarken, bir yandan da memelerimi öpüyor ve emiyordu.

Dizimi kavradı ve bacağımı ani bir hareketle yukarı kaldırıp kalçasının üstüne kıvırarak iç geçirmeme neden oldu. Sırıtışını görmekten çok, tenimde hissetmiştim. At biner gibi üzerine çıkacağım şekilde döndü ve bana bir folyo paket uzattı.

Geri kaydım ve onu ellerimin arasına aldım. Bütün bu ihtişamına karşı koyamıyordum. Eğilip onu öptükten sonra ağzımın içine alıp dilimi etrafında döndürerek iyice emdim. İnledi ve ağzımın daha derinlerine kaymak için kalçalarını kastı.

Mmmm, tadı enfes. Onu içimde istiyordum. Doğrulup ona baktım. Nefes nefeseydi ve ağzı açık bir halde beni dikkatle izliyordu.

Aceleyle prezervatifi açtım ve aletine geçirdim. Bana ellerini uzattı. Birini tuttum ve diğer elimle üzerindeki yerimi alıp ona yavaşça sahip oldum.

Gırtlağından bir inilti yükselirken gözlerini yumdu.

İçimde olması... beni esnetmesi ve içimi doldurması... Yavaşça inledim. İnledim. İlahi bir şeydi bu. Ellerini kalçalarıma yerleştirdi ve beni yukarı aşağı hareket ettirerek kendini içime itti. Ah... çok güzeldi.

"Ah, bebeğim," diye fısıldadı ve birden, burun buruna geleceğimiz şekilde kalkıp oturdu. Bu, sıra dışı bir duygu, müthiş bir doluluk hissiydi. İnledim ve o başımı ellerinin arasına alıp gözlerimin içine bakarken ben de kollarının üst kısımlarına sıkıca yapıştım. Yoğun ve gri bakışları arzuyla yanıyordu.

"Ah, Ana. Bana hissettirdiklerin," diye mırıldandı ve beni ateşli bir şevkle, tutkuyla öptü. Öpüşüne karşılık verirken, ta derinlere kadar içimde olmasının enfes duygusuyla sersemdim.

"Ah, seni seviyorum," diye mırıldandım. Fısıldadığım sözleri duymaktan acı çekermiş gibi inleyerek dönerken, temasımızı bozmadan beni altına yatırdı. Bacaklarımı beline sardım.

Bana hayranlık dolu gözlerle bakıyordu ve güzel yüzünü okşamak için uzanırken, benim ifademin de onunkinin aynısı olduğundan emindim. Çok yavaşça kıpırdamaya başladı ve bunu yaparken gözlerini yumarak usulca inledi.

Teknenin usul usul salınışını, kamaranın huzuru ve sükûnetini bozan tek şey, Christian içime girip çıkarken birbirine karışan nefeslerimizdi. Bu o kadar kontrollü ve o kadar hoştu ki, cennetten çıkmıştı sanki. Kolunu başımın üstüne, elini saçıma attı ve beni öpmek üzere eğilirken diğer eliyle yüzümü okşadı.

Beni severken, içime bir girip bir çıkarak tadıma varırken, kozasına sarılmıştım sanki. Ona, sınırlara sadık kalarak, kollarına, saçlarına, beline ve güzel poposuna dokunurken ve gittikçe hızlanan ritmi beni yükseğe, daha yükseğe tırmandırırken nefes nefese kalmıştım. Ağzımı, çenemi öptükten sonra, kulağımı dişlerinin arasına aldı. Bedenini her itişiyle kısa ve güçlü nefesini duyabiliyordum.

Vücudum sarsılmaya başladı. *Ah... Çok iyi tanıdığım bu his... Yakındım... Ah...*

"Böyle bebek, benim için bırak kendini... Lütfen... Ana..." diye mırıldandı ve sözleri beni çözüverdiler.

"Christian," diye haykırdım ve ikimiz aynı anda boşalırken o da inliyordu.

BÖLÜM ON

"Mac birazdan gelir," diye mırıldandı.

"Hımm..." Kırpıştırarak açtığım gözlerim, yumuşacık, gri bakışlarıyla buluştu. Tanrım, gözlerinin rengi müthişti. Özellikle burada, denizdeyken ve kamaranın küçük camlarından içeri süzülen, sudan sıçrayan ışığı yansıtırken.

"Bütün öğleden sonrayı burada seninle yatarak geçirmeyi ne kadar istesem de filika için yardıma ihtiyacı olacak." Christian eğildi ve beni şefkatle öptü. "Ana, şu anda bu dağılmış ve seksi halinle o kadar güzel görünüyorsun ki. Daha fazlasını istememe neden oluyor." Gülümseyerek yataktan kalktı. Karnımın üstüne uzanıp manzaranın tadını çıkardım.

"Sen de fena sayılmazsın, Kaptan."

Giyinirken, kamaranın içinde hareket edişini seyrettim. Benimle bir kez daha, tatlı tatlı seks yapan bu adamı. Şansıma inanamıyordum. Benim olduğuna inanmakta güçlük çekiyordum. Ayakkabılarını giymek için yanıma oturdu.

"Kaptan, ha?" dedi kuru bir sesle. "Pekâlâ, bu geminin efendisi benim."

Başımı yana yatırdım. "Siz kalbimin efendisisiniz, Bay Grey." *Ve vücudumun... ve ruhumun.*

Hayretle başını salladı ve beni öpmek için eğildi. "Güvertede olacağım. İstersen banyoda duş var." Endişeli bir sesle, "Bir şeye ihtiyacın var mı? İçecek bir şey?" diye sorunca, elimden sırıtmaktan başka bir şey gelmedi. Bu aynı adam mıydı? Aynı Elli mi?

Aptal sırıtışıma tepki olarak, "Ne?" dedi.

"Sen."

"Ne olmuş bana?"

"Sen kimsin ve Christian'a ne yaptın?"

Dudaklarını hüzünlü bir gülümsemeyle çarpıttı.

"Çok uzakta değil, bebek," dedi usulca. Sesinde beni soruyu sorduğuma o anda pişman eden bir melankoli vardı. Ama hemen silkindi. "Onu yakında yeterince görürsün." Pis pis sırıttı. "Özellikle kalkmazsan." Uzandı ve popoma hem çığlık atmama hem gülmeme neden olan bir şaplak indirdi.

"Beni endişelendirdin."

"Öyle mi?" Christian'ın alnı kırıştı. "Birtakım karmaşık sinyaller veriyorsun, Anastasia. Bir adamın sana nasıl ayak uydurması beklenebilir ki?" Eğildi ve beni tekrar öptü. "Kaçtım, bebek," diye ekledi ve göz alıcı bir gülümsemeyle kalkıp beni dört bir yana saçılmış düşüncelerimle baş başa bıraktı.

Güverteye çıktığımda, Mac gelmişti, ama ben salon kapısını açarken üst güvertede gözden kayboldu. Christian BlackBerry'sindeydi. *Kiminle konuşuyor acaba*, diye merak ettim. Bana doğru yürüdü ve kendine çekip saçlarımı öptü.

"Harika bir haber... İyi. Evet... Gerçekten mi? Yangın merdiveni?.. Anlıyorum. Evet, bu gece."

Kapatma düğmesine bastı ve motorun çalışma sesiyle irkildim. Mac yukarıdaki kokpitte olmalıydı.

Christian beni bir kez daha öpüp can yeleğimi giydirirken, "Dönüş zamanı," dedi.

Marinaya dönerken, güneş arkamızda alçalmıştı ve ben harika öğleden sonramızı düşünüyordum. Christian'ın dikkatli, sabırlı öğretmenliğinde bir ana yelkeni, bir burun yelkeni ve bir balon yelkeni kaldırmış, bir gemici düğümü, kazık bağı ve margarita bağı bağlamayı öğrenmiştim. Ders boyunca, Christian'ın dudakları bükülüp durmuştu.

Aksi aksi homurdandım. "Seni bir gün bağlayabilirim."

Ağzı muzip bir ifadeyle çarpıldı. "Önce beni yakalamanız gerek, Bayan Steele."

Sözleri aklıma, dairede beni kovalayışını ve sonrasında yaşanan korkunç şeyleri getirmişti. Kaşlarımı çatarak ürperdim. Sonrasında onu terk etmiştim.

Şimdi artık beni sevdiğini itiraf etmişken, onu tekrar terk eder miydim? Onu bana her ne yaparsa yapsın, yine bırakabilir miydim? Ona böyle ihanet edebilir miydim? Hayır, hiç sanmıyordum.

Bana bütün yenilikçi tasarımları, teknikleri ve inşa etmede kullanılan yüksek kalite malzemeleri anlatarak güzel teknenin tamamını gezdirmişti. Onunla ilk tanıştığım gün yaptığım röportajı hatırladım. Teknelere tutkusunu o zaman anlamıştım. O zaman sevgisinin firmasının inşa ettiği okyanus aşırı yük gemileri için olduğunu sanmıştım; süper seksi, gösterişli katamaranlar için değil.

Tabii ki benimle tatlı tatlı ve hiç telaşsız sevişmişti. Vücudumun usta ellerinin altında yay gibi gerilmiş, arzulu halini hatırlayınca, kafamı salladım. O sıra dışı bir âşıktı; karşılaştıracak bir şeyim olmasa da bundan emindim. Her zaman böyle olsa, Kate daha çok ballandırırdı. Detayları kendine saklamak Kate'lik iş değildi.

Ama böylesi ona ne kadar yetecekti? Bilmiyordum ve bu sinir bozucu bir düşünceydi.

Şimdi *Grace* Seattle'a gittikçe yaklaşırken, o oturuyor, bense saatlerdir kollarının güvenli çemberinde, rahat ve hoş bir sessizlikte ayakta duruyordum. Dümen bendeydi. Christian arada bir bazı ayarlamalar için akıl veriyordu.

Kulağıma, "*Yelken yapmanın dünya kadar eski bir şiirselliği var*," diye fısıldadı.

"Bir yerden alıntı olmalı."

Sırıttığını hissettim. "Öyle. Antoine de Saint Exupéry."

"Ah... *Küçük Prens*'e bayılırım."

"Ben de."

Christian, ellerimi yönlendirerek bizi marinaya soktuğunda akşamın ilk saatleriydi. Teknelerden göz kırpan ışıklar karanlık suya yansıyordu, ama hava hâlâ aydınlıktı. Lokum gibi, parlak bir akşamdı ve görülmeye değer olacağı kesin bir gün batımını müjdeliyordu.

Christian tekneyi nispeten dar bir alanda çevirirken, rıhtımda bir kalabalık toplandı. Bunu kolaylıkla yaptı ve bizi daha önce çıktığımız yere hiç zorlanmadan soktu. Mac iskeleye atladı ve *Grace*'i bir direğe bağladı.

Christian, "İşte döndük," diye mırıldandı.

Utangaç bir tavırla, "Teşekkürler," dedim. "Harika bir öğleden sonraydı."

Christian sırıttı. "Bence de. Belki de seni bir yelken okuluna yazdırabiliriz, böylece ikimiz baş başa birkaç gün açılabiliriz."

"Çok hoşuma giderdi. Yatak odasını tekrar tekrar vaftiz ederdik."

Eğildi ve beni kulağımın altından öptü. "Hımm... Sabırsızlıkla bekliyorum, Anastasia," diye mırıldanarak bedenimdeki bütün tüylerin ürpermesine neden oldu.

Bunu nasıl yapıyordu?

"Gel, daire temiz. Gidebiliriz."

"Ya oteldeki eşyalarımız?"

"Taylor onları çoktan topladı."

Ah! Ne zaman?

"Bugün, ekibiyle birlikte *Grace*'i taradıktan sonra." Christian dile getirmediğim sorumu yanıtlamıştı.

"O zavallı adam hiç uyuyor mu?"

"Uyuyor." Christian şaşırmış gibi kaşını kaldırdı. "O sadece işini yapıyor, Anastasia ve işinde çok iyi. Jason gerçekten iyi bir şanstır."

"Jason?"

"Jason Taylor."

Taylor'ın ilk ismi olduğunu sanıyordum. Jason. Ona yakışmıştı. Sağlam. Güvenilir. Nedense beni gülümsetti.

"Taylor'dan hoşlanıyorsun," dedi Christian bana şüpheyle bakarak.

"Sanırım öyle." Sorusu beni şaşırtmıştı. Kaşlarını çattı. "Kaş çatma nedenin buysa, ona bir çekim hissetmiyorum. Nokta."

Christian neredeyse dudaklarını sarkıtmış surat asıyordu.

Tanrım. Bazen küçük bir çocuktan farksız oluyordu. "Bence Taylor sana çok iyi bakıyor. Ondan hoşlanmam bu yüzden. Nazik, güvenilir ve sadık görünüyor. Benim için babacan bir cazibesi var."

"Babacan mı?"

"Evet."

"Pekâlâ." Christian kelimeyi ve anlamını sınıyordu.

Güldüm.

"Ah, Christian, Tanrı aşkına, büyü biraz."

Çıkışım karşısında şaşırmış, ağzı açık kalmıştı ama ifademi düşünür gibi kaşlarını çattı. Sonunda, "Deniyorum," dedi.

"Belli oluyor. Fazlasıyla." Sesim yumuşaktı, ama gözlerimi devirdim.

"Gözlerini devirdiğin zaman bende ne anılar canlanıyor, Anastasia." Sırıttı.

Pis pis güldüm. "Pekâlâ, uslu durursan, belki o anıların bazılarını yeniden yaşayabiliriz."

Ağzı muzip bir ifadeyle kıvrıldı. "Uslu durursam mı?" Kaşlarını kaldırdı. "Gerçekten, Bayan Steele, size o anıları yeniden yaşamayı isteyeceğimi düşündüren nedir?"

"Belki de bunu söylediğim zaman gözlerinizin Noel ışıkları gibi parlamasıdır."

"Beni şimdiden o kadar iyi tanıyorsun ki," dedi kuru bir sesle.

"Seni daha iyi tanımak isterim."

Gülümsedi. "Ben de seni, Anastasia."

"Teşekkürler, Mac." Christian, McConnell'ın elini sıkıp rıhtıma çıktı.

"Her zaman bir zevk, Bay Grey ve güle güle. Ana, tanıştığımıza çok sevindim.

Çekinerek elini sıktım. O kıyıya çıkınca, Christian'la ne iş çevirdiğimizi biliyor olmalıydı.

"Güzel bir gündü, Mac, teşekkürler."

Bana sırıtarak göz kırpınca kızardım. Christian elimi tuttu ve birlikte marinanın yürüyüş yoluna saptık.

Aksanının uyandırdığı merakla, "Mac nereli?" diye sordum.

"İrlanda... Kuzey İrlanda," diye düzeltti.

"Arkadaşın mı?"

"Mac mi? Benim için çalışıyor. *Grace*'in inşasına yardım etti."

"Çok arkadaşın var mı?"

Kaşlarını çattı. "Pek sayılmaz. Benim yaptığım işte... Arkadaşların olmaz. Sadece..." Durdu. Kaşları iyice çatılınca Bayan Robinson'dan bahsedeceğini anladım.

Konuyu değiştirmeye çalışarak, "Acıktın mı?" diye sordu.

Başımı evet der gibi salladım. Aslında açlıktan ölüyordum.

"Arabayı bıraktığım yerde yeriz. Gel."

SP'nin yanında, Bee's adında bir İtalyan bistrosu vardı. Bana Portland'daki yeri anımsatmıştı, az sayıda masası vardı ve dekoru da çok temiz ve moderndi. Yüzyıl sonu kutlamalarından siyah beyaz bir fotoğraf, duvar resmi olarak kullanılmıştı.

Christian'la bir masaya oturduk. Enfes, hafif bir Frascati yudumlayarak mönüyü inceliyorduk. Kararımı verip kafamı kaldırdığımda, Christian soran gözlerle beni izliyordu.

"Ne?" diye sordum.

"Çok güzel görünüyorsun, Anastasia. Dışarıda olmak sana iyi geliyor."

Kızardım. "Doğrusunu istersen, rüzgârdan yanmışım gibi hissediyorum. Ama çok güzel bir öğleden sonra geçirdim. Mükemmel bir öğleden sonra. Teşekkürler."

Gülümserken, gözleri sıcacıktı. "O zevk bana ait."

"Bir şey sorabilir miyim?" Bir konuda gerçeği öğrenmeye karar vermiştim.

"Ne istersen, Anastasia. Bunu biliyorsun." Enfes bir görüntüyle, başını yana yatırdı.

"Çok fazla arkadaşın yok gibi. Neden böyle?"

Omuz silkti ve kaşlarını çattı. "Sana söyledim. Çok fazla zamanım yok. İş ortaklarım var; gerçi o arkadaşlıktan çok farklı, sanırım. Ailem var ve o kadar. Bir de Elena."

Kaltak cücenin bahsini duymazdan geldim. "Birlikte dışarı çıkıp biraz kafa dağıtacağın yaşıtın erkek arkadaşın yok mu?"

"Kafamı nasıl dağıtmayı sevdiğimi biliyorsun, Anastasia." Christian'ın ağzı çarpıldı. "Ve çalışıyordum, bir iş kuruyordum." Kafası karışmış gibiydi. "Yelken ve zaman zaman uçmak dışında, tek yaptığım buydu."

"Üniversitede bile mi?"

"Pek sayılmaz."

"O zaman da sadece Elena vardı yani?"

Temkinli bir ifadeyle kafasını salladı.

"Kendini yalnız hissetmişsindir."

Dudakları küçük, hüzünlü bir gülümsemeyle kıvrıldı. Konuyu bir kez daha değiştirerek, "Ne yemek istersin?" diye sordu.

"Tercihimi risottodan yana kullanıyorum."

"İyi seçim." Christian garsona işaret ederek konuşmaya son noktayı koydu.

Siparişimizi verdikten sonra, koltuğumda huzursuzca kıpırdanarak, birbirine kenetlediğim parmaklarıma baktım. Eğer konuşma havasındaysa, bu durumdan istifade etmeliydim.

Onunla beklentileri hakkında... hmmm... ihtiyaçları hakkında konuşmalıydım.

"Anastasia, sorun ne? Söyle bana."

Kafamı kaldırıp endişeli yüzüne baktım.

Daha zorlayıcı bir tonla, "Anlat," dedi. Endişesi neye doğru ilerliyordu? Korku? Öfke?

Derin bir nefes aldım. "Ben sadece bunun sana yetmeyeceğinden endişeliyim. Bilirsin işte, rahatlaman için."

Çenesi kasılırken, gözleri sertleşti. "Sana bunun yetmediğine dair herhangi bir işaret mi verdim?"

"Hayır."

"O zaman neden böyle düşünüyorsun?"

"Senin nasıl olduğunu biliyorum... Ben, şey... neye ihtiyacının olduğunu," diye kekeledim.

Gözlerini yumdu ve uzun parmaklarıyla alnını ovaladı.

"Ne yapmam gerek?" Sesinde, sanki sinirlenmiş gibi, ürkütücü bir yumuşaklık vardı ve kalbim acıyla doldu.

"Hayır, yanlış anlıyorsun. Sen müthiştin ve sadece birkaç gün olduğunu biliyorum, ama seni olmadığın biri olmaya zorlamadığımı umuyorum."

"Ben hâlâ benim, Anastasia. Bombokluğumun elli tonuyla birlikte. Evet, kontrolü elde tutma isteğimle savaşmam gerekiyor... Ama bu benim yapım, hayatla baş etme şeklim. Ve evet, senin de belli bir şekilde davranmanı bekliyorum ve davranmadığın zaman bu hem meydan okuyucu hem de tazeleyici oluyor. Yapmaktan hoşlandığım şeyleri hâlâ yapıyoruz. Dünkü cüretkâr açık arttırma bahsinden sonra sana şaplak atmama izin verdin." Hatırlamak onu sevgiyle gülümsetmişti. "Seni cezalandırmaktan keyif alıyorum. Bu arzunun bir gün gideceğini sanmıyorum, ama deniyorum ve sandığım kadar zor olmuyor."

Çocukluk odasındaki kaçamak birlikteliğimizi hatırlayınca kızararak kıvrandım. Çekingen bir gülümsemeyle, "Benim için sakıncası yoktu," diye fısıldadım.

"Biliyorum." Ağzı isteksiz bir gülümsemeyle kıvrıldı. "Benim için de. Ama sana şunu söyleyeyim, Anastasia, bütün bunlar benim için çok yeni ve bu son birkaç gün hayatımın en güzel günleri oldu. Hiçbir şeyi değiştirmek istemem."

Ah!

Ben, "İstisnasız, benim hayatımın da en güzel günleriydi," diye mırıldanınca, gülümsemesi daha da büyüdü. İçimdeki tanrıça hemfikir olduğunu göstermek için çılgın gibi kafasını sallıyor ve beni dürtüyordu. *Tamam, tamam.*

"Yani beni oyun odana sokmak istemiyor musun?"

Yutkundu, rengi attı. Bütün muzipliği kaybolmuştu. "Hayır, istemiyorum."

"Ama neden?" diye fısıldadım. Beklediğim yanıt bu değildi.

Ve evet, işte oradaydı, bir gıdım da olsa pişmanlık. İçimdeki tanrıça surat asarak ayaklarını yere vurdu. Kollarını kızgın bir çocuk gibi göğsünde kavuşturmuştu.

Christian, "O odaya son girişimizde beni terk ettin," dedi yavaşça. "Beni terk etmene neden olabilecek her şeyden uzak dururum. Sen gidince mahvoldum. Sana bunu anlattım. Bir daha asla öyle hissetmek istemiyorum. Sana senin için ne hissettiğimi söyledim." Gri gözleri iri iri açılmış ve samimiyetiyle yoğunlaşmıştı.

"Ama hiç adil gelmiyor. Sürekli olarak benim ne hissettiğim konusunda endişelenmek senin için pek kolay olmasa gerek. Benim için bütün bu değişiklikleri yaptın ve ben... sanırım bir şekilde karşılık vermeliyim. Bilmiyorum... Belki... birtakım rollere bürünmeyi falan denemeliyim," diye kekelerken, yüzüm oyun odasının duvarları gibi kıpkırmızıydı.

Bundan bahsetmek neden bu kadar zordu? Bu adamla her tür acayip düzüşmenin, birkaç hafta önce bahsini bile duymadığım, mümkün olabileceğini düşünmediğim şeylerin içinde olmuştum, ama yine de en zoru onunla konuşmaktı.

"Sen karşılığını zaten veriyorsun, tahmin ettiğinden daha faza. Lütfen, lütfen böyle hissetme."

Umursamaz Christian gitmişti. Gözleri telaştan daha da irileşmişti ve bu iç parçalayıcıydı. "Bize biraz zaman ver. Geçen hafta sen gittikten sonra bizi çok düşündüm. Zamana ihtiyacımız var. Senin bana benim sana güvenmemiz gerek. Belki zaman içinde deneriz, ama şu anda bu halini seviyorum. Seni böyle mutlu, gevşemiş ve tasasız görmeyi, benim de bunda payım olduğunu bilmeyi. Ben daha önce..." Durdu ve elini saçlarının arasından kaydırdı. "Koşmadan önce yürümemiz gerek." Birden sırıttı.

"Bu kadar komik olan ne?"

"Flynn. Hep böyle der. Ondan alıntı yapacağım aklıma gelmezdi."

"Flynnizm."

Christian güldü. "Aynen öyle."

Garson başlangıç tabaklarımız ve *bruschetta*'yla gelince, sohbetimiz yön değiştirdi ve Christian gevşedi.

Ama mantıkdışı büyüklükteki tabaklarımız önümüze bırakılınca, kendimi Christian'ı bugün nasıl –rahatlamış, mutlu, tasasız– gördüğümü düşünmekten alamadım. En azından artık gülüyordu ve yine keyiflenmişti.

Beni gittiğim yerler hakkında sorguya çekmeye başlayınca, belli etmeden iç geçirdim. Birleşik Devletler ana kıtası dışında hiçbir yere gitmediğim için kısa bir sohbet oldu. Oysa Christian dünyayı dolaşmıştı. Daha rahat, mutlu bir sohbete daldık ve Christian'ın gittiği bütün o yerleri konuştuk.

Lezzetli ve doyurucu yemeğimizin ardından, Escala yolunda bize yine Eva Cassidy'nin yumuşacık tatlı sesi eşlik etti. Beni sakinleştirmiş, düşünebilmemi sağlamıştı. Akıl uçuracak türden bir gün yaşamıştım: Dr. Greene, duşumuz, Christian itirafı; oteldeki ve teknedeki sevişmelerimiz, araba alışımız. Christian çok farklıydı. Bir şeyleri boş verir ya da bir şeyleri keşfeder gibiydi. Hangisi bilmiyordum.

Bu kadar tatlı olabileceğini kim bilebilirdi? O bilebilir miydi?

Ona baktığımda, onun da derin düşüncelere dalmış olduğunu gördüm. Gerçek –en azından normal– bir ergenlik yaşamamış olmasıyla sarsıldım. Kafamı salladım.

Zihnim baloya ve Dr. Flynn'le dansımıza ve Christian'ın onunla ilgili her şeyi anlatmış olabileceğine dair kaygısına gitti. Christian benden hâlâ bir şeyler saklıyordu. Böyle hissederken nasıl ilerleme kaydedebilirdik ki?

Onu tanırsam gidebileceğimden korkuyordu. Kendisi gibi olursa gidebileceğimden çekiniyordu. *Ah, bu adam o kadar karmaşık ki.*

Evine yaklaştıkça, etrafına neredeyse elle tutulur kıvama gelen bir gerilim yaymaya başladı. Kaldırımları ve yan sokakları tarıyordu, gözleri dört bir yandaydı; Leila'yı aradığını biliyordum. Ben de bakınmaya başladım. Genç ve esmer kadınların hepsi şüpheliydi. Ama onu görmedik.

Garaja girdiğimizde, Christian'ın ağzı düz bir çizgiye dönüşmüştü. Madem bu kadar temkinli ve gergin olacaktı, neden buraya dönmüştük? Sawyer garajda, devriye görevindeydi. Mahvedilen Audi gitmişti. Christian, cipin yanına park edince, Sawyer kapımı açmaya geldi.

"Merhaba, Sawyer," diye mırıldandım.

"Bayan Steele." Başıyla selamladı. "Bay Grey."

Christian, "Bir iz yok mu?" diye sordu.

"Yok, efendim."

Christian başını salladı, elimi tuttu ve asansöre doğru yürüdük. Beyninin fazla mesai yaptığını biliyordum. Dalgındı. Asansöre girince bana döndü.

"Buradan tek başına çıkmana izin yok. Anladın mı?" diye çıkıştı.

"Tamam." *Tanrım, sakin ol.* Ama tavrı beni gülümsetmişti. Bu adamın bana karşı hükmedici ve kaba davrandığını biliyordum. Sadece bir hafta öncesinde, benimle böyle konuşmasını ne kadar tehditkâr bulacağımı düşünüp şaşırdım. Ama şimdi onu çok daha iyi tanıyordum. Bu onun baş etme mekanizmasıydı. Leila konusunda stresliydi, beni seviyordu ve korumak istiyordu.

"Bu kadar komik olan ne?" diye mırıldanırken, sesinde eğlenir gibi bir hal vardı.

"Sen."

"Ben mi, Bayan Steele? Neden komiğim?" Dudaklarını sarkıttı.

Christian'ın dudaklarını sarkıtması... seksiydi.

"Dudaklarını sarkıtma."

"Neden?" İyice keyiflenmişti.

"Çünkü, üzerimde, aynı benim böyle yaptığım zaman senin üzerinde bıraktığım etkiyi bırakıyor." Bilerek dudağımı ısırdım.

Şaşkın ama aynı zamanda hoşnut, kaşlarını kaldırdı. "Gerçekten mi?" Dudaklarını bir kez daha sarkıttı ve bana masum bir öpücük vermek üzere eğildi.

Dudaklarımı dudaklarına uzattım ve daha birbirlerine dokundukları nanosaniyede öpüşmemizin doğası değişiverdi ve bu mahrem dokunma noktasından damarlarıma, beni ona iten bir orman yangını yayılıverdi.

Saçlarım ellerinin arasında kıvrılırken, Christian beni tutup asansör duvarına itti. Dillerimiz birbirine dolanırken yüzümü saran elleri beni dudaklarına sabitliyordu. Ve her şeyi bu denli gerçek kılan, asansörün dar alanı mıydı bilmiyorum, ama ihtiyacını, kaygısını ve tutkusunu hissedebiliyordum.

Lanet olsun. Onu burada ve şimdi istiyordum.

Asansör zil sesiyle durdu, kapılar iki yana açıldı ve Christian yüzünü benimkinden çekse de, ereksiyonunu bana yaslayarak kalçalarıyla beni duvara çiviledi.

Nefes nefese, "Vay canına," diye mırıldandı.

Ciğerlerimi çok iyi gelen havayla doldururken, "Vay canına," diye tekrarladım.

Bana bakarken, gözleri alev alevdi. "Bana bu yaptığın, Ana..." Başparmağını alt dudağımın üstünde gezdirdi.

Gözümün ucuyla, Taylor'ın görüş alanımdan çıkmak için geri çekildiğini gördüm. Uzandım ve Christian'ın güzel biçimli ağzının köşesine bir öpücük kondurdum.

"Bana bu yaptıkların, Christian."

Geri çekilip elimi tuttu. Gözkapakları inik, bakışları daha karanlıktı. "Gel," diye emretti.

Taylor hâlâ girişteydi ve kendini göstermeden bizi bekliyordu.

"İyi akşamlar, Taylor," dedi Christian sevecenlikle.

"Bay Grey. Bayan Steele."

Taylor'a, "Dün Bayan Taylor'dım," diye sırıtmamla kızarması bir oldu.

Taylor umursamaz bir sesle, "Hoş bir tınısı var, Bayan Steele," dedi.

"Ben de öyle düşündüm."

Christian elimi daha sıkı kavradı ve surat asarak, "İkinizin sohbeti bittiyse bilgilendirme istiyorum," dedi. Huzursuz görünen Taylor'a dik dik bakınca içim sıkıldı. Çizgiyi aşmıştım.

Taylor'a ağız hareketlerimle, "Özür dilerim," dedikten sonra Christian'ın peşinden yürüdüm. Taylor omuz silkerek kibarca gülümsedi.

Christian, Taylor'a, "Birazdan seninle olacağım. Önce Bayan Steele'le bir şey konuşmak istiyorum," dedi ve başımın belada olduğunu anladım.

Christian beni yatak odasına götürüp kapıyı kapattı.

"Personelle flört etme, Anastasia," diye azarladı.

Kendimi savunmak için ağzımı açtım, sonra kapatıp yeniden açtım. "Ben flört etmiyordum, sadece dostça davranıyordum. Arada fark var."

"Personele ne dostça davran ne de onlarla flört et, hoşuma gitmiyor."

Ah, tasasız Christian'a güle güle. "Özür dilerim," diye mırıldandım ve bakışlarımı parmaklarıma indirdim. Gün boyu kendimi çocuk gibi hissetmeme neden olmamıştı. Uzanıp çenemi tuttu ve gözlerine bakmam için başımı kaldırdı.

"Ne kadar kıskanç olduğumu biliyorsun," diye fısıldadı.

"Kıskanman için hiç neden yok, Christian. Vücudum da ruhum da sana ait."

Bu gerçeği idrak etmekte zorlanıyormuş gibi, gözlerini kırpıştırdı. Eğildi, beni hızla öptü, ama biraz önce asansörde yaşadığımız tutkudan eser yoktu.

Asık bir suratla, "Fazla uzun sürmez, keyfine bak," dedi ve beni sersemlemiş ve kafam karışmış halde tek başıma bıraktı.

Taylor'ı neden kıskanıyor ki? İnanamayarak başımı salladım.

Çalar saate bakınca, sekizi biraz geçtiğini gördüm. Yarın için iş kıyafetlerimi hazırlamaya karar verdim. Üst kata, odama çıkıp giyinme odasına girdim. Boştu. Bütün kıyafetler gitmişti. *Ah, hayır.* Christian sözümü ciddiye alıp bütün kıyafetlerden kurtulmuştu. *Siktir.*

Bilinçaltım bana dik dik bakıyordu. *Sen ve koca çenen sayesinde.*

Sözümü neden ciddiye almıştı? Aklıma hemen annemim öğüdü gelmişti: "*Erkekler söylediklerini kastederler, hayatım.*" Boşluğa somurtarak baktım. İçlerinde baloda giydiğim gümüş rengi tuvalet gibi çok hoş kıyafetler de vardı.

Büyük bir keder içinde yatak odasına döndüm. Bir dakika, neler oluyordu? iPad gitmişti. Mac'im neredeydi? *Ah, hayır.* Aklıma gelen ilk merhametsiz düşünce, onları Leila'nın çalmış olabileceği oldu.

Uçarak alt kata, Christian'ın odasına döndüm. Başucu komodinin üstünde Mac'im, iPad'im ve sırt çantam duruyordu. Hepsi oradaydı.

Giyinme odasının kapısını açtım. Kıyafetlerim –hem de hepsi– oradaydı, Christian'ın kıyafetleriyle aynı giyinme odasını paylaşıyorlardı. Bu ne zaman olmuştu? Christian böyle şeyler yapmadan önce beni neden hiç uyarmıyordu?

Döndüğümde kapıda duruyordu.

Dalgın bir tavırla, "Ah, taşınmayı halletmişler," diye mırıldandı.

"Sorun ne?" diye sordum. Yüzü ciddiydi.

"Taylor, Leila'nın içeri yangın merdivenlerinden girdiğini düşünüyor. Anahtarı olmalı. Bütün kilitler değiştirildi. Taylor'ın ekibi dairedeki bütün odaları taradı. Burada değil." Durdu ve elini saçlarının arasında kaydırdı. "Keşke nerede olduğunu bilseydim. Yardıma ihtiyacı olmasına rağmen ona ulaşma çabalarımızı geri püskürtüyor." Kaşlarını çatınca, biraz önceki dargınlığım kayboldu. Kollarımı ona sardım. Bana sıkıca sarılarak saçlarımı öptü.

"Onu bulunca ne yapacaksın?" diye sordum.

"Dr. Flynn'in bir yeri var."

"Ya kocası ne olacak?"

"Leila'yı başından defetti." Christian'ın sesi buruktu. "Ailesi Connecticut'ta. Sanırım tamamen yalnız kaldı."

"Çok üzücü."

"Eşyalarının burada olması senin için uygun mu? Odamı seninle paylaşmak istiyorum," diye mırıldandı.

Vay canına, yine son sürat bir konu değişikliği.

"Evet."

"Benimle uyumanı istiyorum. Sen yanımdayken kâbus görmüyorum."

"Kâbus mu görüyorsun?"

"Evet."

Ona daha sıkı sarıldım. Geçmişten gelen yükleri çoktu. Bu içimi acıtıyordu.

"Yarın işe giderken giyeceğim kıyafetlerimi hazırlıyordum," diye mırıldandım.

Christian sanki pis bir kelimeymiş gibi, "İş!" diye ünledi ve beni bıraktı.

"Evet, iş," diye cevap verirken, tepkisi aklımı karıştırmıştı.

Bana anlam veremeyerek baktı. "Ama Leila dışarıda bir yerde." Duraksadı. "İşe gitmeni istemiyorum"

Ne? "Bu çok saçma, Christian. İşe gitmek zorundayım."

"Hayır, değilsin."

"Sen Kâinatın Efendisi olmakla meşgulken, burada oturup parmaklarımı çıtlatacağımı mı düşünüyorsun?"

"Dürüst olmam gerekirse, evet."

Ah, Elli, Elli, Elli... Tanrım, bana güç ver.

"Christian, işe gitmem gerek."

"Hayır, gitmen gerekmiyor."

"Evet, gerek." Küçük bir çocukmuş gibi tane tane konuşmuştum.

Yüzünü buruşturdu. "Güvenli değil."

"Christian, hayatımı kazanmak için işe ihtiyacım var ve başımın çaresine bakabilirim."

"Hayır, hayatını kazanmak için çalışmaya ihtiyacın yok ve başının çaresine bakabileceğini nereden biliyorsun?" Neredeyse bağırıyordu.

Ne demek istiyordu? Bana o mu bakacaktı? Ah, işte bu saçma ötesiydi. Onu ne zamandır tanıyordum, beş hafta mı?

Kızmıştı, gözleri fırtınalı ve çakmak çakmaktı, ama umrumda değildi.

"Tanrı aşkına, Christian, Leila yatağının ayakucunda duruyordu ve bana zarar vermedi ve evet, çalışmaya ihtiyacım var. Sana borçlu kalmak istemiyorum. Ödemem gereken öğrenci kredilerim var."

Ağzı sert bir çizgiye dönüştü. Ben de ellerimi kalçarıma yerleştirdim. Geri adım atmayacaktım. Kendini ne sanıyordu ki?

"İşe gitmeni istemiyorum."

"Seni ilgilendirmez, Christian. Bu senin alacağın bir karar değil."

Bana dik dik bakarken, elini saçlarının arasında dolaştırdı. Birbirimize gözlerimizi dikmişken saniyeler, dakikalar geçti.

"Sawyer da seninle gelecek."

"Christian, buna gerek yok. Mantıksız davranıyorsun."

"Mantıksız mı?" diye kükredi. "Ya seninle gelir ya da gerçekten mantıksız davranıp seni burada tutarım."

Bunu yapamazdı, değil mi? "Tam olarak, nasıl?"

"Ah, bir yolunu bulurum, Anastasia. Beni zorlama."

"Tamam!" diye pes ettim. Onu sakinleştirmek için iki elimi havaya kaldırdım. *Lanet olsun. Elli intikam için geri dönmüştü.*

Karşılıklı birbirimize surat asarak duruyorduk.

"Tamam, kendini daha iyi hissetmeni sağlayacaksa, Sawyer benimle gelebilir." Gözlerimi devirerek teslim oldum. Christian gözlerini kısarak bana doğru tehditkâr bir adım attı. Derhal geri çekildim. Durdu, derin bir nefes aldı, gözlerini yumdu ve ellerini saçlarının arasından geçirdi. *Ah, hayır.* Elli tamamen öfkelenmişti.

"Sana bir tur attırayım mı?"

Tur mu? Şaka mı yapıyorsun? Büyük temkinle, "Tamam," diye mırıldandım. Bir ruh hali değişikliği daha.

Bay Gel-Git şehre dönmüştü. Uzattığı elini tutunca, elimi yavaşça sıktı.

"Seni korkutmak istemedim."

"Korkutmadın. Sadece kaçmaya hazırlanıyordum," dedim.

"Kaçmaya mı?" Christian'ın gözleri irileşmişti.

"Şaka yapıyorum!" *Ah, Tanrım.*

Beni giyinme odasından çıkardı ve sakinleşmek için bir an durdum. Vücudumda hâlâ adrenalin cirit atıyordu. Elli'yle kavga hafife alınmaması gereken bir şeydi.

Bana daireyi gezdirdi ve çeşitli odaları gösterdi. Oyun odasının dışında, üst katta üç oda daha vardı. Taylor ve Bayan Jones'un kendilerine ait bir kanatları olduğunu öğrenmek beni şaşırtmıştı. Bir mutfak, geniş bir oturma odası ve birer yatak odası. Bayan Jones henüz Portland'daki kız kardeşini ziyaretten dönmemişti.

Aşağıda, dikkatimi çeken çalışma odasının tam karşısında kalan, fazla büyük bir plazma ekran ve çeşitli oyun konsollarının olduğu TV odası oldu. Çok samimi ve rahat görünüyordu.

"Yani bir Xbox'un var." Sırıttım.

"Evet, ama çok kötüyüm. Elliot beni her zaman yeniyor. Sana oyun odasından bahsettiğimde böyle bir odadan bahsettiğimi sanmıştın." Bana sırıtarak baktı, öfke nöbeti geçmişti. Tanrı'ya şükür, iyi haline geri dönmüştü.

Mağrur bir tavırla, "Beni eğlenceli bulmanıza sevindim, Bay Grey," diye cevap verdim.

"Öylesiniz Bayan Steele. Tabii sinir bozucu olmadığınız zamanlarda."

"Genelde sen mantıksız olunca ben de sinir bozucu oluyorum."

"Ben mi? Mantıksız mı?"

"Evet, Bay Grey. Mantıksız ikinci adınız olabilir."

"Benim ikinci bir adım yok."

"O zaman mantıksız çok uygun düşerdi."

"Bunun bir görüş meselesi olduğunu düşünüyorum, Bayan Steele."

"Dr. Flynn'in profesyonel görüşünü almak isterdim."

Christian pis pis sırıttı.

"İkinci adının Trevelyan olduğunu sanıyordum."

"Hayır. O soyadım. Trevelyan-Grey."

"Ama kullanmıyorsun."

"Çok uzun. Gel," diye emretti. TV odasından çıkıp salonu geçtik ve çamaşır odasını ve etkileyici boyutlardaki şarap mahzenini geride bırakarak Taylor'ın şahsına ait ofise girdik. Biz içeri girince Taylor ayağa kalktı. Odada altı kişilik bir toplantı masası vardı. Bir masanın üstünde sayısız monitör vardı. Dairenin kapalı devre sistemi olduğundan habersizdim. Sistem, balkonu, merdivenleri, servis asansörünü ve girişi gözlüyor gibi görünüyordu.

"Merhaba, Taylor. Anastasia'ya daireyi gezdiriyorum."

Taylor başını eğdi, ama gülümsemedi. Acaba o da benim gibi tembihlenmiş miydi ve neden hâlâ çalışıyordu? Ben gülümseyince, kibarca selam verdi. Christian elimi tuttu ve beni kütüphaneye götürdü.

"Ve elbette, buraya gelmiştin." Kapıyı açtı. Bilardo masasının yeşil çuha kaplamasına baktım.

"Oynayalım mı?" diye sordum.

Christian gülümsedi. Şaşırmıştı. "Tamam. Daha önce hiç oynadın mı?"

"Birkaç kez," diye yalan söyledim. Gözlerini kıstı ve kafasını yana yatırdı.

"Çok kötü bir yalancısın, Anastasia. Ya daha önce hiç oynamadın ya da..."

Dudaklarımı yaladım. "Biraz rekabetten korktun mu yoksa?"

"Senin gibi küçük bir kızdan mı korkacağım?" Christian tatlı tatlı alay ediyordu.

"Bahse var mısınız, Bay Grey?"

"Demek kendinize o kadar güveniyorsunuz, Bayan Steele." Hem eğlenerek hem hayret ederek sırıttı. "Nesine bahse girmek istersiniz?"

"Kazanırsam beni oyun odasına götüreceksiniz."

Söylediğimi tam anlayamamış gibi baktı. Şaşkınlıkla geçen birkaç saniyenin ardından, "Ya ben kazanırsam?" diye sordu.

"O zaman seçim sizin."

Cevabını düşünürken sırıttı. "Tamam, anlaştık." Sırıttı. "Bilardo mu, İngiliz *snooker*'ı mı, yoksa üç top mu oynamak istersin?"

"Bilardo lütfen. Diğerlerini bilmiyorum."

Christian kitap raflarından birinin altındaki bir dolaptan büyük bir deri kutu çıkardı. İçinde, kadife yuvalara yerleştirilmiş bilardo topları vardı. Hızlı ve becerikli hareketlerle topları çuhanın üstüne, üçgenin içine yerleştirdi. Daha önce bu kadar büyük bir masada bilardo oynadığımı sanmıyordum. Christian bana bir isteka ve bir tebeşir uzattı.

Yapay bir kibarlıkla, "Sen başlamak ister misin?" diye sordu. Çok eğleniyor, kazanacağını düşünüyordu.

"Tamam," İstekamın ucunu tebeşirledim ve tebeşir fazlalığını gidermek için üflerken, kirpiklerimin arasından Christian'a baktım. Bakışları kararmıştı.

Beyaz topa nişan aldım, seri ve temiz bir vuruşla, üçgenin ortasındaki topa, çizgili topun dönüp üst sağdaki deliğe düşmesine neden olacak bir hızla isabet ettirdim. Topların geri kalanını dağıtmıştım.

Masum bir tavırla ve işveyle gülümseyerek, "Çizgilileri seçiyorum," dedim. Christian'ın ağzı keyifle kıvrıldı.

"Nasıl istersen," dedi kibarca.

Sıradaki üç topu hızlı bir seriyle deliklere gönderdim. İçimden dans ediyordum. Şu anda bana bilardo oynamayı –hem de iyi oynamayı– öğreten José'ye minnettardım. Christian beni duygularını belli etmeden izliyordu, ama artık o kadar eğlenmiyor gibiydi. Yeşil çizgiliyi kıl payı ıskaladım.

Hayranlıkla, "Biliyor musun, Anastasia. Burada sabahtan akşama kadar durup öne eğilmeni ve bilardo masasının üzerine uzanmanı izleyebilirim," dedi.

Kızardım. Tanrı'ya şükür üzerimde kot pantolonum vardı. Sırıttı. Beni oyun dışı bırakmaya çalışıyordu. *Piç.* Krem rengi kazağını çıkarıp bir sandalyenin arkasına attı ve ilk atışını yapmak üzere masaya yaklaşırken bana pis pis sırıttı.

Masaya iyice eğildi. Dilim damağım kurumuştu. *Ah, ne demek istediğini anladım.* Üzerinde dar bir kot ve beyaz bir tişörtle, eğilen bir Christian... Ne manzara ama. Düşüncelerim dağılıvermişti. Hızla dört isabet kaydettikten sonra, beyazı düşürerek faul yaptı.

"Çok basit bir hata, Bay Grey," diye takıldım.

Pis pis sırıttı. "Ah, Bayan Steele. Ben aptal bir ölümlüden başka bir şey değilim. Sanırım sıra sizde." Eliyle masayı işaret etti.

"Kaybetmeye çalışmıyorsun, değil mi?"

"Ah, hayır. Ödül olarak aklımdan geçirdiğim şey kazanmak istememe sebep oluyor, Anastasia." Rahat bir tavırla omuz silkti. "Ama zaten ben her zaman kazanmak isterim."

Gözlerimi kıstım. *Pekâlâ, o zaman.* Üzerimde, hoş bir göğüs dekoltesi olan mavi bluzumun olmasına seviniyordum. Masanın etrafında dolaştım ve elime geçen her fırsatta olabildiğince eğilerek Christian'a popom ve dekoltemle ziyafet çektim. Bu oyunda ben de vardım. Ona baktım.

Gözlerinde karanlık bir ifadeyle, "Ne yaptığını biliyorum," diye fısıldadı.

Başımı bilmiş bir tavırla yana yatırdım ve elimi istekamın üstünde bir aşağı bir yukarı ağır ağır dolaştırarak dalgın bir tavırla, "Ah, ben sadece bir sonraki atışımı nereden yapacağıma karar vermeye çalışıyorum," dedim.

Masaya eğilip turuncu topu daha iyi bir konuma getirmek için vurdum. Sonra tam Christian'ın önünde durdum ve masanın altından diğer topları çıkardım. Eğilerek bir sonraki vuruşumu ayarladım. Iskaladım. *Kahretsin...*

Ben masaya eğilmiş halde dururken, Christian arkama geçti ve elini popoma koydu. *Hımm...*

"Bunu ortalıkta beni baştan çıkarmak için mi sallayıp duruyorsunuz, Bayan Steele?" Ve sert bir şaplak indirdi.

İnledim. "Evet," diye mırıldandım. Çünkü öyleydi.

"Ne dilediğine dikkat et, bebek."

Christian masanın diğer tarafına geçip eğilir ve nişan alırken popomu sıvazladım. Kırmızı topu vurdu ve top soldaki deliğe girdi. Sarı topu üst sağ deliğe nişan aldı ve ıskaladı. Sırıttım.

"Kırmızı Oda, biz geliyoruz," diye takıldım.

Tek kaşını kaldırmakla yetindi ve bana devam etmem için işaret verdi. Yeşil çizgiliyi çabucak hallettim ve şans eseri, son turuncu çizgiliyi sokmayı da başardım.

Christian başka bir şeyden, karanlık ve edepsiz bir şeyden bahseder gibi, "Delik seç," diye mırıldandı.

"Üst sol taraf." Siyaha nişan alıp vurdum ama ıskaladım. Açıktan gitti. *Lanet olsun.*

Christian ahlaksız bir sırıtışla masaya eğildi ve kalan son iki topun da icabına baktı. Onu ve masanın üzerine uzanan esnek vücudunu izlerken neredeyse nefes nefeseydim. Doğruldu, istekasını tebeşirlerken gözlerini benimkilere sabitledi.

"Kazanırsam..."

Ah, evet?

"Seni pataklayacak ve sonra bu bilardo masasının üstünde bececeğim."

Lanet olsun. Göbeğimin altında kalan kasların her biri kaskatı kesilmişti.

"Sağ üst," diye mırıldandı ve siyaha nişan alarak atışını yapmak üzere eğildi.

BÖLÜM ON BİR

Christian bütün zarafetiyle beyaz topa dokundu, top masanın üstünde kaydı, siyahı öptü ve ah, siyah ağır ağır döndü, kenarda duraksadı ve nihayet bilardo masasının sağ üst deliğine düştü.

Lanet olsun.

Doğrulurken ağzı ah-sana-öyle-fena-sahip-olacağım-ki-Steele diyen bir zafer gülümsemesiyle kıvrıldı. İstekasını bıraktı ve dağınık saçları, kot pantolonu ve beyaz tişörtüyle bana doğru yürüdü. Bir CEO'ya benzemiyordu. Şehrin kenar mahallerinden gelme kötü bir çocuğa benziyordu. Lanet olası, fena halde seksiydi.

Sırıtışını bastıramayarak, "Mızmız bir kaybeden olmayacaksın, değil mi?" diye mırıldandı.

"Şaplaklarının ne kadar sert olacağına göre değişir," diye fısıldarken, destek almak için istekama tutunuyordum. İstekayı elimden alıp kenara koydu. Parmağını gömleğimin yakasına geçirip beni kendine çekti.

"Pekâlâ, yaramazlıklarınızı bir bir sayalım, Bayan Steele." Uzun parmaklarıyla saymaya koyuldu. "Bir, beni kendi personelimle kıskandırmak. İki, benimle işe gitme konusunda tartışmak. Ve üç, enfes poponuzu son yirmi dakikadır sallamak."

Gözleri heyecandan, yumuşacık bir griyle parlıyordu. Eğilip burnunu burnuma sürttü. "Kot pantolonunu ve o baştan çıkartıcı gömleğini çıkarmanı istiyorum. Hemen." Dudaklarıma kuş tüyü hafifliğinde bir öpücük kondurdu ve rahat adımlarla gidip kapıyı kilitledi.

Dönüp bana baktığında, gözleri alev alevdi. Tam bir zombi gibi, felç olmuş halde duruyordum. Kalbim gümbür gümbür atıyor, kanım hızla pompalanıyordu ve tek kasımı bile oynatacak durumda değildim. Aklımdan geçen tek şey, "Bu, onun için," cümlesiydi ve bu düşünce bir mantra gibi, kendini sürekli tekrar ediyordu.

"Giysiler, Anastasia. Görünüşe bakılırsa hâlâ üstündeler. Çıkar yoksa senin yerine ben çıkaracağım."

"Sen çıkar." Sesimi nihayet bulmuştum. Alçak ve ateşli bir sesti. Christian sırıttı.

"Ah, Bayan Steele. Bu pis bir görev, ama sanırım bu zorluğu aşabilirim."

"Genelde zorluk çıkaran siz oluyorsunuz, Bay Grey." Kaşımı kaldırdım, sırıtarak karşılık verdi.

"Neden böyle söylediniz, Bayan Steele." Bana doğru yürürken, kitap raflarından birinin içine yerleştirilmiş küçük masada duraksadı. Uzanıp otuz santimlik bir cetvel aldı. İki ucunu tutup esnetirken, gözleri gözlerimi bir an bile terk etmedi.

Lanet olsun. Silahını seçmişti bakın. Dilim damağım kurumuştu.

Birden heyecanlanmıştım ve gereken yerlerim ıslanmıştı. Sadece Christian tek bir bakışla ve bir cetveli esneterek beni tahrik edebilirdi. Cetveli kot pantolonunun arka cebine soktu, gözleri karanlık ve vaat yüklü bir halde bana doğru yürüdü. Tek kelime etmeden, önümde dizlerinin üstüne çökerek hızlı ve becerikli bir şekilde bağcıklarımı çözmeye koyuldu. Sonra Converse'lerimi ve çoraplarımı çıkardı. Düşmemek için bilardo masasının kenarına yaslandım. Bağcıklarımı çözerken, ona tepeden baktım ve bu adama beslediğim hislerin derinliğine hayret ettim. Onu seviyordum.

Kalçalarımı tuttu, parmaklarını kot pantolonumun beline kaydırıp düğmemi ve fermuarımı açtı. Uzun kirpiklerinin arasından baktı ve kot pantolonumu usul usul çıkarırken, bana en şehvetli gülümsemesini gönderdi. Pantolonun içinden, süslü dantel külotumu giydiğime sevinerek çıktım. Bacaklarımın arka tarafını sıkıca kavradı ve burnunu bacak aramda dolaştırdı. Neredeyse eridim.

"Sana bayağı sert davranmak istiyorum, Anastasia. Çok fazla gelirse durmamı söylemelisin," diye soludu.

Ah, Tanrım. Beni öptü... Tam oradan. Usulca inledim.

"Güvenli kelime," diye mırıldandım.

"Hayır, güvenli kelime falan yok. Sadece dur de, dururum. Anladın mı?" Beni tekrar, burnunu sürterek öptü. *Ah, çok iyi geldi.* Ayağa kalktığında bakışları yoğundu. Kadife sesiyle, "Bana cevap ver," dedi.

"Evet, evet, anladım." Israrı aklımı karıştırmıştı.

"Gün boyu bana imalarda bulundun ve karmaşık sinyaller gönderdin, Anastasia," dedi. "Sert yanımı kaybetmemden endişe duyduğunu söyledin. Bununla ne demek istediğinden emin değilim ve ne kadar ciddi olduğunu da bilmiyorum, ama öğreneceğiz. Henüz oyun odasına dönmek istemiyorum; bu yüzden şimdi deneyebiliriz, ama hoşuna gitmezse bana söyleyeceğine söz vermelisin." Daha önceki kibrinin yerini, kaygısından doğan yakıcı bir yoğunluk almıştı.

Vay canına, lütfen kaygılanma, Christian. Onu ikna etmek için, sözlerini tekrar ettim. "Söyleyeceğim. Güvenli kelime yok."

"Biz sevgiliyiz, Anastasia. Sevgililerin güvenli kelimeye ihtiyacı yoktur." Kaşlarını çattı. "Öyle değil mi?"

"Sanırım, yoktur," diye mırıldandım. *Nereden bilebilirim ki?* "Söz veriyorum."

Yüzümde kararımı destekleyecek cesaretten yoksun olabileceğime dair bir ipucu aradı ve ben gergin ama aynı zamanda heyecanlıydım.

Bunu yapacağım için ve beni sevdiğini bildiğim için mutluydum. Benim için çok basitti ve şu anda gereğinden fazla düşünmek istemiyordum.

Yüzüne ağır bir gülümseme yayılarak düğmelerini çözmeye başladı. Usta parmakları sayesinde fazla uzun sürmedi, ama gömleği üstünden çıkarmadı. Eğilip istekayı aldı.

Ah, lanet olsun. Onunla ne yapacaktı? İçimden bir ürperti geçti.

"İyi oynuyorsunuz, Bayan Steele. Şaşırdığımı söylemeliyim. Haydi siyahı deliğe sokun."

Korkumu unutarak, neden şaşıracakmış diye düşünürek dudaklarımı sarkıttım. Seksi, kibirli piç. İçimdeki tanrıça geri planda esneyip bükülüyor, yüzünde kocaman bir gülümsemeyle esneme egzersizlerini yapıyordu.

Beyaz topu yerleştirdim. Christian masanın etrafını dolaştı ve ben atışımı yapmak üzere eğilirken, tam arkamda durdu. Elini sağ kalçama yerleştirdi ve parmağını bacağımda bir aşağı bir yukarı, beni hafifçe okşayarak dolaştırdı.

Gözlerimi yumarak ve ellerinin yarattığı hissin tadını çıkararak, "Bunu yapmayı sürdürürsen ıskalayacağım," diye fısıldadım.

"İsabet ettirmen ya da ıskalaman umurumda değil, bebek. Ben sadece seni böyle görmek istedim. Yarı çıplak ve bilardo masama uzanmış halde. Şu anda ne kadar seksi göründüğün konusunda bir fikrin var mı?"

Kızardım. İçimdeki tanrıça dişlerinin arasına bir gül kıstırıp tango yapmaya başladı. Derin bir nefes aldım ve Christian'ı yok saymaya çalışarak nişan aldım. İmkânsızdı. Popomu okşamayı sürdürüyordu.

"Üst sol," diye mırıldandım ve beyaz topa vurdum. Christian popoma sert bir şaplak indirdi.

O kadar beklenmedikti ki, iç geçirdim. Beyaz topun siyaha çarpıp delikten uzağa sıçramasına neden oldu. Christian popomu bir kez daha okşadı.

"Ah, sanırım bir daha denemen gerekecek," diye fısıldadı. "Konsantre olmalısın, Anastasia."

Oyun yüzünden heyecana kapılmıştım; soluğum hızlanmıştı. Masanın ucuna geçti, siyah topu tekrar yerine koydu ve beyaz topu bana doğru yuvarladı. Şehvetli gülümsemesiyle çok arzu uyandırıcı ve karanlık bakışlı görünüyordu. Ona nasıl direnebilirdim ki. Topu yakalayıp hizaya sokarak yeniden vurmaya hazırlandım.

"Ah-ha," diye azarladı. "Bekle." Ah, eziyeti uzatmaya bayılıyordu. Geri geldi ve tekrar arkama geçti. Bu defa sol kalçamı okşayıp popomu avuçlarken, gözlerimi yumdum.

"Nişan al," diye soludu.

Arzu içimi kıvrandırırken, inlememe mani olamadım. Ve siyah topu beyazla nereden vurmam gerektiğini gerçekten düşünmeye çalıştım. Hafifçe sağıma kaydım; o da peşimden geldi. Masaya bir kez daha eğildim. Beyaz topa vurduktan sonra ne olacağını bildiğim için, hatırı sayılır şekilde azalan iç gücümün son kırıntısını kullanarak nişan aldım ve beyaza bir kez daha vurdum. Christian popoma sert bir şaplak daha indirdi.

Ah! Yine ıskalamıştım. "Ah, hayır," diye inledim.

"Bir daha, bebek. Ve bu kez de ıskalarsan almana izin vereceğim."

Ne? Neyi almama izin verecekti?

Siyah topu tekrar yerleştirdi ve acı verecek kadar ağır adımlarla bana yürüyüp tekrar arkama geçti ve popomu okşadı.

"Bunu yapabilirsin," dedi.

Ah, sen dikkatimi böyle dağıtırken değil. Popomu eline doğru ittim; hafif bir şaplak indirdi.

"Çok mu heveslisiniz, Bayan Steele?" diye mırıldandı.

Evet, seni istiyorum.

"Pekâlâ, bunlardan kurtulalım." Külotumu kalçalarımdan kaydırıp çıkardı. Onunla ne yaptığını göremiyordum ama kalçalarıma birer öpücük kondururken kendimi teşhir edilmiş gibi hissetmeme neden oldu.

“Atışı yap, bebek.”

Sızlanmak istiyordum; bu olamayacaktı. Iskalayacağımı biliyordum. Beyazı hizaya soktum, vurdum ve sabırsızlığım yüzünden siyahı tamamen ıskaladım. Darbeyi bekledim, ama gelmedi. Onun yerine üzerime eğildi, beni masaya yaslayarak istekayı elimden aldı, masanın kenar minderine doğru yuvarladı. Ereksiyonunu popomda hissediyordum.

Kulağıma usulca, “Iskaladın,” dedi. Yanağım çuhaya değiyordu. “Ellerini masanın üstünde aç.”

Dediğini yaptım.

“İyi. Şimdi sana bir şaplak daha atacağım, o zaman belki bir dahaki sefere ıskalamazsın.” Sol tarafımda duracak şekilde, ereksiyonunu kalçama yaslayarak kaydı.

İnledim, yüreğim ağzıma geldi. Nefesim kesik kesikti ve sıcak, ağır bir heyecan damarlarımda akıyordu. Popomu usulca okşadı ve diğer elini enseme doladı. Parmakları ensemdeki saçların etrafına kapandı. Sırtımdaki dirseği hareket etmemi engelliyordu. Tamamen çaresiz durumdaydım.

“Bacaklarını aç,” diye mırıldandı ve bir an için tereddüt ettim. Popoma sertçe vurdu, hem de cetvelle! Çıkan ses, yanma hissinden daha sertti ve beni hazırlıksız yakalamıştı. İç geçirdim. Bir kez daha vurdu.

“Bacaklar,” diye emretti. Bacaklarımı nefes nefese araladım. Cetvel bir kez daha indi. *Ah...* yanıyordu, ama tenime çarpınca çıkardığı ses, kulağa hissettirdiğinden daha acılı geliyordu.

Gözlerimi yumdum ve acıyı hissettim. Çok da kötü değildi ve Christian’ın nefesi daha da boğuklaşmıştı. O tekrar tekrar vurdukça ben inliyordum. Daha kaç darbeye katlanabileceğimi bilmiyordum, ama onu duymak, ne denli tahrik olduğunu bilmek, beni daha da tahrik ediyor ve devam etme isteğimi besliyordu. Karanlık tarafa, ruhumun çok iyi tanımadığım ama daha önce oyun odasında –Tallis'le– ziyaret ettiğim tarafına geçiyordum. Cetvel bir kez daha indi ve sesli olarak inledim. Christian da inleyerek karşılık verdi. Bana tekrar vurdu. Ve tekrar ve tekrar... Bu kez daha sertti; yüzümü buruşturdum.

"Dur." Sözcük ağzımdan daha ben söylediğimi fark etmeden çıkıvermişti. Christian cetveli derhal bıraktı ve beni saldı.

"Yeter mi?" diye fısıldadı.

"Evet."

"Şimdi seni becermek istiyorum," derken sesi sıkıntılıydı.

Özlemle, "Evet," diye mırıldandım. Fermuarını indirdi ve ben, çok sert olacağını bilerek, nefes nefese masaya uzandım.

Bana yaptığı şeye bu noktaya kadar nasıl dayanabildiğime –ve evet, nasıl keyif aldığıma– bir kez daha şaşırmıştım. Bu çok karanlık, bir o kadar da Christian'a özel bir şeydi.

İki parmağını içime itti ve döndürdü. Eşsiz bir duyguydu. Gözlerimi yumarak bu duygunun tadını çıkardım. Folyonun yırtılışını duydum ve hemen sonra Christian arkama, bacaklarımın arasına geçip onları iki yana iyice açtı.

Yavaşça içime gömülerek beni doldurdu. Safi haz dolu inlemesini duydum ve bu ses ruhumu altüst etti. Kalçalarımı sıkıca kavradı, içimden çıktı ve bu kez kendini bana sertçe çarparak haykırmama neden oldu. Bir an durdu.

"Bir kez daha?" diye sordu usulca.

Nefes nefese, "Evet... İyiyim. Kendini bırak... beni de yanında götür," diye mırıldandım.

Gırtlağından alçak bir inilti yükselirken, içimden çıktı ve sonra tekrar girdi; bunu ağır ağır ve cezalandırıcı, gaddarca ve ilahi bir ritimle defalarca tekrarladı.

Ah beni öyle güzel beceriyordu ki... İçim hareketlenmeye başladı. O da bunu hissetti ve ritmi attırtarak beni zorlamaya; daha sert, daha hızlı, iyice yukarıya itmeye başladı ve teslim olarak infilak ettim. Beni tamamen bitiren, tüketen, emici ve ruhumu ele geçiren bir orgazmdı.

Christian'ın da adımı haykırarak ve parmaklarını etime geçirerek kendini bıraktığını neden sonra fark ettim. Sonra durdu ve üzerime yığıldı. Birlikte yere indik, beni kollarının arasına çekti.

Yukarı dönük yüzümü kuş tüyü yumuşaklığında öpücüklere boğarken, "Teşekkürler, bebeğim," diye soludu. Gözlerimi açıp ona baktım. Kollarını daha sıkı sardı.

"Yanağın çuhadan pembeleşmiş," diye mırıldanarak yüzümü şefkatle ovaladı. "Nasıldı?" İri gözleri temkinliydi.

"Dişlerimi sıkmama neden olacak kadar iyi," diye mırıldandım. "Sertliği seviyorum, Christian ve yumuşaklığı da. Seninle olmasını seviyorum."

Gözlerini yumdu ve bana daha sıkı sarıldı.

Tanrım, yorulmuştum.

"Beceremediğin hiçbir şey yok, Ana. Güzel, akıllı, zorlu, neşeli ve seksisin. Ve kadere o gün benimle röportaja Katherine Kavanagh değil de sen geldiğin için her gün teşekkür ediyorum." Saçlarımı öptü. Gülümsedim ve esnedim. "Seni yoruyorum," diye devam etti. "Gel. Önce banyo, sonra yatak."

İkimiz de Christian'ın banyosundaydık ve bizi saran tatlı yasemin kokuları arasında, çenemize kadar köpükler içinde, yüz yüze uzanıyorduk. Christian ayaklarıma sırayla masaj yapıyordu. O kadar iyi geliyordu ki, yasaklanmalıydı.

"Sana bir şey sorabilir miyim?" diye mırıldandım.

"Elbette, her şeyi sorabilirsin, Ana, bunu biliyorsun."

Derin bir nefes aldım ve birazcık çekinerek doğruldum.

"Yarın –işe gittiğimde– Sawyer beni ofisin ön kapısına kadar götürse, sonra da gün sonunda kapıdan alsa? Lütfen, Christian, lütfen," diye yalvardım.

Alnı kırışırken elleri hareket etmez oldu. "Anlaştığımızı sanıyordum," diye homurdandı.

"Lütfen," diye yalvardım.

"Ya öğle yemeği saati?"

"Yanıma buradan bir şey alırım, böylece dışarı çıkmam gerekmez. Lütfen."

Ayağımın altını öptü. Bunun kendi açısından bir başarısızlık olduğunu hisseder gibi, "Sana hayır demekte zorlanıyorum," diye mırıldandı. "Dışarı çıkmayacaksın?"

"Hayır."

"Tamam."

Ona sevinçle gülümsedim. "Teşekkürler." Her tarafa su sıçratarak dizlerimin üstünde doğruldum ve onu öptüm.

"Rica ederim, Bayan Steele. Popon nasıl?"

"Acıyor. Ama çok kötü değil. Su iyi geliyor."

"Bana durmamı söylemene memnun oldum," dedi bana bakarak.

"Popom da öyle."

Sırıttı.

Yatağa uzandığımda son derece yorgundum. Henüz on otuzdu, ama sabahın üçü gibi geliyordu. Bu hayatımın en yorucu hafta sonlarından biri olsa gerekti.

Christian bana bakarken sesini bürüyen memnuniyetsizlikle, "Bayan Acton sana hiç gecelik ayarlamamış mı?" diye sordu.

Uykulu bir sesle, "Hiçbir fikrim yok. Tişörtlerini giymek hoşuma gidiyor," diye mırıldandım.

Yüzü yumuşadı ve eğilip alnımı öptü.

"Çalışmam gerek. Ama seni yalnız bırakmak istemiyorum. Ofise bağlanmak için senin bilgisayarını kullanabilir miyim? Burada çalışırsam seni rahatsız eder miyim?"

"O benim bilgisayarım değil." Uykuya daldım.

Çalar saat trafik haberleriyle beni yerimden sıçrattı. Christian yanımda derin uykudaydı. Gözlerimi ovuşturarak saate baktım. Altı buçuktu. Çok erkendi.

Uzun süredir ilk kez dışarıda yağmur yağıyordu. Işık kısık ve yumuşaktı. Bu geniş ve modern yatakta, yanımda Christian'la rahat ve huzurluydum. Gerindim ve yanımdaki enfes erkeğe döndüm. Gözleri açıldı ve uyku mahmuru gözlerini kırpıştırdı.

"Günaydın." Gülümsedi ve onu öpmek için uzanırken yüzünü okşadım.

"Günaydın, bebeğim." Hayretle, "Genelde alarm çalmadan uyanırım," diye mırıldandı.

"Çok erkene kurulu."

"Öyle, Bayan Steele." Sırıttı. "Kalkmam gerek." Beni öptü; bir anda yataktan kalkmıştı. Kendimi yeniden yastıklara bıraktım. Vay canına, hafta içi bir güne Christian Grey'in yanında uyanmak. Bütün bunlar nasıl olmuştu? Gözlerimi yumdum ve uyuklamaya başladım.

"Haydi, uykucu, kalk bakalım." Christian üzerime eğilmişti. Tıraş olmuştu, tertemiz ve tazeydi; çok güzel kokuyordu ve üzerinde bembeyaz bir gömlek ve siyah bir takım elbise vardı. Kravatı yoktu. CEO geri dönmüştü.

"Ne?" diye sordu.

"Keşke yatağa dönebilsen."

Bu çağrım karşısında şaşkın, dudakları aralandı. Neredeyse utangaç bir tavırla gülümsedi. "Doymak nedir bilmiyorsunuz, Bayan Steele. Her ne kadar çok çekici bir fikir olsa da sekiz otuzda bir toplantım var ve birazdan çıkmam gerekiyor.

Ah, demek bir saat kadar daha uyumuştum. *Lanet olsun.* Christian'ın eğlenen bakışları altında yataktan fırladım.

Hızla duş alıp bir önceki akşam hazırladığım kıyafetleri giydim. Üzerime oturan diz hizasında, dar bir gri etek, açık gri ipek bir gömlek ve yüksek topuklu siyah pabuçlar. Hepsi yeni gardırobum sayesindeydi. Saçlarımı fırçalayıp özenle topladıktan sonra, tam olarak ne beklemem gerektiğini bilemeyerek salona gittim. İşe nasıl gidecektim?

Christian kahvaltı barında kahvesini yudumluyordu. Bayan Jones mutfakta krep ve jambon hazırlamakla meşguldü.

Christian, "Çok hoş görünüyorsun," diye mırıldandı. Beni koluyla sardı ve kulağımın altından öptü. Göz ucuyla Bayan Jones'un gülümsemesini yakaladım. Kızardım.

Krepleri ve jambonu önüme koyarken, "Günaydın, Bayan Steele," dedi.

"Ah, teşekkürler. Günaydın," diye geveledim. Tanrım, buna alışabilirdim.

"Bay Grey işe öğle yemeği götürmek istediğinizi söyledi. Ne yemek istersiniz?"

Sırıtmamak için kendini zor tutan Christian'a baktım. Gözlerimi kıstım.

"Bir sandviç... salata. Benim için fark etmez." Bayan Jones'a gülümsedim.

"Sizin için bir şeyler ayarlayacağım, efendim."

"Lütfen, Bayan Jones, bana Ana deyin."

"Ana." Gülümsedi ve bana çay yapmak üzere döndü.

Vay canına... Bu harika bir şeydi.

Döndüm ve başımı yana yatırarak Christian'a meydan okudum. Haydi, durma beni Bayan Jones'la flört etmekle suçla.

"Gitmem gerek, bebek. Taylor geri gelip seni Sawyer'la birlikte işe bırakacak."

"Sadece kapıya kadar."

"Evet. Sadece kapıya kadar." Christian gözlerini devirdi. "Yine de dikkatli ol."

Kafamı kaldırdım ve salon girişinde bekleyen Taylor'a kaçamak bir bakış attım. Christian ayağa kalktı ve beni çenemi tutarak öptü.

"Kaçtım, bebek."

Arkasından, "Ofiste güzel bir gün geçir, hayatım," diye seslendim. Dönüp bana güzel bir gülümseme gönderdi ve gitti. Bayan Jones bana bir fincan çay getirdi ve birden, ikimiz baş başa kalınca kendimi çok tuhaf hissettim.

Sohbet açmam gerektiğini düşünerek, "Ne zamandır Christian için çalışıyorsunuz?" diye sordum.

"Dört yıl kadar oldu," dedi sevecen bir sesle ve öğle yemeğimi hazırlamak için işe koyuldu.

Benim yüzümden yoruluyor olmasından utanarak, "Biliyorsunuz, bunu ben de yapabilirim," diye mırıldandım.

"Siz kahvaltınızı edin, Ana. Bu benim işim. Keyifle yapıyorum. Bay Taylor ve Bay Grey dışında birilerine bakmak çok hoş." Bana tatlı tatlı gülümsedi.

Yanaklarım zevkten kızarmıştı. Bu kadını soru yağmuruna tutmak istiyordum. Elli hakkında çok şey biliyor olmalıydı ama tavrı sıcak ve dostça olmasına rağmen son derece profesyonelceydi. Onu sorgulamaya başlarsam, ikimizi de utandıracağımı bildiğim için kahvaltımı, zaman zaman, yemek tercihlerimle ilgili sorularıyla kesintiye uğrayan huzurlu bir sessizlik içinde tamamladım.

Yirmi beş dakika sonra Sawyer salonun girişinde belirdi. Dişlerimi fırçalamış, gitmek için bekliyordum. İçinde öğle yemeğimin olduğu kahverengi kesekâğıdını sıkı sıkı tutarak –hatırladığım kadarıyla annem bile bunu yapmamıştı– Sawyer'la birlikte, asansörle birinci kata indim. Sawyer da çok suskundu ve hiç renk vermiyordu. Sawyer kapıyı açınca, Taylor'ın içinde beklediği Audi'nin arka koltuğuna bindim.

"Günaydın, Taylor," dedim neşeyle.

"Bayan Steele." Gülümsedi.

"Taylor, dün için ve uygunsuz yorumlarım için özür dilerim. Başını belaya sokmadığımı umarım."

Seattle trafiğine girerken, dikiz aynasından şaşkın bir ifadeyle kaşlarını çatarak baktı.

Güven veren bir sesle, "Bayan Steele, benim başım çok nadir belaya girer," dedi.

Ah. İyi. Biraz bozularak, *Belki de Christian ona çıkışmadı. Sadece bana çıkıştı,* diye düşündüm.

"Bunu duyduğuma sevindim, Taylor." Gülümsedim.

Masama doğru yürürken, Jack beni baştan ayağa süzdü.

"Günaydın, Ana. Hafta sonun iyi geçti mi?"

"Evet, teşekkürler. Sizin?"

"İyiydi. Sen yerleş. Sana vereceğim işler var."

Başımı tamam der gibi salladım ve bilgisayarımın başına geçtim. İşe gelmeyeli asırlar geçmiş gibiydi. Bilgisayarımı ve e-posta hesabımı açtım ve elbette Christian'dan bir e-posta vardı.

Kimden: Christian Grey
Konu: Patron
Tarih: 13 Haziran 2011 08:24
Kime: Anastasia Steele

Günaydın Bayan Steele,
Yaşanan onca dramaya rağmen bu harika hafta sonu için size teşekkür etmek istedim.

Umarım hiç gitmezsiniz.

Ve sadece hatırlatma amacıyla söylüyorum, SBY'yle ilgili habere dört haftalık ambargo kondu.

Bu e-postayı okur okumaz silin.

Sevgiler.

Christian Grey
CEO, Grey Şirketler Topluluğu ve Patronunuzun Patronunun Patronu

Umarım hiç gitmezsiniz mi? Evine taşınmamı mı istiyordu? Tanrı aşkına... adamı tanımıyordum bile. Sil düğmesine bastım.

Kimden: Anastasia Steele
Konu: Patronvari
Tarih: 13 Haziran 2011 09:03
Kime: Christian Grey

Sevgili Bay Grey,
Evinize taşınmamı mı teklif ediyorsunuz? Ve kahramanca sapık takip becerilerinizin kanıtının dört hafta boyunca ambargo altında

tutulacağını elbette hatırlıyorum. Birlikte Baş Etmek için bir çek yazacağım, babanıza mı göndereyim? Lütfen bu e-postayı silmeyin. Lütfen cevaplayın.

Anastasia Steele

Editör Jack Hyde'ın asistanı, SBY

"Ana!" Jack beni yerimden sıçrattı.

"Evet?" Kızardığımı görünce kaşlarını çattı.

"Her şey yolunda mı?"

"Elbette." Ayağa fırladım ve not defterimle ofisine gittim.

"İyi. Senin de hatırlayacağın gibi, perşembe günü New York'a Kurgu Sempozyumu'na gidiyorum. Biletlerim ve rezervasyonlarım tamam, ama senin de benimle gelmeni istiyorum."

"New York'a mı?"

"Evet. Çarşambadan gidip, gece kalmamız gerekecek. Senin için çok eğitici bir tecrübe olacağını düşünüyorum."

Bunu söylerken gözleri kararmıştı, ama gülümsemesi nazikti. "Gerekli seyahat ayarlamalarını yapar mısın? Ve kaldığım otelde ek bir oda ayırtır mısın? Senden önceki asistanım Sabrina bütün gerekli detayları bir yere bırakmış olmalı."

"Tamam." Jack'e solgun bir gülümsemeyle baktım.

Lanet olsun. Masama döndüm. Bu Elli'nin hiç hoşuna gitmeyecekti, ama işin aslı, gitmek istiyordum. Kulağa çok iyi bir fırsat gibi geliyordu ve nihai amacı bu olsa bile, Jack'i uzak tutabileceğimden emindim. Masama döndüğümde, beni Christian'ın cevabı bekliyordu.

Kimden: Christian Grey

Konu: Patronvari, ben mi?

Tarih: 13 Haziran 2011 09:07
Kime: Anastasia Steele

Evet. Lütfen.

Christian Grey
CEO, Grey Şirketler Topluluğu

Evine taşınmamı istiyordu. *Ah, Christian.* Çok erkendi. Aklımı başıma toplamaya çalışarak başımı ellerimin arasına aldım. Bu olağanüstü hafta sonunun ardından tam ihtiyaç duyduğum şeydi. Kendi başıma kalıp enine boyuna düşünecek, bu son iki günde tecrübe ettiklerimi ve keşfettiklerimi anlayacak zamanım olmamıştı.

Kimden: Anastasia Steele
Konu: Flynnizm
Tarih: 13 Haziran 2011 09:20
Kime: Christian Grey

Christian,
Hani küçük adımlar atarak ilerleyecektik?

Bunu bu akşam konuşabilir miyiz, lütfen?

Perşembe günü New York'ta bir konferansa katılmam istendi.

Çarşamba gecesi şehir dışında kalmamı gerektiriyor.

Bilmen gerektiğini düşündüm.

A
Anastasia Steele
Editör Jack Hyde'ın asistanı, SBY

Kimden: Christian Grey

Konu: NE?

Tarih: 13 Haziran 2011 09:21

Kime: Anastasia Steele

Evet. Bu akşam konuşalım.

Tek başına mı gidiyorsun?

Christian Grey

CEO, Grey Şirketler Topluluğu

Kimden: Anastasia Steele

Konu: Bir Pazartesi Sabahı Bağıran Büyük Harfler Olmasın!

Tarih: 13 Haziran 2011 09:30

Kime: Christian Grey

Bunu akşam konuşabilir miyiz?

A

Anastasia Steele

Editör Jack Hyde'ın asistanı, SBY

Kimden: Christian Grey

Konu: Henüz Bağırmanın Ne Olduğunu Görmedin.

Tarih: 13 Haziran 2011 09:35

Kime: Anastasia Steele

Söyle.

Eğer yanında çalıştığın o pislik torbasıyla birlikte gidecekseniz cevap hayır, cesedimi çiğnemen gerek.

Christian Grey
CEO, Grey Şirketler Topluluğu

Bütün keyfim kaçmıştı. Lanet olsun. Sanki babamdı.

Kimden: Anastasia Steele
Konu: Asıl SEN Henüz Bağırmanın Ne Olduğunu Görmedin.
Tarih: 13 Haziran 2011 09:46
Kime: Christian Grey

Evet, Jack'le birlikte.

Gitmek istiyorum. Benim için heyecan verici bir fırsat.

Ve New York'a hiç gitmedim.

Pireyi deve yapma.

Anastasia Steele
Editör Jack Hyde'ın asistanı, SBY

Kimden: Christian Grey
Konu: Asıl SEN Henüz Bağırmanın Ne Olduğunu Görmedin.
Tarih: 13 Haziran 2011 09:50
Kime: Anastasia Steele

Anastasia,

Beni endişelendiren lanet olası pireler ve develer değil.

Cevap, HAYIR!

Christian Grey

CEO, Grey Şirketler Topluluğu

Bilgisayarıma, "Hayır!" diye bağırarak bütün ofisin durup bana bakmasına neden oldum. Jack ofisinden dışarı baktı.

"Her şey yolunda mı, Ana?"

"Evet. Özür dilerim," diye mırıldandım. "Sadece bir dosyayı kaydetmemişim." Utançtan kıpkırmızı kesilmiştim. Bana şaşırmış bir ifadeyle gülümsedi. Birkaç derin nefes aldım ve hızla cevap yazdım. Öfkeden deliye dönmüştüm.

Kimden: Anastasia Steele

Konu: Elli Ton

Tarih: 13 Haziran 2011 09:55

Kime: Christian Grey

Christian,

Kendini kontrol etmen gerek.

Bana dünyaları verseler de Jack'le YATMAYACAĞIM.

Seni SEVİYORUM. İnsanlar birbirlerini sevince böyle olur.

Birbirlerine GÜVENİRLER.

Senin de kimseyle YATACAĞINI, kimseyi PATAKLAYACAĞINI, BECERECEĞİNİ ya da KAMÇILAYACAĞINI düşünmüyorum. Sana İNANIYOR ve GÜVENİYORUM.

Lütfen aynı NEZAKETİ sen de bana göster.

Ana.

Anastasia Steele
Editör Jack Hyde'ın asistanı, SBY

Cevabını bekleyerek oturdum. Hiçbir şey gelmedi. Hava yolu şirketini arayıp Jack'le aynı uçuşta olmamıza dikkat ederek kendime de bir bilet ayırttım. Yeni e-posta uyarısını duydum.

Kimden: Lincoln, Elena
Konu: Öğle Yemeği Tarihi
Tarih: 13 Haziran 2011 10:15
Kime: Anastasia Steele

Sevgili Anastasia,
Seninle öğle yemeği yemeyi gerçekten istiyorum. Yanlış bir başlangıç yaptığımızı düşünüyorum ve bunu düzeltmek isterim. Bu hafta bir ara boş musun?

Elena Lincoln

Lanet olsun bir Bayan Robinson eksikti! E-posta adresimi nasıl bulmuştu? Başımı ellerimin arasına aldım. Bugünün daha beter bir hal alması mümkün müydü?

Telefonum çaldı. Başımı ellerimin arasından kaldırdım ve saate göz atarak telefonu açtım. Henüz onu yirmi geçiyordu ve ben daha şimdiden, Christian'ın yatağından hiç çıkmamış olmayı diliyordum.

"Jack Hyde'ın ofisi. Ana Steele konuşuyor."

Fena halde tanıdık bir ses homurdandı. "Bana gönderdiğin son e-postayı silip iş adresinden gönderdiğin e-postaların dili konusunda biraz daha tedbirli olur musun lütfen? Sana yazışmaların izlendiğini söylemiştim. Hasar kontrolü yapmam gerekecek." Telefonu kapattı.

Lanet olsun. Telefona bakakaldım. Christian telefonu yüzüme kapamıştı. Bu adam henüz yeni yeni kanat çırpmaya çalışan kariyerimin üstünde tepiniyor, bir de yüzüme telefon kapatıyordu öyle mi? Ahizeye baktım ve tamamen cansız olmasa bakışlarım altında, korkudan büzüşeceğinden emindim.

E-postalarımı açtım ve ona gönderdiğimi sildim. O kadar kötü değildi. Sadece patlatmaktan ve şey, kırbaçlamaktan bahsetmiştim. Bu kadar utanıyorsa yapmamalıydı. BlackBerry'mi alıp cep telefonunu aradım.

"Ne?" diye çıkıştı.

"Hoşuna gitsin ya da gitmesin, New York'a gidiyorum," diye tısladım.

"Sakın benim..."

Cümlesini yarıda keserek telefonu yüzüne kapattım. Adrenalin vücudumda çağlıyordu. İşte, söylemiştim. O kadar delirmiştim.

Derin bir nefes alarak kendimi toplamaya çalıştım. Gözlerimi yumdum ve huzurlu bir yerde olduğumu hayal ettim. *Hımm... Christian'la birlikte, bir teknenin kamarasında.* Şu anda Elli'ye yakınından bile geçmeyecek kadar öfkeli olduğum için bu düşünceyi kafamdan derhal attım.

Gözlerimi açtım, sükûnetle defterime uzanıp yapılacak işler listemi gözden geçirdim. Uzun, derin bir nefes aldım. Dengemi bulmuştum.

Jack'in, "Ana!" diye seslenmesiyle irkildim. "O uçuşu ayırtma!"

Hızlı adımlarla ofisinden çıkıp yanıma gelirken, "Ah, çok geç, ayırttım bile," dedim. Delirmiş gibiydi.

"Bak, bir şeyler dönüyor. Nedense, birdenbire bütün seyahat ve otel harcamalarının üst yönetim tarafından onaylanması gibi bir zorunluluk geldi. Tepeden inme bir karar olmalı. Yaşlı Roach'u görmeye gidiyorum. Bütün harcamalara bir erteleme getirilmişe benziyor. Anlamıyorum." Jack elini burnuna götürüp gözlerini yumdu.

Yüzümdeki bütün kan çekildi, midem düğüm düğüm oldu. *Elli!*

"Telefonlarıma sen bak. Gidip Roach ne diyor, bir bakayım." Bana göz kırptı ve patronunu –patronunun patronunu değil– görmek üzere uzaklaştı.

Lanet olsun. Christian Grey... Kan yine beynime sıçramıştı.

Kimden: Anastasia Steele

Konu: Sen ne yaptın?

Tarih: 13 Haziran 2011 10:43

Kime: Christian Grey

Lütfen bana işime müdahale etmeyeceğini söyle.

Bu konferansa gitmeyi gerçekten istiyorum.

Senden izin almak zorunda olmamalıyım.

Rahatsız edici e-postayı sildim.

Anastasia Steele
Editör Jack Hyde'ın asistanı, SBY

Kimden: Christian Grey

Konu: Sen ne yaptın?

Tarih: 13 Haziran 2011 10:46

Kime: Anastasia Steele

Sadece benim olanı koruyorum.

Palas pandıras gönderdiğin e-posta, benim sana gönderdiğim e-postalarla birlikte SBY sunucusundan da silindi.

Yeri gelmişken, sana tamamen güveniyorum. Güvenmediğim biri varsa o da patronun.

Christian Grey
CEO, Grey Şirketler Topluluğu

E-postaları bende hâlâ duruyor mu diye baktım, ama ortadan kaybolmuşlardı. Bu adamın etkisi sınır tanımıyordu. Bunu nasıl yapıyordu? Gizlice SBY'nin sunucularının derinliklerine uzanıp e-postaları nasıl silebiliyordu? Burada boyumu fena halde aşan bir durumdaydım.

Kimden: Anastasia Steele

Konu: Yetişkin

Tarih: 13 Haziran 2011 10:48

Kime: Christian Grey

Christian,

Kendi patronumdan korunmaya ihtiyacım yok.

Bana kur yapabilir, ama onu reddederim.

Müdahale edemezsin. Bu yanlış ve fazlasıyla müdahaleci bir davranış.

Anastasia Steele
Editör Jack Hyde'ın asistanı, SBY

Kimden: Christian Grey
Konu: Cevap HAYIR
Tarih: 13 Haziran 2011 10:50
Kime: Anastasia Steele

Ana,
İstenmeyen ilgiyi savuşturmak konusunda ne kadar "etkili" olduğunu gördüm. Seninle ilk gecemi geçirme şansını bu sayede bulduğumu hatırlıyorum. Fotoğrafçının en azından sana karşı duyguları vardı. Diğer yandan o pislik torbasının yok. Adam seri çapkın ve seni baştan çıkarmaya çalışacak. Ona senden önceki ve ondan önceki asistanlara ne olduğunu sor.

Bu konuda kavga etmek istemiyorum. New York'a gitmek istiyorsan ben seni götürürüm. Bu hafta sonu gidebiliriz. Orada bir dairem var.

Christian Grey
CEO, Grey Şirketler Topluluğu

Ah, Christian! Konu bu değildi. O kadar bunaltıcıydı ki. Ve elbette orada bir dairesi vardı. Başka nerelerde mülkleri vardı acaba? José konusunu açmasına şaşmamalıydı. O olayı bir gün unutturabilecek miydim? Sarhoştum, Tanrı aşkına. Jack'in yanında sarhoş olmazdım ki.

Ekrana bakarak başımı salladım, ama onunla e-posta üzerinden tartışmayı sürdüremezdim. Akşama kadar beklemek zorunda kalacaktım. Saate baktım. Jack, Jerry'yle toplantısından henüz dönmemişti ve Elena meselesini halletmem gerekiyordu. E-postasını tekrar okudum ve halletmenin en iyi yolunun, e-postayı Christian'a göndermek olacağına karar verdim. Benim yerime, bu konuyla o ilgilenmeliydi.

Kimden: Anastasia Steele

Konu: İlet, Öğle Yemeği Tarihi ya da Sinir Bozucu Geçmiş Yükü

Tarih: 13 Haziran 2011 11:15

Kime: Christian Grey

Christian,

Sen kariyerime müdahale etmekle ve kıçını benim dikkatsiz mektuplarımdan sakınmakla meşgulken, Bayan Lincoln'den aşağıdaki e-postayı aldım. Onunla bir araya gelmeyi gerçekten istemiyorum ve isteseydim bile bu binadan çıkma iznim yok. E-posta adresimi nasıl bulduğunu bilmiyorum. Ne yapmamı önerirsin? E-postası aşağıda:

Sevgili Anastasia,

Seninle öğle yemeği yemeyi gerçekten istiyorum. Yanlış bir başlangıç yaptığımızı düşünüyorum ve bunu düzeltmek isterim. Bu hafta bir ara boş musun?

Elena Lincoln

Anastasia Steele

Editör Jack Hyde'ın asistanı, SBY

Kimden: Christian Grey

Konu: Sinir Bozucu Geçmiş Yükü

Tarih: 13 Haziran 2011 11:23

Kime: Anastasia Steele

Bana kızma. Senin iyiliğini gözetiyorum.

Sana bir şey olursa kendimi asla affetmem.

Bayan Lincoln'ü ben hallederim.

Christian Grey
CEO, Grey Şirketler Topluluğu

Kimden: Anastasia Steele
Konu: Sonra Görüşürüz
Tarih: 13 Haziran 2011 11:32
Kime: Christian Grey

Bu akşam konuşabilir miyiz, lütfen?

Çalışmaya çalışıyorum ve senin sürekli müdahalen çok dikkat dağıtıcı.

Anastasia Steele
Editör Jack Hyde'ın asistanı, SBY

Jack öğleden sonra döndü ve bana New York'a gidemeyeceğimi söyledi. Kendisi gidiyordu ve üst yönetim politikalarını değiştirmek konusunda elinden bir şey gelmiyordu. Hızlı adımlarla ofisine girdi ve kapısını çarparak kapattı. Belli ki öfkelenmişti. Neden bu kadar kızmıştı acaba?

Aslında niyetinin ne olduğunu biliyordum, ama onunla baş edebileceğimden emindim ve Christian'ın Jack'in eski asistanları konusunda ne bildiğini merak ediyordum. Bu düşüncelerimi bir kenara kaldırdım ve çalışmaya devam ettim. Ama her ne kadar olasılık çok cılız olsa da, Christian'ın fikrini değiştirmeye çalışmayı kafama koymuştum.

Saat birde Jack ofis kapısından kafasını uzattı.

"Ana, gidip bana öğle yemeği için bir şeyler alır mısın?"

"Elbette. Ne istersin?"

"Çavdar ekmeğine pastırmalı sandviç, hardal olmasın. Parasını döndüğünde veririm."

"İçecek bir şey?"

"Kola lütfen. Teşekkürler, Ana." Ben çantama uzanırken, Jack ofisine döndü.

Lanet olsun. Christian'a dışarı çıkmayacağıma söz vermiştim. İç geçirdim. Asla öğrenmeyecekti ve elimi çabuk tutacaktım.

Dışarıda yağmur yağmaya devam ettiği için, danışmada çalışan Claire bana şemsiyesini verdi. Ön kapıdan çıkarken ceketime iyice sarındım ve kocaman golf şemsiyesinin altından her iki tarafa hızlı bir bakış attım. Her şey yolunda görünüyordu. Hayalet Kız'a dair bir iz yoktu.

Sokağın alt tarafında kalan şarküteriye hızlı adımlarla ve dikkat çekmediğimi umarak yürüdüm. Bununla birlikte, şarküteriye yaklaştıkça izleniyor olduğuma dair ürkütücü bir his duymaya başladım ve nedeninin artan paranoya duygum mu yoksa gerçeğin kendisi mi olduğundan emin değildim. Lanet olsun. Umarım arkamdaki silahlı Leila değildi.

Bilinçaltım, *Hayal gücünden başka bir şey değil,* diye çıkıştı. *Seni kim vurmak ister ki?*

On beş dakika sonra, tek parça halinde geri dönmüş ve rahatlamıştım. Sanırım Christian'ın uç noktada paranoyası ve aşırı korumacı tedbirleri beni de etkilemeye başlıyordu.

Yemeğini odasına götürünce, Jack kafasını telefondan kaldırdı.

"Ana, sağ ol. Benimle gelemeyeceğin için, geç saate kadar çalışmanı istiyorum. Bu raporları hazır etmeliyiz. Umarım planın yoktur." Bana sevecen bir gülümsemeyle baktı. Kızardım.

Neşeli bir gülümseme ve tamamen kaçan bir keyifle, "Hayır, sorun değil," dedim. Bu hiç iyi olmayacaktı. Christian'ın delireceğinden emindim.

Masama dönerken, ona hemen söylememeye karar verdim. Aksi takdirde müdahale edecek vakti olurdu. Oturup Bayan Jones'un hazırladığı tavuklu sandviçi yedim. Enfesti. Çok güzel bir sandviç yapmıştı.

Elbette, Christian'ın yanına taşınmam halinde haftanın her günü öğle yemeğimi o hazırlayacaktı. Bu rahatsız edici bir düşünceydi. Hiçbir zaman aşırı bir zenginlik ve bütün bu tuzaklarla ilgili hayallerim olmamıştı. Tek hayalim aşktı. Beni seven ve her hareketimi kontrol etmeye çalışmayan birini bulmak. Telefon çaldı.

"Jack Hyde'ın ofisi..."

Christian soğuk ve sert sesiyle, cümlemi yarıda kesti. "Bana dışarı çıkmayacağına dair söz vermiştin."

Yüreğim bugün belki de milyonuncu kez sıkıştı. Lanet olsun. Bunu nereden biliyordu?

"Jack beni öğle yemeği almaya gönderdi. Hayır diyemezdim. Sen beni izlettiriyor musun yoksa?" Bu fikir kafa derimin uyuşmasına neden olmuştu. Kendimi o kadar paranoyak hissetmeme şaşmamak gerekirdi. Biri beni izliyordu. Bu düşünce beni öfkelendirmişti.

Christian, "İşe dönmeni bu yüzden istemedim," diye çıkıştı.

"Christian, lütfen. Fazla..." *Elli'lik ediyorsun* "... bunaltıcısın."

Şaşırarak, "Bunaltıcı mı?" diye fısıldadı.

"Evet. Buna son vermelisin. Akşama konuşuruz. Ne yazık ki New York'a gidemediğim için geç saate kadar çalışmak zorundayım."

"Anastasia, ben seni bunaltmak istemiyorum," derken, afallamış gibiydi.

"Ama bunaltıyorsun. Yapmam gereken işler var. Sonra konuşuruz." Kendimi tamamen tükenmiş ve tatsız hissederek telefonu kapattım.

Harika hafta sonumuzun ardından, gerçek beni can evimden vuruyordu. Kaçmayı hiç bu kadar istememiştim. Bu adam hakkında, nasıl biri olduğu ve onunla nasıl baş edebileceğim konusunda düşünebileceğim sakin bir kuytuluğa kaçmak. Sorunları olduğunu biliyordum –bunu şimdi daha net görebiliyordum– ve bu hem can acıtıcı hem de yorucuydu. Hayatına bana dair anlattığı birkaç kıymetli bilgi kırıntısı sayesinde nedenini anlıyordum. Sevilmemiş bir çocuk, korkunç bir şekilde şiddete maruz kalmak, onu koruyamayan, onun koruyamadığı ve gözlerinin önünde ölen bir anne.

Ürperdim. Benim zavallı Elli'm. Onundum, ama altın bir kafese kapatılmayacaktım. Bunu anlamasını nasıl sağlayabilirdim?

Yüreğim sıkışarak, Jack'in özetlememi istediği metinlerden birini kucağıma çektim ve okumaya devam ettim. Christian'ın kontrol sorunlarına kolay bir çözüm düşünemiyordum. Yapabileceğim tek şey, onunla daha sonra, yüz yüze konuşmaktı.

Yarım saat sonra, Jack bana düzenleyip süslemem ve konferansa yetiştirmem gereken bir doküman gönderdi. Sadece öğleden sonramın kalan kısmını değil, akşam saatlerimi alacaktı. İşe koyuldum.

Başımı kaldırdığımda saat yediye gelmiş, ofis boşalmıştı, ama Jack'in ofisinin ışığı hâlâ yanıyordu. Herkesin gittiğini fark etmemiştim, ama işim bitmek üzereydi. Dokümanı, onaylaması için Jack'e geri gönderdim ve gelen kutumu kontrol ettim. Christian'dan yeni bir şey yoktu, bu yüzden BlackBerry'me hızla göz attım. Tam o anda titreşmeye başladı. Christian'dı.

"Merhaba," diye mırıldandım.

"Merhaba, işin ne zaman biter?"

"Yedi buçuk gibi sanırım."

"Seninle dışarıda buluşuruz."

"Tamam."

Sakin, hatta gergin gibiydi. Neden? Yoksa tepkimden mi çekiniyordu?

"Sana hâlâ kızgınım, ama hepsi o kadar," diye fısıldadım. "Konuşacak çok şeyimiz var."

"Biliyorum. Yedi buçukta görüşürüz."

Jack ofisinden çıktı.

"Kapatmam gerek. Sonra görüşürüz." Telefonu kapattım.

Jack rahat bir tavırla bana yaklaşırken, ona baktım.

"Sadece birkaç küçük oynamaya ihtiyacım var. Özeti sana geri gönderdim."

Ben dokümanı açarken, bana doğru –hayli yakınıma, rahatsız edecek kadar yakınıma– eğildi. Kolu koluma sürtündü. Kazara mıydı? İrkildim ama fark etmemiş gibi davrandı. Kolu sandalyemin arkasındaydı, sırtıma dokunuyordu. Arkaya yaslanmamak için sırtımı dikleştirdim.

"On altıncı ve yirmi üçüncü sayfalar, hepsi o kadar," diye mırıldanırken ağzıyla kulağım arasında sadece santimler vardı.

Yakınlığı tenimi karıncalandırsa da yok saymayı seçtim. Dokümanı açtım ve biraz titrek hareketlerle, değişiklikleri yapmaya koyuldum. Hâlâ üzerime eğilmeye devam ediyordu ve bütün hislerim durumun son derece farkındaydı. Dikkat dağıtıcı ve tuhaftı; içimden çığlık atıyordum: *Geri çekil!*

"Bu hallolunca, basıma hazır hale gelecek. Onu yarın yapabilirsin. Geç saate kalıp bunu yaptığın için teşekkürler, Ana." Sesi yaralı bir hayvanla konuşur gibi nazikti. Midem buruldu.

"Sanırım seni en azından hızlı bir içkiyle ödüllendirebilirim. Bir içkiyi hak ettin." Saçımın özgürlüğünü ilan eden bir tutamını kulağımın arkasına itti ve kulak mememi usulca okşadı.

Dişlerimi sıkarak sindim ve kafamı çektim. *Lanet olsun!* Christian haklıydı. *Bana dokunma.*

"Aslında, bu akşam olmaz." *Ya da herhangi bir akşam,* Jack.

"Sadece hızlı bir içki?" diye bastırdı.

"Yapamam, ama teşekkürler."

Jack masamın kenarına oturdu ve kaşlarını çattı. Zihnimde alarm zilleri yüksek sesle çalmaya başlamıştı. Ofiste tek başımaydım. Gidemezdim. Saate gergin bir bakış attım. Christian'ın gelmesine beş dakika daha vardı.

"Ana, bence harika bir takım olduk. Bu New York seyahatini kıvıramadığım için üzgünüm. Sensiz aynı tadı vermeyecek."

Vermeyeceğinden eminim. Ne diyeceğimi bilemediğim için, cılız bir gülümseme takındım. Ve sabahtan beri ilk defa gitmediğim için minicik de olsa bir rahatlama hissettim.

Pürüzsüz bir sesle, "Eee, hafta sonun iyi geçti mi?" diye sordu.

"Evet, teşekkürler." Nereye varmaya çalışıyordu?

"Erkek arkadaşını mı gördün?"

"Evet."

"Ne iş yapıyor?"

Senin kıçının sahibi. "Özel sektörde."

"İlginç. Ne tür bir iş?"

"Ah, her işte parmağı var."

Jack bana doğru eğilirken, kafasını yana yatırdı ve özel alanımı –bir kez daha– istila etti.

"Çok naz yapıyorsun, Ana."

"Telekomünikasyon, üretim ve tarım işlerinde."

Jack kaşlarını kaldırdı. "Ne çok şey. Kimin için çalışıyor?"

"Kendi için. Her şey tamamsa ve sakıncası yoksa, gitmek istiyorum."

Geri çekildi.

"Elbette, üzgünüm. Seni alıkoymak istememiştim," dedi ikiyüzlülükle.

"Bina kaçta kapanıyor?"

"Güvenlik on bire kadar burada."

"İyi," diye gülümsedim ve bilinçaltım binada yalnız olmadığımızı duyunca rahatlayarak koltuğuna gömüldü. Bilgisayarımı kapattım, çantamı aldım ve gitmeye hazır halde ayağa kalktım.

"Ondan hoşlanıyorsun yani? Erkek arkadaşından?"

Jack'in gözlerinin içine bakarak, "Onu seviyorum," dedim.

"Anlıyorum." Jack kaşlarını çatarak masamdan kalktı. "Soyadı ne?"

Kızardım.

"Grey. Christian Grey," diye mırıldandım.

Jack'in ağzı açık kalmıştı. "Seattle'ın en zengin bekârı? O Christian Grey mi?"

"Evet. Ta kendisi." *Evet, o Christian Grey, özel alanımı bir daha istila edersen seni çiğ çiğ yiyecek olan gelecekteki patronun.*

"Tanıdık geldiğini düşünmüştüm," dedi Jack gizemli bir sesle. Alnı tekrar kırışmıştı. "Şey, şanslı adam."

Gözlerimi kırpıştırdım. Buna ne denirdi?

"İyi akşamlar, Ana." Jack gülümsedi, ama bu gözlerine yansıyan bir gülümseme değildi ve arkasına bakmadan, kaskatı bir halde, ofisine yürüdü.

Derin bir oh çektim. Bu sorun çözülmüş olabilirdi. Elli sihrini yine konuşturmuştu. Sadece adı bile büyüleyiciydi ve bu adamın kuyruğunu bacaklarının arasına kıstırıp uzaklaşmasına yetmişti. Kendime küçük bir zafer gülümsemesi izni verdim. *Gördün mü, Christian? Adın bile beni koruyor. Masrafları kısma zahmetine girmene gerek yoktu.* Masamı toplayıp saatime baktım. Christian dışarıda olmalıydı.

Audi kaldırıma park edilmişti. Taylor arka kapıyı açmak için arabadan atladı. Onu gördüğüme hiç bu kadar sevinmemiştim. Yağmurdan kaçmak için arabanın içine âdeta atladım. Christian arka koltuktaydı ve iri iri açılmış, tedbirli gözlerle bana bakıyordu. Kendini öfkeme hazırlamıştı. Çenesi kaskatı ve gergindi.

"Merhaba," diye mırıldandım.

Dikkatle, "Merhaba," dedi. Uzandı, elimi tutup sıktı ve yumuşadım. Kafam o kadar karışıktı ki. Ona ne söylemem gerektiğini henüz çözememiştim.

"Hâlâ kızgın mısın?" diye sordu.

"Bilmiyorum," diye mırıldandım. Elimi kaldırdı ve parmak boğumlarıma minik öpücükler kondurdu.

"Boktan bir gündü," dedi.

"Evet, öyleydi." Ama bu sabah Christian işe gitmek üzere evden çıktığından beri ilk kez gevşemiştim. Sadece yakınında olmak bile rahatlatıcı bir merhemdi. Jack'in bütün saçmalıkları, alaycı e-posta trafiği ve Elena adındaki can sıkıntısı geri planda kalmıştı. Arabanın arka koltuğunda, ben ve kontrol manyağım baş başaydık.

"Sen yanımdayken her şey daha iyi," diye mırıldandı. Taylor akşam trafiğinde ağır ağır ilerlerken sessizce oturduk. İkimiz de derin düşüncelere dalmıştık, ama Christian'ın yanımda yavaş yavaş çözüldüğünü ve başparmağını parmak boğumlarımın üstünde yumuşak ve yatıştırıcı bir ritimle gezdirirken, gevşediğini hissediyordum.

Taylor bizi binanın önünde bıraktı. İkimiz de yağmurdan korunmak için, başlarımızı önümüze eğerek içeri koştuk. Asansörü beklerken, Christian ellerimi sıkı sıkı kavradı. Gözleri binanın ön tarafını tarıyordu.

"Leila'yı henüz bulamadığınızı anlıyorum.

Moralsiz bir sesle, "Hayır. Welch onu aramayı sürdürüyor," diye mırıldandı.

Asansör geldi, bindik. Christian gözlerinde anlaşılmaz bir ifadeyle bana bakıyordu. Ah, düpedüz muhteşem görünüyordu: dağınık saçlar, beyaz gömlek, siyah takım elbise. Ve birden, nereden çıktığını anlamadığım o duygu yine oradaydı. Ah Tanrım. O arzu, şehvet, elektrik. Gözle görülebilir olsa, etrafımızda ve aramızda yoğun mavi bir aura olurdu; o kadar güçlüydü. Bana bakarken dudakları aralandı.

"Hissediyor musun?" diye soludu.

"Evet."

"Ah, Ana." İnleyerek beni tuttu, kollarıyla beni sardı ve dudakları benimkileri bulurken, bir elini enseme yerleştirip başımı arkaya attı. Beni geriye, asansörün duvarına doğru iterken, parmaklarım saçlarının arasındaydı ve çenesini okşuyordu.

Ağzı ağzımın üstünde, "Seninle tartışmaktan nefret ediyorum," dedi. Ve öpüşünde benimki gibi çaresiz ve tutkulu bir yan vardı. Arzu bedenimde çağlarken, günün bütün stresi bir çıkış arıyor, üzerine abanarak daha fazlasını istiyordu. Dillerden, solumaktan, ellerden, dokunuşlardan ve tatlı bir histen ibarettik. Eli kalçamdaydı ve birden eteğimi yukarı çekip parmaklarını bacaklarımın üst kısmında dolaştırmaya başladı.

"Tanrı aşkına, jartiyer giymişsin." Başparmağı jartiyerimin hemen üstünde kalan çıplak tenimi okşarken, hayranlık dolu bir sesle inledi. "Bunu görmek istiyorum," diye soludu ve eteğimi iyice yukarı çekip bacaklarımın üst kısmını açığa çıkardı.

Geri çekildi. Uzanıp "DUR" düğmesine bastı ve asansör yirmi ikinci ve yirmi üçüncü katlar arasında yavaşça, sarsılmadan durdu. Gözleri karanlık, dudakları aralıktı ve en az benim kadar hızlı nefes alıyordu. Dokunmadan birbirimize baktık. Bu güzel adamın şehvetli bakışlarının tadını çıkarırken, beni ayakta tuttuğu için arkamdaki duvara minnettardım.

Boğuk bir sesle, "Saçlarını aç," diye emretti. Uzanıp tokayı çözdüm ve saçlarımı omuzlarımdan göğüslerime yoğun bir bulut gibi düşmesi için serbest bıraktım. "Gömleğinin üstten iki düğmesini çöz," diye fısıldarken gözleri vahşileşmişti.

Kendimi çok seksi hissetmeme neden oluyordu. Elimi kaldırdım ve her düğmeyi acı verecek bir yavaşlıkla açıp göğüslerimin üst kısmını baştan çıkarıcı bir şekilde ortaya çıkardım.

Yutkundu. "Şu anda ne kadar cezbedici göründüğün konusunda bir fikrin var mı?"

Kasıtlı olarak dudağımı ısırdım ve başımı salladım. Gözlerini bir an için yumdu, yeniden açtığında ateş saçıyorlardı. Öne doğru bir adım attı, ellerini yüzümün iki yanına, asansörün duvarına yasladı. Bana dokunmadan, olabildiğince yakınımda duruyordu.

Bakışlarına karşılık vermek için kafamı arkaya yatırdım. Eğildi, burnunu burnuma sürttü. Aramızdaki tek temas buydu. Onunla asansörün bu daracık alanında, her tarafım ateşler içindeydi. Onu istiyordum. Şimdi.

"Bence var, Bayan Steele. Bence beni delirtmek hoşunuza gidiyor."

"Seni delirtiyor muyum?" diye fısıldadım.

"Hem de nasıl, Anastasia. Sen bir deniz perisi, bir tanrıçasın." Bana uzandı, bacağımı dizimin hemen üstünden kavrayıp beline doladı. Artık ona yaslı halde, tek ayağımın üstündeydim. Onu tenimde hissediyordum, dudaklarını boynumda gezdirirken, arzudan sertleşmiş penisini bacaklarımın birleştiği noktanın hemen üstünde hissediyordum. İnleyerek kollarımı boynuna doladım.

"Sana şimdi sahip olacağım," diye soluyunca, tepkim sırtımı yay gibi germek ve sürtünmeyi hissetme hevesiyle ona iyice yaslanmak oldu. Gırtlağının gerisinden bir hırıltı yükseldi ve fermuarını indirirken beni biraz daha yukarı kaydırdı.

"Sıkı tutun, bebek," diye mırıldandı ve bir folyo paket çıkarıp ağzımın önüne tuttu. Paketi dişlerimin arasına aldım, çekti ve ikimiz birlikte yırtıp açtık.

"Aferin kızıma." Prezervatifi takmak için biraz geri çekildi. "Tanrım, önümüzdeki altı günün geçmesini dört gözle bekliyorum," diye homurdandı ve yarı örtülü gözlerinin arasından bana baktı. "Umarım bu külota çok bağlanmamışsındır." Usta parmaklarıyla külotumu çekti, kumaş ellerinde parçalandı. Kanım damarlarımda adeta zonkluyordu. Arzudan nefes nefese kalmıştım.

Sözleri baş döndürücüydü ve gün içinde yaşadığım bütün endişeler unutulmuştu. Sadece ikimizdik ve en iyi yaptığımız şeyi yapıyorduk. Gözlerini benden ayırmadan, yavaşça içime gömüldü. Vücudum yay gibi gerildi. Başımı arkaya atarken gözlerimi yumdum ve kendimi içimde olmasının zevkine bıraktım. Geri çekildi, tekrar içime girdi. Çok yavaş ve çok tatlı. İnledim.

"Benimsin, Anastasia," diye mırıldandı.

Nefes nefese, "Evet, seninim. Bunu ne zaman kabul edeceksin?" dedim. İnledi ve hareket etmeye, gerçekten hareket etmeye başladı. Her itişinin ve geri çekilişinin, hırıltılı nefesinin, bana duyduğu ihtiyacın tadını çıkararak kendimi insafsız ritmine teslim ettim.

Bu bana kudretli, güçlü, arzulanan ve sevilen bir kadın olduğumu hissettiriyordu. Bütün kalbimle sevdiğim, bu tutsak edici, karmaşık erkek tarafından sevilen bir kadın. Kendini sert, daha sert iterken nefesi hırıltılı bir hal aldı. Ben onda kaybolurken o da bende kaybolmuştu.

Christian, "Ah, bebeğim," diye inleyerek dişlerini çeneme sürterken boşaldım. Hareketsizleşti, bana sıkı sıkı tutundu ve adımı fısıldayarak o da peşim sıra geldi.

Tükenmiş, sakinleşmiş haliyle beni usulca öperken Christian'ın nefesi de durulmuştu. Beni asansör duvarına sımsıkı dayamıştı. Alınlarımız birbirine yaslı halde dururken, bacaklarım tutmuyordu. Güçsüz düşmüştüm, ama hoş bir doyum halindeydim.

"Ah, Ana," diye mırıldandı. "Sana o kadar ihtiyacım var ki." Alnımı öptü.

"Benim de sana, Christian."

Beni bıraktı, eteğimi düzeltip gömleğimin üst iki düğmesini ilikledikten sonra şifreyi girip asansörü tekrar hareket ettirdi. Asansör sarsılarak hareket edince uzanıp kollarına yapıştım.

"Taylor nerede kaldığımızı merak etmiştir." Bana şehvetli bir gülümsemeyle baktı.

Ah, lanet olsun. Az önce düzüştüm görüntümü silmek için sonuç vermeyen bir çabayla parmaklarımı saçlarımın arasına uzattım. Sonra pes edip atkuyruğu yaptım.

"İyi gözüküyorsun." Christian fermuarını çekip prezervatifi pantolonunun cebine koyarken sırıtıyordu.

Bir kez daha Amerikan girişimci ruhunun beden bulmuş hali görüntüsüne kavuşmuştu ve saçları genelde biraz önce düzüştüm havasında olduğu için farklı gözükmüyordu. Tek fark, artık gevşemiş ve gülümsüyor olmasıydı. Gözleri çocuksu cazibesiyle kırışmıştı. Bütün erkekler bu kadar kolay mı sakinleştirilirdi?

Kapı açıldığında, Taylor bizi bekliyordu.

İkimiz kabinden çıkarken, Christian, "Asansörde sorun oldu," diye mırıldandı ve ben ikisinin yüzüne de bakamadım. Çift kanatlı kapıdan geçtim ve temiz iç çamaşırı bulmak için telaşlı adımlarla Christian'ın odasına gittim.

Döndüğümde, Christian ceketini çıkarmış, kahvaltı barında Bayan Jones'la sohbet ediyordu. Kadın bana nazik bir tavırla gülümsedikten sonra, önümüze birer sıcak tabak yerleştirdi. Mmm, enfes kokuyordu. Yanılmıyorsam şarapla pişirilmiş tavuktu. Açlıktan ölüyordum.

"Afiyet olsun, Bay Grey, Ana," dedikten sonra bizi yemeğimizle baş başa bıraktı.

Christian buzdolabından bir şişe beyaz şarap aldı ve yemeğimizi yerken bana güneş enerjisiyle çalışan bir telefonu mükemmelleştirmeye ne kadar yaklaştığını anlattı. Proje konusunda çok heyecanlıydı; o anda tamamen boktan bir gün geçirmediğini anladım.

Ona sahip olduğu mülklerle ilgili sorular sordum. Sırıtarak anlattıklarına bakılırsa, sadece New York, Aspen ve Escala'da evleri vardı. Başka yerde yoktu. Yemeğimiz bitince, onun ve benim tabaklarımızı lavaboya götürmek üzere kalktım.

"Bırak. Gail halleder," dedi. Dönüp baktığımda beni dikkatle izliyordu. Birinin arkamı toplamasına bir gün alışabilir miydim acaba?

"Artık daha uysal olduğunuza göre, bugün hakkında konuşalım mı, Bayan Steele?"

"Bence daha uysal olan sensin. Sanırım seni evcilleştirmek konusunda iyi iş çıkarıyorum."

Bunu komik bulmuş gibi homurdandı, "Beni evcilleştirmek mi?" Ben başımı evet der gibi sallayınca, sözlerimi düşünerek kaşlarını çattı. "Şey, belki de evcilleştiriyorsundur, Anastasia."

Bu kez ciddi bir tavırla, "Jack konusunda haklıydın," diye mırıldandım ve tepkisini ölçmek için mutfak tezgâhına yaslandım. Christian'ın yüzü düştü, bakışları sertleşti.

"Herhangi bir girişimde mi bulundu?" diye fısıldarken, sesinde ölümcül bir soğukluk vardı.

Onu rahatlatmak için başımı salladım. "Hayır ve bulunmayacak da Christian. Bugün ona senin kız arkadaşın olduğumu söyledim ve hemen geri adım attı."

"Emin misin? O pisliği hemen kovdurabilirim." Christian'ın yüzü asılmıştı.

Şarap kadehimden cesaret alarak iç geçirdim. "Gerçekten kendi savaşlarımı vermeme müsaade etmelisin. Sürekli endişe edip beni korumaya çalışamazsın. Çok boğucu, Christian. Sonu gelmeyen müdahalelerinle asla gelişme kaydedemem. Biraz özgürlüğe ihtiyacım var. Ben senin işlerine karışmayı aklımdan bile geçirmiyorum."

Gözlerini kırpıştırdı. "Ben sadece güvende olmanı istiyorum, Anastasia. Sana bir şey olursa ben..." Durdu.

"Biliyorum ve beni korumaya bu kadar koşullanmanın nedenini de anlıyorum. Ve bir yanım buna bayılıyor. Sana ihtiyacım olduğunu ve tıpkı benim olduğum gibi, senin de yardımıma koşmak için orada olduğunu biliyorum. Ama birlikte bir gelecek umudumuz olacaksa bana ve yargılarıma güvenmen gerekecek. Evet, bazen yanlış da anlayacağım ve hatalar yapacağım, ama öğrenmem gerek."

Bana kaygılı bir yüzle bakıyordu. Bu hali beni yanına gitmeye ve o bar taburesinde otururken, bacaklarının arasına sokulmaya itti. Ellerini tutup belime koydum, kendi ellerimi de onun kollarına yerleştirdim.

"İşime müdahale edemezsin. Bu yanlış. Günü kurtarmak için beyaz şövalye gibi ortaya atılmana ihtiyacım yok. Her şeyi kontrol etmek istediğini biliyorum ve nedenini anlıyorum ama bunu yapamazsın. Bu mümkün değil... Biraz boş vermeyi öğrenmen gerek." Elimi kaldırdım ve iri iri açılmış gözlerle bana bakarken, yüzünü okşadım. Usulca, "Ve bunu yapabilirsen, bana bunu verebilirsen yanına taşınırım," diye ekledim.

Derin bir nefes aldı. Şaşırmıştı. "Bunu yapar mısın?" diye fısıldadı.

"Evet."

"Ama beni tanımıyorsun." Birden kaşları çatılmış sesi boğuk ve panikli bir hal almıştı. Hiç Elli'lik bir durum değildi.

"Seni yeterince tanıyorum, Christian. Bana kendin hakkında söyleyeceğin hiçbir şey beni korkutup kaçıramaz." Yanağına dokundum. İfadesi kaygıdan şüpheye döndü. "Sadece bana karşı biraz gevşesen."

"Elimden geleni yapıyorum, Anastasia. Bir kenara çekilip o... pislik torbasıyla New York'a gitmene izin veremezdim. Adamın insanı telaşlandıracak bir ünü var. Asistanlarından hiçbiri üç aydan daha uzun süre durmamış ve şirket hiçbirinin kalmasında ısrar etmemiş. Bunun sana olmasını istemem, bebeğim." İç geçirdi. "Sana hiçbir şey olsun istemem. Senin zarar görmen... Bu düşünce içimi karartıyor. Müdahale etmeyeceğime söz veremem. Hele zarar göreceksen." Duraksadı ve derin bir nefes alarak, "Seni seviyorum, Anastasia," dedi. "Seni korumak için gücümün yettiği her şeyi yaparım. Hayatımı sensiz hayal dahi edemiyorum."

Lanet olsun. İçimdeki tanrıça, bilinçaltım ve ben, Elli'ye ağzımız bir karış açık bakakalmıştık.

İki küçük kelime. Dünyam durdu, eğildi ve yeni bir eksende dönmeye başladı. Samimi ve güzel gri gözlerine bakarak anın tadını çıkardım.

"Ben de seni seviyorum, Christian." Eğilip onu öptüm ve öpüşmemiz gittikçe derinleşti.

Görünmeden içeri giren Taylor öksürdü. Christian bana dikkatle bakarak geri çekildi. Kolu belimde, ayağa kalktı.

Taylor'a, "Evet?" diye çıkıştı.

"Bayan Lincoln yukarı geliyor, efendim."

"Ne?"

Taylor özür diler gibi omuz silkti. Christian derin bir iç çekti ve kafasını salladı.

"İlginç olacak," diye mırıldandı ve bana çarpık bir teslimiyet gülümsemesiyle baktı.

Siktir! Bu lanet kadın neden bizi rahat bırakamıyordu?

BÖLÜM ON İKİ

Bayan Robinson'un gelmesini beklerken, Christian'a, "Bugün onunla konuştun mu?" diye sordum.

"Evet?"

"Ne dedin?"

"Onu görmek istemediğini ve nedenlerini anladığımı söyledim. Ayrıca arkamdan iş çevirmesinden memnun olmadığımı da anlattım." Bakışları duygusuzdu, hiç renk vermiyordu.

Ah, iyi. "O ne dedi?"

"Sadece Elena'nın başarabileceği bir şekilde savuşturdu." Ağzı çarpık bir çizgi halini aldı.

"Sence neden burada?"

"Hiçbir fikrim yok." Christian omuz silkti.

Taylor tekrar salona girdi. "Bayan Lincoln," diye duyurdu.

Ve işte gelmişti. Neden bu kadar lanet olası çekiciydi sanki? Baştan ayağa siyahlar içindeydi. Dar bir kot pantolon, kusursuz hatlarını vurgulayan bir gömlek ve ışıl ışıl, parlak bir hale oluşturan saçlar.

Christian beni yanına çekti. Şaşırmış bir ses tonuyla, "Elena," dedi.

Elena beni görünce şoka girmiş gibi olduğu yerde durdu. Yumuşak sesini bulmadan önce gözlerini birkaç kez kırpıştırdı. Orada olmasının bahanesiymiş gibi, "Üzgünüm. Misafirin olacağını düşünemedim, Christian. Bugün pazartesi," dedi.

Christian açıklama yapar gibi, "Kız arkadaşım," dedi ve başını yana yatırıp ona sakin bir gülümsemeyle baktı.

Elena'nın yüzüne tamamen Christian'ı hedef alan, ışık saçan bir gülümseme ağır ağır yayıldı. Sinir bozucuydu.

"Elbette. Merhaba Anastasia. Burada olduğunu bilmiyordum. Benimle konuşmak istemediğini biliyorum."

Gözlerimi ona dikerek ve hepimizi şaşırtarak yavaşça, "Öyle mi?" dedim. Elena kaşlarını hafifçe çatarak odanın içinde ilerledi.

"Evet, mesajı aldım. Buraya seni görmeye gelmedim. Dediğim gibi, Christian'ın hafta içi misafiri olmaz." Duraksadı. "Bir sorunum var ve Christian'la konuşmam gerekiyor."

"Ah?" Christian sırtını dikleştirdi. "Bir içki ister misin?"

Elena minnetle, "Evet, lütfen," dedi.

Elena ve ben birbirimizi tuhaf bir şekilde süzerek karşılıklı dikilirken, Christian bir kadeh getirdi. Elena orta parmağındaki büyük gümüş yüzükle oynuyor ve ben nereye bakacağımı bilmiyordum. Nihayet bana küçük, gergin bir gülümseme gönderdikten sonra, mutfak tezgâhına doğru ilerledi ve uçtaki bir bar taburesine oturdu. Burayı iyi tanıdığı ve ortalıkta dolaşırken kendini rahat hissettiği her halinden belliydi.

Kalmalı mıydım? Gitmeli mi? *Ah, bu çok zor.* Bilinçaltım, kadına en düşmanca bakışlarıyla bakıyordu.

Bu kadına söylemek istediğim çok şey vardı ve hiçbiri iltifattan sayılmazdı. Ama o, Christian'ın arkadaşıydı –tek arkadaşı– ve ondan ne kadar nefret etsem de ben doğam gereği kibar bir insandım. Kalmaya karar vererek, elimden geldiğince zarif hareketlerle, Christian'ın biraz önce boşalttığı tabureye oturdum. Christian kadehlerimize şarap doldurdu ve kahvaltı barında ikimizin arasına oturdu. Bunun ne tuhaf bir şey olduğunu anlayabiliyor muydu?

Elena'ya, "Ne oldu?" diye sordu.

Elena bana gergin bir bakış atınca, Christian uzanıp elimi tuttu.

Kadının sessiz sorgusuna cevaben, "Anastasia artık benimle," diyerek elimi sıktı. Kızardım. Bilinçaltım surat asmayı bırakmış, Christian'a sırıtıyordu.

Elena'nın yüzü, Christian için sevinmiş gibi yumuşadı. Onun adına gerçekten sevinmiş gibi. Ah bu kadını hiç ama hiç anlamıyordum ve onun yanında gerçekten rahatsız ve gergindim.

Derin bir nefes alarak kıpırdandı. Taburesinde öne doğru kayarken huzursuz görünüyordu. Gergin bir tavırla ellerine baktı ve orta parmağındaki yüzüğü deli gibi döndürmeye başladı.

Sorunu neydi? Varlığım mı? Üzerindeki bu etkiyi ben mi yaratıyordum? Çünkü ben de aynı şekilde hissediyordum ve onu burada istemiyordum. Kafasını kaldırdı ve doğrudan Christian'ın gözlerinin içine baktı.

"Biri bana şantaj yapıyor."

Lanet olsun. Ağzından çıkmasını beklediğim şey bu değildi. Christian kasılmıştı. Yoksa birileri reşit olmamış oğlanları dövme ve becerme eğilimini mi öğrenmişti? Tiksintimi bastırdım ve tilkinin dönüp dolaşıp geleceği yer kürkçü dükkânı, diye düşündüm. Bilinçaltım saklamayı beceremediği bir coşkuyla ellerini ovuşturuyordu. *İyi.*

Christian sesinde bariz bir dehşetle, "Nasıl?" diye sordu.

Elena elini abartılı büyüklükteki, gerçek deriden yapılma tasarımcı çantasına attı, bir not çıkarıp Christian'a uzattı.

Christian çenesiyle kahvaltı barını işaret ederek, "Açıp masaya koy," dedi.

"Dokunmak istemiyor musun?"

"Hayır. Parmak izleri."

"Christian, bununla polise gidemeyeceğimi biliyorsun."

Bunu neden dinliyordum ki? Yoksa yine zavallı bir oğlanı mı beceriyordu?

Christian önündeki notu okumak için eğildi.

"Sadece beş bin dolar istiyorlar," dedi dalgın bir sesle. "Kim olabileceği konusunda bir fikrin var mı? Cemiyetten biri olabilir mi?"

"Hayır," dedi yumuşacık, tatlı sesiyle.

"Linc?"

Linc mi? O da kim?

Elena, "Ne? Bunca zaman sonra mı? Hiç sanmam," diye homurdandı.

"Isaac biliyor mu?"

"Ona söylemedim."

Isaac de kim?

"Bence bilmeli," dedi Christian. Elena kafasını salladı, ama artık kendimi fazlalık gibi hissediyordum. Bunların hiçbirini duymak istemiyordum. Elimi Christian'ın elinden çekmeye çalıştım, ama daha sıkı tuttu ve dönüp bana baktı.

"Ne?" diye sordu.

"Yorgunum. Sanırım yatacağım."

Gözleri benimkileri taradı. Ne arıyordu? Kabul? Düşmanlık? Yüzümü olabildiğince ifadesiz tutmaya çalıştım

"Tamam," dedi. "Ben de fazla oyalanmam."

Elimi bıraktı. Ayağa kalktım. Elena bana ihtiyatla baktı. Dudaklarımı sımsıkı bastırarak, renk vermeden ona baktım.

"İyi geceler, Anastasia." Bana hafifçe gülümsedi.

"İyi geceler," diye mırıldandım. Sesim soğuk çıkmıştı. Çıkmak için döndüm. Gerilim kaldıramayacağım kadar fazlaydı. Ben salondan çıkarken, konuşmalarına devam ettiler.

"Yapabileceğim çok fazla bir şey olduğunu sanmıyorum, Elena," dedi Christian. "Mesele paraysa..." cümlesi yarıda kaldı. "Welch'ten araştırmasını isteyebilirim."

"Hayır, Christian, ben sadece paylaşmak istedim," dedi Elena.

Ben odadan çıkarken, "Çok mutlu görünüyorsun," dediğini duydum.

"Mutluyum," dedi Christian.

"Bunu hak ediyorsun."

"Keşke doğru olsaydı."

Elena onu, "Christian," diye azarladı.

Donakalmıştım. Kulak kesildim. Elimde değildi.

"Kendine ne kadar sert davrandığını biliyor mu? Bütün meselelerin konusunda."

"Beni herkesten daha iyi tanıyor."

"Ah, işte bu beni incitti."

"Ama gerçek bu, Elena. Onunla oyun oynamam gerekmiyor. Ve ciddiyim, onu rahat bırak."

"Onun sorunu ne?"

"Sen... Eski halimiz. Yaptıklarımız. Anlamıyor."

"Anlamasını sağla."

"Geçmişte kaldı, Elena ve onu neden hastalıklı ilişkimizle lekeleyeyim ki? O iyi, tatlı, masum biri ve mucize eseri beni seviyor."

Elena usulca, "Mucize falan değil, Christian," diye azarladı. "Kendine biraz güven. Sen gerçekten iyi birisin. Sana bunu yeterince söyledim. Ve hoş birine benziyor. Güçlü. Sana kafa tutabilecek biri."

Christian'ın cevabını duyamadım. Güçlüydüm, öyle mi? Kendimi hiç öyle hissetmiyordum.

Elena, "Özlemiyor musun?" diye sordu.

"Neyi?"

"Oyun odanı?"

Nefesim kesildi.

Christian, "Bu seni hiç ilgilendirmez," diye çıkıştı.

Ah.

Elena samimiyetsiz bir homurtuyla, "Özür dilerim," dedi.

"Bence gitsen iyi olur. Ve lütfen, bir dahaki sefere gelmeden önce ara."

"Christian, özür dilerim." Ses tonuna bakılırsa Elena bu kez ciddiydi. "Ne zamandan beri bu denli hassassın?" Onu yine azarlıyordu.

"Elena, ikimize de ciddi kâr sağlayan bir iş ilişkimiz var. Bırakalım, öyle kalsın. Aramızda olanlar geçmişin bir parçası. Anastasia benim geleceğim ve bunu hiçbir şekilde riske atmak istemiyorum. Bu yüzden zırvalamayı bırak."

Geleceği!

"Anlıyorum."

"Bak, başındaki dert için üzgünüm. Belki de üzerine gitmeli ve blöflerini görmelisin." Ses tonu yumuşamıştı.

"Seni kaybetmek istemiyorum, Christian."

Christian bir kez daha çıkıştı. "Ben senin değilim ki beni kaybedesin, Elena."

"Kastettiğim o değildi."

"Kastettiğin neydi?" Christian kaba ve öfkeliydi.

"Bak, seninle tartışmak istemiyorum. Dostluğunun benim için anlamı büyük. Anastasia'dan uzak duracağım, ama bana ihtiyacın olursa buradayım. Her zaman olacağım."

"Anastasia geçen cumartesi görüştüğümüzü sanıyor. Sen beni aradın, hepsi o kadar. Neden ona başka bir şey söyledin?"

"Gittiği zaman ne kadar üzüldüğünü bilsin istedim. Seni incitmesini istemiyorum."

"Bunu biliyor. Ona söyledim. Müdahale etmeyi kes. Dürüst olmak gerekirse anne tavuk gibi davranıyorsun." Christian biraz yumuşamış gibiydi. Elena güldü, ama gülüşünde hüzün vardı sanki.

"Biliyorum. Üzgünüm. Seni önemsediğimi biliyorsun. Sonunda âşık olacağın hiç aklıma gelmezdi, Christian. Bunu görmek çok hoş. Ama seni incittiğini görmeye dayanamam."

Christian kuru bir sesle, "Bu riski almak istiyorum," dedi. "Şimdi, Welch'in etrafı koklamasını istemediğinden emin misin?"

Elena derin bir iç çekti. "Sanırım bir sakıncası olmaz."

"Tamam. Onu sabah ararım."

Meseleyi çözmeye çalışarak didişmelerini dinledim. Christian'ın dediği gibi, iki eski arkadaş gibiydiler. Sadece arkadaş. Ve Elena onu önemsiyordu; belki gereğinden fazla. Pekâlâ, bir insan Christian'ı tanıyıp önemsemeden durabilir miydi?

"Teşekkürler, Christian. Üzgünüm. Rahatsız etmek istememiştim. Gidiyorum. Bir dahaki sefere ararım."

"İyi."

Gidiyor! Lanet olsun. Koridoru hızlı adımlarla geçip Christian'ın odasına girdim ve yatağa oturdum. Benden bir iki dakika sonra, Christian içeri girdi.

Tepkimi ölçmeye çalışır gibi ihtiyatlı bir sesle, "Gitti," dedi.

Kafamı kaldırıp ona baktım ve sorumu şekillendirmeye çalıştım. "Bana onunla ilgili her şeyi anlatacak mısın? Neden sana yardım ettiğini düşündüğünü anlamaya çalışıyorum." Durdum ve bir sonraki cümlemi dikkatle düşündüm. "Ondan nefret ediyorum, Christian, sana zarar verdiğini düşünüyorum. Hiç arkadaşın yok. Seni onlardan uzak mı tuttu?"

Christian iç geçirdi ve elini saçlarının arasında dolaştırdı.

"Neden onun hakkında bir şeyler öğrenmek istiyorsun. Çok uzun süreli bir ilişkimiz oldu, beni sık sık döverdi ve ben de onu aklına bile gelmeyecek şekillerde becerdim, hikâyenin sonu."

Rengim attı. *Lanet olsun*, kızmıştı, hem de bana. Gözlerimi kırpıştırdım. "Neden bu kadar kızgınsın?"

Bana ters ters bakarak, "Çünkü bütün o pislik bitti!" diye bağırdı. Öfkeyle iç geçirerek kafasını salladı.

Bembeyaz olmuştum. *Lanet olsun.* Kucağımda kenetli duran ellerime baktım. Ben sadece anlamak istiyordum.

Yanıma oturdu. Bitkin bir sesle, "Ne bilmek istiyorsun," diye sordu.

"Anlatmak zorunda değilsin. Burnumu sokmak istemiyorum."

"Anastasia, konu bu değil. Bu pislikten bahsetmek istemiyorum. Senelerce hiçbir şeyden etkilenmeden ve kendimi bir başkasına açıklamak zorunda kalmadan bir balonun içinde yaşadım. Elena bir sırdaş olarak her zaman oradaydı. Ve şimdi geçmişim ve geleceğim mümkün olacağını asla düşünmediğim bir şekilde çarpışıyor."

Ona baktım. İri iri açılmış gözlerini bana dikmişti.

"Ben birisiyle bir geleceğim olacağını hiç düşünmedim, Anastasia. Sen bana umut veriyorsun ve her türden olasılığı düşündürüyorsun." Sustu.

"Dinliyordum," diye fısıldadım ve tekrar ellerime baktım.

"Neyi? Konuşmamızı mı?"

"Evet."

"Ve?" Teslim olmuş gibiydi.

"Seni önemsiyor."

"Evet, önemsiyor. Ve ben de onu kendime göre önemsiyorum, ama sana hissettiklerimin yakınından bile geçmiyor. Tabii eğer mesele buysa."

"Kıskanmıyorum." Böyle düşünmesi beni yaralamıştı. Yoksa kıskanıyor muydum? Lanet olsun. Belki de sorun buydu. "Onu sevmiyorsun," diye mırıldandım.

Bir kez daha iç geçirdi. Gerçekten kızmıştı. Dişlerinin arasından, "Uzun zaman önce onu sevdiğimi sanıyordum," dedi.

Ah. "Ama Georgia'dayken... Onu sevmediğini söyledin."

"Bu doğru."

Kaşlarımı çattım.

"O zaman seni seviyordum, Anastasia," diye fısıldadı. "Sen, görmek için 5000 kilometre uçacağım tek insansın."

Ah, Tanrım. Anlamıyordum. O zaman beni itaatkâr olarak istiyordu. Kaşlarım daha da çatıldı.

"Sana olan hislerim, Elena'ya eskiden hissettiklerimden çok farklı," diye açıkladı.

"Ne zaman anladın?"

Omuz silkti. "İşin tuhaf yanı, bana bunu gösteren Elena oldu. Beni Georgia'ya gelmeye teşvik etti."

Biliyordum! Savannah'da anlamıştım. Ona boş boş baktım.

Bundan nasıl bir anlam çıkarmalıydım? Belki de Elena benim yanımdaydı ve sadece onu incitmemden endişeliydi. Bu acı verici bir düşünceydi. Ben onu asla incitmezdim. Elena haklıydı. Christian yeterince incitilmişti.

Belki de o kadar kötü biri değildi. Kafamı salladım. Elena'yla ilişkisini kabul etmek istemiyordum. Onaylamıyordum. Evet, işin aslı buydu. Elena, ne derse desin, savunmasız bir ergeni kendine yem etmiş, ergenlik yıllarını elinden almış biriydi.

"Yani onu arzuluyordun. Daha gençken."

"Evet."

Ah.

"O bana çok şey öğretti. Kendime inanmam gerektiğini öğretti.

Ah. "Ama canına da okudu."

Sevecen bir tavırla gülümsedi. "Evet, okudu."

"Ve bu hoşuna gidiyordu?"

"O zaman, evet."

"O kadar ki sen de başkalarına yapmak istedin?"

Gözleri irileşti ve ciddileşti. "Evet."

"Sana bu konuda yardım etti mi?"

"Evet."

"Sana itaatkârlık yaptı mı?"

"Evet."

Lanet olsun. "Benden ondan hoşlanmamı mı bekliyorsun." Sesim kırılgan ve buruk çıkmıştı.

"Hayır. Gerçi öylesi hayatımı hayli kolaylaştırırdı," dedi yorgun bir sesle. "Yaptığını onaylamamanı anlıyorum."

"Onaylamamak mı? Tanrım, Christian, söz konusu olan senin oğlun olsaydı, ne hissederdin?"

Soruyu anlamamış gibi gözlerini kırpıştırdı. Kaşlarını çattı. "Onunla kalmak zorunda değildim. Benim de tercihimdi, Anastasia."

Bu iş beni hiçbir yere götürmüyordu

"Linc kim?"

"Eski kocası."

"Lincoln Timber mı?"

"Ta kendisi." Sırıttı.

"Ya Isaac?"

"Şu andaki itaatkârı."

Ah, hayır.

Tiksinti dolu bakışımı doğru bir şekilde çözerek hızla, "Isaac yirmili yaşlarının ortasında, Anastasia. Kendi iradesi olan bir yetişkin yani," diye ekledi.

"Senin yaşında," diye mırıldandım.

"Bak, Anastasia, ona da söylediğim gibi, o geçmişimin bir parçası. Sen geleceğimsin. Lütfen aramıza girmesine izin verme. Ve dürüst olmam gerekirse, bu konudan gerçekten sıkıldım. Biraz çalışacağım." Ayağa kalktı ve bana yukarıdan baktı. "Bunu düşünme. Lütfen."

Ona inatçı bir bakış attım.

"Bu arada, az kalsın unutuyordum. Araban bir gün erken geldi. Garajda. Anahtar Taylor'da."

Vay canına. Saab mı? "Yarın kullanabilir miyim?"

"Hayır."

"Neden?"

"Nedenini biliyorsun. Ve aklıma gelmişken, ofisten çıkacak olursan bana haber ver. Sawyer oradaydı, seni izliyordu. Kendi başının çaresine bakman konusunda sana güvenmemem gerek gibi görünüyor." Yüzünü buruşturarak kendimi asi bir çocuk gibi hissetmeme neden oldu. Bir kez daha. Onunla tartışırdım, ama Elena yüzünden hayli gerilmişti ve üstüne daha fazla gitmek istemiyordum. Yine de kendimi bir yorum yapmaktan alıkoyamadım.

"Görünüşe bakılırsa ben de sana güvenmemeliyim," diye mırıldandım. "Sawyer'ın beni izlediğini söyleyebilirdin."

"Bu konuda kavga etmek istiyor musun?" diye çıkıştı.

Aksi bir tavırla, "Kavga ettiğimizin farkında değildim. Ben iletişim kuruyoruz sanıyordum," dedim.

Öfkesini kontrol etmeye çalışır gibi, kısa bir an gözlerini yumdu. Yutkunarak onu kaygıyla izledim.

Yavaşça, "Çalışmam gerek," dedi ve ardından odadan çıktı.

Nefesimi saldım. Tuttuğumun farkına bile varmamıştım. Kendimi sırt üstü yatağa atıp gözlerimi tavana diktim.

Tartışmayla son bulmayacak normal bir konuşma yapmamız mümkün olabilecek miydi? Çok yorucuydu.

Birbirimizi o kadar iyi tanımıyorduk, hepsi buydu. Yanına taşınmayı gerçekten istiyor muydum? Çalışırken ona bir fincan çay ya da kahve yapmalı mıyım, onu bile bilmiyordum. Onu rahatsız eder miydim? Sevdikleri ve sevmedikleri konusunda en ufak bir fikrim yoktu.

Belli ki Elena olayından sıkılmıştı, haklıydı. İleri bakmalı, konuyu kapatmalıydım. Pekâlâ, en azından onunla arkadaşlık etmemi beklemiyordu ve umarım Elena da beni buluşmamız için taciz etmekten vazgeçerdi.

Yataktan kalkıp pencereye gittim. Balkon kapısının kilidini açtım ve cam tırabzana yürüdüm. Şeffaflığı sinir bozucuydu. Hava serin ve temizdi; çok yüksekteydim.

Seattle'ın göz kırpan ışıklarına baktım. Christian burada, kalesinde her şeyden o kadar uzaktaydı ki. Kimseye karşı sorumlu değildi. *Tam bana beni sevdiğini söylemişken, o korkunç kadın yüzünden bunca saçmalık yaşanmıştı.* Gözlerimi devirdim. Christian'ın hayatı çok karmaşıktı. Christian'ın kendisi karmaşıktı.

Derin bir iç çektim ve ayaklarımın altında altından bir kumaş gibi serili duran Seattle'a son bir bakış atarken, Ray'i aramaya karar verdim. Onu uzun süredir aramamıştım. Her zamanki gibi kısa bir konuşma oldu, ama iyi olduğunu ve önemli bir futbol maçını izlemekte olduğunu anlamam yetmişti.

Rahat bir tavırla, "Umarım Christian'la her şey yolundadır," dedi. Bilgi almak için beni yokladığını, ama aslında bilmek istemediğini biliyordum.

"Evet. İyiyiz." Öyle sayılır ve yanına taşınıyorum. Gerçi zamanlamayı konuşmuş değiliz.

"Seni seviyorum, baba."

"Ben de seni seviyorum, Annie."

Telefonu kapatıp saatime baktım. Daha ondu. Tartışmamız yüzünden tuhaf biçimde canlanmış ve huzursuzlanmıştım.

Hızlı bir duş aldım ve yatak odasına dönünce, Caroline Acton'ın Neiman Marcus'tan seçtiği geceliklerden birini giymeye karar verdim. Christian tişörtlerimden yakınıp duruyordu. Üç gecelik vardı. Uçuk pembe olanı seçip başımdan geçirdim. Kumaş tenimden kaydı, vücudumu okşayarak ve üzerime yapışarak aşağı indi. En iyi, en ince saten. Vay canına. Aynada 1930'lardan kalma bir film yıldızı gibi görünüyordum. Uzun, zarif ve benim tarzımın çok dışındaydı.

Takımı tamamlayan sabahlığı aldım ve kütüphaneden bir kitap bulmaya karar verdim. iPad'den de okuyabilirdim, ama şu anda gerçek bir kitabın şefkat ve güvencesini istiyordum. Christian'a ilişmeyecektim. Belki de işini bitirince keyfi de yerine gelirdi.

Christian'ın kütüphanesinde o kadar çok kitap vardı ki. Bütün başlıkları taramak sonsuza dek sürebilirdi. Arada bilardo masasına bakıyor ve bir önceki akşamı hatırlayıp kızarıyordum. Cetvelin hâlâ yerde olduğunu görünce gülümsedim. Yerden alıp avucuma vurdum. Ah... Acıtıyordu.

Neden erkeğimden gelen biraz daha fazla acıyı kaldıramıyordum. Cetveli kederle masaya koydum ve kitap arayışıma geri döndüm.

Kitapların çoğu ilk baskıydı. Bu kadar kısa sürede böyle bir koleksiyonu nasıl toplamıştı? Belki de Taylor'ın iş tanımı kitap satın almayı da kapsıyordu. Daphne du Maurier'nin *Rebecca*'sında karar kıldım. Uzun zamandır okumamıştım. Kabarık minderli koltuklardan birine kıvrılıp ilk satırı okurken, gülümsedim:

Dün gece yeniden Manderley'ye gittiğimi hayal ettim...

Christian'ın beni kucaklamasıyla irkilerek uyandım.

"Hey," diye mırıldandı. "Uyuyakalmışsın. Seni bulamadım." Burnunu saçlarıma sürttü. Beni odaya taşırken, uyku mahmurluğu içinde, kollarımı boynuna dolayıp kokusunu içime çektim. Ah, o kadar güzel kokuyordu ki. Beni yatağa yatırıp üstümü örttü.

"Uyu, bebeğim," diye fısıldadı ve dudaklarını alnıma bastırdı.

Rahatsız edici bir rüyadan aniden uyandım ve bir an için nerede olduğumu hatırlayamadım. Kendimi kaygıyla yatağın diğer tarafını yoklarken buldum, ama orada kimseye yoktu. Salondan karmaşık bir piyano melodisinin cılız notaları geliyordu.

Saat kaçtı? Çalar saate baktım: Sabahın ikisiydi. Christian uyumaya gelmiş miydi acaba? Bacaklarıma dolanan sabahlığı çözüp yataktan kalktım.

Salonda, kuytuda durup dinledim. Christian kendini müziğe kaptırmıştı. Işık hüzmesinin içinde güvende görünüyordu. Ve çaldığı parçanın, kısmen tanıdık gelen, ama çok ayrıntılı, hareketli bir ezgisi vardı. *Christian çok iyi.* Bu beni neden her defasında şaşırtıyordu ki?

Bir şekilde farklı görünüyordu ve o zaman piyanonun kapağının inik olduğunu ve görüşümü engellemediğini fark ettim. Kafasını kaldırıp baktı, gözlerimiz kilitlendi. Onunkiler, lambanın parlaklığında, gri ve yumuşacık bir ışık saçıyordu. Ben ona yaklaşırken, hiç bocalamadan çalmayı sürdürdü. Ben yanına varınca, durdu.

"Neden durdun? Çok hoştu."

"Şu anda nasıl arzu uyandırdığının farkında mısın?" derken sesi yumuşacıktı.

Ah. "Yatağa gel," diye fısıldadım. Bana elini uzatırken gözleri daha da parladı. Elini tutunca beni çekti ve kucağına düştüm. Kollarını bana sardı ve burnunu kulağımın altına, boynuma sürterek, bel kemiğimden aşağı bir ürpertinin inmesine neden oldu.

Kulak mememi ısırırken, "Neden kavga ediyoruz?" diye sordu.

Kalbim bir an tekledi ve sonra bütün bedenime ısı yayarak tekrar gümbürdemeye başladı.

Boynuma daha kolay ulaşabilsin diye başımı kaldırırken, nefes nefese, "Çünkü birbirimizi tanımaya çalışıyoruz ve sen inatçı, geçimsiz, huysuz ve zorsun," diye mırıldandım. Burnunu boynuma sürterken, gülümsediğini hissettim.

"Bu saydıklarınızın hepsiyim, Bayan Steele. Ve bana dayanabilmenize hayret ediyorum." Kulak mememi dişledi, inledim. "Hep böyle mi olur?" diye iç geçirdi.

"Hiçbir fikrim yok."

"Benim de." Sabahlığımın kemerini hızla çekip açtı ve elleri vücudumda, memelerimin üstünde dolaştı. Meme uçlarım nazik dokunuşuyla sertleşip sateni zorlamaya başladı. Aşağı, belime ve kalçama doğru inmeyi sürdürdü.

"Bu kumaşın üstünden sana dokunmak o kadar güzel ki. Üstelik her şeyi görebiliyorum. Bunu bile." Kumaşın üstünden kasık tüylerimi hafifçe çekerken diğer eliyle ensemdeki saçlarımı kavradı. Kafamı arkaya yatırıp beni öptü. Dili telaşlı ve arzu yüklüydü. Karşılık olarak inledim ve güzel yüzünü okşadım. Eli geceliğimi usulca ve baştan çıkarıcı bir vaatle yukarı çekti, çıplak popomu okşadıktan sonra, başparmağının tırnağını bacağımın iç kısmında dolaştırdı.

Birden doğrularak beni şaşırttı ve hemen sonra beni piyanonun üstüne kaldırdı. Ayaklarım tuşların üzerinde, uyumsuz ve alakasız seslerin çıkmasına neden olurken, elleri bacaklarımdan yukarı kaydı ve dizlerimi araladı. Ellerimi sıkı sıkı tuttu.

"Arkaya uzan," diye emretti ve piyanonun üstüne eğilirken, ellerimi tutmayı sürdürdü. Piyanonun sert kapağını sırtımda hissettim. Ellerimi bıraktı, bacaklarımı iki yana açtı. Ayaklarım tuşların, ince ve kalın notaların üstünde âdeta dans ediyordu.

Ah, Tanrım. Ne yapacağını biliyordum ve bu beklenti... Bacağımın iç kısmını öpünce yüksek sesle inledim. Sonra öperek ve emerek, yukarı, dizlerimden yukarı tırmandı. Christian kumaşı itince, geceliğimin yumuşak sateni iyice duyarlılaşan tenimi yalayarak sıyrıldı. Ayaklarımı kasınca tuşlardan yine sesler yükseldi. Gözlerimi yumdum ve ağzı bacaklarımın birleştiği noktaya uzanırken, kendimi ona teslim ettim.

Beni... *tam oramı* öpmeye başladı. *Ah, Tanrım...* Dilini klitorisimin etrafında döndürmeye başlamadan önce yavaşça üfledi. Bacaklarımı iyice araladı. Kendimi çok açıkta hissediyordum. Aman vermeden, diliyle bana işkence ederken, dizlerimin hemen üstündeki elleriyle beni olduğum yere sabitlemişti. Kalçalarımı hafifçe yükseltip ritmine ayak uydururken tükenmiştim.

"Ah, Christian, lütfen," diye inledim.

"Ah, hayır, bebeğim, henüz değil," dedi, ama içimde bir şeylerin kıpırdandığını hissettim, o da hissetti ve durdu.

"Hayır," diye sızlandım.

"Bu, benim intikamım, Ana," diye homurdandı. "Benimle tartışırsan acısını bir şekilde bedeninden çıkarırım." Göbeğime öpücüklerden yollar çizerken, elleri bacaklarımın üst kısmını okşuyor, yoğuruyor, baştan çıkarıyordu. Elleri *ve başparmakları... ah o başparmakları,* bacak aramın zirvesine ulaşırken dili göbeğimde daireler çiziyordu.

Parmağını içime itince haykırdım. "Ah!" Diğeri yavaş yavaş ve âdeta eziyet eder gibi etrafımda dönerek bana zulmediyordu. Dokunuşunun altında kıvranırken, sırtım yay gibi gerildi. Neredeyse dayanılmaz bir hal almıştı.

Arzuyla kontrolden çıkarak, "Christian!" diye haykırdım.

Bana acıdı ve durdu. Ayaklarımı tuşlardan kaldırıp beni itti ve birden, hiç zorlanmadan piyanonun üstünde daha yukarı kaydım. O da arkamdan geldi ve kısa bir an dizlerinin üstünde doğrulup prezervatifini taktı. Üzerime eğildiğinde nefes nefeseydim ve ihtiyaçla yanıyordum. Çıplak olduğunu o zaman fark ettim. Kıyafetlerini hangi ara çıkarmıştı?

Bana bakarken, gözlerinde hayret vardı. Hayret ve aşk ve tutku ve... bu, nefes kesiciydi.

"Seni fena halde istiyorum," dedi ve yavaşça ve muhteşem bir şekilde içime girdi.

Büyük piyanonun üstünde, uzuvlarım ağır ve cansız, harap halde, Christian'ın üzerine yayılmıştım. *Ah, Tanrım.* Piyanonun üstünde yatmaktan çok daha rahattı. Çenesine dokunmamaya özen göstererek, yanağımı ona yaslamış, hiç kıpırdamadan duruyordum. İtiraz etmedi ve benimki gibi yavaşlayan nefesini dinledim. Usulca saçımı okşuyordu.

"Akşamları çay ya da kahve içer misin?" diye sordum uykulu bir sesle.

"Ne tuhaf bir soru," dedi dalgın bir sesle.

"Çalışma odana çay getirmeyi düşündüm, ama sonra ne sevdiğini bilmediğimi fark ettim."

"Ah, anlıyorum. Akşamları su ya da şarap, Ana. Gerçi belki çayı da denemeliyim."

Eli ritmik hareketlerle sırtımda dolaşıyor, beni şefkatle okşuyordu.

"Birbirimiz hakkında gerçekten çok az bilgi sahibiyiz," diye mırıldandım.

"Biliyorum," derken sesi hüzünlüydü. Yüzüne bakmak için doğruldum.

"Ne oldu?" diye sordum. Kendini nahoş bir düşünceden arındırmaya çalışır gibi kafasını salladı, elini kaldırdı, parlak ve samimi bakışlarla çenemi okşadı.

"Seni seviyorum, Ana Steele," dedi.

Çalar saat, saat tam altıda, trafik haberleriyle bağırmaya başlayınca, aşırı sarışın ve koyu renk saçlı kadınların olduğu rahatsız edici rüyamdan kabaca uyandırıldım. Rüyanın neyle ilgili olduğunu hatırlayamıyordum ve dikkatim hemen dağıldı, çünkü Christian Grey vücuduma sarılıydı. Dağınık saçlı başı göğsümde, eli mememde, bacağı üzerimdeydi ve beni yatağa âdeta yapıştırmıştı. Hâlâ uyuyordu ve fazla sıcaklamıştım. Ama rahatsızlığımı yok saydım ve çekinerek parmaklarımı saçlarına uzattım. Kıpırdandı. Parlak gri gözlerini kaldırarak, uyku mahmuru gülümsedi. *Tanrım... muhteşemdi.*

"Günaydın, güzellik," dedi.

"Sana günaydın, güzellik." Ben de ona gülümsedim. Beni öptü, kollarını çözdü ve dirseklerine yaslanıp bana baktı.

"İyi uyudun mu?" diye sordu.

"Evet, dün gece uykumun bölünmesine rağmen."

Sırıtışı bütün yüzüne yayıldı. "Beni istediğin zaman o şekilde rahatsız edebilirsin." Tekrar öptü.

"Ya sen? İyi uyudun mu?"

"Seninleyken her zaman iyi uyuyorum, Anastasia."

"Artık kâbus yok mu?"

"Yok."

Kaşlarımı çattım ve riski göze alarak sordum. "Kâbusların neyle ilgili?"

Alnı kırıştı, gülümsemesi soldu. *Lanet olsun, hep şu aptal merakım yüzünden.*

"İlk çocukluk yıllarıma dair, anlık görüntüler. Ya da Dr. Flynn öyle diyor. Kimi gerçek gibi, kimi o kadar değil." Sesi alçaldı ve yüzünden mesafeli, üzgün bir ifade geçti. Dalgın bir tavırla, parmağını köprücük kemiğimde dolaştırarak dikkatimi dağıttı.

Boş yere espri yapmaya çabalayarak, "Ağlayarak ve çığlıklar atarak mı uyanıyorsun yoksa?" dedim.

Bana şaşırmış gibi baktı. "Hayır, Anastasia. Ben hiç ağlamadım. Hatırladığım kadarıyla." Anılarının derinliklerine uzanır gibi, kaşlarını çattı. Ah hayır, bu saatte konuşmak için çok karanlık bir konu olduğu kesindi.

Özellikle dikkatini dağıtmak amacıyla, hızla, "Çocukluğa dair mutlu anın var mı?" diye sordum. Bir an düşünceli göründü. Parmağını tenimde dolaştırmayı sürdürüyordu.

"Bağımlı fahişenin fırında bir şeyler pişirdiğini hatırlıyorum. Kokuyu. Sanırım bir doğum günü pastasıydı. Benim için. Sonra bir de Mia'nın annem ve babamla geldiği gün var. Annem tepkimden endişeliydi, ama bebek Mia'ya hemen tapmıştım. Söylediğim ilk kelime Mia oldu. İlk piyano dersimi hatırlıyorum. Öğretmenim Bayan Kathie muhteşemdi. Atları da vardı." Özlemle gülümsedi.

"Seni annenin kurtardığını söylemiştin. Nasıl?"

Düşüncelerinden uyandı ve bana dünyanın en basit şeyini anlamıyormuşum gibi baktı.

"Beni evlat edindi," dedi basitçe. "Onunla ilk karşılaştığımda melek olduğunu düşünmüştüm. Beyazlar içindeydi ve beni muayene ederken o kadar yumuşak ve sakindi ki. Bunu asla unutmayacağım. O ya da Carrick hayır deseydi..." Omuz silkti ve omzunun üstünden çalar saate baktı. "Bütün bunlar, sabahın bu erken saati için fazla derin konular."

"Seni daha iyi tanıyacağıma yemin ettim."

"Öyle mi, Bayan Steele? Oysa ben kahveyi mi yoksa çayı mı tercih ettiğimi öğrenmek istediğini sanıyordum." Sırıttı. "Her neyse. Aklıma beni daha iyi tanımanın bir yolu geliyor." Dudakları manidar bir şekilde kıvrıldı.

"Sanırım seni o açıdan hayli iyi tanıyorum." Sesim paylar gibiydi ve daha fazla gülümsemesine neden oldu.

"Bense seni o açıdan hiçbir zaman yeterince iyi tanıyamayacağımı düşünüyorum," diye mırıldandı. "Senin yanında uyanmanın avantajları var." Sesi yumuşak ve taşı eritecek kadar baştan çıkarıcıydı.

"Senin kalkman gerekmiyor mu?" Sesim alçak ve boğuktu. *Ah... Bana neler yapıyor böyle?*

"Bu sabah değil. Şu anda kalkan tek bir şey var, Bayan Steele." Gözleri şehvetle parlıyordu.

Şoka uğrayarak, "Christian!" diye inledim. Hızla döndü ve beni altına alarak yatağa bastırdı. Ellerimi tutup başımın üstüne çekti ve boynumu öpmeye başladı.

"Ah, Bayan Steele." Ağzı tenimde gülümsedi ve bütün vücuduma enfes ürpertiler göndererek ellerini vücudumda dolaştırmaya ve saten geceliğimi yavaşça sıyırmaya başladı. "Sana neler yapmak istediğimi bir bilsen," diye mırıldandı.

Ve kayboldum. Sorgu sona ermişti.

Bayan Jones, benim krep ve jambon, Christian'ınsa omlet ve jambondan oluşan kahvaltılarımızı masaya bıraktı. Barda, rahat bir sessizlik içinde, yan yana oturuyorduk.

"Antrenörün Claude'la ne zaman tanışıp hünerlerini göreceğim?" diye sordum. Christian bana sırıtarak baktı.

"Bu hafta sonu New York'a gitmek isteyip istememene bağlı. Tabii eğer bu haftaiçi bir sabah erken saatte görmek istemezsen. Andrea'dan programını kontrol edip sana dönmesini rica ederim."

"Andrea?"

"Asistanım."

Ah, evet. "Sayısız sarışınlarından biri," diye takıldım.

"O benim değil. Benim için çalışıyor. Benim olan sensin."

Tatsız bir sesle, "Ben de senin için çalışıyorum," diye mırıldandım.

Unutmuş gibi sırıttı. "Evet, öyle." Işık saçan gülümsemesi bulaşıcıydı.

"Belki Claude bana kickboks öğretebilir," diye uyardım.

"Ah, evet. Bana karşı şansını artırmak için mi?" Komiğine gitmiş gibi, tek kaşını kaldırdı. "Elinizden geleni ardınıza koymayın, Bayan

Steele." Dün geceyle Elena'nın gidişinden sonraki tatsızlığıyla kıyaslanınca, o kadar lanet olası mutlu görünüyordu ki. Bu hali insanın elini ayağını kesiyordu. Belki de seks sayesindeydi. Belki de onu böyle kaygısız kılan buydu.

Arkama, piyanoya baktım ve önceki gecenin anısının tadını duydum.

"Piyanonun kapağını kaldırmışsın."

"Dün gece seni rahatsız etmemek için kapatmıştım. Ama sanırım işe yaramamış. Gerçi yaramadığına memnunum." Omletinden bir ısırık alırken, Christian'ın dudakları şehvetli bir gülümsemeyle kıvrıldı. Kıpkırmızı kesilip ona sırıttım.

Ah, evet... Piyanonun üstünde eğlenceli zamanlar.

Bayan Jones eğildi ve önüme öğle yemeğimin olduğu paketi koyarak suçlulukla kızarmama neden oldu.

"Daha sonrası için, Ana. Ton balığı uygun mu?"

"Ah, evet. Teşekkürler, Bayan Jones." Ona salondan ayrılmadan önce, sıcacık bir gülümsemeyle karşılık verdiği mahcup bir gülümseme gönderdim. Sanırım bizi baş başa bırakmak istemişti.

"Sana bir şey sorabilir miyim?" Yeniden Christian'a döndüm.

Muzip ifadesi silindi. "Elbette."

"Ama kızmayacaksın?"

"Elena hakkında mı?"

"Hayır."

"O zaman kızmam."

"Ama ek bir soru sormam gerekiyor."

"Öyle mi?"

"Ve onunla ilgili."

Gözlerini devirdi. "Ne?" dedi, şimdi öfkeliydi.

"Neden onunla ilgili bir şey sorduğum zaman böyle deliriyorsun?"

"Dürüst olayım mı?"

Yüzümü buruşturdum. “Bana karşı her zaman dürüst olduğunu sanıyordum.”

“Elimden geleni yapıyorum.”

Gözlerimi kısarak, “Bu bana çok kaçamak bir cevap gibi geldi,” dedim.

“Sana karşı her zaman dürüstüm, Ana. Oyun oynamak istemiyorum. Şey, o tür oyunlar,” diye açıklarken bakışları yumuşadı.

“Ne tür oyunlar oynamak istiyorsun?”

Başını yana yatırıp bana pis pis sırıttı. “Bayan Steele, dikkatinizi dağıtmak ne kolay.”

Kıkırdadım. Haklıydı. “Bay Grey, pek çok düzeyde hayli dikkat dağıtıcısınız.” Mizahla aydınlanan, dans eden gri gözlerine baktım.

“Dünyada en sevdiğim ses senin kıkırtın, Anastasia.” Pürüzsüz bir sesle, “Şimdi, sorun neydi?” diye sordu. Sanırım benimle alay ediyordu. Hoşnutsuzluğumu göstermek için suratımı astım, ama oyuncu Elli'yi seviyordum; eğlenceliydi. Sabah atışmalarını da seviyordum. Sorumu hatırlamaya çalışarak kaşlarımı çattım.

“Ah, evet. İtaatkârlarını sadece hafta sonları mı görürdün?”

“Evet, bu doğru.” Bana gergin gözlerle baktı.

Sırıttım. “Yani hafta içi seks yoktu.”

Güldü. “Demek buraya varmaya çalışıyorduk.” Birazcık rahatlamış görünüyordu. “Sence neden hafta içi her gün egzersiz yapıyorum?” Şimdi benimle gerçekten alay ediyordu, ama umurumda değildi. Sevinçten havalara uçuyordum. Bir ilk daha, ne çok ilk olmuştu.

“Kendinizden çok hoşnut görünüyorsunuz, Bayan Steele.”

“Öyleyim, Bay Grey.”

“Olmalısınız.” Sırıttı. “Şimdi kahvaltını et.”

Ah, patronluk taslayan Elli. Hiçbir zaman fazla uzaklaşmıyordu.

Audi'nin arka koltuğundaydık. Taylor önce beni, sonra Christian'ı işe bırakma niyetiyle direksiyon başındaydı. Sawyer ise yan koltuktaydı.

Christian neredeyse rahat bir tavırla ve sesi ya da ifadesiyle hiç renk vermeyerek, "Ev arkadaşının ağabeyinin bugün geleceğini söylememiş miydin?" diye sordu.

"Ah, Ethan," diye iç geçirdim. "Unuttum. Ah, Christian, hatırlattığın için teşekkürler. Eve gitmem gerekecek."

Yüzü düştü. "Ne zaman?"

"Saat kaçta geleceğinden emin değilim."

"Tek başına hiçbir yere gitmeni istemiyorum," dedi sert bir sesle.

"Biliyorum," diye mırıldandım ve Bay Aşırıtepki'ye gözlerimi devirmemek için direndim. "Sawyer bugün casusluk... hmmm, nöbetçilik yapacak mı?" Sawyer'dan tarafa kurnaz bir bakış attım ve kulaklarının arkasının kızardığını gördüm.

Christian buz gibi gözlerle, "Evet," diye çıkıştı.

Aksi bir sesle, "Saab'ı kullanıyor olsaydım daha kolay olurdu," diye mırıldandım.

"Sawyer'da bir araba olacak ve saat kaçta gideceğini söylersen, seni dairene o götürebilir."

"Pekâlâ. Herhalde Ethan gün içinde benimle temas kurar. O zaman planın ne olduğunu sana haber veririm."

Bana tek söz etmeden baktı. Ah, ne düşünüyordu?

"Tamam," diye onayladı. "Tek başına hiçbir yere gitmek yok. Anlıyor musun?" Bana parmağını salladı.

"Evet, hayatım," diye mırıldandım.

Yüzünde bir gülümseme belirdi. "Belki de sadece BlackBerry'ni kullanmalısın. Sana oradan e-posta göndereceğim. Böylece adamımın ilginç bir sabah geçirmesine mani olmuş oluruz." Sesi alaycıydı.

"Evet, Christian." Dayanamadım. Gözlerimi devirdim. Bana pis pis sırıttı.

"Pekâlâ, Bayan Steele, sanırım avucumun kaşınmasına neden oluyorsunuz."

"Ah, Bay Grey, sizin şu sürekli kaşınan avucunuz yok mu! O konuda ne yapacağız?"

Güldü ve sonra dikkati BlackBerry'sine çevrildi. Titreşimde olsa gerekti, çünkü çalmamıştı. Arayanın kim olduğunu görünce kaşları çatıldı.

Telefona sertçe, "Ne oldu?" dedi ve dikkatle dinledi. Bense fırsattan istifade güzel hatlarını inceledim. Düz burnunu, alnına dökülen saçlarını. Kaçamak bakışlarım hayretten muzipliğe dönen ifadesini yakalamıştı. Dikkat kesildim.

"Şaka yapıyorsun... Bir sahne için... Sana bunu ne zaman söyledi?" Christian istemeden kıkırdadı. "Hayır, endişelenme. Özür dilemene gerek yok. Mantıklı bir açıklaması olmasına sevindim. Saçma sayılacak kadar az bir miktar gibi gelmişti... İntikam için, kötü ve yaratıcı bir planının olduğundan hiç şüphem yok. Zavallı Isaac." Gülümsedi. "İyi... Güle güle." Telefonu kapattı ve bana baktı. Gözlerini birden ihtiyat bürümüştü, ama tuhaftır ki rahatlamış da görünüyordu.

"Kimdi?" diye sordum.

Yavaşça, "Gerçekten bilmek istiyor musun?" diye sordu.

Bu cevapla kim olduğunu anladım. Başımı salladım ve kendimi yapayalnız gibi hissederek, penceremden gri Seattle gününe baktım. Neden onu rahat bırakamıyordu sanki?

"Hey." Uzandı, elimi tuttu ve parmak boğumlarımı tek tek öptü. Birden serçe parmağımı sertçe emdi ve sonra yavaşça ısırdı.

Vay canına! Doğrudan kasıklarımla bağlantı kurabiliyordu. İnledim ve önce Taylor ve Sawyer'a sonra, Christian'a doğru gergin bir bakış attım. Gözlerim kararmıştı. Bana usulca, şehvetle gülümsedi.

"Kafana takma, Anastasia," diye mırıldandı. "Geçmişte kaldı." Avucumun ortasına bir öpücük kondurarak yine her yanıma ürpertiler gönderdi ve anlık dargınlığımı unutuverdim.

Masama giderken Jack, "Günaydın, Ana," diye mırıldandı. "Güzel elbise."

Kızardım. Elbise yeni gardırobumun bir parçası, inanılmaz zengin erkek arkadaşımın jestiydi. Uçuk mavi ketenden, kolsuz bir elbiseydi. Ayağıma yüksek topuklu, krem rengi sandaletler giymiştim. Sanırım Christian topuklu ayakkabıları seviyordu. Bu düşünceyle gizlice gülümsedim, ama hemen toparlanıp derhal nazik ve yavan gülümsememi takındım.

"Günaydın, Jack."

Broşürü baskıya ulaştırmak için bir kurye ayarlamakla meşguldüm. Ofisinin kapısından kafasını uzattı.

"Bir kahve alabilir miyim, lütfen, Ana?"

"Elbette." Mutfağa gittim ve kahve yapmakla meşgul olan Claire'le karşılaştım.

Neşeyle, "Merhaba, Ana," dedi.

"Merhaba, Claire."

Hafta sonu katıldığı ve fazlasıyla keyif aldığı geniş aile toplantısıyla ilgili kısa bir sohbet ettik. Ben de ona Christian'la yelken yaptığımızı anlattım.

"Erkek arkadaşın rüya gibi, Ana," derken gözleri parlıyordu.

İçimden gözlerimi devirmek geldi.

"Fena değil," diye gülümsedim ve ikimiz de kahkahaları koyuverdik.

Kahvesini götürünce Jack, "Ne çok oyalandın!" diye çıkıştı.

Ah. "Özür dilerim." Kızardım ve sonra kaşlarımı çattım. Her zamankinden uzun sürmemişti. Derdi neydi? Belki de bir şey yüzünden gergindi.

Kafasını salladı. "Özür dilerim, Ana, sana bağırmak istememiştim, tatlım."

Tatlım?

"Üst yönetimde bir şeyler oluyor ve ne olduğunu bilmiyorum. Kulaklarını dört aç, tamam mı? Bir şey duyarsan... siz kızlar konuşursunuz, bilirim." Bana sırıttı. Midemin bulandığını hissettim. Biz "kızların" nasıl konuştuğumuz konusunda hiçbir fikri yoktu. Ayrıca ben neler olduğunu biliyordum.

"Bana haber ver, tamam mı?"

"Elbette," diye mırıldandım. "Broşürü baskıya gönderdim. Saat iki gibi geliyor."

"Harika. Al bakalım." Bana bir metin yığını uzattı. "Hepsinin ilk bölümlerinin özetinin çıkarılması ve dosyalanması gerekiyor."

"Hemen işe koyulayım."

Ofisinden çıkıp masama oturduğuma seviniyordum. Ah, bir şeyleri biliyor olmak ne zordu. Öğrenince ne yapacaktı acaba? Kanım dondu. İçimden bir ses, Jack'in tadının kaçacağını söylüyordu. BlackBerry'me baktım ve gülümsedim. Christian'dan bir e-posta vardı.

Kimden: Christian Grey

Konu: Gün doğuşu

Tarih: 14 Haziran 2011 09:23

Kime: Anastasia Steele

Sabahları seninle uyanmayı seviyorum.

Christian Grey

Tamamen ve Körkütük Âşık CEO, Grey Şirketler Topluluğu

Sanırım sırıtışım yüzümü ortadan ikiye ayırmıştı.

Kimden: Anastasia Steele

Konu: Gün batımı

Tarih: 14 Haziran 2011 09:35

Kime: Christian Grey

Sevgili Bay Tamamen ve Körkütük Âşık,

Ben de sizinle uyanmayı seviyorum. Ama sizinle aynı yatakta ve asansörde ve piyano ya da bilardo masası üzerinde ve teknede ve çalışma masalarında ve duşta ve küvette ve kelepçeleri olan tuhaf ahşap çarpı işaretlerinde ve kırmızı saten çarşaflı dört direkli karyolalarda ve kayıkhaneler ve çocukluk odalarında olmayı da seviyorum.

Sevgiler.

Seks Delisi ve Doymak Bilmez xx

Kimden: Christian Grey

Konu: Islak Bilgisayar

Tarih: 14 Haziran 2011 09:37

Kime: Anastasia Steele

Sevgili Bayan Seks Delisi ve Doymak Bilmez,

Klavyemin her yerine kahve püskürttüm.

Bunun daha önce başıma geldiğini hiç sanmıyorum.

Coğrafyaya konsantre olan kadınlara hayranımdır.

Beni sadece vücudum için istediğiniz sonucunu mu çıkarmalıyım?

Christian Grey
Tamamen ve Büsbütün Şokta CEO, Grey Şirketler Topluluğu

Kimden: Anastasia Steele
Konu: Kıkırdıyorum ve ben de ıslağım
Tarih: 14 Haziran 2011 09:42
Kime: Christian Grey

Sevgili Bay Tamamen ve Büsbütün Şokta,
Her zaman.

Yapacak işlerim var.

Beni rahatsız etmeyi bırakın.

SD&DB

Kimden: Christian Grey
Konu: Mecbur muyum?
Tarih: 14 Haziran 2011 09:50
Kime: Anastasia Steele

Sevgili SD&DB,

Her zamanki gibi, dileğiniz benim için emirdir.

Kıkırdıyor ve ıslak olmanızı sevdim.

Kaçtım, bebek.

Christian Grey
Tamamen ve Körkütük Âşık, Şokta ve Büyülenmiş CEO,
Grey Şirketler Topluluğu

BlackBerry'yi elimden bıraktım ve işime koyuldum.

Öğle saatinde Jack onun için şarküteriye gitmemi rica etti. Ofisinden çıkar çıkmaz Christian'ı aradım.

Ilık ve insanın içini okşayan sesiyle telefonu hemen açtı. "Anastasia." Bu adamın beni telefonda eritmeyi başarabilmesi nasıl bir şeydi?

"Christian, Jack ona öğle yemeği almamı istedi."

"Tembel piç," diye sızlandı.

Onu duymazdan gelerek devam ettim. "Yani almaya gidiyorum. Bana Sawyer'ın numarasını vermen kolaylık olabilir, böylece sana zahmet vermem."

"Zahmet değil, bebek."

"Yalnız mısın?"

"Hayır. Şu anda bana kiminle konuştuğumu merak ederek dik dik bakan altı kişi var."

Lanet olsun... Paniğe kapılarak, "Gerçekten mi?" diye soludum.

"Evet. Gerçekten." Odaya, "Kız arkadaşım," diye ilan etti.

Aman Tanrım! "Büyük olasılıkla senin gey olduğunu düşünüyorlardı, biliyorsun."

Güldü. "Evet, büyük olasılıkla." Sırıtışını duyar gibiydim.

"Şey. Gitsem iyi olur." Onu rahatsız etmekten ne kadar utandığımı anlayabildiğinden emindim.

"Sawyer'a haber veririm." Yine güldü. "Arkadaşından haber aldın mı?"

"Henüz değil. İlk sizin haberiniz olacak, Bay Grey."

"İyi. Kaçtım, bebek."

"Hoşça kal, Christian." Sırıttım. Bunu her söyleyişinde, beni gülümsetiyordu. Elli'ye o kadar aykırı, ama bir yandan da o kadar Elli'lik bir sözdü.

Saniyeler sonra çıktığımda, Sawyer binanın basamaklarında bekliyordu.

Beni resmî bir tavırla selamladı. "Bayan Steele."

"Sawyer." Onu başımla selamladım. Ve birlikte şarküteriye doğru yola çıktık.

Sawyer'ın yanında, Taylor'la olduğum kadar rahat hissetmiyordum. Blok boyunca ilerlerken sürekli etrafı tarıyordu. Bu beni gerçekten germişti ve kendimi onun hareketlerini taklit ederken buldum.

Leila oralarda bir yerlerde miydi? Yoksa Christian'ın paranoyası hepimize mi bulaşmıştı? Bu elli tonunun bir parçası mıydı? Bunu öğrenmek için Dr. Flynn'le yarım saatlik samimi bir görüşme karşılığında neler vermezdim.

Hiçbir tuhaflık yoktu. Tipik öğle saati Seattle'ı; öğle yemeği, alışveriş ve arkadaşlarla buluşma için oradan oraya koşturan insanlar. Buluşup kucaklaşan iki genç kadına baktım.

Kate'i özlemiştim. Tatil için evden ayrılalı sadece iki hafta olmuştu, ama bana hayatımın en uzun iki haftası gibi gelmişti. Çok şey olmuştu; anlattığım zaman bana asla inanmayacaktı. Şey, ona gizlilik anlaşmasına uygun versiyonunu anlatacaktım. Kaşlarımı çattım. Bu konuda Christian'la konuşmam gerekecekti. Kate bundan nasıl bir anlam çıkaracaktı acaba? Düşünürken benzim attı. Belki de Ethan'la birlikte dönerdi. Bu düşünce beni heyecanlandırmıştı, ama pek olası görünmüyordu. Muhtemelen Elliot'la birlikte kalacaktı.

Öğle yemeği almak için sıraya girince, Sawyer'a, "Dışarıyı gözetlerken nerede duruyorsun?" diye sordum. Sawyer önümde, yüzü kapıya dönük halde duruyor, sürekli olarak sokağı ve girip çıkanları gözlüyordu. Sinir bozucuydu.

"Sokağın tam karşısındaki kafede oturuyorum, Bayan Steele."

"Sıkıcı olmuyor mu?"

"Benim için değil, efendim. Benim işim bu," dedi gergin bir sesle.

Kızardım. "Özür dilerim, söylemeye çalıştığım..." Nazik ve anlayışlı ifadesi karşısında cümlem yarıda kaldı.

"Lütfen, Bayan Steele. Benim işim sizi korumak. Ve bunu yapacağım."

"Yani Leila'dan hiçbir iz yok, öyle mi?"

"Hayır, efendim."

Kaşlarımı çattım. "Neye benzediğini nereden biliyorsun?"

"Fotoğrafını gördüm."

"Ah, fotoğraf yanında mı?"

"Hayır, efendim." Kafasına vurdu. "Hafızaya işlendi."

Elbette. Hayalet Kız'a dönüşmeden önce neye benzediğini görmek için Leila'nın fotoğrafını incelemek isterdim. Acaba Christian bana bir kopya verir miydi? Evet, büyük olasılıkla, güvenliğim için verirdi. Bir plan yaptım ve bilinçaltım büyük bir keyifle, kafasını sallayarak onayladı.

Broşürler ofise geldi ve neyse ki harika görünüyorlardı. Birini Jack'in ofisine götürdüm. Bakışları aydınlandı. Sebebi ben miydim yoksa broşür mü bilmiyordum. İkincisi olduğuna inanmayı seçtim.

"Harika görünüyorlar, Ana." Aheste hareketlerle broşürü karıştırdı. "Evet, iyi iş. Bu akşam erkek arkadaşınla görüşecek misin?" "Erkek arkadaş" derken dudakları gerilmişti.

"Evet. Birlikte yaşıyoruz." Bir anlamda doğruydu. Pekâlâ, şu anda birlikte yaşıyorduk. Ve yanına taşınmayı resmen kabul etmiştim, bu yüzden pek yalan sayılmazdı. Onu geri püskürtmeye yeteceğini umuyordum.

"Bu akşam hızlı bir içki içmeye gelmene bir itirazı olur mu? Bu sıkı çalışmanı kutlamak için."

"Bu akşam şehir dışından gelecek bir arkadaşım var ve hep birlikte yemeğe çıkacağız." Ve her akşam meşgul olacağım, Jack.

"Anladım." Sıkkın, iç geçirdi, "O zaman, belki ben New York'tan dönünce, ha?" Beklentiyle kaşlarını kaldırırken, bakışları manidar bir şekilde karardı.

Ah, hayır. Ürpermemek için kendimi zor tutarak çekimser gülümsedim.

"Kahve ya da çay içer misiniz?"

"Kahve lütfen." Sesi başka bir şey istiyormuş gibi alçak ve boğuktu. Siktir. Vazgeçtiği falan yoktu. Bunu şimdi görebiliyordum. *Ah... Ne yapmalı?*

Ofisinden çıkınca rahat bir nefes aldım. Beni geriyordu. Christian haklıydı ve bir yanım, Christian'ın haklı olmasına kızıyordu.

Masama oturmamla BlackBerry'min çalması bir oldu. Tanımadığım bir numaraydı.

"Ana Steele."

"Merhaba, Steele." Ethan'ın sesi beni bir an hazırlıksız yakaladı.

"Ethan! Nasılsın?" Neredeyse sevinçten çığlık atmıştım.

"Döndüğüme memnunum. Güneşten, romlu kokteyllerden ve küçük kardeşimin o herife umutsuzca âşık olmasından bıktım. Cehennem gibiydi, Ana."

"Evet. Deniz, kum ve romlu kokteyller kulağa gerçekten Dante'nin Cehennemi gibi geliyor." Kıkırdadım. "Neredesin?"

"Sea-Tac'teyim. Valizimi bekliyorum. Sen ne yapıyorsun?"

"İşteyim." Şaşkın iç çekişine karşılık, "Evet, maaşlı bir işe başladım," dedim. "Buraya gelip anahtarları almak ister misin? Sonra seninle evde görüşürüz."

"Kulağa harika geliyor. Kırk beş dakika, bir saat sonra görüşürüz. Adres ne?"

Ona SBY'nin adresini verdim.

"Birazdan görüşürüz, Ethan."

"Kaçtım," dedi ve kapattı. Ne? Ethan da mı başlamıştı? Ve birden haftayı Elliot'la geçirdiği kafama dank etti. Hemen Christian'a bir e-posta yazdım.

Kimden: Anastasia Steele

Konu: Güneşli İklimlerden Ziyaretçiler

Tarih: 14 Haziran 2011 14:55

Kime: Christian Grey

Sevgili Tamamen ve Körkütük A&BŞ

Ethan dönmüş ve dairenin anahtarlarını almak için buraya geliyor.

Rahatça yerleştiğinden emin olmayı gerçekten istiyorum.

Neden iş çıkışı beni almıyorsun? Daireye gidebiliriz sonra da HEP BİRLİKTE yemeğe çıkarız, belki?

Ben ısmarlıyorum.

Senin,

Ana

Hâlâ SD&DB

Anastasia Steele,

Editör Jack Hyde'ın Asistanı, SBY

Kimden: Christian Grey

Konu: Dışarıda Akşam Yemeği

Tarih: 14 Haziran 2011 15:05

Kime: Anastasia Steele

Planını onaylıyorum. Senin ödemen kısmı dışında.

Ben ısmarlıyorum.

Seni saat 18:00'de alırım.

X

Not: Neden BlackBerry'ni kullanmıyorsun!!!

Christian Grey

Canı Tamamen ve Büsbütün Sıkkın CEO, Grey Şirketler Topluluğu

---

Kimden: Anastasia Steele

Konu: Patronluk

Tarih: 14 Haziran 2011 15:11

Kime: Christian Grey

Ah bu kadar huysuz ve aksi olma.

Hepsi kodlu.

Saat 18:00'de görüşürüz.

Ana

Anastasia Steele,

Editör Jack Hyde'ın Asistanı, SBY

Kimden: Christian Grey

Konu: Delirtici Kadın

Tarih: 14 Haziran 2011 15:18

Kime: Anastasia Steele

Huysuz ve Aksi!

Sana huysuz ve aksiyi göstereceğim.

Ve sabırsızlıkla bekliyorum.

Christian Grey

Canı Tamamen ve Büsbütün Daha Da Sıkkın Ama Bilinmeyen Bir Nedenden Gülümseyen CEO, Grey Şirketler Topluluğu

---

Kimden: Anastasia Steele

Konu: Vaatler... Vaatler

Tarih: 14 Haziran 2011 15:23

Kime: Christian Grey

Elinizden geleni ardınıza koymayın, Bay Grey.

Ben de sabırsızlıkla bekliyorum. ;D

Ana

Anastasia Steele,

Editör Jack Hyde'ın Asistanı, SBY

Cevap vermedi, ama zaten vermesini beklemiyordum. Karmaşık sinyaller konusunda homurdandığını görür gibiydim ve bu düşünce beni gülümsetti. Bana yapabilecekleri konusunda kısa süreli bir hayal kurdum, ama sonra kendimi sandalyemde kıpırdanırken buldum. Bilinçaltım bana yarım ay biçimindeki gözlüklerinin üstünden onaylamayarak bakıyordu. İşine dön.

Bir süre sonra telefonum çaldı. Arayan resepsiyondaki Claire'di.

Telefona bir sır verir gibi, "Resepsiyonda seni görmek için bekleyen gerçekten tatlı bir adam var. Bir ara bir şeyler içmeye gitmeliyiz, Ana. Hoş adamlar tanıyorsun," diye tısladı.

Ethan! Çantamdan anahtarlarımı aldım ve telaşla lobiye yürüdüm.

Lanet olsun, güneşte açılmış saçlar, uğruna ölünesi bir ten ve yeşil deri kanepeden bana bakan ışıltılı kahverengi gözler. Beni gördüğü anda ağzı açık kaldı ve ayağa fırlayıp bana doğru geldi.

"Vay canına, Ana." Beni kucaklamak için eğilirken kaşları çatılmıştı.

"İyi görünüyorsun," diye sırıttım.

"Sense... vay canına, farklı görünüyorsun. Daha olgun ve sofistike. Ne oldu? Saçlarını değiştirmişsin? Kıyafetler? Bilmiyorum, ama çok seksi görünüyorsun, Steele."

Öfkelenerek kızardım. "Ah, Ethan. Sadece iş kıyafetleri içindeyim." Claire bizi havaya kalkmış kaşı ve çarpık gülümsemesiyle izlerken onu azarlamıştım.

"Barbados nasıldı."

"Eğlenceli," dedi.

"Kate ne zaman dönüyor?"

"O ve Elliot cuma günü uçuyorlar. İlişkileri konusunda bayağı ciddiler." Ethan gözlerini devirdi.

"Onu özledim."

"Öyle mi? Bay Çok Önemli'yle nasıl gidiyor."

"Bay Çok Önemli mi?" Kıs kıs güldüm. "Şey, ilginç. Bu akşam bizi yemeğe çıkarıyor."

"Harika." Ethan samimiyetle sevinmişe benziyordu. *Oh!*

"Al bakalım." Ona anahtarları verdim. "Adres var mı?"

"Evet. Kaçtım." Eğildi ve yanağımı öptü.

"Eliott'ın sözü mü?"

"Evet, bir şekilde insanın diline dolanıyor."

"Öyle. Kaçtım." Yeşil kanepenin yanında duran büyük, omuza asılan çantasını alıp binadan çıkarken ona gülümsedim.

Döndüğümde, Jack beni lobinin uzak ucundan, anlaşılmaz bir ifadeyle seyrediyordu. Ona neşeyle gülümsedim ve gözlerini her an üzerimde hissederek masama geri döndüm. Bu iş sinirlerimi bozmaya başlıyordu. Ne yapmalıydım? Hiçbir fikrim yoktu. Kate dönene kadar beklemem gerekecekti. Ondan bir plan çıkardı. Bu düşünce, kasvetimi biraz dağıttı ve sıradaki metne uzandım.

Saat altıya beş kala telefonum çaldı. Christian'dı.

"Huysuz ve aksi arıyor," dedi. Sırıttım. Hâlâ oyuncu Elli'ydi. İçimdeki tanrıça küçük bir çocuk gibi coşkuyla el çırpıyordu.

"Şey, Seks Delisi ve Doymak Bilmez'le görüşüyorsunuz. Sanırım dışarıdasın," dedim kuru bir sesle.

"Öyleyim, Bayan Steele. Seni görmek için sabırsızlanıyorum." Sesi sıcak ve baştan çıkarıcıydı ve kalbim deli gibi atmaya başladı.

"Anlaşıldı, Bay Grey. Hemen geliyorum." Telefonu kapattım. Bilgisayarımı kapattım, çantamı ve krem rengi hırkamı aldım.

"Jack, çıkıyorum," diye seslendim.

"Tamam, Ana. Bugün için teşekkürler. Harika bir akşam geçir."

"Sen de öyle."

Neden her zaman böyle olamıyordu? Onu anlamıyordum.

Audi kaldırıma park edilmişti ve ben yaklaşınca, Christian arabadan indi. Ceketini çıkarmıştı ve üzerinde gri pantolonu –benim en sevdiğim, kalçalarından düşecek gibi duran gri pantolonu– vardı. Bu Yunan tanrısı nasıl benim için yaratılmış olabilirdi? Onun aptalca sırıtışına karşılık kendimi bir kaçık gibi sırıtırken buldum.

Bütün gününü âşık –bana âşık– bir erkek arkadaş gibi davranarak geçirmişti. Bu tapılası, karmaşık ve sorunlu adam bana âşıktı; ben de ona. İçimde beklenmedik bir sevinç kabardı ve kısa bir an dünyayı fethedebilecekmişim gibi hissederek anın tadını çıkardım.

"Bayan Steele, en az bu sabahki kadar etkileyici görünüyorsunuz." Christian beni kollarının arasına çekti ve adamakıllı öptü.

"Bay Grey, siz de öyle."

"Haydi, arkadaşına gidelim." Bana gülümsedi ve arabanın kapısını açtı.

Taylor dairemin yoluna koyulurken, Christian bana gününü anlattı. Görünüşe bakılırsa, dünden çok daha iyi bir gün olmuştu.

Vancouver'daki WÜ'nin[18] çevre bilimleri bölümündeki bir projeyi anlatmaya çabalarken, hayran hayran onu seyrettim. Kelimeleri benim için çok az anlam ifade ediyordu, ama konuya tutkusu ve ilgisinden büyülenmiştim. Belki de böyle olacaktı; iyi günler ve kötü günler. İyi günler böyleyse, yakınacak çok fazla bir şeyim olmayacaktı. Bana bir kâğıt parçası uzattı.

"Bunlar Claude'un bu hafta müsait olduğu zamanlar," dedi.

Ah! Antrenör.

Dairemin olduğu binanın önüne yanaşırken, BlackBerry'sini cebinden çıkardı.

"Grey," diye yanıtladı. "Ros, ne oldu?" Dikkatle dinliyordu; belli ki karmaşık bir konuşmaydı.

"Ben gidip Ethan'ı alayım." İki parmağımı havaya kaldırarak, "İki dakikaya dönerim," diye işaret ettim.

Dikkati telefon görüşmesinde, kafasını salladı. Taylor kapımı açarken bana sıcacık gülümsedi. Ona sırıttım. Taylor bile mutluydu. Girişteki diafona bastım ve mutlu mutlu seslendim.

"Merhaba, Ethan, benim. Kapıyı aç."

Otomata basıldı ve doğruca üst kata çıktım. Cumartesi sabahından beri buraya gelmediğimi fark ettim. Çok uzun zaman olmuş gibiydi. Ethan ön kapıyı açık bırakmıştı. Daireden içeri adım attım ve nedenini bilmeden, daha adım attığım anda içgüdüsel olarak donup kaldım. Mutfaktaki orta tezgâhın yanında, elinde küçük bir tabancayla duran solgun ve bitkin karaltının Leila olduğunu anlamam birkaç saniyemi aldı. Duygusuz gözlerle bana bakıyordu.

---

18 Washington Üniversitesi. (ç. n.)

BÖLÜM ON ÜÇ

Lanet olsun.

Buradaydı ve elinde bir silahla, sinir bozucu boş bir ifadeyle bana bakıyordu. Bilinçaltım bayıldı ve soğan koklatmanın bile onu geri getireceğini sanmıyordum.

Beynim aşırı hızla ilerlerken, Leila'ya gözlerimi kırpıştırarak baktım. İçeri nasıl girmişti. Ethan neredeydi? Lanet olsun! Ethan neredeydi?

Ürpertici, soğuk bir korku kalbimi sararken, saç köklerimin her biri korkudan çekilirken kafa derim karıncalanmaya başladı. Ya ona bir zarar verdiyse? Adrenalin ve kemiklerimi uyuşturan bir korku vücudumu kaplarken, hızlı hızlı solumaya başladım. *Sakin ol, sakin ol.* Bu sözü zihnimde hiç durmadan tekrar ediyordum.

Başını yana yatırdı ve bana bir ucube şovunda sergilenen bir yaratıkmışım gibi baktı. Tanrım, buradaki ucube ben değildim.

Bütün bunları zihnimde değerlendirirken aradan bir asır geçmiş gibi geliyordu. Oysa aslında sadece bir saniye olmuştu. Leila'nın yüzü ifadesizliğini koruyordu ve görüntüsü her zamanki gibi pejmürde ve bakımsızdı. Üzerinde hâlâ o pis trençkot vardı ve fena halde duşa ihtiyacı var gibi görünüyordu. Yağlı ve cılız saçları kafasına yapışmıştı, puslu ve kısmen şaşkın gözleri mat bir kahverengiydi.

Ağzımda nemden eser kalmamış olmasına rağmen, konuşmaya yeltendim. "Merhaba. Leila, değil mi?" diye soludum. Gülümsedi, ama bu, gerçek bir gülümsemeden ziyade, rahatsız edici bir dudak kıvrılmasıydı.

"Konuşuyormuş meğer," diye fısıldadı. Sesi aynı anda hem yumuşak hem hırıltılıydı. Ürkütücü bir sesti.

Bir çocukla konuşur gibi, yavaşça, "Evet, konuşuyorum," dedim. "Burada yalnız mısın? Ethan nerede?" Kalbim, Ethan'ın zarar görmüş olabileceği düşüncesiyle deli gibi atmaya başlamıştı.

Yüzü düştü. Bir an ağlamaya başlayacak sandım. Öylesine kaybolmuş bir hali vardı ki.

"Yalnız," diye fısıldadı. "Yalnız." Ve bu tek kelimedeki hüznün derinliği yürek parçalayıcı türdendi. Ne demek istiyordu? Ben mi yalnızdım. O mu yalnızdı? Ethan'a zarar verdiği için mi yalnızdı? Ah... hayır... Gözyaşlarım akmak üzereydi ve gırtlağıma yapışan boğucu korkuyla baş etmem gerekiyordu.

"Burada ne yapıyorsun? Sana yardım edebilir miyim?" Gırtlağımdaki boğucu korkuya rağmen, sözlerim sakin ve nazik çıkmıştı. Sorularım onu büsbütün afallatmış gibi alnını kırıştırdı. Ama bana doğru herhangi bir hamle yapmadı. Silahı tutan eli hâlâ gevşekti. Sakinleşmeye çalışarak farklı bir yol denedim.

"Biraz çay ister misin?" Ona neden çay isteyip istemediğini soruyordum ki? Bu Ray'in her tür duygusal anda başvurduğu yöntemdi ve uygunsuz bir anda yüzeye çıkmıştı. Tanrım, şu anda beni görse sinir krizi geçirirdi. Ordu eğitimi devreye girer ve Leila'yı çoktan etkisiz hale getirmiş olurdu. Leila silahı gerçekten bana yöneltmemişti. Belki de hareket edebilirdim. Kafasını salladı ve boynunu esnetir gibi, bir o yana bir bu yana eğdi.

Panikten sıklaşan nefesimi yatıştırmaya çalışarak ve kıymetli havayla ciğerlerimi doldurmaya çabalayarak mutfak tezgâhına doğru harekete geçtim. Leila ne yaptığımı anlayamıyormuş gibi kaşlarını çattı ve yüzünün bana dönük kalması için biraz kaydı. Isıtıcıya ulaştım ve titreyen ellerle, musluktan doldurdum. Hareket ederken nefesim normalleşmişti. Evet, ölmemi istese herhalde çoktan beni vurmuş olurdu. Beni dalgın ve düşünceli bir merakla izliyordu. Isıtıcıyı çalıştırırken aklım Ethan'daydı. Zarar görmüş müydü? Bağlanmış olabilir miydi?

Çekinerek, "Evde başka kimse var mı?" diye sordum.

Kafasını diğer yana eğdi ve sağ eliyle –tabancayı tutmayan eliyle– uzun, yağlı saçından bir tutam yakalayıp parmağına dolamaya, çekiştirmeye, bükmeye başladı. Belli ki bu gerilince yaptığı bir şeydi ve dikkatim dağılsa da, bana ne çok benzediği gerçeğiyle bir kez daha sarsıldım. Nefesimi tutup cevabını beklerken, kaygı neredeyse dayanılmaz bir seviyeye tırmanıyordu.

"Yalnızım. Tek başına," diye mırıldandı. Bunu rahatlatıcı bulmuştum. Belki de Ethan orada değildi. Bu rahatlama kendimi daha güçlü hissetmemi sağlamıştı.

"Çay ya da kahve istemediğine emin misin?"

"Susamadım," dedi yavaşça ve bana doğru temkinli bir adım attı. Güçlü olduğum hissi uçup gitti. *Siktir!* Damarlarımdaki yoğun korku yüzünden, yeniden hızlı hızlı solumaya başladım. Buna rağmen, cesaret ötesi bir duyguyla döndüm ve dolaptan bir çift fincan aldım.

"Sende bende olmayan ne var?" diye sorarken, sesi tekerleme söyleyen bir çocuğun tonlamasına bürünmüştü.

Elimden geldiğince yumuşak bir sesle, "Ne demek istiyorsun, Leila?" diye sordum.

"Efendi, Bay Grey, ona ilk adıyla hitap etmene izin veriyor."

"Leila, ben onun itaatkârı değilim. Şey... Efendi benim o rolü üstlenmekte aciz ve yetersiz olduğumu biliyor."

Başını diğer tarafa yatırdı. Bu tamamen sinir bozucu ve doğal olmaktan uzak bir hareketti.

"Ye-ter-siz." Kelimeyi yüksek sesle heceleyerek dilinde nasıl bir his bıraktığına baktı. "Ama Efendi mutlu. Onu gördüm. Kahkaha atıyor, gülümsüyor. Bu tepkiler çok nadir tepkiler... Onun için çok nadir."

Ah.

"Sen bana benziyorsun." Leila yön değiştirerek beni şaşırtmıştı. Gözleri bana ilk kez odaklanır gibiydi. "Efendi sana ve bana benzeyen itaatkârları sever. Diğerleri... hep aynıdır... aynıdır... ama yine de sen onun yatağında uyuyorsun. Seni gördüm."

Kahretsin! Odadaki oydu! Hayal etmemiştim.

"Beni yatağında mı gördün?" diye fısıldadım.

"Efendi'nin yatağında hiç uyumadım," diye mırıldandı. Gökyüzünden kovulmuş bir melek gibiydi. Yarı insan gibi. Çok narin görünüyordu ve bir silah tutuyor olmasına rağmen, birden ona karşı bir sempati hissi duydum. Elleri silahın etrafında gerilince, gözlerim kafamdan fırlayıverecek gibi irileştiler.

"Efendi bizi neden böyle istiyor? Bu bana bir şey düşündürüyor... bir şey... Efendi karanlık. Efendi karanlık bir adam, ama ben onu seviyorum."

İçimden, *Hayır, hayır, değil*, diye diklendim. O karanlık bir adam değil ve karanlıkta da değil. O ışıkta benimle buluştu. Ve şimdi Leila burada, onu sevdiğine dair çarpık bir fikirle Christian'ı karanlığa geri sürüklemeye çalışıyordu.

Usulca, "Leila, silahı bana vermek ister misin?" diye sordum. Silahı daha sıkı kavrayarak göğsüne bastırdı.

"Bu benim. Bana kalan tek şey." Tabancayı yavaşça okşadı. "Aşkına kavuşabilmesi için."

Lanet olsun! Hangi aşk? Christian mı? Mideme bir yumruk yemiş gibi oldum. Christian'ın neden oyalandığımı öğrenmek için, birazdan burada olacağını biliyordum. Leila onu vurmaya mı niyetliydi? Bu o kadar dehşet verici bir düşünceydi ki, mideme taş gibi oturan korkuya denk kocaman bir düğüm biçimlenirken, gırtlağımın şişmesine ve sancımasına sebep oldu.

Tam o anda, kapı hızla açıldı ve Christian, arkasında Taylor'la eşikte belirdi.

Christian'ın kısa bir süreliğine bana takılan bakışları beni tepeden tırnağa süzerken gözlerinde küçük bir rahatlama kıvılcımı gördüm. Ama bakışları Leila'ya dönüp ona odaklanırken rahatlaması uçup gitti. Leila'ya daha önce hiç görmediğim bir yoğunlukla bakıyordu. Gözleri vahşi, kocaman, öfkeli ve korkmuştu.

Ah, hayır... ah, hayır.

Leila'nın gözleri irileşti ve bir an sağduyusu geri gelir gibi oldu. Tabancayı tutan elini tekrar sıkarken, gözlerini hızla kırpıştırdı.

Nefesim tıkandı ve kalbim, kanın kulaklarımda zonkladığını duyabileceğim kadar hızlı çarpmaya başladı. *Hayır, hayır, hayır!*

Dünyam bu zavallı ve berbat durumdaki kadının ellerinde, tehlikeli bir şekilde sallanıyordu. Vuracak mıydı? İkimizi de mi? Sadece Christian'ı mı? Elim ayağım tutmaz olmuştu.

Ancak sonsuzluk kadar uzun bir sürenin sonunda, zaman donmuşken, Leila kafasını hafifçe öne eğdi ve Christian'a uzun kirpiklerinin arasından pişman bir ifadeyle baktı.

Christian elini kaldırıp Taylor'a olduğu yerde kalmasını işaret etti. Taylor'ın bembeyaz kesilmiş yüzü öfkesini ele veriyordu. Onu hiç böyle görmemiştim. Christian ve Leila birbirlerine dik dik bakarlarken o hiç kıpırdamadan duruyordu.

Nefesimi tuttuğumu fark ettim. Leila ne yapacaktı? Ya Christian? Ama onlar birbirlerine bakmayı sürdürüyorlardı. Christian'ın ifadesi adsız bir duyguyla yüklüydü. Acıma olabilirdi, korku, şefkat... Yoksa sevgi miydi? Hayır, lütfen, sevgi olmasın.

Gözleri Leila'ya sabitlenmişti ve dairenin havası ıstırap verecek kadar yavaş bir şekilde değişti. Gerilim, aralarındaki bağ ve elektrik benim bile hissedebileceğim kadar büyümüştü.

Hayır! Birden *kendimi* fazlalık gibi, onlar birbirlerine bakarlarken zorla araya girmiş gibi hissetmeye başlamıştım. Bir yabancı, kapalı perdeler arkasındaki yasak ve mahrem bir sahneye casusluk eden bir röntgenciydim.

Christian'ın yoğun bakışı iyice alevlenmeye başladı ve duruşu hafifçe değişti. Daha uzun boylu, bir şekilde daha sert, soğuk ve mesafeli görünmeye başladı. Bu duruşu tanıyordum. Onu daha önce de böyle görmüştüm. Oyun odasında.

Kafa derim yeniden karıncalanmaya başladı. Bu, Hâkim Christian'dı ve ne kadar rahat görünüyordu. Böyle mi doğmuştu, yoksa sonradan mı böyle olmuştu bilmiyordum, ama üzüntü ve bulanan bir mideyle Leila'nın tepkisini izledim. Dudakları aralanmış, yanakları renklenmiş ve nefesi hızlanmıştı. *Hayır!* Bu, Christian'ın geçmişine nahoş ve şahit olunması eziyetten farksız bir bakıştı.

Christian nihayet dudaklarını oynatarak bir kelime söyledi. Ne olduğunu çıkaramamıştım, ama Leila'nın üzerindeki etkisi hızlıydı. Yere, dizlerinin üstüne, başı öne eğik indi ve tabanca elinden düşüp ahşap zeminde sekti. *Ah Tanrım.*

Christian sakin bir tavırla tabancanın düştüğü yere yürüdü ve almak için zarafetle eğilip aldı. Tabancaya saklayamadığı bir tiksintiyle baktıktan sonra onu ceketinin cebine soktu. Bir kez daha mutfak tezgâhının yanında itaatkâr bir şekilde, dizlerinin üstünde duran Leila'ya baktı.

"Anastasia, Taylor'la git," diye emretti. Taylor bana bakarak eşiği geçti.

"Ethan," diye fısıldadım.

Rahat bir tavırla, "Aşağıda," diye yanıtlarken, gözleri Leila'dan bir an bile ayrılmamıştı.

Aşağıda. Burada değil. Ethan iyiydi. Rahatlama kanıma hızla yayıldı ve bir an için bayılacağımı sandım.

"Anastasia," Christian'ın vurgusu uyarır gibi sert ve netti.

Ona gözlerimi kırpıştırarak baktım ve birden hareket edemez oldum. Onu bırakmak istemiyordum. Onu Leila'yla bırakmak. Dizlerinin üstünde yerde oturan Leila'nın yanına geçti. Koruyucu bir tavırla tepesinde dikiliyordu. Leila o kadar hareketsizdi ki, bu hiç doğal görünmüyordu. Gözlerimi ikisinden, bir aradaki hallerinden alamıyordum.

"Tanrı aşkına, Anastasia, hayatında bir kez sana söyleneni yapıp gider misin?" Christian'ın sert bakışları benimkilere kilitlenmişti; sesi soğuk bir buz parçasından farksızdı. Sakin sözlerinin altındaki öfke, neredeyse elle tutulur cinstendi.

Bana mı kızgındı? İmkânsız. Lütfen... hayır! Kendimi tokat yemiş gibi hissediyordum. Neden onunla kalmak istiyordu ki?

"Taylor. Bayan Steele'i aşağıya götür. Şimdi."

Ben Christian'a bakarken, Taylor başını hafifçe eğdi. "Neden?" diye fısıldadım.

"Git. Eve dön." Bakışları buz gibiydi ve içime işliyordu. "Leila'yla yalnız olmam gerek," derken telaşlıydı.

Sanırım bir tür mesaj vermeye çalışıyordu, ama olup bitenler karşısında o kadar şaşkındım ki emin olamıyordum. Leila'ya baktım ve dudaklarından çok küçük bir gülümsemenin geçtiğini fark ettim. Ama onun dışında gerçek anlamda duygusuzdu. Tam bir itaatkârdı. *Siktir!* Kalbim buz kesti.

Christian'ın ihtiyaç duyduğu buydu. Ve hoşlandığı. Hayır! Ağlamak istiyordum.

"Bayan Stelee. Ana." Taylor gitmem için yakarır gibi elini uzattı. Gözlerimin önündeki dehşet verici gösteri karşısında felç olmuştum.

En kötü korkularımı onaylıyor, bütün güvensizliklerimi haklı çıkarıyordu. Christian ve Leila bir arada... Hâkim ve itaatkârı.

Christian, "Taylor," diye üsteleyince, Taylor eğilip beni kucakladı. Çıkarken gördüğüm son şey, Christian'ın yumuşak bir sesle bir şeyler mırıldanırken usulca Leila'nın saçlarını okşaması oldu.

Hayır!

Taylor beni aşağı taşırken, son on dakika olanları kavramaya çalışarak kollarının arasında bir et yığını gibi yattım. Yoksa daha fazla mı sürmüştü? Ya da daha kısa? Zaman kavramı beni terk etmişe benziyordu.

Christian ve Leila, Leila ve Christian... birlikte... Şu anda onunla ne yapıyordu?

"Tanrı aşkına, Ana! Neler oluyor?"

Küçük lobide, omzunda çantasıyla bir ileri bir geri gidip gelen Ethan'ı görünce rahatladım. *Ah, Tanrı'ya şükür, iyiydi.* Taylor beni yere bırakınca, kendimi Ethan'ın kollarına attım ve kollarımı boynuna doladım.

"Ethan! Ah, Tanrı'ya şükür!" Ona sımsıkı sarıldım. O kadar endişelenmiştim, ki kısa bir an için, yukarıda, dairemde yaşanmakta olanlara dair gittikçe artan panik duygumdan uzaklaşmanın tadını çıkardım.

"Neler oluyor, Ana? Bu adam kim?"

"Ah, özür dilerim, Ethan. Bu Taylor. Christian'la çalışıyor. Taylor, Ethan ev arkadaşımın ağabeyi."

Birbirlerini selamladılar.

"Ana, yukarıda neler oluyor? Tam evin anahtarlarını çıkarırken, bu adamlar üzerime atılıp beni durdurdular. Biri Christian'dı..." Ethan devamını getirmedi.

"Geç kalmışsın... Tanrı'ya şükür."

"Evet, Pullman'dan bir arkadaşımla buluştum. Bir içki içtik. Yukarıda ne oluyor?"

"Bir kız var. Christian'ın eski bir kız arkadaşı. Bizim evde. Sinir krizi geçiriyor ve Christian da..." Sesim titredi ve gözlerime yaşlar birikti.

Ethan, "Hey," diye fısıldadı ve beni iyice kendine çekti. "Polisi aradınız mı?"

"Hayır, öyle bir şey değil." Göğsünde hıçkırdım ve bir kez başlayınca ağlamama mani olamadım. Yaşanan son sahnenin gerilimi, gözyaşlarımla boşalıyordu. Ethan kollarını bana daha sıkı sardı, ama kafasının karıştığını hissedebiliyordum.

"Hey, Ana, haydi gidip bir şeyler içelim." Sırtımı beceriksizce sıvazladı. Birden ben de kendimi tuhaf hissettim. Ve utanmış... Ve dürüst olmam gerekirse, tek başıma kalmak istiyordum. Ama kafamı sallayıp teklifini kabul ettim. Buradan ve yukarıda yaşananlardan uzaklaşmak istiyordum.

Taylor'a döndüm.

Gözyaşları içinde, elimin tersiyle burnumu silerek, "Daire kontrol edilmiş miydi?" diye sordum.

"Bu öğleden sonra." Taylor bana bir mendil uzatırken, özür diler gibi omuz silkti. Çok kötü görünüyordu. "Özür dilerim, Ana," diye mırıldandı.

Kaşlarımı çattım. Tanrım, o kadar suçlu görünüyordu ki, kendini daha kötü hissetmesini istemedim.

Taylor yine suratını asarak, "Bir şekilde elimizden kaçmayı başardı," dedi.

"Ethan ve ben bir şeyler içtikten sonra Escala'ya geliriz." Gözlerimi kuruladım.

Taylor rahatsız bir tavırla, ağırlığını bir ayağından diğerine verdi. "Bay Grey eve dönmenizi istemişti," dedi usulca.

"Pekâlâ, Leila'nın nerede olduğunu artık biliyoruz." Burukluğumun sesime yansımasına engel olamamıştım. "Yani, artık güvenlik önlemlerine gerek yok. Christian'a onu daha sonra göreceğimizi söylersin."

Taylor konuşmak için ağzını açtıysa da akıllılık edip yeniden kapattı.

Ethan'a, "Çantanı Taylor'a bırakmak ister misin?" diye sordum.

"Hayır, bende kalsın. Teşekkürler."

Ethan, Taylor'ı selamladıktan sonra beni ön kapıdan çıkardı. Çok geç olsa da, çantamı Audi'nin arkasında bıraktığımı hatırladım. Hiçbir şeyim yoktu.

"Çantam..."

Ethan endişeli bir yüzle, "Endişelenme," diye mırıldandı. "Sorun yok, bu akşam bendensin."

Sokağın karşısında bir bar seçip pencerenin yanındaki ahşap taburelere yerleştik. Neler olduğunu, kimin geldiğini, daha da önemlisi kimin gittiğini görmek istiyordum. Ethan bana bir şişe bira uzattı.

"Eski sevgiliyle sorun mu var?" dedi yavaşça.

Birden ihtiyatlı davranarak, "Biraz daha karmaşık," diye mırıldandım. Bundan bahsedemezdim, bir gizlilik sözleşmesi imzalamıştım. Bu gerçeğe ve ayrıca Christian'ın sözleşmeyi feshetmek konusunda bir şey söylememiş olmasına ilk kez içerliyordum.

Ethan kibarca, "Vaktim var," dedi ve birasından büyük bir yudum aldı.

"Seneler öncesinden bir eski kız arkadaş. Bir adam için kocasını terk etmiş. Sonra, bundan birkaç hafta önce sevgilisi bir araba kazasında ölmüş ve kız Christian'ın peşine düşmüş." Omuz silktim. İşte, bu kadar; çok fazlasını ele vermemiştim.

"Peşine mi düşmüş?"

"Kızın silahı vardı."

"Hadi canım!"

"Aslında kimseyi vurmaya kalkmadı. Sanırım niyeti kendine zarar vermekti. Senin için o kadar endişelenmemin nedeni buydu. Dairede olup olmadığını bilemedim."

"Anladım. Kulağa dengesiz biri gibi geliyor."

"Evet, öyle."

"Peki, Christian şu anda onunla ne yapıyor?"

Yüzümdeki kan çekilirken gırtlağımdan yükselen safranın tadını duydum. "Bilmiyorum," diye fısıldadım.

Ethan'ın gözleri irileşti. Sonunda anlamıştı.

Sorunun kilit noktası buydu. Ne halt ediyorlardı? Konuştuklarını umuyordum. Sadece konuştuklarını. Ancak Christian'ın Laila'nın saçlarını usul usul okşayan eli gözlerimin önünden gitmiyordu.

Leila kendinde değil ve Christian onu önemsiyor, hepsi bu, diye düşündüm. Ama zihnimin gerisinde, bilinçaltım hüzünle kafasını sallıyordu.

Daha da fazlası vardı. Leila, Christian'ın ihtiyaçlarını benim yapamayacağım bir şekilde karşılayabilirdi. Can sıkıcı bir düşünceydi.

Son birkaç gündür yaptıklarıma konsantre olmaya çalıştım. İlanı aşk edişine, flörtçü, keyifli haline, oyunculuğuna. Ama Elena'nın sözleri aklımdan çıkmıyordu. Gizlice kulak kabartan insanlarla ilgili söylenenler doğruydu.

Özlemiyor musun... oyun odanı?

Biramı rekor sürede bitirdim ve Ethan bir yenisini aldı. Pek iyi bir eşlikçi olduğum söylenemezdi, ama Ethan benimle kalma nezaketini gösterdi. Moralimi düzeltmeye çalışarak sohbet ediyor, Barbados'tan, Kate ve Elliot'ın antikalıklarından bahsediyordu ki bu harika bir dikkat dağıtma aracıydı. Ama hepsi bundan ibaretti; dikkat dağıtmaktan.

Aklım, kalbim, ruhum, Elli Ton'um ve eskiden itaatkârı olan kadınla birlikte o dairedeydi. Onu hâlâ sevdiğini sanan bir kadın. Bana benzeyen bir kadın.

Üçüncü biramız sırasında, apartmanın önündeki Audi'nin yanına, camları koyu film kaplı büyük bir cip yanaştı. Dr. Flynn'i tanıdım, yanında uçuk mavi doktor önlüğüne benzeyen bir kıyafet olan bir kadın vardı. İkisini ön kapıdan içeri buyur eden Taylor'ı gördüm.

Ethan, "O da kim?" diye sordu.

"Adı Dr. Flynn. Christian'ın tanıdığı biri."

"Ne tür bir doktor?"

"Psikiyatr."

"Ah."

İkimiz de izlemeyi sürdürdük ve birkaç dakika sonra çıktılar. Christian bir battaniyeye sarılmış olan Leila'yı taşıyordu? *Ne?* Hep birlikte cipe doluşup hızla uzaklaşmalarını dehşet içinde izledim.

Ethan bana sevecen bir ifadeyle baktı. Kendimi terk edilmiş, tamamen terk edilmiş hissettim.

Ethan'a cılız bir sesle, "Daha sert bir şey alabilir miyim?" diye sordum.

"Elbette. Ne istersin?"

"Bir brendi, lütfen."

Ethan başıyla onayladı ve bara gitti. Pencereden dışarı, ön kapıya baktım. Dakikalar sonra Taylor çıktı, Audi'ye bindi ve Escala yoluna çıktı... Christian'ın peşinde miydi? Bilmiyordum.

Ethan önüme büyük bir brendi bıraktı.

"Haydi, Steele. Sarhoş olalım."

Bir süredir aldığım en iyi teklife benziyordu. Bardaklarımızı tokuşturduk. Kehribar rengi yakıcı içkiden bir yudum aldım. Boğazımdan aşağı yakarak inen sıvı kalbimde çiçeklenen korkunç acıya karşı hoş bir savuşturucu olmuştu.

Saat geç olmuştu, kendimi sersem gibi hissediyordum. Ethan ve ben dairenin kapısında kalmıştık. Beni Escala'ya götürmeyi teklif etti, ama o kalmayacaktı. Gündüz buluştuğu arkadaşını aramış ve onun evinde kalmaya karar vermişti.

Ethan dişlerinin arasından ıslık çalarken etkilenmişe benziyordu. "Demek önemli şahsiyet burada yaşıyor."

Başımı salladım.

"Seninle içeriye kadar gelmemi istemediğinden emin misin?" diye sordu.

"Hayır. Bununla yüzleşmem gerek. Sen git, yat."

"Yarın görüşür müyüz?"

"Evet. Teşekkürler, Ethan." Ona sarıldım.

Kulağıma, "Sen bu işi halledersin, Steele," diye mırıldandı. Sonra kollarını çözdü ve binanın içine girmemi izledi.

"Sonra görüşürüz," diye seslendi. Ona cılız bir gülümsemeyle el salladıktan sonra asansörün çağırma düğmesine bastım.

Asansörden inip Christian'ın dairesine yürüdüm. Taylor'ın beklemiyor olması olağandışıydı. Çift kanatlı kapıyı açıp salona yöneldim. Christian telefondaydı ve piyanonun yanında bir ileri bir geri gidip geliyordu.

"Burada," diye gürledi. Telefonu kapatırken bana döndü. "Hangi cehennemdeydin?" diye kükrediyse de bana doğru hamle yapmadı.

Bana kızgın mıydı? Tanrı bilir ne kadar zamanını yalnızlık çeken eski kız arkadaşıyla geçiren kendisiyken bana kızmıştı, öyle mi?

Afallamış gibi, "Sen içki mi içtin?" diye sordu.

"Biraz." O kadar belli olduğunu düşünmemiştim.

İç geçirerek elini saçlarında dolaştırdı. "Sana buraya dönmeni söyledim." Sesi insanı ürkütecek kadar sakindi. "Saat onu çeyrek geçiyor. Senin için endişelendim."

"Sen eski kız arkadaşınla ilgilenirken, Ethan'la birkaç kadeh içmeye gittim," diye tısladım. "Daha ne kadar... onunla olacağını bilmiyordum."

Gözlerini kıstı ve bana doğru birkaç adım attıktan sonra durdu.

"Neden böyle konuşuyorsun?"

Omuz silktim ve parmaklarıma baktım.

"Ana, sorun ne?" Ve ilk kez sesinde, öfkenin dışında bir şey duydum. Neydi? Korku mu?

Ne söylemek istediğime karar vermeye çalışarak yutkundum. Kafamı kaldırıp ona bakarak, "Leila nerede?" diye sordum.

"Fremont'ta bir psikiyatri hastanesinde," dedi. Yüzü, benimkini inceliyordu. "Ana, ne oluyor?" Bana yaklaştı ve tam karşıma gelince durdu. "Sorun ne?" diye soludu.

Kafamı salladım. "Ben sana göre değilim."

"Ne?" diye solurken gözleri telaştan irileşmişti. "Neden böyle düşünüyorsun? Bunu nasıl olur da düşünürsün?"

"İhtiyaç duyduğun şeyleri sana veremem."

"Sen ihtiyacım olan her şeysin."

"Seni onunla görünce..." Cümlem yarıda kaldı.

"Bunu bana neden yapıyorsun? Bunun seninle bir ilgisi yok, Ana. Bu onunla ilgili." Derin bir nefes aldı ve elini bir kez daha saçlarından geçirdi. "Şu anda o çok hasta."

"Ama hissettim. Aranızdaki elektriği..."

"Ne? Hayır." Elini bana uzatınca içgüdüsel olarak geri çekildim. Elini indirdi ve gözlerini kırpıştırdı. Paniğe kapılmış gibiydi.

"Gidiyor musun?" diye fısıldarken gözleri irileşmişti.

Darmadağın haldeki düşüncelerimi toplamaya çalışırken, hiçbir şey söyleyemedim.

"Yapamazsın," diye yalvardı.

"Christian... ben..." Düşüncelerimi toparlamak için debeleniyordum. Ne demeye çalışıyordum? Bunu sindirmek için zamana ihtiyacım vardı. *Bana zaman ver.*

"Hayır. Hayır!" dedi.

"Ben..."

Odada deli gibi etrafına bakındı. Ne arıyordu? İlahi bir müdahale mi bekliyordu? Bilmiyordum.

"Gidemezsin. Ana, seni seviyorum!"

"Ben de seni Christian, sadece..."

Umutsuzluk içinde, "Hayır... Hayır!" dedi ve ellerini başının üstüne yerleştirdi.

"Christian..."

"Hayır," diye solurken gözleri panikle fal taşı gibi açılmıştı. Ve birden, başı öne eğik, dizlerinin üstüne çöktü ve ellerini bacaklarının üstüne koydu. Derin bir nefes aldı. Hiç kıpırdamıyordu.

Ne? "Christian, ne yapıyorsun?"

Gözlerini yerde tutmayı sürdürüyor, bana bakmıyordu.

Yüksek sesle, "Christian! Ne yapıyorsun?" diye tekrarladım. Kıpırdamadı. Panikle, "Christian bana bak!" diye emrettim.

Kafasını hiç tereddütsüz kaldırdı ve sakin gri gözleriyle bana baktı. Neredeyse dingin, heyecanlıydı.

Lanet olsun... İtaatkâr Christian.

BÖLÜM ON DÖRT

Christian ayaklarımın dibinde, dizlerinin üstünde, sabit gri gözlerini benden bir an ayırmadan duruyordu. Bu ürpertici bir görüntüydü. Leila ve silahından bile daha korkunç. Üzerimdeki belli belirsiz sarhoşluk bir anda uçup gitti ve yüzümdeki bütün kan çekilip yerini kafa derimi karıncalandıran bir dehşete bıraktı.

Şokla derin bir nefes aldım. *Hayır, hayır. Bu yanlış. Çok yanlış ve rahatsız edici.*

"Christian, lütfen. Bunu yapma. Bunu istemiyorum."

Bana kıpırdamadan, tek söz etmeden, edilgen bir ifadeyle bakmayı sürdürüyordu.

Ah, siktir. Benim zavallı Elli'm. Yüreğim sıkıştı. Ona ne yapmıştım böyle? Gözlerim yaşlarla doldu.

"Bunu neden yapıyorsun? Konuş benimle," diye fısıldadım.

Gözlerini bir kez kırptı.

"Ne söylememi istiyorsun," dedi yumuşak ve ince bir sesle; bir an konuştuğu için rahatladım... ama hayır. Böyle olmamalıydı. Hayır. Hayır.

Gözyaşlarım yanaklarımdan aşağı süzülmeye başladı ve birden, onu Leila denen zavallı yaratıkla aynı konumda, ayaklarıma kapanmış şekilde görmek dayanılmaz bir hal aldı. Aslında hâlâ küçük bir oğlan olan, dehşet verici bir şiddete maruz kalmış, kusursuz ailesinin ve kusursuz olmaktan çok uzak kız arkadaşının sevgisine layık olmadığına inanan o güçlü adamın görüntüsü... benim kayıp çocuğumun hali... iç acıtacak cinstendi.

Şefkat, özlem ve çaresizlik kalbime doldu ve boğucu bir çaresizlik hissettim. Onu geri getirmek için, *benim* Elli'mi geri döndürmek için savaşmam gerekecekti.

Benim herhangi bir insan üzerinde hâkimiyet kurmam düşüncesi dehşet vericiydi. Christian'a hâkimiyet kurmam düşüncesi ise mide bulandırıcı. Bu beni onun gibi yapardı. Christian'ı bu hale sokan kadın gibi.

Bu düşünceyle ürpererek, gırtlağımdan yükselen safrayı bastırmaya çalıştım. Bunu yapmam imkânsızdı. Bunu istemem mümkün değildi.

Düşüncelerim netlik kazanmaya başladı. Gözlerimi gözlerinden ayırmadan, karşısında dizlerimin üstüne indim.

Ahşap zemin dizlerimi acıtıyordu. Elimin tersiyle gözyaşlarımı sildim.

İşte eşitlenmiştik. Aynı seviyedeydik. Onu ancak böyle geri alabilirdim.

Ben ona bakınca, gözleri biraz irileşti, ama ifadesi ve duruşu değişmemişti.

"Christian, bunu yapman gerekmiyor," diye yalvardım. "Kaçmayacağım, sana defalarca söyledim, söyledim, söyledim. Kaçmayacağım. Bütün olanlar... sarsıcı. Sadece düşünmek için zamana ihtiyacım var... kendimle baş başa kalmaya. Neden hep en kötü sonuca varıyorsun?" Nedenini bildiğim için kalbim sıkıştı: Öylesine şüphe içindeydi ve kendisinden o kadar çok nefret ediyordu ki.

Elena'nın sözleri yeniden aklıma süzüldü. *Kendinle ilgili ne kadar olumsuz düşüncelerin olduğunu biliyor mu? Bütün bu meselelerin konusunda?..*

Ah, Christian. Korku kalbimi bir kez daha ele geçirdi ve saçmalamaya başladım. "Bu akşam kendi daireme dönmeyi önerecektim. Bana hiç zaman vermiyorsun... Bazı şeyleri enine boyuna düşünebileceğim bir zaman," diye hıçkırdım ve bir an kaşları çatılır gibi oldu. "Sadece düşünmek için zaman. Birbirimizi doğru dürüst tanımıyoruz ve geçmişinden gelen bütün bu yükler... Benim... her şeyi düşünecek zamana ihtiyacım var. Ve şimdi artık Leila... artık her neredeyse, sokaklarda olmayacağı ve bir tehdit oluşturmayacağına göre... Ben düşündüm ki... Düşündüm ki..." Cümlem yarıda kaldı ve ona bakakaldım. Bana dikkatle bakıyor ve sanırım dinliyordu.

"Seni Leila'yla görünce..." Eski itaatkârıyla kurduğu iletişimin anısı bir kez daha içimi kemirirken gözlerimi acıyla yumdum. "Öyle büyük bir şoktu ki. Eski hayatından bir kesit görmüş oldum ve..." Kenetli parmaklarıma bakarken yaşlar yanaklarımdan süzülüyordu. "Bu benim sana yeterli olmamamla ilgili. Benden sıkılmandan ve gitmenden öylesine korkuyorum ki... Leila gibi olmaktan... bir gölgeye dönüşmekten. Çünkü seni seviyorum, Christian ve eğer beni terk edersen dünyam ışıksız kalır. Ben karanlıkta kalırım. Kaçmak istemiyorum. Sadece beni terk etmenden o kadar korkuyorum ki."

Bu sözcükleri –onun beni dinlemesi umuduyla söylerken– gerçek sorunumun ne olduğunu fark ediyordum. Benden neden hoşlandığını anlamıyordum. Benden neden hoşlandığını hiç anlamamıştım.

"Beni neden çekici bulduğunu anlamıyorum," diye mırıldandım. "Sen... sen, şey... ve ben..." Omzumu silkerek ona baktım. "Anlamıyorum. Sen güzel, seksi, başarılı, iyi, nazik ve sahiplenici birisin, bütün bunların hepsisin ve ben değilim. Ve senin yapmaktan hoşlandığın şeyleri yapamam. İhtiyacın olan şeyleri sana veremem. Benimle nasıl mutlu olabilirsin ki? Seni nasıl elimde tutabilirim?" En karanlık korkularımı ifade ederken sesim fısıltıdan farksızdı. "Bende ne gördüğünü hiç anlamadım. Ve seni onunla görmek bütün bu duyguları körükledi." Onun ifadesiz yüzüne bakarak burnumu çektim ve elimin arkasına sildim.

Ah o kadar sinir bozucuydu ki! *Konuş benimle, lanet olası!*

"Bütün gece burada dizlerinin üstünde mi duracaksın? Çünkü ben de öyle yapacağım," diye çıkıştım.

Sanırım ifadesi yumuşadı, belki biraz eğlenir gibiydi. Ama ayırt etmesi güçtü.

Uzanıp ona dokunabilirdim, ama bu beni içine düşürdüğü durumda iğrenç olurdu. Bunu istemiyordum, ama ne istediğini ya da bana ne söylemeye çalıştığını da bilmiyordum. Anlamıyordum.

"Christian, lütfen, lütfen... konuş benimle." Ellerim kucağımda dururken, ona âdeta yalvardım. Dizlerimin üstünde rahatsızdım, ama öyle oturmayı, ciddi, güzel ve gri gözlerine bakarak beklemeyi sürdürdüm.

Ve bekledim.

Bekledim. Bir kez daha, "Lütfen," diye yalvardım.

Yoğun bakışları birden karardı ve gözlerini kırpıştırdı.

"O kadar korktum ki," diye fısıldadı.

Ah, Tanrı'ya şükürler olsun. Bilinçaltım geri geri sendeleyerek koltuğuna ulaştı ve kendini bir çuval gibi bırakarak cininden büyük bir yudum aldı.

Konuşuyor! Minnetle doldum, duygularımı ve dökülmekle tehdit eden yeni gözyaşlarımı bastırmaya çalışarak yutkundum.

Sesi yumuşacık ve alçaktı. "Ethan'ın geldiğini görünce, seni birinin içeri aldığını anladım. Taylor da ben de arabadan atladık. Anlamıştık ve onu seninle karşı karşıya ve silahlı görmek... Sanırım binlerce defa öldüm, Ana. Birinin sana zarar vermesi... en kötü korkularımın gerçekleşmesiydi. Ona, Taylor'a ve kendime o kadar kızdım ki."

Kafasını yaşadığı eziyeti anlatmak ister gibi salladı. "Bu kadar dengesiz olabileceği aklıma gelmemişti. Ne yapacağımı bilemedim. Ne tepki vereceğini." Durup kaşlarını çattı. "Ve sonra birden anladım. O kadar pişman görünüyordu ki. Ve ne yapmam gerektiğini anladım." Durdu ve tepkimi çözmeye çalışarak bana baktı.

"Devam et," diye fısıldadım.

Yutkundu. "Onu o halde görmek, bu hale gelmesiyle bir alakam olabileceğini düşünmek..." Bir kez daha gözlerini yumdu. "Her zaman o kadar muzip ve hayat doluydu ki." Titredi ve hırıltılı, neredeyse hıçkırığı andıran bir soluk aldı. Dinlemek işkenceden farksızdı, ama dikkatle dinleyerek dizlerimin üstünde oturmayı sürdürdüm ve bu durumu kabullenmeye çalıştım.

"Sana zarar verebilirdi. Ve bu benim hatam yüzünden olurdu." Dehşetle dolu gözleri uzaklara daldı ve bir kez daha sessizliğe gömüldü.

"Ama vermedi," diye fısıldadım. "Ve o durumda olmasından sen sorumlu değildin, Christian." Gözlerimi kırpıştırarak onu devam etmeye teşvik ettim.

Ve sonra yaptığı her şeyi beni ve belki de Leila'yı da güvende tutmak için yaptığı gerçeği kafama dank etti. Çünkü onu da önemsiyordu. Ama onu ne kadar önemsiyordu? Bu nahoş soru aklımdan çıkmıyordu. Beni sevdiğini söylüyordu ama beni kendi evimden dışarı atarken ne kadar sertti!

Esrarengiz düşüncelerimi okuma becerisiyle, "Sadece gitmeni istedim," diye mırıldandı. Sıkılı dişlerinin arasında, "Tehlikeden uzaklaşmanı istedim ve... sen... bir türlü... gitmiyordun," diye tıslayarak kafasını salladı. Öfkesi elle tutulur cinstendi.

Bana dikkatle baktı. "Anastasia Steele. Sen tanıdığım en inatçı kadınsın." Gözlerini yumdu ve bir kez daha, hayretle kafasını salladı.

Ah geri döndü. Derin bir soluk aldım.

Gözlerini yeniden açtığında, ifadesi samimiydi. "Kaçmayacak mıydın?" diye sordu.

"Hayır!"

Gözlerini tekrar yumdu ve bütün bedeni gevşedi. Tekrar açtığında acısını ve sıkıntısını görebildim.

"Sandım ki..." Durdu. "Karşındayım, Ana. Her şeyimle... ve tamamen seninim. Bunu anlaman için ne yapmam gerek? Seni elde edebileceğim her şekilde istediğimi anlaman için? Seni sevdiğimi anlaman için?"

"Ben de seni seviyorum, Christian ve seni böyle görmek..." Tıkandım ve gözyaşlarım yeniden devreye girdi. "Seni kırdığımı sandım."

"Kırmak mı? Beni mi? Ah, hayır, Anastasia. Tam tersi." Uzanıp elimi tuttu. "Sen benim can simidimsin," diye fısıldadı ve avucumu avucuna bastırmadan önce parmak boğumlarımı tek tek öptü.

Korku dolu gözleri iri iri açılmış halde, elimi yavaşça çekti ve göğsüne, kalbinin üstüne, yasak bölgeye yerleştirdi. Nefesi hızlanmıştı. Kalbi parmaklarımın altında deli gibi çarpan, gümbür gümbür bir trampetti. Çenesi gergin, dişleri birbirine kenetliydi; gözlerini benden ayırmıyordu.

İç geçirdim. *Ah, benim Elli'm!* Ona dokunmama izin veriyordu. Ve ciğerlerimdeki hava sanki buhar olup gitmişti. Kalbimin ritmi onunkine ayak uydurmak için hızlanırken, kanım kulaklarımda zonkluyordu.

Elimi kalbinin üstünde bırakarak elini çekti. Parmaklarımı hafifçe bastırarak gömleğinin ince kumaşının altından teninin sıcaklığını hissettim. Nefesini tutuyordu. Buna dayanamıyordum. Elimi çekmeye yeltendim.

Aceleyle, "Hayır," dedi ve elini bir kez daha benimkinin üstüne yerleştirip parmaklarımı göğsüne bastırdı. "Çekme."

Bu iki kelimeden cesaret alarak, dizlerimiz birbirine değecek şekilde öne doğru kaydım ve ne yapmak niyetinde olduğumu anlasın diye, çekinerek diğer elimi kaldırdım. Gözleri daha da irileştiyse de beni durdurmadı.

Nazik hareketlerle gömleğinin düğmelerini açmaya koyuldum. Tek elle zor oluyordu. Elinin altındaki parmaklarımı bükünce elini çekti ve gömleğinin düğmelerini açmak için iki elimi birden kullanmama izin verdi. Gömleğinin önünü iki yana açıp göğsünü açığa çıkarırken, gözlerim gözlerinden bir an ayrılmadı.

Yutkundu ve nefesi hızlanırken dudakları aralandı. Gittikçe artan paniğini hissediyordum, ama geri çekilmedi. Hâlâ itaatkâr rolünde miydi? Hiçbir fikrim yoktu.

Bunu yapmalı mıydım? Onu fiziksel ya da zihinsel olarak incitmek istemiyordum. Onu böyle, kendini bana sunarken görmek bir şeyleri anlamamı sağlamıştı.

Uzandım ve elim göğsünün üstünde asılı, gözlerine baktım... İznini istiyordum. Çok yavaşça, başını yana yatırdı ve dokunuşumun beklentisiyle kendini hazırladı. Gerginliği gözle görünür cinstendi, ama bu defa öfkeden değil korkudandı.

Tereddüt ettim. Bunu ona gerçekten yapabilir miydim?

Bir kez daha tuhaf, dile dökülmeyen sorularıma cevap verme becerisiyle, "Evet," diye soludu.

Parmaklarımı göğsündeki kılların arasına uzattım ve göğüs kafesinden aşağı kaydırdım. Gözlerimi yumdum. Yüzü dayanılmaz bir acı hissediyormuş gibi kırıştı. Bu, tanıklık etmesi katlanılmaz bir sahneydi. Bu yüzden parmaklarımı derhal çektim, ama elimi yakaladı ve sertçe, çıplak göğsünün üstüne yerleştirdi. Kılları avucumu gıdıklıyordu.

Sıkıntılı bir sesle, "Hayır," dedi. "Buna ihtiyacım var."

Gözlerini o kadar sıkı yummuştu ki. Eziyet çekiyor olmalıydı. İzlemek gerçekten ıstırap vericiydi. Fazla ileri gittiğimden korkarak ve ona dokunmanın yaşattığı hisse hayret ederek, dikkatle, parmaklarımın göğsünden kalbine doğru bedenini okşamasına izin verdim.

Gözlerini açtı. Gri bir ateş gibi, alev alevdiler.

Lanet olsun. Bakışı yakıcı, yırtıcı, yoğun ötesi ve nefesi hızlıydı. Kanımı kaynatıyordu. Bakışları karşısında kıvrandım.

Beni durdurmamıştı. Bu yüzden parmaklarımı tekrar göğsünde dolaştırdım. Ağzı aralandı. Hızla soluyordu. Nedeni korku muydu, yoksa başka bir şey mi bilmiyordum.

Onu göğsünden öpmeyi o kadar uzun zamandır istiyordum ki dizlerimin üstünde doğruldum ve bir an gözlerinin içine bakarak niyetimi açıkça ortaya koydum. Sonra eğildim ve kalbinin tam üstüne yumuşacık bir öpücük kondurup sıcak ve hoş kokulu tenini dudaklarımın altında hissettim.

Boğuk iniltisi beni öylesine sarstı ki yüzünde göreceklerimden korkarak yeniden geri çekildim. Gözleri sımsıkı kapanmıştı, ama kıpırdamamıştı.

"Tekrar," diye fısıldayınca bir kez daha göğsüne eğildim ve bu kez yara izlerinden birini öptüm. İç geçirdi. Bir tane daha öptüm. Ve bir tane daha. Yüksek sesle inledi ve birden kollarını bana dolayarak ellerini saçlarımın arasına kaydırdı ve dudaklarım ağzıyla buluşacak şekilde, acı vererek yukarı çekti. Ve öpüşüyorduk. Parmaklarım saçlarında kaybolmuştu.

"Ah, Ana," diye soluyarak eğildi ve beni altında kalacağım şekilde yere yatırdı. Ellerimi uzatıp güzel yüzüne dokununca gözyaşlarını hissettim.

Ağlıyor... hayır. Hayır!

"Christian, lütfen ağlama. Seni asla terk etmeyeceğimi söylerken ciddiydim. Gerçekten. Eğer sende farklı bir fikir uyandırdıysam üzgünüm... Lütfen, lütfen beni affet. Seni seviyorum. Seni her zaman seveceğim."

Üzerime eğildi. Gözlerime bakarken ifadesi öylesine acı yüklüydü ki.

"Sorun ne?"

Gözleri irileşti.

"Sana arkama bakmadan kaçacağımı düşündüren bu sır ne? Gideceğimden bu kadar emin olmanı sağlayan sır?" diye yakarırken sesim titrekti. "Söyle bana, Christian, *lütfen...*"

Doğrulup oturdu. Bu defa bağdaş kurdu. Ben de arkasından kalktım, bacaklarımı öne uzattım. İçimden yerden kalksak artık diye geçirdim. Ama onu bölmek istemiyordum. Sonunda bana sırrını açacaktı.

Bana bakarken o kadar harap bir hali vardı ki. *Ah, lanet olsun. Kötü...*

"Ana." Duraksadı, kelimeleri ararken yüzü acılıydı. Bu işin sonu hangi cehenneme gidiyordu?

Derin bir nefes aldı ve yutkundu. "Ben bir sadistim, Ana. Senin gibi kahverengi saçlı küçük kızları kamçılamaktan zevk alıyorum, çünkü hepiniz o uyuşturucu bağımlısı fahişeye benziyorsunuz. Biyolojik anneme. Nedenini tahmin edebileceğinden eminim." Cümleyi günlerdir kafasındaymış ve kurtulmak için kıvranıyormuş gibi bir çırpıda söyleyivermişti.

Dünyam durdu. *Ah, hayır.*

Beklediğim bu değildi. Bu kötüydü. Gerçekten kötü. Ona, söylediklerinin ne anlama geldiğini anlamaya çalışarak baktım. Bu, neden tüm itaatkârlarının birbirine benzediğini açıklıyordu.

İlk düşüncem, Leila'nın haklı olduğuydu. *Efendi karanlık.*

Kırmızı Acı Odası'nda, eğilimleri hakkında yaptığımız ilk konuşmayı hatırladım.

Umutsuzca anlamaya... onun adına bahane uydurmaya çalışarak, "Bana sadist olmadığını söylemiştin," diye fısıldadım.

"Hayır. Sana bir Hâkim olduğumu söyledim. Sana yalan söylediysem bile bu geçiştirmek içindi. Üzgünüm." Bakışlarını bakımlı parmaklarına eğdi.

Sanırım utançtan yerine dibine geçmişti. Bana yalan söylediği için mi? Yoksa olduğu şey yüzünden mi?

"Bana o soruyu sorduğunda, kafamda ikimiz için çok farklı bir ilişki canlandırıyordum," diye mırıldandı. Bakışlarından korktuğunu anladım.

Ve gerçek, kafama bir balyoz gibi indi. Eğer bir sadistse, o zaman bütün o kamçılama ve sopayla dövme olayına gerçekten ihtiyacı vardı. *Ah, siktir.* Başımı ellerimin arasına aldım.

Kafamı kaldırıp ona bakarken, "Demek doğru," diye fısıldadım. "Sana ihtiyaç duyduğun şeyi veremem." Bu kadardı işte; bu, gerçekten birbirimize uygun değiliz demekti.

Panik gırtlağıma yapışırken, dünya ayaklarımın altında ufalanmaya, üzerime yıkılmaya başladı. Bu kadardı. Bunu yapamazdık.

Kaşlarını çattı. "Hayır, hayır, hayır, Ana. Hayır. Verebiliyorsun. Bana ihtiyaç duyduğum şeyi *gerçekten* veriyorsun." Yumruklarını sıktı. "Lütfen bana inan," diye mırıldanırken, sözleri bir yakarış gibiydi.

"Neye inanacağımı bilmiyorum, Christian. Bu o kadar berbat bir durum ki," diye fısıldadım. Gırtlağım büzüşüyor, acıyor ve dökülmemiş gözyaşlarıyla beni nefessiz bırakıyordu.

Bana yeniden baktığında gözleri iri ve aydınlıktı.

"Ana, inan bana. Seni cezalandırmamdan ve senin çekip gitmenden sonra dünyaya bakışım değişti. O duyguyu bir daha yaşamaktan kaçınacağımı söylerken şaka yapmıyordum." Bana acı dolu bir yakarışla bakıyordu. "Beni sevdiğini söylemen beni uyandırdı. Bunu bana kimse söylememişti ve bu sanki çektiğim bütün acıları dindirdi. Ya da belki de acılarımı dindiren sendin, bilmiyorum. Dr. Flynn ve ben hâlâ bu konuda derin bir tartışma halindeyiz."

Ah. Kalbim bir an umutla doldu. Belki de iyi olurduk. İyi olalım istiyordum. "Bütün bunlar ne anlama geliyor?" diye fısıldadım.

"Bu ihtiyaç duymadığım anlamına geliyor. Artık duymuyorum."

Ne? "Nerden biliyorsun? Nasıl bu kadar emin olabiliyorsun?"

"Biliyorum. Canını yakma düşüncesi... herhangi bir şekilde... benim için tiksindirici."

"Anlamıyorum. Ya cetveller, şaplaklar ve bütün o sapkın düzüşmeler?"

Elini saçlarının arasından geçirdi ve neredeyse gülümseyecekken kederle iç geçirdi.

"Ben ağır kısmından bahsediyorum, Anastasia. Bir baston ya da bir kediyle neler yapabileceğimi görmelisin."

Ağzım açık kaldı. Afallamıştım. "Görmemeyi tercih ederim."

"Biliyorum. Bunu yapmayı istiyor olsaydın, ben de isterdim... ama istemiyorsun ve anlıyorum. İstemediğin sürece bütün o saçmalıkları seninle yapamam. Sana daha önce de söyledim, bütün güç senin elinde, Anastasia. Ve şimdi, artık geri geldiğin için, bu dürtüyü hiç mi hiç hissetmiyorum."

Bütün bunları sindirmeye çalışırken ona ağzım açık bakakalmıştım. "Ama tanıştığımızda istediğin buydu, öyle değil mi?"

"Evet, şüphesiz."

"Arzuların nasıl öylece yok olur, Christian? Ben her derde deva bir ilaçmışım ve sen... daha uygun bir kelime bulamıyorum, iyileşmişsin gibi mi? Anlamıyorum."

Bir kez daha iç geçirdi. "Tam olarak iyileşmiş denemez... Bana inanmıyor musun?"

"Sadece... inanılmaz buluyorum. İkisi farklı."

"Beni hiç terk etmemiş olsaydın, büyük olasılıkla böyle hissetmezdim. Beni terk edip gitmen, yaptığın en iyi şey oldu... bizim için. Seni, sadece seni, ne kadar istediğimi anlamamı sağladı ve sana sahip olabileceğim her şekilde sahip olacağımı söylerken ciddiyim."

Ona baktım. Buna inanabilir miydim? Bütün bunlara kafa yormaya çalışmaktan başım ağrıyordu ve içimin... uyuştuğunu hissediyordum.

"Hâlâ buradasın. Şu ana kadar çoktan kapıdan çıkarsın sanıyordum," diye fısıldadı.

"Neden? Annene benzeyen kadınları kırbaçlayıp beceren sapığın teki olduğunu düşünebileceğim için mi? Sende bu izlenimi yaratan nedir?" diye tıslayarak saldırdım.

Haşin sözlerim karşısında bembeyaz kesildi.

Gözleri iri iri ve kırgın. "Pekâlâ, tam olarak böyle ifade etmezdim, ama evet," dedi.

Bakışları beni kendime getirmişti. Çıkışıma pişman oldum. Bir suçluluk hissiyle kaşlarımı çattım.

Ah, ne yapacaktım? Ona baktım. Pişman ve samimi görünüyordu. Benim Elli'm gibi görünüyordu.

Ve hiç beklemediğim bir şekilde, çocukluk yatak odasındaki fotoğrafı hatırladım ve o anda kadının neden tanıdık geldiğini anladım. Christian'a benziyordu. Biyolojik annesi olmalıydı.

Aklıma onu nasıl geçiştirdiği geldi. Önemsiz biri... Bütün bunlardan o sorumluydu ve ben ona benziyordum... *Siktir!*

Bana ham gözlerle bakıyordu ve bir sonraki hamlemi beklediğini anladım. Samimi görünüyordu. Beni sevdiğini söylemişti, ama kafam gerçekten karışmıştı.

Bu durum baştan aşağı bombok bir durumdu. Beni Leila konusunda yatıştırmıştı, ama şimdi, kızın onu neden heyecanlandırabildiğini biliyordum. Bu yorucu ve nahoş bir düşünceydi.

"Christian, çok yorgunum. Bunu yarın konuşabilir miyiz? Yatmak istiyorum."

Şaşkınlık içinde gözlerini kırpıştırdı. "Gitmiyor musun?"

"Gitmemi mi istiyorsun?"

"Hayır, öğrenince gidersin diye düşündüm."

Aklımdan, karanlık sırlarını öğrendiğim zaman gideceğime dair imalarda bulunduğu zamanlar geçiyordu... ve artık öğrenmiştim. Lanet olsun. Efendi, *gerçekten* karanlıktı.

Gitmeli miydim? Ona baktım. Sevdiğim, evet, sevdiğim bu deli adama.

Onu bırakabilir miydim? Daha önce bir kez bırakmıştım ve bu az kalsın beni öldürmüştü. Ve onu da. Onu seviyordum. Büyük itirafına rağmen, bunu biliyordum.

"Beni bırakma," diye fısıldadı.

"Ah, hayır! Hayır, gitmiyorum!" diye bağırdım. İçim temizlenmiş sanki. İşte, söylemiştim. Gitmiyordum.

"Gerçekten mi?" Gözleri iri iri açıldı.

"Kaçmayacağımı anlaman için ne yapmam gerek? Ne diyebilirim?"

Bana korkusunu ve endişesini ele veren bir ifadeyle bakıyordu. Yutkundu. "Yapabileceğin bir şey var."

"Ne?" diye çıkıştım.

"Benimle evlen," diye fısıldadı.

Ne? Gerçekten de az önce?..

Yarım saat içinde ikinci kez dünyam durdu.

Lanet olsun. Sevdiğim, derinden yaralı adama baktım. Söylediği şeye inanamıyordum.

Evlenmek mi? Bana evlenme mi teklif ediyordu? Şaka mı yapıyordu? Elimde değildi. İçimden, derinlerden, küçük, gergin ve hayret dolu bir kıkırtı yükseldi. Tam ölçekli isterik bir kahkahaya dönüşmesine mani olmak için dudağımı ısırdım ve sefil bir şekilde başarısız oldum. Yere sırt üstü uzandım ve kendimi kahkahaya teslim ettim. Daha önce hiç gülmediğim gibi, şifa veren, içimi boşaltıp temizleyen uluma benzeri kahkahalarla gülüyordum.

Ve bir an için tek başıma kaldım. Bu saçma duruma dışarıdan bakıyordum sanki. Güzel, sorunlu bir çocuğun yanı başında kıkırdayan, kendini kaybetmiş bir kız. Kahkaham yerini yakıcı gözyaşlarına bırakırken, kolumu gözlerimin üstüne örttüm. *Hayır, hayır... bu kadarı çok fazla.*

İsteri krizi yatışırken, Christian kolumu yüzümden yavaşça çekti. Dönüp ona baktım.

Üzerime eğilmişti. Ağzı çarpık bir gülümsemeyle kıvrılmıştı, ama gözleri, yakıcı bir gri ve yaralıydı. *Ah, hayır.*

Elinin tersiyle bir gözyaşı izini sildi. "Teklifimi komik mi buldunuz, Bayan Steele?"

Ah, Elli! Uzanıp şefkatle yanaklarını okşadım ve çıkmaya başlayan sakallarının parmaklarımda bıraktığı histen keyif aldım. Tanrım, bu adamı seviyordum.

"Bay Grey... Christian. Zamanlama duygunuz hiç şüphesiz..." Ona doğru sözcükleri bulmakta güçlük çeker gibi bakıyordum.

Bana gülümsedi, ama göz çevresindeki kırışıklıklar incindiğini anlatıyordu. Kendime geldim.

"İçimi acıtıyorsun, Ana. Benimle evlenir misin?"

Doğrulup oturdum ve ona doğru eğilip ellerimi dizlerinin üstüne koydum. Güzel yüzüne baktım. "Christian. Silahlı ve manyak eski kız arkadaşınla burun buruna geldim, kendi evimden kovuldum, sen termonükleer bir patlama etkisi yaratacak bilgilerle geldin..."

Konuşmak için ağzını açtı, ama elimi havaya kaldırdım. Uysal bir tavırla ağzını kapattı.

"Kendinle ilgili hayli şoke edici bilgiler verdin ve şimdi benden seninle evlenmemi istiyorsun..."

Gerçekleri değerlendirir gibi, kafasını bir o yana bir bu yana eğdi. Keyiflenmişti. Tanrı'ya şükür.

"Evet, sanırım bu, durumun adil ve doğru bir özeti sayılabilir," dedi kuru bir sesle.

Ona kafamı sallayarak baktım. "Ertelenen hazza ne oldu?"

"Aştım ve artık hızlı hazzın sıkı bir savunucusuyum. Günü yaşa, Ana," diye fısıldadı.

"Bak, Christian seni yaklaşık üç dakikadır tanıyorum ve bilmem gereken çok şey var. Çok fazla içki içtim, karnım aç, yorgunum ve yatmak istiyorum. Teklifini, tıpkı bana verdiğin o kontrat gibi, değerlendirmem gerek. Ve..." Hem memnuniyetsizliğimi göstermek hem de aramızdaki havayı dağıtmak için, dudaklarımı birbirine bastırdım. "... çok romantik bir teklif olduğu söylenemez."

Başını yana yatırdı. Dudakları bir gülümsemeyle kıvrıldı. "Gayet net anlaşıldı, Bayan Steele," diye solurken sesini rahatlama bürümüştü. "Yani bu bir hayır değil?"

İç geçirdim. "Hayır, Bay Grey, bir hayır değil, ama evet de değil. Bunu sadece korktuğun ve bana güvenmediğin için yapıyorsun."

"Hayır, bunu sonunda hayatımın kalan kısmını birlikte geçirmek istediğim biriyle tanıştığım için yapıyorum."

Ah, kalbim tekledi ve için için eridim. Nasıl oluyordu da en tuhaf durumların orta yerinde, en romantik şeyleri söyleyiveriyordu? Ağzım şaşkınlıktan açık kalmıştı.

"Bunun başıma geleceğini hiç sanmıyordum," diye devam ederken, gözlerinden, su katılmamış, saf samimiyet saçılıyordu.

Ona doğru sözcükleri arayarak baktım.

"Düşünebilir miyim... lütfen? Ve bugün olan diğer her şeyi? Az önce bana söylediğini? Sabır ve inanç istemiştin. Şimdi sıra sende, Grey. Şimdi bunlara benim ihtiyacım var."

Gözleri benimkileri taradı ve bir saniye sonra uzanıp saçımı kulağımın arkasına itti.

"Tamam." Dudaklarıma hızlı bir öpücük kondurdu. "Çok romantik değil, ha?" Kaşlarını kaldırınca, kafamı azarlar gibi salladım. Yumuşacık bir sesle, "Kalpler ve çiçekler istiyorsun demek?" diye sordu.

Başımı eğdim ve bana hafifçe gülümsedi.

"Aç mısın?"

"Evet."

"Yemek yemedin." Bakışları soğudu ve çenesi gerildi.

"Hayır, yemedim." Dizlerimin üzerinde kıpırdandım ve ona duygusuz gözlerle baktım. "Erkek arkadaşımın eski itaatkârıyla yakın bir etkileşime girdiğine tanık olduktan sonra dairemden atılmak iştahımı hatırı sayılır biçimde kaçırdı." Ona dik dik bakarak yumruklarımı kalçalarıma yasladım.

Christian kafasını salladı ve zarafetle ayağa kalktı. *Ah, nihayet yerden kalkabileceğ*iz. Bana elini uzattı.

"Sana yiyecek bir şeyler hazırlayayım," dedi.

Elimi avucuna bırakırken, yorgun bir sesle mırıldandım. "Doğrudan yatmaya gidebilir miyim?"

Beni ayağa kaldırdı. Kaskatıydım. Yumuşacık bir ifadeyle gözlerime baktı.

"Hayır, bir şeyler yemelisin. Gel." Patronluk taslayan Christian geri gelmişti ve bu büyük bir mutluluktu.

Beni mutfağa götürdü ve buzdolabına yürümeden önce, taburelerden birine oturttu. Saatime baktım. Neredeyse on bir buçuktu ve sabah iş için erken kalkmam gerekecekti.

"Christian, gerçekten aç değilim."

Kocaman buzdolabını karıştırırken, beni özellikle duymazdan geldi. "Peynir?" diye sordu.

"Bu saatte olmaz."

"Kraker?"

"Buzdolabından mı? Hayır," diye çıkıştım.

Döndü ve bana sırıttı. "Kraker sevmez misin?"

"Saat on bir buçukta değil. Christian, ben yatmaya gidiyorum. İstersen sen gecenin kalan kısmını buzdolabını karıştırarak geçirebilirsin. Yorgunum ve bayağı ilginç bir gün geçirdim. Unutmak istediğim bir gün." Tabureden kaydım, bana suratını buruşturdu, ama şu anda umurumda değildi. Yatağa gitmek istiyordum; bitkindim.

"Makarna ve peynir." Üzeri folyoyla kapatılmış bir kâseyi havaya kaldırdı. O kadar umutlu ve sevecen görünüyordu ki.

"Peynirli makarna sever misin?" diye sordu.

Kafasını hevesle sallayınca, kalbim eridi. Birden o kadar genç görünmüştü ki. Kimin aklına gelirdi? Christian Grey çocuk yemeği sevsin.

Umut dolu bir sesle, "İster misin?" diye sordu. Ona karşı koyamadım; üstelik açtım.

Başımı salladım ve ona cılız bir gülümseme gönderdim. Gülümsemesi nefes kesiciydi. Üstündeki folyoyu kaldırıp kâseyi mikrodalgaya yerleştirdi. Tekrar tabureye tünedim ve Bay Christian Grey adı verilen güzelliğin –benimle evlenmek isteyen adamın– mutfağında zarif ve rahat hareketlerle dolaşmasını izledim.

"Demek mikrodalgayı nasıl kullanacağını biliyorsun," diye takıldım.

"Paketliyse genelde bir şeyler yapabilirim. Asıl sorunu gerçek yemeklerle yaşıyorum."

Bu adamın, daha yarım saat önce dizlerinin üstünde duran adamın ta kendisi olduğuna inanamıyordum. Her zamanki değişken haliydi. Tabakları, çatal bıçakları ve servis altlıklarını çıkarıp kahvaltı barına yerleştirdi.

"Çok geç oldu," diye mırıldandım.

"Yarın işe gitme."

"Yarın işe gitmek zorundayım. Patronum New York'a gidiyor."

Christian'ın kaşları çatıldı. "Bu hafta sonu sen de gitmek ister misin?"

Kafamı sallayarak, "Hava durumuna baktım, yağmur yağacak gibi görünüyor," dedim.

"Ah, o zaman ne yapmak istersin?"

Mikrodalganın zili yemeğimizin ısındığını haber veriyordu.

"Şu anda ağır adımlarla ilerlemek istiyorum. Bunca heyecan... yorucu." Tek kaşımı kaldırdım, ama akıllılık ederek görmezden geldi.

Beyaz kâseyi tabaklarımızın arasına koydu ve yanıma oturdu. Dalgın ve derin düşüncelere dalmış gibi bir hali vardı. Makarnayı tabaklarımıza pay ettim. Müthiş bir kokusu vardı, beklenti ağzımı sulandırmıştı. Açlıktan ölüyordum.

"Leila için özür dilerim," diye mırıldandı.

"Neden özür diliyorsun?" Hımm, makarnanın tadı en az kokusu kadar güzeldi. Midem minnetle guruldUyordu.

"Onu dairende bulmak senin için berbat bir şok olmalı. Taylor daha önce bizzat kontrol etmişti. Çok üzgün."

"Taylor'ı suçlamıyorum."

"Ben de öyle. Sen geldiğinde dışarıda seni arıyordu."

"Gerçekten mi? Neden?"

"Nerede olduğunu bilmiyordum. Çantanı, telefonunu arabada bırakmıştın. İzini süremedim. Nereye gittin?" diye sordu. Sesi yumuşaktı, ama kelimelerin altında uğursuz bir ima vardı.

"Ethan'la birlikte sokağın karşısındaki bara gittik. Neler olduğunu izleyebileyim diye."

"Anlıyorum." Hava birden değişivermiş, ağırlaşmıştı sanki.

Pekâlâ, tamam... Bu oyunu iki kişi de oynayabilir. Konuyu tekrar sana getirelim, Elli. Umursamaz görünmeye çalışarak, yanan merakımı gidermeyi isteyerek, ama cevaptan deli gibi korkarak, "Leila'yla evde ne yaptınız?" diye sordum.

Ona bakıyordum. Havada asılı kalan bir çatal makarnayla donakaldı. *Ah, hayır, bu hiç iyi değildi.*

"Gerçekten bilmek istiyor musun?"

Mideme bir yumru oturdu ve iştahım kaçıverdi. "Evet," diye fısıldadım. *İstiyor musun? Gerçekten istiyor musun?* Bilinçaltım boş cin şişesini yere atmış ve koltuğunda doğrulmuş, dehşet içinde izliyordu.

Christian'ın ağzı düz bir çizgiye dönüştü ve tereddütle, "Konuştuk ve ona banyo yaptırdım," dedi. Sesi boğuktu; ben cevap vermeyince hızla devam etti. "Ve ona senin kıyafetlerinden giydirdim. Umarım sakıncası yoktur. Ama çok pisti."

Lanet olsun. Ona banyo mu yaptırmıştı?

Ne uygunsuz bir hareketti. Yenmemiş makarnama bakarken başım dönüyordu. Görüntüsü artık midemi bulandırıyordu.

Bilinçaltım, *Anlamaya çalış*, diye yol gösterdi. Beynimin o serinkanlı ve entelektüel kısmı bunu sadece Leila pis olduğu için yaptığını biliyordu, ama çok zordu. Kırılgan ve kıskanç yanım buna tahammül edemiyordu.

Birden ağlamak istedim. Yanaklarımdan aşağı zarafetle süzülen yaşlara bir hanımefendi gibi teslim olmak değil, aya bakıp uluyarak ağlamak istedim. Bu isteğimi bastırmak için derin bir nefes aldım, ama gırtlağım dökülmeyen gözyaşlarım ve hıçkırıklarım yüzünden kuru ve rahatsızdı.

"Yapabileceğim başka bir şey yoktu, Ana," dedi usulca.

"Ona karşı hâlâ hislerin var mı?"

Afallayarak, "Hayır!" dedi ve gözlerini yumdu. İfadesi sıkıntılıydı. Başımı çevirdim ve tekrar mide bulandırıcı yemeğime baktım. Christian'a bakmaya dayanamıyordum.

"Onu öyle görmek... o kadar farklı, o kadar altüst olmuş halde... Onu önemsiyorum, sadece bir insan olarak." Nahoş bir anıdan silkinmek ister gibi omuz silkti. Tanrım, onun için üzülmemi mi bekliyordu yoksa?

"Ana, bana bak."

Bakamazdım. Bakarsam gözyaşlarına boğulacağımı biliyordum. Bu sindiremeyeceğim kadar ağırdı. Bu son damlaydı. Hiç yerim kalmamıştı. Daha fazla saçmalıkla baş edemeyecektim. Yoksa patlayacaktım ve bu hiç hoş olmayacaktı. *Tanrım!*

Eski itaatkârıyla mahrem bir şekilde ilgilenen Christian'ın görüntüsü beynimde yanıp sönüyordu. Tanrı aşkına, onu çırılçıplak yıkamıştı. Bedenim sert ve acı verici bir titremeyle sarsıldı.

"Ana."

"Ne?"

"Yapma. Hiçbir anlam ifade etmiyor. Bir çocukla ilgilenmek gibiydi. Hasta, mahvolmuş bir çocukla," diye mırıldandı.

Christian bir çocukla ilgilenmekten ne anlardı ki? Bu kadın tam gaz, sapkın bir cinsel ilişki yaşadığı kadındı.

Ah, canım yanıyor. Derin, sakinleştirici bir nefes aldım. Ya da belki de kendinden bahsediyordu. Kırık çocuk oydu. Böylesi daha mantıklı geliyordu. Ya da hiç mantıklı gelmiyordu. Ah, bu o kadar bombok bir durumdu ki, birden kendimi kemiklerim dağılıyormuş gibi yorgun hissettim. Uykuya ihtiyacım vardı.

"Ana?"

Ayağa kalktım. Tabağımı lavaboya götürüp kalıntıları çöpe sıyırdım.

"Ana, lütfen."

Hışımla ona döndüm. "Kes şunu, Christian! Şu, 'Ana, lütfen' olayına bir son ver!" diye bağırdım ve gözyaşlarım yanaklarımdan aşağı dökülmeye başladı. "Bugün bu saçmalıklara yeterince doydum.

Yatmaya gidiyorum. Çok yorgun ve duygusalım. Şimdi beni rahat bırak."

Döndüm ve iri iri açılmış, şaşkın bakışlarının anısını da yanıma alarak, neredeyse koşar adımlarla, yatak odasına gittim. Benim de onu şoka uğratabileceğimi bilmek hoştu. Işık hızıyla soyundum ve çekmecelerini hızla karıştırdıktan sonra tişörtlerinden birini üzerime geçirip banyoya yürüdüm.

Aynadan bana bakan çökük suratlı, kırmızı gözlü ve yanakları lekeli kocakarıyı nerdeyse tanıyamayacaktım. Bu kadarı çok fazlaydı. Yere çöktüm ve daha fazla kontrol altında tutamadığım kahredici duygulara teslim olarak, ciğerlerimi paramparça eden hıçkırıklarla sarsılarak, gözyaşlarımın nihayet özgürce akmasına izin verdim.

BÖLÜM ON BEŞ

"Hey," dedi Christian beni kollarının arasına çekerken. "Lütfen ağlama, Ana, lütfen," diye yalvardı. O banyonun zemininde, ben de onun kucağındaydım. Kollarımı ona dolayıp boynuna kapanarak ağladım. Yüzünü saçlarımın arasına gömmüş, usul usul sırtımı ve başımı okşuyordu.

"Üzgünüm bebeğim," diye mırıldandı ve daha güçlü ağlayıp ona daha sıkı sarılmama neden oldu.

Sonsuzluk kadar uzun bir süre öyle kaldık. Bir süre sonra, gözyaşlarım akmaz olunca, Christian sendeleyerek ayağa kalktı ve beni kucaklayarak odasına taşıyıp yatağa yatırdı. Birkaç saniye sonra, ışıkları söndürüp yanıma uzanmıştı. Beni kollarının arasına çekip sıkıca sarıldı; nihayet karanlık ve huzursuz bir uykuya daldım.

Sıçrayarak uyandım. Başım dönüyordu ve çok sıcaktı. Christian bir sarmaşık gibi bana dolanmıştı. Kollarının arasından sıyrılırken homurdandıysa da uyanmadı. Doğrulup çalar saate baktım. Sabahın üçüydü. Bir Advil'e ve bir içeceğe ihtiyacım vardı. Ayaklarımı yataktan sarkıtıp mutfağa yöneldim.

Buzdolabında bir kutu portakal suyu bulup kendime bir bardak doldurdum. Hımm. Enfesti ve sersemlemiş beynim hemen duruldu. Ağrı kesici bulmak için dolapları karıştırdım ve sonunda ilaçlarla dolu plastik bir kutuya denk geldim. İki Advil aldım ve kendime bir bardak daha portakal suyu doldurdum.

Büyük cam duvara yaklaşıp uyuyan Seattle'a baktım. Christian'ın gökyüzündeki şatosunun –yoksa kalesi mi demeliydim?– altında ışıklar göz kırpıyorlardı. Alnımı serin cama yasladım; iyi gelmişti. Dünün bütün gelişmelerinin ardından düşünecek ne çok şeyim olmuştu. Sırtımı cama yaslayıp yere kaydım. Geniş salon, mutfak tezgâhının üstündeki üçlü lambadan gelen ışıkta bir mağarayı andırıyordu.

Christian'la evlenip burada yaşayabilir miydim? Burada yaptığı onca şeyden sonra? Bu evin içinde barındırdığı koca bir geçmişle?

Evlilik. Neredeyse inanılmaz ve tamamen beklenmedikti. Ama zaten Christian'a dair her şey beklenmedikti. Bu gerçeğin ironisi dudaklarımın kıvrılmasına neden oldu. Christian Grey; beklenmedik olanı bekleyin. Bombokluğun elli tonu.

Gülümseme kayboldu. Annesine benziyordum. Bu beni derinden yaralamıştı; ciğerlerimdeki hava bir çırpıda boşaldı. Hepimiz annesine benziyorduk.

O küçük sırrın ortaya dökülmesinin ardından yola nasıl devam edebilirdim ki? Bana söylemek istememesine şaşırmamalıydı. Ama annesini çok fazla hatırlamıyor olsa gerekti. Bir kez daha acaba Dr. Flynn'le konuşmalı mıyım diye düşündüm. Christian bana izin verir miydi? Belki de boşlukları o doldurabilirdi.

Kafamı salladım. Bütün dünyanın yükünü omuzlarımda hissediyordum ama salonun ve güzel –soğuk ve ağırbaşlı ama yine de hâlâ güzel ve bir servet değerinde olan– sanat eserlerinin sakin dinginliğinin tadını çıkardım. Burada yaşayabilir miydim? İyi günde, kötü günde? Hastalıkta ve sağlıkta? Gözlerimi yumdum, başımı cama yasladım ve derin, arındırıcı bir nefes aldım.

Bu huzurlu sükûnet, bütün tüylerimin ayağa kalkmasına neden olan, böğürden kopan, ilkel bir haykırışla darmadağın oldu. *Chris-*

tian! Lanet olsun! Ne oldu? Ayağa fırlamıştım ve daha o korkunç sesin yankıları yatışmadan, yüreğim ağzımda yatak odasına koştum.

Düğmelerden birine basınca, Christian'ın başucu lambası yandı. Bir o yana bir bu yana dönüyor, sıkıntıyla kıvranıyordu. Bir kez daha, *Hayır,* diye haykırdı ve ürkütücü, insanı mahveden bu ses, içimi bir kez daha delip geçti.

Kahretsin... Kâbus görüyor!

"Christian!" Üzerine eğildim, omuzlarını tuttum ve onu uyandırmak için sarstım. Gözlerini açtı; vahşi ve boştular. Üzerimde sabitlenmeden önce boş odayı son hızla taradılar.

"Gittin, gittin, gitmiş olmalıydın..." diye mırıldanırken, iri iri açılmış gözleri suçlayıcı bir ifadeye büründü; öylesine kaybolmuş görünüyordu ki, yüreğim parçalandı. Zavallı Elli.

"Buradayım." Yatağa yanına oturdum. Onu teselli etmek için, usulca, "Buradayım," diye mırıldandım. Onu yatıştırma çabasıyla, avucumu yanağına yerleştirmek için uzandım.

Hızlı hızlı fısıldadı. "Gitmiştin." Gözleri hâlâ vahşi ve ürkekti, ama sakinleşir gibiydi.

"İçecek bir şey almaya gittim. Susamıştım."

Gözlerini yumup yüzünü ovuşturdu. Yeniden açtığında harap görünüyordu.

"Buradasın. Ah, Tanrı'ya şükür." Bana uzandı ve sıkıca kavrayarak yatağa, yanına çekti.

"Ben sadece bir şey içmeye gitmiştim," diye mırıldandım.

Ah, korkusunun yoğunluğu... Hissedebiliyordum. Tişörtü terden sırılsıklam olmuştu ve beni kendine çekerken, kalbi deli gibi çarpıyordu. Bana gerçekten orada olduğumdan emin olmak ister gibi bakıyordu. Önce saçlarını sonra yanağını okşadım.

"Christian, lütfen. Buradayım. Hiçbir yere gitmiyorum," dedim yatıştırıcı bir sesle.

"Ah, Ana," diye soludu. Beni olduğum yerde tutmak için çenemi kavradı ve sonra ağzını ağzıma kapattı. Arzu vücuduma yayılırken, bedenim kendiliğinden karşılık verdi. Ona öylesine bağlı ve onunla öylesine ahenkliydi ki. Dudakları kulağımda, boynumda, sonra yeniden ağzımdaydı. Dişleriyle alt dudağımı çekiştirdi, eli bedenimden yukarı, kalçamdan mememe kayarken tişörtümü de yanında sürükledi. Beni okşayarak, tenimin girinti ve çıkıntılarında yolunu bulurken, aynı tanıdık tepkiyi tetikliyor, dokunuşu bütün bedenime ürpertiler gönderiyordu. Elleri mememi kavrayıp parmakları meme ucumun etrafına kapanırken inledim.

"Seni istiyorum," diye mırıldandı.

"Senin için buradayım. Sadece senin için, Christian."

İnledi ve beni tekrar, tutkuyla, onda daha önce hiç görmediğim bir heves ve çaresizlikle öptü. Tişörtünün ucunu tutup çektim, o da başından çekip çıkarmama yardım etti. Bacaklarımın arasında dizlerinin üstünde yükseldi ve beni hızla kaldırıp tişörtümü çıkardı.

Gözleri ciddiydi, arzu ve açığa çıkarılmış karanlık sırlarla doluydu. Elleriyle yüzümü kavradı ve birlikte, bir kez daha yatağa çöktüğümüzde bacağı bacaklarımın arasında, üzerime uzandı. Ereksiyonu, iç çamaşırının üzerinden kalçama değiyordu. Beni istiyordu, ama daha önce annesi için sarf ettiği sözler geri gelmek ve başıma musallat olmak için bu anı seçmişlerdi. Ve libidoma bir kova buzlu su yemiş gibi oldum. *Siktir.* Bunu yapamazdım. Şimdi olmazdı.

Ellerimle kollarının üst kısmını iterek ağzına doğru telaşla fısıldadım. "Christian... Dur. Bunu yapamam,"

"Ne? Sorun ne?" diye mırıldandı ve boynumu öpmeye, dilinin ucunu boynumda gezdirmeye başladı. *Ah...*

"Hayır lütfen. Bunu yapmam. Şu anda olmaz. Biraz zamana ihtiyacım var. Lütfen."

Kulak mememi dişlerken, "Ah, Ana; lütfen bunu gereğinden fazla düşünme," diye fısıldadı.

Onu kasıklarımda hissederek, "Ah," diye inledim. Bedenim bana ihanet ederek yay gibi gerildi. Bu çok kafa karıştırıcıydı.

"Ben de aynı durumdayım, Ana. Seni seviyorum ve sana ihtiyacım var. Dokun bana. Lütfen." Burnunu benimkine sürttü ve sakin, içten yakarışı içimi eritti.

Ona dokunmak. Ona sevişirken dokunmak. Tanrım.

Doğruldu ve kısık başucu lambasının yarı aydınlığında bana bakarken kararımı beklediği ve beni istediği her halinden belliydi.

Uzandım ve çekinerek elimi göğsündeki yumuşak kıl öbeğinin üstüne yerleştirdim. İç çekti ve acı çeker gibi gözlerini sımsıkı kapattı, ama bu kez elimi çekmedim. Omuzlarına doğru kayarken, içinden geçen titremeyi duydum. İnledi ve onu aşağı, kendime çektim, ellerimi sırtına daha önce dokunmadığım bir yere, kürek kemiklerine yerleştirerek onu yakınımda tuttum. Boğuk inlemesi beni hiçbir şeyin tahrik etmediği kadar tahrik etti.

Başını boynuma gömdü ve beni öperek, emerek ve ısırarak burnunu çeneme doğru kaydırdı. Sonra dilini ağzımda gezdirerek elini bir kez daha vücudumda dolaştırdı. Dudakları geçtikleri yola âdeta tapınarak aşağı... daha aşağı... memelerime kadar inerken, omuzları ve sırtından ayrılmayan ellerim, kabus yüzünden hâlâ terli olan teninin, belirgin kaslarının gerilip dalgalanışının tadını çıkarıyordu. Dudaklarını üzerine örtüp çekerek, meme ucumun muhteşem, becerikli ağzıyla buluşmak için kabarmasına neden oldu.

İnledim ve tırnaklarımı sırtında dolaştırdım. Boğuk bir inilti koyuverdi.

Boğulur gibi, yarı haykırarak yarı inleyerek, "Ah, siktir, Ana," dedi. Kalbimi paramparça ederken, içimde, derinlerde, belden aşağı bütün kaslarımın gerilmesine neden oldu. Ah, ona neler yapabiliyordum! Artık nefes nefeseydim; eziyet çeken soluğuna ben de ayak uydurmuştum.

Eli aşağı kaydı, karnımın üstünden, cinsel organıma. Parmakları önce üzerimde, sonra içimdeydi. Parmaklarını içimde kıpırdatırken inledim ve dokunuşunu karşılamak için kalçamı yukarı ittim.

"Ana," diye soludu. Beni birden bıraktı, doğruldu ve iç çamaşırını çıkarıp bir folyo paket almak için komodine uzandı. Prezervatifi bana uzatırken gözleri yakıcı bir griydi. "Bunu yapmak istiyor musun? Hâlâ hayır diyebilirsin. Her zaman hayır diyebilirsin," diye homurdandı.

"Bana düşünme fırsatı bırakma, Christian. Ben de seni istiyorum." Bacaklarımın arasında doğrulurken, paketi dişlerimle yırtarak açtım ve titreyen parmaklarımla penisinin üzerine kaydırdım.

"Yavaş," dedi. "Beni delirteceksin, Ana."

Dokunuşumla bu adama yapabildiklerime hayret ediyordum. Üzerime uzandı. Şimdilik bütün şüphelerim bastırılmış ve zihnimin arka tarafındaki karanlık, ürkütücü derinliklere gömülüştü. Bu adam, benim adamım, Elli Ton'um beni sarhoş ediyordu. Ani bir hareketle dönerek beni şaşırttı. Artık üstteydim. *Vay canına.*

"Kontrol sende," diye mırıldanırken, gözleri ölümcül bir yoğunlukla parlıyordu.

Ah, hayır. Yavaşça, çok yavaşça, üzerine oturdum. İnlerken, başını arkaya atıp gözlerini yumdu. Ellerini sıkıca tutup hareket ederek ona sahip oluşumun dolgunluğunun tadını çıkararak altımda çözülmesini izledim. Kendimi bir tanrıça gibi hissediyordum. Eğildim, çenesini öptüm, dişlerimi sakallı çenesinde gezdirdim. Enfes bir tadı vardı. Kalçalarımı sıkıca tuttu ve ritmimi sakinleştirdi. Yavaş ve sakin.

"Ana, bana dokun... lütfen."

Ah. Öne eğildim ve ellerimi göğsüne yaslayıp dengemi sağladım. Neredeyse hıçkırır gibi haykırarak iyice içime gömüldü.

"Ah..." diye sızlandım ve tırnağımı göğsünün üstünde, oradaki kılların arasında dolaştırdım. Gürültüyle inledi ve bir anda dönerek beni tekrar altına aldı.

"Yeter," diye inledi. "Artık yeter, lütfen." Ve bu içten bir yakarıştı.

Uzandım ve yüzünü ellerimin arasına alıp yanaklarındaki nemi hissettim ve onu öpebilmek için dudaklarıma çektim. Ellerimi sırtına götürdüm.

Gırtlağından derin ve alçak bir inilti yükselerek içimde hareket ederken, beni yukarı, daha yukarı itiyordu, ama boşalamıyordum. Başım meselelerle fazla dumanlıydı. Aklım çok fazla meşguldü.

"Bırak kendini, Ana," diye bastırdı.

"Hayır."

"Evet," diye homurdandı. Hafifçe kaydı ve kalçalarını tekrar tekrar çevirdi.

Tanrım... ahhh!

"Haydi, bebeğim. Buna ihtiyacım var. Onu bana ver."

Ve bedenim bedeninin kölesi olurken patladım; o da adımı haykırarak benimle birlikte zirveye tırmanırken ve bütün ağırlığıyla beni yatağa gömerek üzerime yığılırken, ona bir sarmaşık gibi sımsıkı sarıldım.

Sevişmemizi izleyen ışıltılı anlarda, Christian'ı kollarımın arasında tutup başımı göğsüne yasladım. Nefesinin normale dönmesini dinlerken, parmaklarımı saçlarının arasında dolaştırdım.

"Sakın beni bırakma," diye fısıldadı ve beni göremediğini çok iyi bildiğim için, gözlerimi devirdim.

"Gözlerini devirdiğini biliyorum," diye mırıldandı. Sesine yansıyan keyfi duyabiliyordum.

"Beni iyi tanıyorsun," diye mırıldandım.

"Daha iyi tanımak isterim."

"Al benden de o kadar. Kâbusun neyle ilgiliydi?"

"Her zamankinden."

"Anlat."

Yutkundu ve derin bir iç geçirmeden önce gerildi. "Üç yaşlarında falan olmalıyım ve uyuşturucu bağımlısı fahişenin pezevengi yine öfkeden deliye dönmüş. Sigara üstüne sigara içiyor ve bir kül tablası bulamıyor." Durdu. Ürkütücü bir soğuk kalbimi sıkarken donup kaldım.

"Canım yandı," dedi. "Acıyı hatırlıyorum. Kâbusların nedeni bu. Ve kadının adamı durdurmak için hiçbir şey yapmaması."

Ah, hayır. Bu dayanılmazdı. Onu kollarım ve bacaklarımla sıkı sıkı sardım ve acıdan nefes almayacak hale gelmemek için çaba harcadım. İnsan bir çocuğa nasıl böyle davranabilirdi? Kafasını kaldırdı ve yoğun gri bakışlarını bana sabitledi.

"Sen onun gibi değilsin. Asla öyle düşünme. Lütfen."

Gözlerimi kırpıştırdım. Bunu duymak çok rahatlatıcıydı. Başını tekrar göğsüme yaslayınca bittiğini sandım, ama devam ederek beni şaşırttı.

"Bazen rüyalarımda, kadın yerde yatıyor oluyor. Ve uyuduğunu sanıyorum. Ama kıpırdamıyor. Hiç kıpırdamıyor. Ve acıkıyorum. Gerçekten acıkıyorum."

Ah, siktir.

"Bir gürültü oluyor, adam geri geliyor ve fahişeye küfrederek bana öyle sert vuruyor ki. İlk tepkisi her zaman yumruklarını ya da kemerini kullanmak olurdu."

"Sana dokunulmasını bu yüzden mi sevmiyorsun?"

Gözlerini yumdu ve bana sıkıca sarıldı. "Karmaşık," diye mırıldandı. Burnunu memelerimin arasına soktu ve dikkatimi dağıtmaya çalışarak derin bir nefes çekti.

"Anlat," diye üsteledim.

İç geçirdi. "Kadın beni sevmiyordu. Ben beni sevmiyordum. Bildiğim tek dokunuş... sertti. Kökeni bu. Flynn benden daha iyi izah ediyor."

"Flynn'i görebilir miyim?"

Bana bakmak için kafasını çevirdi. "Yoksa Elli Ton'luk sana da mı bulaşıyor?"

"Belki biraz. Şu andaki bulaşma şekli çok hoşuma gidiyor." Altında baştan çıkarıcı bir şekilde kıpırdandım. Gülümsedi.

"Evet, Bayan Steele, benim de hoşuma gidiyor." Uzanıp beni öptü. Durup bir an bana baktı.

"Benim için çok kıymetlisin, Ana. Seninle evlenmek konusunda ciddiydim. O zaman birbirimizi tanıyabiliriz. Ben sana bakabilirim. Sen bana bakabilirsin. İstersen çocuklarımız da olur. Dünyamı ayaklarına sererim, Anastasia. Seni ruhunla, bedeninle, sonsuza dek istiyorum. Lütfen bunu düşün."

"Düşüneceğim, Christian," diye güvence verirken, başım yine dönmeye başlamıştı. *Çocuklar mı? Tanrım.* "Senin için bir sakıncası yoksa Dr. Flynn'le konuşmayı gerçekten isterim."

"Ne istersen, bebeğim. Sen ne istersen. Onu ne zaman görmek istersin?"

"En kısa zamanda."

"Tamam, sabah gerekli ayarlamaları yaparım." Saate baktı. "Geç oldu. Uyumalıyız." Başucu lambasını kapatmak için uzandı ve beni kendine çekti.

Çalar saate baktım. Lanet olsun, üç kırk beş olmuştu.

Sırtım göğsüne yaslı halde yatıyordum, kolunu bana doladı ve burnunu boynuma sürttü. Boynumu öperken, "Seni seviyorum, Ana Steele. Seni her zaman yanımda istiyorum," diye mırıldandı. "Şimdi uyu artık."

Gözlerimi yumdum.

İsteksizce ağır gözkapaklarımı araladığımda parlak ışık odayı doldurmuştu. İnledim. Düşüncelerim bulanıktı ve kendimi kurşun gibi ağır uzuvlarımdan kopuk hissediyordum. Christian ise bir sarmaşık gibi etrafıma dolanmıştı. Her zamanki gibi çok sıcaktı. Saat beşi geçmemiş olmalıydı, alarm henüz çalmamıştı. Kendimi sıcaklığından kurtarmak için gerinip kollarının arasında döndüm ve uykusunda anlaşılmaz bir şeyler mırıldandı. Saate baktım. Sekiz kırk beşti.

Kahretsin, geç kalacaktım. Siktir. Yataktan fırladım ve banyoya koştum. Duşa girmemle çıkmam dört dakikayı geçmedi.

Bir yandan kıyafetlerimi toparlayıp bir yandan kurulanmaya çalışırken, Christian yatakta doğrulmuş, beni temkinle karışık bir keyifle izliyordu. Belki de bir önceki günün itiraflarına tepki göstermemi bekliyordu. Şu anda hiç vaktim yoktu.

Kıyafetlerimi kontrol ettim. Siyah pantolon, siyah gömlek, biraz Bayan Robinson'u andırıyordu, ama fikrimi değiştirmek için bir saniyem bile yoktu. Her hareketimi izlediğinin bilincinde, telaşla siyah iç çamaşırlarımı giydim. Sinir bozucuydu. Külot ve sütyen tamamdı.

Yataktan, "İyi görünüyorsun," diye mırladı. "Arayıp hasta olduğunu söyleyebirsin, biliyorsun." Bana mahvedici, çarpık, yüzde yüz elli seksi ısıtıcı gülümsemesiyle bakıyordu. Ah, o kadar baştan çıkarıcıydı ki. İçimdeki tanrıça tahrik edici bir ifadeyle dudaklarını sarkıttı.

"Hayır, Christian. Yapamam. Ben istediği saatte gelip gidebilecek, güzel gülümsemeli, megaloman bir CEO değilim."

"İstediğim gibi gelebilmeyi seviyorum." Pis pis sırıttı ve muhteşem gülümsemesi daha da parlayıp HD IMAX kıvamına geldi.

"Christian!" diye azarladım. Havlumu ona fırlattım. Güldü.

"Güzel gülümseme, ha?"

"Evet. Üzerimde bıraktığın etkinin farkındasın." Saatimi taktım.

"Öyle mi?" Masum masum gözlerini kırpıştırdı.

"Evet, farkındasın. Bütün kadınlarda bıraktığın etkinin aynısı. Bütün kadınların karşında kendilerinden geçmelerini izlemek gerçekten yorucu oluyor."

"Öyle mi?" Daha da keyiflenerek kaşını kaldırdı.

Saçlarımı atkuyruğu yapıp siyah, yüksek topuklu ayakkabılarımı giyerken dalgın bir tavırla, "Bana masum rolü yapmayın, Bay Grey, size gerçekten yakışmıyor," diye mırıldandım. Ayakkabılar da tamamdı.

Ona hoşça kal öpücüğü vermek üzere eğilince beni yakalayıp yatağa çekti ve üzerime eğilip bir kulağından diğerine uzanan bir sırıtışla baktı. *Ah, tanrım.* O kadar güzeldi ki. Muziplikle parlayan gözler, karışık, az önce düzüştüm saçları ve göz alıcı gülümseme. Şimdi oyunculuğu üstündeydi.

Ben yorgun ve dünün itiraflarıyla sersem haldeyken, o parlak ve seksiydi. Ah, sinir bozucu Elli.

"Seni kalmaya ikna etmek için ne yapabilirim?" dedi usulca ve tekleyen kalbim bir anda gümbürdemeye başladı. Baştan çıkarmanın ete kemiğe bürünmüş haliydi.

"Hiçbir şey yapamazsın," diye homurdanarak kalkmaya yeltendim. "Bırak gideyim."

Dudaklarını sarkıtınca pes ettim. Sırıtarak parmaklarımı biçimli dudaklarında dolaştırdım. Benim Elli Ton'um. Onu bu müthiş bombokluğuyla o kadar çok seviyordum ki. Henüz dünün olaylarını ve bu konuda ne hissettiğimi değerlendirmeye bile başlamamıştım.

Dişlerimi fırçalamış olduğuma şükrederek onu öpmek için uzandım. Beni uzun uzun öptükten sonra hızla ayağa kaldırdı ve sersem, nefessiz ve hafif titrek bir halde bıraktı.

"Taylor seni bırakır. Park edecek bir yer bulmaktan daha hızlı olur. Binanın önünde bekliyor," dedi kibarca. Rahatlamışa benziyordu.

Sabah nasıl tepki göstereceğimden mi endişelenmişti? Herhalde dün gece –şey, bu sabah– hiçbir yere kaçmayacağımı ispatlamış olmalıydı.

Dimdik ayakta olduğum için hayal kırıklığına uğrayarak ve tereddüdü karşısında aklım karışarak ve Saab'ımı yine kullanamayacak olmaya bir miktar sinirlenerek, "Tamam. Teşekkürler," diye mırıldandım. Ama haklıydı, elbette Taylor'la gitmek daha hızlı olacaktı.

"Tembellik sabahınızın tadını çıkarın, Bay Grey. Keşke ben de kalabilseydim, ama çalıştığım şirketin sahibi olan adam, ateşli seks için iş kırmayı hiç hoş karşılamaz." Çantamı aldım.

"Şahsen, Bayan Steele, onaylayacağından benim hiç şüphem yok. Aslında ısrar bile edebilir."

"Sen neden yatakta kalıyorsun? Hiç sana göre değil."

Ellerini kafasının arkasında birleştirdi ve bana sırıttı.

"Çünkü kalabiliyorum, Bayan Steele."

Kafamı salladım. "Kaçtım, bebek." Ona bir öpücük gönderdim ve kapıdan çıktım.

Taylor beni bekliyordu ve beni saat dokuz on beşte işe ulaştırmak için arabayı cehennemden çıkma bir yarasa gibi kullanmasına bakılırsa, geç kaldığımı anlamış olmalıydı. Arabadan indiğimde sağ olduğuma şükrettim; araba kullanışı ürkütücüydü. Ve ayrıca feci geç kalmadığıma da minnettardım; sadece on beş dakika gecikmiştim.

Kül rengi bir suratla, "Teşekkürler, Taylor," diye mırıldandım. Christian'ın onun tank kullandığından bahsettiğini hatırlamıştım; belki de NASCAR için de çalışmıştı.

"Ana." Taylor'ın beni selamlamasının ardından son hızla ofise daldım. Resepsiyonun kapısını açarken, Bayan Steele formalitesini aşmış gibi göründüğünü fark edip gülümsedim.

Resepsiyonu ışık hızıyla aşıp masama koşarken, Claire bana sırıtıyordu.

"Ana!" Jack bana sesleniyordu. "İçeri gel."

Ah, kahretsin.

"Saat kaç?" diye çıkıştı.

"Özür dilerim. Uyuyakalmışım." Kıpkırmızı kesildim.

"Bir daha olmasın. Bana kahve yap, sonra da bir iki mektup yazman gerekecek. Fırla," diye bağırarak beni irkiltti.

Neden bu kadar kızgındı? Derdi neydi? Ne yapmıştım? Kahvesini yapmak için aceleyle mutfağa gittim. Belki de gerçekten işi asmalıydım. O zaman... şey, Christian'la ateşli bir şeyler yapıyor, onunla kahvaltı ediyor ya da sadece konuşuyor olabilirdim. Değişiklik olurdu.

Kahvesiyle geri döndüğümde, Jack beni fark etmedi bile. Elime birkaç kâğıt tutuşturdu. Üzerlerine kargacık burgacık bir yazıyla bir şeyler yazılmıştı.

"Bunu bilgisayarda yaz, bana imzalat ve kopyalayıp bütün yazarlarımıza postala."

"Tamam, Jack."

Çıkarken kafasını kaldırıp bakmadı bile. Tanrım, fena kızgındı.

Sonunda masama oturunca rahat bir nefes aldım. Bilgisayarımın açılmasını beklerken çayımdan bir yudum içtim. E-postalarıma baktım.

Kimden: Christian Grey

Konu: Seni özlüyorum

Tarih: 15 Haziran 2011 09:05

Kime: Anastasia Steele

Lütfen BlackBerry'ni kullan.

Christian Grey

CEO, Grey Şirketler Topluluğu

Kimden: Anastasia Steele

Konu: Bazılarımız Gayet İyi

Tarih: 15 Haziran 2011 09:27

Kime: Christian Grey

Patronum delirdi.

Beni geç saate kadar... pis numaralarınla ayakta tuttuğun için seni suçluyorum.

Kendinden utanmalısın.

Anastasia Steele,
Editör Jack Hyde'ın Asistanı, SBY

Kimden: Christian Grey

Konu: Pis numaralar?

Tarih: 15 Haziran 2011 09:32

Kime: Anastasia Steele

Çalışmak zorunda değilsin, Ana.

Pis numaralarım karşısında ne kadar şaşkın olduğum konusunda en ufak bir fikrin yok.

Ama seni geç saate kadar uyutmamayı seviyorum.

Lütfen BlackBerry'ni kullan.

Ah, bir de lütfen benimle evlen.

Christian Grey
CEO, Grey Şirketler Topluluğu

Kimden: Anastasia Steele

Konu: Hayatımı kazanmam gerek

Tarih: 15 Haziran 2011 09:35

Kime: Christian Grey

Dırdır etmeye doğal bir eğilimin olduğunu biliyorum, ama lütfen dur.

Psikiyatrınla konuşmam gerek.

Sana ancak o zaman cevap veririm.

Günah içinde yaşamaya karşı değilim.

Anastasia Steele,
Editör Jack Hyde'ın Asistanı, SBY

Kimden: Christian Grey

Konu: BLACKBERRY

Tarih: 15 Haziran 2011 09:40

Kime: Anastasia Steele

Anastasia, Dr. Flynn'i tartışmaya başlayacaksan BLACKBERRY'Nİ KULLAN.

Bu bir rica değil.

Christian Grey
Artık Öfkeli CEO, Grey Şirketler Topluluğu

Ah, lanet olsun. Şimdi o da bana kızmıştı. Pekâlâ, istediği kadar köpürebilirdi. BlackBerry'mi çantamdan çıkarıp şüpheyle baktım. Ve aynı anda çalmaya başladı. Beni bir rahat bırakamayacak mıydı?

"Evet," diye çıkıştım.

"Ana, merhaba..."

"José! Nasılsın?" Ah, sesini duymak çok güzeldi.

"Ben iyiyim, Ana. Bak, şu Grey denen adamla hâlâ görüşüyor musun?"

"Şey, evet... Neden?" Nereye varmaya çalışıyordu?

"Şey, senin bütün fotoğraflarını satın aldı ve ben Seattle'a kendim getiririm diye düşündüm. Sergi perşembe günü kapanıyor. Bu yüzden cuma akşamı getirip bırakabilirim. Hem belki bir şeyler içeriz. Aslında kalacak bir yer bulmayı da umuyordum."

"José, bu harika. Evet, eminim bir şeyler ayarlayabiliriz. Christian'la konuşup seni ararım, tamam mı?"

"Harika, senden haber bekleyeceğim. Hoşça kal, Ana."

"Hoşça kal."

Lanet olsun, José'yle sergiden sonra ne görüşmüş ne de konuşmuştum. Ona nasıl gittiğini ve başka fotoğraf satıp satmadığını bile sormamıştım. Nasıl bir arkadaştım böyle?

Belki de cuma akşamını José'yle geçirebilirdim. Christian bu işe ne derdi? Dudağımı canım acıyana kadar ısırdığımı fark ettim. Ah, bu adam çifte standartlıydı. O, deli eski sevgilisine banyo yaptırabiliyordu, ama ben José'yle bir şeyler içmek istediğim için bir kamyon dolusu sıkıntı yaşayacaktım. Bunu nasıl halledecektim?

"Ana!" Jack beni düşüncelerimden uyandırdı. Hâlâ kızgın mıydı? "Mektup nerede?"

"Şey, geliyor." Kahretsin. Derdi neydi?

Mektubu ışık hızıyla yazdım, çıktısını aldım ve gergin adımlarla ofisine girdim.

"Buyrun," deyip masasına bıraktım ve çıkmak için döndüm. Jack yargılayan delici bakışlarını mektubun üstünde dolaştırdı.

"Orada ne yapıyorsun, bilmiyorum ama sana çalışman için para ödüyorum," diye gürledi.

Özür diler gibi, "Bunun farkındayım, Jack," diye mırıldandım. Tenimin yavaşça kızardığını hissediyordum.

"Bu hatalarla dolu," diye çıkıştı. "Tekrar yaz."

Siktir. Yakından tanıdığım birisi gibi konuşmaya başlamıştı, ama Christian'ın kabalığını kaldırabilirdim. Jack beni kızdırmaya başlıyordu.

"Ve hazır ayaktayken bana bir kahve daha getir."

"Özür dilerim," diye fısıldadım ve ofisinden elimden geldiğince hızlı adımlarla çıktım.

Lanet olsun. Katlanılmaz bir tavrı vardı. Masama oturdum, iki hatanın olduğu mektubu hızla düzelttim ve çıktı almadan önce baştan sona kontrol ettim. Şimdi mükemmeldi. Ona ikinci bir kahve götürdüm ve geçerken gözlerimi devirerek Claire'e derin bir belaya battığımı anlattım. Derin bir nefes alarak ofisine girdim.

Mektubu imzalarken isteksizce, "Daha iyi," diye mırıldandı. "Fotokopisini al, orijinali dosyaya kaldırıp bütün yazarlara postala. Anladın mı?"

"Evet." Aptal değildim. "Jack, bir sorun mu var?"

Kafasını kaldırdı. Beni baştan ayağa süzerken mavi gözleri koyulaştı. Kanım donmuştu.

"Hayır." Cevabı kısa, kaba ve baştan savıcıydı. Orada bir aptal gibi öylece durdum ve sonra önüme baka baka ofisinden çıktım. Belki o da kişilik bozukluğundan muzdaripti. Tanrım, etrafım bu tiplerle çevriliydi. Fotokopi makinesine gittim, elbette kâğıt sıkışmıştı ve sıkışan kâğıt sorununu halledince bu kez de kâğıdın bitmiş olduğunu fark ettim. Bugün benim günüm değildi.

Nihayet masama dönüp zarfları hazırlarken, BlackBerry'm çaldı. Cam duvardan Jack'in telefonda olduğunu görebiliyordum. Telefonu açtım. Arayan Ethan'dı.

"Selam, Ana. Dün gece işler nasıl gitti?"

Dün gece. Zihnimde bir görüntüler montajı canlandı: Dizlerinin üstündeki Christian, itirafı, teklifi, peynirli makarna, ağlayışım, kâbusu, seks, ona dokunmak.

İkna edici olmaktan uzak bir sesle, "Hmm... iyi," diye mırıldandım.

Ethan duraksadı ve inkârıma göz yummaya karar verdi. "Harika. Anahtarları alabilir miyim?"

"Elbette."

"Yarım saate gelirim. Bir kahve içecek vaktin olur mu?"

"Bugün olmaz. Geç geldim ve patronum başı sızlayan, poposuna zehirli bir sarmaşık dolanmış öfkeli bir ayıdan farksız."

"Kulağa kötü geliyor."

"Kötü ve çirkin." Kıkırdadım.

Ethan gülünce ruh halim biraz değişti. "Tamam. Yarım saate görüşürüz." Kapattı.

Kafamı kaldırdığımda Jack dik dik bana bakıyordu. Ah, lanet olsun. Onu görmezden geldim ve zarfları doldurmayı sürdürdüm.

Yarım saat sonra telefonum çaldı. Arayan Claire'di. "Yine burada, resepsiyonda. O sarışın afet."

Önceki günün bütün sıkıntılarının ve patronumun bugünkü öfkesinin üstüne, Ethan'ı görmek büyük keyifti, ama vedalaşması fazla uzun sürmedi.

"Seni bu akşam görecek miyim?"

"Büyük olasılıkla Christian'la kalırım." Kızardım.

Ethan uysal bir sesle, "Fena kaptırmışsın," dedi.

Omuz silktim. Bu, hissettiklerimin yarısı bile sayılmazdı ve o anda fena kaptırmanın ötesine geçmiş olduğumu fark ettim. Hayatım o olmuştu. Ve işin ilginç yanı, Christian da böyle hissediyor gibiydi. Ethan beni kucakladı.

"Sonra görüşürüz, Ana."

Masama dönerken, farkına vardığım gerçekle güreşiyordum. Tek başıma kalıp her şeyi enine boyuna düşünebileceğim bir gün için neler vermezdim.

Jack birden tepemde dikilmişti. "Neredeydin?"

"Resepsiyonda halletmem gereken bir iş vardı." Gerçekten sinirlerimi bozuyordu.

Pat diye, "Öğle yemeğimi istiyorum. Her zamankinden," dedi ve sinirli adımlarla ofisine döndü.

Neden evde, Christian'la kalmamıştım sanki? İçimdeki tanrıça kollarını kavuşturup dudaklarını sarkıttı. O da cevabı bilmek istiyordu. Çantamı ve BlackBerry'mi alıp kapıya yürüdüm. Mesajlarımı kontrol ettim.

Kimden: Christian Grey

Konu: Seni özlüyorum

Tarih: 15 Haziran 2011 09:06

Kime: Anastasia Steele

Yatağım sensiz çok büyük.

Sonuç olarak işe gitmem gerekecek gibi görünüyor.

Megalomanyak CEO'ların bile bir şeyler yapmaları gerekir.

Christian Grey
Parmaklarıyla oynayan CEO, Grey Şirketler Topluluğu

Ve bu sabah daha geç saatte gelen bir e-posta daha vardı.

Kimden: Christian Grey

Konu: Temkin

Tarih: 15 Haziran 2011 09:50

Kime: Anastasia Steele

Temkin, gözüpekliğin olmazsa olmazıdır.

Lütfen temkinli ol. E-postaların izleniyor.

BUNU SANA KAÇ KEZ DAHA SÖYLEMEM GEREK?

Evet, senin dediğin gibi, bağıran büyük harfler. BLACKBERRY'Nİ KULLAN.

Dr. Flynn bizi yarın akşam görebilecek.

Christian Grey
Hâlâ öfkeli CEO, Grey Şirketler Topluluğu

Ah... Bir tane daha vardı. Ah, hayır.

Kimden: Christian Grey

Konu: Ses seda yok

Tarih: 15 Haziran 2011 12:15

Kime: Anastasia Steele

Senden haber alamadım.

Lütfen bana iyi olduğunu söyle.

Endişelendiğimi biliyorsun.

Kontrol etmesi için Taylor'ı göndereceğim.

Christian Grey
Aşırı kaygılı CEO, Grey Şirketler Topluluğu

Gözlerimi devirdim ve onu aradım. Endişelensin istemiyordum.

"Christian Grey'in telefonu. Andrea Parker konuşuyor."

Ah. Telefonu Christian'ın açmaması beni öylesine şaşırtmıştı ki sokağın ortasında duruverdim ve hemen arkamdaki, bana bindirmemek için son anda yolundan sapmak zorunda kalan genç adam öfkeyle söylendi. Şarküterinin yeşil tentesi altında durdum.

"Alo? Yardımcı olabilir miyim?" Andrea tuhaf sessizliğin yarattığı boşluğu doldurdu.

"Affedersiniz. Şey... ben Christian'la konuşmayı umuyordum."

Ölçülü bir sesle, "Bay Grey şu anda bir toplantıda," diye açıkladı. "Mesajınızı alabilir miyim?"

"Ona Ana aradı der misiniz?"

"Ana? Anastasia Steele mi?"

"Şey, evet..." Sorusu kafamı karıştırmıştı.

"Bir saniye lütfen, Bayan Steele."

Telefonu bırakmasını dikkatle dinledim, ama neler olduğunu anlayamamıştım. Birkaç saniye sonra, Christian hattaydı. "Sen iyi misin?"

"Evet, iyiyim."

Rahatlamış gibi nefesini bıraktı.

Güven vermek isteğiyle, "Christian, neden iyi olmayayım?" diye fısıldadım.

Alçak sesle, "Normalde e-postalarıma cevap vermekte çok hızlısındır. Sana dün söylediklerimden sonra endişelendim," dedi ve sonra ofisteki birine hitaben, "Hayır, Andrea," dedi. "Beklemelerini söyle." Ah bu ses tonunu iyi tanıyordum.

Andrea'nın cevabını duyamadım.

"Hayır, bekle dedim," diye çıkıştı.

"Christian, belli ki meşgulsün. Ben sadece iyi olduğumu haber vermek için aradım. Bugün çok yoğunum, hepsi bu. Jack kamçısını şaklatıp duruyor. Hmm... demek istediğim..." Kızardım ve sustum.

Christian bir an hiçbir şey söylemedi.

"Kamçısını şaklatıyor, ha? Eskiden olsa şanslı bir adam olduğunu söylerdim." Sesinde kuru bir mizah gizliydi. "Tepene çıkmasına izin verme, bebek."

"Christian!" diye azarladım. Sırıttığını biliyordum.

"Dikkatli ol, yeter. Bak iyi olmana sevindim. Seni kaçta alayım?"

"Sana e-posta atarım."

"BlackBerry'nden," dedi sertçe.

"Evet, efendim," diye çıkıştım.

"Kaçtım, bebek."

"Hoşça kal."

Kapatmamıştı.

Gülümseyerek, "Kapat," diye azarladım.

Telefonda iç geçirdi. "Keşke bu sabah işe gitmeseydin."

"Bence de. Ama meşgulüm. Kapat."

"Sen kapat." Gülümsemesini duyar gibiydim. Ah, oyuncu Christian. Oyuncu Christian'a bayılıyordum. Hımm... Christian'a bayılıyordum. Nokta.

"Bunu daha önce de yaşadık."

"Dudağını ısırıyorsun."

Kahretsin, haklıydı. Nereden biliyordu?

"Görüyorsun, seni tanımadığımı sanıyorsun, Ana. Ama seni sandığından iyi tanıyorum." Kendimi güçsüz hissetmeme ve ıslanmama neden olacak bir baştan çıkarıcılıkla mırıldanmıştı.

"Christian, sonra konuşuruz. Şu anda ben de bu sabah evden çıkmamış olmayı istiyorum."

"E-postanızı bekleyeceğim, Bayan Steele."

"İyi günler, Bay Grey."

Telefonu kapatıp şarküterinin soğuk, sert camına yaslandım. Tanrım, telefonda bile bana hükmediyordu. Grey'e dair bütün düşüncelerden arındırmak için kafamı sallayarak şarküteriye girerken Jack yüzünden tatsızdım.

Geri döndüğümde suratı asıktı.

Çekingen bir sesle "Şimdi yemeğe gitmem senin için uygun mu?" diye sordum. Kafasını kaldırdığında yüzü daha da asılmıştı.

"İlla gitmen gerekiyorsa," diye çıkıştı. "Kırk beş dakika, bu sabah kaybettiğin zamanı telafi et."

"Jack, bir şey sorabilir miyim?"

"Ne?"

"Bugün çok tatsız görünüyorsun. Seni gücendirecek bir şey mi yaptım?"

Bir an gözlerini kırpıştırdı. "Şu anda kabahatlerini listeleyecek havada değilim. Meşgulüm." Bilgisayar ekranına bakmayı sürdürerek beni basbayağı başından savmıştı.

Vay canına... Ne yapmıştım ki?

Dönüp odasından çıktım ve bir an ağlayacağımı sandım. Neden böyle ani ve yoğun bir şekilde bana sinir olmaya başlamıştı ki? Aklıma çok nahoş bir düşünce süzüldü, ama yok saydım. Şu anda onun saçmalıklarına ihtiyacım yoktu; benimkiler bana yeterdi.

Binadan çıkıp yakındaki Starbucks'a gittim. Kendime bir kahve sipariş edip cam kenarına oturdum. Çantamdan iPad'imi çıkarıp kulaklıklarımı taktım. Rastgele bir şarkı seçip "tekrar" tuşuna dokundum. Böylece tekrar tekrar çalacaktı. Müzik eşliğinde düşünmeyi seviyordum.

Zihnim o andan uzaklaştı. Sadist Christian. İtaatkâr Christian. Dokunulmaz Christian. Ödipal dürtüleri olan Christian. Leila'ya banyo yaptıran Christian. Bu son görüntü zihnime süzülünce inleyerek gözlerimi yumdum.

Bu adamla gerçekten evlenebilir miydim? Kabullenilmesi gereken o kadar çok şey vardı ki. Karmaşık ve zordu, ama için için, bütün sorunlarına rağmen onu terk etmek istemediğimi biliyordum. Onu asla terk edemezdim. Onu seviyordum. Bu sağ kolumu kesmek gibi olurdu.

Kendimi hiç bu kadar hayat dolu ve canlı hissetmemiştim. Onunla tanıştığımdan beri her tür kafa karıştırıcı, derin duyguyla ve yeni tecrübeyle karşılaşmıştım. Elli'yle tek bir an bile sıkıcı değildi.

Christian'dan önceki hayatıma dönüp baktığımda, her şey, tıpkı José'nin fotoğrafları gibi, siyah-beyazdı. Şimdi bütün dünyam zengin, parlak ve doygun renkler içindeydi. Göz alıcı ışıkta, Christian'ın göz alıcı ışığında yüksekten uçuyordum. Hâlâ İkarus'tum, güneşe fazla yakından uçuyordum. Kendi kendime homurdandım. Christian'la uçmak. Uçabilen bir adama kim direnebilir?

Ondan vazgeçebilir miydim? Ondan vazgeçmek istiyor muydum? Sanki bir düğmeye basmış ve içimi aydınlatmıştı. Onu tanımak beni eğitmişti. Son birkaç haftada kendimle ilgili hiç keşfetmediğim kadar çok şey keşfetmiştim. Vücudumu, sınırlarımı, toleransımı, sabrımı, şefkatimi ve sevme kapasitemi öğrenmiştim.

Ve gerçek beni bir yıldırım gibi çarptı. İhtiyaç duyduğu, hak ettiği buydu: Şartsız sevgi. O sevgiyi o uyuşturucu bağımlısı fahişeden görmemişti. İhtiyaç duyduğu buydu. Onu şartsız sevebilir miydim? Onu dün geceki itiraflarına rağmen, olduğu gibi kabul edebilir miydim?

Sorunlu olduğunu biliyordum, ama iyileşmeyeceğini sanmıyordum. Taylor'ın sözlerini hatırlayarak iç geçirdim: "O iyi bir adam, Bayan Steele."

İyiliğinin kanıtlarını görmüştüm; hayır çalışmaları, iş etiği, cömertliği... Ama o bunları göremiyordu. Hiçbir şekilde sevgiyi hak ettiğini hissetmiyordu. Geçmişini ve tercihlerini düşününce, kendinden nefret ettiğini görebiliyordum. Kimseyi yakınına yaklaştırmaması bu yüzdendi. *Bunu aşabilir miyim?*

Bir defasında kötülüğünün derinliğini anlamanın yakınından bile geçemeyeceğimi söylemişti. Pekâlâ, artık bana anlatmıştı ve hayatının ilk senelerini düşününce onu anlıyordum. Gerçi yüksek sesle söylendiğini duymak yine de şok etkisi yaratıyordu. En azından bana söylemişti. Ve söylediği için daha mutlu görünüyordu. Her şeyi biliyordum.

Bu bana olan sevgisinin değerini azaltıyor muydu? Hayır, hiç sanmıyorum. Daha önce hiç böyle hissetmemişti, ben de öyle. İkimiz de çok yol kat etmiştik.

Dün gece ona dokunmama izin vermesiyle unufak olan son bariyerlerini de anımsayınca, gözlerim yaşlarla doldu. Oraya ulaşmamız için Leila ve deliliği gerekmişti.

Belki de minnet duymalıydım. Ona banyo yaptırmış olması artık o kadar buruk bir his yaratmıyordu. Ona hangi kıyafetlerimi vermişti acaba? Mürdüm eriği rengi elbise olmadığını umuyordum. O elbiseyi seviyordum.

Bu adamı bütün sorunlarıyla şartsız sevebilir miydim? Çünkü daha azını hak etmiyordu. Sınırları, empati gibi küçük şeyleri ve daha az kontrollü olmayı öğrenmesi gerekiyordu. Artık canımı yakma arzusu olmadığını söylemişti. Belki de Dr. Flynn bu konuya biraz ışık tutabilirdi.

Özünde, beni en çok kaygılandıran buna ihtiyaç duyması ve her zaman onun gibi ihtiyaç duyan benzer zihniyetteki kadınları bulmuş olmasıydı. Evet, ihtiyaç duyduğum güvence buydu. Bu adam için her şey olmak istiyordum. Çünkü o benim için her şeydi.

Flynn'in bazı cevaplar verebileceğini umuyordum. Belki o zaman evet diyebilirdim. Christian ve ben, güneşin yakınında kendi cennetten parçamızı bulabilirdik.

Öğle saatinin vızır vızır kaynayan Seattle'ına baktım. Bayan Christian Grey, kimin aklına gelirdi? Saatime baktım. *Kahretsin.* Yerimden fırlayıp kapıya koştum. Koca bir saat nerede gitmişti? Jack çılgına dönecekti.

Masama dikkat çekmemeye çalışarak döndüm. Neyse ki ofisinde değildi. Yırttım gibi görünüyordu. Dikkatle ve hiçbir şey görmeden bilgisayar ekranıma bakarak iş havasına girmeye çalıştım.

"Neredeydin?"

Yerimden sıçradım. Jack kollarını göğsünde kavuşturmuş, arkamda duruyordu.

"Bodrumda, fotokopideydim," diye yalan söyledin. Jack'in dudakları ince bir çizgi halini aldı.

"Uçağa yetişmek için saat altı otuzda çıkacağım. O zamana kadar kalman gerekecek."

"Tamam." Elimden geldiğince tatlılıkla gülümsedim.

"New York programımın basılıp on kopyasının çıkarılmasını istiyorum. Ve broşürleri paketlettir. Ve bana kahve getir!" diye hırladıktan sonra ofisine girdi.

Derin bir oh çektim ve kapıyı kapatırken arkasından dil çıkardım. Piç.

Saat dörtte Claire resepsiyondan aradı

"Mia Grey hatta."

Mia mı? Alışveriş merkezinde takılmak istemediğini umdum.

"Merhaba, Mia!"

"Ana, selam! Nasılsın?" Heyecanı boğucuydu.

"İyi. Bugün yoğunum. Ya sen?"

"Çok sıkılıyorum. Yapacak bir şey bulmam gerek, bu yüzden Christian için bir doğum günü partisi düzenliyorum."

Christian'ın doğum günü mü? Tanrım, hiç bilmiyordum. "Ne zaman?"

"Biliyordum. Sana söylemeyeceğini biliyordum. Cumartesi günü. Annem ve babam kutlama yapmak için herkesi yemeğe davet etmek istiyor. Ben de seni resmen davet ediyorum."

"Ah, bu çok hoş. Teşekkürler Mia."

"Christian'ı arayıp söyledim. İş numaranı o verdi."

"Harika." Paniklemiştim. Christian'a doğum günü için ne alacaktım? Her şeyi olan bir adama ne alınırdı?

"Ve belki önümüzdeki hafta bir gün öğle yemeğine çıkabiliriz?"

"Tabii. Yarına ne dersin? Patronum New York'ta olacak."

"Ah, harika olur, Ana. Sat kaçta?"

"On iki kırk beş?"

"Orada olacağım. Hoşça kal, Ana."

"Hoşça kal. Telefonu kapattım."

Christian. Doğum günü. Ona ne almalıydım acaba?

Kimden: Anastasia Steele

Konu: Tufan Öncesinden Kalma

Tarih: 15 Haziran 2011 16:11

Kime: Christian Grey

Sevgili Bay Grey,

Bana tam olarak ne zaman söyleyecektiniz? Yaşlı adamıma ne almalıyım?

Belki işitme cihazı için yeni bir pil olabilir.

A

Anastasia Steele

Editör Jack Hyde'ın Asistanı, SBY

Kimden: Christian Grey

Konu: Tarih Öncesi

Tarih: 15 Haziran 2011 16:20

Kime: Anastasia Steele

Yaşlılarla alay etmeyin.

Hayatta olmana sevindim.

Ve Mia'nın seni aramasına.

Piller her zaman işe yarar.

Doğum günümü kutlamayı sevmem.

Christian Grey
Kütük gibi sağır CEO, Grey Şirketler Topluluğu

Kimden: Anastasia Steele
Konu: Hımmm
Tarih: 15 Haziran 2011 16:24
Kime: Christian Grey

Sevgili Bay Grey,
Son cümleyi yazarken, dudaklarınızı sarkıttığınızı hayal edebiliyorum

İçim bir tuhaf oldu.

A

Anastasia Steele
Editör Jack Hyde'ın Asistanı, SBY

Kimden: Christian Grey
Konu: Göz Devirme
Tarih: 15 Haziran 2011 16:29
Kime: Anastasia Steele

Bayan Steele,
BLACKBERRY'NİZİ KULLANIR MISINIZ?

Christian Grey
Avucu Kaşınan CEO, Grey Şirketler Topluluğu

Gözlerimi devirdim. Neden e-postalar konusunda bu kadar hassastı?

Kimden: Anastasia Steele

Konu: İlham

Tarih: 15 Haziran 2011 16:33

Kime: Christian Grey

Sevgili Bay Grey,

Avuçlarınız sürekli kaşınıyor, değil mi?

Dr. Flynn'in bu konuda ne diyeceğini merak ediyorum.

Ama artık sana doğum günün için ne almam gerektiğini biliyorum ve umarım alacağım şey beni sızlatır…

;)

A x

Kimden: Christian Grey

Konu: Kalp Yetmezliği

Tarih: 15 Haziran 2011 16:38

Kime: Anastasia Steele

Bayan Steele,

Kalbimin bunun gibi bir e-postanın daha sıkıntısını kaldırabileceğini sanmıyorum. Ya da pantolonumun.

Uslu durun.

Christian Grey

CEO, Grey Şirketler Topluluğu

Kimden: Anastasia Steele

Konu: Deniyorum

Tarih: 15 Haziran 2011 16:42

Kime: Christian Grey

Christian,

Beni çok fazla zorlayan patronum için çalışmaya gayret ediyorum.

Lütfen beni rahatsız etme ve kendini çok zorlama.

Son e-postan beni neredeyse tutuşturacaktı.

x

Not: Beni 18:30'da alabilir misin?

Kimden: Christian Grey

Konu: Orada olacağım

Tarih: 15 Haziran 2011 16:47

Kime: Anastasia Steele

Hiçbir şey bana daha büyük bir zevk veremez.

Aslında bana daha büyük zevk verebilecek bir dizi şey düşünebiliyorum ve sen hepsinin bir parçasısın.

Christian Grey

CEO, Grey Şirketler Topluluğu

Cevabını okurken kızardım ve başımı salladım. E-posta atışmalarımız iyi hoştu, ama gerçekten konuşmamız gerekiyordu. Belki de Flynn'i gördükten sonra. BlackBerry'mi bıraktım ve önemsiz kasa mutabakatıma geri döndüm.

Altıyı çeyrek geçe ofis boşalmıştı. Jack için her şey hazırdı. Havaalanına gideceği taksi ayarlanmıştı ve tek yapmam gereken belgelerini teslim etmekti. Kaygıyla camdan içeri baktım, ama hâlâ telefondaydı ve onu rahatsız etmek istemiyordum. Hele bugünkü ruh halinden sonra.

Bitirmesini beklerken, bugün hiçbir şey yemediğimi fark ettim. Ah, kahretsin. Elli bunu hiç iyi karşılamayacaktı. Kurabiye kalmış mı diye bakmak için hızla mutfağa gittim.

Tam kurabiye kavanozunu açarken, Jack beklenmedik bir şekilde mutfak kapısında biterek irkilmeme neden oldu.

Ah, burada ne arıyor?

Bana dik dik bakıyordu. "Pekâlâ, Ana, bu kabahatlerini konuşmak için iyi bir zaman olabilir." İçeri girdi. Kapıyı arkasından kapattı ve alarm zilleri zihnimde yüksek sesle çalarken bir anda ağzım kurudu.

Ah, siktir.

Dudakları çirkin bir gülümsemeyle çarpıldı. Gözleri koyulaşmış, koyu bir kobalt rengine çalmıştı. "Sonunda seni tek başına yakaladım," dedi ve yavaşça alt dudağını yaladı.

Ne?

"Şimdi uslu bir kız olup söyleyeceklerimi dikkatle dinleyecek misin?"

BÖLÜM ON ALTI

Jack'in gözleri kopkoyu bir maviyle parlıyordu ve vücudumu pis bir bakışla süzerken, küçümseyici bir ifadeyle gülüyordu.

Korku gırtlağıma oturmuştu. Bu da neydi? Ne istiyordu? Almış olduğum kendini savunma derslerindeki "onu konuşturun" parolası beynimde dönerken, kuruyan ağzıma rağmen, içimde, derinlerde birkaç kelime çıkaracak kararlılık ve gücü buldum.

"Jack, bunun için uygun bir zaman olmayabilir. Taksin on dakika içinde gelecek ve sana belgelerini vermem gerek." Bana ihanet eden sesim sakin ama boğuktu.

Gülümsedi ve bu gözlerine kadar ulaşan, despot bir "canın cehenneme" gülümsemesiydi. Gözleri, penceresiz ve donuk renkli odada, üzerimizdeki şerit lambanın sert floresan aydınlığında parlıyordu. Gözlerini gözlerimden ayırmadan bana doğru bir adım attı. Gözbebekleri gittikçe genişliyor, siyah maviyi kapatıyordu. Ah, hayır. Korkum tırmanışa geçti.

"Biliyorsun, sana bu işi vermek için Elizabeth'le savaşmam gerekti." Bana doğru bir adım daha yaklaşırken cümlesi havada kaldı. Ben de arkamdaki duvardaki küçük dolaplara doğru bir adım geri çekildim. *Onu konuştur, onu konuştur, onu konuştur.*

"Jack, sorunun tam olarak ne? Şikâyetlerini paylaşmak istiyorsan belki de İK'yı da işin içine katmalıyız. Bunu Elizabeth'le birlikte daha resmî bir ortamda yapabiliriz."

Güvenlik görevlileri neredeydi? Hâlâ binada mıydılar?

"Bu durumu halletmeleri için İK'ya ihtiyacımız yok, Ana." Pis pis sırıtıyordu. "Seni işe aldığımda sıkı çalışacağını sandım. Potansiyelin olduğunu düşündüm. Ama şimdi, bilmiyorum. Dalgın ve dağınık biri oldun. Ve merak ediyorum, seni yoldan çıkaran, *erkek arkadaşın* mı?" Erkek arkadaş kısmını ürpertici bir küçümsemeyle telaffuz etmişti.

"İpucu bulabilmek için e-posta hesabını kontrol etmeye karar verdim. Ve ne buldum biliyor musun, Ana? Tuhaf olan neydi? Hesabındaki kişisel e-postalar şu başarılı erkek arkadaşına yazdıklarından ibaretti." Durup tepkimi ölçtü. "Ve düşünmeye başladım. Ondan gelen e-postalar neredeydi acaba? Hiç yoktu. Bir tane bile. Neler oluyor, Ana? Nasıl oluyor da onun sana gönderdiği e-postalar sistemimizde değiller? Yoksa sen Grey'in şirketinin buraya yerleştirdiği bir şirket casusu musun? Olay bu mu?"

Lanet olsun. E-postalar. *Ah, hayır.* Ne demiştim ki?

"Jack, sen neden bahsediyorsun?" Bir şey bilmiyor gibi davranmayı denedim ve hayli ikna edici olabildim. Konuşma beklediğim yönde ilerlemiyordu ve ona en ufak bir güvenim yoktu. Jack'in yaydığı enerji beni üst düzey alarm haline geçirmişti. Adam kızgın, değişken ve tamamen öngörülemezdi. Onu ikna etmeye çalışacaktım.

"Beni işe almak için Elizabeth'i ikna etmen gerektiğini söyledin. O zaman nasıl casus olarak yerleştirilmiş olabilirim? Jack, bir karar ver."

"Ama New York seyahatini Grey bozdu, değil mi?"

Ah, lanet olsun.

"Bunu nasıl başardı, Ana? Zengin erkek arkadaşın ne yaptı?"

Yüzümdeki kandan geri kalanlar da çekilip gitti ve sanırım, bayılmak üzereydim. "Neden bahsettiğini bilmiyorum, Jack," diye fısıldadım. "Taksin birazdan gelir. Eşyalarını getireyim mi?" Ah, lütfen. Bırak beni gideyim. Buna bir son ver.

Jack rahatsızlığımdan keyif alarak devam etti. "Sana asıldığımı mı sanıyor?" Pis pis sırıtırken gözleri ısındı. "Pekâlâ, ben New York'tayken üzerinde düşünmeni istediğim bir şey var. Sana bu işi verdim ve bana minnet duymanı bekliyorum. Aslına bakarsan, buna hakkım var. Seni almak için savaşmam gerekti. Elizabeth daha kalifiye birini almak istedi, ama ben... ben sende bir şey gördüm. Bu yüzden, bir anlaşma yapmak zorundayız. Senin beni mutlu edeceğin bir anlaşma. Ne dediğimi anlıyor musun, Ana?"

Siktir!

"İstersen bunu görev tanımını netleştirmek olarak da görebilirsin. Ve eğer beni mutlu edersen erkek arkadaşının karıştırdığı işleri tanıdıklarından çıkar sağladığını ve Sarmaşık Ligi kardeşlik kulübü yalakalarından fayda sağlamasını daha fazla kurcalamam."

Ağzım açık kalmıştı. *Bana şantaj yapıyor. Seks için!* Ve ne diyebilirdim? Christian'ın şirketi satın alma haberi üç hafta daha yasaklıydı. Buna inanamıyordum. Seks... benimle!

Jack tam karşımda durdu ve gözlerimin içine baktı. Tiksindirici tatlı kolonyası burun deliklerimi istila etti –mide bulandırıcıydı– ve yanılmıyorsam, nefesinde acı alkol kokusu vardı. *Siktir, içki içmiş. Ne zaman?*

Sıktığı dişlerinin arasından, "Sen eğlenceden anlamayan, kimseyi yanına yaklaştırmayan, gösterip vermeyen bir kadınsın, biliyorsun değil mi, Ana?" diye fısıladı.

Ne? Gösterip vermeyen mi? Ben mi?

Vücudumdaki adrenalin hücumunu hissederek, "Jack, neden bahsettiğin konusunda hiçbir fikrim yok," dedim. Artık iyice yaklaşmıştı. Hamlemi yapmak için bekliyordum. Ray gurur duyacaktı. Bana ne yapmam gerektiğini öğretmişti. Kendini savunma konusunda bilgiliydim. Jack bana elini sürecek –hatta çok yakınımda soluyacak olursa– onu yere serecektim. Nefesim sıklaşmıştı. *Bayılmamalıyım. Bayılmamalıyım.*

Bana küçümseyici bir bakış atarak, "Şu haline bir bak," dedi. "Ne kadar tahrik olduğunu görebiliyorum. Beni gerçekten ayarttın. İçin için sen de bunu istiyorsun. Biliyorum."

Lanet olsun. Adam tamamen sanrılar içindeydi. Savunmaya hazırlık durumuna geçerken, korkum baskın gelmekle tehdit ediyordu. "Hayır, Jack. Ben seni hiç ayartmadım."

"Ayarttın, seni gösterip vermeyen kaltak. İşaretleri okuyabiliyorum." Uzanıp elinin tersiyle yanağımı okşadı. İşaret parmağı gırtlağıma değdiğinde, yüreğim ağzıma geldi. Öğürme refleksime karşı koymaya çalışıyordum. Boynumun göğsümle birleştiği, siyah gömleğimin üst düğmesinin açık olduğu yere uzandı ve elini göğsüme bastırdı.

"Beni istiyorsun. İtiraf et, Ana."

Gözlerimi gözlerinden ayırmadan, tiksintim ve korkum yerine yapmam gerekene konsantre olarak elimi, okşar gibi, elinin üstüne yerleştirdim. Zafer kazanmış gibi gülümsedi. Serçe parmağını tuttum ve sertçe geri çekerek büktüm.

"Ahhh!" Acı ve şaşkınlıkla inledi ve dengesini kaybederken, dizimi hızlıca ve sertçe kasıklarına götürerek hedefimle kusursuz bir temas kurdum. Dizleri bükülüp elleri bacaklarının arasında, bir inilti eşliğinde mutfak zeminine yığılırken, ustalıkla sol tarafa çekildim.

"Bir daha bana sakın dokunma," diye hırladım. "Programın ve broşürlerin masamın üstünde paketli. Şimdi eve gidiyorum. İyi yolculuklar. Ve gelecekte kendi lanet kahveni kendin al."

"Seni s*ktiğimin kaltağı!" Sesi yarı çığlık, yarı inlemeydi, ama ben çoktan kapıdan çıkmıştım. Son hızla masama koştum, ceketimi ve çantamı aldım ve hâlâ mutfak zeminine serili halde olan piçten yükselen inleme ve küfürleri yok sayarak resepsiyona koştum. Binadan dışarı fırladım ve bir an serin hava yüzüme çarptı. Derin bir nefes alıp toparlandım. Ama bütün gün hiçbir şey yememiştim ve damarlarımdaki adrenalinin etkisi azalırken, bacaklarımın bağı çözüldü ve yere çöktüm.

Önümde dönen ağır çekim filmi, andan kopuk halde izledim. Koyu renk takım elbiseler ve beyaz gömlekler içindeki Christian ve Taylor'ın bekleyen arabadan fırlayıp bana doğru koşmaları. Christian yanımda dizlerinin üstüne çöktü ve biraz daha bilinçli hale gelince tek düşünebildiğim, *Burada, sevgilim burada,* oldu.

"Ana! Ana! Sorun ne?" Beni kucağına çekti ve ellerini kollarımda gezdirerek, herhangi bir hasar var mı diye kontrol etti. Başımı ellerinin arasına aldı ve iri iri açılmış, korkulu gri gözlerini gözlerime dikti. Ani bir rahatlama ve yorgunlukla ona yaslandım. Ah, Christian'ın kolları. Şu anda olmak isteyeceğim başka bir yer yoktu.

"Ana." Beni yavaşça sarstı. "Sorun ne? Hasta mısın?"

İletişim kurmaya başlamam gerektiğini fark ederek kafamı salladım.

"Jack," diye fısıldadım ve Christian'ın Taylor'a attığı bakışı ve Taylor'ın binadan içeri koştuğunu görmekten çok hissettim.

"Siktir!" Christian beni kollarına aldı. "O pislik torbası sana ne yaptı?"

Ve sonra, gırtlağımdan bir kıkırtı yükseldi. Parmağını büktüğüm anda Jack'in yaşadığı müthiş şoku hatırlamıştım.

"Asıl soru benim ona ne yaptığım." Kıkırdamaya başladım. Kendimi tutamıyordum.

"Ana!" Christian beni sarsınca, kıkırtı krizim kesildi. "Sana elini sürdü mü?"

"Sadece bir kez."

Öfke bedenini sarsarken, Christian'ın kasları gerildi ve kollarında benimle, hızlı ve güçlü bir biçimde –kaya gibi sabit– ayağa kalktı. Öfkeliydi. *Hayır!*

"Nerede o herif?"

Binanın içinden boğuk bağırışlar geliyordu. Christian beni ayaklarımın üstüne indirdi.

"Ayakta durabilecek misin?"

Başımı sallayarak onayladım.

"İçeri gitme. Gitme, Christian." Birden korkum geri gelmişti. Christian'ın Jack'e yapabilecekleri korkusu.

Bana, "Arabaya bin," diye kükredi.

"Christian, hayır." Koluna yapıştım.

"Lanet olası arabaya bin, Ana." Beni silkeledi.

"Hayır. Lütfen," diye yalvardım. "Kal. Lütfen beni tek başıma bırakma." Son silahımı çekmiştim.

Christian öfkeden köpürerek elini saçlarının arasından geçirdi ve bana kararsızlıktan kıvranarak baktı. Binanın içindeki bağırışlar iyice arttı ve sonra birden durdu.

Ah, hayır. Taylor ne yapmıştı?

Christian BlackBerry'sini çıkardı.

"Christian, elinde e-postalarım var."

"Ne?"

"Sana gönderdiğim e-postalar. Seninkilerin nerede olduğunu bilmek istedi. Bana şantaj yapmaya çalışıyordu."

Christian cinayet işleyecek gibi bakıyordu.

Ah, kahretsin.

Tükürük saçarak, "Siktir!" dedi ve gözlerini kıstı. BlackBerry'sinde bir numara tuşladı.

Ah, hayır. Başım beladaydı. Kimi arıyordu?

"Barney. Grey. SBY'nin ana sunucusuna girip Anastasia Steele'nin bana yazdığı bütün e-postaları silmen gerek. Sonra Jack Hyde'ın kişisel veri dosyalarına gir ve bir kopyalarının olup olmadığına bak. Eğer bulursan sil. Evet, hepsini. Hemen. Hallolunca bana haber ver."

Kapatma düğmesine sertçe bastıktan sonra bir numara daha tuşladı.

"Roach. Grey. Hyde. Gitmesini istiyorum. Hemen. Şu anda. Güvenliği ara. Masasını hemen toplat. Yoksa yarın sabah ilk iş bu şirketi tasfiye ederim. Zaten elinde onu kapıya koymak için yeterince haklı gerekçen var. Anlıyor musun?" Kısa bir süre dinledi ve tatmin olarak kapattı.

Sıkılı dişlerinin arasından, "BlackBerry," diye tısladı.

"Lütfen bana kızma." Gözlerimi kırpıştırdım.

"Şu anda sana o kadar kızgınım ki," diye hırladı ve bir kez daha elini saçlarının arasından geçirdi. "Arabaya bin."

"Christian, lütfen."

"Lanet olası arabaya bin, Anastasia. Yoksa seni kendi ellerimle bindireceğim," diye tehdit ederken, gözleri öfkeyle parlıyordu.

Ah, lanet olsun. "Lütfen aptalca bir şey yapma," diye yalvardım.

"APTALCA!" diye patladı. "Sana o lanet olası BlackBerry'yi kullanmanı söyledim. Bana aptallıktan bahsetme. S*ktiğimin arabasına bin, Anastasia. HEMEN!" diye hırlayınca içimden bir korku dalgası geçti. Bu, Çok Öfkeli Christian'dı. Onu hiç bu kadar delirmiş görmemiştim. Kendini güçlükle kontrol ediyordu.

Onu yatıştırmak için, "Tamam" diye mırıldandım. "Ama lütfen dikkatli ol."

Dudaklarını birbirine bastırarak ve bana dik dik bakarak arabayı işaret etti.

Tanrım, tamam. Mesajı aldım.

"Lütfen dikkat et. Sana bir şey olmasını istemiyorum. Bu beni öldürür," diye mırıldandım. Gözlerini kırpıştırdı ve kolunu indirip hareketsiz dururken, derin bir nefes aldı.

"Dikkatli olurum," dedi. Bakışları yumuşamıştı. Ah, Tanrı'ya şükür. Ben arabaya yürüyüp ön kapıyı açıp binerken, gözleri üzerimdeydi. Audi'nin konforunda güvende olduğumdan emin olunca, binanın içinde gözden kayboldu ve yüreğim bir kez daha ağzıma geldi. Ne yapmayı planlıyordu?

Oturup bekledim. Bekledim. Bekledim. Beş sonsuz dakika. Jack'in taksisi Audi'nin önüne yanaştı. On dakika. On beş. Tanrım, içeride ne yapıyorlardı ve Taylor nasıldı? Bu bekleyiş ıstırap gibiydi.

Yirmi beş dakika sonra, Jack kucağında karton bir saklama kutusuyla binadan çıktı. Hemen arkasında bir güvenlik görevlisi vardı. Daha önce neredeydi acaba? Ve hemen arkalarından Christian ve Taylor geldi. Jack hasta gibi görünüyordu. Doğrudan taksiye yürüdü ve Audi'nin film kaplı camlarından beni görememesine şükrettim. Taksi yola çıkarken –büyük olasılıkla istikameti Sea-Tac değildi– Christian ve Taylor arabaya ulaştılar.

Ben önde oturduğum için, Christian şoför kapısını açıp koltuğa kaydı ve Taylor da arkaya yerleşti. Christian arabayı çalıştırıp trafiğe çıkarken ikisi de tek kelime etmediler. Elli'ye bakmayı göze aldım. Ağzı düz bir çizgiye dönüşmüştü, ama dalgın görünüyordu. Araç telefonu çaldı.

Sert bir sesle, "Grey," dedi.

"Bay Grey, benim, Barney."

Christian onu, "Barney, hoparlördeyim. Ve arabada başkaları da var," diye uyardı.

"Efendim, halledildi. Ama Bay Hyde'ın bilgisayarında bulduğum başka bir şey için sizinle konuşmam gerek."

"Gideceğim yere ulaşınca seni ararım. Ve teşekkürler, Barney."

"Sorun değil, Bay Grey."

Barney telefonu kapattı. Sesi beklediğimden çok daha genç geliyordu.

Jack'in bilgisayarında başka ne var ki?

Usulca, "Benimle konuşacak mısın?" diye sordum.

Christian gözlerini tekrar yola çevirmeden önce bana baktı. Hâlâ kızgın olduğunu anlamak zor değildi.

Asık bir suratla, "Hayır," diye mırıldandı.

Ah, işte başlamıştık... Ne kadar çocukçaydı. Kollarımı kavuşturdum ve hiçbir şey görmeden camdan dışarı baktım. Belki de beni daireme bırakmasını istemeliydim; böylece benimle konuşmamaya Escala'da oturarak devam edebilirdi ve ikimizi de kaçınılmaz tartışmadan korumuş olurdu. Ama bunu düşünürken bile, dünün üstüne onu derin düşüncelerle baş başa bırakmak istemediğimi biliyordum.

Bir süre sonra dairesinin olduğu binanın önünde durduk ve Christian arabadan indi. Zarif adımlarla benim tarafıma geçip kapımı açtı.

Taylor şoför koltuğuna geçerken, Christian bana, "Gel," diye emretti. Uzattığı eli tuttum ve arkasından, geniş holden asansöre yürüdüm. Elimi bırakmadı.

Beklerken, "Christian, bana neden bu kadar kızdın?" diye fısıldadım.

Asansöre binerken, "Nedenini biliyorsun," diye mırıldandı ve dairesinin kodunu tuşladı. "Tanrım, sana bir şey olsaydı, şu anda ölü olurdu." Christian'ın sesi iliklerimi dondurdu. Kapılar kapandı.

"Başka genç kadınlardan faydalanamasın diye kariyerini mahvedeceğim. Rezil herif." Kafasını salladı. "Tanrım, Ana!" Bana aniden sarılarak asansörün köşesine hapsetti.

Yüzümü yüzüne doğru çekerken, yumruğu saçlarımın etrafına, dudakları dudaklarıma kapandı. Öpüşünde tutkulu bir çaresizlik vardı. Bunun beni neden şaşırttığını bilmiyordum, ama şaşırtmıştı işte. Dili ağzımı gasp ederken, rahatlamasının, özleminin ve öfke kalıntılarının tadını aldım. Durdu, hareket etmeyeyim diye ağırlığını üstümde bırakarak gözlerimin içine baktı. Nefesimi kesmişti, destek için ona sımsıkı yapışmış, keyiften yoksun, kararlılığın kazındığı güzel yüzüne bakıyordum.

"Sana bir şey olsaydı… Sana zarar verseydi..." Ürperdiğini hissettim. "BlackBerry," diye emretti yavaşça. "Şu andan itibaren. Anladın mı?"

Kafamı sallayıp ciddi ve büyüleyici bakışlarıyla teması kesmekten korkarak yutkundum.

Asansör durunca beni serbest bıraktı. "Hayalarına tekme attığını söyledi." Hayranlık tınısı Christian'ın sesini yumuşatmıştı; affedildiğimi düşündüm.

Öpüşünün ve ateşli buyruğunun yoğunluğundan sersemlemiş halde, "Evet," diye fısıldadım.

"İyi."

"Ray askerdi. Beni iyi eğitti."

"Buna çok memnun oldum," diye soludu ve tek kaşını kaldırarak ekledi. "Bunu aklımda tutmam gerekecek." Elimi tutup beni asansörden çıkardı ve büyük bir rahatlama içinde peşinden gittim. Keyfinin daha fazla kaçmayacağını düşündüm.

"Barney'yi aramalıyım. Uzun sürmez." Beni salonda ne yapacağımı bilemez halde bırakarak çalışma odasında gözden kayboldu. Bayan Jones yemeğimizin son rötuşlarıyla meşguldü. Açlıktan öldüğümü fark ettim, ama bir şeyler yapmaya ihtiyacım vardı.

"Yardım edebilir miyim?" diye sordum.

Güldü. "Hayır, Ana. Ben size içki ya da herhangi bir şey hazırlayabilir miyim? Yorgun görünüyorsunuz."

"Bir kadeh şarap harika olur."

"Beyaz?"

"Evet, lütfen."

Bar taburelerinden birine tünedim ve bana bir kadeh soğuk şarap uzattı. Ne olduğunu bilmiyordum, ama çok lezzetliydi ve gırtlağımdan şurup gibi akıyor, darmaduman haldeki sinirlerimi yatıştırıyordu. Bugün neler düşünmüştüm? Christian'la tanıştığımdan beri kendimi ne kadar canlı hissettiğimi. Hayatımın ne kadar heyecan verici bir hal aldığını. Tanrım, sadece birkaç sıkıcı gün geçirsem olmaz mıydı?

Ya Christian'la hiç tanışmasaydım? Daireme sığınmış, olanları, Jack'le yaşadığım olayın etkisiyle tamamen korkmuş bir halde, o pislik torbasıyla cuma günü tekrar yüzleşmek zorunda kalacağımı bilerek, Ethan'a anlatıyor olurdum. Ama şu anda, onu bir daha hiç görmeme olasılığım büyüktü. Peki artık kimin için çalışacaktım? Bunu düşünmemiştim. Lanet olsun, hâlâ bir işim var mıydı acaba?

Christian salona döndü ve, "İyi akşamlar, Gail," diyerek beni düşüncelerimden sıyırdı. Doğrudan buzdolabına gitti ve kendine bir kadeh şarap doldurdu.

"İyi akşamlar, Bay Grey. Akşam yemeği on dakika içinde hazır, efendim."

"Çok güzel."

Christian kadehini kaldırdı.

"Kızlarını iyi eğiten eski ordu mensuplarına," dedi. Bakışları yumuşamıştı.

Kadehimi kaldırırken, "Şerefe," dedim.

Christian, "Sorun ne?" diye sordu.

"Hâlâ bir işim var mı bilmiyorum."

Başını yana yatırdı. "Hâlâ bir işin olsun istiyor musun?"

"Elbette."

"O zaman var."

Basit. Gördünüz mü? O kainatın efendisiydi. Gözlerimi devirdim, gülümsedi.

Bayan Jones tavuklu güveç yapmıştı. Çabalarının meyvesinin tadını çıkarmamız için ikimizi baş başa bırakmıştı ve artık bir şeyler yediğim için kendimi çok daha iyi hissediyordum. Kahvaltı barında oturuyorduk ve bütün ikna çabalarıma rağmen, Christian, Barney'nin Jack'in bilgisayarında ne bulduğunu bana söylemiyordu. Vazgeçtim ve onun yerine, José'nin eli kulağındaki ziyareti meselesinin çaresine bakmaya karar verdim.

Umursamaz bir tavırla, "José aradı," dedim.

"Ah," Christian yüzünü bana çevirdi.

"Fotoğraflarını cuma günü getirmek istiyor."

"Özel teslimat. Ne kadar yardımsever bir davranış.

"Dışarı çıkmak istiyor. İçki içmek için. Benimle."

"Anlıyorum."

Çabucak, "Ve Kate ile Elliot da dönmüş olacaklar," diye ekledim.

Christian kaşlarını çatarak çatalını bıraktı.

"Sorduğun tam olarak nedir?"

"Bir şey sormuyorum. Sadece cuma için planlarım hakkında bilgi veriyorum. Bak, José'yi görmek istiyorum ve gece kalmak istiyor. İster burada, ister benim dairemde kalabilir, ama eğer kalacaksa ben de orada olmalıyım."

Christian'ın gözleri irileşti. Afallamışa benziyordu.

"O adam sana asıldı."

"Christian, bu haftalar önceydi. O sarhoştu. Ben sarhoştum. Sen günü kurtardın, bir daha olmayacak. O bir Jack değil, Tanrı aşkına."

"Ethan orada. O, José'ye arkadaşlık edebilir."

"José beni görmek istiyor, Ethan'ı değil."

Christian yüzünü buruşturdu.

"O sadece bir arkadaş." Sesim sevecendi.

"Bundan hoşlanmıyorum."

Ne olmuş yani? Tanrım, bazen sinir bozucu oluyordu. Derin bir nefes aldım. "O benim arkadaşım, Christian. Onu sergiden beri görmedim. Ve orada da çok kısa gördüm. Senin o berbat kadın dışında arkadaşın olmadığını biliyorum, ama onu görmen konusunda da sızlanmıyorum," diye çıkıştım. Christian şaşkın şaşkın gözlerini kırpıştırdı. "Onu görmek istiyorum. Hiç iyi bir arkadaş gibi davranmadım." Bilinçaltım telaşa kapılmıştı. *Yoksa o küçük ayağını yere mi vuruyorsun? Hemen dur!*

Grey'in gözleri alev alevdi. "Böyle mi düşünüyorsun?" diye soludu.

"Hangi konuda?"

"Elena. Onu görmememi mi tercih ederdin?"

"Kesinlikle. Onu görmemeni tercih ederim."

"Bunu neden söylemedin?"

"Çünkü bunu söylemek benim haddim değil. Sen onun dostun olduğunu düşünüyorsun." Öfkeyle omuz silktim. Gerçekten anlamıyordu. Bu, nasıl olup da onunla ilgili bir konuşmaya dönmüştü? Onu düşünmek bile istemiyordum. Tekrar José konusuna dönmeye çalıştım. "Tıpkı José'yi görüp göremeyeceğime karar vermenin senin haddin olmadığı gibi. Anlıyor musun?"

Christian bana, sanırım allak bullak bir ifadeyle bakıyordu. *Ah, ne düşünüyordu acaba?*

"Burada kalabilir, sanırım," diye mırıldandı. "Gözümü üstünden ayırmam." Sesi huysuzdu.

Şükürler olsun!

"Teşekkürler! Biliyorsun, eğer burada yaşayacaksam..." Sustum. Christian kafasını salladı. Ne demeye çalıştığımı anlamıştı. "Sonuçta yer sıkıntın yok." Sırıttım.

Dudakları yavaşça kıvrıldı. "Yoksa bana sırıtıyor musunuz, Bayan Steele?"

"Kesinlikle öyle, Bay Grey." Avuçlarının kaşınmaya başlaması ihtimaline karşılık kalktım, tabaklarımızı topladım ve bulaşık makinesine yerleştirdim.

"Gail halleder."

"Yaptım bile." Doğrulup ona baktım. Beni dikkatle izliyordu.

Özür diler gibi, "Biraz çalışmam gerek," dedi.

"Harika. Yapacak bir şeyler bulurum."

"Buraya gel," diye emretti, ama sesi yumuşak ve baştan çıkarıcı, bakışları sıcacıktı. Kollarının arasına yürümek, boynuna sarılmak için bir an bile tereddüt etmedim. Kollarını bana doladı, beni kendine bastırdı ve sadece sarıldı.

Saçlarımın arasından, "İyi misin?" diye fısıldadı.

"İyi mi?"

Sakin ve samimi bir sesle, "O pislikle olanlardan sonra. Dün olanlardan sonra?" diye ekledi.

Karanlık, ciddi gözlerine baktım. İyi miydim? "Evet," diye fısıldadım.

Beni saran kollarını iyice sıktı. Güvende olduğumu, üzerime titrendiğini ve sevildiğimi hissettim. Harika bir duyguydu. Gözlerimi yumdum ve kollarında olmanın tadını çıkardım. Bu adamı seviyordum. İnsanı sarhoş eden kokusunu, gücünü, değişkenliklerini, Elli'mi.

"Kavga etmeyelim," diye fısıldadı. Saçlarımı öptü, kokumu içine çekti. Her zamanki gibi muhteşem kokuyorsun, Ana."

"Sen de öyle," diye fısıldadım boynunu öptüm.

Birden, beni bırakıverdi. "Birkaç saate yanında olurum."

Dairenin içinde amaçsızca dolaşıyordum. Christian hâlâ çalışıyordu. Duş almış, üzerime bir eşofman ve kendi tişörtlerimden birini giymiştim ve sıkılmıştım. Kitap okumak istemiyordum. Hareketsiz durmak aklıma Jack'i ve parmaklarını getirecekti.

Eski yatak odama, itaatkârlar odasına bir göz attım. José orada kalabilirdi, manzaraya bayılacaktı. Saat sekizi çeyrek geçiyordu ve güneş batmaya başlamıştı. Şehrin ışıkları altımda göz kırpıyordu. Muhteşemdi. Evet, José burayı sevecekti. Christian, José'nin çektiği fotoğrafları nereye asacaktı acaba? Asmamasını tercih ederdim. Kendime bakmaya meraklı değildim.

Koridora çıkınca, kendimi oyun odasının önünde buldum ve düşünmeden tokmağı yokladım. Christian normalde kapıyı kilitli tutardı, ama kapı açıldı. Ne tuhaftı. Kendimi okulu asan ve yasak ormanda dolaşan bir çocuk gibi hissederek içeri girdim. Karanlıktı. Düğmeye bastım ve kornişlerin altındaki ışıklar, yumuşacık bir ışıltıyla aydınlandı. Hatırladığım gibiydi. Rahime benzeyen bir oda.

Buraya son gelişimde yaşananların anıları zihnimde canlanmaya başladı. Kemer... Hatırlayınca yüzümü buruşturdum. Şimdi bütün masumluğuyla kapının yanındaki askıda, diğerlerinin arasındaki yerinde asılı duruyordu. Çekinerek parmaklarımı kemerlerin kamçıların, küreklerin ve kırbaçların üstünde dolaştırdım. Tanrım. Dr. Flynn'le yüzleşmem gereken konu buydu. Bu hayat tarzına alışkın biri öylece durabilir miydi? O kadar imkânsız geliyordu ki. Yatağın yanına gittim ve yumuşak, kırmızı satenin üstüne oturup etrafımdaki aletlere baktım.

Yanımda bank, onun hemen üstündeyse çeşit çeşit bastonlar duruyordu. *O kadar çoktu ki! Bir tane yetmeliydi, değil mi?* Pekâlâ, bu konuda ne kadar az şey söylenirse, o kadar iyiydi. Ve geniş masa. O masayı ve üzerinde her ne yapıyorsa onu hiç denememiştik. Gözlerim kanepeye kaydı ve oturmak için o tarafa yöneldim. Sadece bir kanepeydi işte, sıra dışı bir durumu, görebildiğim kadarıyla bağlanacak bir yeri yoktu. Arkama bakınca, şifonyeri gördüm. Merak etmiştim. Orada ne saklıyordu acaba?

En üstteki çekmeceyi açarken, kanımın damarlarımda pompalandığını hissediyordum. Neden bu kadar gergindim ki? Bu yaptığım bana, başkalarının mülküne izinsiz girmek gibi –ki elbette öyle yapmıştım– kanunsuz geliyordu. Ama madem benimle evlenmek istiyordu, o zaman...

Lanet olsun. Bütün bunlar neyin nesiydi? Ne oldukları ya da ne için kullandıkları konusunda hiçbir fikrimin olmadığı bir dizi alet ve tuhaf donanım büyük bir özenle çekmeceye yerleştirilmişti. Birini aldım. Bir tür sapı olan mermi biçimli bir şey. *Hımm... bununla ne halt ediyorsun?* Bir fikrim olduğunu sansam da aklım karışmıştı. Dört farklı boydaydılar. Kafa derim karıncalanarak başımı kaldırdım.

Christian yüzünde anlaşılmaz bir ifadeyle kapıda durmuş, bana bakıyordu. Ne zamandır oradaydı? Kendimi, elim kurabiye kavanozunun içinde yakalanmışım gibi hissettim.

"Merhaba." Yüzünde gergin bir gülümseme vardı. Gözlerimin fal taşı gibi açık, tenimin ölü gibi beyaz olduğunu biliyordum.

Usulca, "Ne yapıyorsun?" diye sordu, ama sesinde başka bir duygu daha gizliydi.

Ah, lanet olsun. Kızmış mıydı? Kızardım. Yakalanmış olmaktan mahcup, "Şey... sıkıldım ve meraklandım," diye mırıldandım. İşinin iki saat kadar süreceğini söylemişti.

"Çok tehlikeli bir kombinasyon." İşaret parmağını, düşünceye dalmış gibi, alt dudağının üstünde dolaştırırken gözlerini benden ayırmadı. Yutkundum. Ağzım kurumuştu.

Usulca odaya girdi, kapıyı arkasından kapattı. Gözleri gri bir ateşten farksızdı. *Ah, Tanrım.* Rahat bir tavırla şifonyere yaslandı, ama duruşunun aldatıcı olduğunu düşündüm. İçimdeki tanrıça bunun bir "savaş ya da kaç" zamanı olup olmadığına karar veremiyordu.

"Tam olarak neyi merak ettiniz, Bayan Steele? Belki sizi aydınlatabilirim."

"Kapı açıktı... ben..." Christian'a nefesimi tutarak baktım; tepkisinden ya da ne demem gerektiğinden emin olamıyordum. Gözleri karanlıktı. Sanırım keyifliydi, ama emin olması güçtü. Dirseklerini şifonyerin üzerine koyup çenesini kavuşturduğu ellerinin üstüne yerleştirdi.

"Bugün bütün bunlarla ne yapacağımı bilemeyerek buraya uğradım. Kilitlemeyi unutmuş olmalıyım." Bir an, kapıyı kilitsiz bırakması korkunç bir hataymış gibi yüzü asıldı. Kaşlarımı çattım. Unutkanlık ondan beklenecek bir şey değildi.

"Ah?"

"Ama sen, her zamanki merakınla, buradasın." Sesi yumuşak ve şaşkındı.

Kalan son nefesimi de kullanarak, "Kızmadın mı?" diye fısıldadım.

Başını yana yatırdı, dudakları keyifle kıvrıldı.

"Neden kızacakmışım?"

"Girmemem gereken bir yere girmiş gibi hissediyorum ve sen bana hep kızıyorsun." Rahatlamama rağmen, sesim kısıktı. Christian'ın alnı bir kez daha buruştu.

"Evet, girmemen gereken bir yere girdin, ama kızmadım. Bir gün benimle birlikte burada yaşayacağını umuyorum ve bütün bunlar..." Tek eliyle odayı işaret etti. "Senin de olacak."

Benim oyun odam? Ona ağzım açık bakakaldım. Sindirmek için biraz büyük bir lokmaydı.

"Bugün buraya gelme nedenim buydu. Ne yapacağıma karar vermeye çalışıyordum." İşaret parmağını dudaklarına vurdu. "Sana hep kızgın mıyım? Bu sabah değildim."

Ah, bu doğruydu. Christian'ın uyandığımız zamanki halini hatırlayıp gülümsedim ve o anı aklımı oyun odasına ne olacağı düşüncesinden uzaklaştırdı. Bu sabah çok eğlenceli bir Elli'ydi.

"Oyuncuydun. Oyuncu Christian'ı seviyorum."

"Öyle mi?" Kaşını kaldırdı ve güzel ağzı bir gülümsemeyle, utangaç bir gülümsemeyle kıvrıldı. *Vay canına!*

Gümüş mermimsi şeyi havaya kaldırdım. "Bu ne?"

"Bilgiye her zaman açsınız, Bayan Steele. O bir kıç tıkacı," dedi yavaşça.

"Ah..."

"Senin için almıştım."

Ne? "Benim için mi?"

Başını yavaşça eğerken, yüzü ciddi ve temkinliydi.

Kaşlarımı çattım. "Bütün itaatkârların için... yeni oyuncaklar mı alıyorsun?"

"Bazı şeyleri. Evet."

"Kıç tıkaçlarını?"

"Evet."

Tamam... Yutkundum. Kıç tıkacı. Sert metaldendi; rahatsız edici olsa gerekti. Mezuniyetimden sonra seks oyuncakları ve sınırlar hakkında yaptığımız konuşmayı hatırladım. Sanırım o zaman deneyeceğimi söylemiştim. Şimdi, bu şeyi gözlerimle görünce, yapmak isteyeceğim bir şey olduğunu sanmıyorum. Bir kez daha inceledikten sonra, çekmeceye geri koydum.

"Ya bu?" İlki büyük, en sondaki çok daha küçük olan, birbirine bitişik, gittikçe küçülen toplardan oluşan uzun, siyah, kauçuğumsu bir nesne çektim. Toplamda sekiz top vardı.

"Anal boncuklar," dedi Christian beni dikkatle izleyerek.

Ah, boncuklara büyülenmiş gibi ama dehşetle baktım. Bunların hepsi birden içimde, *orada!* Hiç aklıma gelmezdi.

Aldırmaz bir tavırla, "Orgazmın ortasında geri çektiğinde, bayağı bir etki yaratıyorlar," diye ekledi.

"Benim için mi?" diye fısıldadım.

"Senin için." Başını ağır ağır salladı.

"Bu kıç çekici mi?"

Sırıttı. "Öyle diyorsan."

Bir trafik lambası gibi kırmızıya döndüğümü hissederek çabucak kapattım.

Christian masum ve keyifli, "Kıç çekicinden hoşlanmadın mı yoksa?" diye sordu. Şoktan sıyrılmaya çalışarak ona bakıp omuz silktim.

Rahat bir tavırla, "Noel kartı listemde en üst sırada olmazdı," diye mırıldandım. Çekinerek ikinci çekmeceyi açtım. Sırıttı.

"Bir sonraki çekmecede bir vibratör koleksiyonu var."

Çekmeceyi hızla kapattım.

"Ya bir sonraki?" diye fısıldarken rengim bu kez utançtan küle dönmüştü.

"O daha ilginç."

Ah! Çekmeceyi gözlerimi Christian'ın güzel ancak hayli kibirli yüzünden ayırmadan, tereddütle açtım.

İçinde çeşitli metal parçalar ve birtakım çamaşır mandalları vardı. Mandallar! Mandala benzeyen, büyük metal bir parçayı elime aldım.

"Genital kıskaç," dedi. Doğruldu ve telaşsız hareketlerle yanıma sokuldu. Kıskacı hemen yerine bıraktım ve daha narin bir tanesini aldım. Bir zincirin ucunda iki küçük klips.

"Bunların bazıları acı için, ama çoğu zevk için," diye mırıldandı.

"Nedir bu?"

"Meme ucu kıskaçları. İkisi için."

"İkisi için? Meme uçlarının mı?"

Christian bana pis pis sırıttı. "Pekâlâ, ortada iki kıskaç var, bebek. Evet, her iki meme ucu için, ama kastettiğim bu değildi. Hem zevk, hem acı için demek istedim."

Ah. Kıskacı elimden aldı.

"Serçe parmağını uzat."

Söylediğini yaptım ve klipslerinden birini parmağımın ucuna taktı. Çok sert değildi.

"His çok yoğun ama en acı ve haz verici etkilerini çıkarırken yaratıyorlar."

Klipsi çıkardım. Hımm. Hoş olabilirdi. Bu düşünceyle kıpırdandım.

"Bunların görüntüsünü sevdim," diye mırıldanınca Christian gülümsedi.

"Öyle mi, Bayan Steele. Sanırım belli oluyor."

Utangaç bir tavırla başımı salladım ve klipsi çekmeceye geri koydum. Christian uzanıp iki klips daha aldı.

"Bunlar ayarlanabilir." İncelemem için önümde tuttu.

"Ayarlanabilir mi?"

"İstersen çok sıkı takabilirsin... ya da gevşek. Ruh haline bağlı."

Kulağa bu kadar erotik gelmesini nasıl sağlayabiliyordu? Yutkundum ve dikkatini dağıtmak için, sivri bir hamur kesicisini andıran bir başka alete uzandım.

"Bu?" Kaşlarımı çattım. Oyun odasında hamur işi yapacak değildi herhalde.

"Bunun adı Wartenberg fırıldağı."

"Ne için?"

Uzanıp elimden aldı. "Bana elini ver. Avucunu aç."

Sol elimi uzattım, nazikçe tuttu ve başparmağını boğumlarımın üstünden kaydırdı. İçimden bir ürperti akıp gitti. Teninin tenime değmesi beni her defasında heyecanlandırıyordu. Fırıldağı avucumda dolaştırdı.

"Ah." Çıkıntıları tenime batmıştı, ama acıdan fazlasını hissettiriyordu. Aslında, gıdıklanmıştım.

Christian şehvetle, "Bunu göğüslerinin üstünde hayal et," diye mırıldandı.

Ah! Kızardım ve elimi hızla geri çektim. Soluğum ve nabzım hızlanmıştı.

Eğilip aleti çekmecedeki yerine bırakırken, yumuşak bir sesle, "Zevk ve acı arasında çok ince bir çizgi var, Anastasia" dedi.

"Mandallar?" diye fısıldadım.

"Bir mandalla çok şey yapabilirsin." Gözleri ateş saçıyordu.

Yaslanarak çekmeceyi kapattım.

Christian keyiflenmiş gibiydi. "Hepsi bu mu?"

"Hayır." Dördüncü çekmeceyi açınca, kendimi bir deri ve kemer yığınının karşısında buldum. Kemerlerden birini çektim. Görünüşe bakılırsa bir topa bağlıydı.

"Top, ağız tıkacı. Sesini çıkarmaman için," derken Christian yine keyiflenmişti.

"Diğer Sınırlar'a giriyor," diye mırıldandım.

"Hatırlıyorum," dedi. "Ama nefes alabiliyorsun. Dişlerin topun üstüne kenetleniyor." Topu elimden aldı ve parmaklarıyla topun üstüne kapanan bir ağzı canlandırdı.

"Hiç bunlardan taktın mı?" diye sordum.

Durdu ve bana bakarak, "Evet," dedi.

"Çığlıklarını susturmak için mi?"

Gözlerini yumdu; öfkelendiğini düşündüm. "Hayır, onun için değiller."

Ah?

"Mesele kontrol, Anastasia. Bağlanmış ve konuşamıyorken insan çaresiz oluyor. Kendini böyle düşün, üzerinde ne büyük bir gücümün olduğunu bileceğin için bana güvenmek zorunda kalırdın. Sözlerini duymak yerine, vücudunu ve tepkini okumak zorunda olduğumu düşün. Bu seni daha bağımlı kılar, kontrolü tamamen bana verirdi."

Yutkundum.

"Özler gibi konuşuyorsun."

"Bu bildiğim ve rahat olduğum bir durum," diye mırıldandı. Gözleri irileşmiş ve ciddileşmiş, aramızdaki hava, Christian günah çıkarma kabinindeymiş gibi, değişivermişti.

"Benim üzerimde gücün var. Olduğunu biliyorsun," diye fısıldadım.

"Öyle mi? Sen… kendimi çaresiz hissetmeme neden oluyorsun."

"Hayır!" Ah, Elli… "Neden?"

"Çünkü beni gerçekten incitebileceğini bildiğim tek insan sensin." Uzandı ve saçımı kulağımın arkasına itti.

"Ah, Christian… Bu çift yönlü bir şey. Beni istemeseydin…" Bükülü parmaklarıma bakarak ürperdim. Bize dair diğer karanlık çekincem burada yatıyordu. O bu kadar… sorunlu olmasaydı beni ister miydi? Kafamı salladım. Böyle düşünmemeye gayret etmeliydim.

"Yapmayı en son isteyeceğim şey seni incitmek," diye mırıldanarak iki elimi birden kaldırdım ve parmaklarımı favorilerinin arasında dolaştırıp yanaklarını usulca okşadım. Yüzünü ellerime itti, tıkacı çekmeceye bıraktı ve bana uzanıp ellerini belime yerleştirdi. Beni kendine çekti.

"Bugünkü dersi tamamladık mı?" diye sorarken, sesi yumuşak ve baştan çıkarıcıydı. Elleri sırtımdan enseme doğru kaydı.

"Neden? Ne yapmak istiyordun?"

Eğildi ve beni yavaşça öptü. Dokunuşuyla erirken kollarını sıkıca kavradım.

"Ana bugün neredeyse saldırıya uğruyordun." Sesi yumuşak ve temkinliydi.

Sırtımdaki dokunuşunun ve yakınlığının tadını çıkararak, "Evet?" diye sordum. Başını geri çekti ve bana suratını asarak baktı.

"Evet de ne demek?" diye azarladı.

Güzel, huysuz yüzüne baktım. Sersemlemiştim.

"Christian ben iyiyim."

Beni kollarıyla sarıp kendine çekti. Yüzünü saçlarımın arasına gömerek, "Olabilecekleri düşününce..." diye soludu.

Enfes kokusunu içime çekerek, güvence vermek ister gibi fısıldadım. "Göründüğümden güçlü olduğumu ne zaman öğreneceksin?" Bu gezegende, Christian'ın kollarının arasında olmaktan daha güzel bir şey yoktu.

"Güçlü olduğunu biliyorum," dedi yavaşça. Saçlarımı öptü ve sonra beni büyük bir hayal kırıklığına uğratarak kollarını çözüverdi. *Ah neden?*

Eğildim ve açık çekmeceden bir nesne daha aldım. Bir çubuğa tutturulmuş sayısız kelepçe. Havaya kaldırdım.

"Bu," dedi Christian gözleri kararararak, "el ve ayak bileği kelepçeleri olan bir germe çubuğu."

Samimi bir merakla, "Nasıl çalışıyor?" diye sordum.

Şaşkınlık içinde, gözlerini bir an için yumarak, "Göstermemi mi istiyorsun?" diye sordu.

Gözlerimi kırpıştırdım. Gözleri, onları tekrar açtığında alev alevdiler.

İçimdeki tanrıça, sığınağından şezlonguna sıçrarken, "Evet, bir sunum istiyorum. Bağlanmayı seviyorum," diye mırıldandım.

"Ah, Ana," diye mırıldandı. Birden kederli bir havaya bürünmüştü.

"Ne?"

"Burada olmaz."

"Ne demek istiyorsun?"

"Seni yatağımda istiyorum. Burada değil, gel." Çubuğu ve elimi tutarak beni hızlı adımlarla odadan çıkardı.

Neden çıkıyorduk? Tam çıkarken arkama baktım. "Neden burada olmaz?"

Christian basamaklarda durdu ve ciddi bir ifadeyle bana baktı.

"Ana, sen oraya dönmeye hazır olabilirsin ama ben değilim. Oraya son girişimizde beni terk ettin. Sana bunu defalarca söyledim. Ne zaman anlayacaksın?" Konuşurken boştaki elini kullanabilmek için beni bıraktı.

"Bu sekse dair bütün bakışımı değiştirdi. Hayata dair bakışım da radikal olarak yerinden oynadı. Sana bunu söyledim. Sana söylemediğim..." Durdu, doğru kelimeleri bulmak ister gibi, elini saçlarının arasından geçirdi. "İyileşmekte olan bir alkolik gibiyim, tamam mı? Yapabileceğim tek karşılaştırma bu. Dürtü gitti ve yoluma ayartıcı bir şey çıkarmak istemiyorum. Seni incitmek de."

O kadar pişman görünüyordu ki. O anda içimden keskin bir acı geçti. Bu adama ne yapmıştım? Hayatını iyileştirmiş miydim? Benimle tanışmadan önce daha mutlu değil miydi?

Yüzünde çok basit bir gerçeği dile getiren küçük bir oğlan çocuğununkine benzer mutlak bir samimiyetle bana baktı ve, "Canını yakmaya dayanamam çünkü seni seviyorum," diye ekledi.

Tamamen iyi niyetliydi ve nefesimi kesiyordu. Ona her şeyden ya da herkesten daha hayrandım. Bu adamı koşulsuz seviyordum.

Öyle bir üzerine atıldım ki onu duvara doğru iterken beni yakalamak için elinde tuttuğu şeyi atmak zorunda kaldı. Yüzünü ellerimin arasına alarak dudaklarını benimkilere çektim ve dilimi ağzının içine iterken, şaşkınlığın tadını aldım. Ondan bir basamak yukarıda duruyordum, aynı seviyedeydik ve aşırı mutluluktan güçlenmiş hissediyordum. Onu tutkuyla öperken, parmaklarımı saçlarının arasına götürdüm; ona, her yerine dokunmak istiyor ama korkusunu bildiğim için kendimi tutuyordum. Arzu, içimde, derinlerde çiçek açtı, hiç aldırmadan sıcak ve ağır, kat kat önüne serildi. Christian inledi ve omuzlarımı tutarak beni kendinden uzaklaştırdı.

"Seni merdivenlerde becermemi mi istiyorsun?" diye mırıldanırken, nefesi hırıltılıydı. "Çünkü öyle yapacağım."

"Evet," diye mırıldandım ve kararan gözlerimin onunkileri yansıttığından emindim.

Bana yarı örtülü gözlerle baktı. "Hayır, seni yatağımda istiyorum." Beni aniden kucaklayıp omzuna atarak bir çığlık atmama neden oldu. Sonra yeniden çığlık atmamam için popoma bir şaplak indirdi. Basamaklardan inerken, yere düşen çubuğu almak için eğildi.

Biz holden geçerken, Bayan Jones sandık odasından çıkıyordu. Bize gülümsedi ve ben de özür diler gibi, baş aşağı el salladım. Christian'ın onu fark ettiğini hiç sanmıyordum.

Yatak odasında beni yere bıraktı ve çubuğu yatağın üstüne attı.

"Canımı yakacağını sanmıyorum," diye soludum.

"Ben de canını yakacağımı sanmıyorum," dedi. Başımı ellerinin arasına aldı ve beni sertçe, uzun uzun öperek zaten ısınmış olan kanımı iyice tutuşturdu.

Ağzı ağzımda, nefes nefese "Seni çok istiyorum," diye fısıldadı. "Bugünün üstüne, bundan emin misin?"

"Evet. Ben de seni istiyorum. Seni soymak istiyorum." Ellerimi üzerinde dolaştırmak için can atıyordum. Parmaklarım ona dokunmak için sabırsızlanıyordu.

Gözleri irileşti, bir an belki de isteğimi değerlendirmek için tereddüt etti.

"Tamam," dedi temkinle.

Gömleğinin ikinci düğmesine uzandım ve hızlanan nefesini duydum.

"İstemiyorsan sana dokunmam," diye fısıldadım.

Hızla, "Hayır," dedi. "Dokun. Sorun değil. Ben iyiyim," diye mırıldandı.

Düğmeyi yavaşça açtım ve parmaklarım gömleğinden aşağı, bir sonraki düğmeye kaydı. Gözleri iri ve aydınlıktı; nefesi sıklaşırken, dudakları aralandı. Çok güzeldi. Korkusuna rağmen... ve korkusu yüzünden. Üçüncü düğmeyi de açtım ve V şeklindeki geniş açıklıktan çıkan yumuşak kıllarını fark ettim.

"Orayı öpmek istiyorum," diye mırıldandım.

Derin bir nefes aldı. "Öpmek mi?"

"Evet," dedim.

Ben bir sonraki düğmeyi açıp yavaşça öne eğilirken iç geçirdi. Nefesini tutuyordu, yumuşak ve artık göz önünde olan kıvırcık kıllarının arasına nazik bir öpücük kondururken, taş kesildi. Son düğmeyi de açtım ve ona baktım. Bana bakıyordu. Yüzünde tatmin olmuş, sakin ve... hayret dolu bir bakış vardı.

"Hiç kolaylaşmıyor, değil mi?" diye fısıldadım.

Ben gömleğini omuzlarından yavaşça sıyırıp yere düşmesine izin verirken, kafasını salladı.

"Sen bana ne yaptın, Ana?" diye mırıldandı. "Yaptığın her neyse, devam et." Ve beni kollarının arasına çekerek, iki elini birden saçlarımın arasına yerleştirdi ve boynuma daha kolay ulaşabilmek için, başımı arkaya itti.

Usulca öperek, dudaklarını çenemde gezdirdi. İnledim. Ah, bu adamı istiyordum. Parmaklarım belinde oyalandı, düğmesini çözüp fermuarını indirdim.

Kulağımın arkasını öperken, "Ah, bebeğim," diye soludu. Sert ereksiyonunu üzerimde hissediyordum. Onu istiyordum, ağzımın içinde. Aniden geri çekilip dizlerimin üstüne indim.

"Vay canına," diye iç geçirdi.

Pantolonunu ve boxer şortunu hızla çektim ve penisi özgürlüğünü ilan etti. Beni durdurmasına fırsat bırakmadan onu ağzıma alıp sertçe emdim ve ağzı açılırken, şoka uğramış halinin tadını çıkardım. Bana yukarıdan bakıyor, karanlık ve şehvet dolu gözleriyle her hareketimi izliyordu. Ah, Tanrım. Dudaklarımı dişlerime örttüm ve daha sert emdim. Gözlerini yumdu ve bu mutluluk verici, bedensel hazza teslim oldu. Ona ne yaptığımı biliyordum, bu hedonistik, özgürleştirici ve feci derecede seksi bir şeydi. Baş döndürücü bir histi; sadece güçlü değil, her şeye muktedirdim de.

"Siktir," diye tısladı ve başımı yavaşça ellerinin arasına alarak, ağzımın daha derinlerine uzanmak için kalçalarını itti. Ah, evet, bunu istiyordum, dilimi organı etrafında döndürdüm ve sertçe emdim... tekrar, tekrar.

"Ana." Geri çekilmeyi denedi.

Ah, hayır, olmaz, Grey. Seni istiyorum. Kalçalarını sıkıca tutarak gayretimi ikiye katladım. Yakın olduğunu hissedebiliyordum.

"Lütfen," diye soludu. "Geleceğim, Ana," diye inledi.

İyi. İçimdeki tanrıça, sevinçten zıplarken, Christian gürültüyle ağzıma boşaldı.

Parlak gri gözlerini açıp aşağı, bana baktı. Dudaklarımı yalayarak gülümsedim. Yüzünde muzip ve şehvetli bir sırıtışla bana bakıyordu.

"Ah, demek istediğiniz buydu, Bayan Steele?" Eğildi, ellerini kollarımın altına geçirip beni ayağa kaldırdı. Birden ağzı ağzımın üstüne örtüldü. İnledi.

"Kendi tadımı alabiliyorum." Dudaklarıma doğru, "Senin tadın daha iyi," mırıldandı. Tişörtümü çekip çıkardı ve yere fırlattı. Sonra beni kucaklayıp yatağa attı. Eşofmanımın kenarını tuttu ve tek bir hareketle çıkacak şekilde hızla çekti. Altında, çırılçıplak halde yatağa serildim. Bekliyor, istiyordum. Gözleri beni adeta içerek ve bakışlarını üzerimden bir an ayırmadan üzerimde kalan kıyafetleri de çıkardı.

Hayran hayran, "Sen çok güzel bir kadınsın, Anastasia," diye mırıldandı.

Hımm. Başımı cilveli bir tavırla yana eğdim ve ona sırıttım.

"Sen de güzel bir adamsın, Christian ve muazzam güzel bir tadın var."

Bana ahlaksız bir sırıtışla baktı ve germe çubuğuna uzandı. Sol bileğimi tuttu, kemeri sıkıca –ama çok da sıkmadan– bağlayarak çabucak kelepçeledi. Serçe parmağını kemerle bileğimin arasına sokup ne kadar yerim kaldığına baktı. Gözlerini benimkilerden ayırmıyordu. Yaptığı şeyi yaparken kelepçeye bakması gerekmiyordu. Hımm... Bunu da önce de yapmıştı.

"Sizin tadınıza bakmam gerekecek. Yanlış hatırlamıyorsam, siz nadir bulunan, eşsiz bir lezzetsiniz, Bayan Steele."

Ah.

Diğer ayak bileğimi kavradı ve hızlı ve becerikli hareketlerle, iki ayağımın arasında yaklaşık altmış santimlik bir mesafe olacak şekilde, onu da kelepçeledi.

"Bu çubuğun iyi yanı, uzuyor olması," dedi. Çubuğun üstündeki bir düğmeye bastı, sonra bacaklarımı iyice aralanacak şekilde itti. Vay canına, mesafe bir metreye yaklaşmıştı. Ağzım açık kalırken, derin bir nefes aldım. *Siktir*. Çok seksiydi. Alev almıştım, huzursuz ve ihtiyaç doluydum.

Christian alt dudağını yaladı.

"Ah, bununla biraz eğleneceğiz, Ana." Eğildi, çubuğu tuttu ve yüz üstü döneceğim şekilde çevirdi. Beni hazırlıksız yakalamıştı.

Gizemli bir sesle, "Sana neler yapabileceğimi gördün mü?" dedi ve çubuğu tekrar çevirerek, beni yeniden sırt üstü ve nefesim kesilmiş halde ona bakar konuma getirdi.

"Diğer kelepçeler, el bileklerin için. Düşüneceğim. Uslu durup durmamana bağlı."

"Ne zaman uslu durmamış sayılıyorum?"

Parmaklarını ayak tabanlarımda dolaştırarak, usulca, "Aklıma birkaç ihlal geliyor," dedi. Gıdıklandı ama parmaklarının altında kıvransam da çubuk beni yerime sabitlemişti.

"Öncelikle BlackBerry'n."

İç geçirdim. "Ne yapacaksın?"

"Ah, planlarımı hiçbir zaman ifşa etmem." Sırıtırken gözleri saf kötülükle parlıyordu.

Vay canına. Öylesine kafa karıştıracak kadar seksiydi ki, nefesim kesildi. Yatağın üzerine çıktı ve muhteşem çıplaklığıyla bacaklarımın arasında dizlerinin üstünde doğruldu. Ve ben çaresizdim.

"Hımm... Öylesine korunmasızsınız ki, Bayan Steele." İki elinin parmaklarını, yavaş yavaş ve emin hareketlerle, daireler çizerek bacaklarımın iç tarafında dolaştırdı. Benimle göz temasını bir an bile kesmiyordu.

"Her şey beklentiyle ilgili, Ana. Sana ne yapacağım?" Yumuşacık bir sesle söylenmiş kelimeleri, doğrudan en derin, en karanlık yerime giriş yaptılar. Yatakta kıvranarak inledim. Parmakları yavaş saldırılarını sürdürerek, dizlerimden yukarıya ulaştılar. İçgüdüsel olarak bacaklarımı kapatmak istiyor ama yapamıyordum.

"Unutma, hoşlanmadığın bir şey olursa, sadece durmamı söylemen yeterli," diye mırıldandı. Eğilip emerek göbeğimi öperken, elleri, bacaklarımın iç kısmından ağır, eziyetli yolculuklarına devam ettiler.

"Ah, lütfen, Christian," diye yalvardım.

"Ah, Bayan Steele. Şehvetli saldırılarınızda bana karşı acımasız olabileceğinizi keşfettim. Sanırım bu iyiliğinizi karşılıksız bırakmamalıyım."

Kendimi ona teslim ederken, parmaklarım yorganı sıkı sıkı kavradı. Ağzı usulca göbeğimden aşağıya doğru kayarken, parmakları yukarı, savunmasız ve korunmasız bacak arama ilerledi. Parmaklarını içime kaydırırken inledim ve onlarla buluşmak için kalçalarımı kaldırdım. Christian da inleyerek karşılık verdi.

Kasık kıllarımın karnımla buluştuğu çizgiye doğru, "Beni şaşırtmaktan hiç vazgeçmiyorsun, Anastasia," diye mırıldandı. "O kadar ıslaksın ki..." Ağzı beni bulurken, bedenim yay gibi gerildi.

Ah, Tanrım.

Yavaş ve şehvetli saldırısına başladı. Parmakları içimde hareket ederken, dili etrafımda dönüyor, dönüyordu. Bacaklarımı kapatamadığım ya da kıpırdayamadığım için, his yoğun çok yoğundu. Hissettiklerimi sindirmeye çalışırken, sırtım yay gibi gerildi.

"Ah, Christian," diye haykırdım.

"Biliyorum, bebeğim," diye fısıldadı ve beni gevşetmek için, vücudumun en hassas noktasına doğru üfledi.

"Ahhh! Lütfen!" diye yalvardım.

"Adımı söyle," diye emretti.

Kendi sesimi güçlükle tanıyarak, "Christian," diye seslendim. Öylesine tiz ve arzu dolu çıkmıştı ki.

"Tekrar," diye soludu.

Yüksek sesle, "Christian. Christian, Christian Grey," diye haykırdım.

"Benimsin." Sesi yumuşak ve ölümcüldü ve dilinin son dokunuşuyla, olağanüstü orgazmımı kucaklayarak düştüm ve bacaklarım çok aralık olduğu için, sürdü, sürdü, sürdü ve kayboldum.

Christian'ın beni karnımın üstüne çevirdiğini hayal meyal fark ettim.

"Bunu deneyeceğiz, bebeğim. Ve eğer hoşuna gitmezse ya da çok rahatsız gelirse, söyle, duracağız."

Ne? Cinsel rahatlama sonrasının hazzında, herhangi bir his ya da tutarlı bir düşünce oluşturmayacak kadar kaybolmuştum. Christian'ın kucağında oturuyordum. Bu nasıl olmuştu?

Kulağıma, "Eğil bebeğim," diye fısıldadı. "Başın ve göğsün yatağın üstünde olsun."

Sersemlemiş halde söylediğini yaptım. İki elimi birden arkaya doğru çekip çubuğa, ayak bileklerimin yanına kelepçeledi. *Ah...* dizlerim yukarı çekilmiş, popom yukarıdaydı; büsbütün savunmasız ve tamamen onundum.

"Ana, o kadar güzel görünüyorsun ki." Sesi hayret doluydu. Parmaklarını bel kemiğinin kökünden aşağı, cinsel organıma doğru kaydırdı ve popomda bir an duraksadı.

"Hazır olduğunda bunu da istiyorum." Parmağı üzerimde, havada duruyordu. Nazik keşfi altında, gerildiğimi hissederek yüksek sesle inledim. "Bugün değil, Ana ama bir gün... Seni her şekilde istiyorum. Her santimine sahip olmak istiyorum. Sen benimsin."

Kıç tıkacını düşündüm ve birden derinliklerimdeki her şey geriliverdi. Sözcükleri inlememe neden olurken, parmakları aşağıda, daha aşina bir bölgenin etrafında dönmeye başladı.

Anlar sonra, kendini içime ittiğini hissettim. "Ah... Yavaş," diye haykırdım ve durdu.

"İyi misin?"

"Yavaş... İzin ver buna alışayım."

Yavaşça içimden çıktı ve sonra tekrar içime girerek beni esnetip doldurdu. İkinci kez.... Üçüncü kez... Çaresizdim.

Duygunun tadını çıkararak, "Evet, iyi, artık tamamım," diye mırıldandım.

İnledi ve ritim kazandı. İnsafsızca hareket ediyordu. Öne doğru, içime doğru... beni doldurarak. Ve eşsizdi. Arzusunda, ona teslim oluşumda ve içimde istediği şekilde kaybolabileceğini bilmekte büyük bir mutluluk vardı. Bunu yapabilirdim. Beni karanlık ve varlığından bile habersiz olduğum yerlere götürüyordu ve birlikte, onları kör edici bir ışıkla dolduruyorduk. Ah, evet... Yakıcı, kör edici ışıkla.

Ve bana yaptığı şeye bayılarak, tatlı tatlı rahatlamama kavuştum, kendimi bıraktım ve bir kez daha, gürültüyle ve adını haykırarak boşaldım. Hiç kıpırdamadan, kalbini ve ruhunu içime boşalttı.

"Ana, bebeğim," diye haykırarak yanıma yığıldı.

Parmakları kelepçeleri ustalıkla çözdü ve önce ayak, sonra el bileklerimi ovaladı. İşi bitip ben nihayet özgürlüğüme kavuşunca, beni kollarına çekti ve bitkin halde uykuya daldım.

Yeniden gözlerimi açtığımda yanına kıvrılmıştım ve bana bakıyordu. Saatin kaç olduğu konusunda hiçbir fikrim yoktu.

"Seni uyurken sonsuza dek seyredebilirim, Ana," diye mırıldandı ve alnımı öptü.

Gülümsedim ve dermansız bir halde ona doğru kaydım.

"Seni bırakmayı hiç istemiyorum," dedi ve beni kollarıyla sardı.

Hımm... Uyku sersemi, "Ben de gitmek istemiyorum. Beni hiç bırakma," diye mırıldandım. Gözkapaklarım açılmayı reddediyordu.

"Sana ihtiyacım var," diye fısıldadı ama sesi, rüyalarımın uzak, dünyevi bir parçasıydı. Bana ihtiyacı vardı... İhtiyacı vardı ve nihayet yeniden karanlığa doğru kayarken, aklımdaki son düşünce, bana utangaç bir gülümsemeyle bakan, bakır saçlı, gri gözlü, kir pas içinde bir oğlan çocuğuydu.

BÖLÜM ON YEDİ

Hımm..

Ben ağır ağır uyanırken, Christian burnunu boynuma sürtüyordu.

"Günaydın, bebeğim," diye fısıldadı ve kulak mememi dudaklarının arasında sıktı. Gözlerimi kırpıştırarak açtım ve hemen kapattım. Sabahın ilk saatlerinin parlak ışıkları odanın içine doluyor, eli mememi usulca okşayarak benimle adeta alay ediyordu. Arkamda, bana sıkı sıkı sarılarak yatarken, elini kalçama kaydırdı.

Dokunuşunun tadını çıkararak gerindim ve ereksiyonunu popomda hissettim. *Ah, tanrım.* Christian Grey usulü uyandırma.

Manidar bir kıvranışla ona sürtünerek, uykulu bir sesle, "Beni gördüğüne sevinmişsin," diye mırıldandım.

"Seni gördüğüme çok sevindim," dedi ve elini, cinsel organımı avuçlamak ve parmaklarıyla beni keşfetmek için, karnımın üstünden aşağı kaydırdı. "Yanınızda uyanmanın mutlak avantajları var, Bayan Steele," diye takıldı ve beni yavaşça çekerek sırt üstü çevirdi.

Parmaklarıyla şehvetli işkencesini sürdürerek, "İyi uyudun mu?" diye sordu. Bana gülümseyerek bakıyordu. Göz alıcı, insanın ağzını bir karış açık bırakan kusursuz dişli erkek manken gülümsemesi. Nefesimi kesiyordu.

Kalçalarım, parmaklarının başlattığı dansın ritmine uygun sallanmaya başladı. Dudaklarıma masum bir öpücük kondurdu ve sonra, öperek ve emerek aşağı kaydı. İnledim. Kendisi nazik, dokunuşu hafif ve cennet gibiydi. Hünerli parmakları aşağı süzülüp yavaşça içime kayarken, hayranlıkla tısladı.

Boynuma doğru, "Ah, Ana, " diye mırıldandı. "Her zaman hazırsın." Dudakları köprücük kemiğimin üstünden mememe doğru yolculuğunu sürdürürken, parmakları öpüşleriyle eş zamanlı hareket ediyordu. Dişleri ve dudaklarıyla önce bir meme ucumu, sonra diğerini, ah, çok yavaşça emdi ve meme uçlarım tatlı bir tepkiyle gerilip uzadılar.

İnledim.

"Hımm..." Usulca homurdandı ve bana yakıcı, gri bir bakış atmak için kafasını kaldırdı. "Seni şimdi istiyorum." Başucu komodinine uzandı. Üzerime çıktı ve ağırlığını dirseklerine vererek bacaklarımı bacaklarıyla aralarken, burnunu burnuma sürttü. Dizlerinin üstünde doğruldu ve folyo paketi yırtıp açtı.

"Cumartesiyi sabırsızlıkla bekliyorum," derken gözlerinde şehvetli bir sevinç vardı.

"Partini mi?" diye soludum.

"Hayır, bu düzücüleri kullanmayı bırakabileceğim."

"Çok uygun bir adlandırma." Kıkırdadım.

Prezervatifi yerleştirirken bana sırıttı. "Yoksa kıkırdıyor musunuz, Bayan Steele?"

"Hayır." Yüzümü toplamaya çalışsam da başarısız oldum.

"Şimdi kıkırdama zamanı değil." Kafasını beni azarlar gibi sallarken, sesi alçak ve sertti ama ifadesi –tanrım– aynı anda hem buz hem lav gibiydi.

Nefesim kesildi. Fırtınalı gözlerinin karanlık derinliklerine bakarak, boğuk bir sesle, "Kıkırdamamın hoşuna gittiğini sanıyordum," diye fısıldadım.

"Şimdi değil. Kıkırdamanın da bir yeri ve zamanı var. Ve şimdi ne yeri ne de zamanı. Seni durdurmam gerek ve bunu nasıl yapacağımı biliyorum," dedi ve vücudu vücuduma örtüldü.

"Kahvaltıda ne istersiniz, Ana?"

"Sadece biraz kahvaltılık gevrek alayım. Teşekkürler, Bayan Jones."

Kahvaltı barında, Christian'ın yanındaki yerimi alırken kızardım. Dikkatli ve kuralcı Bayan Jones'u son gördüğümde, Christian'ın omzunda, hem de çok hoyrat bir şekilde, yatak odasına götürülüyordum.

"Çok hoş görünüyorsun," dedi Christian yavaşça. Üzerimde gri bir kalem etek ve yine gri ipekli bir bluz vardı.

"Sen de öyle." Mahcup mahcup gülümsedim. Açık mavi bir gömlek ve kot pantolon giymişti ve her zamanki gibi, harika ve kusursuz görünüyordu.

"Sana daha çok etek almalıyız," dedi rahat bir tavırla. "Aslında, seni alışverişe çıkarmak istiyorum."

Hımm... Alışveriş. Alışverişten nefret ederdim ama belki Christian'la o kadar kötü olmazdı. En iyi savunma yöntemi olarak dikkat dağıtmayı seçtim.

"Acaba bugün işte neler olacak?"

"O pislik torbasının yerine birini getirmek zorunda kalacaklar." Christian olağanüstü nahoşlukta bir şeye basmış gibi, yüzünü buruşturdu.

"Umarım yeni patronum bir kadın olur."

"Neden?"

"O zaman onunla bir yere gitmeme itiraz etme ihtimalin azalır."

Dudakları kıvrıldı ve omletini yemeğe başladı.

"Bu kadar komik olan ne?" diye sordum.

"Sen. Gevreğini ye. Bütün yiyeceğin bundan ibaret olacaksa hepsini bitirmelisin."

Her zamanki patronluk taslayan haline bürünmüştü. Dudaklarımı büzdüysem de kahvaltıma başladım.

"İşte, anahtar buraya girecek." Christian vites kolunun altındaki kontağı işaret etti.

"Tuhaf bir yer," diye mırıldandım ama en ufak detay bile beni mutlu ediyordu. Rahat deri koltukta, küçük bir çocuk gibi zıplıyordum. Christian arabamı kullanmama nihayet izin vermişti.

Bana serinkanlılıkla baksa da, gözleri keyifle parlıyordu. "Bu seni bayağı heyecanlandırıyor, değil mi?" diye mırıldandı.

Aptal gibi sırıtarak kafamı salladım. "Şu yeni araba kokusuna baksana. Bu İtaatkâr Özel'den bile iyi…" Kızararak, "… Iıı, A3'ten," diye ekledim.

Christan gülümsedi. "İtaatkâr Özel mi? Kelimelerle çok ilginç bir oynama şekliniz var, Bayan Steele." Yüzünde sahte bir hoşnutsuzluk ifadesiyle arkasına yaslandı ama beni kandıramazdı. Eğlendiğini biliyordum.

"Pekâlâ, gidelim." Elini garajın girişine doğru salladı.

Ellerimi çırptım ve arabayı çalıştırdım, motor mırlayarak çalıştı. Vitesi taktım, ayağımı frenden çektim ve Saab yavaşça öne kaydı. Taylor arkamızda Audi'yi çalıştırdı ve garaj bariyeri kalkınca, peşimizde Escala'dan çıktı.

İlk dur işaretinde beklerken, "Radyoyu açabilir miyiz?" diye sordum.

Sert bir sesle, "Konsantre olmanı istiyorum," dedi.

"Christian, lütfen. Müzik açıkken araba kullanabiliyorum." Gözlerimi devirdim. Bana bir an surat astı, sonra radyoya uzandı.

"CD'lerinin yanı sıra iPod'unu ve MP3'lerini de çalabilirsin," diye mırıldandı.

Police'in kulağa hoş gelen fazla yüksek melodisi aniden arabayı doldurdu. Christian müziğin sesini kıstı. Hımm. *King of Pain*[19].

"Senin marşın," diye takıldım ve ağzı ince bir çizgiye dönüşünce, daha o anda pişman oldum. Ah, hayır... Dikkatini dağıtmak için, telaşla, "Bu albüm bende var, bir yerlerde olmalı," diye devam ettim. *Hımm... Çok az vakit geçirdiğim dairenin bir yerlerinde.*

Ethan nasıldı acaba? Bugün onu aramaya çalışmalıydım. İşte yapacak çok fazla şeyim olmayacaktı.

Midem kaygıyla buruldu. Ofise gittiğimde neler olacaktı? Herkesin Jack'ten haberi olmuş muydu acaba? Herkes Christian'ın da işin içinde olduğunu öğrenecek miydi? Hâlâ bir işim olacak mıydı? Tanrım bir işim olmazsa, ne yapardım ben?

Trilyonerle evlen Ana! Bilinçaltım çirkin yüzünü takınmıştı. Onu yok saydım, açgözlü sürtük.

"Hey, Bayan Ukala. Kendine gel." Bir sonraki trafik ışığına yanaşırken, Christian beni yeniden içinde bulunduğum ana çekti.

"Çok dalgınsın. Konsantre ol, Ana," diye azarladı. "Konsantre olmayınca kazalar olur."

Ah, tanrı aşkına ve birden Ray'in bana araba kullanmayı öğrettiği zamanlara geri döndüm. Yeni bir babaya ihtiyacım yoktu. Bir kocaya belki, tuhaf bir kocaya. *Hımm.*

"Sadece işi düşünüyordum."

"Bebeğim, her şey yolunda. Bana güven." Christian gülümsedi.

"Lütfen müdahale etme. Bunu tek başıma yapmak istiyorum. Christian, lütfen. Benim için önemli." Bunu olabildiğince yumuşak söylemiştim. Tartışmak istemiyordum. Ağzı bir kez daha sert, inatçı çizgi halini aldı ve beni yine fırçalayacak sandım.

Ah hayır.

---

19 (İng.) Acı Kralı. (ç. n.)

"Tartışmayalım, Christian. Harika bir sabah geçirdik. Ve dün gece de..." Kelimeler beni yüzüstü bırakmıştı. "Dün gece... cennetten çıkmaydı."

Hiçbir şey demedi. Ona baktım, gözleri kapalıydı.

"Evet. Cennet gibiydi," dedi usulca. "Söylediğimde ciddiydim."

"Ne?"

"Gitmene izin vermek istemiyorum."

"Ben de gitmek istemiyorum."

Gülümsedi ve bu yeni, mahcup gülümsemeye direnemiyordum. Tanrım, çok güçlüydü.

"İyi," demekle yetindi. Gözle görülür biçimde gevşemişti.

SBY'ye bir blok mesafedeki park alanına girdim.

Christian, "Seninle işe kadar yürüyeceğim. Taylor beni oradan alır," dedi. Dize doğru daralan kalem eteğim yüzünden, beceriksiz hareketlerle arabadan indim. Christian ise bedeniyle barışık biri olarak –ya da en azından bedeniyle barışık bir insan görüntüsü çizerek– zarif hareketlerle inmişti. *Hımm...* Ona dokunulmasından hoşlanmayan biri o kadar barışık olamazdı. Bu düşünce kaşlarımın çatılmasına neden oldu.

Bana elini uzatırken, "Bu akşam saat yedide Dr. Flynn'i göreceğimizi unutma," dedi. Uzaktan kumandanın kilit düğmesine basarken elini tuttum.

"Unutmam. Onun için bir soru listesi hazırlayacağım."

"Soru mu? Benim hakkımda mı?"

Başımı evet der gibi salladım.

"Benimle ilgili sorularını ben yanıtlayabilirim." Christian gücenmiş görünüyordu.

Gülümsedim. "Evet ama önyargısız pahalı şarlatanın fikrini almak istiyorum."

Kaşlarını çattı ve birden beni kollarının arasına çekip ellerini arkamda birleştirdi.

"Bu iyi bir fikir mi?" diye sorarken, sesi alçak ve boğuktu. Gözlerine yansıyan yoğun kaygıyı görmek için hafifçe geri çekildim. Ruhumu paralıyordu.

"Sormamı istemezsen sormam." Ona gözlerimi kırpıştırarak ve yüzündeki endişeyi okşayışımla alıp götürebilmeyi umarak baktım. Şefkatle yanağına dokundum; sabah tıraşı sonrası pürüzsüzdü.

Rahatlatıcı ve yumuşak bir sesle, "Seni endişelendiren ne?" diye sordum.

"Gitmen."

"Christian, sana daha kaç kez söylemem gerekecek? Hiçbir yere gitmiyorum. Bana en kötüsünü söyledin. Seni bırakmayacağım."

"O zaman neden cevap vermedin?"

Kurnaz davranarak, "Neye cevap vermedim?" diye mırıldandım.

"Neden bahsettiğimi biliyorsun, Ana."

İç geçirdim. "Sana yettiğimi bilmek istiyorum, Christian; hepsi bu."

Öfkeyle, "Ve benim sözüm sana yetmiyor, öyle mi?" diyerek, kollarını çözdü.

"Christian, her şey çok çabuk oldu. Ve kendi ifadenle, sen bombokluğun elli tonusun. İhtiyaç duyduğun şeyi sana ben veremem," diye mırıldandım. "Bana göre değil. Ama bu kendimi yetersiz hissetmeme neden oluyor, hele seni Leila'yla gördükten sonra. Bir gün karşına senin yaptıklarından hoşlanan birinin çıkmayacağını kim bilebilir? Ve senin ona... ona âşık olmayacağını? İhtiyaçlarına çok daha uygun düşen birini..." Christian'ı bir başkasıyla düşünmek beni hasta ediyordu. Birbirine kenetlediğim parmaklarıma baktım.

"Benim yaptıklarımı yapmaktan hoşlanan çok kadın tanıdım. Hiçbiri bana senin gibi çekici gelmedi. Hiçbiriyle duygusal bir bağım olmadı. Sadece seninle oldu, Anastasia."

"Çünkü onlara hiç şans vermedin. Şatonda çok fazla kapalı kalmışsın, Christian. Bak, bunu daha sonra tartışalım. İşe gitmem gerek. Belki Dr. Flynn ikimize de içgörü sağlayabilir."

Bu, sabahın sekiz ellisinde bir otoparkta konuşmak için fazla ağır bir mevzuydu. Ve Christian ilk defa hemfikir olmuş gibiydi. Kafasını salladı ama bakışları temkinliydi.

Elini uzatırken, "Gel," diye emretti.

Masama varınca, derhal Elizabeth'in ofisine gitmemi söyleyen bir not buldum. Yüreğim ağzıma geldi. Ah, buraya kadardı. Kovulacaktım.

"Anastasia." Elizabeth nazik bir gülümsemeyle, masasının önündeki sandalyeye oturmamı işaret etti. Oturdum ve kalbimin gümbürtüsünü duyamadığını umarak, heyecanla, ona baktım. Gür siyah saçlarını düzeltti ve bana ciddi, açık mavi gözleriyle baktı.

"Biraz üzücü haberlerim var."

Üzücü mü? Ah, hayır.

"Seni Jack'in şirketten ani bir kararla ayrıldığını haber vermek için çağırdım."

Kızardım. Benim için üzücü değildi. Ona bildiklerimi söylemeli miydim?

"Hızlı gidişi, bir pozisyon boşluğu yarattı ve yeni birini bulana dek, boşluğu senin doldurmanı istiyoruz."

Ne? Yüzümdeki bütün kanın çekildiğini hissettim. *Ben mi?*

"Ama ben sadece bir haftadır buradayım."

"Evet, Anastasia anlıyorum ama Jack her zaman senin becerilerinin savunucusu oldu. Senin için büyük umutları vardı."

Nefesim kesildi. Beni sırt üstü yatırmak için büyük umutları olduğuna emindim.

"Burada detaylı iş tanımını bulacaksın. Baştan sona bir göz at, günün ilerleyen saatlerinde tartışırız."

"Ama..."

"Lütfen, bunun ani olduğunu biliyorum ama Jack'in en önemli yazarlarıyla temas kurmuş bulunuyorsun. Kitap dosyalarına dair notların diğer editörlerin dikkatinden kaçmadı. Keskin bir zekân var, Anastasia. Hepimiz bunu yapabileceğini düşünüyoruz."

"Tamam." Bu gerçekdışıydı.

"Bak, bir düşün. Bu arada Jack'in ofisini de alabilirsin."

Ayağa kalkıp elini uzatarak beni kibarca gönderdi. Elini tamamen sersem halde sıktım.

"Gittiğine seviniyorum," diye fısıldarken, yüzünden tatsız bir ifade geçti. Kahretsin. Jack ona ne yapmıştı acaba?

Masama dönünce, BlackBerry'mi alıp Christian'ı aradım.

İkinci çalışta açtı. Endişeyle, "Anastasia, iyi misin?" diye sordu.

"Bana Jack'in işini verdi. Şey, geçici olarak," dedim.

"Şaka yapıyorsun," diye fısıldarken, şoka uğramış gibiydi.

"Bu işle bir ilgin var mı?" Sesim istediğimden daha sert çıkmıştı.

"Hayır, hem de hiç yok. Demek istediğim, kusura bakma ama Anastasia sadece bir haftadır oradasın ve niyetim seni kırmak değil."

"Biliyorum." Kaşlarımı çattım. "Jack beni gerçekten övmüş gibi görünüyor."

"Öyle mi olmuş?" derken sesi soğuktu. İç geçirdi.

"Pekâlâ, bebeğim. Bunu yapabileceğini düşünüyorlarsa ben yapabileceğinden eminim. Tebrikler. Belki de Flynn'le görüştükten sonra kutlama yapmalıyız."

"Hımm, bu işte parmağın olmadığından emin misin?"

Kısa bir süre sessiz kaldı ve sonra tehditkâr bir sesle, "Benden şüphe mi duyuyorsun? Bunu yapman beni öfkelendiriyor," dedi.

Yutkundum. Tanrım, o kadar kolay sinirleniyordu ki. "Özür dilerim," diye soludum.

"Bir şeye ihtiyacın olursa haberim olsun. Burada olacağım. Ve Anastasia..."

"Ne?"

Ters bir sesle, "Blackberry'ni kullan," diye ekledi.

"Evet, Christian."

Beklediğim gibi telefonu kapatmak yerine derin bir nefes aldı.

"Ciddiyim. Bana ihtiyacın olursa buradayım." Sözleri daha yumuşak ve gönül alıcıydı. Ah, o kadar değişkendi ki... Ruhsal gelgitleri hızlı tempoya ayarlanmış bir metronomdan farksızdı.

"Tamam," diye mırıldandım. "Gitsem iyi olur. Ofisimi taşımam gerek."

"Bana ihtiyacın olursa ara, ciddiyim," diye mırıldandı.

"Biliyorum. Teşekkürler, Christian. Seni seviyorum."

Hattın diğer ucunda sırıttığını hissettim. Onu geri kazanmıştım.

"Ben de seni seviyorum, bebeğim." Ah bana bu sözleri söylemesinden sıkılacağım bir zaman olacak mıydı?

"Sonra konuşuruz."

"Kaçtım, bebek."

Telefonu kapattım ve Jack'in ofisine baktım. Ofisime. Tanrı aşkına, Anastasia Steele, Başeditör. Kimin aklına gelirdi? Daha fazla para istemeliydim.

Jack bilse ne düşünürdü? Bu düşünceyle irkildim ve sabahının nasıl geçtiğini merak ettim. Planladığı gibi, New York'ta olmadığı ortadaydı. Odama gittim, masama oturdum ve iş tanımını okumaya başladım.

Saat on iki otuzda Elizabeth beni aradı.

"Ana, saat birde, toplantı odasında sana ihtiyacımız olacak. Jerry Roach ve Kay Bestie de orada olacaklar. Biliyorsun, şirket başkanı ve başkan yardımcısı. Bütün editörler katılıyor."

Kahretsin!

"Herhangi bir şey hazırlamam gerekiyor mu?"

"Hayır, bu ayda bir yaptığımız gayriresmî bir toplantı. Öğle yemeği de olacak."

"Orada olacağım." Telefonu kapattım.

Lanet olsun! Jack'in yazarlarının güncel listesini gözden geçirdim. Evet, hemen hepsine hakimdim. Elimde Jack'in desteklediği beş metin ve yayımlanması gerçekten düşünülmesi gereken iki tane daha vardı. Derin bir nefes aldım. Öğle yemeği saatinin geldiğine inanamıyordum. Gün uçup gitmişti ve bu çok hoşuma gidiyordu. Bu sabah hazmetmem gereken çok şey yaşanmıştı. Telefonumdan gelen bir uyarı sinyali bir randevum olduğunu hatırlattı.

Ah, hayır, Mia! Bütün heyecanımın arasında, Mia'yı tamamen unutmuştum. BlackBerry'mi çıkardım ve numarasını bulmak için çılgın gibi uğraşmaya başladım.

Telefonum çaldı.

"O resepsiyonda." Claire'in sesi fısıltıdan farksızdı.

"Kim?" Bir an Christian olabileceğini sandım.

"Sarışın tanrı."

"Ethan mı?"

Ah, ne istiyordu? Onu aramadığım için suçlu hissettim.

Kareli mavi bir gömlek, beyaz bir tişört ve kot pantolon giymiş olan Ethan, beni görünce neşeyle gülümsedi.

"Vay canına. Çok seksi görünüyorsun, Steele," dedi takdirle başını sallayarak. Beni çabucak kucakladı.

"Her şey yolunda mı?" diye sordum.

Kaşlarını çattı. "Her şey yolunda, Ana. Sadece seni görmek istedim. Bir süredir senden haber alamıyorum ve Bay Önemli Şahsiyet'in sana nasıl davrandığını kontrol etmek istedim."

Kızardım ve gülümsememe engel olamadım.

"Tamam!" Ethan ellerini havaya kaldırdı. "Sır dolu gülümsemeden anlayabiliyorum. Daha fazlasını bilmek istemiyorum. Belki öğlen yemeğe çıkabilirsin diye şansımı denemeye geldim. Eylül'de Seattle'a psikoloji derslerine kayıt yaptırıyorum. Mastırım için."

"Ah, Ethan. O kadar çok şey oldu ki. Sana anlatacak bir yığın şeyim var ama şu anda anlatamam. Toplantım var." Aklıma bir fikir geldi. "Bana gerçekten, gerçekten, gerçekten bir iyilik yapar mısın?" Ellerimi yalvarır gibi birleştirdim.

Yalvarmama şaşırarak, "Elbette," dedi.

"Christian ve Elliot'ın kız kardeşiyle yemek yemem gerekiyordu ama ona ulaşamıyorum ve bu toplantı son anda çıktı. Onu öğle yemeğine götürebilir misin? Lütfen?"

"Ah, Ana! Veledin tekine bebek bakıcılığı yapmak istemiyorum."

"Lütfen, Ethan." Ona becerebildiğim en büyük mavi uzun kirpikli bakışı attım. Gözlerini devirdi ve onu ikna ettiğimi anladım.

"Bana bir şey pişirecek misin?"

"Elbette, ne zaman ve ne istersen."

"O nerede peki?"

"Şu anda burada olması gerekiyor." Ve tam o anda Mia'nın sesini duydum.

Ön kapıdan, "Ana!" diye seslendi.

İkimiz de döndük ve işte oradaydı. Siyah küt kesim saçları, balıketi ve uzun vücuduyla, nane yeşili bir mini elbise ve bilekten bağlı aynı renk yüksek topuklu ayakkabılarıyla. Göz alıcıydı.

Ethan ona bakarken, "Velet mi demiştim?" diye inledi.

"Evet, bu veledin bebek bakıcısına ihtiyacı var," diye fısıldadım. "Merhaba, Mia." Ben onu kucaklarken, Mia, Ethan'ı biraz küstah bakışlarla süzüyordu.

"Mia, bu Ethan. Kate'in ağabeyi."

Ethan kaşları şaşkınlıktan havaya kalkmış halde, selam verdi. Mia ona elini uzatırken gözlerini birkaç kez kırpıştırdı.

Ethan pürüzsüz bir sesle, "Tanıştığımıza memnun oldum," diye mırıldandı ve Mia yine gözlerini kırpıştırdı, ilk kez sessizdi. Kızardı.

Ah, Tanrım, daha önce kızardığını gördüğümü sanmıyordum.

Biraz takılarak, "Ben yemeğe gelemiyorum," dedim. "Senin için de uygunsa Ethan seni götürmeyi kabul etti. Daha sonra telafi edebilir miyiz?"

"Elbette," dedi. Mia ve suskunluk, işte bu yeni bir şeydi.

Ethan, Mia'ya kolunu uzatarak, "Evet, bundan sonrasını ben hallederim. Sonra görüşürüz, Ana," dedi. Mia, Ethan'ın kolunu biraz çekinerek tuttu.

"Hoşça kal, Ana." Mia bana döndü ve abartılı bir göz kırpmayla dudaklarını oynattı, "Aman Tanrım!"

Ondan hoşlanmıştı! Binadan çıkarken arkalarından el salladım. Christian'ın, kız kardeşinin birileriyle çıkması konusundaki tavrı neydi acaba? Bu düşünce beni huzursuz etmişti. Mia benimle aynı yaşta olduğuna göre, Christian'ın bir itirazı olamazdı, değil mi?

Burada Christian'dan bahsediyoruz. Küçümseyici bilinçaltım, ağzı büzülü, hırkası üzerinde, çantası dirseğinde olduğu halde geri dönmüştü. Görüntüyü kafamdan attım. Mia yetişkin bir kadındı ve Christian da makul davranabilirdi, değil mi? Düşünceyi aklımdan uzaklaştırdım ve toplantıya hazırlanmak için Jack'in... hayır, benim ofisime döndüm.

Geri döndüğümde saat üç buçuktu. Toplantı iyi gitmişti. Hatta üzerinde çalıştığım iki metnin kabul edilmesini sağlamayı bile başarmıştım. Baş döndürücü bir duyguydu.

Masamın üstünde, beyaz ve pembe güllerle dolu, kocaman bir sepet duruyordu. Tanrım, sadece kokusu bile muhteşemdi. Kartı elime alırken gülümsedim. Kimin gönderdiğini biliyordum.

Tebrikler, Bayan Steele.

Hem de tamamen tek başınıza!

Fazla dost canlısı, Yardımsever, Megalomanyak CEO

Sevgiler

Christian

E-posta göndermek için BlackBerry'mi aldım.

Kimden: Anastasia Steele

Konu: Megalomanyak…

Tarih: 16 Haziran 2011 15:43

Kime: Christian Grey

… en sevdiğim manyak türüdür. Güzel çiçekler için teşekkürler. Bana piknikleri ve battaniyeleri hatırlatan, kocaman bir hasır sepet içinde geldiler.

X

Kimden: Christian Grey

Konu: Temiz Hava

Tarih: 16 Haziran 2011 15:55

Kime: Anastasia Steele

Manyak ha? Dr. Flynn'in bu konuda söyleyecekleri olabilir. Pikniğe mi gitmek istiyorsun?

Kırlarda çok eğlenebiliriz, Anastasia.

Günün nasıl gidiyor, bebeğim?

Christian Grey
CEO, Grey Şirketler Topluluğu

Ah, Tanrım. Cevabını kızararak okudum.

Kimden: Anastasia Steele
Konu: Deli gibi
Tarih: 16 Haziran 2011 16:00
Kime: Christian Grey

Gün nasıl geçti anlamadım. İş dışında bir şey düşünecek vaktim olmadı. Sanırım bunu yapabilirim! Eve dönünce anlatırım. Kırlar kulağa... ilginç geliyor.

Seni seviyorum

A x

Not: Dr. Flynn konusunda endişelenme.

Telefonum çaldı. Arayan resepsiyondaki Claire'di. Çiçeklerin kimden geldiğini ve Jack'e ne olduğunu öğrenmek için deliriyordu. Bütün gün ofise tıkıldığım için dedikoduları kaçırmıştım. Ona hızlı bir şekilde çiçeklerin erkek arkadaşımdan geldiğini ve Jack'in gidişi hakkında çok az bilgim olduğunu söyledim. BlackBerrry'im titreşti. Christian'dan yeni bir e-posta gelmişti.

Kimden: Christian Grey

Konu: Endişelenmemeye

Tarih: 16 Haziran 2011 16:09

Kime: Anastasia Steele

... çalışırım.

Kaçtım, bebek. X.

Christian Grey
CEO, Grey Şirketler Topluluğu

Saat beş buçukta masamı topladım. Zamanın bu kadar hızlı geçtiğine inanamıyordum. Escala'ya dönmeli ve Dr. Flynn'le buluşmak için hazırlanmalıydım. Sorularımı düşünmeye bile zamanım olmamıştı. Belki bugün bir ön görüşme yapardık ve Christian onu tekrar görmeme izin verirdi. Claire'e el sallayarak ofisten fırlarken, bu düşünceyi umursamamaya karar verdim.

Düşünmem gereken bir diğer şey de Christian'ın doğum günüydü. Ona ne alacağımı biliyordum. Hediyemi bu gece Dr. Flynn'le buluşmadan önce vermek istiyordum ama nasıl? Park alanının yanında, turistik süs eşyaları satan bir dükkân vardı. Aklıma parlak bir fikir geldi ve içeri daldım.

Yarım saat sonra geniş salona girdiğimde Christian, camdan dışarı bakarak, telefonda konuşuyordu. Döndü, bana bakıp gülümsedi ve konuşmayı toparladı.

"Ros, bu harika. Barney'e söyle, oradan başlarız. Güle güle."

Bana doğru yürüdü. Utangaç bir tavırla girişte duruyordum. Beyaz bir gömlek ve kot pantolon içinde, tam bir kötü çocuk havasındaydı ve aşırı seksiydi. *Vay canına.*

"İyi akşamlar, Bayan Steele," diye mırıldandı ve beni öpmek için eğildi. "Terfini tebrik ederim." Kollarını bana doladı. Enfes bir kokusu vardı.

"Duş almışsın."

"Claude'la çalıştık."

"Ah."

"İki kez canına okumayı başardım." Christian çocuksu ve kendinden hoşnut bir halde sırıttı. Gülümsemesi bulaşıcıydı.

"Sık sık olmaz mı?"

"Hayır. Olduğu zamanlar da çok tatmin edici olur. "Aç mısın?"

Kafamı salladım.

"Ne var?" Kaşlarını çattı.

"Gerginim. Dr. Flynn konusunda."

"Ben de öyle. Günün nasıldı?" Kollarını çözdü, ona kısa bir özet geçtim. Dikkatle dinledi.

"Ah, sana söylemem gereken bir şey daha var," diye ekledim. "Mia'yla öğle yemeği yiyecektik."

Şaşırarak kaşlarını kaldırdı. "Bundan hiç bahsetmemiştin."

"Biliyorum. Unuttum. Toplantı yüzünden gidemedim. Benim yerime Ethan onu yemeğe çıkardı."

Yüzü karardı. "Anladım. Dudağını ısırmayı kes."

"Üstümü başımı toparlayayım," diyerek konuyu değiştirdim ve daha fazla tepki vermesine fırsat bırakmadan, salondan ayrıldım.

Dr. Flynn'in ofisi Christian'ın dairesine kısa bir araba yolculuğu mesafesindeydi. Çok pratik, diye düşündüm. *Acil durumlar için.*

"Genelde evden buraya koşarım," dedi Christian, Saab'ımı park ederken. "Bu harika bir araba." Bana gülümsedi.

"Bence de öyle." Ben de ona gülümsedim. "Christian... ben..." Ona kaygıyla baktım.

"Ne oldu, Ana?"

"Al." Çantamdan küçük hediye paketini çıkardım. "Doğum günün için. Sana şimdi vermek istiyorum ama cumartesi gününe kadar açmayacağına söz vermen şartıyla."

Bana gözlerini kırpıştırarak baktı ve yutkundu. Temkinli bir sesle, "Tamam," diye mırıldandı.

Şaşkın ifadesini görmezden gelerek derin bir nefes aldım ve paketi ona verdim. Kutuyu salladı. Bir takırtı çıktı. Christian kaşlarını çattı. İçinde ne olduğunu anlamak için deli olduğunu biliyordum. Sonra, gözleri genç ve tasasız bir ifadeyle parlayarak sırıttı. Ah, Tanrım... Tam olduğu yaşta görünüyordu ve çok güzeldi.

"Cumartesiye kadar açamazsın," diye uyardım.

"Anladım," dedi. "Neden şimdi veriyorsun?" Kutuyu mavi, ince çizgili ceketinin iç cebine, kalbinin yakınına yerleştirdi.

Ne kadar uygun, diye düşündüm. Ona sırıtarak baktım.

"Çünkü verebiliyorum, Bay Grey."

Ağzı alaycı bir ifadeyle çarpıldı.

"Bakın hele, Bayan Steele; benim repliğimi çaldınız."

Enerjik ve dost canlısı bir resepsiyon görevlisi, bizi Dr. Flynn'in saray yavrusu ofisine aldı. Christian'ı sevecen –bana göre fazla sevecen– bir tavırla karşıladı. Annesi olacak yaştaydı ve Christian da ona adıyla hitap etti.

Uçuk yeşil oda, iki koltuğa bakan koyu yeşil iki kanepesi ve centilmenler kulübü havasıyla, abartıdan uzaktı. Dr. Flynn odanın karşı köşesindeki masasında oturuyordu.

Biz içeri girince ayağa kalktı ve oturma bölümünde bize katıldı. Siyah bir pantolon ve açık yakalı, uçuk mavi bir gömlek giymiş, kravat takmamıştı. Parlak mavi gözleri hiçbir şeyi kaçırmıyor gibiydi.

Dost canlısı bir gülümsemeyle, "Christian," dedi.

"John." Christian elini sıktı. "Anastasia'yı hatırlıyor musun?"

"Nasıl unutabilirim? Anastasia, hoş geldin."

Elimi coşkuyla sıkarken, "Ana, lütfen," diye mırıldandım. İngiliz aksanı hoşuma gidiyordu.

Kibarca, "Ana," diyerek bizi kanepelere buyur etti.

Christian oturmam için kanepelerden birini işaret etti. Rahat görünmeye çalışarak oturdum ve kolumu kolçağa yasladım. Christian da yanımdaki kanepeye oturdu. Aramızda üzerinde sadece bir lambanın durduğu küçük bir sehpa vardı. Lambanın yanında bir kâğıt mendil kutusu olduğunu fark ettim.

Beklediğim bu değildi. Zihnimde, siyah deri bir kanepenin olduğu bembeyaz bir oda canlandırmıştım.

Dr. Flynn son derece rahat ve kontrol sahibi bir tavırla, yüksek arkalıklı koltuklardan birine yerleşti ve deri kaplı defterini eline aldı. Christian ayak bileği dizine denk gelecek şekilde bacak bacak üstüne atıp tek kolunu kanepenin arkasına uzattı. Diğer elini uzatıp kolçaktaki elimi tuttu ve güven vermek ister gibi sıktı.

Dr. Flynn söze nazikçe, "Christian seanslarımızdan birinde ona eşlik etmeni talep etti," diyerek başladı. "Bilgin olsun diye söylüyorum, bu seanslarda mutlak bir gizlilik gereklidir..."

Kaşlarımı kaldırarak Dr. Flynn'in cümlesinin ortasında durmasına neden oldum.

Durmasından utanarak, "Ah, ben... bir gizlilik anlaşması imzaladım," diye mırıldandım. Christian da Dr. Flynn de bakışlarını bana çevirdiler. Christian elimi bıraktı.

"Gizlilik anlaşması mı?" Dr. Flynn'in alnı kırıştı ve soran gözlerini Christian'a çevirdi.

Christian omuz silkti.

Dr Flynn ona, "Kadınlarla ilişkilerine her zaman bir gizlilik anlaşmasıyla mı başlıyorsun?" diye sordu.

"Kontrat bazlı olanlara, evet."

Dr. Flynn'in dudakları kıvrıldı. "Kadınlarla başka türlü ilişkin oldu mu?" diye sorarken, eğlenir gibi bir hali vardı.

Christian hiç duraksamadan "Hayır," diye yanıtladı. O da eğlenir gibiydi.

"Tahmin ettiğim gibi." Dr. Flynn dikkatini yeniden bana çevirdi. "Pekâlâ, sanırım gizlilik konusunda endişelenmemiz gerekmiyor ama ikinizin bunu bir noktada tartışmanızı öneriyorum. Anladığım kadarıyla, artık bu tür kontrat temelli bir ilişki içerisinde değilsiniz."

Christian bana bakarak, yumuşak bir sesle, "Farklı bir tür kontrat olacağını umuyorum," dedi. Kızardım. Bay Flynn gözlerini kıstı.

"Ana, affını rica edeceğim ama büyük olasılıkla senin hakkında sandığından daha fazla bilgi sahibiyim. Christian her zaman çok açık sözlü oldu."

Christian'a gergin bir bakış attım. Ne anlatmıştı?

"Bir gizlilik anlaşması?" diye devam etti. "Seni şoka uğratmış olmalı."

Gözlerimi kırpıştırdım. Yumuşak ve tereddütlü bir sesle, "Ah, Christian'ın son itiraflarının yanında, önemini yitiren bir şok," diye yanıtladım. Sesim çok gergin çıkmıştı.

"Mutlaka." Dr. Flynn bana kibarca gülümsedi. "Söylesene, Christian ne konuşmak istersin?"

Christian huysuz bir ergen gibi omuz silkti. "Sizi Anastasia görmek istedi. Belki de ona sormalısınız."

Dr. Flynn'in yüzünü bir kez daha şaşkınlık bürüdü. Bana kurnaz bir bakış attı.

Lanet olsun. Utançtan yerin dibine geçecektim. Gözlerimi parmaklarıma diktim.

"Christian bir süre bizi baş başa bırakırsa daha rahat eder misin?"

Gözlerim hızla Christian'a kaydı. Heyecan içinde bana bakıyordu.

"Evet," diye fısıldadım.

Christian kaşlarını çattı, ağzını açtı ama hemen sonra geri kapatıp seri bir hareketle ayağa kalktı.

"Bekleme odasında olacağım," derken ağzı düz ve aksi bir çizgi halini almıştı.

Ah, hayır.

"Teşekkürler, Christian," dedi Dr. Flynn duygusuz bir sesle.

Christian bana uzun, sert bir bakış attıktan sonra odadan çıktı ama kapıyı çarpmadı. *Fiyuvv.* Hemen gevşedim.

"Seni geriyor mu?"

"Evet. Ama eskisi kadar değil." Kendimi ihanet etmiş gibi hissetsem de, gerçek buydu.

"Bu beni hiç şaşırtmadı, Ana. Sana nasıl yardımcı olabilirim?"

Birbirine kenetli parmaklarıma baktım. Ne sorabilirdim ki?

"Dr. Flynn daha önce hiç ilişkim olmadı ve Christian da... şey, o Christian. Ve son bir hafta içinde çok şey yaşandı. Olanları enine boyuna düşünmeye vaktim olmadı."

"Neyi enine boyuna düşünmeye ihtiyaç duyuyorsun?"

Ona baktım. Bana, bence şefkatle bakarken, başını yana yatırmıştı.

"Şey... Christian bana şeyi bırakacağını..." Kekeleyip sustum. Bunu konuşmak tahmin ettiğimden daha zordu.

Dr. Flynn iç geçirdi. "Ana onu tanıdığın kısıtlı zamanda, hastamla benim son iki senede kaydettiğimden daha büyük bir ilerleme kaydettin. Üzerinde derin bir etki bıraktın. Bunu görüyor olmalısın."

"Onun da benim üzerimde derin bir etkisi oldu. Ben sadece ona yetip yetemeyeceğimi bilmiyorum. İhtiyaçlarını karşılayabileceğimden emin değilim," diye fısıldadım.

"Benden istediğin şey bu mu? Güvence mi?"

Başımı evet der gibi eğdim.

"Değişmeye ihtiyacı var," dedi. "Christian kendini, baş etme metotlarının artık işe yaramadığı bir durumda buldu. Çok basit bir ifadeyle, sen onu problemlerinin bir kısmıyla yüzleşmeye ve yeniden düşünmeye zorladın."

Gözlerimi kırpıştırdım. Söyledikleri, Christian'ın bana anlattıklarının aynısıydı.

"Evet, problemleri," diye mırıldandım.

"Onları kurcalamıyoruz, geçmişinde kaldılar. Christian problemlerinin ne olduğunu biliyor ve artık senin de bildiğinden eminim. Ben daha çok gelecek ve Christian'ı olmak istediği yere ulaştırmak konusunda endişeliyim."

Kaşlarımı çattım.

"ÇOKST yöntemini benimsiyoruz, özür dilerim." Gülümsedi. "Çözüm Odaklı Kısa Süreli Terapi'nin kısaltması. Temelde amaca odaklıdır. Christian'ın nerede olmak istediğine ve onu oraya nasıl ulaştıracağımıza konsantre oluyoruz. Diyalektik bir yaklaşım. Geçmiş için dövünmeye gerek yok, Christian'ın bugüne dek görüştüğü bütün doktor, psikolog ve psikiyatrların yaptığı bu olmuş. Neden bu halde olduğunu biliyoruz ama asıl önemli olan gelecek. Christian'ın nasıl bir insan olmak istediği. Bu tür bir terapiyi ciddiye alması için senin onu terk edip gitmen gerekiyormuş. Amacının seninle sevgi dolu bir ilişki olduğunun farkında. Bu kadar basit ve şu anda bunun üstünde çalışıyoruz. Elbette engeller var. Örneğin hafefobisi."

Nesi? İç geçirdim.

Dr. Flynn, kendi kendini azarlar gibi kafasını sallayarak, "Özür dilerim, hafefobi dokunulma korkusu demek," diye açıkladı. "Bundan senin de haberdar olduğundan eminim."

Kızararak başımı salladım. *Ah, şu!*

"Kendine karşı feci bir nefret besliyor. Bunun senin için sürpriz olmadığından eminim. Ve elbette bir de parasomnia var... ımmm... halk arasında gece korkuları diye bilinir."

Bütün bu uzun sözcükleri sindirmeye çalışarak gözlerimi kırpıştırdım. Hepsini biliyordum. Ama Flynn en merkezi korkumdan bahsetmemişti.

"Ama o bir sadist. Ve hiç kuşkusuz benim karşılayamayacağım ihtiyaçları var."

Dr. Flynn gözlerini devirdi. Ağzı gerilmişti. "Bu artık psikiyatrik bir rahatsızlık olarak tanınmıyor. Ona bunu kaç kez söyledim bilmiyorum. Hatta doksanlardan beri artık parafili sınıfına da girmiyor."

Dr. Flynn'in dedikleri iyice anlaşılmaz bir hal almıştı. Gözlerimi kırpıştırdım. Kibarca gülümsedi.

"Bu en büyük şikayetlerimden biri." Kafasını salladı. "Christian her durumda en kötüyü düşünüyor. Bu kendine duyduğu nefretin bir parçası. Elbette cinsel sadizm diye bir şey var ama bu bir hastalık değil; bir yaşam tarzı tercihi. Ve rıza sahibi, sağlıklı ve aklı başında yetişkinler arasında yaşandığında, konu bile değil. Anladığım kadarıyla, Christian itaate dayalı ilişkilerinin tamamını böyle sürdürmüş. Rıza göstermeyen ilk âşığı sensin, bu yüzden de artık bu tür bir ilişki yaşamak istemiyor.

Âşık!

"Ama herhalde bu kadar basit olmamalı."

"Neden olmasın?" Dr. Flynn uysal bir tavırla omuz silkti.

"Şey... Bu kararı alma nedeni yanlış bence."

"Ana, sorun da bu. Çözüme odaklı terapi bu kadar basittir. Christian seninle olmak istiyor. Bunu yapmak için, bu tür isteklerinden vazgeçmek zorunda. Sonuçta, istediğin şey o kadar mantıksız değil, öyle değil mi?"

Kızardım. Hayır, mantıksız değildi, değil mi?

"Sanmıyorum. Ama onun öyle düşünmesinden endişeleniyorum."

"Christian bunun farkında ve ona göre davrandı. O deli değil." Dr. Flynn iç geçirdi. "Özetle, o bir sadist değil, Ana. O berbat bir hayata doğmuş öfkeli, korkmuş, zeki bir adam. Hepimiz bunun için dövünebilir, nasılı ve niçinini ölümüne analiz edebiliriz ya da Christian yoluna bakar ve nasıl yaşamak istediğine karar verir. Seneler boyunca onun için üç aşağı beş yukarı yolunda giden bir şey bulmuştu ama seninle tanıştığından beri artık bu yöntem işe yaramıyor. Ve sonuç olarak, yöntemini değiştiriyor. Senin ve benim tercihine saygı duymamız ve onu desteklememiz gerek."

Ona ağzım açık baktım. "Yani onun tercihine güvenmem gerekiyor?"

"Evet, Ana. Hayatta hiçbir şeyin garantisi yok." Gülümsedi. "Ve bu benim profesyonel görüşüm."

Ben de cılız bir gülümsemeyle karşılık verdim. Doktor esprileri... Tanrım.

"Ama o kendini iyileşmekte olan bir alkolik olarak görüyor."

"Christian kendi hakkında her zaman en kötüyü düşünecektir. Dediğim gibi, bu kendine beslediği nefretin bir parçası. Bu, her zaman hamurunda olan bir şey. Doğal olarak hayatında böyle bir değişim yapmaktan kaygı duyuyor. Duygusal olarak incinmekten korkuyor. Sen onu terk ettiğinde, o acının tadını aldı. Doğal olarak kaygılı." Dr. Flynn duraksadı. "Senin bu keskin dönüşümde ne kadar önemli bir rolünün olduğunun vurgulamak niyetinde değilim. Ama var. Seninle tanışmamış olsaydı Christian bu noktada olmazdı. Ben şahsen alkolikliğin uygun bir benzetme olduğunu düşünmüyorum ama eğer şu anda onun için işe yarıyorsa sanırım ona inanmayı seçmeliyiz."

Christian'a inanmayı seçmek. Bu düşünce karşısında kaşlarımı çattım.

"Duygusal anlamda, Christian bir ergen, Ana. Hayatının o safhasını hiç yaşamamış. Bütün enerjisini iş dünyasında başarılı olmaya harcamış ve beklentilerin çok ötesinde bir başarı elde etmiş. Duygusal anlamdaysa gelişimi hep geri kalmış."

"Peki ben nasıl yardım edeceğim?"

Dr. Flynn güldü. "Yaptığın şeyi yapmayı sürdür, yeter." Sırıttı. "Christian'ın ayakları yerden kesilmiş. Bunu görmek büyük mutluluk."

Kızardım ve içimdeki tanrıça, coşkuyla kendini kucakladı ama kafamı kurcalayan bir şey vardı.

"Size bir şey daha sorabilir miyim?"

"Elbette."

Derin bir nefes aldım. "Bir yanım, bu kadar yaralı olmasa beni istemeyeceğini düşünüyor."

Dr. Flynn'in kaşları şaşkınlıkla havaya kalktı. "Kendinle ilgili sarf edebileceğin çok olumsuz bir söz bu, Ana. Ve dürüst olmak gerekirse senin kendine dair düşüncelerini açığa çıkaran bir fikir. Onun kendine duyduğu nefrete ulaşamaz elbette ama şaşırdım."

"Şey, bir ona bakın... bir de bana."

Dr. Flynn kaşlarını çattı. "Çoktan baktım. Çekici genç bir adam ve çekici bir genç kadın görüyorum. Ana, neden kendini çekici bulmuyorsun?"

Ah hayır... Konunun bana dönmesini istemiyordum. Bakışlarımı parmaklarıma indirdim. Kapının sertçe vurulması beni yerimden sıçrattı. Christian ikimize de dik dik bakarak odaya girdi. Kızardım ve hemen Dr. Flynn'e baktım. Sevecen bir ifadeyle Christian'a gülümsüyordu.

"Hoş geldin, Christian," dedi.

"Sanırım vakit tamam, John."

"Neredeyse, Christian. Bize katıl."

Christian bu kez yanıma oturdu ve elini sahiplenici bir tavırla dizimin üstüne koydu. Hareketi Dr. Flynn'in dikkatinden kaçmamıştı.

"Başka sorun var mı, Ana?" diye sorarken, doktorun endişesi barizdi. *Lanet olsun... O soruyu sormamalıydım.* Başımı salladım.

"Christian?"

"Bugün yok, John."

Flynn başını salladı.

"Birlikte gelmeniz faydalı olabilir. Ana'nın başka sorularının da olacağından eminim."

Christian isteksiz bir tavırla başını salladı.

Kızardım. *Lanet olsun... Kurcalamak istiyordu.* Christian elimi sıkıca kavradı ve dikkatle bana baktı.

"Tamam mı?" diye sordu.

Kafamı sallayarak gülümsedim. Evet, İngiltere'den gelme doktorun tavsiyesiyle, kararımızı Christian'a güvenmekten yana kullanacaktık.

Christian elimi sıktıktan sonra Dr. Flynn'e döndü.

"O nasıl?" diye sordu.

Ben mi?

Dr. Flynn güven veren bir sesle, "İyi olacak," dedi.

"İyi. Beni gelişmelerden haberdar edersin."

"Ederim."

Lanet olsun. Leila'dan bahsediyorlardı.

Christian bana, "Gidip terfiini kutlamaya ne dersin?" diye sordu.

O ayağa kalkarken, utangaç bir tavırla başımı salladım.

Dr. Flynn'le vedalaştık ve Christian beni yakışıksız bir aceleyle muayenehaneden çıkardı.

Sokağa çıkınca, bana döndü. "Nasıldı?" Sesi kaygılıydı.

"İyiydi."

Beni şüpheyle süzdü. Başımı yana yatırdım.

"Bay Grey, lütfen bana öyle bakmayın. Doktorun talimatıyla, sana inanıyorum."

"Bu da ne demek?"

"Göreceksin."

Dudakları kıvrıldı ve gözleri kısıldı. Saab'ın yolcu kapısını açarak "Arabaya bin," diye emretti.

Ah, hızlı bir değişim. BlackBerry'm çaldı. Çantamdan çıkardım.

Kahretsin! José!

"Merhaba!"

"Ana, merhaba!"

Beni şüpheyle süzen, Elli'ye baktım. Dudaklarımı oynatarak, "José," dedim. Bana ifadesiz gözlerle baktı ama bakışları sertleşmişti. Fark etmediğimi mi sanıyordu? Dikkatimi José'ye çevirdim.

"Aramadığım için özür dilerim. Yarın için mi?" derken, Christian'a bakıyordum.

"Dinle, Grey'in oradan biriyle konuştum ve fotoğrafları nereye teslim edeceğimi biliyorum. Beş altı arası orada olurum ve sonrasında boşum."

"Ah."

"Şey, aslında şu ara Christian'da kalıyorum. Ve istersen, senin de onda kalabileceğini söylüyor."

Christian'ın çenesi gerildi. Hımm... Ne ev sahibiydi ama.

José bir an sessiz kalarak bu haberi sindirdi. Yüzümü buruşturdum. Onunla Christian hakkında konuşmaya fırsatım olmamıştı.

"Tamam," dedi sonunda. "Bu Grey olayı ciddi mi?"

Arabaya arkamı dönüp kaldırımın diğer tarafına yürüdüm."

"Evet."

"Ne kadar ciddi?"

Gözlerimi devirip duraksadım. Christian'ın dinliyor olması şart mıydı?

"Ciddi."

"Şu anda yanında mı? Bu yüzden mi tek kelimelik cevaplar veriyorsun?"

"Evet."

"Tamam. Yarın dışarı çıkmana izin var mı peki?"

"Tabii ki var." Olacağını umuyordum. Umarım olurdu.

"Seninle nerede buluşalım."

"Beni işten alabilirsin," diye önerdim.

"Tamam."

"Sana adresi mesaj atarım."

"Saat kaçta?"

"Altı olur mu?"

"Tabii. Görüşürüz, Ana. Sabırsızlıkla bekliyorum. Seni özlüyorum."

Sırıttım. "Harika. Görüşmek üzere." Telefonu kapatıp döndüm.

Christian arabaya yaslanmış, dikkatle beni seyrediyordu. İfadesini okumak imkânsızdı.

"Arkadaşın nasılmış?" diye sordu.

"İyi. Beni işten alacak ve sanırım bir şeyler içmeye gideceğiz. Sen de gelmek ister misin?"

Christian tereddütlü, gri gözleri sakindi. "Sana tekrar asılacağını düşünmüyor musun?"

"Hayır!" Sesim öfkeliydi ama kendimi gözlerimi devirmekten alıkoydum.

"Tamam." Christian yenilgiyi kabul eder gibi ellerini kaldırdı. "Sen arkadaşınla takıl ben sizi daha sonra, akşam görürüm."

Bir kavga bekliyordum. Kolay razı gelişi beni hazırlıksız yakalamıştı.

"Gördün mü? Makul olabiliyorum." Sırıttı.

Ben de sırıttım. Olup olamayacağını görecektik.

"Arabayı ben kullanabilir miyim?"

Christian isteğime şaşırarak gözlerini kırpıştırdı.

"Kullanmamanı tercih ederim."

"Tam olarak neden?"

"Çünkü ben arabayı başkasının kullanmasından hoşlanmam."

"Bu sabah üstesinden geldin. Hem Taylor'ın kullanmasını tolere ediyor gibisin."

"Taylor'ın şoförlüğüne güveniyorum."

"Ama benimkine güvenmiyorsun, öyle mi?" Ellerimi kalçalarıma yerleştirdim. "Dürüst olmam gerekirse, kontrol manyaklığın sınır tanımıyor. Ben on beş yaşından beri araba kullanıyorum."

Karşılık olarak, sanki bu hiçbir şeyi değiştirmiyormuş gibi, omuz silkti. Ah, o kadar sinir bozucuydu ki. Ona inanmayı seçmek mi? Canı cehenneme!

"Bu benim arabam," dedim.

Kaşlarını çattı. "Elbette senin araban."

"O zaman lütfen bana anahtarları ver. Daha önce iki kez, sadece evden işe, işten eve kullandım. Şimdi bütün eğlencenin tadını sen çıkarıyorsun." Tam dudak sarkıtma havasındaydım. Christian'ın dudakları, bastırmaya çalıştığı bir gülümsemeyle kıvrıldı.

"Ama nereye gideceğimizi bilmiyorsun."

"Beni aydınlatabileceğinizden eminim, Bay Grey. Şu ana kadar çok iyi iş çıkardınız."

Bana afallamış gibi baktı, sonra gülümsedi. Yeni utangaç gülümsemesi beni tamamen etkisiz hale getiriyor ve nefesimi kesiyordu.

"İyi iş ha?" diye mırıldandı.

Kızardım. "Çoğunlukla iyi."

"Pekâlâ o zaman." Anahtarları bana verdi, şoför tarafına dolaşıp bana kapıyı açtı.

Christian, "Buradan sola," diye talimat verdi ve kuzeye, I-5'e doğru saptık. "Lanet olsun, yavaş, Ana." Torpidoya tutundu.

Ah, Tanrı aşkına. Gözlerimi devirdim ama dönüp ondan tarafa bakmadım. Arabanın ses sisteminde, geri planda Van Morrison çalıyordu.

"Yavaşla!"

"Yavaşlıyorum!"

Christian iç geçirdi. "Flynn ne dedi?" Sesine süzülen kaygıyı duyabiliyordum.

"Sana söyledim. Sana inanmayı seçmem gerektiğini söylüyor." Lanet olsun. Belki de arabayı kullanma işini, Christian'a bırakmalıydım. O zaman onu izleyebilirdim. Aslında... Kenara çekmek için sinyal verdim.

Telaşa kapılarak, "Ne yapıyorsun?" diye çıkıştı.

"Arabayı sana bırakıyorum."

"Neden?"

"Sana bakabilmek için."

Güldü. "Hayır, hayır. Arabayı kullanmayı sen istedin. Bu yüzden sen kullanacaksın. Ben sana bakacağım."

Yüzümü buruşturdum. "Gözünü yoldan ayırma!" diye bağırdı.

Kan beynime sıçradı. Pekâlâ! Tam bir trafik lambasının önünde kaldırıma çektim ve arabadan dışarı fırlayıp kapıyı çarptım. Kollarımı kavuşturarak kaldırımda durdum. O da arabadan indi.

Öfkeyle, bana tepeden bakarak, "Ne yapıyorsun?" diye sordu.

"Hayır. Asıl sen ne yapıyorsun?"

"Buraya park edemezsin."

"Bunu biliyorum."

"O zaman neden ettin?"

"Çünkü senin azarlamalarından ve emirlerinden sıkıldım. Ya arabayı sen kullanırsın ya da benim şoförlüğüm konusunda çeneni kaparsın."

"Anastasia, ceza yemeden arabaya bin."

"Hayır."

Tamamen şaşkın halde gözlerini kırpıştırdı ve ellerini saçlarının arasından geçirdi. Öfkesi şaşkınlığa dönmüştü. Birden o kadar komik göründü ki kendimi ona gülümsemekten alamadım. Kaşlarını çattı.

Bir kez daha, "Ne?" diye çıkıştı.

"Sen."

"Ah, Anastasia! Sen bu gezegendeki en bunaltıcı dişisin." Ellerini havaya kaldırdı. "Pekâlâ, ben kullanırım." Ceketini yakasından kavradım ve onu kendime çektim.

"Hayır, asıl siz bu gezegendeki en bunaltıcı erkeksiniz, Bay Grey."

Bana karanlık ve yoğun gözlerle baktıktan sonra kollarını belime dolayıp beni kendine çekti.

Usulca, "Belki de birbirimiz için yaratılmışızdır," dedi ve burnu saçlarımın arasındayken, derin bir nefes aldı. Kollarımı ona sarıp gözlerimi yumdum. Bu sabahtan beri ilk kez gevşediğimi hissettim.

Dudakları saçlarımda, "Ah... Ana, Ana, Ana..." diye fısıldadı. Kollarımı iyice sıktım ve sokakta, bu beklenmedik sükûnet anının tadını çıkararak, hiç kıpırdamadan durduk. Kollarını çözüp yolcu kapısını açtı. Bindim ve sessizce, arabanın diğer tarafına dolaşmasını izledim.

Christian arabayı çalıştırıp trafiğe karıştı ve dalgın bir havayla mırıldanarak, Van Morrison'a eşlik etmeye başladı.

Vay canına. Şarkı söylediğini hiç duymamıştım. Duşta bile... Kaşlarım çatıldı. Elbette hoş bir sesi vardı. Hımm... O beni şarkı söylerken duymuş muydu?

Bilinçaltım Burberry karelileri içinde, kollarını kavuşturarak, *Duysaydı evlenme teklif etmezdi,* diye homurdandı. Şarkı bitti ve Christian sırıttı.

"Biliyor musun, ceza yemiş olsaydık araba senin üstüne kayıtlıydı."

Hoş profiline bakarak kibirle, "O zaman terfim iyi olmuş, cezanın altından kalkabilirim," dedim. Dudakları kıvrıldı. Kuzey istikametinde I-5'e bağlantı yoluna saparken, yeni bir Van Morrison şarkısı başladı.

"Nereye gidiyoruz?"

"Sürpriz. Flynn başka ne dedi."

İç geçirdim. "ÇÇÇOOKSTTT ya da ona benzer bir şeyden bahsetti."

"ÇOKST. Son zamanlarda benimsediği terapi seçeneği," diye mırıldandı.

"Diğerlerini denedin mi?"

Bir homurtu çıkardı. "Bebeğim, hepsini denedim. Bilişselcilik, Freud, işlevselcilik, Gestalt, davranışçılık... Adını sen koy, seneler içinde hepsini yaptım," derken sesi burukluğunu ele veriyordu. Sesindeki hüzün can sıkıcıydı.

"Son yaklaşımın işe yarayacağını düşünüyor musun?"

"Flynn ne dedi?"

"Geçmişine takılmamak, geleceğe ve olmak istediğin kişiye odaklanmak gerektiğini söyledi."

Christian başını sallarken omuz silkti. İfadesi temkinliydi.

"Başka?" diye ısrar etti.

"Dokunulma korkundan bahsetti. Gerçi başka bir isimle değindi ya neyse. Bir de kabuslarından ve kendine duyduğun nefretten." Ona baktım. Akşam ışığında, düşünceli bir tavırla başparmağının tırnağını dişliyordu. Bana hızlı bir bakış attı.

Tek kaşımı kaldırarak, "Gözlerini yoldan ayırma, Bay Grey," diye azarladım.

Keyifli ve biraz öfkeli görünüyordu. "Konuşmanız bitmek bilmedi. Başka ne dedi, Anastasia?"

Yutkundum. "Sadist olduğunu düşünmüyor," diye fısıldadım.

Usulca ve kaşlarını çatarak, "Gerçekten mi?" dedi. Arabanın havası hızla ağırlaştı.

Ortamı düzeltme çabasıyla hızlı hızlı, "Bu terimin psikiyatride tanınmadığını söylüyor. Doksanlardan beri," dedim.

Christian'ın yüzü karardı. Yavaşça nefesini bıraktı.

"Bu konuda Flynn ve benim düşüncelerimiz ayrılıyor," dedi.

"Kendin hakkında her zaman en kötüyü düşündüğünü söylüyor. Doğru olduğunu biliyorum," diye mırıldandım. "Ayrıca cinsel sadizmden de bahsetti ama bunun psikiyatrik bir rahatsızlık değil, bir hayat tarzı tercihi olduğunu söyledi. Belki de senin düşündüğün budur."

Gözleri hızla bana çevrilirken, ağzı gerilmişti.

İğneleyici bir ses tonuyla, "Yani iyi doktorla tek bir konuşma ve birden uzman kesildin," dedi ve gözlerini yeniden yola çevirdi.

Ah tanrım... İç geçirdim.

"Bak, neler söylediğini duymak istemiyorsan sorma," diye mırıldandım.

Tartışmak istemiyordum. Her neyse, haklıydı. Bütün bu saçmalıklar hakkında ben ne bilirdim ki? Bilmek istiyor muydum? Kontrol manyaklığını, sahipleniciliğini, kıskançlığını, aşırı koruyuculuğunu ve neden böyle olduğunu anlayabilirdim. Hatta ona dokunulmasından neden hoşlanmadığını da anlayabilirdim. Fiziksel yaralarını görmüştüm. Zihinsel yaralarını sadece hayal edebilirdim ve kabuslarına sadece bir kez, kısa süreli şahit olmuştum. Ve Dr. Flynn demişti ki...

Christian 172 nolu çıkışta I-5'ten ayrılırken ve ağır ağır batan güneşe doğru, batıya doğru yol alırken, "Ne tartıştığınızı bilmek istiyorum," dedi.

"Beni senin âşığın olarak adlandırdı."

"Öyle mi?" Sesi uzlaşmadan yanaydı. "Terimleri konusunda müşkülpesent olduğu ortada. Bence bu yerinde bir tanım. Sence de öyle değil mi?"

"İtaatkârlarını da âşığın olarak düşünür müydün?"

Christian'ın alnı bir kez daha kırıştı ama bu kez düşünüyordu. Saab'ı bir kez daha kuzeye yönlendirdi. *Nereye gidiyorduk?*

"Hayır, onlar seks partnerleriydi," diye mırıldanırken, sesi yine temkinliydi. "Sen benim tek âşığımsın ve daha fazlası olmanı istiyorum."

Ah, işte yine umut dolu o sihirli sözcük. Beni gülümsetti ve sevincimi bastırmaya çalışarak içimden gülümsedim.

Heyecanımı saklamak için var gücümle uğraşarak, "Biliyorum," diye fısıldadım. "Sadece biraz zamana ihtiyacım var, Christian. Son birkaç gün konusunda kafamı toplamak için." Başını yana eğerek, bana şaşkın ve tuhaf bir bakış attı.

Bir saniye sonra, durduğumuz trafik ışıkları yeşile döndü. Christian başını sallayarak müziğin sesini açtı ve tartışmamız böylece bitmiş oldu.

Van Morrison, bir kez daha, bu defa ay dansı için muhteşem bir gece olduğunu anlatan daha iyimser bir şarkı söylüyordu. Pencereden dışarı, güneşin solan ışıklarıyla altına dönen çam ve ladinlere ve yolda uzayıp giden gölgelerine baktım. Christian evlerin ağırlıklı olduğu bir sokağa sapmıştı ve batıya, Sound'a doğru yol alıyorduk.

Bir yola daha sapınca, "Nereye gidiyoruz?" diye sordum. 9. Cadde NWE tabelası gözüme takılmıştı. Kafam karışmıştı.

"Sürpriz," dedi ve esrarengiz bir ifadeyle gülümsedi.

BÖLÜM ON SEKİZ

Christian çocukların bahçelerde top oynadığı ya da yol boyunca bisiklete binip koşturdukları, tek katlı, bakımlı evlerin arasından ilerliyordu. Burası, ağaçların arasına kondurulmuş evleriyle, varlıklı bir mahalleye benziyordu. Belki de birini ziyarete gidiyorduk. Ama kimi?

Birkaç dakika sonra, Christian sola keskin bir dönüş yaptı ve iki metre yüksekliğinde, kum taşı bir duvara yerleştirilmiş çift kanatlı, beyaza boyalı demir bir bahçe kapısıyla karşı karşıya kaldık. Christian kapı kolundaki bir düğmeye bastı ve cam yavaşça inip kapının içinde kayboldu. Tuş panosuna bir şifre girdi ve kapılar iki yana açıldılar.

Bana bakarken, Christian'ın ifadesi değişmişti. Endişeli hatta gergin görünüyordu.

"Ne oldu?" diye sorarken, sesimdeki endişeyi gizleyemiyordum.

Usulca, "Bir fikir," dedi ve Saab'ı kapıların arasından geçirdi.

İki araba genişliğindeki ağaçlık bir yoldan ilerledik. Bir tarafta ağaçlar sık bir orman arazisinin etrafını çevreliyordu, diğer yanda ise, bir zamanlar ekili olan bir arazinin nadasa bırakıldığı geniş bir çimlik alan vardı. Otlar ve yaban çiçekleri araziyi ele geçirmiş, kırsal bir rüya, akşam esintisinin otları usulca dalgalandırdığı ve akşam güneşinin yaban çiçeklerini yaldızladığı bir çayır yaratmıştı. Çok hoş, müthiş huzur vericiydi ve birden kendimi otların arasında yatarken ve açık mavi yaz göğüne bakarken hayal ettim. Baştan çıkarıcı bir düşünceydi ama tuhaf bir şekilde evimi özlememe neden olmuştu. Ne garip.

Yol kıvrılarak, pembe kum taşından, Akdeniz mimarisinde inşa edilmiş etkileyici bir evin önündeki geniş araç yoluyla birleşti. Ev küçük bir sarayı andırıyordu. Bütün ışıkları yanıyor, pencereleri alacakaranlıkta parlıyordu. Dört arabalık garajın önünde, siyah, şık bir BMW duruyordu ama Christian arabayı geniş sütunlu girişin önüne çekti.

Hımm... Burada kim yaşıyordu acaba? Kimi ziyaret edecektik?

Christian motoru durdururken bana gergin bir bakış attı.

"Açık görüşlü olmayı dener misin?" diye sordu.

Kaşlarımı çattım. "Christian seninle tanıştığım günden beri hep açık fikirli olmam gerekti zaten."

Manidar bir gülümsemeyle başını eğdi. "Doğru bir noktaya parmak bastınız, Bayan Steele. Haydi gidelim."

Koyu renk ahşap kapılar açıldı; koyu kahverengi saçlı, samimi gülümsemeli ve leylak rengi şık bir takım içindeki bir kadın, bizi bekliyordu. Dr. Flynn'i etkilemek için aldığım yeni lacivert takımımı giydiğime memnun oldum. Pekâlâ, kadın gibi inanılmaz yüksek topuklular giymemiştim ama en azından kot pantolonlu değildim.

İçten bir gülümsemeyle, "Bay Grey," dedi. El sıkıştılar.

Christian nazik bir tavırla, "Bayan Kelly," dedi.

Kadının gülümseyerek bana uzattığı eli sıktım. Yanaklarının ne-muhteşem-bir-erkek-keşke-benim-olsaydı kızarışı dikkatimden kaçmamıştı.

Neşeli bir sesle, "Olga Kelly," dedi.

Ben de, "Ana Steele," diye karşılık verdim. Kimdi bu kadın? Kenara çekilerek bizi içeri buyur etti. İçeri adım attığım anda bir şok yaşadım. Ev boştu, bomboş. Kendimizi geniş bir holde bulduk. Çuha çiçeği sarısı duvarlarda, bir zamanlar resimlerin asılı olduğunu düşündüren izler vardı. Geriye sadece eski moda kristal avizeler kalmıştı. Yerler ahşaptı. İki tarafımızda da kapalı kapılar vardı ama Christian bana olanları sindirecek zaman bırakmadı.

"Gel," dedi ve elimi tutarak beni, karşımızdaki kemerli geçitten geçirerek daha geniş bir iç hole soktu. Hole oymalı demir korkuluklarla çevrili geniş bir merdiven hakimdi ama Christian yine durmadı. Beni rengi solmuş geniş bir halıdan –gördüğüm en büyük halıydı– başka bir şeyin olmadığı ana salondan geçirdi. Ah, dört kristal avize vardı.

Odayı aşıp açık Fransız kapılardan geniş taş bir terasa çıkarken, Christian'ın niyeti netlik kazandı. Altımızda, yarım futbol sahası büyüklüğünde bakımlı bir çimenlik ve onun ötesinde müthiş bir manzara vardı. *Vay canına.*

Kesintisiz, uçsuz bucaksız manzara nefes kesici hatta sersemleticiydi. Sound'un üzerine çökmüş alacakaranlık... Uzakta Bainbridge Adası görünüyordu ve kristal berraklığındaki gecede biraz daha ötede, güneş, kan kırmızısı ve alev turuncusu ışıklarını Olimpik Milli Park'ına saçarak batıyordu. Ateş kırmızısı tonlar, opal ve camgöbeği gölgeler oynaşan gökmavisi denize akıyor ve az miktardaki incecik bulutların ve Sound'un ötesindeki toprakların daha koyu morlarıyla karışıyordu. Doğanın en iyi haliydi; gökyüzünde sahnelenen ve Sound'un derin ve durgun sularına yansıyan görsel bir senfoni. Böylesi bir güzelliği sindirmeye çalışırken, manzarada kendimi adeta kaybetmiştim.

Hayranlık ve hayretle nefesimi tuttuğumu, Christian'ın ise elimi bırakmadığını fark ettim. Gözlerimi istemeyerek manzaradan ayırdığımda, kaygıyla bana bakıyordu.

"Beni buraya manzarayı görmem için mi getirdin?" diye fısıldadım.

Başını sallarkenki ifadesi ciddiydi.

"Baş döndürücü, Christian, teşekkürler," diye mırıldandım ve gözlerimi yeniden manzaraya çevirdim. Elimi bıraktı.

"Hayatının sonuna dek bakmaya ne dersin?" diye soludu.

Ne? Yüzümü hızla ona, şaşkın mavi gözlerimi düşünceli gri gözlerine çevirdim. Sanırım ağzım açık kalmıştı ve ona boş boş bakıyordum.

"Her zaman sahilde yaşamak istemişimdir. Sound sahilinde, bu evlere gıpta ederek yelken yapardım. Bu ev satışa çıkalı uzun zaman olmadı. Alıp yıkmak ve yeni bir ev inşa etmek istiyorum, bizim için," diye fısıldadı. Umutlar ve hayallerle yarı saydamlaşan gözleri parlıyordu.

Lanet olsun. Bir şekilde ayakta kalmayı başarmıştım. Başım dönüyordu. *Burada yaşamak! Bu güzel koyda! Ömrümün sonuna dek...*

Temkinli bir tavırla, "Sadece bir fikir," diye ekledi.

Eve değer biçmek için arkama baktım. Ne kadar ederdi? Kaç milyon dolardı, beş, on? Hiçbir fikrim yoktu. Lanet olsun.

Ona döndüm ve, "Neden yıkmak istiyorsun?" diye sordum. Yüzü düştü. *Ah, hayır.*

"En son ekolojik teknolojilerden faydalanarak daha sürdürülebilir bir ev yaratmak istiyorum. Elliot inşa edebilir."

Odaya tekrar baktım. Bayan Olga Kelly uzak ucunda, girişte duruyordu. Elbette, emlakçıydı. Odanın genişliği ve iki kat yükseklikteki tavanıyla, biraz Escala'daki salona benzediğini düşündüm. Yukarıda bir balkon vardı; ikinci katın terası olsa gerekti. Kocaman bir şömine vardı ve yan yana sıralanmış Fransız kapılar terasa açılıyordu. Evde eski ahşabın cazibesi vardı.

"İçeriyi gezebilir miyiz?"

Gözlerini kırpıştırdı. "Elbette." Omuz silkti, kafası karışmış gibiydi.

Biz içeri dönünce, Bayan Kelly'nin gözleri Noel ağacı ışıkları gibi parlayıverdi. Bize evi gezdireceği için çok sevinmişti ve hemen satıcı ağzıyla anlatmaya başladı.

Ev çok büyüktü. Yirmi beş bin metre karelik bir alan üzere kurulan ev, yaklaşık bin yüz metre kareydi. Ana oturma salonunun yanı sıra, içinde yemek yenebilen –hayır, ziyafet verilebilen!– ve bitişiğinde bir aile odası *–aile!–* olan bir mutfağı, bir müzik odası, bir kütüphanesi, bir çalışma odası ve beni en çok şaşırtan bölüm olarak kapalı bir havuz, sauna ve buhar banyosunu da içeren bir egzersiz salonu vardı. Alt katta bir sinema –tanrım!– ve bir oyun odası vardı. Hımm, o odada kim bilir ne oyunlar oynayabilirdik.

Bayan Kelly evin bütün özelliklerini tek tek anlatıyordu ama temel olarak, ev çok güzeldi ve bir zamanlar mutlu bir yuva olduğu aşikârdı. Şu anda biraz bakımsızdı ama şefkatli bir ilgi ve bakımın iyileştiremeyeceği bir durum yoktu.

Bayan Kelly'nin peşinde, muhteşem ana merdivenlerden ikinci kata çıkarken, heyecanımı bastırmakta güçlük çekiyordum... Bu ev, bir yuvada dileyebileceğim her şeye sahipti.

"Mevcut evi daha ekolojik ve sürdürülebilir hale getiremez misin?"

Christian şaşırarak gözlerini kırpıştırdı. "Elliot'a sormam gerek. Konunun uzmanı o."

Bayan Kelly bizi, boydan boya camların bir balkona açıldığı ve manzaranın görülmeye değer olduğu ana suite yönlendirdi. Gün boyu yatakta oturup dışarı bakabilir, yelkenlileri ve değişen havayı izleyebilirdim.

Bu katta beş yatak odası daha vardı. *Çocuklar!* Bu düşünceyi telaşla bir kenara ittim. Üzerinde düşünmem gereken yeterince şey vardı. Bayan Kelly, Christian'a arazinin ahırları ve bir otlağı kaldırabileceğini anlatmakla meşguldü. *Atlar!* Aklımdan katıldığım az sayıdaki binicilik dersinin ürkütücü görüntüleri geçti; Christian da dinler gibi görünmüyordu.

"Otlağın şu anda çayırın bulunduğu yerde mi olmasını düşünüyorsunuz?"

"Evet," dedi Bayan Kelly neşeyle.

Çayır bana dört ayaklı bir zebaninin aylak aylak dolaşacağı bir yerden çok, uzun otların arasına uzanıp piknik yapılacak bir yer gibi görünmüştü.

Ana salona dönünce, Bayan Kelly çaktırmadan ortadan kayboldu ve Christian beni yeniden terasa çıkardı. Güneş batmıştı; Olimpik Yarımadası'nın ışıkları Sound'un uzak kıyısından göz kırpıyorlardı.

Christian beni kollarının arasına çekti ve işaret parmağıyla çenemi kaldırıp dikkatle gözlerimin içine baktı.

Anlaşılmaz bir ifadeyle, "Sindirmen gerekenlerin sayısı çok mu arttı?" diye sordu.

Başımı evet der gibi salladım.

"Evi almadan önce, beğenip beğenmeyeceğini görmek istedim."

"Manzara harika."

Başını salladı.

"Manzarayı da, şu anda burada olan evi de sevdim."

"Gerçekten mi?"

Utangaç bir tavırla başımı salladım. "Christian beni daha çayırda tavladın."

Keskin bir nefes alırken dudakları aralandı ve sonra yüzü bir sırıtışla biçim değiştirdi ve bir anda elleri saçlarımın arasına gömülürken, dudakları dudaklarıma örtüldü.

Arabaya dönüp Seattle yoluna çıktığımızda, Christian'ın havası gözle görülür biçimde değişmişti.

"Yani satın alacak mısın?" diye sordum.

"Evet."

"Escala'yı satışa mı çıkaracaksın?"

Kaşlarını çattı. "Bunu neden yapayım?"

"Evin parasını..." Cümlem yarıda kaldı. Elbette. Kızarmıştım.

Bana sırıtarak baktı. "Bana güven, altından kalkabilirim."

"Zengin olmayı seviyor musun?"

"Evet. Bana sevmeyen birini göster," dedi gizemli bir sesle.

Pekâlâ, bu konudan hemen uzaklaş.

"Anastasia, bana evet dersen senin de zengin olmayı öğrenmen gerekecek," dedi usulca.

"Servet hiçbir zaman hayalini kurduğum bir şey olmadı, Christian." Kaşlarım çatılmıştı.

"Biliyorum. Sende sevdiğim şeylerden biri bu. Ama hiçbir zaman aç da kalmadın," dedi. Sözleri sarsıcıydı.

Konuyu değiştirmek için, neşeli bir sesle, "Nereye gidiyoruz?" dedim.

"Kutlamaya." Christian gevşedi.

Ah! "Neyi kutluyoruz? Evi mi?"

"Yoksa unuttun mu? Senin başeditör oluşunu tabii."

"Ah, evet." Sırıttım. İnanılır gibi değildi ama unutmuştum.

"Nerede kutlayacağız?"

"Yukarıda, kulübümde."

"Kulübün mü?"

"Evet, kulüplerimden biri."

Mile High Kulübü,[20] Columbia Tower'ın yetmiş altıncı katında, Christian'ın dairesinden bile yüksekteydi. Son moda bir mekândı ve Seattle'ın en baş döndürücü manzaralarından birine sahipti.

Christian tünediğim bar taburesinde, bana bir kadeh soğutulmuş şampanya uzatırken, "Cristal alır mısınız, hanımefendi?" dedi.

20 Uçakta cinsel ilişki yaşayan insanlar için kullanılan bir tabir. (ç. n.)

"Ah, teşekkür ederim, *Efendim.*" Son kelimeyi işveyle ve gözlerimi kasten kırpıştırarak vurgulamıştım.

Bana bakarken yüzü karardı. "Yoksa benimle flört mü ediyorsunuz, Bayan Steele?"

"Evet, Bay Grey, ediyorum. Bu konuda ne yapacaksınız?"

"Bir şeyler düşünebileceğimden eminim," derken sesi alçaktı. "Haydi gel, masamız hazır."

Masaya yaklaşırken, Christian elini dirseğime yerleştirip beni durdurdu.

"Git, külotunu çıkar," diye fısıldadı.

Ah. Belkemiğinden aşağı enfes bir ürperti indi.

Usulca, "Git," diye emretti.

Vay canına! Ciddiydi. Bel hizamdan aşağıda kalan bütün kaslar gerildi. Şampanya kadehimi ona uzattım ve dönüp tuvalete yöneldim.

Lanet olsun. Ne yapacaktı acaba? Belki de bu kulübün adı çok yerindeydi.

Tuvaletler modern tasarım harikasıydı; koyu renk ahşap, siyah granit ve stratejik bir şekilde yerleştirilmiş halojen lambalar. Kabinin mahremiyetinde iç çamaşırımdan kurtulurken, kendi kendime sırıttım. Lacivert elbisemi giydiğime bir kez daha memnun olmuştum. Dr. Flynn'le buluşmak için uygun bir kıyafet olacağını düşünmüştüm ama akşamın bu beklenmedik yöne sapacağı hiç aklıma gelmemişti.

Şimdiden heyecanlıydım. Beni neden bu kadar etkiliyordu? Sihrine bu denli kolay kapılmaktan biraz rahatsızdım. Artık geceyi sorunlarımızı ve son dönemde yaşanan olayları konuşarak geçirmeyeceğini biliyordum ama ona nasıl karşı koyabilirdim ki?

Aynada görüntümü kontrol ettim. Gözlerim parlak, yanaklarım heyecandan pespembeydi. Sorunların canı cehennemeydi.

Derin bir nefes alarak kulübün içine döndüm. Demek istediğim, bu ilk külotsuz kalışım değildi. İçimdeki tanrıça pembe kuş tüyünden bir şala ve elmaslara bürünmüştü ve becer beni ayakkabılarının içinde, kıvırtmakla meşguldü.

Ben masaya dönünce, Christian kibar ve anlaşılmaz bir ifadeyle ayağa kalktı. Her zamanki kusursuz, sakin ve kontrollü halindeydi. Ama öyle olmadığını biliyordum.

"Yanıma otur," dedi. Koltukta kaydım. O da yanıma oturdu. "Senin adına sipariş verdim. Umarım sakıncası yoktur." Bana dikkatle bakarak yarısı içilmiş şampanya kadehimi uzattı; beni süzen bakışlarının altında, kanım yeniden ısındı. Ellerini kendi bacaklarına koydu. Gerildim ve bacaklarımı hafifçe araladım.

Garson buz üzerine yatırılmış istiridyelerle geldi. İstiridyeler... Heathman'daki özel yemek salonunun anısı aklıma süzüldü. Kontratı tartışıyorduk. Ah, Tanrım. O zamandan bu yana çok yol kat etmiştik.

"Son deneyişinde istiridyeyi sevmiştin sanırım." Sesi alçak ve baştan çıkarıcıydı.

"Tek deneyişimdi." Nefes nefeseydim ve sesim beni ele veriyordu. Dudakları bir gülümsemeyle kıvrıldı.

"Ah, Bayan Steele, ne zaman öğreneceksiniz?"

Tabaktan bir istiridye aldı ve diğer elini de bacağından çekti. Beklentiyle irkildim ama o limona uzandı.

"Neyi öğreneceğim?" Tanrım, nabzım deli gibiydi. Uzun, becerikli parmakları limonu istiridyeye boydan boya sıktı.

Kabuğu ağzımın yakınında tutarak, "Ye," dedi. Dudaklarımı aralayınca kabuğu nazik bir hareketle alt dudağıma yerleştirdi. "Başını hafifçe arkaya yatır," diye mırıldandı. Söylediğini yaptım ve istiridye gırtlağımdan aşağı kayıverdi. Bana hiç dokunmamıştı, tek dokunan istiridye olmuştu.

Christian kendine de bir istiridye aldı, sonra bana bir tane daha yedirdi. Bu eziyetli rutini on iki istiridye tüketene dek sürdürdük. Teni tenime hiç değmemişti. Beni deli ediyordu.

Ben sonuncuyu yutarken, "İstiridyeyi hâlâ seviyor musun?" diye sordu.

Bana dokunsun diye delirerek, kızarmış yanaklarla başımı salladım.

"İyi."

Oturduğum yerde kıpırdandım. Bu iş neden bu kadar seksiydi?

Elini rahat bir tavırla bacağına indirdi ve eridim. Şimdi. Lütfen. Dokun bana. İçimdeki tanrıça, külotu dışında çırılçıplak halde diz çökmüş, yalvarıyordu. Christian elini bacağının üstünde dolaştırdı ve sonra yeniden eski yerine götürdü.

Garson şampanya kadehlerimizi tazeledi ve tabaklarımızı aldı. Birkaç dakika sonra, giriş tabaklarımızla, kuşkonmaz, sotelenmiş patates ve *hollandaise* sosla sunulan levrekle –buna inanamadım– geri geldi.

"En sevdiğiniz yemeklerden biri mi yoksa, Bay Grey?"

"Kesinlikle öyle, Bayan Steele. Gerçi Heathman'daki morinaydı sanıyorum." Eli bacağında bir aşağı bir yukarı gidip geliyordu. Nefesim hızlandı ama bana hâlâ dokunmuyordu. O kadar bunaltıcıydı ki. Sohbetimize konsantre olmaya çalıştım.

"O gün, özel bir yemek salonunda kontratı tartıştığımızı hatırlar gibiyim."

"Eski, güzel günler," diyerek sırıttı. "Bu kez seni becerebilmeyi umuyorum." Bıçağını almak için uzandı.

Hah!

Levreğinden bir lokma aldı. Bunu mahsus yapıyordu.

Dudaklarımı büzerek, "Belli olmaz," diye mırıldandım. Bana eğlenir gibi baktı. "Kontrat demişken," diye ekledim. "Gizlilik anlaşması ne olacak?"

"Yırt gitsin," deyiverdi.

Vay canına.

"Ne? Gerçekten mi?"

"Evet."

"Elimde delillerle *Seattle Times*'a koşmayacağımdan emin misin?" diye takıldım.

Muhteşem bir ses çıkararak güldü. O kadar genç görünüyordu ki.

"Hayır. Sana güveniyorum. Tercihimi sana güvenmekten yana kullanıyorum."

Ah. Mahcup bir şekilde sırıttım. "Al benden de o kadar," diye soludum.

Gözleri aydınlandı. "Elbise giydiğin için çok memnunum," diye mırıldandı. Ve arzu, zaten aşırı ısınmış olan kanımda çağlamaya başladı.

"O zaman neden bana dokunmuyorsun?" diye tısladım.

Sırıtarak, "Dokunuşumu mu özledin?" dedi. Eğleniyordu... Piç.

"Evet," dedim.

"Ye," diye emretti.

"Bana dokunmayacaksın, değil mi?"

"Hayır." Kafasını salladı.

Ne? Yüksek sesle iç geçirdim.

"Evdeyken ne hissedeceğini hayal et," diye fısıldadı. "Seni eve götürmek için can atıyorum."

Sıkılı dişlerimin arasından, "Burada, yetmiş altıncı katta alev alırsam bu senin suçun olacak," dedim.

Şehvetli bir sırıtışla, "Ah, Anastasia. Ateşini söndürmenin bir yolunu buluruz," dedi.

Dumanlar çıkararak levreğime gömüldüm ve içimdeki tanrıça, sessiz, hilebaz bir düşünceye daldı. Ona bunun hesabını soracaktım. Heathman'da daha önce yediğimiz yemek sırasında temel bilgileri edinmiştim. Levreğimden bir lokma aldım. Ağzımın içinde dağılıyordu.

Gözlerimi yumup tadını çıkardım. Tekrar açınca, eteğimi yavaşça yukarı sıyırarak ve bacağımın büyük bir kısmını sergileyerek, Christian Grey'i baştan çıkarma çalışmalarıma başladım.

Christian havada asılı kalan bir çatal dolusu balığıyla, kısa bir an duraksadı.

Dokun bana.

Bir saniye sonra, yemeğine geri döndü. Onu görmezden gelerek levreğimden bir lokma daha aldım. Sonra bıçağımı elimden bırakıp uçlarını tenime usul usul vurduğum parmaklarımı bacaklarımın iç kısmında dolaştırdım. Benim için bile dikkat dağıtıcıydı, hele dokunuşu için yanıp tutuşurken. Christian bir kez daha duraksadı.

"Ne yaptığını biliyorum." Sesi alçak ve boğuktu.

Yavaşça, "Bildiğinizi biliyorum, Bay Grey," diye yanıtladım. "Amaç bu zaten." Kuşkonmaz sapını aldım, kirpiklerimin arasından yan gözle ona bakarak, kuşkonmazı *hollandaise* sosa batırdım ve ucunu ağzımın içinde tekrar tekrar çevirdim.

"Oyunu tersine çeviremeyeceksiniz, Bayan Steele." Pis pis sırıtarak uzandı ve inanılmaz ve can sıkıcı bir şekilde bana dokunmamayı başararak kuşkonmazı elimden aldı. Hayır, bu doğru değildi ve plana göre gitmiyordu.

"Ağzını aç," diye emretti.

İrade savaşını kaybediyordum. Ona tekrar baktığımda gözleri açık gri bir ışık saçıyordu. Dudaklarımı usulca aralayıp dilimi alt dudağımın üstünde dolaştırdım. Gülümserken, Christian'ın gözleri iyice karardı.

"Daha fazla," diye solurken dudakları dilini görebileceğim kadar aralandı. İnledim ve alt dudağımı ısırarak isteğini yerine getirdim.

Keskin iç geçirişini duydum, o kadar güçlü değildi demek. İyi, sonunda onu etkilemeye başlıyordum.

Gözlerimi gözlerinden ayırmadan kuşkonmazı ağzıma aldım ve ucunu yavaş ve nazik bir şekilde emmeye başladım. *Hollandaise* sos ağız sulandırıcıydı. Beğeniyle inleyerek, kuşkonmazı ısırdım.

Christian gözlerini yumdu. *Evet!* Gözlerini tekrar açtığında göz bebekleri büyümüştü. Üzerimdeki etkisi hızlı oldu. İnleyerek bacağına dokunmak için uzandım. Diğer elini bileğimi kavramak için kullandı.

"Ah, hayır, bunu yapmayacaksınız, Bayan Steele," diye mırıldandı. Elimi dudaklarına götürdü ve dudaklarını parmak boğumlarıma sürttü. Kıvranıyordum. *Nihayet! Biraz daha lütfen.*

Beni yavaşça, "Dokunma," diye azarladı ve elimi tekrar dizimin üstüne bıraktı. Kısa ve tatmin edici olmaktan uzak temas çok bunaltıcıydı.

"Hiç adil oynamıyorsun," diye dudaklarımı sarkıttım.

"Biliyorum." Şerefe kadeh kaldırmak için şampanyasına uzanınca, ben de onu taklit ettim.

"Terfinizi tebrik ederim, Bayan Steele." Kadehlerimizi tokuşturduk; kızarmıştım.

"Evet, biraz beklenmedik oldu," diye mırıldandım. Aklından nahoş bir düşünce geçmiş gibi kaşlarını çattı.

"Ye," diye emretti. "Yemeğini bitirmeden seni eve götürmeyeceğim, ancak o zaman gerçek bir kutlama yapabiliriz." İfadesi o kadar seksi ve hükmediciydi ki. Karşısında eriyordum.

"Aç değilim. Yemeğe aç değilim."

Müthiş bir keyif alarak kafasını salladı ama bana gözlerini kısarak bakmayı sürdürdü.

"Ya yersin ya da seni burada dizlerimin üstüne alırım ve diğer misafirlerin eğlencesi oluruz."

Sözleri kıvranmama neden oldu. Buna cüret etmezdi! O ve kaşınan avucu. Ağzımı sıkıca kapatıp ona baktım. Bir kuşkonmaz sapı alıp sosa batırdı.

Alçak ve baştan çıkarıcı bir sesle, "Şunu ye," diye mırıldandı.

İstekle itaat ettim.

"Gerçekten yeterince yemek yemiyorsun. Seni tanıdığımdan beri kilo verdin." Sesi nazikti.

Kilom hakkında konuşmak istemiyordum. İşin aslı böyle ince olmak hoşuma gidiyordu. Kuşkonmazı yuttum.

Kederli bir sesle, "Tek istediğim eve gidip sevişmek," diye mırıldandım. Christian sırıttı.

"Benim de öyle ve sevişeceğiz de. Yemeğini bitir."

İstemeye istemeye yemeğime döndüm ve yemeğe başladım. Haydi ama, iç çamaşırımı bile çıkarmıştım. Kendimi şeker yemesine izin verilmeyen bir çocuk gibi hissediyordum. Christian insanla enfes, seksi ve yaramaz bir çocuk gibi oynuyordu ve her şeyiyle benimdi.

Bana Ethan hakkında sorular sordu. Konuşma ilerledikçe, Christian'ın Kate ve Ethan'ın babasıyla birlikte iş yaptığı ortaya çıktı. Hımm... dünya küçüktü. Sohbetimize konsantre olamadığım için Dr. Flynn'den ya da evden bahsetmemesi beni rahatlatmıştı. Eve gitmek istiyordum.

Aramızda inanılmaz bir bedensel çekim vardı. Christian bu konuda o kadar iyiydi ki. Beni bekletmek konusunda. Sahneyi kurmak konusunda. Lokmalar arasında elini bacağına, benimkinin çok yakınına indiriyor ama sırf benimle oynamak için, bana asla dokunmuyordu.

Piç! Sonunda yemeğimi bitirdim ve çatal bıçağımı tabağıma bıraktım.

"Aferin kızıma," diye mırıldandı. Bu iki kelimede o kadar çok vaat gizliydi ki.

Ona kaşlarımı çatarak baktım. Karnımın alt kısmını tırmalayan arzuyla, "Şimdi ne olacak?" diye sordum. Ah, bu adamı istiyordum.

"Şimdi mi? Gidiyoruz. Bir takım beklentileriniz olduğunu sanıyorum, Bayan Steele. Ve o beklentilerinizi elimden gelenin en fazlasıyla karşılamak niyetindeyim."

Vay canına!

"Elinden... gelenin... en fazlasıyla mı?" diye kekeledim. *Lanet olsun.*

Sırıtarak ayağa kalktı.

Soluğum kesilerek, "Hesabı ödememiz gerekmiyor mu?" diye sordum.

Başını yana yatırdı. "Buraya üyeyim. Faturayı gönderiyorlar. Gel, Anastasia, önden buyur." Yana çekildi ve külotumun üzerimde olmadığının bilinciyle, ayağa kalktım.

Bana, adeta beni soyar gibi, karanlık gözlerle bakıyordu. Bu bedensel hayranlığının tadını çıkardım. Kendimi çok seksi hissetmeme neden oluyordu. Bu güzel adam beni arzuluyordu. Bundan her zaman tahrik olacak mıydım? Kasten tam önünde durarak, kalçalarımdan çekiştirerek elbisemi düzelttim.

Christian kulağıma, "Seni eve götürmek için sabırsızlanıyorum," diye fısıldadı. Ama hâlâ bana dokunmuyordu.

Dışarı çıkarken, şef garsona arabayla ilgili bir şeyler mırıldandı ama dinlemiyordum. İçimdeki tanrıça beklentiden akkor halini almıştı. Tanrım, koca Seattle'ı aydınlatabilirdi.

Asansörlerin yanında beklerken, orta yaşlı iki çift daha bize katıldı. Kapılar açılınca Christian beni dirseğimden tutup dip tarafa yönlendirdi. Etrafıma bakındım, koyu dumanlı aynalarla çevriliydik. Diğer çiftler de binerlerken, kahverengi, zevksiz takım elbiseli bir adam Christian'ı selamladı.

"Grey." Christian da karşılık olarak başını eğdi ama sessiz kaldı.

Çiftler, yüzleri kapıya dönük halde önümüzde duruyorlardı. Arkadaş oldukları her hallerinden belliydi. Kadınlar yemeğin üstüne heyecanlı ve kıpır kıpırdılar; yüksek sesle sohbet ediyorlardı. Sanırım hepsi biraz çakır keyifti.

Kapılar kapanınca, Christian ayakkabısını bağlamak üzere yanımda yere çöktü. İşin tuhaf yanı, ayakkabısının bağı çözülmemişti. Belli etmeden, elini ayak bileğime yerleştirerek beni şaşkına çevirdi. Sonra ayağa kalkarken, elini bacağımdan yukarı hızla kaydırarak –vay canına– ta yukarı kadar, tenimi okşadı. Eli popoma ulaşırken, hayret nidamı bastırmak zorunda kaldım. Christian arkama geçti.

Ah, Tanrım. Önümüzdeki insanlara, kafalarının arkasına bakıyordum. Ne iş peşinde olduğumuzun farkında bile değillerdi. Christian boştaki kolunu belime dolayarak beni kendine çekti ve parmakları keşfe çıkarken beni yerimde tuttu. *Vay canına... burada mı?* Asansör kayarcasına inerken elli üçüncü katta durdu, yeni insanlar bindi ama ben artık dikkat etmiyordum. Parmaklarının en küçük hareketine odaklanmıştım. Cinsel organım etrafında bir daire çizen parmakları, biz arkaya doğru kayarken, bir arayışla öne uzandı.

Parmakları amacına ulaşınca bir kez daha iniltimi yuttum.

Parmağını içime kaydırırken kulağıma, "Her zaman o kadar hazırsınız ki Bayan Steele," diye fısıldadı. Kıvranarak nefesimi tuttum. Bunca insanın arasında bunu nasıl yapabiliyordu?

Kulağıma, "Kıpırdama ve sessiz ol," diye mırıldandı.

Kıpkırmızı kesilmiş, ısınmıştım. Arzuyla dolmuştum ve köşede olanlardan habersiz yedi kişiyle birlikte bir asansöre tıkılmıştım. Christian'ın parmakları tekrar tekrar, bir içeri bir dışarı gidip geliyordu. Nefesim... tanrım, utanç vericiydi. Durmasını söylemek istiyordum ve devam etmesini... ve durmasını. Ona yaslandım ve beni saran kolunu iyice sıkarken, ereksiyonunu kalçamda hissettim.

Kırk dördüncü katta bir kez daha durduk. Ah, bu işkence daha ne kadar sürecekti? İçeri... dışarı... içeri... dışarı. İnceden inceye, kendimi ısrarcı parmağına sürtüyordum. Bunca saat bana dokunmadıktan sonra, dokunmak için bu anı seçiyordu. Ve burayı! Ve bu kendimi çok hafif bir kadın gibi hissetmeme neden oluyordu.

İki kişi daha kabine girerken, görünüşte etkilenmeyerek, "Şışşt," dedi. Asansör kalabalıklaşıyordu. Christian bizi arkaya doğru çekince iyice köşeye sıkıştık. Beni olduğum yerde tutarak işkencesini sürdürüyordu. Burnunu saçlarıma sürttü. Biri o zahmete girip ne yaptığımıza bakacak olsa, köşede koklaşan genç ve âşık bir çift gibi görüneceğimizi biliyordum. Ve Christian ikinci parmağını da içime kaydırdı.

Siktir. İnledim. Önümüzdeki insanların her şeyden habersiz sohbet ediyor olmalarına minnettardım.

Ah, Christian, bana yaptıkların... Başımı göğsüne yaslayıp gözlerimi yumdum ve kendimi insafsız parmaklarına teslim ettim.

"Sakın boşalma," diye fısıldadı. "Onu daha sonra istiyorum." Elini karnıma koydu ve hafifçe bastırarak zulmünü sürdürdü. Muhteşem bir duyguydu.

Asansör nihayet birinci kata ulaşmıştı. Kapılar gürültülü bir zil sesiyle açıldı ve yolcular hemen çıkmaya başladılar. Christian parmaklarını içimden yavaşça çekti ve başımın arkasına bir öpücük kondurdu. Dönüp ona bakınca bana gülümsedi, sonra başıyla, karısıyla birlikte asansörden inen Bay Zevksiz Kahverengi Takım'ın selamını aldı. Bense dik durmaya konsantre olmuş, soluğumu yavaşlatmaya çalışıyordum. Tanrım, sızı içinde ve bir yanım eksilmiş gibi hissediyordum. Christian elini çekti ve beni ayaklarımın üstünde, ona yaslanmadan durmam için kendi halime bıraktı.

Dönüp ona baktım. Sakin ve kontrollü, her zamanki Christian gibi görünüyordu. Hımm... Bu hiç adil değildi.

"Hazır mısın?" diye sordu. Önce işaret parmağını, ardından orta parmağını ağzına sokup emerken gözleri muzip bir ışıltıyla parlıyordu. "Gayet iyi, Bayan Steele," diye fısıldadı. Neredeyse orada kıvranacaktım.

"Bunu yaptığına inanamıyorum," diye mırıldanırken neredeyse orgazm olmak üzereydim.

"Yapabileceklerime şaşar kalırdınız, Bayan Steele," dedi. Uzanıp saçımı kulağımın arkasına iterken; yüzünde beliren çarpık bir gülümseme ne kadar keyiflendiğini ele veriyordu.

"Seni arabaya götürmek istiyorum ama belki de sadece arabaya kadar dayanabilirim." Elimi tutup beni asansörden çıkarırken sırıtıyordu.

Ne! Arabada seks mi? Burada lobinin serin mermer zemininde yapsak olmaz mıydı... Lütfen?

"Gel."

"Evet, bunu ben de istiyorum."

Beni yapay bir dehşetle azarladı: "Bayan Steele!"

"Hiç arabada seks yapmadım," diye mırıldandım. Christian durdu, aynı parmaklarla çenemi kavrayıp başımı arkaya yatırdı ve gözlerimin içine baktı.

"Bunu duyduğuma memnun oldum. Yapmış olsaydın sadece delirmekle kalmaz şaşırırdım da."

Ona gözlerimi kırpıştırarak bakarken kıpkırmızı kesilmiştim. Elbette. Ben sadece onunla seks yapmıştım.

"Demek istediğim o değildi."

"Ne demek istedin?" Sesi beklenmedik şekilde sertti.

"Christian öylesine konuşuyordum."

"Şu ünlü, 'Hiç arabada seks yapmadım,' ifadesi. Evet, insanın ağzından kaçıveriyor."

Derdi neydi?

"Christian, düşünmeden konuştum. Tanrı aşkına, sen az önce, o kadar insanla dolu o asansörde bana... Aklımı başından aldın."

Kaşlarını kaldırdı. "Sana ne yaptım ki?" diye meydan okudu.

Yüzümü buruşturdum. Söylememi istiyordu.

"Beni tahrik ettin, hem de nasıl. Şimdi beni eve götür ve becer."

Ağzı şaşkınlıktan açık kaldı. Sonra bir kahkaha attı. Şimdi genç ve tasasız görünüyordu işte. Ah, güldüğünü duymaya bayılıyordum, çünkü çok nadir yaptığı bir şeydi.

"Siz doğuştan romantiksiniz, Bayan Steele." Elimi tuttu ve birlikte, valenin Saab'ımın yanında beklediği girişe yürüdük.

Christian motoru çalıştırırken, "Demek arabada seks yapmak istiyorsun," diye mırıldandı.

"Dürüst olmak gerekirse lobinin zemininde de yapsak mutlu olurdum."

"Güven bana, Ana, ben de öyle. Ama bu saatte tutuklanmak pek keyifli olmaz. Ve seni bir tuvalette becermek istemedim. Şey, bugün değil."

Ne! "Yani böyle bir olasılık olduğunu mu söylüyorsun?"

"Ah, evet."

"Geri dönelim."

Bana bakmak için döndü ve bir kahkaha attı. Kahkahası bulaşıcıydı. Kısa süre içinde ikimiz de gülüyorduk. Muhteşem, içimizi arındıran, başımızı geriye yatıran kahkahalarla hem de. Uzanıp elini dizime koydu ve becerikli parmaklarıyla usulca dizimi okşadı. Gülmem kesildi.

"Sabır, Anastasia," diye mırıldanarak Seattle trafiğine karıştı.

Saab'ı Escala'nın garajına park edip motoru durdurdu. Birden aramızdaki hava değişivermişti. Şehvetli beklentiyle pır pır eden kalbimi frenlemeye çalışarak ona baktım. Bana doğru dönmüş, dirseğini direksiyona, sırtınıysa kapıya yaslamıştı.

Başparmağı ve işaret parmağıyla alt dudağını çekti. Ağzı öylesine dikkat dağıtıcıydı ki. Onu üzerimde istiyordum. Büyük bir dikkatle, koyu griye çalan gözlerle beni izliyordu. Ağzım kurudu. Tembel, seksi bir gülümsemeyle bana baktı.

"Benim seçtiğim bir zaman ve yerde arabada düzüşeceğiz. Şu anda, sana evin, olası her yüzeyinde sahip olmak istiyorum."

Sözcükleri belden aşağımda hissettim. İçimdeki tanrıça arabesk bir dans ve bir *pas de basque*[21] yapıyordu.

"Evet." Tanrım sesim öylesine cılız ve çaresiz çıkmıştı ki.

Hafifçe öne eğildi. Öpüşünü bekleyerek ve nihayet diye düşünerek gözlerimi yumdum. Ama hiçbir şey olmadı. Bitmek bilmeyen birkaç saniye sonunda gözlerimi açtım ve onu bana bakarken buldum. Ne düşündüğünü kestiremiyordum ama ben bir şey söyleme fırsatı bulamadan, dikkatimi bir kez daha dağıttı.

"Seni şu anda öpersem eve gidemeyiz. Gel."

Hah! Bu adam daha bunaltıcı olabilir miydi acaba? Arabadan indi.

Bir kez daha asansör beklerken, bedenim beklentiyle sızlıyordu. Christian elimi tuttu ve başparmağını parmaklarımın boğumlarının üstünde dolaştırdı. Her dokunuşu beni ürpertiyordu. Ah, ellerini üzerimde istiyordum. Bana yeterince işkence etmişti.

Beklerken, "Hızlı alınan hazza ne oldu?" diye mırıldandım.

"Her durumda uygun değil, Anastasia."

"Ne zamandan beri?"

"Bu akşamdan beri."

"Neden bana böyle eziyet ediyorsun?"

"Kısasa kısas, Bayan Steele."

"Ben sana nasıl işkence ediyorum?"

---

21 Klasik balede bir adım. (ç. n.)

"Bence biliyorsun."

Gözlerinin içine baktım. İfadesini çözmek güçtü. *Cevabımı istiyordu... Mesele buydu.*

"Ben de geciktirilmiş hazdan yanayım," diye fısıldarken mahcup bir tavırla gülümsedim.

Elimi beklenmedik bir anda çekince kendimi kollarında buldum. Saçımı ensemden kavradı ve başımı hafifçe arkaya çekti.

Hararetle, "Evet demen için ne yapabilirim?" diye sorarak beni bir kez daha hazırlıksız yakaladı. Ona, tatlı, ciddi ve umutsuz ifadesine gözlerimi kırpıştırarak baktım.

"Bana biraz zaman ver... lütfen..." diye mırıldandım. İnledi ve sonunda beni uzun uzun, sertçe öptü. Ve hemen sonra asansördeydik. Ellerden, ağızlardan, dillerden, dudaklardan, parmaklardan ve saçtan ibarettik. Arzu tüm yoğunluğuyla konumda çağlayarak mantığımı bulutlandırıyordu. Christian beni duvara itip kalçalarıyla sabitledi ve bir eli saçlarımda, diğeri çenemde olduğu halde beni orada tuttu.

"Sahibim sensin," diye mırıldandı. "Kaderim ellerinde, Ana."

Sözleri baş döndürücüydü ve hissettiğim şehvet yüzünden kıyafetlerini parçalamak istiyordum. Ceketini çıkardım ve asansör kapısı daireye açıldığında tökezleyerek içeri girdik.

Christian beni asansörün yanındaki duvara yapıştırdı. Ceketi yere düşerken, eli bacağımdan yukarı tırmanıyor, dudakları dudaklarımdan bir an ayrılmıyordu. Elbisemi yukarı sıyırdı.

"İlk yüzey burası," diye soluyarak beni yukarı kaldırdı. "Bacaklarını bana dola."

Söylediğini yaptım. Döndü ve bacaklarımın arasından çıkmadan beni girişteki masanın üzerine yatırdı. Her zamanki çiçek vazosunun yerinde olmadığını fark ettim. Elini kot pantolonunun cebine atıp bir prezervatif çıkardı ve fermuarını indirirken bana uzattı.

"Beni ne kadar tahrik ettiğini biliyor musun?"

"Ne?" diye soludum. "Hayır... ben..."

"Ediyorsun," diye mırıldandı. "Her an." Paketi ellerimden aldı. Ah, o kadar çabuk olmuştu ki; ama onca baştan çıkarıcı oyunun sonrasında onu fena halde istiyordum. Hemen. Prezervatifi takarken bana baktı, sonra ellerini bacaklarımın altına yerleştirip bacaklarımı iki yana açtı.

Araya yerleşince durdu. "Gözlerini açık tut. Seni görmek istiyorum," diye fısıldadı ve ellerimi elleriyle sıkıca kavrayarak yavaşça içime gömüldü.

Denedim, gerçekten denedim ama bu muhteşem bir duyguydu. Onca oyunundan sonra beklediğim şey buydu. Ah, bu doluluk, bu his... İnledim ve sırtımı masada bir yay gibi gerdim.

Beni daha sıkı tutarak, "Aç!" diye gürledi ve kendini içime sertçe iterek haykırmama neden oldu.

Gözlerimi kırpıştırarak açtığımda, iri iri açılmış gözlerle bana bakıyordu. Yavaşça geri çekildi ve sonra kendini bir kez daha içime çarptı. Ağzı önce yana kaydı ve sonra bir inleme sesi çıkardı ama hiçbir şey demedi. Nasıl tahrik olduğunu ve bana tepkisini görünce içim aydınlanmıştı; kanım damarlarımı dağlayarak akıyordu. Gri gözleri benimkileri yakıp geçiyordu. Ritmi hızlandı ve ben onu seyrederek, kendimi –bana olan tutkusunu ve aşkını– seyrederek birlikte dağılışımızın tadını çıkardım.

İçimde onunla infilak ederken haykırdım. Christian da peşimden geldi.

"Evet, Ana!" diye haykırdı. Ellerimi bırakıp üzerime yığıldı ve başını göğsüme yasladı. Bacaklarım hâlâ ona sarılıydı. Duvardaki Meryem Ana tablolarının sabırlı ve anaç bakışları altında, başını kucakladım ve nefesimi düzene sokmak için uğraştım.

Bana bakmak için kafasını kaldırdı. "Henüz seninle işim bitmedi," diye mırıldandı ve uzanıp beni öptü.

Christian'ın yatağında, göğsüne yayılmış, çırılçıplak yatıyordum. Tanrı aşkına, enerjisi hiç mi tükenmiyordu? Christian parmaklarını bir yukarı, bir aşağı sırtımda gezdiriyordu.

"Tatmin oldunuz mu, Bayan Steele?"

Bir mırıltıyla onayladım. Konuşmak için enerjim kalmamıştı. Kafamı kaldırdım ve odaklanamayan bakışlarımı ona çevirip sıcak ve sevecen bakışının tadını çıkardım. Göğsünü öpmek üzere olduğumu anlasın diye, çok belirgin bir hareketle başımı ona doğru yaklaştırdım.

Bir an için gerildi. Göğüs kıllarının arasına bir öpücük kondururken, ter ve seks ile Christian kokusunu içime çektim. Beni yanına yatıracak şekilde döndü ve bana baktı.

Birden utandığımı hissederek, "Seks herkes için böyle midir? İnsanların dışarı çıkmalarına bile şaşırıyorum," diye mırıldandım.

Sırıttı. "Herkes adına konuşamam ama seninle bayağı özel bir şey, Anastasia." Eğildi ve beni öptü.

Gülümseyerek yüzünü okşarken, "Nedeni sizin bayağı özel biri olmanız, Bay Grey," diye onayladım. Bana şaşkın gözlerini kırpıştırarak baktı.

"Geç oldu. Artık uyu." Beni öptü ve yanıma uzanıp beni kendine çekti. Yatakta kaşık pozisyonu almış olduk.

"İltifatlarımdan hoşlanmıyorsun."

"Uyu artık, Anastasia."

Hımm... Ama bayağı özel biriydi. Tanrı aşkına, bunu neden göremiyordu?

"Evi sevdim," diye mırıldandım.

Bir an hiçbir şey demedi ama sırıttığını hissettim.

"Seni seviyorum. Haydi, uyu." Burnunu saçlarıma sürttü ve kollarının arasında, gün batımlarını ve Fransız kapıları ve geniş merdivenleri hayal ederek, güven içinde, derin bir uykuya daldım.

Hayallerimde bir de, çayırda benimle kahkahalar atarak ve kıkırdayarak koşan, bakır rengi saçlı bir oğlan çocuğu vardı

“Gitmem gerek, bebeğim.” Christian kulağımın altını öptü.

Gözlerimi açtım. Sabah olmuştu. Yüzümü ona çevirdim ama çoktan kalkıp giyinmiş ve bütün tazeliği ve enfesliğiyle üzerime eğilmişti.

“Saat kaç?” Ah, hayır... Geç kalmak istemiyordum.

“Paniğe kapılma. Kahvaltılı bir toplantım var.” Burnunu burnuma sürttü.

Önceki günün hareketlerinden gergin ve harap haldeki kaslarımla gerinerek, “Harika kokuyorsun,” dedim. Kollarımı boynuna doladım.

“Gitme.”

Başını yana yatırırken tek kaşını kaldırdı. “Bayan Steele, yoksa bir adamı dürüst bir iş gününden alıkoymaya mı çalışıyorsunuz?”

Uyku mahmurluğuyla kafamı salladım. Bana yeni mahcup gülümsemesiyle baktı.

“Her ne kadar aşırı baştan çıkarıcı olsan da gitmem gerek.” Beni öpüp ayağa kalktı. Gerçekten jilet gibi lacivert bir takım elbise, beyaz bir gömlek giymiş ve lacivert bir kravat takmıştı. Ve her zerresiyle bir CEO gibi görünüyordu. Seksi CEO.

“Kaçtım, bebek,” dedi ve yanımdan ayrıldı.

Saate bakınca, yedi olduğunu gördüm. Alarmı duymamış olmalıydım. Pekâlâ, kalkma zamanıydı.

Duşta, bir ilham geldi. Christian için yeni bir doğum günü armağanı düşünmüştüm. Her şeyi olan bir adama bir şey almak zordu. Ona asıl hediyemi vermiştim ve hediyelik eşya dükkânından aldığım şey hâlâ bendeydi ama bu ikinci hediye aslında benim için olacaktı. Duşu kapatırken, heyecandan neredeyse ölecektim. Tek yapmam gereken hediyeyi hazırlamaktı.

Giyinme odasında koyu kırmızı, yakası kare biçiminde, üzerime oturan bile elbise giydim. Evet, iş için gayet uygundu.

Şimdi sıra Christian'ın hediyesindeydi. Çekmecelerini karıştırmaya, kravatlarını aramaya başladım. En alt çekmecede içinde çok seksi göründüğü o soluk, eski kot pantolonlarını –oyun odasında giydiklerini– buldum. Usulca okşadım. Ah, tanrım, kumaş o kadar yumuşaktı ki.

Altlarında, büyük, siyah, yassı bir karton kutu buldum. İlgimi çekmişti. İçinde ne vardı acaba? Yine yasak bir bölgeye girmiş gibi hissederek, kutuya baktım. Çıkarıp salladım. İçinde kâğıt ya da kitap varmış gibi ağırdı. Karşı koyamayarak kapağı açtım ve hızla geri kapattım. Lanet olsun, bunlar Kırmızı Oda'dan fotoğraflardı. Görüntüyü zihnimden silmeye çalışırken, şokun etkisiyle duvara yaslanıp topuklarımın üstüne çökmüştüm. *Kutuyu neden açtım ki? Onları neden saklamıştı?*

Ürperdim. Bilinçaltım bana surat asıyordu: *Bunlar senden önceydi, unut gitsin.*

Haklıydı. Ayağa kalkınca, kravatlarının dolabın diğer ucunda asılı olduğunu fark ettim. En sevdiğimi bulup hızla odadan çıktım.

O fotoğraflar, AÖ'ydü. Ana'dan Önce. Bilinçaltım onaylar gibi kafasını sallıyordu ama kahvaltı için salona doğru yürürken, yüreğim ağırlaşmıştı. Bayan Jones bana sevgiyle gülümsedi ve kaşlarını çattı.

Kibarca, "Her şey yolunda mı, Ana?" diye sordu.

Dalgın bir tavırla, "Evet," diye mırıldandım. "Şey… sizde… oyun odasının anahtarı var mı?"

Bir an durdu. Şaşırmıştı.

"Evet, elbette." Kemerinden küçük bir anahtar çıkardı. Anahtarları bana uzatırken, "Kahvaltı için ne istersin, canım?" diye sordu.

"Sadece kahvaltılık gevrek. Birazdan dönerim."

O fotoğrafları keşfettiğimden beri, hediye konusunda artık şüpheliydim. Bilinçaltım beni yarım ay biçimindeki gözlüklerinin üstünden dik dik bakarak bir kez daha haşladı: *Değişen bir şey yok.* İçimdeki tanrıça, *Gördüğün o tek fotoğraf seksiydi*, diye şakıdı ve ona surat astım. Evet, öyleydi, benim için fazla ateşliydi.

Sakladığı başka ne vardı acaba? Şifonyerini hızla karıştırdım, ihtiyaç duyduğum şeyi aldım ve oyun odasının kapısını arkamdan kilitledim. Burayı keşfetmek, José'ye pek iyi gelmezdi.

Anahtarları Bayan Jones'a iade edip kahvaltımı etmek için masaya otururken, Christian'ın yokluğu tuhaf gelmişti. Fotoğraftaki görüntü zihnimde davetsizce dans ediyordu. Kimdi acaba? Belki de Leila'ydı.

İşe giderken Christian'a fotoğrafları bulduğumu söylemekle söylememek arasında gidip geldim. Bilinçaltım, Edvard Munch suratını takınmış, *Hayır*, diye haykırıyordu. Büyük olasılıkla haklı olduğuna karar verdim.

Masama otururken, BlackBerry'm titreşti.

Kimden: Christian Grey

Konu: Yüzeyler

Tarih: 17 Haziran 2011 08:59

Kime: Anastasia Steele

Kullanılacak en az 30 yatay yüzey olduğunu hesapladım. Sırayla hepsini denemek için can atıyorum. Tabii bir de yerler, duvarlar var. Ve evet, balkonu da unutmayalım.

Sonra bir de benim ofisim var.

Seni özledim.

x

Christian Grey

Priapik[22] CEO, Grey Şirketler Topluluğu

E-postası beni gülümsetmiş ve biraz önceki bütün çekincelerim buhar olmuştu. Şu anda istediği bendim ve dün geceki seks kaçamağından görüntüler zihnime doldu... *Asansör, giriş, yatak.* Priapik olduğu doğruydu. Kelimenin dişiler için kullanılanı neydi acaba?

Kimden: Anastasia Steele

Konu: Aşk?

Tarih: 17 Haziran 2011 09:03

Kime: Christian Grey

Bay Grey,

Tek yönlü işleyen bir beyniniz var.

Kahvaltıda yokluğunu hissettim.

Ama Bayan Jones çok yardımcı oldu.

A x

---

22 Cinselliğine fazla düşkün erkek. (ç. n.)

Kimden: Christian Grey
Konu: İlginç
Tarih: 17 Haziran 2011 09:07
Kime: Anastasia Steele
Bayan Jones hangi konuda çok yardımcı oldu?

Ne işler çeviriyorsunuz, Bayan Steele?

Christian Grey
Meraklı CEO, Grey Şirketler Topluluğu

Nereden biliyordu?

Kimden: Anastasia Steele
Konu: Burnuma Vuruyorum
Tarih: 17 Haziran 2011 09:10
Kime: Christian Grey

Bekle ve gör, bir sürpriz.

Çalışmam gerek... Beni rahat bırak.

Seni seviyorum

A x

Kimden: Christian Grey
Konu: Bunaldım
Tarih: 17 Haziran 2011 09:12
Kime: Anastasia Steele

Benden bir şeyler saklamandan nefret ediyorum.

Christian Grey

CEO, Grey Şirketler Topluluğu

BlackBerry'nin küçük ekranına bakakaldım. E-postasındaki üstü kapalı sertlik beni şaşırtmıştı. Neden böyle hissediyordu? Eski sevgililerimin erotik fotoğraflarını saklıyor değildim ya.

Kimden: Anastasia Steele

Konu: Seni Şımartıyorum

Tarih: 17 Haziran 2011 09:14

Kime: Christian Grey

Doğum günün için.

Bir sürpriz daha.

Bu kadar huysuz olma.

A x

Cevabı hemen gelmedi ve bir toplantıya çağrıldığım için kafa yoracak zamanım olmadı.

BlackBerry'me bir sonraki bakışımda saatin öğleden sonra dört olduğunu dehşet içinde fark ettim. Gün nereye gitmişti? Christian'dan hâlâ mesaj yoktu. Ona bir e-posta göndermeye karar verdim.

Kimden: Anastasia Steele

Konu: Merhaba

Tarih: 17 Haziran 2011 16:03

Kime: Christian Grey

Sen benimle konuşmuyor musun?

José'yle bir şeyler içmeye gideceğimizi ve bu akşam bizimle kalacağını unutma.

Lütfen bize eşlik etme konusunu bir daha düşün.

A x

Cevap vermeyince huzursuzluğa kapıldım. İyi olduğunu umuyordum. Cep telefonundan arayınca, karşıma telesekreter çıktı. Telesekreter mesajında, en soğuk sesiyle, "Grey, mesaj bırakın," diyordu.

"Merhaba... ım.. benim, Ana. Sen iyi misin? Beni ara," diye kekeledim. Ona daha önce mesaj bırakmak zorunda kalmamıştım. Telefonu kapatırken kıpkırmızıydım. *Sen olduğunu elbette anlayacak, aptal!* Bilinçaltım bana gözlerini çevirdi. Aklımdan asistanı Andrea'yı aramak geçti ama bunun aşırıya kaçmak olacağına karar verdim. İstemeye istemeye işime döndüm.

Telefonum beklenmedik bir anda çalınca yerimden sıçradım. *Christian!* Ama hayır, arayan en yakın arkadaşım Kate'ti. Nihayet!

Her neredeyse oradan, "Ana!" diye bağırdı.

"Kate, döndün mü? Seni özledim."

"Ben de öyle. Sana anlatacak çok şeyim var. Sea Tac'teyiz, ben ve adamım." Kate'ten hiç beklenmeyecek bir şekilde kıkırdadı.

"Harika. Benim de sana anlatacak çok şeyim var."

"Evde görüşür müyüz?"

"José'yle bir şeyler içeceğiz. Siz de katılın."

"José burada mı? Elbette! Nerede olacağınızı mesaj at."

"Tamam." Sırıttım.

"Sen iyi misin, Ana?"

"Evet, gayet iyiyim."

"Hâlâ Christian'la mısın?"

"Evet."

"İyi. Kaçtım!"

Ah, o da mı? Elliot'ın etkisi sınır tanımıyordu.

"Evet, kaçtım, bebek." Sırıttım. Telefonu kapattı.

Vay canına. Kate eve dönmüştü. Olup bitenleri ona nasıl anlatacaktım? Hiçbir şeyi atlamamak için her şeyi not etmeliydim.

Bir saat sonra ofis telefonum çaldı. Christian? Hayır, Claire'di.

"Resepsiyonda seni soran adamı görmelisin. Bu kadar seksi adamı nereden tanıyorsun, Ana?"

José gelmiş olmalıydı. Saate baktım. Altıya beş vardı ve içimden küçük bir heyecan dalgası geçti. Onu asırlardır görmüyordum.

"Ana, vay canına! Harika görünüyorsun. Yetişkin gibi." Bana sırıttı.

Sırf şık bir elbise giydim diye... Tanrım!

Bana sıkı sıkı sarıldı. Hayretle, "Ve uzun boylu," diye mırıldandı.

"Ayakkabılar yüzünden, José. Sen de hiç fena görünmüyorsun."

Üzerinde bir kot pantolon, siyah bir tişört ve siyah beyaz kareli flanel bir gömlek vardı.

"Eşyalarımı alayım, çıkalım."

"Harika. Burada bekliyorum."

Kalabalık bardan iki Rolling Rocks[23] aldım ve José'nin oturduğu masaya yürüdüm.

"Christian'ın evini kolay buldun mu?"

"Evet. İçeri girmedim. Fotoğrafları asansöre kadar götürdüm. Taylor diye bir adam onları aldı. Sıkı bir yere benziyor."

"Öyle. İçini görmelisin."

"Sabırsızlanıyorum. *Salud*, Ana. Seattle sana yaramış."

Şişelerimizi tokuştururken kızardım. Bana yarayan Christian'dı. "*Salud*. Bana sergiyi ve nasıl gittiğini anlat."

Sırıtarak anlatmaya koyuldu. Üç tanesi dışında bütün fotoğraflarını satmış, böylece öğrenci kredisini hallettikten sonra, elinde bir miktar kalmıştı.

Gururla ekledi. "Ayrıca Portland Turizm Kurulu için manzara fotoğrafları çekmek üzere anlaştım. Bayağı iyi, değil mi?"

"Ah, José, bu harika bir haber. Gerçi eğitimine mani olmayacak değil mi?" Kaşlarımı çattım.

"Hayır. Artık siz ve birlikte takıldığım çocuklardan üçü daha olmadığı için daha fazla zamanım var."

"Seni meşgul edecek seksi bir piliç yok mu? Seni son gördüğümde, ağzının içine düşecek gibi bakan yarım düzine kadınla birlikteydin." Tek kaşımı kaldırdım.

"Hayır, Ana. Hiçbiri beni kesmez." Havası pek yerindeydi.

23 Bira markası. (ç. n.)

"Ah, tabii ya. José Rodriguez, elinden kim kurtulmuş?" diye kıkırdadım.

"Hey, iyi yanlarım var, Steele." Biraz incinmiş görünüyordu, azarımı işitmiştim.

Onu yumuşatmak için, "Tabii ki var," dedim.

Farklı ve daha soğuk bir ses tonuyla, "Eee, Grey nasıl?" diye sordu.

"İyi. İyiyiz," diye mırıldandım.

"Ciddi demiştin?"

"Evet, ciddi."

"Senin için fazla yaşlı."

"Ah, José, annem ne der bilirsin, ben doğuştan yaşlıyım."

José ağzını çarpıtarak güldü.

"Annen nasıl?" Ve böylece tehlikeli bölgesinden çıkmış olduk.

"Ana!"

Döndüm ve Kate, Ethan'la birlikte karşımdaydı. Muhteşem görünüyordu. İyice açılmış çilek sarısı saçlar, altın rengi bir ten, ışıl ışıl bir gülümseme ve beyaz askılı tişörtü ile kot pantolonu içinde biçimli bir vücut. Bütün gözler Kate'e çevrilmişti. Ona sarılmak için yerimden fırladım. Ah, Tanrım. Bu kadını nasıl da özlemiştim!

Beni hafifçe itti ve bir kol boyu mesafede tutarak dikkatle inceledi. Yoğun bakışları altında kızardım.

Anne tavuk tavrıyla, "Kilo vermişsin. Hem de çok. Ve farklı görünüyorsun. Büyümüş gibi. Neler oluyor?" dedi. "Elbiseni beğendim. Sana çok yakışmış."

"Sen gittikten sonra çok şey oldu. Sonra, baş başa kalınca anlatırım." Henüz Katherine Kavanagh Sorgusuna hazır değildim. Beni şüpheyle süzdü.

Yavaşça, "Sen iyi misin?" diye sordu.

"Evet." Gülümsedim. Gerçi Christian'ın nerelerde olduğunu bilsem daha mutlu olabilirdim.

"Harika."

"Merhaba, Ethan." Ona sırıttım. Beni sıkıca kucakladı.

Kulağıma, "Selam, Ana," diye fısıldadı.

José kaşlarını çattı.

"Mia'yla yemek nasıldı?" diye sordum.

Ethan manidar bir sesle, "İlginç," dedi.

Ah?

"Ethan, José'yi tanıyor musun?"

José elini sıktığı Ethan'ı süzerek, "Bir kez karşılaşmıştık," diye mırıldandı.

"Evet, Vancouver'da, Kate'in evinde," dedi Ethan, José'ye kibarca gülümseyerek. "Pekâlâ, kimler içki istiyor?"

Tuvalete gittim. Oradayken, Christian'a yerimizi bildiren bir mesaj çektim. Belki bize katılırdı. Ondan ne bir cevapsız çağrı, ne de bir e-posta vardı. Bu hiç Christian'lık bir durum değildi.

Masaya dönünce José, "Sorun ne, Ana?" diye sordu.

"Christian'a ulaşamıyorum. Umarım iyidir."

"İyidir. Bir bira daha ister misin?"

"Tabii."

Kate bana doğru eğildi. "Ethan kaçık bir eski kız arkadaşın tabancayla evi bastığını anlattı."

"Şey... evet." Özür diler gibi omuz silktim. Ah, tanrım. Bunu şimdi yapmak zorunda mıydık?

"Ana, neler oluyor?" Kate birden durdu ve cep telefonuna baktı.

"Merhaba, bebeğim," diye açtı. *Bebeğim!* Kaşlarını çatarak bana baktı. "Elbette," dedi ve bana döndü. "Elliot, seninle konuşmak istiyor."

"Ana." Elliot'ın sesi mesafeli ve sakindi. Bir tedirginlik hissetmeye başladım.

"Sorun ne?"

"Christian. Portland'dan dönmedi."

"Ne? Ne demek istiyorsun?

"Helikopteri kayıp."

"*Charlie Tango*?" diye fısıldarken, bütün soluğum bedenimi terk etti. "Hayır!"

BÖLÜM ON DOKUZ

Büyülenmiş gibi alevlere bakıyordum. Christian'ın dairesindeki şöminede kobalt mavisi uçlarıyla, parlak turuncu tonlarda dans ediyorlardı. Ateşten yayılan ısıya ve omuzlarımda sarılı battaniyeye rağmen üşüyordum. İliklerime kadar.

Kısık seslerin, bir yığın kısık sesin farkındaydım. Ama geri planda ve uzak uğultulardan ibarettiler. Sözcükleri duymuyordum. Tek duyabildiğim, tek odaklanabildiğim ateşten çıkan gazın yumuşak tıslamasıydı.

Düşüncelerim dün gördüğümüz eve ve kocaman şöminelere, odun yakılan gerçek şöminelere kaydı. Christian'la gerçek bir ateşin önünde sevişmek isterdim. Evet, eğlenceli olurdu. Seviştiğimiz bütün o zamanlar gibi, unutulmaz olmasını sağlamanın bir yolunu bulacağına hiç şüpheye yoktu. Kendi kendime bir homurtu çıkardım. Sadece düzüştüğümüz zamanlar bile öyleydi. Evet, onlar da unutulmazdı. *Neredeydi?*

Alevler titreşip dans ederek, beni esir almışlardı. Sadece ışık saçan yakıcı güzelliklerine odaklanmıştım. Büyüleyiciydiler. Sersemlemiştim.

Anastasia, sen beni büyüledin.

Bunu benim yatağımda uyuduğu ilk gece söylemişti. *Ah, hayır...*

Kollarımı göğsümde kavuşturdum ve ben dünyadan gittikçe uzaklaşırken, gerçek bilincime süzülüverdi. İçimde gittikçe büyüyen boşluk biraz daha genişledi. *Charlie Tango* kayıptı.

"Ana, şunu al." Bayan Jones'un nazik sesi beni odaya, içinde bulunduğum ana ve sıkıntıya geri çağırdı. Bana bir fincan çay getirmişti. Fincanı ve tabağı minnetle aldım. Tıkırtı ellerimin titrediğinin habercisiydi.

"Teşekkürler," derken, sesim dökülmeyen gözyaşları ve gırtlağımdaki kocaman yumru yüzünden boğuktu.

Mia, aşırı büyük, U biçimindeki kanepede tam karşımda, Grace'le el ele oturuyordu. O güzel yüzlerine işlenmiş acı ve kaygıyla bana bakıyorlardı. Grace olduğundan yaşlı görünüyordu. Evladı için kaygılanan bir anne. Onlara ifadesiz gözlerimi kırpıştırarak baktım. Güven verici bir gülümseme, hatta bir damla gözyaşı bile sunamazdım. Hiçbir şey yoktu. Yokluk ve gittikçe büyüyen boşluktan başka, hiçbir şey yoktu. Kahvaltı barının etrafında ciddi suratlarla oturan ve usul usul konuşan Elliot, José ve Ethan'a baktım. Yumuşak ve kısık sesleriyle bir şey tartışıyorlardı. Bayan Jones mutfakta bir şeylerle meşguldü.

Kate TV odasında yerel haberleri takip ediyordu. Büyük plazma TV'den yükselen cılız sesleri duyabiliyordum. O haber başlığını – CHRISTIAN GREY KAYIP– ve güzel yüzünü tekrar görmeye dayanamazdım.

Hiç yeri olmadığı halde, daha önce bu salonda bu kadar çok insanı bir arada görmemiş olduğumu fark ettim. Yine de bu kalabalık, evin devasa boyutlarında, çok ufak kalmıştı. Elli'min evindeki şaşkın ve kaygılı insanlar... Burada olmaları hakkında ne düşünürdü acaba?

Bir yerlerde Taylor ve Carrick bize damla damla bilgi akıtan yetkililerle görüşüyorlardı ama hepsi anlamsızdı. Gerçek, kayıp olduğuydu. Sekiz saattir kayıptı. Ondan hiçbir iz yoktu. Arama durdurulmuştu. Bu kadarını biliyordum. Fazla karanlıktı. Ve nerede olduğunu bilmiyorduk. Yaralı, aç ya da daha kötüsü olabilirdi. *Hayır!*

Tanrı'ya bir kez daha sessizce yakardım. *Lütfen Christian yaşıyor olsun. Lütfen Christian iyi olsun* Aklımdan tekrar tekrar geçirdim. Bu sözler mantram, can simidim, umutsuzluğumda sıkı sıkı tutunabileceğim tek somut şeydi. En kötüyü düşünmeyi reddediyordum. Hayır, o konuya girme. Umut var.

Sen benim can simidimsin.

Christian'ın sözleri zihnime üşüşmüştü. Evet, her zaman umut vardı. Umutsuzluğa kapılmamalıydım. Sözleri zihnimde yankılanıyordu.

Ben doyumun hiç ertelenmeden yaşanmasının sıkı bir savunucusuyum. Günü yaşa, Ana.

Ben neden günü yaşamamıştım ki?

Bunu, sonunda hayatımın kalan kısmını birlikte geçirmek istediğim biriyle tanıştığım için yapıyorum."

Gözlerimi sessiz bir duayla yumup usul usul sallanmaya başladım. *Lütfen hayatının kalan kısmı bu kadar kısa olmasın. Lütfen, lütfen.* Yeterince zamanımız olmamıştı... daha fazla zamana ihtiyacımız vardı. Son birkaç haftada çok şey yapmış, çok yol kat etmiştik. Bitemezdi. Bütün o şefkat dolu anlarımız, ruj, Olympic otelde benimle ilk sevişmesi, karşımda dizlerinin üstünde durup kendini bana sunuşu, sonunda ona dokunuşum.

"Ben de aynı durumdayım, Ana. Seni seviyorum ve sana ihtiyacım var. Dokun bana. Lütfen."

Ah, onu o kadar çok seviyordum ki. Onsuz bir hiç olurdum. Bütün ışığı sönmüş bir gölge. *Hayır... hayır...hayır... benim zavallı Christian'ım.*

"Bu benim, Ana. Her şeyimle... ve tamamen seninim. Bunu anlaman için ne yapmam gerek? Seni elde edebileceğim her şekilde istediğimi anlaman için? Seni sevdiğimi anlaman için?"

Ben de seni seviyorum, benim Elli Ton'um.

Gözlerimi açtım ve bir şey görmeyerek yeniden ateşe baktım. Birlikte geçirdiğimiz zamanların anıları zihnimde canlanıyordu. Yelken ve planör yaparkenki çocuksu neşesi, maskeli balodaki nazik, sofistike ve ölümüne seksi duruşu, dans edişi, ah, evet, burada, bu dairede, Sinatra eşliğinde salonda dans edişimiz, dün evdeki sessiz ve kaygılı umudu, göz alıcı manzara.

"Dünyamı ayaklarına sererim, Anastasia. Seni ruhunla, bedeninle, sonsuza dek istiyorum."

Ah, lütfen iyi olsun. Ölmüş olamazdı. O benim evrenimin merkeziydi.

Gırtlağımdan istem dışı bir hıçkırık yükseldi ve elimi ağzıma kapattım. Hayır, güçlü olmaya mecburdum.

José birden yanımda belirdi. Yoksa bir süredir orada mıydı? Hiçbir fikrim yoktu.

Nazik bir sesle, "Anneni ya da babanı aramak ister misin?" diye sordu.

Hayır! Kafamı salladım ve José'nin eline yapıştım. Konuşamıyordum, konuşursam dağılacağımı biliyordum ama elinin sıcaklığı ve nazik tutuşu bana en ufak bir teselli sağlamamıştı.

Ah, Anne. Annemi düşününce dudaklarım titredi. Onu aramalı mıydım? Hayır, tepkisiyle uğraşamazdım. Belki Ray'i aramalıydım. O duygusallaşmazdı, hiçbir zaman duygusallaşmazdı. Mariners kaybettiği zaman bile.

Grace'in oğlanların yanına gitmek üzere ayağa kalktığını fark ettim. Bu hareketsiz kaldığı en uzun süre olsa gerekti. Mia yanıma gelip oturdu ve diğer elimi tuttu.

"Geri gelecek," dedi. Sesi başlangıçta kararlıydı ama son kelimede titremişti. İrileşmiş gözlerinin çevresi kırmızıydı. Yüzü uykusuzluktan solmuş ve küçülmüştü.

Mia ve kolunu Grace'e dolamış haldeki Elliot'u izleyen Ethan'a baktım. Saate döndüm. On biri geçmiş, gece yarısına yaklaşıyordu. *Lanet olası zaman!* Her geçen saatle, içimi kemiren boşluk da büyüyor, beni tüketiyor ve boğuyordu. İçin için kendimi en kötüye hazırladığımı biliyordum. Gözlerimi yumdum ve Mia ile José'nin ellerini sıkı sıkı tutarak bir kez daha sessizce dua ettim.

Gözlerimi açıp tekrar alevlere baktım. Mahcup gülümsemesini –en sevdiğim ifadesini, gerçek Christian'a, benim gerçek Christian'ıma ait o görüntüyü– görür gibiydim. Bünyesinde o kadar çok insanı bir arada barındırıyordu ki: kontrol manyağı, CEO, sapık takipçi, seks tanrısı, Hâkim ve oyuncaklarıyla oynayan tam bir çocuk. Gülümsedim. Arabası, teknesi, uçağı, helikopteri *Charlie Tango*... Kayıp çocuğum şimdi gerçek anlamda kaybolmuştu. Gülümsemem kayboldu ve içim acıyla doldu. Duşta, ruj izlerini temizleyen halini hatırladım.

"Ben bir hiçim, Anastasia. Ben bir insan müsveddesiyim. Kalbim yok benim."

Gırtlağımdaki yumru büyüdü. Ah, Christian, senin bir kalbin var ve o kalp bana ait. Onu sonsuza dek bağrıma basmak, şımartmak istiyorum. Çok karmaşık ve zor olmasına rağmen, onu seviyordum. Her zaman sevecektim. Başka biri asla olmayacaktı. Asla.

Starbucks'ta oturup Christian'a dair artı ve eksileri tarttığım zamanı hatırladım. Bütün o eksiler, bu sabah çekmecede bulduğum fotoğraflar bile, artık önemini yitirmişti. Sadece o ve geri dönüp dönmeyeceği önemliydi. *Ah, Tanrım, lütfen, onu geri getir. İyi olmasına izin ver. Kiliseye gideceğim... her şeyi yapacağım... ve onu geri alabilirsem, günü yaşayacağım.* Sesi zihnimde bir kez daha yankılandı. "*Günü yaşa, Ana.*"

Gözlerimi ateşin derinliklerine diktim. Alevler birbirlerini yalayarak, birbirlerinin etrafında kıvrılarak ışık saçmaya devam ediyorlardı. Ve sonra, Grace'in çığlığıyla, her şey ağır çekime döndü.

"Christian!"

Kafamı çevirdiğimde, Grace bir süredir volta attığı yerden salonun karşı tarafına koşarken, girişte, perişan haldeki Christian'ı gördüm. Üzerinde sadece gömleği ve pantolonu vardı. Lacivert ceketi, ayakkabıları ve çorapları elindeydi. Yorgun, kirli ve müthiş güzel görünüyordu.

Lanet olsun... Christian. Yaşıyordu. Gördüğümün bir halüsinasyon mu yoksa gerçeğin ta kendisi mi olduğunu çözmeye çalışarak, uyuşmuş gözlerle ona bakıyordum.

İfadesi uç noktada bir şaşkınlık ifadesiydi. Ceketini ve ayakkabılarını yere bırakmasıyla, kollarını boynuna dolayıp yanaklarını öpen Grace'e sarılması bir oldu.

"Anne?"

Christian annesine tamamen ifadesiz gözlerle bakıyordu.

Grace hepimizin korkusunu dile getirerek, "Seni bir daha hiç göremeyeceğimi sandım," diye fısıldadı.

"Anne, işte buradayım." Christian'ın sesindeki şaşkınlığı duyabiliyordum.

Grace'in düşüncelerimi yankılayan, "Bugün bin kez öldüm," diye fısıldayan sesi, güçlükle duyuluyordu. Gözyaşlarını daha fazla tutamayarak hıçkırmaya başlamıştı. Christian dehşete ya da utanca –hangisi olduğunu çözememiştim– kapılarak kaşlarını çattı. Ve bir an sonra, annesini sıkı sıkı kucakladı.

Grace oğlunun boynuna kapanarak, "Ah, Christian," diye hıçkırdı. Kendini tutma çabaları buraya kadardı ve Christian da geri çekilmedi. Onu sımsıkı tutarak, öne, arkaya usul usul sallanıyordu. Gözlerim yaşlarla dolmuştu. Carrick koridordan seslendi.

"Yaşıyor! Kahretsin, buradasın!" Taylor'ın ofisinden, sıkı sıkıya tuttuğu cep telefonuyla çıktı ve tatlı bir rahatlamayla gözlerini yumarak her ikisini de kucakladı.

"Baba?"

Mia yanımdan anlaşılmaz bir şey haykırdı ve sonra ayağa fırlayıp anne ve babasına katılarak hepsini birden kucakladı.

Nihayet gözyaşlarım yanaklarımdan aşağı çağlamaya başlamışlardı. Christian buradaydı. İyiydi. Ama hareket edemiyordum.

İlk geri çekilen Carrick oldu. Gözlerini silerek, Christian'ın omzuna vurdu. Mia da onları bıraktı. Ve sonra Grace de geri çekildi.

"Özür dilerim," diye mırıldandı.

"Hey, anne, sorun değil," derken Christian'ın yüzündeki şaşkınlık hâlâ belirgindi.

Grace, "Neredeydin? Ne oldu?" diye haykırarak, ellerini başının üstüne koydu.

Christian, "Anne," diye mırıldandı. Onu yeniden kollarına çekip başına bir öpücük kondurdu. "Buradayım. İyiyim. Sadece Portland'dan dönmem biraz uzun sürdü. Bu karşılama komitesi de neyin nesi?" Kafasını kaldırıp salonu tararken, gözleri benimkilere kilitlendi.

Gözlerini kırpıştırdı ve bir an José'ye baktı. José elimi bırakırken Christian'ın ağzı gerildi. Görüntüsünü içime çekerken, içimden beni tükenmiş, bitkin ve tamamen sevinçli bırakan bir rahatlama geçti. Ancak gözyaşlarım dinmiyordu. Christian dikkatini yeniden annesine çevirdi.

Güven veren bir sesle, "Anne, ben iyiyim. Sorun ne?" diye sordu. Annesi ellerini Christian'ın yüzünün iki yanına koydu.

"Christian, kayıptın. Uçuş planına göre, Seattle'a inmemişsin. Bizimle neden temas kurmadın?"

Christian'ın kaşları şaşkınlıkla havalandı. "Bu kadar uzun süreceğini düşünmedim."

"Neden aramadın?"

"Cep telefonumun şarjı bitti."

"Ödemeli arayabilirdin?"

"Anne, uzun hikâye."

"Ah, Christian, bunu bana bir daha sakın yapma, anlıyor musun?" Annesi neredeyse bağırıyordu.

"Evet, anne." Christian başparmaklarıyla annesinin gözyaşlarını kuruladı ve onu tekrar kucakladı. Grace kendini toplayınca, Christian bu kez Mia'ya sarıldı ve göğsüne bir şaplak yedi.

Mia gözyaşları içinde, "Bizi o kadar endişelendirdin ki!" diye çıkıştı.

Christian, "Şimdi buradayım, Tanrı aşkına," diye söylendi.

Elliot öne çıkarken, Christian, Mia'yı bir koluyla karısına sarılan Carrick'e bıraktı. Carrick boştaki koluyla kızına sarıldı. Elliot, Christian'a kısa bir an için sarılarak onu şaşırttı ve sırtına vurdu.

Duygularını saklamaya çalışarak yüksek ve biraz kaba bir sesle, "Seni görmek harika," dedi.

Gözyaşları yanaklarımdan süzülürken her şeyi görebiliyordum. Salon sevgiyle dolup taşmıştı. Christian variller dolusu koşulsuz sevgiye sahipti ama bunu daha önce hiç fark etmemişti ve şimdi bile tamamen şaşkın durumdaydı.

Bak, Christian, bütün bu insanlar seni seviyor. Belki artık inanmaya başlarsın.

Kate arkamda duruyordu. TV odasından çıkıp gelmiş olsa gerekti. Usul usul saçlarımı okşuyordu.

Rahatlatıcı bir sesle, "Gerçekten burada, Ana," diye mırıldandı.

Christian, anne ve babasına, "Şimdi artık sevgilime merhaba diyeceğim," deyince, ikisi de gülümseyerek kenara çekildiler.

Parlak ancak yorgun ve hâlâ şaşkın gri gözleriyle bana yaklaştı. Derinlerde bir yerden, ayaklarımın üstüne kalkıp açık kollarına atılacak gücü buldum.

"Christian!" diye hıçkırdım.

"Şışt," dedi ve yüzümü saçlarıma gömüp derin bir nefes alarak, bana sarıldı. Gözyaşları içindeki yüzümü kaldırdım ve dudaklarıma kısacık bir öpücük kondurdu.

"Merhaba," diye mırıldandı.

"Merhaba," diye fısıldarken, gırtlağımın gerisindeki yumru yanıyordu.

"Beni özledin mi?"

"Birazcık."

Sırıttı. "Belli oluyor." Ve elinin nazik bir dokunuşuyla, durmayı reddeden gözyaşlarımı sildi.

"Sandım ki... Sandım ki..." Tıkandım.

"Görebiliyorum. Şışt. Buradayım. Buradayım," diye mırıldandı ve dudaklarıma masum bir öpücük daha kondurdu.

Kollarımı çözüp göğsünü, kollarını, belini yoklayarak, "İyi misin?" diye sordum. Bu sıcak, hayat dolu ve etten kemikten adamı parmaklarımın altında hissetmek beni burada olduğuna, karşımda durduğuna ikna etmişti. İrkilmedi bile. Bana dikkatle bakmayı sürdürdü, o kadar.

"Ben iyiyim. Hiçbir yere gitmiyorum."

"Ah, Tanrıya şükür." Beline tekrar sımsıkı sarıldım, o da beni sıkıca kucakladı. "Aç mısın? Bir şeyler içmeye ihtiyacın var mı?"

"Evet."

Ona bir şeyler getirmek için geri çekildim ama beni bırakmadı. Beni koltuğunun altına kıstırdı ve José'ye elini uzattı.

José düz bir sesle, "Bay Grey," dedi.

Christian, "Christian, lütfen," diye homurdandı.

"Christian, hoş geldin. İyi olmana memnun oldum. Kalmama izin verdiğin için teşekkürler."

"Hiç sorun değil." Christian gözlerini kıstı ama dikkati, birden yanında beliren Bayan Jones'a kaydı. Bayan Jones'un da her zamanki resmi kılığında olmadığını ancak o zaman gördüm. Daha önce fark etmemiştim. Saçları açıktı, yumuşak gri bir tayt ve onu iyice ufak tefek gösteren, ön tarafı WSU PANTERLERİ baskılı, gri, bol bir kazak giymişti. Çok daha genç görünüyordu.

"Size bir şey getirebilir miyim, Bay Grey?" Bir mendille gözlerini kuruluyordu.

Christian ona sevgiyle gülümsedi. "Bir bira lütfen, Gail –Budvar– ve yiyecek bir şeyler."

Erkeğim için bir şeyler yapma isteğiyle, "Ben getiririm," dedim.

Usulca, "Hayır, sen gitme," diyerek bana daha sıkı sarıldı.

Ailenin diğer üyeleri çevremizi sararken, Ethan ve Kate de bize katıldılar. Christian, Ethan'ın elini sıktıktan sonra, Kate'in yanağına minik bir öpücük kondurdu. Bayan Jones bir şişe bira ve bir bardakla geri geldi. Christian şişeyi aldı ama bardağa kafasını salladı. Bayan Jones gülümseyerek mutfağa döndü.

Elliot, "Daha sert bir şey istememene şaşırdım," dedi. "Söylesene, başına ne halt geldi? Babam pırpırın kayıp olduğunu haber vermek için arayınca haberim oldu."

Grace, "Elliot!" diye azarladı.

Christian, "Helikopter," diye düzeltince, Elliot sırıttı. O zaman bunun aile arasında bir espri olduğunu anladım.

"Oturalım da anlatayım." Christian beni kanepeye çekerken, diğerleri de gözlerini Christian'dan ayırmadan yerleştiler. Birasından büyük bir yudum aldı. Girişte dikilen Taylor'a bir bakış atıp başını eğdi. Taylor da başını eğerek karşılık verdi.

"Kızın?"

"Artık iyi. Yanlış alarmmış, efendim."

"İyi." Christian gülümsedi.

Kızı mı? Taylor'ın kızına ne olmuştu ki?

"Dönmenize çok sevindim, efendim. Başka bir şey var mıydı?"

"Almamız gereken bir helikopterimiz var."

Taylor başını eğdi. "Şimdi mi? Sabah mı?"

"Sanırım sabah, Taylor."

"Pekâlâ, Efendim. Başka bir şey?"

Christian kafasını salladı ve şişesini ona doğru kaldırdı. Taylor ona nadir –sanırım Christian'ınkinden bile nadir– rastlanan gülümsemesinden gönderdi ve tahminen odasına çekilmek üzere uzaklaştı.

Carrick, "Christian ne oldu?" diye sordu.

Christian anlatmaya başladı. Sağ kolu Ros'la birlikte, Vancouver, WU'daki bir kaynak meselesini halletmek üzere *Charlie Tango*'yla yola çıkmışlardı. O kadar sersemlemiştim ki, anlattıklarını güçlükle takip edebiliyordum. Tek yaptığım Christian'ın elini tutup bakımlı tırnaklarına, uzun parmaklarına, boğumlarındaki çizgilere, bileğindeki saate –üç kadranlı bir Omega'ydı– bakmaktı. O hikâyesini anlatmayı sürdürürken, güzel profiline baktım.

"Ros, Saint Helenes Dağı'nı hiç görmemiş. Bu yüzden dönüş yolunda, kutlama amacıyla yolu biraz uzattık. Geçici uçuş kısıtlamasının bir süre önce kaldırıldığını duymuştum ve bir göz atmak istedim. İyi ki de öyle yapmışız. Alçaktan, yerden yaklaşık iki yüz fit yükseklikten uçuyorduk ki aygıt panelinin ışığı yandı. Kuyrukta yangın çıkmıştı. Bütün elektronik aksamı kapatıp inmekten başka seçeneğim yoktu." Kafasını salladı. "Helikopteri Silver Lake yakınına indirip Ros'u çıkardım ve yangını söndürmeyi başardım."

"Yangın mı? İki motorda birden mi?" Carrick dehşete kapılmıştı.

"Evet."

"Kahretsin. Ama ben sanıyordum ki..."

"Biliyorum." Christian babasının sözünü kesti. "O kadar alçaktan uçuyor olmam şanstan başka bir şey değildi," diye mırıldandı. Ürperdim. Elimi bırakıp kolunu omzuma sardı.

"Üşüdün mü?" diye sordu. Başımı salladım.

Carl Bernstein[24] içgüdüsü devreye giren Kate, "Yangını nasıl söndürdün?" diye sordu. Tanrım, bazen o kadar gıcık bir tavrı oluyordu ki.

Christian sakin bir sesle, "Yangın söndürücüyle. Kanun gereği, bulundurmamız gerek," diye açıkladı.

Uzun zaman öncesinden kalma sözleri aklımda süzüldü. "*O gün benimle röportaja Katherine Kavanagh değil sen geldiğin için Tanrı'ya her gün teşekkür ediyorum.*"

Grace, "Neden telefon açmadın ya da telsizi kullanmadın?" diye sordu.

Christian başını salladı. "Elektronik aksam devre dışı kalınca telsizimiz de çalışmadı. Yangın yüzünden açma riskini de alamazdım. BlackBerry'nin GPS'i hâlâ çalışıyordu, bu sayede en yakın yolu bulabildim. Oraya yürümek dört saatimizi aldı. Ros topuklu giymişti." Christian'ın ağzı onaylamayan düz bir çizgi halini almıştı.

"Telefon çekmiyordu. Gifford kapsama alanı dışında kalıyor. Önce Ros'un şarjı bitti. Benimki de yolda tükendi."

Lanet olsun. Gerilmiştim. Christian beni kucağına çekti.

Grace hiç şüphesiz verdiğimiz görüntü karşısında gözlerini kırpıştırarak, "Seattle'a nasıl döndünüz peki?" diye sordu. Kızardım.

"Yürüdük ve kaynaklarımızı birleştirdik. İkimizin üstünde toplam altı yüz dolar vardı ve birinin bizi arabayla getirmesi için para vermemiz gerekeceğini düşündük. Ama bir kamyon şoförü durdu ve bizi eve getirmeyi kabul etti. Para almayı reddetti ve öğle yemeğini bizimle paylaştı." Christian memnuniyetsizlikle kafasını salladı. "Yol

---

24 Watergate skandalını ortaya çıkaran iki araştırmacı gazeteciden biri. Onun araştırmaları sayesinde *Washington Post* gazetesi Pulitzer Ödülü almıştır. (yay. n.)

bitmek bilmedi. Cep telefonu yoktu. Tuhaf ama gerçek. Düşünemedim." Durup ailesine baktı.

Grace, "Endişeleneceğimizi mi?"diyerek surat astı. "Ah, Christian," diye azarladı. "Aklımızı kaçıracaktık!"

"Haberlere çıktın, kardeş."

Christian gözlerini devirdi. "Evet, buraya, resepsiyona ulaşıp oradaki bir avuç fotoğrafçıyı görünce fark ettim. Üzgünüm, anne. Şoförden telefon açmak için durmasını istemem gerekirdi. Ama bir an önce geri dönmeye çalışıyordum." José'ye baktı.

Ah, demek nedeni buydu: José'nin burada kalıyor olması. Bu düşünce karşısında kaşlarımı çattım. Onca endişe...

Grace kafasını salladı. "Tek parça halinde dönmene memnunum, hayatım."

Gevşemeye başladım ve başımı göğsüne yasladım. Kır-bayır gibi, hafif ter ve vücut şampuanı –Christian'ınki– kokuyordu. Dünyanın en hoş kokusu. Yanaklarımdan gözyaşları süzülmeye başladı. Şükran gözyaşları.

Carrick hayretle kaşlarını çatarak bir kez daha, "İki motor birden ha?" dedi.

"Çok garip, değil mi?" Christian omuz silkti ve elini sırtımda dolaştırdı.

"Hey," diye fısıldadı. Parmaklarını çenemin altına koyup başımı arkaya itti.

Burnumu elimin tersiyle, hanımefendilikten çok uzak bir hareketle, sildim. "Kaybolma konusunu kapatsak..." Burnumu çektim. Dudakları büküldü.

Carrick bir kez daha, "Elektrik arızası. Tuhaf... değil mi?" dedi.

"Evet, bana da tuhaf geldi, baba. Ama şu anda tek istediğim bir an önce yatağa gitmek ve bütün bu zırvalıkları yarın düşünmek."

Kate, "Peki medya Christan Grey'in sapasağlam bulunduğunu biliyor mu?" diye sordu.

"Evet. Andrea ve Halkla İlişkiler birimi medyayla ilgilenecekler. Ros evine ulaşınca onu aradı."

"Evet. Andrea hayatta olduğunu haber vermek için beni aradı." Carrick sırıtıyordu.

"O kadına zam yapmalıyım. Geç bile kaldım," dedi Christian.

Elliot manidar bir sesle, "Geç kalmak demişken, bence bu sevgili kardeşimin güzellik uykusuna ihtiyaç duyduğuna dair bir ima bayanlar ve baylar, " dedi. Christian yüzünü buruşturdu.

"Cary, oğlum güvende. Artık beni eve götürebilirsin."

Cary? Grace kocasına hayranlıkla bakıyordu.

Carrick de ona gülümseyerek, "Evet," dedi. "Sanırım uyumak hepimize iyi gelecek."

Christian, "Kalın," diye teklif etti.

"Hayır, tatlım. Eve dönmek istiyorum. Artık güvende olduğunu biliyorum ya."

Christian beni isteksiz bir hareketle kanepeye indirip ayağa kalktı. Grace onu bir kez daha kucakladı ve başını göğsüne yaslayıp hoşnutlukla gözlerini yumdu. Christian kollarını ona doladı.

Grace, "O kadar endişelendim ki, hayatım," diye fısıldadı.

"Ben iyiyim, anne."

Grace geri çekildi ve oğlunu dikkatle süzdü. "Evet, sanırım öylesin," dedi ve bana baktı. Kızardım.

Giriş holüne çıkarlarken biz de Carrick ve Grace'in arkasından gittik. Arkamda Mia ve Ethan'ın hararetle bir şeyler fısıldaştıklarını duyuyor ama ne olduğunu çıkaramıyordum.

Mia utangaç bir tavırla Ethan'a gülümserken, Ethan kafasını sallayarak ona bakıyordu. Mia birden kollarını göğsünde kavuşturdu ve geri döndü. Ethan, bariz bir sıkkınlıkla alnını sıvazladı.

Mia aksi bir tavırla, "Anne, baba, beni bekleyin," diye seslendi. Belki onun ruh hali de ağabeyininki gibi değişkendi.

Kate bana sıkı sıkı sarıldı. "Ben Barbados'ta her şeyden habersiz mutlu mutlu dolaşırken, burada ciddi bir haltların döndüğünü görebiliyorum. Siz ikinizin birbirinize deli olduğunuz bariz. İyi olmasına sevindim. Sadece onun için değil, Ana, senin için de."

"Teşekkürler, Kate," diye fısıldadım.

"Evet. İkimizin aşkı aynı anda bulacağımıza kim inanırdı." Sırıttı. Vay canına. İtiraf etmişti.

"Hem de iki kardeşe!" diye kıkırdadım.

"Elti olabiliriz," diye şakıdı.

Gerildim ve Kate geri çekilip hışımla, bana-anlatmadığın-nedir bakışı atınca kendime kızdım. Kızarmıştım. Lanet olsun. Bana evlenme teklif ettiğini ona söylemeli miydim?

Elliot asansörden Kate'i çağırıyordu. "Haydi bebeğim."

"Yarın konuşalım, Ana. Bitkin olmalısın."

Tükenmiştim. "Elbette. Sen de öyle, Kate. Bugün çok uzak mesafeden geldin."

Tekrar kucaklaştık ve sonra Elliot ile Kate de Grey'lerin olduğu asansöre bindiler. Ethan, Grey'in elini sıktı ve beni çabucak kucakladı. Dalgın bir hali vardı ama diğerleriyle birlikte asansöre bindi ve kapılar kapandı.

Biz girişten dönerken, José holde dikiliyordu.

"Bakın... Ben yatayım ve sizi yalnız bırakayım," dedi.

Kızardım. Bu iş neden böyle tuhaftı?

Christian, "Nereye gideceğini biliyor musun?" diye sordu.

José başını salladı.

"Evet, kahya..."

"Bayan Jones," diye düzelttim.

"Evet, Bayan Jones daha önce gösterdi. Çok güzel bir evin var, Christian."

Christian yanıma gelip elini omzuma atarken, kibarca, "Teşekkürler," dedi. Eğilip saçlarımı öptü.

"Bayan Jones'un hazırladığı yemeği yiyeceğim. İyi geceler, José." Christian salona dönerek, José ve beni holde bıraktı.

Vay canına! José'yle yalnız bırakılmıştım.

"Pekâlâ, iyi geceler." José birden huzursuzlaşmıştı.

"İyi geceler, José ve kaldığın için sağ ol."

"Tabii, Ana. Zengin ve başarılı erkek arkadaşın, ne zaman ortadan kaybolursa orada olacağım."

"José!" diye azarladım.

"Sadece şaka yapıyordum. Kızma. Sabah erkenden gideceğim. Seni bir ara görürüm, değil mi? Özledim."

"Tabii, José. Yakında, umarım. Bu akşam... böyle boktan olduğu için üzgünüm." Özür diler gibi sırıttım.

"Evet." O da sırıttı. "Boktan." Beni kucakladı. "Cidden, Ana. Mutlu olmana seviniyorum ama bana ihtiyaç duyarsan buradayım."

Kafamı kaldırıp ona baktım. "Teşekkürler."

Bana hüzünlü, buruk bir gülümseme gönderdikten sonra üst kata çıktı.

Salona döndüm. Christian kanepenin yanında durmuş, anlaşılmaz bir ifadeyle beni izliyordu. Nihayet baş başaydık ve birbirimize bakıyorduk.

"Hâlâ fena halde sana âşık, biliyorsun, değil mi?"

"Siz bunu nereden biliyorsunuz, Bay Grey?"

"Semptomları tanıyorum, Bayan Steele. Sanıyorum bende de aynı hastalık var."

"Seni bir daha hiç göremeyeceğimi sandım," diye fısıldadım. İşte, kelimeler ağzımdan dökülüvermişti. Kısacık bir cümlede en kötü korkularım düzgün bir şekilde ifade edilmişti.

"Göründüğü kadar kötü değildi."

Takım elbisesinin ceketini ve ayakkabılarını bıraktığı yerden alıp ona doğru yürüdüm.

Christian bana yaşama nedeniymişim gibi bakarken, eminim, benim bakışlarım da aynı duyguları yansıtıyordu. Buradaydı, gerçekten burada. Beni kollarının arasına çekip sımsıkı sarıldı.

"Christian," diye iç geçirirken, gözyaşlarım yeniden akmaya başladı.

Beni "Şışt," diye yatıştırdı ve saçlarımı öptü. "Biliyorsun, inmeden önceki birkaç saniyede tek düşünebildiğim sendin. Sen benim tılsımımsın, Ana."

"Seni kaybettiğimi sandım," diye soludum. Birbirimize sarılarak, yeniden bağ kurup birbirimizi rahatlatarak öylece durduk. Kollarımı ona sıkıca sararken, ayakkabılarının hâlâ elimde olduğunu fark ettim. Ve gürültüyle yere bıraktım.

"Benimle duşa gel," diye mırıldandı.

"Tamam." Ona baktım. Onu bırakmak istemiyordum. Uzanıp çenemi parmaklarıyla tuttu.

"Biliyorsun, gözyaşı izlerinle bile çok güzelsin, Ana Steele." Eğilip beni usulca öptü. "Ve dudakların o kadar yumuşak ki." Beni bir kez daha, bu kez daha ateşli bir şekilde öptü.

Ah tanrım... Ve bunu kaybedebileceğimi düşünmek... hayır... Düşünmeyi bıraktım ve teslim oldum.

"Ceketimi bırakmam gerek," diye mırıldandı.

Dudaklarım dudaklarında olduğu halde, "Yere at," diye mırıldandım.

"Yapamam."

Geri çekildim ve şaşkın gözlerle ona baktım.

Sırıttı. "Bunun yüzünden." Ceketinin iç cebinden içinde hediyemin olduğu paketi çıkardı. Ceketi kanepenin arkasına astı, kutuyu da üstüne koydu.

Bilinçaltım beni, *Günü yaşa, Ana*, diye dürttü. Vakit gece yarısını geçmişti ve teknik olarak bugün doğum günüydü.

"Aç," diye fısıldadım ve kalbim deli gibi atmaya başladı.

"Bunu söyleyeceğini umuyordum," diye mırıldandı. "Beni deli ediyordu."

Ona afacan bir sırıtışla baktım. Başım dönüyordu. Bana utangaç bir gülümsemeyle baktı ve gümbür gümbür atan kalbime rağmen, keyifli ama aynı zamanda meraklı ifadesini izleyerek eridim. Hünerli parmaklarıyla önce paketi sonra kutuyu açtı. Bir LED ekran gibi yanıp sönen minik piksellerden oluşan bir resmin süslediği dikdörtgen biçiminde, küçük, plastik anahtarlığı çıkarırken alnı kırıştı. Resimde Seattle ufuk çizgisi vardı ve manzaranın üstünden kalın harflerle SEATTLE kelimesi geçiyordu.

Anahtarlığa şöyle bir baktı, sonra şaşkın bakışlarını bana çevirdi ve güzel alnını kırıştırdı.

"Arkasını çevir," diye fısıldadım ve nefesimi tuttum.

Çevirdi ve hayret ve sevinçle canlanan, iri ve gri gözleri benimkileri buldu. Dudakları hayretle aralanmıştı.

Anahtarlıkta EVET kelimesi bir yanıp bir sönüyordu.

"Doğum günün kutlu olsun," diye fısıldadım.

BÖLÜM YİRMİ

İnanamayarak "Benimle evlenecek misin?" diye fısıldadı.

Gergin bir tavırla, yanaklarım kızararak ve tepkisine tam inanmayarak, kaygıyla başımı salladım. Kaybettiğimi sandığım bu adam. Onu ne kadar sevdiğimi nasıl anlayamazdı?

"Söyle," dedi usulca. Bakışları yoğun ve ateşliydi.

"Evet, seninle evleneceğim."

Keskin bir nefes aldı ve beni kollarımdan yakalayıp hiç de Elli'ye yakışmayacak bir hareketle etrafında döndürdü. Genç ve tasasızdı, kahkahalar atıyor, etrafa neşe ve mutluluk saçıyordu. Kollarına tutundum ve kaslarını parmaklarımın altında hissettim. Bulaşıcı kahkahası beni havalara uçurdu; sersemlemiş, kafası karışmış ve erkeğine büsbütün abayı yakmış bir kızdım artık. Beni yere indirip öptü. Sertçe. Elleri yüzümün iki yanında, dili ısrarcı ve ikna edici... tahrik ediciydi.

Dudakları dudaklarımdayken, "Ah, Ana," diye soludu. Sevinçten başım döndü. Beni seviyordu; bundan hiç şüphem yoktu ve bu enfes adamın, bir daha asla göremeyeceğimi sandığım bu adamın tadına varıyordum. Onun mutluluğu da parıldayan gözlerinden okunuyordu. Genç gülümsemesi ve rahatlaması neredeyse elle tutulacak cinstendi.

Öpüşünün sersemliğiyle, nefessiz, "Seni kaybettiğimi sandım," diye mırıldandım.

"Bebeğim, beni senden uzak tutmak için kötü çalışan bir 135'ten daha fazlası gerek."

"135 mi?"

"Charlie Tango. O bir Eurocopter EC135, sınıfının en güvenlisi." Yüzünden geçen karanlık duygu dikkatimi dağıttı. Söylemediği neydi? Ona sorma fırsatı bulamadan durdu ve kaşlarını çatarak bana baktı. Bir an söyleyecek sandım. Şüpheli gri gözlerine, gözlerimi kırpıştırarak baktım.

Anahtarlığı havaya kaldırdı ve, "Bir dakika. Bunu bana Flynn'i görmemizden önce verdin," dedi. Neredeyse dehşete kapılmış gibiydi.

Ah, tanrım, bununla nereye varmaya çalışıyordu ki? İstifimi bozmadan, kafamı salladım.

Ağzı açık kaldı.

Özür diler gibi, omuz silktim. "Flynn her ne derse desin, benim için bir şey fark etmeyeceğini bil istedim."

Christian hayretle gözlerini kırpıştırıyordu. "Yani dün gece boyunca, senden bir cevap almak için yalvarırken, aslında kararını vermiş miydin?" Tatsızlaşmıştı. Çaresizce tepkisini ölçmeye çalışarak kafamı salladım. Bana afallamış gibi hayretle baktı; sonra gözlerini kıstı ve dudakları keyifli bir alayla kıvrıldı.

"Onca endişe," diye fısıldadı. Ona sırıttım ve bir kez daha omuz silktim. "Ah, sakın bana şirin görünmeye çalışmayın, Bayan Steele. Şu anda istediğim..." Elini saçlarının arasından kaydırırken, ağzı şehvetli bir gülümsemeyle biçim değiştirdi.

Lanet olsun. İçimden bir heyecan dalgası geçip gitti. Ne düşünüyordu?

"Misilleme zamanı olduğunu düşünüyorum, Bayan Steele," dedi usulca.

Misilleme mi? Ah, kahretsin. Oyun oynadığını bilsem de arkaya doğru temkinli bir adım attım.

Sırıttı. "Hamlen bu mu yani?" diye fısıldadı. "Çünkü seni yakalayacağım." Gözleri oyunbaz bir ışıkla parlıyordu. Tehditkâr bir sesle, "Üstelik dudağını ısırıyorsun," dedi.

Bütün organlarım bir anda kasıldı. *Ah Tanrım.* Müstakbel eşim oyun oynamak istiyordu. Arkaya doğru bir adım daha attım ve sonra koşmak üzere döndüm ama boşunaydı. Christian beni kolay bir hamleyle yakalarken, ben neşe, şaşkınlık ve şokla çığlıklar atıyordum. Beni omzuna attı, koridor boyunca yürümeye başladı.

José'nin üst katta olduğu düşüncesiyle, "Christian!" diye tısladım; gerçi bizi duyup duyamayacağı şüpheliydi. Sırtının alt kısmına sıkıca tutunarak dengemi sağladım ve sonra cesur bir dürtüyle poposuna vurdum. O da benim popoma vurdu.

"Ay!" diye bağırdım.

Zafer dolu bir sesle "Duş zamanı!" diye bağırdı.

"Beni yere indir!" Hoşlanmamış görünmeye çalıştım ama başaramadım. Kavgam boşunaydı. Kolu bacaklarımı kıskaca almıştı ve nedense kıkırdamama mani olamıyordum.

Banyosunun kapısını açarken, keyifle, "Bu ayakkabıları çok seviyor musun?" diye sordu.

"Yere değmelerini tercih ediyorum," diye hırlamaya yeltendim ama sesime yansıyan kahkahaya mani olamadığım için çok etkili olmamıştı.

"Dileğiniz emirdir, Bayan Steele." Ve beni yere bırakmadan, iki ayakkabımı da ayağımdan çekip seramik zemine bıraktı. Tuvalet masasının yanında durup ceplerini boşalttı: Pili bitik Blackberry, anahtarlar, cüzdan, anahtarlık. Bu açıdan aynada nasıl göründüğümü sadece hayal edebilirdim. İşi bitince, kararlı adımlarla devasa boyutlardaki duşa yürüdü.

Yüksek sesle, "Christian!" diye bağırdım. Niyeti barizdi.

Suyu sonuna kadar açtı. *Tanrım!* Buz gibi su sırtımdan aşağı boşalırken çığlık attım ve hemen sonra José'nin üst katımızda olduğunu hatırlayarak sustum. Su soğuktu ve ben tamamen giyiniktim. Dondurucu su elbisemin içine, külotum ve sütyenime doldu. Sırılsıklam olmuştum ve yine kıkırtımı engelleyemiyordum.

"Hayır!" diye haykırdım. "Beni yere bırak." Poposuna bir kez daha, bu kez daha sert vurdum ve Christian beni artık ıslak durumdaki vücudundan kaydırarak indirdi. Beyaz gömleği göğsüne yapışmıştı ve pantolonu su içindeydi. Ben de sırılsıklam, kıpkırmızıydım; içim bir tuhaf olmuş, nefessiz kalmıştım. Bana sırıtarak bakarken inanılmaz seksi görünüyordu.

Kendine geldi ve gözleri parlayarak yüzümü ellerinin arasına alıp dudaklarımı dudaklarına çekti. Öpüşü nazik, şımartıcı ve tamamen dikkat dağıtıcıydı. Tamamen giyinik halde Christian'ın banyosunda ıslanıyor olmam artık umurumda değildi. Çağlayan suyun altında sadece ikimizdik. Christian geri dönmüştü, güvendeydi, benimdi.

Ellerim istem dışı bir şekilde göğsünün bütün hatlarını ve kaslarına yapışan ve ıslak beyaz gömleğin altında kıvrılan tüylerini ortaya seren gömleğine uzandı. Gömleğin eteklerini sertçe çekip pantolonundan çıkarırken, Christian inledi ama dudakları dudaklarımdan ayrılmadı. Gömlek düğmelerini çözmeye başlarken fermuarıma uzandı ve yavaşça aşağı çekti. Dudakları daha ısrarcı, daha baştan çıkarıcı bir hal alırken dili ağzımı istila ediyor, bedenim arzuyla yanıyordu. Gömleğini parçalayarak açtım. Düğmeler dört bir yana saçıldı, seramik zeminden sıçrayıp duşun tabanında gözden kayboldular. Islak kumaşı omuzlarından sıyırıp kollarından aşağı çekerken, onu duvara yaslayarak beni soyma girişimlerini baltaladım. "Kol düğmeleri," diye mırıldanarak kumaşın ıslak ve cansız halde sarktığı bileklerini havaya kaldırdı.

Birbirine dolanan parmaklarla altın kol düğmelerinden önce birini, sonra diğerini çözdüm ve aldırmadan seramik zemine düşmesine izin verdim. Gözleri, çağlayan suda benimkini ararken, bakışları yakıcı, şehvetli ve suyun kendisi gibi artık sıcaktı. Pantolonunun beline uzandım ama kafasını sallayarak bileklerimi kavradı ve beni hızla çevirip arkama geçti. Fermuarımı indirdi, ıslak saçlarımı sırtımdan çekip dilini, beni bir yandan öpüp bir yandan emerek, saçlarımın bittiği yerde ileri geri dolaştırdı.

Ben inlerken, elbisemi omuzlarımdan sıyırıp memelerimin altına indirdi ve kulağımın arkasını öptü. Sütyenimi açtı ve aşağı iterek memelerime özgürlüklerini verdi. Beğenisini kulağıma fısıldarken, ikisini de avuçlamıştı.

"O kadar güzelsin ki."

Ellerim sütyenim ve memelerimin altında duran elbisem tarafından zapt edilmişti. Kollarım hâlâ elbisenin içindeydi ama ellerim boştaydı. Başımı çevirip Christian'ın boynuma daha kolay ulaşmasını sağladım ve memelerimi sihirli ellerine bastırdım. Arkama uzandım ve parmaklarım ereksiyonuyla temasa geçerken keskin nefesini duydum. Kasığını onu karşılamayı bekleyen ellerime itti. Lanet olsun, pantolonunu çıkarmama neden izin vermemişti ki?

Meme uçlarımı çekiştirmeye başladı. Meme uçlarım işini bilen dokunuşunun altında sertleşip esnerlerken, pantolonuna dair bütün düşüncelerim kayboldu ve karnımın alt kısmında zevkin arttığını hissettim.

"Evet," diye soldu ve beni bir kez daha çevirip ağzımı ağzında esir etti. Sütyenimi, elbisemi ve külotumu aşağı kaydırdı ve duşun tabanında ıslak bir yığın halinde duran gömleğinin yanına bıraktı.

Yanımızdaki vücut şampuanını aldım. Christian, yapmak üzere olduğum şeyi anlayarak, durdu. Doğrudan gözlerinin içine bakarak, tatlı kokulu jelin bir kısmını avucuma sıktım ve elimi göğsünün önüne kaldırıp dile getirmediğim sorumun cevabını bekledim. Gözleri iri iri açıldı ve sonra, neredeyse algılanamayacak bir incelikle başını eğdi.

Elimi yavaşça göğsüne yerleştirdim ve sabunu tenine sürmeye başladım. Keskin nefesler alırken, göğsü inip kalkıyordu ama vücudunun geri kalanı taş gibi hareketsizdi. Bir an sonra, elleri kalçalarıma yapıştı ama beni itmedi. Beni temkinle izlerken, bakışları ürkek olmaktan çok şehvetliydi, nefesi hızlanırken dudakları aralandı.

"Böyle iyi mi?" diye fısıldadım.

"Evet." Kesik, nefes nefese cevabı bir iç çekişten farksızdı. Birlikte yaptığımız sayısız duşu hatırlamıştım ama Olympic'teki o duşun buruk bir anısı vardı. Pekâlâ, artık ona dokunabiliyordum. Onu narin daireler çizere yıkadım, erkeğimi temizleyerek koltuk altlarına, kaburgaların üstüne, dümdüz karnına ve oradan pantolonunun kemerinin üstünde kalan tüy çizgisine kaydım.

"Sıra bende," diye fısıldayarak şampuana uzandı ve başıma bir miktar şampuan boşaltırken bizi suyun akışından uzaklaştırdı.

Bunun onu yıkamayı bırakmam için bir işaret olduğunu düşündüm ve parmaklarımı pantolonun beline geçirdim. Uzun parmaklarıyla kafa derime masaj yaparak şampuanı saçlarıma yaydı. Beğeniyle inleyerek gözlerimi yumdum ve kendimi bu cennetten çıkma hisse bıraktım. Akşamın onca stresinden sonra, ihtiyaç duyduğum buydu.

Kıkırdadı ve tek gözümü açınca, onu bana bakarken yakaladım. "Hoşuna gidiyor mu?"

"Hımm..."

Sırıttı. "Benim de," dedi ve alnımı öpmek için eğildi. Parmakları kafa derimi tatlı tatlı yoğurmayı sürdürüyordu.

Otoriter bir sesle, "Arkanı dön," dedi. Parmakları kafamda ağır ağır çalışıyor, beni arındırıyor, gevşetiyor ve seviyordu. Ah, mutluluk buydu. Biraz daha şampuan almak için uzandı ve sırtımdaki uzun tutamları nazik hareketlerle yıkadı. İşi bitince beni tekrar duşun altına çekti.

Yavaşça, "Başını arkaya yatır," diye emretti.

İstekle itaat ettim. Köpükleri özenle duruladı. İşi bitince ona geri döndüm ve kestirmeden pantolonuna uzandım.

"Her yerini yıkamak istiyorum," diye fısıldadım. Çarpık gülümsemesiyle baktı ve, "Tamamen seninim, bebek," diyen bir hareketle elini kaldırdı. Sırıttım. Noel'deki çocuklar gibi mutluyduk. Fermuarını oyalanmadan indirdim ve kısa bir süre sonra pantolonu ve iç çamaşırı da diğer kıyafetlerime katılmışlardı. Doğruldum ve vücut şampuanına ve süngere uzandım.

"Beni gördüğüne sevinmişe benziyorsun," diye mırıldandım.

"Sizi gördüğüme her zaman seviniyorum, Bayan Steele." Pis pis sırıtıyordu.

Süngeri sabunladıktan sonra, göğsünün üstünden yolculuğuma başladım. Bu kez, belki de doğrudan ona dokunmadığım için, daha gevşemişti. Süngerle karnının ve kasıklarına inen tüy çizgisinin üzerinden daha aşağılara yöneldim, kasık tüylerinin arasından geçip ereksiyonuna dokundum.

Kafamı kaldırıp baktığımda bana yarı örtülü gözkapaklarının arasından, şehvetli bir özlemle bakıyordu. *Hımm... bu bakışa bayılıyordum.* Süngeri bırakıp ellerimi kullanarak onu sıkıca kavradım. Gözlerini yumdu ve başını arkaya yatırıp kalçalarını ellerime doğru iterken, zevkle inledi.

Ah evet! O kadar tahrik ediciydi ki. İçimdeki tanrıça bir köşede ağlayıp sallanarak geçirdiği akşamdan sonra yeniden ortaya çıkmıştı ve dudaklarında ateş kırmızısı bir ruj vardı.

Yakıcı gözleri aniden benimkilere kilitlendi. Bir şey hatırlamıştı.

"Bugün cumartesi!" derken gözlerinde şehvetli bir hayranlık vardı. Beni belimden tutup kendine çekti ve vahşice öpmeye başladı.

Vay canına! Hız bir anda değişivermişti.

Elleri kaygan, ıslak bedenimden aşağı, cinsel organıma kaydı. Parmakları beni keşfedip adeta alay ederken, insafsız ağzı nefesimi kesiyordu. Diğer eli ıslak saçlarımın arasındaydı ve tutkusunun dizginlerinden tam gücüyle boşanmasına katlanırken, beni olduğum yerde tutuyordu. Parmaklarını içimde hareket ettiriyordu.

Ağzının üstüne doğru, "Ahhh!" diye inledim.

"Evet," diye tısladı ve beni kaldırdı. Elleri popomun tam altındaydı. "Bacaklarını bana dola, bebeğim." Bacaklarım itaat ederken, bir ahtapot gibi boynuna yapıştım. Beni duşun duvarına yasladı ve durup gözlerime baktı.

"Gözler açık," diye mırıldandı. "Seni görmek istiyorum."

Gözlerimi kırpıştırırken, kalbim davul gibi gümbürdeyerek atıyor, kanım bedenimde sıcak ve ağır akarken, arzu içimde çağlıyordu. Sonra yavaş, çok yavaş bir şekilde kendini içime itip beni tekrar ele geçirdi. Kendimi ona doğru bastırıp yüksek sesle inledim. İçimi tamamen doldurunca, bir kez daha duraksadı. İfadesi gergin ve yoğundu.

"Benimsin, Anastasia."

"Her zaman."

Zaferle gülümsedi ve kıpırdayarak inlememe neden oldu.

"Ve şimdi artık evet dediğine göre, bunu herkese ilan edebiliriz." Sesi saygılıydı. Eğilip ağzıyla ağzımı esir aldı ve hareket etmeye başladı... yavaş ve tatlı. Gözlerimi yumdum ve bedenim yay gibi gerilip iradem, sarhoş edici ağır ritmine köle olmuş gibi, onunkine teslim olurken başımı arkaya attım.

Hız kazanarak beni yükseğe, daha yükseğe, bu dünya denen gezegenden, üzerimize akan bu sudan, akşamın ürperten dehşetinden çok uzaklara iterken, dişleri tenime sürtünerek çenemden aşağı, boynuma kaydı. Geriye sadece birlik içinde hareket eden ben ve erkeğim kalmış ve birbirimizde tamamen kaybolmuştuk. İniltilerimiz ve homurtularımız birbirine karışıyordu. Bedenim, Christian'ın etrafında çiçeklenirken bana sahip oluşunun eşsiz hazzını yaşıyordum.

Onu kaybedebilirdim... ve onu seviyordum. Onu o kadar çok seviyordum ki. Ve birden sevgimin büyüklüğü ve ona bağlılığımın derinliğine yenildim. Hayatımın geri kalan kısmını bu adamı severek geçirecektim ve huşu veren düşünceyle ve hazla infilak ettim. Şifa veren, içimi temizleyen bir orgazmla adını haykırırken, gözyaşlarım yanaklarımdan süzülüyordu.

O da doruğuna ulaştı ve kendini içime akıttı. Yüzü boynuma gömülüydü, beni de yanına çekerek yere çöktü ve su, üzerimize dökülerek bizi temizlerken göz yaşlarımı öpüşleriyle sildi.

"Parmaklarım çok kalın." Birleşme sonrasının doyum haliyle göğsüne yaslanmıştım. Parmaklarımı dudaklarına götürüp, hepsini sırayla öptü.

"Bu duştan gerçekten çıkmalıyız."

"Ben burada rahatım." Bacaklarının arasında oturuyordum ve bana sıkı sıkı sarılmıştı. Kıpırdamak istemiyordum.

Christian mırıltıyla onay verdi. Ama birden iliklerime kadar yorgun, feci bitkin hissettim. Bu hafta o kadar çok şey olmuştu ki –bir ömürlük yetecek kadar çok drama– ve şimdi de evleniyordum. Dudaklarımdan bir kıkırtı firar etti.

Sevecen bir sesle, "Sizi eğlendiren bir şey mi var, Bayan Steele?" diye sordu.

"Yoğun bir hafta oldu."

Sırıttı. "Bunda haklısın."

Olabilecekleri düşünerek kendime geldim ve, "Tek parça halinde geri döndüğünüz için Tanrı'ya şükrediyorum, Bay Grey," diye fısıldadım. Gerildi. Ona da hatırlattığım için daha o anda pişman oldum.

Beni şaşırtarak, "Korktum," diye itiraf etti.

"Bugün mü?"

Başıyla onayladı, ifadesi ciddiydi.

Lanet olsun. "Aileni yatıştırmak için mi hafife alır göründün?"

"Evet. İyi bir iniş yapmayacak kadar alçaktım. Ama bir şekilde başardım."

Kahretsin. Gözlerim gözlerine kaydı; su üstümüzden çağlarken ciddi görünüyordu. "Ne kadar yaklaştın?"

"Kıl payı kurtuldum." Duraksadı. "Birkaç berbat saniye boyunca, seni bir daha göremeyeceğim sandım."

Ona sıkı sıkı sarıldım. "Hayatımı sensiz hayal dahi edemiyorum, Christian. Seni o kadar çok seviyorum ki, bu beni korkutuyor."

"Ben de," diye soludu. "Sensiz hayatım bomboş olurdu. Seni çok seviyorum." Bana sıkıca sarıldı ve burnunu saçlarıma sürttü. "Seni asla bırakmayacağım."

"Hiç gitmek istemiyorum, hiç." Boynunu öptüm. Eğilip beni usulca öptü.

Birkaç saniye sonra kıpırdandı. "Haydi, seni kurulayıp yatıralım. Çok yorgunum ve sen de dayak yemiş gibi görünüyorsun."

Arkama yaslandım ve kelime seçimi karşısında tek kaşımı kaldırdım. Başını yana yatırdı ve pis pis sırıttı.

"Söyleyecek bir şeyiniz mi var, Bayan Steele?"

Kafamı salladım ve titrek hareketlerle ayağa kalktım.

Yatakta oturuyordum. Christian saçlarımı kurutmak konusunda ısrar etmişti; bu işte hayli becerikliydi. Bu beceriyi nasıl kazandığı nahoş bir düşünceydi, bu yüzden aklımdan hemen uzaklaştırdım. Saat sabahın ikisini geçmişti ve uyumaya hazırdım. Christian bana baktı ve yatağa tırmanmadan önce anahtarlığı tekrar inceledi. Bir kez daha inanamayarak kafasını salladı.

"Harika bir şey. Bugüne dek aldığım en güzel doğum günü hediyesi." Bana yumuşacık ve sıcacık gözlerle bakıyordu. "Guiseppe DeNatale imzalı posterimden bile iyi."

"Sana kararımı daha önce söyleyecektim ama doğum günün geldiği için... Her şeyi olan bir adama ne verebilirsin ki? Ben de sana beni veririm diye düşündüm."

Anahtarlığı başucu komodinine bırakıp yanıma girdi ve beni göğsüne çekip kaşık pozisyonunda sarıldı.

"Kusursuz. Senin gibi."

Yüz ifademi göremiyor olmasına rağmen sırıttım. "Ben kusursuz olmaya çok uzağım, Christian."

"Siz bana sırıtıyor musunuz, Bayan Steele?"

Nereden biliyordu? "Belki." Kıkırdadım. "Sana bir şey sorabilir miyim?"

"Elbette." Burnunu boynuma sürttü.

"Portland'dan dönüş yolunda aramadın. Nedeni gerçekten José miydi? Burada onunla yalnız kalmamdan mı tedirgin oldun?"

Christian hiçbir şey demedi. Ona bakmak için döndüm. Ben sitem ederken, gözleri iri iri açıldı.

"Bunun ne kadar saçma olduğunu biliyor musun? Ailene ve bana ne kadar büyük bir stres yaşattığını? Hepimiz seni çok seviyoruz."

Gözlerini birkaç defa açıp kapattıktan sonra bana utangaç gülümsemesiyle baktı. "Hepinizin bu kadar endişeleneceğiniz hiç aklıma gelmezdi."

Dudaklarımı büktüm. "Ne kadar sevildiğini o kalın kafana ne zaman sokacaksın?"

"Kalın kafama mı?" Gözleri şaşkınlıktan irileşti.

Başımı evet der gibi salladım. "Evet, kalın kafana."

"Kafamdaki kemik yoğunluğunun vücudumun başka yerlerinden fazla olduğunu sanmıyorum."

"Ben ciddiyim. Beni güldürmeye çalışmaktan vazgeç. Eve sapa sağlam dönmenin gölgesinde kalsa da sana hâlâ biraz kızgınım. Ben sandım ki..." Gergin geçen birkaç saati hatırlayınca sesim cılızlaşmıştı. "Pekâlâ, ne sandığımı biliyorsun."

Yanağımı okşarken bakışları yumuşadı. "Üzgünüm. Tamam."

"Zavallı annen de çok üzgündü. İkinizi bir arada öyle görmek çok dokunaklıydı," diye fısıldadım.

Utangaç bir gülümsemeyle, "Onu hiç öyle görmemiştim," dedi. Hatırlarken gözlerini kırpıştırdı. "Evet, gerçekten çok şaşırtıcı bir andı. Normalde kendine çok hâkimdir. Benim içinde büyük bir şoktu."

"Gördün mü? Herkes seni seviyor." Gülümsedim. "Belki artık inanmaya başlarsın." Öne eğilip yumuşak bir öpücük kondurdum. "Doğum günün kutlu olsun, Christian. Gününü benimle paylaşmak için burada olmana çok memnunum. Ve sana yarın... ıı... bugün için ne aldığımı henüz görmedin." Sırıttım.

"Dahası da mı var?" derken hayret içindeydi. Yüzü nefes kesici bir gülümsemeyle aydınlandı.

"Ah, evet, Bay Grey. Ama o zamana kadar beklemeniz gerekecek."

Bir rüya ya da bir kabustan aniden uyandım. Nabzım gümbür gümbürdü. Panik halde döndüm, neyse ki Christian yanımda derin uykudaydı. Ben hareket edince o da kıpırdandı ve uykusunda uzanıp kolunu üstüme attı, başını omzuma gömüp hafifçe iç geçirdi.

Oda aydınlıktı. Saat sekiz olmuştu. Christian hiç bu kadar uyumazdı. Sırt üstü yatıp kalbimin sakinleşmesini bekledim. Bu kaygı nedendi? Dün gecenin etkisi olabilir miydi?

Dönüp ona baktım. Buradaydı. Güvende. Derin, yatıştırıcı bir nefes aldım ve güzel yüzüne baktım. Artık bana fazlasıyla aşina gelen, girintileri ve çıkıntıları sonsuza dek zihnime kazınmış yüzüne.

Uyurken çok daha genç görünüyordu ve bugün bir yaş daha aldığı için sırıttım. Hediyemi düşününce için mutlulukla doldu. Ah...

Ne yapacaktı acaba? Belki de işe ona yatağa kahvaltı getirmekle başlayabilirdim. Ayrıca José de hâlâ evde olabilirdi.

José'yi tezgahta bir kâse kahvaltılık gevrek yerken buldum. Onu görünce yanaklarımın kızarmasına engel olamadım. Geceyi Christian'la geçirdiğimi biliyordum. Birdenbire böyle utanmam nedendi? Çıplak falan da değildim. Üzerimde yere kadar inen ipek sabahlığım vardı.

"Günaydın, José," diyerek pişkinliğe vurdum.

"Hey, Ana." Yüzü aydınlandı. Beni gördüğüne samimiyetle sevinmişti. İfadesinde alaydan ya da küçümsemeden eser yoktu.

"İyi uyudun mu?" diye sordum.

"Kesinlikle. Burada harika bir manzara var."

"Evet. Bayağı özeldir." Dairenin sahibi gibi. "Gerçek bir erkek kahvaltısı ister misin?" diye takıldım.

"Bayılırım."

"Bugün Christian'ın doğum günü. Yatağına kahvaltı götüreceğim."

"Uyandı mı?"

"Hayır, sanırım dünden dolayı bayağı bitik." Bakışlarımı hızla kaçırdım ve kızardığımı görmesin diye telaşla buzdolabına yürüdüm. *Tanrım, karşımdaki sadece José'ydi.* Buzdolabından yumurta ve jambonları çıkardığımda, José bana sırıtıyordu.

"Ondan gerçekten hoşlanıyorsun, değil mi?"

Dudaklarımı büzdüm. "Onu seviyorum, José."

Gözleri bir an için irileşti ve sırıttı. Eliyle salonu işaret ederek, "Sevilmeyecek nesi var ki?" dedi.

Yüzümü buruşturdum. "Sağ ol yahu!"

"Hey, Ana, sadece şaka yapıyorum."

Hımm... her zaman bu suçlamaya mı maruz kalacaktım? Christian'la parası için evlendiğim suçlamasına?

"Cidden, şaka yapıyorum. Sen hiçbir zaman o tür bir kız olmadın."

Konuyu değiştirmek için, "Omlet senin için uygun mu?" diye sordum. Tartışmak istemiyordum.

"Tabii."

Christian salona girerken, "Benim için de," dedi. Lanet olsun, üzerinde sadece kalçalarından fena seksi sarkan o pijama altı vardı.

"José." Onu başıyla selamladı.

"Christian." José de selamına ağırbaşlı bir tavırla karşılık verdi.

Christian bana dönüp sırıttı. Bunu kasten yapmıştı. Dengemi bulmak için umutsuzca çabalayarak gözlerimi kıstım. Christian'ın ifadesi de inceden değişti. Neyin peşinde olduğunu bildiğimi biliyordu ve umurunda değildi.

"Kahvaltını yatağa getirecektim."

Sallanarak yanıma geldi, kollarını bana sardı ve çenemi kaldırıp dudaklarıma gürültülü, ıslak bir öpücük kondurdu. Hiç Elli'lik bir hareket değildi.

"Günaydın, Anastasia," dedi. Ona yüzümü buruşturmak ve uslu durmasını söylemek istiyordum ama bugün doğum günüydü. Kızardım. Neden bu kadar sahipleniciydi?

"Günaydın, Christian. Doğum günün kutlu olsun." Gülümsememe sırıtarak karşılık verdi.

"Diğer hediyemi sabırsızlıkla bekliyorum," dedi ve buraya kadardı. Kırmızı Acı Odası renginde kızardım ve nahoş bir şey yutmuş gibi duran José'ye gergin bir bakış attım. Arkamı dönüp kahvaltı hazırlamaya koyuldum.

Christian bar taburesine yerleşirken rahat bir görüntü çizerek, "Bugün için planın ne, José?" diye sordu.

"Babamı ve Ana'nın babası Ray'i görmeye gidiyorum."

Christian kaşlarını çattı.

"Tanışıyorlar mı?"

"Evet. Orduda birlikteymişler. Ana ve ben üniversitede tanışana kadar birbirlerinden haber alamamışlar. Şirin oldu aslında. Artık sıkı dostlar. Balık gezisine çıkıyoruz."

"Balık mı?" Christian gerçekten ilgilenir gibiydi.

"Evet, bu sularda sıkı balıklar yakalanıyor. Çelikbaşlar bayağı büyüyebiliyorlar."

"Doğru. Kardeşim Elliot ve ben bir defasında on beş kiloluk bir çelikbaş düşürmüştük."

Balık tutmaktan mı bahsediyorlardı? Balık tutmakta ne vardı böyle? Hiçbir zaman anlamamıştım.

"On beş kiloluk mu? Fena değil. Gerçi rekor Ana'nın babasında. Yirmi kilo."

"Şaka yapıyorsun! Hiç bahsetmedi."

"Bu arada, doğum günün kutlu olsun."

"Teşekkürler. Eee, nerede balık tutmaktan hoşlanırsın?"

Konudan koptum. Bunları bilmeye ihtiyacım yoktu. Ancak bir yandan da rahatlamıştım. Gördün mü, Christian? José o kadar da kötü biri değilmiş.

José'nin evden ayrılma zamanı geldiğinde, ikisi de birbirleri konusunda çok daha rahatlamışlardı. Christian üzerine bir kot pantolon ve tişört geçirdi ve José ile bana girişe kadar eşlik etti.

"Burada kalmama izin verdiğin için sağ ol," dedi José, Christian'ın elini sıkarken.

"Her zaman." Christian gülümsedi.

José beni çabucak kucakladı. "Kendine dikkat et, Ana."

"Elbette. Seni görmek çok güzeldi. Bir daha ki sefere, gerçekten çıkarız."

"Bunu sana hatırlatacağım." Bize asansörün içinden el salladı ve gitti.

"Gördün mü, o kadar da kötü değilmiş."

"Hâlâ çamaşırının içine süzülmek istiyor, Ana. Ama onu suçladığımı söyleyemem."

"Christian, bu doğru değil!"

"Hiç farkında değilsin, değil mi?" Bana sırıttı. "Seni istiyor. Hem de feci."

Kaşlarımı çattım. "Christian, o sadece bir arkadaş. İyi bir arkadaş." Ve birden, Christian'ın Bayan Robinson'dan bahseden haline benzediğimi fark ettim. Huzursuz edici bir düşünceydi.

Christian beni yatıştırmak ister gibi ellerini kaldırdı.

"Kavga etmek istemiyorum," dedi usulca.

Ah! Biz kavga etmiyorduk ki... Ediyor muyduk yoksa? "Ben de öyle."

"Ona evleneceğimizi söylemedin."

"Hayır. Önce anneme ve Ray'e söylemem gerektiğini düşündüm." *Lanet olsun.* Evet dediğimden beri, bu ilk kez aklıma geliyordu. Tanrım, benimkiler ne diyeceklerdi acaba?

Christian başıyla onayladı. "Evet, haklısın. Ve ben... ımm, seni babandan istemeliyim."

Güldüm. "Ah, Christian, on sekizinci yüzyılda değiliz."

Lanet olsun. Ray ne diyecekti acaba? O konuşmanın düşüncesi bile korkuyla dolmam için yeterliydi.

"Ben geleneklere bağlı bir adamım," diye omuz silkti.

"Bunu daha sonra konuşalım. Diğer hediyeni vermek istiyorum." Amacım dikkatini dağıtmaktı. Hediyemin düşüncesi beynimi uyuşturuyordu. Hediyeyi ona vermeli ve tepkisini görmeliydim.

Bana mahcup gülümsemesiyle bakınca kalbim tekledi. Ne kadar uzun yaşarsam yaşayayım o gülümsemeye bakmaktan hiç yorulmayacaktım.

"Yine dudağını ısırıyorsun," diyerek çenemi çekti.

Parmakları bana dokununca, bütün bedenimden bir ürperti geçip gitti. Henüz içimde bir miktar cesaret varken elini tuttum ve onu yatak odasına geri götürdüm. Elini bıraktım ve o yatağın yanında dikilirken, yatağın bana ait tarafının altından diğer iki hediye paketini çıkardım.

Şaşırarak, "İki tane mi?" dedi.

Derin bir nefes aldım. "Bunu... dünkü olaydan önce aldım. Ama artık emin değilim." Fikrimi değiştirmeden, aceleyle paketlerden birini uzattım. Bana şaşkın gözlerle ve tereddüdümü hissederek bakıyordu.

"Açmamı istediğinden emin misin?"

Kaygıyla başımı salladım. Christian paketi yırttı ve şaşkınlık içinde kutuya baktı.

"*Charlie Tango*," diye fısıldadım.

Sırıttı. Kutunun içinde kocaman, pervanesi güneş enerjisiyle çalışan ahşap bir helikopter vardı. İçini açtı.

"Güneş enerjili," diye mırıldandı. "Vay canına." Ve ben daha ne olduğunu anlamadan yatağa oturup parçaları birleştirmeye koyuldu. Christian kolayca monte ettiği helikopteri avucunda tuttu. Mavi, ahşap bir helikopter. Bana muhteşem "poster çocuğu" gülümsemesiyle baktı ve küçük helikopterin güneş görmesi ve pervanenin dönmeye başlaması için pencerenin önüne gitti.

Dikkatle inceleyerek, "Şuna bir bak," dedi. "Bu teknolojiyle kim bilir daha neler yapabiliriz." Helikopteri göz hizasında tutuyor, pervanenin dönüşünü izliyordu. Büyülenmişti ve onu derin düşüncelere dalmış halde, küçük helikoptere bakarken izlemek büyüleyiciydi. Ne düşünüyordu acaba?

"Hoşuna gitti mi?"

"Ana, bayıldım. Teşekkürler." Beni tuttu, çabucak öptü ve sonra pervaneyi izlemek için geri döndü. "Ofisimdeki planörün yanına koyacağım," dedi dalgın bir tavırla pervanenin dönüşünü izlerken. Helikopteri güneş ışığından çekince, pervaneler yavaşlayıp durdular.

Yüzümü ortadan ikiye bölen sırıtışıma mani olamadım ve mutluluktan havaya uçtum. Bayılmıştı. Elbette, ne de olsa kafayı alternatif teknolojilere takmıştı. Helikopteri şifonyerin üstüne bırakıp bana döndü.

"*Charlie Tango*'yu kurtarana kadar bana arkadaşlık eder."

"Kurtarılabilir durumda mı?"

"Bilmiyorum. Umarım öyledir. Aksi takdirde kızımı çok özleyeceğim."

Kızını mı? Cansız bir nesnenin içimde uyandırdığı kıskançlık sızısına kendim de şaşırmıştım. Bilinçaltım alaycı bir kahkahayla homurdandı. Onu duymazdan geldim.

"Diğer kutuda ne var?" diye sorarken, gözleri neredeyse çocuksu bir heyecanla iri iri açılmıştı.

Lanet olsun. "Bu hediye sana mı, yoksa bana mı, emin değilim."

"Gerçekten mi?" diye sordu ve merakını cezbettiğimi anladım. İkinci kutuyu gergin bir tavırla uzattım. Yavaşça sallayınca ikimiz de ağır bir tangırtı duyduk. Kafasını kaldırıp bana baktı.

"Neden bu kadar gerildin?" diye sordu. Hem heyecandan hem utançtan kızararak omuz silktim. Kaşını kaldırdı.

"Merakımı uyandırdınız, Bayan Steele," diye fısıldadı; arzu ve beklenti karnımda serpilirken, sesi beni adeta delip geçti. "Tepkinden keyif aldığımı söylemeden geçemeyeceğim. Ne iş çevirdin bakalım?"

Nefesimi tutarken dudaklarımı birbirine bastırdım.

Kutunun kapağını açtı ve küçük bir kart çıkardı. Kutudaki diğer şeyler ince kâğıda sarılıydı. Kartı açtı ve gözleri hızla –şaşkınlık ya da şokla, hangisi bilmiyordum– benimkilere çevrildi.

"Sana kaba şeyler mi yapayım?" diye mırıldandı. Başımı eğip yutkundum. Başını temkinli bir ifadeyle yana eğip tepkimi ölçerken kaşlarını çattı. Dikkatini tekrar kutuya çevirdi. Uçuk mavi kâğıdı yırttı ve bir göz maskesi, meme ucu kıskaçları, bir kıç tıkacı, kendi iPod'u, gümüş grisi kravatı ve son olarak da oyun odasının anahtarını çıkardı.

Yüzünde karanlık ve anlaşılmaz bir ifadeyle bana bakıyordu. *Ah, kahretsin.* Kötü bir hamle mi olmuştu?

"Oynamak mı istiyorsun?" diye sordu usulca.

"Evet," diye soludum.

"Doğum günüm için."

"Evet." Sesim daha cılız çıkabilir miydi acaba?

Yüzünden adlandıramadığım sayısız duygu geçti ve sonunda kaygıda karar kıldı. Hımm... Beklediğim tepki tam olarak bu değildi.

"Emin misin?" diye sordu.

"Kırbaçsız falan."

"Onu anladım."

"Evet, o zaman. Eminim."

Kafasını sallayarak kutunun içeriğine baktı. Neredeyse kendi kendine konuşur gibi, "Seks delisi ve doymak bilmez. Sanırım bu malzemelerle bir şeyler yapabiliriz," diye mırıldandı ve parçaları kutunun içine topladı. Bana tekrar baktığında ifadesi tamamen değişmişti. Lanet olsun. Gözleri yakıyordu ve ağzı erotik bir gülümsemeyle kıvrılmıştı. Elini uzattı.

"Şimdi," dedi. Ve bu bir rica değildi. Karnım kasıldı ve derinlerde, çok derinlerde bir arzu kıpırdandı.

Elimi eline bıraktım.

"Gel," diye emretti ve yüreğim ağzımda, peşi sıra yatak odasından çıktım. Kaygan ve sıcak arzu kanımda akarken, içim arzu dolu bir beklentiyle kasıldı. Sonunda!

BÖLÜM YİRMİ BİR

Christian oyun odasının kapısında duraksadı.

Sıcak fakat kaygılı gözlerle, "Bundan emin misin?" diye sordu.

Mahcup mahcup gülümseyerek, "Evet," diye mırıldandım.

Gözleri yumuşadı. "Yapmak istemediğin herhangi bir şey var mı?"

Bu beklenmedik sorusu beni şaşırttı ve zihnim aşırı hızla çalışmaya başladı. Birden aklımda bir düşünce belirdi. "Fotoğrafımı çekmeni istemiyorum."

Durdu. Başını yana yatırıp beni şüpheli gözlerle süzerken, ifadesi sertleşmişti.

Ah, lanet olsun. Kapının kilidini açarken alnı kırıştı ve odaya girmem için kenara çekildi. Arkamdan içeri girip kapıyı kapattığı sırada bakışlarını üzerimde hissediyordum.

Hediye kutusunu şifonyerin üzerine bıraktı. İçinden iPod'u çıkarıp düğmesine bastı. Elini duvardaki müzik merkezinin önünde şöyle bir sallayınca, mat cam kapılar kayarak açıldı. Birkaç düğmeye bastı ve bir banliyö treni sesi odada yankılanmaya başladı. Ağır, hipnotize edici elektronik ritmin ortama uygun hal alması için sesi kıstı. Bir kadın şarkı söylemeye başladı. Kim olduğunu bilmiyordum ama sesi yumuşak ancak kulak tırmalayıcıydı ve ritim ölçülü, kasti ve erotikti. *Ah, Tanrım.* Bu dinleyerek sevişilecek bir müzikti.

Christian yüzünü bana çevirdiğinde kalbim müziğin baştan çıkarıcı ritmine ayak uydurarak deli gibi çarpıyor, kanım damarlarımda çağlıyordu – ya da bana öyle geliyordu. Christian ağır adımlarla bana yaklaştı ve dudağımı ısırmayı bırakmam için çenemi kaldırdı.

Parmaklarını çenemden ayırmadan ağzımın köşesine yumuşak, masum bir öpücük kondururken, "Ne yapmak istersin, Anastasia?" diye mırıldandı.

"Bugün senin doğum günün. Sen ne istersen," diye fısıldadım. Baş parmağını alt dudağımın üstünde dolaştırdı. Alnı yine kırışmıştı.

"Burada olmamızın nedeni, burada olmak istediğimi düşünmen mi?" Kelimeleri usulca söylemişti ama bana büyük bir dikkatle bakıyordu.

"Hayır," diye fısıldadım. "Ben de burada olmak istiyorum."

Bakışları karardı ve tepkimi ölçerken daha da cesurlaştı. Bana sonsuz kadar uzun gelen bir sessizliğin ardından konuştu.

"Ah, pek çok olasılık var, Bayan Steele." Sesi alçak ve heyecanlıydı. "Ama işe sizi soymakla başlayalım." Önünü açmak için sabahlığımın kuşağını çekti ve geceliğimin ortaya çıkmasını sağladı. Sonra geri çekildi ve umursamaz bir tavırla kanepenin koluna oturdu.

"Üstündekileri çıkar. Yavaş yavaş." Bana şehvetli, meydan okuyan bir bakış gönderdi.

Zorunlu olarak yutkunurken, bacaklarımı birbirine bastırdım. Bacak aram çoktan nemlenmişti. İçimdeki tanrıça tamamen soyunmuştu ve her şeye hazır halde sırada durmuş yakalamaca oynamam için bana yalvarıyordu. Sabahlığı omuzlarımdan kaydırırken, bakışlarım Christian'ınkileri bir an bile terk etmedi. Sonra omzumu silktim ve sabahlığın yere düşmesine izin verdim. Büyüleyici gri gözleri alev alevdi ve bana bakarken, işaret parmağını dudaklarının üstünde dolaştırıyordu.

Geceliğimin ip askılarını omuzlarımdan kaydırırken ona bir an baktım ve sonra askıları salıverdim. Geceliğim üzerimden kayıp vücudumdan aşağı indi ve ayaklarımın dibine yığıldı. Çıplak, neredeyse soluk soluğa ve ah – fazlasıyla hazırdım.

Christian bir an duraksadı ve yüzünden okunan katıksız beğeniyle büyülendim. Ayağa kalktı, şifonyere yürüdü ve gümüş grisi kravatı –benim en sevdiğim kravatı– eline aldı. Dönüp telaşsız adımlarla bana doğru yürürken, kravatı dudaklarında bir gülümsemeyle parmaklarının arasından geçirdi. Karşımda durunca, ellerimi uzatmamı istemesini bekledim ama istemedi.

"Bence fazla çıplaksınız, Bayan Steele," diye mırıldandı. Kravatı boynuma yerleştirdi ve yavaş ama becerikli hareketlerle Windsor düğümü olduğunu tahmin ettiğim bir düğüm attı. Düğümü sıkarken, parmakları boynumun alt kısmına sürtündü ve vücudumdan geçen elektrik iç geçirmeme neden oldu. Kravatın geniş ucunu – kasık tüylerime sürtünecek kadar uzun tutmuştu.

"Şimdi gayet iyi görünüyorsunuz, Bayan Steele," dedi ve eğilip dudaklarımı usulca öptü. Bu hızlı bir öpüştü ve içimde yükselen arzuyla, daha fazlasını istiyordum.

"Şimdi ne yapmalıyız?" dedikten sonra kravatı tuttu ve kollarının arasına doğru ilerlemek zorunda kalacağım şekilde, sertçe çekti. Ellerini saçlarımın arasına daldırıp başımı arkaya çekti ve beni gerçekten çok sertçe öptü. Dili aman dinlemez ve acımasızdı. Ellerinden biri yavaşça aşağı kayıp popomu avuçladı. Geri çekildiğinde o da nefes nefeseydi ve bana eriyik gri gözlerle bakıyordu; bense arzu doluydum, nefes almak için çabalıyordum ve düşüncelerim allak bullaktı. Bu şehvetli saldırıdan sonra, dudaklarımın şişeceğinden emindim.

Yavaşça, "Arkanı dön," diye emretti. İtaat ettim. Saçlarımı tokasından kurtarıp hızla ördü ve bağladı. Örgüyü çekip başımın yukarı kalkmasına neden oldu.

"Güzel saçların var, Anastasia," dedi ve boğazımı öperek, omurgamdan yukarı bir ürpertinin tırmanmasına neden oldu. "Sadece dur demen yeterli. Bunu biliyorsun, değil mi?" diye fısıldadı.

Gözlerim kapalıydı, başımı salladım ve dudaklarının üzerimde olmasının tadını çıkardım. Beni bir kez daha çevirdi ve kravatın ucunu tuttu.

"Gel," dedi usulca çekerek ve beni kutunun içindeki diğer eşyaların açıkta durduğu şifonyere çekti.

"Anastasia, bu nesneler..." Kıç tıkacını havaya kaldırdı. "Bu biraz fazla büyük. Anal bakire olarak bununla başlamak istemezsin. Bununla başlaman daha iyi olur." Serçe parmağını kaldırdı ve ben şoka uğrayarak iç geçirdim. Parmaklar... *orada?* Bana sırıtarak baktı. Aklıma kontratta bahsedilen nahoş anal yumruk olayı gelmişti.

Gizemli aklımı okuma becerisiyle, usulca, "Sadece parmak... tekil," dedi. Gözlerim gözlerine çevrildi. Bunu nasıl yapıyordu?

"Bu kıskaçlar fazla acımasız." Meme kıskaçlarını işaret ediyordu. "Bunları kullanacağız." Şifonyerin üstüne farklı bir klips çifti bıraktı. Üzerlerinden küçük siyah taşların sarktığı siyah dev firketelere benziyorlardı. "Ayarlanabiliyorlar," diye mırıldanırken, sesini nazik bir endişe bürümüştü.

İrileşen gözlerimi kırpıştırdım. Cinsel antrenörüm Christian bütün bunlar hakkında benden çok daha fazla bilgi sahibiydi. Arayı asla kapatamayacaktım. Yemek pişirmek dışında, çoğu konuda benden fazla bilgi sahibiydi.

"Anlaşıldı mı?" diye sordu.

"Evet," diye mırıldanırken ağzım kurumuştu. "Bana niyetinin ne olduğunu söyleyecek misin?"

"Hayır, o esnada aklıma geleni yapıyorum. Kurulmuş bir sahne yok, Ana."

"Ben nasıl davranmalıyım?"

Alnı kırıştı. "Nasıl istersen."

Ah!

Biraz alaycı ve aynı anda şaşkın bir ses tonuyla, "Yoksa öteki beni mi bekliyordun, Anastasia?" dedi. Gözlerimi kırpıştırdım.

"Şey, evet. Ondan hoşlanıyorum," diye mırıldandım. Mahrem gülümsemesini takındı ve başparmağını yanağımda dolaştırdı.

"Öyle mi?" diye solurken parmağını alt dudağıma kaydırdı. "Ben senin âşığınım, Ana, Hâkim'in değil. Gülmene ve çocuksu kıkırtını duymaya bayılıyorum. José'nin fotoğraflarındaki gibi, gevşemiş, mutlu haline. Ofisime düşerek giren o kız, benim âşık olduğum kız."

Ağzım açık kaldı ve kalbimdeki sıcacıklığa kucak açtım. Bu sevinçti. Saf sevinç.

"Ama bütün bunlar bir yana, size kaba şeyler yapmayı da seviyorum, Bayan Steele ve öteki ben birkaç numara biliyor. Bu yüzden, söz dinle ve arkanı dön." Gözleri muzip bir ışıkla parladı ve sevinç aşağılara keskin bir etki ederek, belimden aşağıda kalan bütün sinir uçlarını tamamen ele geçirdi. Söylediğini yaptım. Arkamda bir çekmece açtı ve bir saniye sonra, yine karşımdaydı.

"Gel," diye emretti ve kravatı çekerek beni masaya yöneltti. Kanepeyi geçerken, bütün bastonların ortadan kaybolmuş olduğunu ilk kez fark ettim. Dikkatimi çekmişti. Dün geldiğimde burada mıydılar acaba? Hatırlamıyordum. Christian mı kaldırmıştı? Yoksa Bayan Jones mu? Christian düşüncelerimin arasına girdi.

Masaya ulaşınca, "Bunun üstünde diz çökmeni istiyorum," dedi.

Ah, tamam. Aklından neler geçiyordu? İçimdeki tanrıça öğrenmek için can atıyordu. Sıçrayarak masanın üstüne çıkmıştı bile ve Christian'ı hayranlıkla seyrediyordu.

Christian nazik bir hareketle beni masanın üstüne çıkardı ve bacaklarımı altımda toplayıp, kendi zarafetime şaşırarak, karşısında diz çöktüm. Şimdi göz gözeydik. Ellerini bacaklarımın üst kısmında dolaştırdı, dizlerimi tuttu ve bacaklarımı iki yana ayırıp tam karşımda durdu. Çok ciddi görünüyordu; bakışları daha karanlık ve şehvetli, gözkapakları yarı inikti.

"Kollarını arkana götür. Seni kelepçeleyeceğim."

Arka cebinden deri bir kelepçe çıkardı ve kollarıma uzandı. İşte başlıyordu. Beni bu kez nerelere götürecekti kim bilir?

Yakınlığı sarhoş ediciydi. Bu adam benim kocam olacaktı. İnsan kocasına böyle bir şehvet duyabilir miydi? Bir yerlerde bununla ilgili bir şey okuduğumu hatırlamıyordum. Ona karşı koyamadım ve aralık dudaklarımı çenesinde gezdirdim. Yeni yeni çıkan sakallarını, dikenli ve yumuşak sakalların baş döndürücü kombinasyonunu dilimin altında hissettim.

"Dur. Yoksa bu iş ikimizin de isteyeceğinden çok daha hızlı bitecek," diye uyardı. Bir an kızmış olabileceğini sandım ama sonra gülümsedi ve sıcak gözleri keyifle aydınlandı.

"Dayanılmazsın." Dudaklarımı sarkıttım.

"Öyle miyim?" dedi kuru bir sesle.

Başımı evet der gibi salladım.

"Pekâlâ, dikkatimi dağıtma yoksa ağzını tıkarım."

Ona inatla bakarak, "Dikkatini dağıtmak hoşuma gidiyor," diye fısıldadım. Kaşını kaldırdı.

"Ya da poponu tokatlarım."

Ah! Gülümsememi saklamaya çalıştım. Bir zamanlar, çok uzun zaman da olmamıştı, bu tehdit beni korkuturdu. Bu odadayken, benden bunu açıkça istemeden öpme cesaretini gösteremezdim. Şimdi, artık ondan çekinmediğimi görüyordum. Bu büyük bir andı. Muzip bir ifadeyle sırıttım. O da bana gülümsedi.

"Uslu dur," diye homurdandı, geri çekildi ve gözlerini benden ayırmadan, deri kelepçeyi avucuna vurdu. Üstü kapalı tehdidi, davranışlarına yansıyordu. Pişman olmuş görünmeye çalıştım ve sanırım başardım da. Yeniden yanıma yaklaştı.

"Böylesi daha iyi," diye soludu ve bir kez daha, kelepçelerle arkama uzandı. Ona dokunma isteğime dirensem de dün geceki duşun tazeliğini koruyan muhteşem Christian kokusunu içime çektim. Hımm... Bu kokuyu şişeletmeliydim.

Bileklerimi kelepçelemesini bekledim ama iki kelepçeyi de dirseklerimin üstünden bağladı. Dirseklerim hiçbir şekilde bir araya gelmese de, bu durum sırtımın yay çizmesine ve göğüslerimin öne çıkmasına neden olmuştu. İşi bitince, beni hayranlıkla süzmek için geri çekildi.

"İyi hissediyor musun?" diye sordu. Olabilecek en rahat pozisyon değildi ama bu işin nereye gittiğini görme beklentisiyle öylesine heyecanlanmıştım ki, arzudan güçsüz düşmüş halde başımı salladım.

"İyi." Arka cebinden maskeyi çıkardı.

"Sanırım yeterince şey gördün," diye mırıldandı. Maskeyi başımdan aşağı kaydırıp gözlerimi örttü. Nefesim hızlandı. Vay canına... Görememek neden bu kadar erotikti? Burada kollarım bağlı halde, dizlerimin üstünde duruyor ve karnımın derinliklerindeki sıcak, ağır ve tatlı beklentiyle bekliyordum. Ancak hâlâ duyabiliyordum ve müziğin melodik, düzenli ritmi devam ediyordu. Şarkı vücudumda çınlıyordu. Daha önce fark etmemiştim. Christian parçayı tekrara ayarlamış olsa gerekti.

Christian uzaklaştı. Ne yapıyordu? Şifoniyere geri gitti, bir çekmece açtı ve geri kapattı. Birkaç saniye sonra geri geldi ve onu önümde hissettim. Havada keskin ve zengin bir misk kokusu vardı. Enfes, neredeyse ağız sulandırıcı bir kokuydu.

"En sevdiğim kravatımı mahvetmek istemem," diye mırıldandı. Kravat yavaşça çözüldü.

Kravatın ucu beni gıdıklayarak vücudumdan yukarı tırmanırken derin bir nefes aldım. Kravatı mahvetmek mi? Ne yapacağını anlamak için kulak kesildim. Ellerini ovuşturuyordu. Parmak boğumları birden yanağıma sürtündü ve yavaşça çeneme indi.

Dokunuşu enfes bir ürpertiye neden olurken, vücudum dikkat kesildi. Eli omzumda gevşedi; tatlı kokulu bir yağa bulanmıştı ve boynumdan aşağı, köprücük kemiğimin üstünden omzuma doğru kolayca kayarken, parmakları beni usul usul yoğuruyordu. Ah, masaj yapıyordu. Beklediğim bu değildi.

Diğer elini, diğer omzuma yerleştirdi ve köprücük kemiğimin üstünden ağır bir yolculuğa daha başladı. Sızısı gittikçe artan memelerime doğru uzanırken, usulca inledim. Umut vericiydi. Vücudumu hünerli dokunuşuna doğru yay gibi gerdim ama elleri, yavaş, ölçülü, müziğin ritmine ayak uydurarak ve memelerimden özenle uzak durarak, yanlarıma kaydı. İnledim ama nedeni zevk miydi yoksa hayal kırıklığı mıydı bilmiyordum.

"Çok güzelsin, Ana," diye mırıldanırken sesi alçak ve boğuk, ağzı kulağımın dibindeydi. Burnu çeneme sürtünürken, masajını mememin altında, karnımın üzerinden aşağı sürdürüyordu. Dudaklarıma uçarı bir öpücük kondurdu, sonra burnunu boynumdan gırtlağıma kaydırdı. Lanet olsun, alev alevdim...Yakınlığı, elleri, sözleri.

"Ve yakında karım olacaksın," diye fısıldadı.

Tanrım.

"Seveceğim ve üzerine titreyeceğim."

Ah.

"Bedenimle sana tapınacağım."

Başımı arkaya itip inledim. Parmakları kasık tüylerimin arasından cinsel organıma kaydı ve avucunu klitorisime sürttü.

Avucunu üzerimde dolaştırırken, "Bayan Grey," diye fısıldadı.

İnledim.

Eliyle beni taciz etmeyi sürdürürken, "Evet," diye soludu. "Ağzını aç."

Hızlı hızlı soluduğum için ağzım zaten açıktı. Daha da açtım ve büyük, metal bir nesneyi ağzımdan içeri kaydırdı. Fazla büyük bir bebek emziği biçimindeki nesnenin küçük girintileri ve çıkıntıları ve ucunda zincire benzeyen bir şeyi vardı. Büyüktü.

"Em," diye emretti usulca. "Bunu içine sokacağım."

İçime mi? İçime nereye? Yüreğim ağzıma geldi.

"Em," diye tekrarladı ve beni okşamayı bıraktı.

"Hayır, durma!" diye bağırmak istedim ama ağzım doluydu. Yağlı elleri tekrar vücudumda yukarı kaydı ve ihmal ettiği göğüslerimi buldu.

"Emmeyi bırakma."

Meme uçlarımı baş ve işaret parmaklarının arasında yuvarladı. Meme uçlarım Christian'ın usta dokunuşunun altında sertleşip uzarken ta kasıklarıma kadar inen zevk dalgaları gönderdiler.

"O kadar güzel göğüslerin var ki, Ana" diye mırıldandı ve memelerim tepki olarak daha da sertleştiler. Mırıltısıyla onayını belli etti ve inledim. Dudakları geride minik ısırıklar ve emişler bırakarak boynumdan mememe ve meme ucuma ulaştı ve birden kıskacın çimdiğini hissettim.

"Ah!" İniltim, ağzımdaki alet yüzünden boğuktu. Tanrı aşkına, bu benzersiz bir histi. Ham, acılı ve zevk dolu... ah... bu his. Kıskacın zapt ettiği mememi diliyle okşadı ve bunu yaparken diğer mememin kıskacını taktı. Bu ikinci ısırık da ilki kadar sert ve bir o kadar iyiydi. Yüksek sesle inledim.

"Hisset," diye fısıldadı.

Ah, hissediyorum. Hissediyorum. Hissediyorum.

"Şunu bana ver." Metal emziği ağzımdan çekti. Eli bir kez daha vücudumdan, cinsel organıma kaydı. Ellerini tekrar yağlamıştı. Önden arka tarafıma kaydılar.

İç geçirdim. Ne yapacaktı. Parmaklarını kalçalarımın arasından kaydırırken dizlerimin üstünde gerildim.

Kulağımın yakınında, "Şışt, sakin ol," diye soludu ve parmakları beni okşayıp taciz ederken, boynumu öptü.

Ne yapacaktı? Diğer eli karnımdan cinsel organıma kayıp beni bir kez daha avuçladı. Parmaklarını içime kaydırınca, beğeniyle, yüksek sesle inledim.

"Bunu içine sokacağım," diye mırıldandı. "Buraya değil." Parmakları kalçalarımın arasında yağı yayarak gidip geliyordu. "Buraya." Parmaklarını döndürüyor, içeri dışarı hareket ettiriyor ve vajinamın ön duvarına çarpıyordu. Ben inlerken, zapt altındaki meme uçlarım şiştiler.

"Ah."

"Şışt." Christian parmaklarını çıkardı ve nesneyi içime kaydırdı. Yüzümü avuçlayıp beni öperken cılız bir klik sesi duydum. Ve aynı anda içimdeki tıkaç *orada* titreşmeye başladı. İnledim. Bu sıra dışı ve daha önce hissettiğim her şeyin ötesinde bir histi.

"Ah!"

"Sakin." Christian iniltilerimi ağzıyla bastırarak beni yatıştırdı. Elleri aşağı kaydı ve kıskaçları çok yavaşça çekti. Yüksek sesle haykırdım.

"Christian, lütfen!"

"Şışt, bebeğim. Dayan."

Bu kadarı fazlaydı; her yerimdeki bütün bu aşırı uyarılma fazlaydı. Vücudum tırmanmaya başladı ve dizlerimin üstünde dururken, bu tırmanışı kontrol etmekten acizdim. *Ah... Tanrım...* Bunun altından kalkabilecek miydim?

Beni, "Aferin kızıma," diye yatıştırdı.

"Christian," diye solurken, sesim kendi kulaklarıma bile çaresiz geliyordu.

"Şışt, hisset Ana. Korkma." Elleri artık belimdeydi, beni tutuyordu ama ne ellerine ne içimdeki şeye ne de kıskaçlara konsantre olamıyordum. Bedenim bu amansız titreşimlerle ve meme uçlarımın tatlı, çok tatlı işkencesiyle bir patlamaya doğru tırmanıyor, tırmanıyordu. Tanrı aşkına. Çok yoğun olacaktı. Kaygan ve yağlı ellerini dokunarak, tenimi hissederek ve popomu yoğurarak kalçalarımdan aşağı kaydırdı.

"Çok güzelsin," diye mırıldandı ve birden yağlı parmağını içime kaydırdı. *Oraya!* Popomun içine. *Siktir.* Yabancı, dolgun ve yasak bir histi ama ah... o kadar iyiydi ki. Ve yavaşça, içeri dışarı hareket ederken dişlerini havaya kalkan çeneme sürttü.

"O kadar güzelsin ki, Ana."

Yüksekte asılı kalmıştım. Geniş, çok geniş bir vadinin üstünde süzülüyor ve bir yandan da baş döndürücü bir hızla yeryüzüne doğru düşüyordum. Bedenim sarsılarak, beni aşan bir dolulukla zirveye ulaşırken bir çığlık attım. Vücudum patlarken, her yanım sadece histen ibaretti. Christian önce bir kıskacı, sonra diğerini çıkardı ve meme uçlarımın acı veren ama tatlı bir hisle sızlamasına neden oldu. Ama bu, ah, o kadar hoş bir duyguydu ki, orgazmımın sürüp gitmesine neden oldu. Parmağı olduğu yerde durmaya ve girip çıkmaya devam ediyordu.

"Ah!" diye haykırdım ve bedenim içeride acımasızca atmaya devam ederken, Christian bana sımsıkı sarıldı.

Yalvarır gibi, bir kez daha, "Hayır!" diye haykırdım ve bu kez vibratörü ve parmağını içimden çıkardı. Bedenim sarsılmaya devam ediyordu.

Kelepçelerden birini çözünce kollarım öne doğru düştü. Başım onun omzuna düştü ve bu baskın histe kendimi tamamen kaybettim. Kırık dökük bir nefes, bitkin bir arzu ve tatlı ve hoş bir kopuştan ibarettim.

Christian'ın beni kucaklayıp yatağa taşıdığını ve serin saten çarşafların üzerine yatırdığını hayal meyal fark ettim. Birkaç saniye sonra hâlâ yağlı olan elleriyle bacaklarımın arka kısmını, dizlerimi, baldırlarımı ve omuzlarımı ovalamaya başladı. Christian yanıma uzanırken, yatağın ağırlığıyla çöktüğünü hissettim.

Maskeyi çekip çıkardı ama gözlerimi açacak cesaretim yoktu. Saç örgümü buldu, tokamı çekti ve öne eğilip dudaklarıma yumuşacık bir öpücük kondurdu. Odadaki sessizliği bozan tek şey, çılgına dönmüş nefesimdi. Ben yavaşça dünyaya doğru süzülürken, nefesim de duruldu. Müzik durmuştu.

"O kadar güzelsin ki," diye mırıldandı.

Tek gözümü açılmaya ikna ettiğimde bana yumuşacık bir gülümsemeyle bakıyordu.

"Merhaba," dedi. Karşılık olarak bir inilti çıkarınca, gülümsemesi iyice büyüdü. "Senin için yeterince kaba mıydı?"

Kafamı salladım ve ona isteksiz bir sırıtış gönderdim. Tanrım biraz daha kaba olsaydı, ikimizi birden pataklamam gerekirdi.

"Bence sen beni öldürmeye çalışıyorsun," diye mırıldandım.

"Orgazmla ölüm." Sırıttı. "Ölmenin daha beter yolları da var," dedi ama hemen sonra, aklından nahoş bir düşünce geçmiş gibi, kaşlarını hafifçe çattı. Bu hali canımı sıkmıştı. Uzanıp yüzünü okşadım.

"Beni her zaman böyle öldürebilirsin," diye fısıldadım. Muhteşem çıplaklığını ve eyleme geçmeye hazır olduğunu fark ettim. Elimi tutup parmak boğumlarımı öperken uzandım ve yüzünü ellerimin arasına hapsedip ağzını ağzıma çektim. Beni çok kısa öptü ve durdu.

"Yapmak istediğim bu," diye mırıldandı ve yastığının altına, müzik sisteminin kumandasına uzandı. Bir düğmeye bastı ve bir gitarın yumuşacık ezgisi duvarlarda yankılanmaya başladı.

"Seninle sevişmek istiyorum," derken bana bakan gri gözleri aydınlık, sevgi dolu bir samimiyetle yanıyordu. Fonda tanıdık bir ses şakımaya başladı. "The First Time Ever I Saw Your Face."[25] Ve dudakları dudaklarımı buldu.

25 (İng.) Yüzünü İlk Gördüğüm Zaman. (ç. n.)

Ona sarılmış halde kasılıp bir kez daha boşalırken, Christian başını arkaya atarak ve adımı haykırarak kollarımda çözüldü. Koca yatağın ortasında kucağında oturuyordum, burun buruna otururken, beni göğsüne iyice bastırdı. Ve bu anda, bu adam ve müzikle dolu bu anda, bu sabah bu odada onunla yaşadığım tecrübenin yoğunluğu beni, sadece fiziksel olarak değil, duygusal olarak da tekrar etkisi altına soktu. Bütün bu duygulara tamamen yenilmiş durumdaydım. Ona öylesine derinden âşıktım ki. Bana ilk kez güvenliğim konusunda ne hissettiğine dair bir anlayış pırıltısı sunulmuştu.

Dün *Charlie Tango*'yla ölümden kıl payı dönüşünü hatırlayınca, ürperdim ve gözlerim yaşlarla doldu. Ona bir şey olsa... Onu o kadar çok seviyordum ki. Gözyaşlarım, kontrolsüzce yanaklarımdan süzülüyordu. Christian'ın o kadar çok yüzü vardı ki: Tatlı, nazik kişiliği ve inişli çıkışlı sana-canım-ne-halt-isterse-yaparım ve sen-de-isteklerimi-yerine-getirmek-zorundasın tavrı, elli tonu, her şeyi. Hepsi görülmeye değer. Hepsi benim. Birbirimizi çok iyi tanımadığımızın, aşmamız gereken dağlar kadar mesele olduğunun farkındaydım ama birbirimiz için bunu yapacağımızı ve bunu yapmak için koca bir ömrümüz olduğunu da biliyordum.

Başımı ellerinin arasına kıstırıp bana bakarak, "Hey," diye soludu. Hâlâ içimdeydi. "Neden ağlıyorsun?" Sesi endişe doluydu.

"Çünkü seni çok seviyorum," diye fısıldadım. Uyuşmuş gibi, gözlerini yarı kapatarak sözlerimi sindirdi. Tekrar açtığında, aşkıyla alev alevdiler.

"Ben de seni, Ana. Sen beni... bütünlüyorsun." Beni yavaşça öperken, Roberta Flack şarkının sonuna gelmişti.

Oyun odasındaki yatakta ben onun kucağında, bacaklarımız birbirine dolanmış halde, oturup konuştuk, konuştuk, konuştuk. Kırmızı saten etrafımıza bir kraliyet kozası gibi dolanmıştı ve ne kadar zaman geçtiği konusunda hiçbir fikrim yoktu. Christian, Kate'in Heathman'daki fotoğraf çekimlerindeki halini taklit etmeme gülüyordu.

"Bana röportaja onun gelmiş olabileceğini düşünmek. Soğuk algınlığı için Tanrı'ya şükürler olsun."

Parmaklarımı göğsündeki kıllarının arasından geçirirken ve bunu bu kadar iyi karşılıyor olmasına hayret ederken, "Bence grip olmuştu, Christian," diye azarladım. Daha önce dikkatimi dağıtan detayı hatırlayarak, "Bütün bastonlar gitmiş," diye mırıldandım. Kim bilir kaçıncı kez, saçımı kulağımın arkasına itti.

"O sert sınırı hiçbir zaman aşamayacağını düşündüm."

"Hayır, ben de aşabileceğimi sanmıyorum," diye fısıldadım ve kendimi karşı duvara sıralanmış kırbaçlara, küreklere ve kamçılara bakarken buldum. Bakışlarımı takip etti.

"Onlardan da kurtulmamı ister misin?" Keyifli ama samimiydi.

"Kamçıdan değil... şu kahverengi olan. Ya da süet olandan." Kızardım.

Bana gülümsedi.

"Tamam, kahverengi ve süet kamçılar kalıyor. Bayan Steele, sürprizlerle dolusunuz."

"Sizin gibi, Bay Grey. Sende sevdiğim şeylerden biri de bu." Onu ağzının köşesinden öptüm.

"Bende başka neyi seviyorsun?" diye sorarken, gözleri irileşti.

Bu soruyu sormanın onun için büyük bir mesele olduğunu biliyordum. Beni şaşırtmıştı; gözlerimi kırpıştırdım. Ona dair her şeyi seviyordum. Elli tonunun tamamını. Christian'la hayatın hiçbir zaman sıkıcı olmayacağını biliyordum.

"Bu..." İşaret parmağımı dudaklarının üstünde dolaştırdım. "Bunu ve ondan çıkanları ve onunla bana yaptıklarını. Ve burada olanı." Şakağını okşadım. "O kadar akıllı, kıvrak zekâlı ve bilgili ve o kadar çok konuda hünerlisin ki. Ama hepsinden çok burada olanı seviyorum." Avucumu usulca göğsüne bastırıp istikrarla atan kalbini hissettim. "Sen tanıdığım en şefkatli adamsın. Yaptıkların. Çalışma şeklin. İnsanı hayran bırakıyor," diye fısıldadım.

"Hayran mı bırakıyor?" Şaşırmıştı ama yüzünde keyif izleri vardı. Sonra yüzü biçim değiştirdi ve utanmış gibi, mahcup gülümsemesine büründü. Üzerine atılmak istedim. Ve öyle de yaptım.

Saten ve Grey'e sarmalanmış halde kestiriyordum. Christian beni burnunu sürterek uyandırdı.

"Acıktın mı?"

"Hımm... Açlıktan ölüyorum."

"Ben de öyle."

Doğrulup yatağa serilmiş haline baktım.

"Bugün doğum gününüz Bay Grey. Size bir şeyler pişireceğim. Ne istersin?"

"Şaşırt beni." Elini sırtımdan aşağı kaydırarak beni okşadı. "Dün kaçırdığım mesajlar için BlackBerry'mi kontrol etmem gerek." İç geçirdi ve kalkmaya yeltendi ve o zaman bu özel zamanın bittiğini anladım... şimdilik.

"Haydi duş yapalım."

Ben kim oluyordum da doğum günü çocuğunu reddedecektim?

Christian çalışma odasında telefondaydı. Taylor da ciddi duruşu ama kot pantolon ve dar siyah tişörtten oluşan rahat kılığıyla yanındaydı. Kendimi mutfakta öğle yemeği hazırlamaya verdim. Buzlukta somon bulmuştum ve limonlayıp salataya dönüştürmekle ve birkaç patates haşlamakla meşguldüm. Sıra dışı bir gevşeklik ve mutluluk hissediyordum. Kelimenin tam anlamıyla dünyanın tepesinde gibiydim. Geniş pencereye dönüp muhteşem mavi göğe baktım. Bütün o konuşmalar... o seks... hımm... Bir kız bütün bunlara kolayca alışabilirdi.

Taylor çalışma odasından gelerek beni daldığım düşüncelerden çıkardı. iPod'umu kapatıp kulaklığı çıkardım.

"Merhaba, Taylor."

"Ana." Beni başıyla selamladı.

"Kızın iyi mi?"

"Evet, teşekkürler. Eski karım apandisiti olduğunu sanmış ama her zamanki gibi aşırı tepki vermiş." Taylor gözlerini devirerek beni şaşırttı. "Berbat bir mide bozulması geçirse de Sophie gayet iyi."

"Üzüldüm."

Gülümsedi.

"*Charlie Tango*'nun yeri bulundu mu?"

"Evet. Kurtarma ekibi yolda. Bu akşam Boeing Field'a dönmüş olur."

"Ah, iyi."

Bana gergin bir gülümsemeyle baktı. "Başka bir şey var mı, hanımefendi?"

"Yok, tabii ki yok." Kızardım. Taylor'ın bana efendim demesine bir gün alışabilecek miydim acaba? Kendimi çok yaşlı, en az otuz yaşında hissetmeme neden oluyordu.

Başıyla selam vererek salondan çıktı. Christian hâlâ telefondaydı. Patateslerin kaynamasını bekliyordum. Aklıma bir fikir geldi. Çantamı alıp, BlackBerry'mi çıkardım. Kate'ten bir kısa mesaj vardı.

Akşam görüşürüz. Uzuuun bir sohbet için sabırsızlanıyorum

Cevap yazdım.

Al benden de o kadar

Kate'le konuşmak iyi gelecekti. E-posta programını açıp Christian'a hızlı bir mesaj yazdım.

Kimden: Anastasia Steele

Konu: Öğle yemeği

Tarih: 18 Haziran 2011 13:12

Kime: Christian Grey

Sayın Bay Grey,

Size öğle yemeğinin neredeyse hazır olduğunu haber vermek için yazıyorum.

Ve bugün insanın aklını başından alan, tuhaf bir düzüşme yaşadığımı.

Doğum gününe özel tuhaf düzüşmeyi şiddetle tavsiye ederim.
Ve bir şey daha. Seni seviyorum.

A x
(Nişanlın)

Dikkatle bir tepki gelmesini bekledim ama hâlâ telefondaydı. Omuz silktim. Belki de çok meşguldü, o kadar. BlackBerry'm titreşti.

Kimden: Christian Grey

Konu: Tuhaf Düzüşme

Tarih: 18 Haziran 2011 13:15

Kime: Anastasia Steele

İnsanın aklını başından alan yönleri nelerdi?

Not alıyorum.

Christian Grey

Sabahki Eylemlerden Sonra Açlıktan Ölen ve Bitap Durumdaki CEO, Grey Şirketler Topluluğu

Not: İmzanı sevdim.

Not 2: Sohbet sanatına ne oldu?

Kimden: Anastasia Steele

Konu: Açlıktan Ölen mi?

Tarih: 18 Haziran 2011 13:18

Kime: Christian Grey

Sevgili Bay Grey,

Dikkatinizi bir önceki e-postamın öğle yemeğinizin neredeyse hazır olduğunu haber veren ilk satırına çekebilir miyim? "Yani Açlıktan Ölen ve Bitap Durumdaki" zırvalığı boşuna. Düzüşmenin insanın aklını başından alan yönlerine gelince, dürüst olmak gerekirse tamamı. Notlarınızı okumak ilgimi çekerdi. Ve parantez içindeki imzamı ben de seviyorum.

A x

(Nişanlın)

Not: Ne zamandan beri bu kadar geveze oldun? Üstelik telefondasın!

Gönder tuşuna basıp kafamı kaldırdığımda, sırıtarak karşımda dikiliyordu. Ben bir şey söyleme fırsatı bulamadan, mutfak tezgâhının etrafını dolaştı, beni kollarının arasına alıp adamakıllı öptü.

"Hepsi bu kadar, Bayan Steele," dedi ve kollarını çözdü. Kot pantolonu, pantolonun üstüne sarkan beyaz gömleği ve çıplak ayaklarıyla, ağır adımlarla ve beni nefessiz bırakarak ofisine döndü.

Somonun yanına, suteresi, kişniş ve ekşi kremalı sos yapmış ve kahvaltı barına sofra kurmuştum. Çalışırken araya girmekten nefret ediyordum ama şimdi, ofisinin kapısındaydım. Hâlâ telefondaydı. Tamamen dağınık saçları ve parlak gri gözleriyle, göz doyuran bir ziyafetti. Beni görünce kafasını kaldırdı ama gözlerini benden ayırmadı. Kaşlarını hafifçe çattı ama bana mı yoksa konuştuğu kişiye mi anlamadım.

"Onları içeri al ve rahat bırak. Anlıyor musun, Mia?" diye tıslayarak gözlerini çevirdi. "İyi."

Elimi yemek yer gibi ağzıma doğru götürdüm. Sırıtarak başını salladı.

"Sonra görüşürüz." Telefonu kapattı. "Bir telefon daha?"

"Tabii."

"Elbisen çok kısa," diye ekledi.

"Beğendin mi?" Kendi etrafımda döndüm. Caroline Acton'un seçtiklerinden biriydi. Yumuşak turkuaz rengi bir yazlık elbise. Büyük olasılıkla, kumsal için daha uygundu ama bu, pek çok açıdan güzel bir gündü. Kaşlarını çatınca, yüzüm düştü.

"İçinde muhteşem görünüyorsun, Ana. Ama benden başka kimsenin seni böyle görmesini istemiyorum."

"Ah!" Yüzümü buruşturdum. "Evdeyiz, Christian. Personelden başka kimse yok."

Ağzı çarpıldı. Ya eğlendiğini saklamaya çalışıyordu ya da komik olduğunu gerçekten düşünmüyordu. Ama bir süre sonra başını eğdi. Ben de kafamı salladım. Gerçekten ciddi miydi yani? Mutfağa döndüm.

Beş dakika sonra, elinde telefonla, yeniden karşımdaydı.

"Ray telefonda seni istiyor," derken, bakışları ihtiyatlıydı.

Vücudumdaki bütün hava bir anda çekilivermişti. Telefonu aldım ve ağız kısmını elimle örttüm.

"Ona söyledin!" diye tısladım. Christian kafasını salladı ve bariz sıkıntılı ifadem karşısında, gözleri iri iri açıldı.

Kahretsin! Derin bir nefes aldım. "Merhaba, baba"

"Christian az önce benden seninle evlenmek için izin istedi," dedi Ray.

Ben çaresizlik içinde ne diyeceğimi düşünürken, aramızdaki sessizlik uzayıp gitti. Ray her zamanki gibi sessiz kalarak bu habere tepkisi konusunda hiçbir ipucu vermiyordu.

İlk pes eden ben oldum. "Sen ne dedin?"

"Seninle konuşmak istediğimi söyledim. Sence de biraz ani olmadı mı, Annie? Onu uzun zamandır tanımıyorsun. Demek istediğim, tamam hoş bir adam ve balıktan anlıyor ama... bu kadar çabuk mu?" Sesi sakin ve ölçülüydü.

"Evet. Ani oldu... bir dakika bekle." Hızlı adımlarla mutfaktan çıkıp Christian'ın kaygılı bakışlarından uzaklaştım ve büyük pencereye yürüdüm. Balkon kapısı açıktı, güneşe adım attım. Kenara yaklaşamazdım. Fazla yüksekti.

"Çok ani olduğunu ben de biliyorum ama... şey, onu seviyorum. O da beni seviyor. Benimle evlenmek istiyor ve benim için asla ondan başkası olmayacak." Bunun muhtemelen üvey babamla yaptığım en mahrem konuşma olduğunu düşünerek kızardım.

Ray hattın diğer ucunda sessizliğini korudu.

"Annene söyledin mi?"

"Hayır."

"Annie adamın zengin ve çok beğenilen biri olduğunu biliyorum ama evlilik? Çok büyük bir adım. Emin misin?"

"O benim sonsuza dek mutlu olacağım adam," diye fısıldadım.

"Vay..." dedi Ray birkaç saniye sonra, sesi yumuşamıştı.

"O her şeyim."

"Annie, Annie, Annie. Sen öyle dediğim dedik bir genç kadınsın ki. Umarım ne yaptığını biliyorsundur. Onu bana verir misin, lütfen?"

"Tabii baba. Ve düğünde beni ona sen teslim edeceksin, değil mi?"

"Ah, tatlım..." Sesi titredi. Birkaç saniye sessiz kaldı. Sesindeki duygular gözlerimin yaşarmasına neden oldu. "Hiçbir şey bana daha büyük bir zevk veremez," dedi sonunda.

Ah, Ray, seni o kadar çok seviyorum ki. Ağlamamak için yutkundum. "Teşekkürler, baba. Christian'ı geri veriyorum. Ona nazik davran. Onu seviyorum," diye fısıldadım.

Sanırım Ray hattın diğer ucunda gülümsüyordu ama emin olması güçtü. Ray konusunda emin olmak her zaman güçtü.

"Elbette Annie. Ve bu yaşlı adamı ziyarete gel. Christian'ı da yanında getir."

Beni uyarmadığı için Christian'a kızgındım, hızlı adımlarla salona döndüm ve telefonu ona verirken, ne kadar sıkkın olduğumu yüz ifademle anlattım. Telefonu geri alıp çalışma odasına dönerken keyifliydi.

İki dakika sonra geri geldi.

"Üvey baban istemeyerek de olsa evlenmemizi onayladı," dedi gururla. Hatta o kadar büyük bir gururla söylemişti ki kıkırdamama neden oldu. Büyük bir birleşme ya da şirket alımı anlaşmasını bağlamış gibi davranıyordu; ki sanırım bir açıdan, öyleydi.

"Tanrım, sen iyi bir aşçısın, kadın." Christian son lokmasını da yuttu ve beyaz şarap kadehini bana kaldırdı. Övgüsü karşısında gülümsedim ve onun için sadece hafta sonları yemek yaptığımı fark ettim. Kaşlarımı çattım. Yemek yapmaktan keyif alırdım. Belki de ona doğum günü için bir pasta yapmalıydım. Saatime baktım. Hâlâ zamanım vardı.

"Ana?" Düşüncelerimi böldü. "Neden fotoğrafını çekmememi rica ettin?" Sesinde aldatıcı bir yumuşaklık olduğu için, sorusu beni daha irkiltmişti.

Ah... Kahretsin. Fotoğraflar. Kucağımda duran parmaklarımla oynayarak boş tabağıma baktım. Ne diyebilirdim ki? *Penthouse Pets*'in Christian versiyonunu bulduğumdan ona bahsetmeyeceğime kendi kendime söz vermiştim.

"Ana," diye çıkıştı. "Sorun ne?" Beni yerimden sıçratmıştı ve sesi ona bakmamı emrediyordu. Bir de beni ürkütmediğini düşünmüştüm.

"Fotoğraflarını buldum," diye fısıldadım.

Gözleri şokla iri iri açıldı. İnanamayarak, "Kasaya mı girdin?" dedi.

"Kasa mı? Hayır. Bir kasan olduğunu bile bilmiyordum."

Kaşlarını çattı. "Anlamıyorum."

"Dolabında. Kutuda duruyorlardı. Kravatını arıyordum ve kutu, kot pantolonlarının altındaydı... Normalde oyun odasında giydiğin pantolonların altında. Bugün hariç..." Kızardım.

Bana afallamış halde baktı ve bu bilgiyi sindirirken, elini gergin bir tavırla saçlarının arasından geçirdi. Düşüncelere dalarak çenesini sıvazladı ama yüzüne yansıyan şaşkınlığı ve gerginliği maskeleyemiyordu. Birden biraz kızgın –ama aynı zamanda keyifli– bir ifadeyle kafasını salladı ve ağzının köşesinde cılız bir hayranlık gülümsemesi belirdi. Ellerini önünde birleştirdi ve bir kez daha bana baktı.

"Düşündüğün gibi değil. Onları tamamen unutmuştum. O fotoğraflar orada değildi. Aslında kasamda duruyorlardı."

"Kim taşımış?" diye fısıldadım.

Yutkundu. "Bunu yapabilecek tek bir kişi var."

"Ah, kim? Ve 'Düşündüğün gibi değil,' derken ne demek istedin?"

İç geçirerek kafasını yana yatırdı. Sanırım utanmıştı. Bilinçaltım, *Utansa iyi olur*, diye homurdandı.

"Sana çok acımasızca gelecek ama onlar bir nevi sigorta," diye fısıldadı ve kendini cevabıma hazırladı.

"Sigorta mı?"

"İfşa edilmeye karşılık."

Jeton düştü ve boş kafamda rahatsız edici bir tıngırtıyla döndü, döndü.

"Ah," dedim çünkü aklıma söyleyecek başka bir şey gelmemişti. Gözlerimi yumdu. İşte buydu. Bombokluğun Elli Tonu, tam burada, tam karşımdaydı. "Evet, evet, haklısın," diye mırıldandım. "Kulağa gerçekten acımasızca geliyor." Tabaklarımızı toplamak için ayağa kalktım. Daha fazlasını bilmek istemiyordum.

"Ana..."

"Haberleri var mı? Kızların... itaatkârların?"

Kaşlarını çattı. "Elbette biliyorlar."

Ah, işte bu çok saçma. Uzandı beni tutup kendine çekti.

"O fotoğrafların kasada olması gerekiyordu. Eğlence amaçlı kullanım için değiller." Durdu. "Belki ilk çekildiklerinde öyleydiler. Ama..." Durdu ve yakarır gibi, "Hiçbir anlam ifade etmiyorlar," dedi.

"Onları dolabına kim koydu?"

"Sadece Leila olabilir."

"Yani kasa şifreni biliyor mu?"

Omuz silkti. "Hiç şaşırmam. Uzun bir kombinasyon ve çok nadir kullanıyorum. Yazdığım ve hiç değiştirmediğim bir sayı." Kafasını salladı. "Acaba başka neler biliyor ve oradan başka şeyler de çıkardı mı, ben onu merak ediyorum." Kaşlarını çattı ve dikkatini yeniden bana çevirdi. "Bak, fotoğrafları imha edeceğim. İstersen hemen şimdi."

"Onlar senin fotoğrafların, Christian. Canın ne istiyorsa, onu yap."

Başımı ellerinin arasına alıp gözlerini gözlerime dikerken "Böyle yapma," dedi. "O hayatı istemiyorum. Seninle olan hayatımı istiyorum."

Lanet olsun. O fotoğraflara duyduğum dehşetin altında, paranoyamın yattığını biliyor muydu?

"Ama bu sabah bütün o hayaletleri kovaladığımızı sanıyordum. Ben öyle hissediyorum. Sen hissetmiyor musun yoksa?"

Oyun odasında yaşadığımız haz dolu, romantik ve inanılmaz seksi sabahı hatırlayarak gözlerimi kırpıştırdım.

"Evet," diye gülümsedim. "Evet, ben de öyle hissediyorum."

"İyi." Öne eğildi ve beni kollarıyla sımsıkı sararak öptü. "Hepsini yok edeceğim," diye mırıldandı. "Sonra da işe dönmem gerek. Çok üzgünüm bebeğim ama bu öğleden sonra halletmem gereken dağlar kadar işim var."

"Sorun değil. Benim de annemi aramam gerek." Yüzümü buruşturdum. "Sonra da biraz alışveriş yapıp sana pasta yapacağım."

Sırıttı. Gözleri küçük bir çocuğunkiler gibi parlamıştı.

"Pasta mı?"

Başımı evet der gibi salladım.

"Çikolatalı pasta mı?"

"Çikolatalı pasta mı istiyorsun?" Sırıtışı bulaşıcıydı.

Başını eğdi.

"Elimden geleni yaparım, Bay Grey."

Beni bir kez daha öptü.

Carla sessizliğe gömülmüştü.

"Anne, bir şeyler söyle."

Dehşet içinde, "Hamile değilsin, değil mi Ana?" diye fısıldadı.

"Hayır, hayır, hayır, öyle bir şey değil." Hayal kırıklığı içimi parçaladı, bunu düşünebilmesi beni hüzünlendirmişti. Ama sonra, içime oturan bir duyguyla babamla evlendiğinde bana hamile olduğu hatırladım.

"Özür dilerim, hayatım. Sadece çok ani oldu. Demek istediğim, Christian kaçırılmayacak biri ama çok gençsin ve dünyayı daha iyi tanımalısın."

"Anne, benim adıma sevinsen olmaz mı? Onu seviyorum."

"Hayatım. Bu fikre alışmam gerek. Bu şoke edici bir haber. Georgia'dayken aranızda özel bir şeyler olduğunu anlamıştım ama evlilik..."

Georgia'dayken itaatkârı olmamı istiyordu ama ona bunu söylemeyecektim.

"Bir tarih belirlediniz mi?"

"Hayır."

"Keşke baban hayatta olsaydı," diye fısıldadı. Ah hayır... bu olmamalıydı. Şimdi değil.

"Biliyorum anne, ben de onu tanımak isterdim."

"Seni sadece bir kez kucağına aldı ve o kadar gururluydu ki. Senin dünyanın en güzel kızı olduğunu düşünmüştü." Bu tanıdık hikâyeyi tekrar anlatırken, annemin sesi ölümcül bir fısıltı düzeyindeydi. Birazdan ağlamaya başlayacaktı.

"Biliyorum, anne."

"Ve sonra da öldü." Annem burnunu çekti ve ağlamaya başladığını anladım. Her zaman olduğu gibi.

Telefondan uzanıp ona sarılma isteğiyle dolarak, "Anne," diye fısıldadım.

"Ben aptal yaşlı kadının tekiyim," diye fısıldadı ve tekrar burnunu çekti. "Elbette senin için seviniyorum, hayatım. Ray biliyor mu?" diye sordu, kendini toplamaya çalışıyordu.

"Christian az önce arayıp iznini istedi."

"Ah, bu çok tatlı. İyi." Sesi melankolikti ama kendini zorluyordu.

"Evet, öyle," diye mırıldandım.

"Ana, hayatım, seni çok seviyorum. Senin adına *çok* sevindim. Birlikte ziyaretimize gelmelisiniz."

"Evet, anne, ben de seni seviyorum."

"Bob sesleniyor. Gitmeliyim. Tarihi bana bildir. Plan yapmalıyız... Büyük bir düğün mü olacak?"

Büyük düğün... Lanet olsun. Bunu düşünmemiştim. Büyük düğün mü? Hayır, ben büyük bir düğün istemiyordum.

"Henüz bilmiyorum. Karar verir vermez sana haber veririm."

"İyi. Şimdilik kendine dikkat et ve korun. Biraz baş başa eğlenmeniz gerek. Sonra çocuk için bol bol vaktiniz olacak."

Çocuklar! *Hımm...* İşte yine beni çok erken doğurmuş olduğu gerçeğine üzeri pek de örtülü olmayan bir gönderme.

"Anne, hayatını gerçekten mahvetmedim, değil mi?"

İç geçirdi. "Ah, hayır, Ana. Hiçbir zaman böyle düşünme. Sen babanın ve benim başımıza gelen en güzel şeydin. Ben sadece burada olup seni büyümüş halinle, evlenirken görebilsin isterdim." Yeniden mahzun ve içli haline dönmüştü.

"Bunu ben de isterdim." Efsanevi babamı düşünerek kafamı salladım. "Anne, şimdi kapatıyorum. Yakında ararım."

"Seni seviyorum, hayatım."

"Ben de seni, anne. Hoşça kal."

Christian'ın mutfağında yemek yapmak rüya gibiydi. Yemek pişirmek konusunda hiçbir şey bilmeyen bir adam olsa da her şeye sahip gibiydi. Bayan Jones'un da yemek pişirmeyi sevdiğini düşünüyordum. Tek ihtiyacım, krema için yüksek kalite çikolataydı. Kekin iki yarısını soğuma rafına bıraktım, çantamı aldım ve Christian'ın çalışma odasının kapısından kafamı uzattım. Bilgisayar ekranına konsantre olmuştu. Kafasını kaldırıp bana gülümsedi.

"Birkaç malzeme almak içim markete gidiyorum," dedim.

"Tamam." Kaşlarını çattı.

"Ne?"

"Üzerine bir kot falan giymeyecek misin?"

Ah, haydi ama. "Christian, bunlar sadece bacak."

Bana hiç de eğlenmiyormuş gibi baktı. Bu bir kavgaya dönüşecekti ve bugün doğum günüydü. Kendimi serseri bir ergen gibi hissederek gözlerimi devirdim.

"Kumsalda olsaydık ne olacaktı?" diyerek farklı bir yöntem denedim.

"Kumsalda değiliz."

"Kumsalda olsaydık da itiraz eder miydin?"

Bir an düşündü. "Hayır," dedi.

Gözlerimi tekrar devirdim ve ona sırıttım. "O zaman kumsalda olduğumuzu hayal et. Sonra görüşürüz." Döndüm ve hızla girişe yürüdüm. Asansöre o bana yetişmeden ulaştım. Kapılar kapanırken ona el salladım ve kısık ve çaresiz –ama neyse ki keyifli– gözlerle bana bakarken ona sırıttım. Öfkeli bir tavırla kafasını salladı ve sonra kapılar örtüldü.

Ah, heyecan vericiydi. Adrenalin damarlarımda zonkluyordu ve kalbim göğsümden fırlayıverecek gibiydi. Ama asansörle birlikte neşem de inişe geçti. Lanet olsun, ben ne yapmıştım?

Bir kaplanın kuyruğuna basmıştım. Döndüğümde delirmiş olacaktı. Bilinçaltım elinde bir sopayla yarım ay biçimindeki gözlüklerinin üstünden bana bakıyordu. Kahretsin. Erkekler konusunda ne kadar az tecrübem olduğunu düşündüm. Daha önce bir erkekle birlikte yaşamamıştım. Elbette Ray dışında ve o da sayılmazdı. O benim babamdı... Pekâlâ, babam kabul ettiğim adamdı.

Ve şimdi de Christian vardı. Sanırım o da kimseyle gerçek anlamda birlikte yaşamamıştı. Bunu ona sormam gerekecekti. Tabii eğer benimle hâlâ konuşuyor olursa.

Ama ben de istediğimi giyebilmek istiyordum. Kurallarını hatırladım. Evet, bu onun için zor olmalıydı ama bu elbisenin parasını veren de oydu. Neimans'a daha iyi talimatlar vermeliydi: Çok kısa bir şey olmasın!

Etek o kadar da kısa değildi, değil mi? Lobideki büyük aynada bir göz attım. *Lanet olsun.* Evet, bayağı kısaydı ama artık çıkmıştım. Ve hiç şüphesiz sonuçlarına katlanmam gerekecekti. Ne yapacağını merak ettim ama öncelikle paraya ihtiyacım olacaktı.

ATM makbuzuma bakakaldım. 51.689,16 $. Olması gerekenden 50.000$ fazlaydı. Anastasia, evet dersen, sen de zengin olmayı öğrenmek zorunda kalacaksın. Ve işte başlamıştı. Değersiz elli dolarımı aldım ve dükkânın yolunu tuttum.

Geri dönünce doğrudan mutfağa gittim, içimdeki telaş kıpırtısına mani olamıyordum. Christian hâlâ çalışma odasındaydı. Tanrım, öğleden sonranın büyük kısmını orada geçirmişti. En iyi seçeneğimin, onunla yüzleşmek ve ne kadar büyük bir hasara neden olduğumu görmek olduğuna karar verdim. Çalışma odasının kapısından temkinli bir bakış attım. Telefondaydı ve pencereden dışarı bakıyordu.

"Eurocopter uzmanı pazartesi öğleden sonra mı geliyor? İyi. Beni haberdar edin. İlk bulgularına pazartesi akşamı ya da salı sabahı ihtiyacımın olduğunu söyleyin." Telefonu kapattı, koltuğunu çevirdi ama beni görünce, ifadesiz bir yüzle durdu.

"Merhaba," diye fısıldadım. Hiçbir şey demedi ve kalbim mideme doğru serbest dalışa geçti. Çekingen adımlarla çalışma odasına girip masasının arkasına dolaştım. Hâlâ hiçbir şey demiyordu. Gözleri benimkilerden bir an ayrılmamıştı. Kendimi Aptallığın Elli Tonu gibi hissederek karşısına dikildim.

"Döndüm. Bana kızgın mısın?"

İç geçirdi. Elime uzandı ve beni kucağına çekip koluyla sarıldı. Burnunu saçlarıma gömdü.

"Evet," dedi.

"Çok üzgünüm. Bana ne oldu bilmiyorum." Kucağına kıvrıldım ve mis gibi Christian kokusunu içime çekerken, kızgın olmasına rağmen güvende hissettim.

"Ben de öyle. İstediğini giy," diye mırıldandı. Elini bacağımdan yukarı kaydırdı. "Ayrıca, bu elbisenin avantajları var." Beni öpmek için eğildi ve dudaklarımız birbirine değdiğinde, tutku, şehvet ve derin bir özür dileme ihtiyacı içimi delip geçerken, arzu bedenimde alevlendi. Başını ellerimin arasına aldım ve parmaklarımı saçlarının arasına daldırdım. Vücudu karşılık verdi ve inledi, daha sonra açlıkla alt dudağımı, boynumu, kulağımı öpmeye başladı. Dili ağzımı adeta istila ediyordu ve ben daha anlamadan fermuarını indirdi, beni kucağına çekip içime gömüldü. Ayaklarım yerdeydi, koltuğun arkasını sıkıca kavradım ve birlikte hareket etmeye başladık.

Saçlarımın arasına, "Özür dileme şeklini sevdim," diye fısıldadı.

"Ben de seninkini," diye kıkırdayarak göğsüne iyice sokuldum. "Bitti mi?"

"Tanrım, Ana, daha fazlasını mı istiyorsun?"

"Hayır, işinden bahsediyorum."

"Yarım saate biter. Telesekreterimde mesajını dinledim."

"Dünden kalma mesajım."

"Sesin endişeliydi."

Ona sıkıca sarıldım.

"Öyleydim. Cevap vermemek senlik bir davranış değil."

Saçlarımı öptü. "Pastan yarım saate hazır olur sanırım." Gülümseyerek kucağından kalktım.

"Sabırsızlıkla bekliyorum. Pişerken, enfes bir koku yaydı."

Ona çekingen bir tavırla baktım ve yüzünde aynı ifadeyi gördüm. Tanrım, gerçekten o kadar farklı mıydık? Belki de nedeni eski pasta anılarıydı. Eğildim ve ağzının köşesine hızlı bir öpücük kondurup mutfağıma geri döndüm.

Çalışma odasından çıktığını duyduğumda tamamen hazırdım. Pastasının üstündeki tek mumu yaktım. Yumuşak bir sesle söylediğim "İyi ki Doğdun" şarkısı eşliğinde, ağır adımlarla bana yaklaşırken, yüzünde geniş bir sırıtış vardı. Sonra eğildi, mumu gözlerini yumarak söndürdü.

"Dileğimi tuttum," dedi; gözlerini tekrar açtı ve nedense kızarmama neden oldu.

"Kreması hâlâ yumuşak. Umarım beğenirsin."

"Tadına bakmak için sabırsızlanıyorum, Ana," diye mırıldandı ve bunu çok seksi bir cümleye dönüştürdü. İkimize de birer dilim kestim ve küçük pasta çatallarımızla daldık.

Beğeniyle, "Hımm," diye inledi. "İşte bu yüzden seninle evlenmek istiyorum."

Ve rahatlayarak güldüm. Beğenmişti.

"Ailemle karşılaşmaya hazır mısın?" Christian R8'in kontağını kapattı. Anne ve babasının araç girişine park etmiştik.

"Evet. Onlara söyleyecek misin?"

"Elbette. Tepkilerini görmek için sabırsızlanıyorum." Bana muzip bir ifadeyle gülümsedi ve arabadan indi.

Saat yedi otuzdu ve sıcak bir gün olmasına rağmen, körfezden serin bir akşam esintisi geliyordu. Arabadan indiğimde şalıma iyice sarındım. Bu sabah giyinme odasını karıştırırken bulduğum zümrüt yeşili kokteyl elbisesini giymiştim. Elbisenin aynı kumaştan kalın bir kemeri vardı. Christian elimi tuttu ve kapıya yürüdük. Carrick daha biz çalmadan kapıyı ardına kadar açtı.

"Christian merhaba, iyi ki doğdun evlat." Christian'ın uzattığı eli tuttu ve onu kendine çekip sarılarak oğlunu şaşırttı.

"Şey... sağ ol, baba."

"Ana, seni tekrar görmek ne güzel." Beni de kucakladı ve peşinden eve girdik.

Daha oturma odasına adım atmadan, Kate koridordan hızla bize doğru geldi. Öfkeli görünüyordu.

Ah hayır!

Bana-kafa-tutmazsanız-iyi-olur sesiyle, "Siz ikiniz! Sizinle konuşmak istiyorum," diye hırladı. Christian'a gergin bir bakış attım. Christian omuz silkerek suyuna gitmeye karar verdi. Carrick'i oturma odasının eşiğinde şaşkın bir halde bırakarak, Kate'in peşinden yemek salonuna girdik. Kate kapıyı kapatıp bana döndü.

"Bu da neyin nesi?" diye tısladı ve elindeki kâğıt parçasını bana doğru salladı. Tamamen şaşkın bir halde, kâğıdı elinden alıp hızla göz attım. Dilim damağım kurudu. Lanet olsun. Bu Christian'la kontratı konuştuğumuz dönemde attığım bir e-postaydı.

BÖLÜM YİRMİ İKİ

Kanım buza dönüp vücudumun dört bir yanına akın etmiş, benzim solmuştu. İçgüdüsel olarak, Christian'la aralarına girdim.

Christian temkinli bir sesle, "Neymiş o?" diye mırıldandı.

Onu duymazdan geldim. Kate'in bunu yaptığına inanamıyordum.

"Kate, bu seni ilgilendirmez." Ona kinle bakarken, korkum yerini öfkeye bırakmıştı. Buna nasıl cüret ederdi? Hele şimdi, hele bugün. Christian'ın doğum gününde. Tepkime şaşırarak iri iri açtığı gözlerini kırpıştırdı.

Christian tehditkâr bir ses tonuyla, "Ana, o ne?" diye sordu.

"Christian, sen lütfen gider misin?" dedim.

"Hayır. Göster bana." Elini uzattı ve onunla tartışılmayacağını anladım. Sesi soğuk ve sertti. İstemeyerek e-postayı ona verdim.

Kate, Christian'ı yok sayarak, "Sana ne yaptı?" diye sordu. Çok endişeli görünüyordu. Zihnimden sayısız erotik görüntü akarken, kızardım.

"Bu seni hiç ilgilendirmez, Kate." Öfkemin sesime yansımasına mani olamamıştım.

Christian başını yana eğerek, ifadesiz bir sesle, "Bunu nereden buldun?" dedi. Sesi insanı korkutacak kadar yumuşaktı. Kate kıpkırmızı oldu.

"Bir önemi yok." Christian'ın sert bakışı karşısında telaşla devam etti, "Ana'nın yatak odası kapısının arkasında bulduğum ve senin olduğunu tahmin ettiğim bir ceketin cebindeydi." Christian'ın yakıcı gri gözleri karşısında, Kate'in sertliği biraz sarsılmıştı ama toparlanıp ona asık bir suratla bakmaya devam etti.

Üzerine oturan parlak kırmızı elbisesi içinde Christian'a düşmanlıkla bakıyordu. Muhteşem görünüyordu. İyi de, kıyafetlerimi neden karıştırmıştı? Genelde tam tersi olurdu.

"Kimseye söyledin mi?" derken Christian'ın sesi ipek bir eldiven gibiydi.

Kate gücenmiş gibi çıkıştı. "Hayır, elbette söylemedim." Christian başını sallarken gevşemiş gibiydi. Dönüp şömineye yürüdü. Kate ve ben, şöminenin üstünden bir çakmak alıp e-postayı ateşe vermesini, sonra elinden attığı kâğıdın, alevler içinde düşerek ızgarada gözden kaybolmasını izledik. Odadaki sessizlik boğucuydu.

Dikkatimi Kate'e çevirerek, "Elliot'a bile mi?" diye sordum.

Kate sevecen bir sesle, "Hiç kimseye," dedi ve ilk kez şaşkın ve incinmiş görünüyordu. "Ben sadece iyi olduğunu bilmek istiyorum, Ana," diye fısıldadı.

"Ben iyiyim, Kate. İyiden de öteyim. Lütfen, Christian ve ben iyiyiz, gerçekten iyi. Ve bu eski bir şey. Lütfen yok say."

"Yok saymak mı?" dedi. "Nasıl yok sayabilirim? Sana ne yaptı?" Yeşil gözleri içten bir endişeyle kaplıydı.

"Bana hiçbir şey yapmadı, Kate. Samimiyetle söylüyorum, ben iyiyim."

Kate gözlerini kırpıştırdı.

"Gerçekten mi?"

Christian, gözlerini Kate'ten ayırmadan kolunu bana sarıp beni kendine çekti.

Sakin bir sesle, "Ana eşim olmayı kabul etti, Katherine," dedi.

"Eşin mi?" diye cırlarken, Kate'in gözleri hayretten açılmıştı.

"Evleniyoruz. Nişanımızı bu akşam ilan edeceğiz."

"Ah." Kate'in ağzı açık kalmıştı. Afallamış gibiydi. "Seni on altı gün yalnız bırakıyorum ve böyle mi oluyor? Çok ani oldu. Yani dün ben..." Bana şaşkınlıkla bakıyordu. "Peki, o e-postanın bütün bunlarla nasıl bir ilgisi var?"

"Hiçbir ilgisi yok, Kate. Unut gitsin. Christian beni seviyor, ben de onu. Bunu yapma. Partiyi ve akşamımızı berbat etme," diye fısıldadım. Kırpıştırdığı gözlerinde beklenmedik yaşlar belirdi.

"Hayır. Tabii ki etmem. Sen iyi misin yani?" Güvence istiyordu.

"Hiç daha mutlu olmadım," diye fısıldadım. Öne uzandı ve Christian'ın beni saran koluna aldırmadan elimi tuttu.

Umutla, "Sen gerçekten iyi misin?" diye sordu.

"Evet." Ona sırıtırken, neşem geri gelmişti. Kate tekrar normal haline dönmüştü. Gülümserken mutluluğum ona da yansımış gibiydi. Christian'ın kolundan sıyrıldım ve Kate birden bana sarıldı.

"Ah, Ana, bunu okuyunca o kadar endişelendim ki. Ne düşünmem gerektiğini bilemedim. Bana açıklayacak mısın?" diye fısıldadı.

"Bir gün, şimdi değil."

"İyi. Kimseye anlatmam. Seni çok seviyorum, Ana, kendi kız kardeşim gibi. Ben sandım ki... Ne düşüneceğimi bilemedim. Özür dilerim. Sen mutluysan ben de mutluyum." Doğrudan Christian'a bakarak özrünü tekrarladı. Christian buz gibi gözlerle kafasını salladı ama ifadesi değişmemişti. Ah, kahretsin, hâlâ kızgındı.

"Gerçekten üzgünüm," dedi Kate. "Haklısın, bu benim üzerime vazife değil."

Kapının vurulması Kate'le birbirimizden ayrılmamıza neden oldu. Grace kafasını içeri uzattı.

Christian'a, "Her şey yolunda mı, hayatım?" diye sordu.

Kate hemen, "Her şey yolunda, Bayan Grey," dedi.

"İyiyiz, anne," dedi Christian.

"İyi." Grace içeri girdi. "Oğlumla kucaklaşmamın ve doğum gününü kutlamamın sakıncası yoktur umarım." İkimize gülümsedi. Christian annesine sıkıca sarıldı ve hemen yumuşadı.

Grace oğlunun kolları arasında gözlerini yumarak, "Doğum günün kutlu olsun, oğlum," dedi. "Hâlâ bizimle olduğun için çok mutluyum."

"Anne, ben iyiyim." Christian annesine gülümsüyordu. Grace bir adım geri çekildi, ona dikkatle baktı ve sırıttı.

"Senin adına çok seviniyorum," diyerek yüzünü okşadı.

Christian da bin megawattlık gülümsemesiyle sırıttı.

Grace biliyordu! Christian ona ne zaman söylemişti ki?

"Pekâlâ, çocuklar. Özel toplantınız sona erdiyse, içeride tek parça olduğundan emin olmak ve doğum gününü kutlamak isteyen bir yığın insan var, Christian."

Grace, Kate ve bana kaygıyla baktı. Gülümsemelerimiz onu rahatlatmış gibiydi. Kapıyı bizim için açık tutarken bana göz kırptı. Christian'ın bana uzattığı eli tuttum.

Kate mütevazi bir sesle, "Christian, gerçekten üzgünüm," dedi. Mütevazi Kate görülmeye değer bir şeydi. Christian onu başıyla selamladı ve peşinden dışarı çıktık.

Holde, Christian'a kaygılı bir bakış attım. "Annenin bizden haberi var mı?"

"Evet."

"Ah." Az kalsın akşamımızın inatçı Bayan Kavanaugh tarafından bozulacağını düşündüm. Christian'ın hayat tarzının bilinmeyen yönlerinin herkese ifşa edildiği düşüncesi ürpermeme neden oldu.

"Akşama ilginç bir başlangıç oldu," diyerek tatlı tatlı gülümsedim. Bana baktı, keyifli bakışı geri gelmişti. Tanrıya şükürler olsun.

"Her zamanki gibi, Bayan Steele, olayları hafif bir şekilde ifade etmek konusunda çok yeteneklisiniz." Elimi dudaklarına götürdü ve salona, ani, spontane ve kulakları sağır edici bir alkışın arasına, adım atarken boğumlarını öptü.

Lanet olsun. Burada kaç kişi vardı böyle?

Odayı hızla taradım. Bütün Grey'ler, Ethan ile Mia, Dr. Flynn ve karısı olduğunu tahmin ettiğim bir kadın. Tekneden Mac, uzun boylu bir Afrikalı-Amerikalı –Christian'la tanıştığım ilk gün, ofisinde gördüğümü hatırlıyordum– Mia'nın sürtük arkadaşı Lily, hiç tanımadığım iki kadın ve... *ah, hayır.* Bütün keyfim kaçtı. *O* kadın... Bayan Robinson.

Gretchen bir tepsi şampanyayla belirdi. Üzerinde yakası derin dekolteli siyah bir elbise vardı ve kabartılmış saçlarıyla, Christian'a kızararak ve gözlerini kırpıştırarak bakıyordu. Alkışlar azaldı ve bütün gözler beklentiyle ona çevrilirken, Christian elimi tutup sıktı.

"Hepinize teşekkür ederim. Sanırım bunlardan birine ihtiyacım olacak." Gretchen'ın tepsisinden iki kadeh aldı ve ona hafifçe gülümsedi. Gretchen'ın ya oracıkta eriyeceğini ya da bayılacağını sandım. Christian kadehlerden birini bana uzattı.

Kadehini salondakilere doğru uzattı ve aynı anda, herkes elindeki kadehi bize doğru kaldırdı. En başta da siyahlı kadın. Başka bir renk giydiği oluyor muydu acaba?

"Christian, çok endişelendim." Elena onu kısaca kucaklayıp iki yanağından öptü. Christian, elimi kurtarma çabama rağmen, beni bırakmadı.

Serinkanlılıkla, "İyiyim, Elena," diye mırıldandı.

"Beni neden aramadın?" Elena'nın yakarışı çaresizdi; gözleri Christian'ın gözlerini tarıyordu.

"Meşguldüm."

"Mesajlarımı almadın mı?"

Christian huzursuz bir tavırla kıpırdandı ve kolunu bana dolayıp beni kendine çekti. Elena'ya bakarken yüzü ifadesizdi. Elena beni daha fazla yok sayamadı ve başıyla nazik bir selam verdi.

"Ana," diye mırıldandı. "Çok hoş görünüyorsun, hayatım."

Ben de, "Elena," diye mırıldanarak karşılık verdim. "Teşekkür ederim."

Grace'in bakışını yakaladım. Üçümüzü izlerken kaşları çatıldı.

Christian, Elena'ya hissiz bir bakış göndererek, "Elena bir duyuru yapmam gerek," dedi.

Kadının mavi gözleri bulutlanmıştı. "Elbette." Sahte bir gülümsemeyle geri çekildi.

Christian, "Millet," diye seslendi. Odadaki uğultu yatışana ve bütün gözler ona çevrilene dek bekledi.

"Bugün geldiğiniz için teşekkürler. Aslında sakin bir aile yemeği beklediğimi söylemem gerek. Bu hoş bir sürpriz oldu." Mia'ya attığı bakış, kız kardeşinin sırıtarak el sallamasıyla karşılık buldu. Christian kızmış gibi kafasını salladı ve sözlerine devam etti.

"Ros ve ben..." Yanında ufak tefek, şen şakrak bir sarışınla duran kızıl saçlı kadını başıyla selamladı, "... dünü ucuz atlattık."

Ah, demek iş arkadaşı Ros buydu. Ros sırıtarak kadehini kaldırdı. Christian da onu selamladı.

"Bu yüzden bugün çok güzel bir haberi sizlerle paylaşmak için burada olduğuma özellikle memnunum. Bu güzel kadın..." Bana baktı. "Bayan Anastasia Rose Steele, karım olmayı kabul etti ve ben bunu ilk olarak sizlerle paylaşmak istedim."

Hayret dolu iç çekişler, garip tezahüratlar ve bir alkış tufanı. Tanrım, gerçekten oluyordu. Sanırım Kate'in elbisesinin rengini almıştım. Christian çenemi tuttu, dudaklarımı dudaklarına çevirip beni öptü.

"Yakında benim olacaksın."

"Zaten seninim," diye fısıldadım.

Dudaklarını, "Kanunen," diye kıpırdattı ve bana muzip bir sırıtışla baktı.

Mia'nın yanında duran Lily hayal kırıklığına uğramış gibiydi. Gretchen ise pis ve acı bir şey yemiş gibi görünüyordu. Kaygıyla kalabalığa bakarken, Elena'yı gördüm. Ağzı açık kalmıştı. Afallamış, hatta dehşete kapılmış gibiydi ve onu böyle yıldırım çarpmış gibi görünce kendimi küçük fakat yoğun bir tatmin hissetmekten alamadım. Hem zaten burada ne arıyordu ki?

Carrick ve Grace merhametsiz düşüncelerimin arasına girdiler ve kısa süre içinde kendimi bütün Grey'ler tarafından kucaklanıp öpülürken ve elden ele dolaştırılırken buldum.

"Ah, Ana, aileden biri olacağın için o kadar seviniyorum ki," dedi Grace. "Christian'daki değişim... O... mutlu. Sana minnettarım." Coşkusu karşısında utanmış ama içten içe de sevinmiştim.

Mia beni kucaklarken, "Yüzük nerede?" diye sordu.

"Şey..." *Bir yüzük! Tanrım.* Yüzük aklıma bile gelmemişti. Christian'a baktım.

"Birlikte seçmeye gideceğiz," dedi Christian, kardeşine dik dik bakarak.

Mia, "Ah, bana öyle bakma, Grey!" diye azarladı ve boynuna atıldı. "Senin için çok seviniyorum, Christian," dedi. Tanıdığım insanlar arasında Grey'in dik bakışlarından rahatsız olmayan tek insan Mia'ydı. Bu bakış bana bütün cesaretimi kaybettiriyordu. En azından eskiden öyleydi.

"Ne zaman evleneceksiniz? Bir tarih belirlediniz mi?" Christian'a sırıtarak baktı.

Christian kafasını salladı. "Hiçbir fikrim yok, hayır, henüz belirlemedik. Ana'yla bu konuyu konuşmamız gerekecek," dedi sıkkın bir sesle.

Mia ağabeyinin sıkkın sesini duymazdan gelerek, hevesle, "Umarım burada kocaman bir düğün yaparsınız," diye şakıdı.

Christian, "Büyük olasılıkla yarın Vegas'a uçarız," diye homurdandı ve karşılık olarak tam bir Mia Grey sarkık dudağına maruz kaldı. Gözlerini devirdi ve onu son günlerde ikinci kez samimiyetle kucaklayan Elliot'a döndü.

"Tebrikler, kardeşim." Elliot, Christian'ın sırtına vurdu.

Salondakilerin tepkisi baş döndürücüydü ve birkaç dakika sonra kendimi Christian ile birlikte Dr. Flynn'in karşısında buldum. Elena ortadan kaybolmuştu ve Gretchen asık bir suratla şampanya tazeliyordu.

Dr. Flynn'in yanında uzun, koyu renk –neredeyse siyah– saçlı, çarpıcı bir genç kadın duruyordu. Etkileyici bir dekoltesi ve çok hoş kahverengi gözleri vardı.

Flynn elini uzatırken, "Christian," dedi. Christian doktorun elini memnuniyetle sıktı.

"John. Rhian." Koyu renk saçlı kadını yanağından öptü. Ufak tefek ve hoş bir kadındı.

"Hâlâ bizimle olduğun için çok memnunum, Christian. Sensiz hayatım çok yavan olurdu."

Christian sırıttı.

Rhian'ın, "John!" diye azarlaması, Christian'ı eğlendirmişti.

"Rhian, bu Anastasia, nişanlım. Ana, seni John'un eşiyle tanıştırayım."

"Sonunda Christian'ın kalbini çalan kadınla tanıştığıma çok memnun oldum." Rhian bana kibarca gülümsedi.

Bir kez daha mahcup olarak, "Teşekkürler," diye mırıldandım.

"Orada sıkı bir falsolu atış sergiledin, Christian." Dr. Flynn keyifli bir şaşkınlıkla başını salladı. Christian ona kaşlarını çattı.

"John, sen ve şu kriket benzetmelerin." Rhian gözlerini devirdi. "İkinizi de tebrik ederim ve doğum gününüz kutlu olsun, Christian. Harika bir doğum günü hediyesi." Bana kocaman bir gülümsemeyle baktı.

Dr. Flynn'in ya da Elena'nın burada olacakları konusunda hiçbir fikrim yoktu. Şok yaşamıştım ve ona sormak istediğim bir şey olup olmadığını hatırlamak için beynimi yokladım. Ama bir doğum günü partisi, psikiyatr görüşü almak için uygun bir ortam sayılmazdı.

Birkaç dakika boyunca havadan sudan sohbet ettik. Rhian iki küçük oğlu olan, ev kadını bir anneydi. Dr. Flynn'in mesleğini Amerika'da sürdürme nedeninin o olduğu sonucuna vardım.

"O iyi, Christian. Tedaviye iyi cevap veriyor. Birkaç hafta sonra tedavisine dışarıdan devam etmeyi düşünebiliriz." Dr. Flynn ve Christian'ın sesleri alçalmıştı ama kendimi, Rhian'ı biraz kabaca dışarıda bırakmak pahasına, dinlemekten alamadım.

"Yani artık hayatım oyun gruplarından ve bebek bezlerinden ibaret."

"Bütün zamanınızı alıyor olmalı." Kızararak dikkatimi yeniden tatlı tatlı gülen Rhian'a çevirdim. Christian ve Flynn'in Leila hakkında konuştuklarını biliyordum.

Christian, "Benim için ona bir şey sorar mısın?" diye sordu.

"Sen ne yapıyorsun, Anastasia?"

"Lütfen, Ana de. Yayıncılık sektöründe çalışıyorum."

Christian ve Dr. Flynn seslerini iyice alçalttılar. Bunaltıcıydı. Ama daha önce tanımadığım iki kadın –Ros ve Christian'ın partneri Gwen olarak tanıttığı şen şakrak sarışın– yanımıza gelince, sustular.

Ros büyüleyiciydi ve kısa sürede, Escala'nın neredeyse tam karşısında oturduklarını öğrendim. Ros, Christian'ın pilotluk becerisini öve öve bitiremiyordu. *Charlie Tango*'ya ilk binişiydi ve tekrar binmekte en ufak bir tereddüt yaşamayacağını söylüyordu. Christian karşısında sersemlemeyen az sayıdaki kadından biriydi... Şey, neden, ortadaydı.

Gwen değişik bir espri anlayışı olan şen şakrak bir kadındı ve Christian ikisiyle olağanüstü rahat görünüyordu. Onları iyi tanıyordu. İş konuşmasalar da Ros'un Christian'a kolayca ayak uydurabilen, akıllı bir kadın olduğunu anlamıştım. Ayrıca gırtlaktan gelen, harika bir çok-fazla-sigara-içiyorum kahkahası vardı.

Grace yemeğin, mutfakta açık büfe olarak takdim edildiğini ilan ederek, havadan sudan sohbetimizi kesintiye uğrattı. Misafirler yavaş yavaş evin arka tarafına yöneldiler.

Mia beni koridorda yakaladı. Uçuk pembe, kabarık etekli mini elbisesi ve ölümcül topukluları içinde, bana bir Noel ağacı gibi tepeden bakıyordu. Elinde iki kokteyl kadehi vardı.

Sır verir gibi, "Ana," diye fısıladı. Christian'a baktım. Elimi, sana-bol-şans-ben-onu-baş-edilmesi-imkânsız-buluyorum bakışı eşliğinde bıraktı. Ben de Mia ile birlikte yemek odasına süzüldüm.

"Al," dedi muzip bir sesle. "Babamın özel limonlu martinisinden. Şampanyadan kat kat iyidir." Kadehi bana uzattı ve ben çekingen bir yudum alırken beni dikkatle izledi.

"Hımm... enfes ama sert." Ne istiyordu? Beni sarhoş etmeye mi çalışıyordu?

"Ana fikrine ihtiyacım var ve Lily'ye soramam. Her konuda fazla önyargılı." Mia gözlerini devirerek bana sırıttı. "Seni çok kıskanıyor. Sanırım bir gün Christian ile bir araya gelebileceklerini umut ediyordu." Mia durumun saçmalığı karşısında bir kahkaha koyverirken ben irkildim.

Bu –diğer kadınların erkeğimi istemeleri– uzun bir süre daha katlanmam gerekecek bir şeydi. Bu nahoş düşünceyi kafamdan attım ve dikkatimi elimizdeki meseleye çevirdim. Martinimden bir yudum daha aldım.

"Yardım etmek için elimden geleni yaparım. Dökül."

"Bildiğin gibi, sayende, kısa süre önce Ethan'la tanıştım." Bana sırıttı.

"Evet?" Bununla nereye varmaya çalışıyordu?

"Ana, benimle çıkmak istemiyor." Suratını astı.

"Ah." Şaşırarak ve, *Belki de seni o kadar beğenmemiştir,* diye düşünerek gözlerimi kırpıştırdım.

"Bak, çok yanlış bir ifade oldu. Kardeşi ağabeyimle çıktığı için benimle çıkmak istemiyor. Bilirsin, bunun biraz ensestimsi olduğunu düşünüyor. Ama benden hoşlandığını biliyorum. Ne yapabilirim?"

"Ah, anladım," diyerek zaman kazanmaya çalıştım. Ne diyebilirdim ki? "Arkadaş olmayı kabul edip biraz zaman verebilir misin? Demek istediğim, daha yeni tanıştınız."

Kaşlarını kaldırdı.

"Bak, ben de Christian'la yeni tanıştığımı biliyorum, ama..." Ne diyeceğimi bilemeyerek kaşlarımı çattım. "Mia, bu, Ethan'la ikinizin birlikte çözmeniz gereken bir mesele. Ben olsam arkadaşlık yolunu denerdim."

Mia sırıttı.

"Chrisitian'dan çok şey öğrenmişsin."

Kızardım. "Akıl istiyorsan, Kate'e sor. Kardeşinin ne hissettiği konusunda bir fikri olabilir."

"Öyle mi diyorsun?" diye sordu.

Cesaret verici bir gülümsemeyle, "Evet," dedim.

"Harika. Teşekkürler, Ana." Beni bir kez daha kucakladı ve hiç şüphesiz Kate'e musallat olmak için, heyecanla –ve yüksek topuklarını göz önüne alırsak etkileyici bir hızla– kapıya yöneldi. Martinimden bir yudum daha aldım ve tam peşinden gidecekken olduğum yerde durdum.

Elena öfkeli bir kararlılığın bürüdüğü gergin bir yüzle odaya daldı. Kapıyı arkasından kapattı ve bana suratını asarak baktı.

Ah, lanet olsun.

"Ana," diye tısladı.

İki kadeh şampanya ve elimdeki öldürücü kokteyl yüzünden hafifçe sersemlemiş halimle, kendimi olabildiğince topladım. Sanırım yüzümdeki bütün kan çekilmişti. Ama olabildiğince sakin ve soğukkanlı görünmek için hem bilinçaltımı hem içimdeki tanrıçayı göreve çağırdım.

"Elena." Sesim cılız fakat, kuruyan ağzıma rağmen, sakindi. Bu kadın beni neden bu kadar ürkütüyordu? Ve şimdi ne istiyordu?

"Sana içten tebriklerimi sunmak isterdim ama sanırım uygunsuz olur." Soğuk ve delici mavi bakışları, nefretle benimkilere sabitlenmişti.

"Tebriğini istemediğim gibi ihtiyacım da yok, Elena. Seni burada gördüğüme hem şaşırdım hem de hayal kırıklığına uğradım."

Tek kaşını kaldırdı. Sanırım etkilenmişti.

"Seni kayda değer bir rakip olarak düşünmemiştim, Anastasia ama her virajda beni şaşırtıyorsun."

"Bense seni hiç düşünmedim," diye yalan söyledim. Christian benimle gurur duyardı. "Şimdi izin verirsen, vaktimi seninle ziyan etmekten daha iyi uğraşlarım var."

Kapıya yaslanıp etkili bir şekilde yolumu kapatarak, "O kadar çabuk değil, küçük hanım," dedi. "Christian'la evlenmeye razı gelerek ne halt ettiğini sanıyorsun? Onu mutlu edebileceğini bir an bile düşündüysen çok ama çok yanılıyorsun."

"Christian'la ne yapmaya razı olduğum seni ilgilendirmez." Alaycı bir tatlılıkla gülümsedim. Beni yok saydı.

"Onun ihtiyaçları var. Senin tatmin etmenin yakınından bile geçemeyeceğin ihtiyaçlar," diye böbürlendi.

"İhtiyaçları hakkında ne biliyorsun?" diye hırladım. Adrenalin bütün vücudumu kuşatırken, öfke duygum alev alıp içimde deli gibi yanmaya başlamıştı. Bu lanet olası sürtük hangi cesaretle bana vaaz veriyordu? "Sen hasta bir çocuk tacizcisinden başka bir şey değilsin ve bana kalsaydı seni cehennemin yedi kat dibine atar ve oradan gülümseyerek uzaklaşırdım. Şimdi yolumdan çekil, yoksa senin için kötü olur."

"Burada çok büyük bir hata yapıyorsunuz, küçük hanım." Uzun, ince ve manikürlü parmağını bana doğru salladı. "Hangi cüretle hayat tarzımı yargılıyorsun? Hiçbir şey bilmiyorsun ve nasıl bir işe girdiğin konusunda en ufak bir fikrin yok. Ve senin gibi bir servet avcısıyla mutlu olacağını sanıyorsan..."

Bu kadarı yeterdi. Limonlu martinimin kalanını yüzüne boca edip onu sırılsıklam bıraktım.

"Sakın bana nasıl bir işin içine girdiğimi söylemeye cüret etme!" diye bağırdım. "Ne zaman anlayacaksın? Bu senin üzerine vazife değil!"

Yüzündeki yapış yapış içkiyi silerken dehşet içinde bakakalmıştı. Sanırım üzerime atılmaya hazırlanıyordu ama kapının açılmasıyla aniden öne doğru savruldu.

Christian kapıda duruyordu. Durumu değerlendirmesi –benim kül rengi ve titrek, Elena'nınsa sırılsıklam ve öfkeli halini– bir nanosaniyesini aldı. Aramıza girerken, güzel yüzü öfkeyle kararıp biçim değiştirdi.

"Sen ne halt ediyorsun, Elena?" derken sesi buz gibi ve tehdit doluydu.

Elena gözlerini kırpıştırdı. "O sana göre değil, Christian," diye fısıldadı.

Christian, "Ne?" diye bağırarak ikimizi de şaşırttı. Yüzünü göremiyordum ama bütün vücudu gerilmişti.

"Neyin bana göre olduğunu nereden biliyorsun?"

Elena, "İhtiyaçların var, Christian," dedi daha yumuşak bir sesle.

Christian, "Sana daha önce de söyledim. Bu senin üzerine vazife değil," diye kükredi. *Ah, lanet olsun.* Çok Kızgın Christian çok da çirkin olmayan kafasını kaldırmıştı. İnsanlar duyacaktı.

"Bana göre olan ne?" Elena'ya dik dik bakarak durdu. "Sen olduğunu mu sanıyorsun? Sen mi? Benim için doğru olanın sen olduğunu mu sanıyorsun?" Sesi daha yumuşaktı ama aşağılamayla doluydu. Ve birden orada olmak istemedim. Bu mahrem karşılaşmaya şahit olmak istemiyordum. Orada fazlalıktım. Ama olduğum yerde çivilenip kalmıştım. Uzuvlarım hareket etmek istemiyordu.

Elena yutkundu ve sırtını dikleştirdi. Duruşu değişmiş, daha hükmedici olmuştu. Christian'a doğru bir adım attı.

"Ben başına gelen en güzel şeydim," diye tısladı. "Kendine bir bak. Amerika'nın en zengin, en başarılı girişimcilerinden birisin. Kontrollü ve amaca odaklı. Hiçbir şeye ihtiyacın yok. Sen kainatın efendisisin."

Christian yumruk yemiş gibi geri çekilirken, Elena'ya hiddet dolu bir hayretle bakıyordu.

"Bayılıyordun, Christian, sakın bunu inkâra yeltenme. Kendini bitirme yolundaydın ve seni ben kurtardım. Seni parmaklıkları boylamaktan ben kurtardım. İnan bana bebeğim, sonun orasıydı. Sana bildiğin ve ihtiyaç duyduğun her şeyi ben öğrettim."

Ona dehşetle bakarken, Christian'ın benzi atmıştı. Konuştuğunda, sesi alçak ve hayret doluydu.

"Sen bana nasıl düzüşüldüğünü öğrettin, Elena. Ama ilişkimizin içi boş. Senin gibi. Linc'in gitmesine şaşmamak gerek."

Gırtlağımdan yükselen safrayı hissettim. Burada olmamalıydım ama birbirlerine içlerinde ne var ne yok dökerlerken, utançtan felç olmuştum.

"Bana bir kez bile sarılmadın," dedi Christian. "Bir kez bile beni sevdiğini söylemedin."

Elena gözlerini kıstı. "Aşk, aptallar içindir, Christian."

"Evimden defol." Grace'in amansız, öfkeli sesi hepimizi irkiltti. Üç kafa hızla, Grace'in durduğu eşiğe çevrildi. Saint Tropez teninin altında bembeyaz kesilen Elena'ya bakıyordu.

Hepimiz derin birer iç çekerken ve Grace kararlı adımlarla odaya girerken, zaman donmuş gibiydi. Hiddetle parlayan gözleri, karşısına dikilene kadar Elena'dan bir an olsun ayrılmadı. Elena'nın gözleri irileşti ve Grace'in, onun suratına indirdiği tokatın sesi yemek salonunun duvarlarında yankılandı.

"Pis pençelerini oğlumun üstünden çek, seni kaltak ve evimden hemen defol, şimdi!"

Elena kızaran yanağını tuttu ve gözlerini kırpıştırarak dehşet ve şaşkınlık içinde Grace'e baktı. Sonra kapıyı arkasından kapatmaya zahmet etmeden odadan fırladı.

Grace ağır ağır Christian'a döndü ve ana oğul birbirlerine bakarlarken, gergin bir sessizlik, kalın bir battaniye gibi üstümüze indi. Bir an sonra, konuşan Grace oldu.

"Ana, oğlumu sana teslim etmeden önce, onunla bir iki dakika baş başa konuşmama izin verir misin?" Sesi alçak, boğuk ve ah-çok-güçlüydü.

"Elbette," diye fısıldadım ve odadan olabildiğince çabuk çıkarken, omzumun üstünden kaygılı bir bakış attım. Ama ikisi de bana bakmıyorlardı. Sessiz cümlelerle avaz avaz bağırırken, birbirlerine bakmayı sürdürdüler.

Koridorda bir an ne yapacağımı bilemedim. Kalbim deli gibi çarpıyor, kanım damarlarımda adeta çağlıyordu. Kendimi boyumu geçen sularda, paniğe kapılmış hissediyordum. Lanet olsun, bu, çok ağırdı ve artık Grace de biliyordu. Christian'a ne diyeceğini düşünemiyordum ve yanlış olduğunu bilmeme rağmen, dinlemek için kapıya eğildim.

"Ne zamandır, Christian?" Grace'in sesi yumuşaktı. Onu güçlükle duyabiliyordum.

Christian'ın yanıtını duyamadım.

"Kaç yaşındaydın?" Grace'in sesi ısrarcıydı. "Söyle bana? Bütün bunlar başladığında kaç yaşındaydın?" Christian'ın cevabını yine duyamadım.

"Her şey yolunda mı, Ana?" Ros'un sesiyle irkildim.

"Evet. Yolunda. Teşekkürler. Ben..."

Ros gülümsedi. "Çantamı alacaktım. Bir sigaraya ihtiyacım var."

Bir an ona katılmayı düşündüm.

"Tuvalete gidiyordum." Aklımı ve düşüncelerimi toplamam ve az önce şahit olduklarımı ve duyduklarımı sindirmem gerekiyordu.

Üst kat tek başıma kalmam için en güvenli yer gibi görünüyordu. Ros'un oturma odasında gözden kaybolmasını izledikten sonra, basamakları ikişer ikişer tırmanarak önce ikinci, sonra üçüncü kata çıktım. Olmak istediğim tek bir yer vardı.

Christian'ın çocukluk odasının kapısını açtım ve içeri girince derin bir nefes alarak arkamdan kapattım. Yatağına yöneldim. Ve kendimi sırt üstü bırakıp gözlerimi boş tavana diktim.

Lanet olsun! Bu yaşamak zorunda kaldığım en kederli yüzleşmelerden biri olsa gerekti ve şimdi uyuşmuş gibiydim. Nişanlım ve gelini olamayacak eski sevgilisi bunu görmeliydi. Bir yandan, gerçek yüzünü ortaya çıkarmasına ve benim de şahit olmama seviniyordum.

Düşüncelerim Grace'e döndü. Zavallı Grace... Bütün bunları duymak... Christian'ın yastıklarından birine sarıldım. Christian ve Elena'nın bir ilişki yaşadıklarını duymuştu ama içeriğini bilmiyordu. Tanrıya şükür. İnledim.

Ben ne yapıyordum? Belki de o kötü kalpli cadı haklıydı.

Hayır, buna inanmayı reddediyordum. O kadar soğuk ve acımasızdı ki. Kafamı salladım. Yanılıyordu. Ben Christian için doğruydum. İhtiyaç duyduğu bendim. Ve afallatıcı bir netlik anında, hayatını yakın zamana kadar *nasıl* yaşadığını değil, *neden* böyle yaşadığını sorgulamaya başladım. Sayısız kızla yaptıklarını yapma nedenlerini düşündüm. Kaç kişi olduklarını bilmek bile istemiyordum. Yanlış olan hayatını nasıl yaşadığı değildi. Kızların hepsi yetişkindiler. Flynn nasıl ifade etmişti? Hepsi güvenli, aklı başında, kendi iradeleriyle razı geldikleri ilişkiler yaşamışlardı. Sorun nedendeydi. Sorun neden böyle yaşadığıydı. Neden, Christian'ın içindeki karanlıktı.

Gözlerimi yumdum ve ellerimle örttüm. Ama şimdi yoluna devam etmiş ve her şeyi geride bırakmıştı ve artık ikimiz de aydınlıktaydık. Christian gözlerimi kamaştırmıştı. Ben de onunkileri. Birbirimize rehberlik edebilirdik. Aklıma bir düşünce süzüldü. *Lanet olsun!* İç kemiren, sinsi bir düşünce ve bu hayaleti huzura kavuşturabileceğim tek yerdeydim. Kalkıp oturdum. Evet, bunu yapmaya mecburdum.

Titrek hareketlerle ayağa kalktım. Ayakkabılarımı çıkardım ve masasına yürüyüp üstündeki mantar panoya baktım. Genç Christian'ın fotoğrafları hâlâ oradaydı ve az önce şahit olduğum, Bayan Robinson'la aralarında geçen sahneyi düşününce, her zamankinden daha ıstırap vericiydiler. Ve annesinin küçük siyah-beyaz fotoğrafı köşede duruyordu. Annesi, uyuşturucu bağımlısı fahişe.

Masa lambasını yaktım ve fotoğrafa odaklandım. Adını bile bilmiyordum. Christian'a çok benziyordu ama çok daha genç ve hüzünlüydü ve acı dolu yüzüne baktığımda tek hissettiğim şefkat oldu. Yüzlerimiz arasındaki benzerlikleri görmeye çalıştım. Fotoğrafa gerçekten ama gerçekten yaklaşarak ve gözlerimi kısarak baktım. Belki saçlarımız dışında –ki onunkiler benimkilerden daha açıktı– ona hiç benzemiyordum. Rahatlamıştım.

Bilinçaltım kollarını kavuşturarak ve yarım ay gözlüklerinin üstünden bakarak onaylamadığına dair bir ses çıkardı. *Kendine neden eziyet ediyorsun? Evet dedin. Yatağını hazırladın.* Ona dudaklarımı büzdüm. Evet, yapmıştım, memnuniyetle. Ve o yatakta sonsuza dek Christian'la birlikte yatmak istiyordum. Bağdaş pozisyonunda oturan içimdeki tanrıça, dingin bir gülümsemeyle bakıyordu. Evet. Doğru kararı vermiştim.

Onu bulmalıydım. Christian endişelenecekti. Ne zamandır bu odada olduğumu bilmiyordum. Kaçıp gittiğimi sanacaktı. Verebileceği aşırı tepkiyi düşünüp gözlerimi devirdim. O ve Grace'in konuşmalarını bitirdiklerini umdum. Ne konuşmuş olabileceklerini düşünüp ürperdim.

Christian'la ikinci kata çıkan merdivenlerde karşılaştım. Beni arıyordu. Yüzü sıkıntılı ve bitkindi. Buraya birlikte geldiğim Elli'yle alakası yoktu. Ben sahanlıkta, o en üst basamakta durunca, aynı hizada kaldık.

"Merhaba," dedi çekinerek.

"Merhaba," dedim temkinle.

"Endişelendim..."

"Biliyorum." Sözünü kestim. "Özür dilerim. Eğlencenin arasına karışmayı canım istemedi. Uzaklaşmam gerekiyordu, biliyorsun. Düşünmek için." Uzanıp yüzünü okşadım. Gözlerini yumdu ve yüzünü elime yasladı.

"Ve bunu benim odamda yapabileceğini düşündün."

"Evet."

Elime uzandı ve beni kollarının arasına çekti ve ben de dünyada en sevdiğim yere sığındım. Temiz çamaşır, vücut şampuanı ve Christian kokuyordu. Yeryüzündeki en yatıştırıcı ve tahrik edici koku. Burnunu saçlarımın arasına sokup derin bir nefes aldı.

"Bunları yaşamak zorunda kaldığın için üzgünüm."

"Senin hatan değil, Christian. Neden buradaydı?" Bana dudaklarını özür diler gibi bükerek baktı.

"Aile dostu."

Tepki vermemeye gayret ettim. "Artık değil. Annen nasıl?"

"Annem şu anda bana bayağı öfkeli. Burada olduğun ve bir partinin ortasında olduğumuz için seviniyorum. Aksi takdirde son nefesimi alıyor olabilirdim."

"O kadar kötü ha?"

Ciddi gözlerle kafasını salladı ve annesinin tepkisine çok şaşırdığını hissettim.

"Onu suçlayabilir misin?" Sesim sakin ve yatıştırıcıydı.

Bana sımsıkı sarıldı. Düşüncelerini kafasında tartarken, emin değil gibiydi.

Sonunda cevap verdi. "Hayır."

Vay canına! Büyük ilerleme. "Oturabilir miyiz?" diye sordum.

"Tabii. Burada mı?"

Başımla onayladım ve ikimiz de en üst basamağa oturduk.

Kaygıyla eline yapıştım ve üzgün, ciddi yüzüne bakarak, "Nasıl hissediyorsun?" diye sordum.

İç geçirdi.

"Kurtulmuş gibi." Omuz silkti ve sonra muhteşem, tasasız Christian gülümsemesiyle gülümsedi ve birkaç dakika önceki bitkinlik ve sıkıntı kayboldu.

"Gerçekten mi?" Ben de gülümsedim. Bu gülümseme için cam kırıkları üstünde emekleyebilirdim.

"İş ilişkimiz bitti. Tamamdır."

Kaşlarımı çattım. "Güzellik salonu işini tasfiye mi edeceksin?"

Bir homurtu çıkardı. "O kadar kindar değilim, Anastasia," diye azarladı. "Hayır, ona hediye edeceğim. Pazartesi günü avukatımla konuşacağım. Ona bu kadarını borçluyum."

Tek kaşımı kaldırdım. "Yani artık Bayan Robinson yok mu?" Ağzı eğlenir gibi kıvrıldı ve kafasını salladı.

"Bitti."

Sırıttım.

"Bir dost kaybetmene üzüldüm."

Omuz silkti ve sonra sırıtarak, "Öyle mi?" dedi.

Yanaklarım kızararak, "Hayır," diye itiraf ettim.

"Gel." Ayağa kalktı ve bana elini uzattı. "Haydi, bizim şerefimize verilen partiye katılalım. Sarhoş bile olabilirim."

Elini tutarken, "Sen sarhoş olur musun?" diye sordum.

"Vahşi bir delikanlı olduğum zamanlardan beri olmadım." Merdivenlerden indik.

"Bir şey yedin mi?" diye sordu.

Ah, lanet olsun.

"Yemelisin. Elena'nın görüntüsüne ve kokusuna bakılırsa üzerine boca ettiğin, babamın ölümcül kokteyllerinden biriydi." Bana yüzündeki keyifli ifadeyi saklamayı başaramayarak baktı.

"Christian, ben..."

Elini havaya kaldırdı.

"Tartışmak yok, Anastasia. İçki içeceksen ve eski partnerlerimin suratına alkol savuracaksan, bir şeyler yemelisin. O ilk gecemizden sonra bunu çoktan aştığımızı sanıyordum."

Ah evet. Heathman'daki gecemiz.

Hole dönünce yüzümü okşamak için duraksadı ve parmaklarını çenemde dolaştırdı.

"Saatlerce seni uyurken izledim," diye mırıldandı. "Seni sevmeye o zaman başlamış olabilirim."

Ah.

Eğildi ve beni usulca öptü ve her yanım eridi. Son bir saattir süregelen bütün gerilim vücudumdan akıp gitti.

"Ye," diye fısıldadı.

"Tamam," diye onayladım çünkü şu anda büyük olasılıkla onun için her şeyi yapardım. Elimi tuttu ve beni partinin tam gaz devam ettiği mutfağa doğru çekti.

"İyi geceler, John, Rhian."

"Tekrar tebrikler, Ana. İkiniz gayet iyi olacaksınız." O ve Rhian çıkmaya hazırlanırlarken, Dr. Flynn bize nazik bir ifadeyle gülümsedi.

"İyi geceler."

Christian kapıyı kapattı ve kafasını salladı. Gözlerinde ani bir heyecanla bana baktı.

Ne olmuştu?

"Geriye sadece aile kaldı. Sanırım annem içkiyi fazla kaçırdı. Grace oturma odasındaki oyun konsolunda karaoke yapıyor. Kate ve Mia'nın da ondan aşağı kalır tarafı yok."

Aramızdaki havayı ağırlaştırmamaya gayret ederek, "Onu suçlayabilir misin?" diye sırıttım. Başarılı olmuştum.

"Bana gülüyor musun, Bayan Steele?"

"Gülüyorum."

"Ne gündü ama."

"Christian, son zamanlarda seninle her gün ayrı bir heyecan dolu." Sesim alaycıydı.

Kafasını salladı. "İyi bir noktaya parmak bastınız, Bayan Steele. Gel. Sana bir şey göstermek istiyorum." Elimi tuttu ve beni Carrrick, Ethan ve Elliot'ın son kokteyllerini içerek ve yemekten kalanları atıştırarak Mariners'ı konuştukları mutfağa götürdü.

Fransız kapılara doğru yönelirken, Elliot, "Yürüyüşe mi?" diye takıldı. Christian onu duymazdan geldi. Carrick, Elliot'a kaşlarını çattı ve sessiz bir azarla kafasını salladı.

Çimlere çıkan basamakları tırmanırken, ayakkabılarımı çıkardım. Yarım ay körfezde parlıyordu. Seattle'ın ışıkları uzakta göz kırparken, ayın parlaklığı her şeyi grinin sayısız tonuna buluyordu. Kayıkhanenin açık ışıkları ayın serin loşluğunda, yumuşacık bir fener gibi parlıyordu.

"Christian, yarın kiliseye gitmek istiyorum."

"Ah?"

"Sağ salim dönmen için dua ettim ve döndün. En azından bu kadarını yapmalıyım."

"Tamam."

Birkaç saniye boyunca, huzurlu bir sessizlikte el ele yürüdük. Sonra aklıma bir şey geldi.

"José'nin çektiği fotoğraflarımı nereye koyacaksın?"

"Yeni eve koyarız diye düşündüm."

"Evi aldın mı?"

Durdu ve bana endişeli bir ifadeyle, "Evet," dedi. "Beğendiğini düşünmüştüm."

"Beğendim. Ne zaman aldın?"

Rahatlamıştı. "Dün sabah. Şimdi ev konusunda ne yapacağımıza karar vermemiz gerekiyor."

"Lütfen yıkma. Lütfen. Çok hoş bir ev. Sadece şefkatli bir bakıma ihtiyacı var."

Christian bana bakıp gülümsedi. "Tamam. Elliot'la konuşurum. İyi bir mimar tanıyor. Aspen'deki evimde bazı çalışmalar yapmıştı. Elliot da tadilatı yapabilir."

Birden ay ışığında kayıkhaneye yürüdüğümüz son akşam yaptıklarımızı hatırladım. Belki yine aynı şeyi yapacaktık. Sırıttım.

"Ne oldu?"

"Beni kayıkhaneye son götürüşünü hatırladım."

Christian kıkırdadı. "Ah, gerçekten çok eğlenceliydi..." Birden durdu ve beni omzuna attı. Yolumuz uzun olmasa da bir çığlık koyverdim.

"Doğru hatırlıyorsam gerçekten kızmıştın," diye iç geçirdim.

"Anastasia, ben her zaman kızgınım."

"Hayır, değilsin."

Ahşap kapının önünde dururken popoma bir şaplak indirdi. Beni yere bıraktı ve başımı ellerinin arasına aldı.

"Hayır, artık değilim." Eğilip beni uzun uzun öptü. Geri çekildiğinde nefessiz kalmıştım ve bedenim arzuyla sarsılıyordu.

Bana bakarken kayıkhanenin içinden gelen ışık huzmesinin parlaklığında kaygılı olduğunu görebiliyordum. Beyaz atlı bir prens de bir kara şövalye de olmayan, kaygılı, güzel ve o kadar da bombok olmayan sevgilim. Uzanıp yüzünü okşadım, parmaklarımı favorilerinde dolaştırdım ve işaret parmağımla dudaklarına dokundum. Gevşedi.

"Burada sana göstereceğim bir şey var," diye mırıldandı ve kapıyı açtı.

Floresanların sert ışığı iskelede bağlı duran ve suyun üstünde usul usul salınan, etkileyici gezi motorunu aydınlatıyordu. Yanında bir de sandal vardı.

"Gel." Christian elimi tuttu ve beni ahşap merdivenlerden yukarı çekti. Yukarıdaki kapıyı açtı ve girmem için kenara çekildi.

Ağzım açık kaldı. Çatı tanınmaz haldeydi. Oda çiçeklerle doluydu. Her yerde çiçekler vardı. Birisi, odanın her tarafını yumuşak ve solgun bir ışık saçan Noel lambaları ve minyatür fenerlerle ve güzel yaban çiçekleriyle donatmış, masalsı bir kameriye hazırlamıştı.

Yüzümü ona çevirdim. Anlaşılmaz bir ifadeyle bana bakıyordu. Omuz silkti.

"Kalpler ve çiçekler istemiştin," diye mırıldandı.

Gördüklerime inanamayarak gözlerimi kırpıştırdım.

"Kalbim senin." Elini odaya doğru salladı.

"Ve çiçekler de burada," diye fısıldayarak cümlesini tamamladım. "Christian, çok hoş." Başka ne diyeceğimi bilemiyordum. Yaşlar gözlerime birikirken yüreğim ağzımdaydı.

Elimi çekiştirerek beni odaya çekti ve ne olduğunu anlamadan, önümde diz çöktü. *Tanrım... Bunu beklemiyordum.* Nefesim kesilmişti.

İç cebinden bir yüzük çıkardı ve duygu yüklü parlak gri gözleriyle bana baktı.

"Anastasia Steele. Seni seviyorum. Hayatımın sonuna dek seni sevmek, üzerine titremek ve korumak istiyorum. Benim ol. Her zaman. Hayatımı benimle paylaş. Evlen benimle."

Yanağımdan yaşlar süzülürken, gözlerimi kırpıştırdım. Benim Elli'm, benim erkeğim. Onu o kadar çok seviyordum ki ve bir duygu dalgasıyla savrulurken tek söyleyebildiğim, "Evet," oldu.

Rahatlayarak sırıttı ve yüzüğü usulca parmağıma geçirdi. Platin bir halka üstüne yerleştirilmiş, güzel, oval bir pırlantaydı. *Vay canına... Çok büyüktü.* Büyük ama sade ve sadeliğiyle göz alıcıydı.

Birden sevinçle dolarak, "Ah, Christian," diye hıçkırdım. Ve dizlerimin üstüne inerek, parmaklarımı saçlarının arasına gömdüm ve onu bütün kalbim ve ruhumla öptüm. Bu güzel adamı, benim onu sevdiğim gibi beni seven bu adamı öptüm. Ellerini saçlarıma uzatarak, dudaklarını dudaklarımdan ayırmadan, kollarını bana sardı. İçin için, her zaman onun olacağımı ve onun da her zaman benim kalacağını biliyordum. Birlikte çok uzun bir yol kat etmiştik ve daha yürüyecek uzun bir yolumuz vardı. Ama birbirimiz için yaratılmıştık. Birlikte olmalıydık.

Derin bir nefes çekerken sigarasının ucu karanlıkta parladı. Dumanı uzun bir nefesle saldı, ay ışığında solgun ve bir hayalet misali dağılıp giden iki duman halkası çıkardı. Oturduğu yerde, sıkkın bir tavırla kıpırdanıp kahverengi kâğıda sarılı ucuz burbondan hızlı bir yudum aldı ve şişeyi tekrar bacaklarının arasına bıraktı.

Hâlâ yaşadığına inanamıyordu. Dudakları alaycı bir gülümsemeyle kıvrıldı. Helikopter aceleci ve gözüpek bir hamle olmuştu. Hayatı boyunca yaptığı en heyecan verici şeylerden biriydi. Ama istediği sonuca ulaşamamıştı. Alaycı bir tavırla gözlerini devirdi. *O orospu çocuğunun o şeyi gerçekten uçurabildiği kimin aklına gelirdi?*

Homurdandı.

Onu hafife almışlardı. Grey denen adam onun dayak yiyip ağlayarak alacakaranlığa doğru yürüyeceğini ve hayatlarından bir anda çıkacağını sanıyorsa, o kasıntının dünyadan haberi yok demekti.

Bütün hayatı boyunca hep aynı şey olmuştu. İnsanlar onu hep hafife almışlardı. Sadece kitap okuyan bir adam. Canı cehenneme! Fotoğrafik hafızası olan, kitap okuyan bir adam. Ah, neler öğrenmişti, neler biliyordu... Tekrar homurdandı. *Evet, senin hakkında Grey. Senin hakkında birçok şey biliyorum.*

Detroit'in varoşlarından çıkma bir çocuk için hiç fena değildi.

Princeton'a burs kazanan bir çocuk için.

Üniversitede canını dişine takan ve yayıncılık işine giren çocuk için hiç fena değildi.

Ve şimdi hepsi berbat olmuştu. Grey ve küçük kaltağı yüzünden. Eve, nefret ettiği her şeyi temsil ediyormuş gibi, suratını buruşturarak baktı. Ama hiçbir şey olmuyordu. Yaşanan tek dram, siyahlar içindeki koca memeli sarışının araç yolunda gözyaşları içinde sendeleyerek beyaz CLK'sına binmesi ve siktirip gitmesi olmuştu.

Neşesiz bir kıkırtı koyverdi ve yüzünü buruşturdu. Lanet olası kaburgalar. Grey'in yardakçısının sert tekmeleri yüzünden hâlâ sızlıyorlardı.

Sahneyi aklında tekrar canlandırdı. *"Bayan Steele'e bir daha elini sürecek olursan seni öldürürüm."*

O pislik herif de boyunun ölçüsünü alacaktı. Evet, onun da başına gelecek vardı.

Arkasına yaslandı. *Uzun bir gece olacağa benziyordu.* Kalacak, izleyecek ve bekleyecekti. Marlboro Red'inden bir nefes daha çekti. Şans ona gülecekti. Şans ona çok yakında gülecekti.

E L James, West London'da yaşayan eski bir televizyon yapımcısı ve iki çocuk annesidir. Çocukluğunda beri insanların âşık olacakları hikâyeler yazma hayalini kurmuş ama ailesine ve kariyerine odaklanmak için bu hayallerini ertelemiştir. En sonunda cesaretini toplamış ve ilk romanı *Grinin Elli Tonu* romanını okuyucularla buluşturmuştur. Yayıma hazırlanmakta olan *Fifty Shades Darker* ve *Fifty Shades Freed* kitaplarının da yazarıdır.

ELLİ TON ÜÇLEMESİ

Romantik, özgürleştirici, eğlenceli ve kesinlikle bağımlılık yaratıcı... Bu roman dengenizi sarsacak, size ele geçirecek ve ebediyen sizinle kalacak

Grinin Elli Tonu

E L James

20 yaşında bir edebiyat öğrencisi olan Ana Steele, genç girişimci Christian Grey'le röportaj yapmaya gittiğinde son derece çekici, zeki ve sinir bozucu bir adamla karşılaşır. Toy ve masum Ana, bu adama duyduğu arzu karşısında şaşkına döner ve adamın gizemli doğasına rağmen ona yakınlaşma arzusuyla yanıp tutuşur. Ana'nın güzelliği, zekâsı ve özgür ruhuna direnemeyen Grey de onu istediğini kabul eder, ancak şartları vardır...

Grey'in sıra dışı erotik istekleri karşısında şoka uğrayan ama heyecana kapılan Ana tereddüde düşer. Büyük başarısına rağmen –çokuluslu şirketleri, uçsuz bucaksız serveti ve sevgi dolu bir ailesi vardır– Grey şehvete esir olmuş ve hükmetme hırsı olan bir adamdır. Çift, cüretkâr ve tutkulu bir fiziksel ilişkiye yelken açarken, Ana, Christian'ın karanlık sırlarını ve kendi karanlık arzularını keşfeder.

ELLİ TON ÜÇLEMESİ

Romantik, özgürleştirici, eğlenceli ve kesinlikle bağımlılık yaratıcı... Bu roman dengenizi sarsacak, size ele geçirecek ve ebediyen sizinle kalacak

Özgürlüğün Elli Tonu

E L James

Toy öğrenci Anastasia Steele'in ne istediğini bilen göz alıcı iş adamı Christian Grey'le tanışması, her ikisinin de hayatlarını geri dönülmez biçimde değiştiren şehvetli bir ilişkinin kıvılcımını çakmıştır. Christian'ın sıra dışı erotik zevkleri karşısında şoka uğrayan, ondan hem hoşlanan hem de tiksinti duyan Ana, daha derin bir bağlılık istiyordur. Onu yanında tutmaya kararlı Christian, bunu kabul eder.

Şimdi her şeye sahiptirler; aşk, tutku, yakınlık, servet ve sonsuz olasılıklarla dolu bir dünya. Ana, Grey'i sevmenin kolay olmayacağını ve beraberliklerinin her ikisinin de tahmin edemeyeceği zorluklar getireceğinin her zaman farkında olmuştur. Ana'nın kendi benliğinden ve bağımsızlığından ödün vermeden Grey'in yaşam stiline uyum sağlamayı öğrenmesi, Grey'inse takıntısını aşması ve kendisini altüst eden fırtınaları arkasında bırakması gerekmiştir.

Ama tam her şeye sahip gibi göründükleri bir anda, talihsizlik ve kader bir araya gelip Ana'nın en korkunç kâbuslarını gerçeğe dönüştürür...